B -

10/18

12, AVENUE D'ITALIE. PARIS XIIIe

Sur l'auteur

Viet Thanh Nguyen est né au Viêtnam en 1971. Après la chute de Saigon, il fuit le pays avec toute sa famille et rejoint les États-Unis en cargo, comme des milliers de *boat people*. D'abord réfugiés dans un camp en Pennsylvanie, les Nguyen s'établissent en Californie. Étudiant diplômé de Berkeley, Viet Thanh Nguyen devint professeur à l'université South California et entame en parallèle l'écriture de son premier roman, *Le Sympathisant*, qui s'impose dès sa sortie comme un immense succès critique et commercial. Finaliste des plus grands prix littéraires, dont le PEN/Faulkner, et consacré par le prix Pulitzer en 2016, traduit dans vingt-cinq langues, il lui vaut d'être comparé aussi bien à John Le Carré qu'à Saul Bellow. La French-American Foundation a décerné son Translation Prize 2018 à Clément Baude pour la traduction de l'ouvrage. Viet Thanh Nguyen est également l'auteur d'un essai finaliste du National Book Award, *Nothing Ever Dies*, sur la guerre du Viêtnam dans la mémoire collective, américaine et asiatique, ainsi que d'un recueil de nouvelles, *The Refugees*. Il vit à Los Angeles, avec son épouse et leur fils.

VIET THANH NGUYEN

LE SYMPATHISANT

Traduit de l'anglais (États-Unis)
par Clément Baude

10/18

BELFOND

Titre original :
The Sympathizer
publié par Grove Press,
une marque de Grove Atlantic, New York

© Viet Thanh Nguyen, 2015. Tous droits réservés.
© Belfond, un département Place des Éditeurs, 2017,
pour la traduction française.
ISBN 978-2-264-07294-8
Dépôt légal : août 2018

Pour Lan et Ellison

« Gardons-nous, au mot "torturer", de prendre aussitôt un air lugubre ; précisément dans ce cas il y a beaucoup à y opposer, beaucoup à en rabattre – il reste même de quoi en rire. »

Friedrich NIETZSCHE,
Généalogie de la morale

1

Je suis un espion, une taupe, un agent secret, un homme au visage double. Sans surprise, peut-être, je suis aussi un homme à l'esprit double. Bien que certains m'aient traité de la sorte, je n'ai rien d'un mutant incompris, sorti d'une bande dessinée ou d'un film d'horreur. Simplement, je suis capable de voir n'importe quel problème des deux côtés. Parfois je me flatte d'y reconnaître un talent ; modeste, certes, mais c'est peut-être le seul talent que je possède. D'autres fois, quand je constate à quel point je suis incapable de regarder le monde autrement, je me demande s'il faut parler de talent. Après tout, un talent est une chose que vous exploitez, et non une chose qui vous exploite. Le talent que vous ne pouvez pas *ne pas* exploiter, le talent qui vous possède, celui-là est dangereux, je dois bien le reconnaître. Mais, au mois où débute cette confession, ma façon de voir le monde passait encore pour un atout plutôt qu'un danger, comme il en va de certains dangers.

Le mois dont je parle, c'est le mois d'avril, le plus cruel de tous. Un avril au cours duquel une guerre qui durait depuis très longtemps finit par s'épuiser, comme toutes les guerres. Un avril qui changea tout pour les habitants de notre petite partie du monde et rien pour la plupart des habitants du reste du monde. Un avril qui fut à la fois la fin d'une guerre et le début de... La « paix » n'est pas le bon mot, n'est-ce pas, cher commandant ? Un avril qui me vit attendre la fin derrière les murs constellés de tessons de verre sombre et coiffés de barbelés rouillés d'une villa dans laquelle j'avais passé les cinq dernières années. J'y avais ma propre chambre, un peu comme dans votre camp, commandant. Certes, le terme qui convient est « cellule d'isolement » plutôt que « chambre » et, au lieu d'un domestique venant nettoyer tous les jours, vous m'avez attribué un gardien au visage poupon qui ne nettoie rien du tout. Mais je ne me plains pas. Pour écrire cette confession, je n'exige que l'intimité – pas la propreté.

Si le soir je jouissais d'une relative intimité dans la villa du général, la journée j'en avais peu. J'étais, parmi les officiers du général, le seul à vivre chez lui ; le seul célibataire de son équipe ; et son aide de camp le plus fiable. Le matin, nous prenions ensemble le petit déjeuner et nous épluchions les dépêches à un bout de la table en teck pendant qu'à l'autre bout sa femme surveillait un quatuor discipliné d'enfants, âgés respectivement de dix-huit, seize, quatorze et douze ans, avec une place vide pour leur fille partie étudier en Amérique. Tout le monde, peut-être, ne redoutait pas la fin, mais le général si, et à juste titre. Mince, d'un port admirable, c'était un vieux briscard qui avait, lui, mérité ses nombreuses médailles. Même s'il n'avait plus que neuf doigts et huit orteils, les autres ayant été arrachés par les balles et les shrapnels, seuls sa famille et ses confidents connaissaient l'état véritable de son pied gauche. Ses ambitions avaient rarement été contrariées, sauf dans son désir de se procurer une bonne bouteille de bourgogne et de la boire avec des compagnons capables de ne pas mettre de glaçons dans leur vin. C'était un épicurien et un chrétien, dans cet ordre, un homme de foi qui croyait en la gastronomie et en Dieu ; en sa femme et ses enfants ; aux Français et aux Américains. De son point de vue, ceux-ci nous garantissaient une bien meilleure protection que ces autres Raspoutines étrangers qui avaient hypnotisé nos frères du Nord et certains de nos frères du Sud : Karl Marx, Vladimir Ilitch Lénine et le président Mao. Dieu sait pourtant qu'il ne lisait jamais ces grands sages ! C'était ma mission, en tant qu'aide de camp et officier de renseignements, de lui recopier des notes sur, par exemple, le *Manifeste du parti communiste* ou le *Petit Livre rouge* de Mao. Charge à lui de trouver la bonne occasion de démontrer sa connaissance de la pensée de l'ennemi, avec une petite préférence pour la question de Lénine, qu'il ressortait aussi souvent que nécessaire. Messieurs, disait-il alors en tapant sur la table d'une main de fer, *que faire ?* Dire au général que c'était en réalité Nicolaï Tchernychevski qui avait inventé cette formule dans son roman du même nom semblait inopportun. Qui se souvient encore de Tchernychevski ? C'était Lénine qui comptait, l'homme d'action qui s'était emparé de la question et l'avait faite sienne.

En ce sinistre mois d'avril, confronté à cette même question, le général, qui trouvait toujours quelque chose à faire, n'y arrivait plus. L'homme qui croyait à la *mission civilisatrice* et à l'*American way of life* était enfin titillé par le doute.

Devenu soudain insomniaque, il s'était mis à errer dans sa villa avec la pâleur verdâtre d'une victime de la malaria. Depuis l'effondrement de notre front septentrional quelques semaines plus tôt, en mars, il se présentait à la porte de mon bureau ou de ma chambre et, toujours maussade, me donnait quelques nouvelles. Vous croyez ça ? me demandait-il, à quoi je répondais deux choses. Soit : Non, monsieur !, soit : Incroyable ! Nous ne pouvions pas croire que Ban Me Thuot, l'agréable et pittoresque capitale du café, dans les Hauts Plateaux, la ville dont j'étais originaire, avait été saccagée début mars. Nous ne pouvions pas croire que notre président, Thieu, dont le nom ne demandait qu'à être recraché de la bouche, avait inexplicablement ordonné à nos forces qui défendaient les Hauts Plateaux de battre en retraite. Nous ne pouvions pas croire que Da Nang et Nha Trang étaient tombées, ni que nos troupes avaient fait des milliers de morts en tirant dans le dos de civils qui cherchaient désespérément à fuir sur des péniches et des bateaux. Dans le secret de mon bureau, je prenais consciencieusement des photos de ces dépêches, elles feraient plaisir à Man, mon supérieur. Elles me faisaient plaisir aussi, car c'étaient autant de signes de l'érosion inévitable du régime. Mais je ne pouvais m'empêcher d'être ému par le calvaire de ces pauvres malheureux. Peut-être n'était-ce pas correct de ma part, politiquement parlant, d'éprouver de la compassion pour ces gens, mais ma mère eût-elle été en vie qu'elle en aurait fait partie. Elle était pauvre, j'étais son pauvre enfant, et on ne demande jamais aux pauvres gens s'ils veulent la guerre. Personne ne leur avait non plus demandé s'ils voulaient mourir de soif et de dénuement au large des côtes, ni s'ils voulaient être détroussés et violés par leurs propres soldats. Si ces milliers de personnes avaient survécu, elles n'auraient pas cru à leur mort, de même que nous ne pouvions pas croire que les Américains – nos amis, nos bienfaiteurs, nos protecteurs – avaient rejeté nos demandes d'argent. Qu'en aurions-nous fait ? Nous aurions acheté des munitions, du carburant et des pièces pour les armes, les avions et les chars que ces mêmes Américains nous avaient offerts. Non sans perversion, après nous avoir donné les seringues, ils ne nous fournissaient plus en drogue. (Rien, marmonnait le général, n'est jamais aussi cher que ce qu'on reçoit gratuitement.)

À la fin de nos discussions et des repas, j'allumais la cigarette du général et il regardait dans le vide, oubliant de fumer sa Lucky Strike qui se consumait lentement entre ses doigts. Un jour, à la mi-avril, lorsque la cendre brûlante l'arracha à sa rêverie et qu'il lâcha un mot qu'il n'aurait pas dû lâcher, madame fit taire les enfants qui gloussaient et lui dit, Si tu attends encore, on ne pourra plus partir. Tu devrais tout de suite demander un avion à Claude. Le général fit mine de ne pas l'avoir entendue. Madame avait un abaque en guise de cerveau, la solidité d'un instructeur militaire et le corps d'une vierge malgré ses cinq enfants. Le tout sous une enveloppe extérieure qui incitait nos peintres formés aux Beaux-Arts à employer les tons les plus pastel et les pinceaux les plus épais. En un mot comme en cent, elle était la femme vietnamienne idéale. Devant cette chance, le général se sentait à la fois éternellement reconnaissant et terrorisé. Pétrissant le bout de son doigt brûlé, il me regarda et dit, Je crois qu'il est temps de demander un avion à Claude. Ce n'est que lorsqu'il recommença à inspecter son doigt abîmé que je jetai un coup d'œil vers madame. Elle se contenta de hausser un sourcil. Bonne idée, monsieur, dis-je.

Claude était, de nos amis américains, celui en qui nous avions le plus confiance. Nos liens étaient si intimes qu'il m'avait un jour confié avoir un seizième de sang noir dans ses veines. Ah, avais-je répondu, tout aussi fracassé par le bourbon du Tennessee, c'est pour ça que tu as les cheveux noirs, que tu bronzes aussi facilement et que tu sais danser le cha-cha-cha aussi bien que nous. Beethoven aussi, dit-il, avait un seizième de sang noir. Dans ce cas, dis-je, cela explique pourquoi tu sais chanter « Joyeux anniversaire » comme personne. Cela faisait plus de vingt ans que nous nous connaissions, depuis le jour où il m'avait repéré sur une barge remplie de réfugiés, en 1954, et avait décelé mes talents. J'étais alors un garçon de neuf ans précoce qui parlait déjà plutôt bien l'anglais, appris auprès d'un missionnaire américain avant-gardiste. À l'époque, Claude travaillait, en théorie, dans l'aide aux réfugiés. À présent son bureau se trouvait à l'ambassade américaine et il avait pour mission apparente de promouvoir le développement du tourisme dans notre pays ravagé par la guerre. Cela, vous l'imaginez bien, exigeait de lui qu'il presse jusqu'à la dernière goutte le mouchoir imbibé du célèbre esprit volontariste américain. En réalité, Claude était un agent de la CIA, et son séjour dans ce pays remontait à l'époque où les Français régnaient encore sur un empire. En ce temps-là, Hô Chi Minh s'était adressé à la CIA, quand elle s'appelait encore l'OSS, afin qu'elle l'aide à combattre les Français, allant même jusqu'à citer les Pères fondateurs de l'Amérique dans la déclaration d'indépendance de son pays. Les ennemis de l'Oncle Hô affirment qu'il disait tout et son contraire. Claude, lui, pensait qu'il voyait simultanément le tout et son contraire. J'appelai donc Claude de mon bureau, au bout du couloir où se trouvait celui du général, et l'informai en anglais que ce dernier avait perdu tout espoir. Claude parlait un mauvais vietnamien, et un français encore plus mauvais, mais son anglais était excellent. Je le précise uniquement parce qu'on ne pouvait pas en dire autant de tous ses compatriotes.

C'est fini, dis-je, et en le disant à Claude cela me parut enfin réel. Je pensais qu'il protesterait et m'expliquerait que les bombardiers américains allaient envahir les cieux, ou que la cavalerie aérienne américaine reviendrait bientôt à bord de chasseurs pour nous sauver, mais il ne me détrompa pas. Je vais voir ce que je peux faire, dit-il. Derrière lui, j'entendais des murmures. J'imaginais l'ambassade en désordre, les téléscripteurs en surchauffe, les câbles urgents qui filaient entre Saigon et Washington, le personnel qui travaillait sans relâche, et la puanteur de la défaite si forte qu'elle envahissait les climatiseurs. Dans la nervosité ambiante, Claude restait détendu, lui qui vivait ici depuis si longtemps que l'humidité tropicale le faisait à peine transpirer. Il pouvait nous épier dans l'obscurité, mais il ne serait jamais invisible dans notre pays. Il avait beau être un intellectuel, il était aussi typiquement américain, le genre musclé qui fait de l'aviron et contracte ses biceps compacts. Quand nos chers érudits avaient tendance à être pâles, myopes et chétifs,

Claude, lui, mesurait un mètre quatre-vingt-cinq, avait une vue parfaite et se maintenait en forme en faisant deux cents pompes tous les matins, son domestique issu de l'ethnie nung assis sur son dos. Pendant son temps libre, il lisait, et il ne passait jamais à la villa sans avoir un livre sous le bras. Lorsqu'il se présenta quelques jours plus tard, c'était un livre de poche intitulé *Le Communisme asiatique et le mode oriental de destruction*, de Richard Hedd.

Le livre m'était destiné. Le général eut droit quant à lui à une bouteille de Jack Daniel's – cadeau que j'aurais préféré, si j'avais eu le choix. Malgré tout, je pris la peine d'étudier la couverture, noircie de commentaires tellement dithyrambiques qu'ils auraient pu être prononcés par un fan-club d'adolescentes. Sauf que ces éloges vibrants provenaient de deux secrétaires de la Défense, d'un sénateur venu visiter notre pays deux semaines pour y constater la réalité, enfin d'un célèbre animateur de télévision qui calquait son élocution sur Moïse tel que joué par Charlton Heston. La raison de leur enthousiasme tenait dans le sous-titre : *Pour comprendre et combattre la menace marxiste contre l'Asie*. Lorsque Claude expliqua que tout le monde lisait ce manuel pratique, je promis d'en faire autant. Le général, qui avait ouvert la bouteille, n'était pas d'humeur à parler livres ou à bavasser, pas avec dix-huit divisions ennemies en train d'encercler la capitale. Il voulait parler de l'avion, et Claude, roulant son verre de whisky entre ses deux paumes, dit qu'il ne pouvait pas faire mieux qu'un vol clandestin à bord d'un C-130. L'appareil pouvait emporter quatre-vingt-dix-neuf parachutistes et leur équipement, ce que savait très bien le général, lui qui avait servi dans les troupes aéroportées avant d'être appelé par le président en personne à diriger la police nationale. Le problème, comme il l'expliqua à Claude, était que sa famille élargie comptait à elle seule cinquante-huit personnes. Certes, il n'aimait pas tous ces gens-là, il en détestait même quelques-uns, mais madame ne lui pardonnerait jamais s'il ne sauvait pas tous leurs proches.

Et mon état-major, Claude ? Le général s'exprimait dans son anglais précis, scolaire. Qu'est-ce qu'il devient ? Le général et Claude me regardèrent. J'essayai de paraître courageux. Je n'étais pas le plus gradé de l'état-major, mais en tant qu'aide de camp et officier le plus rompu à la culture américaine j'assistais à tous les rendez-vous avec les Américains. Certains de mes compatriotes, même si la plupart d'entre eux avaient une pointe d'accent, parlaient l'anglais aussi bien que moi. Mais presque aucun ne pouvait discuter comme moi du championnat de base-ball, de l'horreur qu'était Jane Fonda ou des mérites des Rolling Stones par rapport aux Beatles. Si un Américain fermait les yeux en m'écoutant parler, il pouvait me prendre pour l'un des siens. D'ailleurs, au téléphone, on me confondait facilement avec un Américain. En chair et en os, mon interlocuteur était toujours stupéfait de me voir et demandait presque systématiquement où j'avais appris à parler aussi bien sa langue. Dans notre république manguière qui faisait office de concession des États-Unis, les Américains s'attendaient à ce que je ressemble aux millions de gens qui ne parlaient pas l'anglais, ou parlaient un anglais de bazar, ou l'anglais avec accent. Je détestais ce préjugé. C'est pour ça que j'étais toujours soucieux de montrer, à l'oral comme à l'écrit, ma maîtrise de leur langue. Mon vocabulaire était plus riche, ma grammaire plus précise que ceux de l'Américain éduqué moyen. Je pouvais taper dans tous les registres, le soutenu comme le vulgaire, si bien que je n'avais aucun mal à comprendre Claude quand il traitait l'ambassadeur de « tête de nœud », de « chieur » qui « ne pigeait rien à rien » et refusait de voir la chute imminente de la ville. Officiellement, il n'y a pas d'évacuation, dit Claude, parce qu'on n'est pas près de partir.

Le général, qui ne haussait presque jamais le ton, le fit. Et officieusement, vous nous abandonnez ! cria-t-il. Des avions décollent de l'aéroport jour et nuit. Tous ceux qui travaillent avec les Américains demandent un visa de sortie. Ils vont à votre ambassade pour les obtenir. Vous évacuez vos propres femmes. Vous évacuez les bébés et les orphelins. Comment se fait-il que les seuls qui ignorent que les Américains s'en vont soient les Américains ? Claude eut la décence de paraître embarrassé en expliquant que la ville se soulèverait si une évacuation était décrétée, puis se retournerait peut-être contre les Américains qui resteraient. C'était arrivé à Da Nang et à Nha Trang, où ils avaient sauvé leur peau et laissé les habitants s'entretuer. Malgré ce précédent, l'atmosphère à Saigon était curieusement sereine. La plupart des gens se comportaient comme un couple en plein naufrage, résolus à s'accrocher courageusement les uns aux autres et à sombrer tant que personne n'énonçait la vérité de l'adultère. La vérité, en l'occurrence, était qu'au moins un million de personnes travaillaient ou avaient travaillé pour les Américains dans tel ou tel secteur, qu'il s'agisse de leur cirer les chaussures, de diriger l'armée bâtie par eux à leur image ou de leur faire des fellations pour le prix d'un hamburger à Peoria ou à Poughkeepsie. Une bonne partie de ces gens-là pensaient qu'en cas de victoire des communistes – éventualité qu'ils refusaient d'envisager – les attendaient la prison ou le garrot, et pour les vierges le mariage forcé avec les barbares. Pourquoi auraient-ils pensé le contraire ? C'étaient les rumeurs que répandait la CIA.

Donc, dit le général, aussitôt interrompu par Claude. Vous avez un avion et vous devriez vous estimer chanceux, monsieur. Le général n'était pas homme à quémander. Il termina son whisky, tout comme Claude, puis lui serra la main et lui dit au revoir, sans jamais le lâcher du regard. Les Américains, m'avait-il dit un jour, aiment regarder les gens les yeux dans les yeux. Surtout quand ils les baisent par-derrière. Ce n'était pas comme ça que Claude voyait les choses. Les autres généraux n'obtenaient des places que pour leur famille proche, nous dit-il au moment de partir. Même Dieu et Noé n'ont pas pu sauver tout le monde. Ou en tout cas ils n'ont pas voulu.

Vraiment ? Qu'aurait dit mon père ? Il avait été prêtre catholique, mais je ne me rappelais pas que ce pauvre homme d'Église eût jamais prononcé un sermon sur Noé, même si je n'allais à la messe que pour rêvasser. Mais quoi qu'il en soit de Dieu ou de Noé, il était incontestable que tous les membres de l'état-major du général, s'ils le pouvaient, sauveraient une centaine de vrais parents, ainsi que n'importe quel faux parent capable de leur graisser la patte. Les familles vietnamiennes étaient une affaire délicate, compliquée, et s'il m'arrivait de regretter de ne pas en avoir, moi le fils unique d'une mère ostracisée, ce jour-là ce ne fut pas le cas.

Plus tard dans la journée, le président démissionna. Moi qui avais cru qu'il abandonnerait le pays des semaines plus tôt, comme tout bon dictateur, je pensai à peine à lui pendant que je préparais la liste des futurs évacués. Le général était un homme minutieux et soucieux du détail, habitué à prendre des décisions rapides et cruelles ; mais cette corvée-là, il me la délégua. Il était surtout préoccupé par le programme qui l'attendait : lire les rapports d'interrogatoire du matin, assister aux réunions au siège du Joint General Staff, téléphoner à ses proches conseillers pour voir comment tenir la ville tout en étant prêt à l'abandonner, manœuvre aussi difficile que celle consistant à jouer aux chaises musicales sur sa chanson préférée. La musique était d'ailleurs dans mes pensées, car pendant que je travaillais à la liste dans ma chambre de la villa, en pleine nuit, j'écoutais la radio américaine sur un poste Sony. D'habitude, les chansons des Temptations, de Janis Joplin et de Marvin Gaye rendaient le pire supportable et le meilleur merveilleux. Pas dans ces circonstances. Chaque nom que je rayais au stylo me faisait l'effet d'une condamnation à mort. Tous nos noms, de l'officier le plus subalterne au général, avaient été retrouvés trois ans auparavant sur une liste qui était en train d'être avalée par sa propriétaire au moment où nous avions défoncé la porte de son domicile. L'avertissement que j'avais envoyé à Man n'était pas parvenu à temps à cette femme. Alors que les policiers la plaquaient au sol, je n'avais eu d'autre choix que de plonger mes doigts dans la bouche de cette agente communiste pour en retirer la liste, trempée de salive, dont l'existence en papier mâché prouvait que les membres de la Branche spéciale, habitués à surveiller, étaient eux-mêmes surveillés. Même si j'avais pu avoir un moment seul avec elle, je n'aurais pu courir le risque de me démasquer en lui expliquant que j'étais de son camp. Je savais quel sort l'attendait. Tout le monde finissait par parler, dans les salles d'interrogatoire de la Branche spéciale, et elle m'aurait dénoncé à son corps défendant. Bien que plus jeune que moi, elle était assez sensée pour savoir, elle aussi, ce qui l'attendait. L'espace d'un instant, j'avais vu la vérité dans ses yeux, à savoir qu'elle me haïssait pour ce qu'elle pensait que j'étais, l'agent d'un régime tyrannique. Puis, comme moi, elle s'était rappelé le rôle qu'elle devait jouer. Je vous en prie ! s'était-elle écriée. Je suis innocente ! Je vous jure !

Trois ans après, cette agente communiste croupissait toujours dans une cellule. Je gardais son dossier sur mon bureau, comme un rappel de mon échec à la sauver. C'était ma faute, aussi, avait dit Man. Le jour de la libération, ce sera moi qui ouvrirai la porte de sa cellule. Elle avait vingt-deux ans au moment de son arrestation, et dans son dossier figuraient une photo d'elle le jour de sa capture et une autre, beaucoup plus récente, où elle avait les yeux éteints et les cheveux clairsemés. Nos cellules étaient des machines à voyager dans le temps ; les prisonniers y vieillissaient beaucoup plus vite. Regarder leurs visages, de temps à autre, m'aida à choisir quelques hommes qui seraient sauvés et à en condamner beaucoup d'autres, y compris certains que j'appréciais. Pendant plusieurs jours j'écrivis et récrivis ma liste, tandis que les défenseurs de Xuan Loc se faisaient anéantir et que, de l'autre côté de la frontière, Phnom Penh tombait aux mains des Khmers rouges. Quelques jours plus tard, notre ex-président s'enfuit nuitamment pour Taiwan. Claude, qui le conduisit à l'aéroport, remarqua que les valises extrêmement lourdes du président rendaient un son métallique, sans doute une partie non négligeable de l'or national. Il me raconta cela le lendemain, en m'annonçant au téléphone que notre avion décollerait deux jours plus tard. Je terminai ma liste en début de soirée. J'expliquai au général que j'avais décidé d'être démocrate et représentatif, en choisissant l'officier le plus gradé, l'officier que tout le monde jugeait le plus honnête, l'officier dont j'appréciais le plus la compagnie, et ainsi de suite. Il accepta mon raisonnement et son inévitable conséquence, à savoir que bon nombre des officiers supérieurs les mieux informés et les plus compromis, eu égard aux activités de la Branche spéciale, seraient sacrifiés. J'avais donc un colonel, un adjudant, un autre capitaine et deux lieutenants. Enfin, je réservai une place pour moi et trois autres pour Bon, sa femme et son fils, mon filleul.

Lorsque le général passa me voir ce soir-là pour compatir, avec sa bouteille de whisky maintenant à moitié vide, je demandai à pouvoir emmener Bon avec nous. Bien qu'il ne fût pas mon véritable frère, depuis l'école il était mon premier frère de sang, le deuxième étant Man. Nous nous étions tous trois juré une fidélité indéfectible en tailladant nos paumes d'adolescents et en mêlant nos sangs par une poignée de main rituelle. Mon portefeuille renfermait une photo en noir et blanc de Bon et de sa famille. Il ressemblait à un beau garçon qu'on aurait passé à tabac, sauf que c'était son visage naturel. Même son béret de parachutiste et son treillis tigré bien repassé ne pouvaient faire oublier ses oreilles semblables à des parachutes, son menton perpétuellement niché dans les replis de son cou et son nez plat qui penchait à droite, comme ses idées politiques. Quant à sa femme, Linh, un poète pourrait comparer son visage à la pleine lune, non seulement pour sa rondeur et sa plénitude, mais parce qu'il était lui aussi couvert de taches et de cratères, criblé de cicatrices d'acné. Comment ces deux-là avaient-ils pu engendrer un enfant aussi beau que Duc ? Mystère. Ou peut-être était-ce aussi logique que la manière dont deux chiffres négatifs, une fois multipliés, donnent un résultat positif. Le général me tendit la photo et dit, C'est la moindre des choses. C'est un para. S'il n'y avait eu que des paras dans notre armée, on aurait gagné la guerre.

Si… Mais il n'y avait pas de si. Il n'y avait que la réalité incontestable du général assis au bord de ma chaise pendant que j'étais debout à la fenêtre, en train de siroter mon whisky. Dans la cour, l'ordonnance du général jetait des secrets par poignées entières dans les flammes d'un baril de deux cents litres, rendant la nuit chaude encore plus chaude. Le général se leva et fit les cent pas dans ma petite chambre, son verre à la main, en caleçon et maillot de corps, le menton couvert d'une ombre de barbe. Ses domestiques, sa famille et moi-même étions les seuls à jamais le voir ainsi. À n'importe quelle heure de la journée, quand des visiteurs se présentaient à la villa, il se gominait les cheveux et enfilait son uniforme amidonné, dont le poitrail comptait plus de rubans que la chevelure d'une reine de beauté. Mais ce soir-là, alors que le silence de la villa n'était troublé que par des coups de feu épisodiques, il se laissa aller à pester contre les Américains, qui avaient promis de nous sauver du communisme à condition que l'on fasse comme on nous disait. Ils ont commencé cette guerre et maintenant qu'ils en ont marre, ils nous lâchent, dit-il en me resservant. Mais à qui d'autre nous en prendre qu'à nous-mêmes ? On a été assez bêtes pour croire qu'ils tiendraient parole. Résultat, on n'a nulle part où aller sinon en Amérique. Il y a des endroits pires, fis-je remarquer. Peut-être, dit-il. Au moins on pourra continuer le combat. Mais pour le moment, on se fait baiser bien profond. Comment est-ce qu'on pourrait trinquer à ça ?

Les mots me vinrent après un silence.

Œil pour œil, sang pour sang, dis-je.

Bien vu.

Je ne sais plus qui m'avait appris cette formule, ni même ce qu'elle signifiait précisément. Mais je l'avais entendue pendant mon séjour en Amérique. Le général avait séjourné en Amérique, lui aussi, mais seulement quelques mois, en 1958, en tant qu'officier subalterne, pour se former avec des camarades à Fort Benning, où les Bérets verts l'avaient définitivement vacciné contre le communisme. Dans mon cas, le vaccin n'avait pas fonctionné. J'étais déjà infiltré à l'époque, moitié étudiant boursier, moitié espion en devenir, seul et unique représentant de mon peuple dans une petite université nommée Occidental College, qui avait pour devise *Occidens Proximus Orienti*. J'y avais passé six années idylliques, dans ce monde délicieux et abruti de soleil qu'était la Californie du Sud des années 1960. Étudier les autoroutes, les égouts et autres activités utiles du même acabit – très peu pour moi. Au lieu de ça, la mission que m'avait confiée Man, mon camarade en conspiration, consistait à apprendre la manière américaine de penser. Ma guerre était psychologique. À cette fin, je lus la littérature et l'histoire américaines, perfectionnai ma grammaire, appris l'argot, fumai de l'herbe et perdis mon pucelage. En un mot, je décrochai non seulement ma licence, mais aussi une maîtrise, devenant expert en toutes sortes d'études américaines. Aujourd'hui encore, je revois assez bien l'endroit où j'ai lu pour la première fois les mots du plus grand philosophe américain, Emerson : sur une pelouse, près d'un bosquet de jacarandas chatoyants. Mon attention se partageait entre les étudiantes exotiques et bronzées, vêtues de débardeurs et de shorts, en train de lézarder sur l'herbe de juin, et les mots si noirs, si nets, sur la page blanche – « La cohérence imbécile est le spectre des petits esprits ». Rien de ce qu'a écrit Emerson ne valait autant pour l'Amérique. Mais ce n'est pas la seule raison pour laquelle je soulignai ces mots une, deux, trois fois. Ce qui m'avait marqué à l'époque, et qui me frappe aujourd'hui, c'est qu'on aurait pu dire la même chose de notre mère patrie, où nous sommes tout sauf cohérents.

Le dernier matin, je conduisis le général à son bureau de la Police nationale. Le mien se trouvait au bout du même couloir. Là, je convoquai les cinq officiers sélectionnés pour un rendez-vous en tête à tête, un par un. On part ce soir ? demanda le colonel, très nerveux, avec de grands yeux mouillés. Oui. Mes parents ? Les parents de ma femme ? demanda l'adjudant, un adepte glouton des restaurants chinois de Cholon. Non. Les frères, les sœurs, les nièces et les neveux ? Non. Les domestiques et les nounous ? Non. Les valises, les garde-robes, les collections de porcelaine ? Non. Le capitaine, qui boitait un peu à cause d'une maladie vénérienne, menaça de se suicider si je ne lui obtenais pas des places supplémentaires. Je lui tendis mon revolver ; il se déroba. Les jeunes lieutenants, au contraire, se montrèrent reconnaissants. Ayant accédé à leurs positions enviables grâce à leurs relations parentales, ils affichaient la nervosité spasmodique des pantins.

Je refermai la porte derrière le dernier. Après que des détonations lointaines eurent fait trembler les fenêtres, je vis des flammes et de la fumée s'élever à l'est. L'artillerie ennemie avait incendié le dépôt de munitions de Long Binh. Comme j'avais à la fois envie de déplorer et de fêter cela, je m'en remis à mon tiroir, où je conservais une bouteille de Jim Beam. Il en restait quelques gouttes. Si ma pauvre mère avait été en vie, elle m'aurait dit, Ne bois pas trop, mon fils. Ça ne peut pas te faire de bien. Tu en es sûre, maman ? Quand on se retrouvait dans une situation aussi difficile que la mienne à ce moment-là, taupe au sein de l'état-major du général, on trouvait son réconfort où on le pouvait. Je finis mon whisky et conduisis le général chez lui à travers un orage. L'eau amniotique qui tombait sur la ville était un signe annonciateur de la saison à venir. Certains espéraient que la mousson ralentirait l'avancée des divisions du Nord, mais je n'y croyais pas trop. Je sautai le dîner et rangeai dans mon sac à dos mes affaires de toilette, un chino et une chemise en soie achetés dans un magasin J. C. Penney à Los Angeles, des mocassins, trois sous-vêtements, une brosse à dents électrique trouvée au marché des voleurs, une photo encadrée de ma mère, des enveloppes de photos prises ici et en Amérique, mon appareil Kodak, et enfin *Le Communisme asiatique et le mode oriental de destruction.*

Ce sac à dos était un cadeau que m'avait fait Claude pour fêter mon diplôme à l'université. De tous les objets que je possédais, c'était le plus beau, capable d'être porté sur le dos ou, en tirant sur deux ou trois lanières, converti en bagage à main. Confectionné par un fabricant renommé de la Nouvelle-Angleterre, fait d'un souple cuir brun, il dégageait une odeur mystérieuse et riche, une odeur où se mêlaient les feuilles mortes, le homard grillé, la sueur et le sperme des pensionnats de garçons. Un monogramme de mes initiales était cousu sur le côté, mais son trait distinctif restait son double fond. Tout homme devrait avoir un bagage à double fond, m'avait dit Claude. On ne sait jamais quand on en aura besoin. À son insu, je m'en étais servi pour cacher mon mini-appareil Minox, cadeau de Man, qui coûtait plusieurs fois mon salaire annuel. C'était avec cela que j'avais photographié certains documents classifiés auxquels j'avais eu accès, et je me dis qu'il pourrait servir encore. Pour finir, je fis le tri entre mes livres et mes disques. Pour la plupart achetés en Amérique, ils portaient tous les empreintes digitales du souvenir. Il n'y avait pas la place pour Elvis ou Dylan, Faulkner ou Twain. Je pourrais toujours les racheter, bien sûr, mais j'avais encore le cœur lourd lorsque j'écrivis le nom de Man sur le carton de livres et de disques. Ils étaient trop encombrants, comme ma guitare, qui dévoilait sur le lit ses hanches pleines, et pleines de reproches, au moment où je m'en allai.

Une fois mon sac fait, j'empruntai la Citroën pour aller chercher Bon. En voyant les étoiles du général sur la voiture, la police militaire, aux check points, me fit signe de passer. Ma destination se trouvait de l'autre côté du misérable fleuve que bordaient les bidonvilles des réfugiés de la campagne. Leurs maisons et leurs fermes avaient été détruites par des soldats pyromanes et des incendiaires méticuleux reconvertis dans le bombardement. Au cœur du Quatrième District, après cette zone de taudis de bric et de broc, Bon et Man m'attendaient dans le jardin d'un bar à bière où nous avions tous trois passé d'innombrables heures enivrées. Les tables étaient occupées par des soldats et des marines ; leurs fusils étaient posés sous les tabourets et leurs cheveux avaient été coupés court par les coiffeurs sadiques de l'armée, décidés à révéler les contours de ces crânes à d'horribles fins phrénologiques. À peine étais-je assis que Bon me servit une bière. Mais il ne me laissa pas boire avant d'avoir prononcé un toast. À nos retrouvailles ! dit-il en levant son verre. On se reverra aux Philippines ! Plutôt à Guam, lui dis-je, car le dictateur Marcos en avait marre des réfugiés et ne les acceptait plus chez lui. Avec un grognement, Bon passa son verre sur son front. Je ne pensais pas que ça pourrait être encore pire, dit-il. Même les Philippins nous regardent de haut, maintenant ? On laisse tomber les Philippines, dit Man. Buvons à Guam. Il paraît que c'est là que la journée commence en Amérique. Et là que la nôtre s'arrêtera, marmonna Bon.

Contrairement à Man et à moi, Bon était un vrai patriote, un républicain qui s'était porté volontaire pour se battre, lui qui haïssait les communistes depuis qu'un cadre local avait forcé son père, le chef du village, à s'agenouiller sur la place du village et à tout avouer avant de lui loger une balle derrière l'oreille. Livré à lui-même, Bon avait voulu faire à la japonaise et se battre jusqu'à la mort, quitte à se tirer lui-même une balle dans la tête. Man et moi l'avions convaincu de penser à sa femme et à son enfant. Partir pour l'Amérique, ce n'était pas déserter, disions-nous. C'était effectuer une retraite stratégique. Nous lui avions expliqué que Man aussi partirait avec sa famille le lendemain, alors qu'en vérité il resterait pour assister à la libération du Sud par ces communistes du Nord que Bon haïssait tant. Lui serrant l'épaule avec ses doigts longs et fins, Man dit, Nous trois, on est frères de sang. On le restera même si on perd cette guerre, même si on perd notre pays. Puis il me regarda. Ses yeux étaient embués. Pour nous, il n'y a jamais de fin.

Tu as raison, répondit Bon en secouant vigoureusement la tête pour cacher ses larmes. Finies, la tristesse et la déprime. Buvons à l'espoir. On reviendra pour reconquérir notre pays. Pas vrai ? Lui aussi me regarda. Je n'avais pas honte de mes propres larmes. Ces hommes valaient mieux que n'importe quels véritables frères que j'aurais pu avoir, car nous nous étions choisis. Je levai mon verre de bière. À notre retour, dis-je. Et à la fraternité qui ne meurt jamais. Nous vidâmes nos verres, hurlâmes pour commander une autre tournée, nous prîmes dans les bras et passâmes une heure tout en amour et en chants fraternels, grâce à la musique proposée par un duo à l'autre bout du jardin. Le guitariste était un objecteur de conscience aux cheveux longs, maladivement pâle d'avoir vécu pendant dix ans cloîtré toute la journée chez le propriétaire du bar, ne sortant que le soir. Sa partenaire était une femme aux cheveux tout aussi longs et à la voix douce, et sa mince silhouette était soulignée par un *ao dai* de soie qui avait la même couleur qu'une vierge rougissante. Elle chantait des textes de Trinh Cong Son, le chanteur folk qu'adoraient même les parachutistes. *Demain je pars, ma chérie...* Sa voix s'élevait au-dessus du brouhaha des conversations et de la pluie. *Pense à me rappeler...* Mon cœur tremblait. Nous n'étions pas de ces peuples qui partent à la guerre au son du clairon. Non, nous nous battions en écoutant des chansons d'amour, car nous étions les Italiens de l'Asie.

Demain je pars, ma chérie. Les nuits de la ville ne sont plus aussi belles... Si Bon apprenait que c'était la dernière fois qu'il voyait Man avant longtemps, et peut-être la dernière fois tout court, il ne monterait jamais à bord de l'avion. Depuis nos années de lycée, nous nous voyions comme les Trois Mousquetaires, tous pour un et un pour tous. C'était Man qui nous avait fait découvrir Dumas : d'abord parce que c'était un grand écrivain, ensuite parce que c'était un quarteron. Il était donc un modèle pour nous, colonisé par ces mêmes Français qui l'avaient méprisé à cause de ses origines. Lecteur et raconteur avide, Man serait sans doute devenu professeur de lettres dans notre lycée si nous avions vécu en temps de paix. En plus de traduire dans notre langue natale trois romans de la série des Perry Mason, par Erle Stanley Gardner, il avait écrit sous pseudonyme un roman à la Zola qui n'avait rien d'inoubliable. Il avait étudié l'Amérique mais n'y était jamais allé, tout comme Bon, qui commanda une autre tournée et me demanda s'il y avait des bars à bière en Amérique. Ils ont des bars et des supermarchés où tu peux toujours boire une bière, dis-je. Mais est-ce qu'il y a des belles filles qui chantent des chansons comme celle-là ? demanda-t-il. Je remplis son verre et répondis, Ils ont des belles filles, mais elles ne chantent pas des chansons comme celle-là.

Là-dessus, le guitariste attaqua un autre morceau. En revanche, ils chantent des chansons comme celle-là, dit Man. C'était « Yesterday », des Beatles. Lorsque nous nous mîmes à chanter en chœur, mes yeux se mouillèrent. À quoi cela ressemble-t-il de vivre à une époque où l'on n'a pas la guerre pour seul destin, où l'on n'est pas dirigés par des pleutres et des corrompus, où son pays n'est pas un infirme maintenu en vie par l'intraveineuse de l'aide américaine ? Je ne connaissais aucun de ces jeunes soldats autour de moi, hormis mes frères de sang, et pourtant j'avoue que je compatissais avec chacun d'eux, conscient que, d'ici à quelques jours, ils seraient morts, ou blessés, ou emprisonnés, ou humiliés, ou abandonnés, ou oubliés. C'étaient mes ennemis, mais c'étaient aussi des frères d'armes. Leur ville tant aimée était sur le point de tomber, la mienne serait bientôt libérée. C'était la fin de leur monde, mais pour moi ce n'était qu'un changement de monde. Alors, pendant deux minutes, nous chantâmes de tout notre cœur, en ne pensant qu'au passé et en détournant le regard loin de l'avenir, baigneurs en train de nager le dos crawlé vers une chute d'eau.

Au moment de partir, la pluie avait fini par s'arrêter. Nous étions en train de fumer une dernière cigarette au bout de l'allée humide et ruisselante qu'était la sortie du bar à bière lorsqu'un trio de marines hydrocéphales surgit en titubant de l'obscurité vaginale. *Saigon la belle !* chantaient-ils. *Ô Saigon ! Ô Saigon !* Il n'était que 18 heures mais ils étaient déjà ivres, et leurs treillis étaient tachés de bière. Chacun tenait un M16 en bandoulière et arborait une paire de testicules supplémentaires qui, vus de plus près, étaient en fait deux grenades accrochées de part et d'autre de leurs boucles de ceinture. Même si leurs uniformes, leurs armes et leurs casques étaient tous de fabrication américaine, comme les nôtres, il était impossible de les prendre pour des Américains, trahis qu'ils étaient par leurs casques cabossés, ces casseroles en acier ajustées aux crânes américains mais beaucoup trop grandes pour n'importe lequel d'entre nous. Le premier marine balança la tête de droite à gauche avant de me rentrer dedans et de jurer. Le bord de son casque lui cachait presque tout le nez. Lorsqu'il le remonta, je découvris une paire d'yeux hagards qui essayaient de se concentrer. Salut ! dit-il, avec une haleine fétide et un accent du Sud tellement fort que j'eus du mal à le comprendre. Qu'est-ce que c'est que ça ? Un flic ? Qu'est-ce que tu fous avec les vrais soldats ?

Man jeta ses cendres dans sa direction. Ce flic est un capitaine. Saluez votre supérieur, lieutenant.

Le deuxième marine, lui aussi lieutenant, dit, Si vous le dites, adjudant, à quoi le troisième, également lieutenant, dit, On s'en fout des adjudants, des colonels et des généraux. Le président s'est barré. Les généraux – pouf ! Comme de la fumée. Disparus. Ils sauvent leurs fesses, comme toujours. Vous savez quoi ? Ça va être à nous d'assurer la retraite. Comme d'habitude. Quelle retraite ? demanda le deuxième marine. On n'a nulle part où aller. Le troisième confirma, On est morts. Ou tout comme, dit le premier. Notre boulot, c'est d'être morts.

Je jetai ma cigarette. Vous n'êtes pas encore morts. Vous devriez retourner à vos postes.

Le premier marine se concentra une fois de plus sur mon visage et fit un pas supplémentaire vers moi, jusqu'à ce que son nez touche presque le mien. Tu es *quoi*, toi ?

Faites attention, lieutenant ! s'écria Bon.

Je vais te dire ce que tu es. Le marine pointa son index sur mon torse.

Non, ne le dites pas.

Un bâtard ! lâcha-t-il. Les deux autres marines rigolèrent et en rajoutèrent. Un bâtard !

Je dégainai mon revolver et plaçai le canon entre les yeux du marine. Derrière lui, ses amis tripotèrent nerveusement leurs mitraillettes sans aller plus loin. Ils étaient diminués, mais pas au point de se croire capables de tirer plus vite que mes amis moins ivres.

Vous êtes soûl, n'est-ce pas, lieutenant ? Malgré moi, ma voix tremblait.

Oui, dit le marine. Monsieur.

Dans ce cas je ne vous abattrai pas.

C'est à cet instant, et à mon grand soulagement, que nous entendîmes les premières bombes. Toutes les têtes se tournèrent brusquement en direction de l'explosion, qui fut suivie d'une autre, puis d'une autre, au nord-ouest. C'est l'aéroport, dit Bon. Des bombes de deux cents kilos. Il s'avérerait qu'il avait raison sur ces deux points. Là où nous étions, nous ne voyions rien, sauf, au bout de quelques secondes, des panaches d'une fumée noire tourbillonnante. Puis on aurait cru que toutes les armes de la ville se déchaînaient, depuis le centre jusqu'à l'aéroport : les armes légères faisaient *clac-clac-clac*, les armes lourdes *poum-poum-poum*, et le ciel était zébré par les balles traçantes orange. Le ramdam fit affluer tous les habitants de cette rue misérable à leurs fenêtres et à leurs portes. Je rengainai mon revolver. Eux aussi dégrisés par la présence de témoins, les lieutenants remontèrent sans un mot dans leur jeep et s'en allèrent en louvoyant entre les quelques motos de la rue, jusqu'au carrefour. Puis la jeep pila et les marines descendirent, M16 à la main, cependant que les explosions se poursuivaient et que les civils envahissaient les trottoirs. Mon pouls accéléra lorsque les marines nous jetèrent des regards noirs, sous la lumière jaunâtre d'un lampadaire. Mais ils se contentèrent de braquer leurs armes vers le ciel, de grogner et de hurler tout en tirant jusqu'à vider leurs chargeurs. Mon cœur battait fort, la sueur ruisselait dans mon dos, mais pour donner le change devant mes amis, je souris et allumai une autre cigarette.

Imbéciles ! cria Bon, tandis que les civils se cachaient derrière les portes. Les marines nous lancèrent quelques noms d'oiseaux, remontèrent dans leur jeep, tournèrent au coin et disparurent. Bon et moi dîmes adieu à Man et, après qu'il fut parti dans sa propre jeep, je jetai les clés à Bon.

Le bombardement et les coups de feu avaient cessé. Pendant tout le trajet en Citroën jusque chez lui, il n'arrêta pas de maudire les marines. Je restai silencieux. On ne pouvait pas attendre des marines qu'ils se comportent bien à table. On attendait d'eux qu'ils aient les bons réflexes quand il s'agissait de vie ou de mort. Concernant le nom dont ils m'avaient traité, il m'énervait moins que ma propre réaction. Avec le temps, j'aurais dû devenir insensible à cette insulte méprisable. Pourtant, curieusement, je ne l'étais pas. Ma mère était d'ici, mon père était un étranger. Et depuis que j'étais petit, inconnus comme connaissances s'amusaient à me le rappeler, me crachant dessus et me traitant de bâtard, même si parfois, pour changer, ils me traitaient de bâtard avant de me cracher dessus.

2

Aujourd'hui encore, le gardien au visage poupon qui vient me surveiller chaque jour me traite de bâtard quand ça lui chante. Cela ne me surprend pas, même si j'espérais mieux de la part de vos hommes, mon cher commandant. Je l'avoue, le mot me fait encore mal. Peut-être, pour changer, pourrait-il me traiter de corniaud ou de demi-citron, comme d'autres l'ont fait par le passé ? Et pourquoi pas métis, le terme qu'utilisaient les Français quand ils ne m'appelaient pas Eurasien ? Eurasien me conférait un vernis romantique auprès des Américains, mais ne m'avançait à rien avec les Français. J'en croisais encore de temps en temps à Saigon, colons nostalgiques qui s'entêtaient à rester dans ce pays après la liquidation de leur empire. Le Cercle sportif était leur repaire. Ils y sirotaient du Pernod tout en ressassant le passé de ces rues saïgonnaises qu'ils appelaient encore par leurs noms français : le boulevard Norodom, la rue Chasseloup-Laubat, le quai de l'Argonne. Ils régentaient le personnel indigène avec une arrogance de nouveaux riches et, quand je me présentais, me considéraient avec l'œil soupçonneux de gardes-frontières vérifiant les passeports.

Néanmoins, ce ne sont pas eux qui ont inventé l'Eurasien. La paternité en revient aux Britanniques, en Inde, lesquels avaient également jugé impossible de ne pas croquer dans le chocolat local. Comme ces Anglais à casque colonial, les soldats des forces expéditionnaires américaines dans le Pacifique n'avaient pas résisté aux charmes des indigènes. Eux aussi avaient inventé un mot-valise pour décrire les gens comme moi : les Amérasiens. Bien que dans mon cas le terme ne fût pas approprié, je pouvais difficilement en vouloir aux Américains de me prendre pour un des leurs, étant donné que les rejetons tropicaux des GI pouvaient à eux seuls former une petite nation. Aux acronymes, nos compatriotes préféraient les euphémismes ; les gens comme moi, ils les appelaient la poussière de la vie. Plus concrètement, l'Oxford English Dictionary que je consultais à Occidental College m'apprit que je pouvais être qualifié d'« enfant naturel », et dans tous les pays que je connais je suis un fils illégitime. Ma mère m'appelait son enfant de l'amour, mais je n'aime pas m'attarder là-dessus. En fin de compte, c'était mon père qui avait raison. Il ne m'appelait rien du tout.

Pas étonnant, donc, que j'aie été attiré par le général, qui, comme mes amis Man et Bon, ne ricanait jamais devant mon ascendance compliquée. En me recrutant dans son état-major, il m'avait dit, La seule chose qui m'intéresse, c'est de voir si vous êtes bon dans ce que vous faites, même si les choses que je vous demande de faire ne sont pas toujours ragoûtantes. Je fis la preuve de ma compétence plus d'une fois ; l'évacuation n'était que la dernière démonstration de mon habileté à ruser avec la frontière ténue séparant le licite de l'illicite. Les hommes avaient été choisis, les bus affrétés et, surtout, les pots-de-vin distribués. Je les avais sortis d'une enveloppe de dix mille dollars réquisitionnée auprès du général, lequel avait soumis la requête à madame. C'est une somme extraordinaire, me dit-elle autour d'une tasse de thé oolong, dans son salon. C'est une période extraordinaire, dis-je. Mais pour quatre-vingt-douze évacués, c'est une bouchée de pain. Elle ne pouvait pas dire le contraire, et quiconque collait son oreille sur les rails des rumeurs de la ville aurait pu confirmer mes dires. On racontait que les prix des visas, des passeports et des sièges à bord des avions d'évacuation montaient jusqu'à plusieurs milliers de dollars, selon le paquetage choisi et selon son niveau d'hystérie. Mais avant même d'envisager de verser un pot-de-vin, il fallait trouver des complices. Dans notre cas, j'avais mis la main sur un adjudant louche rencontré au Pink Nightclub, rue Nguyen Hue. Hurlant pour être entendu malgré le tonnerre psychédélique de CBC ou les rythmes pop d'Uptight, j'appris qu'il était l'officier responsable de l'aéroport. En échange d'une somme relativement modique de mille dollars, il me dit qui seraient les gardes à l'aéroport le jour de notre départ et où j'avais une chance de trouver leur lieutenant.

Une fois cela arrangé, et une fois que Bon et moi eûmes récupéré sa femme et son enfant, nous nous retrouvâmes à 19 heures pour le départ. Deux bus bleus attendaient devant le portail de la villa. Leurs vitres étaient équipées de grilles métalliques contre lesquelles les grenades terroristes étaient censées rebondir, à moins d'être tirées au lance-roquettes, auquel cas il faudrait s'en remettre à la seule armure des prières. Tandis que les familles angoissées attendaient dans le jardin de la villa, madame se tenait sur les marches du perron, aux côtés du personnel de maison. Ses enfants maussades étaient assis à l'arrière de la Citroën et, l'air impassible et diplomatique, regardaient Claude et le général en train de fumer devant les phares de la voiture. Liste des passagers en main, j'appelais les hommes et leurs familles, cochais les noms puis dirigeais tout ce petit monde vers les bus. Comme convenu, chaque adulte et chaque adolescent ne transportait qu'une petite valise ou bagage à main, et certains enfants serraient de petits doudous ou des poupées d'albâtre, à figure occidentale, fendues d'un sourire fanatique. Bon fut le dernier. Il tenait Linh par le coude, qui elle-même tenait la main de Duc. Ce dernier venait tout juste d'apprendre à marcher d'un pas assuré, et son autre main tenait un yoyo jaune que je lui avais rapporté des États-Unis. Je lui adressai un salut militaire ; sérieux comme un pape, il s'arrêta pour détacher sa main de celle de sa mère et me saluer en retour. Tout le monde est là, dis-je au général. Alors allons-y, répondit-il en écrasant sa cigarette sous son talon.

La dernière obligation du général consista à dire adieu au maître d'hôtel, au cuisinier, à la femme de chambre et à un trio de nounous adolescentes. Certains avaient demandé à partir avec nous, mais madame avait refusé fermement, convaincue de faire déjà montre d'une générosité excessive parce qu'elle avait payé pour les officiers du général. Elle avait raison, naturellement. Je connaissais au moins un général qui, s'étant vu offrir des sièges pour son état-major, les avait revendus au plus offrant. Madame et tout le personnel de maison pleuraient, à présent, à l'exception du vieux maître d'hôtel, dont le cou goitreux était entouré d'un foulard violet. Il avait commencé à travailler au service du général en tant qu'ordonnance, à l'époque où celui-ci n'était que lieutenant, tous deux dans l'armée française pendant sa saison en enfer à Diên Biên Phu. En bas des marches, le général n'avait pas la force de croiser le regard du vieil homme. Je suis désolé, dit-il, casquette à la main, la tête basse et nue. C'était la première fois que je l'entendais s'excuser auprès de quiconque – hormis madame. Vous nous avez tous été fidèles, et nous ne vous traitons pas bien. Mais il ne vous arrivera rien, à aucun d'entre vous. Prenez ce que vous voulez dans la villa et allez-vous-en. Si on vous pose des questions, dites que vous ne me connaissez pas et que vous n'avez jamais travaillé pour moi. Mais moi, je vous le promets aujourd'hui, je ne cesserai jamais de me battre pour notre pays ! Lorsqu'il se mit à pleurer, je lui tendis mon mouchoir. Rompant le silence, le maître d'hôtel dit, Je ne demande qu'une chose, monsieur. Quoi donc, cher ami ? Votre pistolet, pour que je puisse me tirer une balle ! Le général secoua la tête et s'essuya les yeux avec mon mouchoir. Jamais de la vie. Rentrez chez vous et attendez mon retour. Ce jour-là, je vous donnerai un pistolet. Le maître d'hôtel voulut lui faire le salut militaire, mais le général lui tendit la main. Quoi que l'on puisse raconter aujourd'hui à propos du général, je ne peux qu'attester qu'il était un homme sincère, qui croyait en tout ce qu'il disait, même les mensonges, ce qui ne le rend guère différent des autres.

Madame distribua à chaque membre du personnel de maison une enveloppe de dollars dont l'épaisseur variait selon le rang de chacun. Le général me rendit mon mouchoir et accompagna madame jusqu'à la Citroën. Pour ce dernier trajet, il prendrait lui-même le volant en cuir et ouvrirait la voie de l'aéroport aux deux bus. Je prends le deuxième bus, me dit Claude. Toi, monte dans le premier et assure-toi que le chauffeur ne se perde pas en route. Avant de monter, je m'arrêtai devant le portail pour jeter un dernier coup d'œil à la villa, construite à l'origine pour les propriétaires corses d'une plantation d'hévéas. Un impressionnant tamarinier coiffait les avant-toits, et les longues gousses boudinées de ses fruits amers pendaient comme des doigts de cadavres. Les membres du fidèle personnel se tenaient toujours en haut des marches. Lorsque je les saluai de la main, ils me saluèrent obligeamment, serrant dans leurs mains libres ces enveloppes blanches qui étaient devenues, au clair de la lune, des billets pour nulle part.

Le trajet entre la villa et l'aéroport fut aussi simple que tout le reste à Saigon, c'est-à-dire pas simple du tout. Devant le portail, on prenait Thi Xuan à droite, on tournait à gauche dans Le Van Quyet, à droite Hong Thap Tu, vers les ambassades, à gauche Pasteur, encore à gauche Nguyen Dinh Chieu, à droite Cong Ly, puis tout droit jusqu'à l'aéroport. Mais, au lieu de tourner à gauche dans Le Van Quyet, le général prit à droite. Il s'est trompé de direction, dit mon chauffeur. Il avait les doigts jaunis par la cigarette et des ongles de pied dangereusement pointus. Suis-le, ordonnai-je. Je me tenais à l'entrée du bus, dont les portières étaient ouvertes pour laisser passer l'air frais de la nuit. Sur la première banquette, derrière moi, se trouvaient Bon et Linh. Duc était assis sur les genoux de sa mère, penché en avant pour regarder par-dessus mon épaule. Les rues étaient désertes ; d'après la radio, un couvre-feu de vingt-quatre heures avait été décrété à cause de la grève à l'aéroport. Sur les trottoirs, presque aussi vides, on ne voyait que de temps en temps les uniformes abandonnés par les déserteurs. Parfois, ils formaient une pile si bien disposée, avec le casque au-dessus de la chemise et les bottes sous le pantalon, que leur propriétaire semblait avoir été vaporisé par un rayon laser. Dans une ville où pourtant rien ne se jetait, personne ne touchait à ces uniformes.

Mon bus transportait au moins quelques soldats en civil, bien que le reste de la belle-famille et des cousins du général fût principalement constitué de femmes et d'enfants. Ces passagers murmuraient entre eux, se plaignaient de telle ou telle chose ; je n'y prêtai pas attention. Même au paradis, nos compatriotes trouveront toujours l'occasion de dire qu'il y fait moins chaud qu'en enfer. Pourquoi passe-t-il par là ? demanda le chauffeur. Et le couvre-feu ? On va tous se faire tirer dessus, ou au moins arrêter. Bon soupira et secoua la tête. C'est lui le général, dit-il, comme si cela pouvait tout expliquer, ce qui était le cas. Néanmoins, le chauffeur continua de maugréer pendant que nous longions le marché central et empruntions Le Loi. Il ne s'arrêta que lorsque le général finit par se garer devant la place Lam Lon. Devant nous se trouvait la façade grecque de l'Assemblée nationale, l'ancien opéra de la ville. C'était là que nos hommes politiques avaient orchestré la médiocre opérette comique de notre pays, parodie absurde jouée par des divas plantureuses en costume blanc et des prima donna moustachues vêtues d'uniformes militaires taillés sur mesure. En me penchant et en levant les yeux, je vis les fenêtres illuminées du bar au dernier étage du Caravelle Hotel, où j'avais souvent accompagné le général pour ses apéritifs et ses interviews avec les journalistes. Là-haut, les balcons offraient un panorama unique sur Saigon et ses environs. Des éclats de rire lointains parvinrent à mes oreilles. Ce devaient être les correspondants étrangers, prêts à prendre la température de la ville pendant son dernier râle, ainsi que les représentants des pays non alignés, qui regardaient le dépôt de munitions de Long Binh brûler à l'horizon, tandis que les balles traçantes fusaient dans la nuit.

Je ressentis une envie pressante de tirer une salve en direction des rires, histoire d'animer leur soirée. Lorsque le général descendit de la voiture, je crus qu'il avait eu la même idée. Mais il se tourna dans la direction opposée, loin de l'Assemblée nationale, vers le monument hideux qui trônait sur le terre-plein central de Le Loi. Je regrettais d'avoir rangé mon Kodak dans mon sac à dos plutôt que dans ma poche, car j'aurais aimé prendre une photo du général en train de saluer les deux énormes marines en train de charger, le héros à l'arrière s'intéressant de très près au postérieur de son camarade. Bon salua aussi la statue, comme tous les hommes du bus, et je me demandai si ces marines protégeaient les gens qui se promenaient sous leurs yeux par une belle journée ensoleillée ou s'ils attaquaient l'Assemblée nationale vers laquelle étaient braquées leurs mitraillettes. Néanmoins, au moment où l'un des hommes du bus éclata en sanglots et où, à mon tour, je saluai, je me fis la réflexion que le sens de cette sculpture n'était pas si ambigu que ça. Notre aviation avait bombardé le palais présidentiel, notre armée avait abattu et poignardé à mort notre premier président et son frère, et nos généraux chicaneurs avaient fomenté d'innombrables coups d'État. Après le dixième putsch, j'avais accepté la situation absurde de notre pays avec un mélange de désespoir et de colère, sans compter une certaine dose d'humour, cocktail sous l'influence duquel j'avais renouvelé mes vœux révolutionnaires.

Satisfait, le général remonta à bord de la Citroën et le convoi repartit, traversant le croisement entre la place et la rue Tu Do en sens unique. J'eus droit à un dernier aperçu du café Givral, où j'avais savouré des glaces françaises à la vanille lors de mes rendez-vous avec les jeunes Saïgonnaises bien élevées et leurs duègnes de tantes momifiées. Après le Givral se trouvait le Brodard, où j'aimais manger des crêpes délicieuses tout en faisant de mon mieux pour ne pas voir le défilé des indigents qui sautillaient et boitillaient. Ceux qui avaient encore des mains les tendaient pour quémander, ceux qui n'en avaient plus serraient la visière d'une casquette de base-ball entre leurs dents. Des mutilés de guerre agitaient leurs manches vides, tels des oiseaux sans ailes, de vieux mendiants muets dardaient sur vous leurs yeux de cobra, des gamins des rues vous racontaient des histoires à dormir debout sur leur existence pitoyable, de jeunes veuves berçaient des bébés coliqueux qu'elles avaient peut-être loués, et une ribambelle d'infirmes exhibaient toutes les maladies répugnantes possibles et imaginables. Plus au nord, dans Tu Do, il y avait la boîte de nuit où j'avais passé tant de soirées à danser le cha-cha-cha avec de jeunes femmes en minijupe et talons aiguilles dernier cri. C'était dans cette rue que les arrogants Français logeaient autrefois leurs élégantes maîtresses, suivis par les Américains, plus vulgaires, s'éclatant dans les bars sinistres comme le San Francisco, le New York et le Tennessee aux noms gravés dans le néon, aux juke-box bourrés de musique country. Ceux qui se sentaient coupables après une soirée de débauche pouvaient tituber vers le nord, vers la basilique en brique au bout de Tu Do, là où présentement nous conduisait le général en passant par Hai Ba Trung. Devant la basilique se dressait la statue blanche de la Vierge, les yeux baissés et les mains ouvertes en signe de paix et de pardon. Si elle et son fils Jésus-Christ étaient prêts à accueillir tous les pécheurs de Tu Do, leurs pénitents guindés et leurs prêtres – dont mon père – me dédaignaient. C'était donc toujours à la basilique que je demandais à Man de me retrouver pour nos affaires clandestines, et nous savourions le bonheur farce d'être comptés parmi les fidèles. Malgré nos génuflexions, nous étions en réalité des athées, et nous avions choisi le communisme plutôt que Dieu.

Nous nous retrouvions les mercredis après-midi. La basilique était vide, à l'exception de quelques douairières austères. La tête enveloppée d'une mantille en dentelle ou d'un foulard noir, elles récitaient *Notre Père qui êtes aux cieux, que votre nom soit sanctifié...* J'avais beau ne plus prier, ma langue ne pouvait s'empêcher de remuer à l'unisson de ces vieilles femmes. Aussi vaillantes que des fantassins, elles restaient imperturbablement assises jusqu'à la fin des messes bondées du week-end, quand les infirmes et les vieillards, parfois, s'évanouissaient à cause de la chaleur. Nous étions trop pauvres pour avoir la climatisation, mais le coup de chaud n'était qu'une autre manière d'exprimer son ardeur religieuse. Il serait difficile de trouver des catholiques plus pieux que ceux de Saigon, dont la plupart, comme ma mère et moi-même, avaient déjà fui les communistes en 1954 (du haut de mes neuf ans, je n'avais pas pu donner mon avis). Se retrouver dans cette église amusait beaucoup Man, lui aussi ancien catholique. Pendant que nous faisions semblant d'être des dévots auxquels la messe une fois par semaine ne suffisait pas, je lui confessais mes échecs politiques et personnels. Lui, en retour, jouait mon confesseur et me murmurait à l'oreille des absolutions sous forme de consignes plutôt que de prières.

L'Amérique ? dis-je.

L'Amérique, confirma-t-il.

Je lui avais parlé du plan d'évacuation du général dès que j'en avais eu vent, et ce mercredi-là, une semaine avant, à la basilique, j'avais pris connaissance de ma nouvelle mission. Elle m'était confiée par les supérieurs de Man. Qui étaient-ils ? Je l'ignorais. C'était plus sûr ainsi. C'était notre système depuis le lycée : nous empruntions clandestinement un chemin, par l'intermédiaire d'un groupe d'étude, et Bon continuait sur un chemin plus conventionnel. Le groupe d'étude, ç'avait été une idée de Man : une cellule de trois hommes, lui, moi et un autre camarade de classe. Man était le chef, qui nous guidait dans la lecture des grands classiques révolutionnaires et nous inculquait les piliers de l'idéologie du Parti. À l'époque, je savais qu'il appartenait à une autre cellule, dont il était le plus jeune membre, bien que l'identité des deux autres demeurât un mystère pour moi. Le secret et la hiérarchie sont essentiels à la révolution, me disait Man. D'où l'existence d'un autre comité au-dessus de lui, pour les plus engagés, puis encore d'un autre au-dessus, pour les encore plus engagés, et ainsi de suite sans doute jusqu'à l'Oncle Hô en personne, du moins quand il était de ce monde, le plus engagé de tous les hommes, celui qui avait dit : « Qu'y a-t-il de plus précieux que l'indépendance et la liberté ? Rien. » Ces paroles-là, nous étions prêts à mourir pour elles. Ce langage, de même que les discours des groupes d'étude, des comités et des partis, venait facilement à Man. Il avait hérité le gène révolutionnaire d'un de ses grands-oncles, obligé par les Français à se battre en Europe pendant la Première Guerre mondiale. Il était fossoyeur de son métier, et rien ne réveillera plus un sujet colonisé que de voir des hommes blancs nus et morts, disait-il, du moins selon Man. Ce grand-oncle avait plongé ses mains dans leurs viscères roses et gluants, examiné à loisir leurs queues flasques et comiques, eu la nausée devant les œufs brouillés en putréfaction qu'étaient leurs cervelles. Il les enterrait par milliers, courageux jeunes hommes piégés dans les éloges filandreux des politiciens, et le constat que la France avait gardé sa fine fleur pour elle pénétra lentement dans les capillaires de sa conscience. Les médiocres avaient été expédiés en Indochine, permettant à la métropole d'intégrer à sa bureaucratie coloniale le caïd de cour d'école, l'asocial du club d'échecs, le comptable-né, l'ectoplasme méfiant, tous ces personnages que le grand-oncle voyait enfin, dans leur habitat original, pour les parias et les minables qu'ils étaient. Et c'étaient ces mêmes rebuts, enrageait-il, qui nous apprenaient à les considérer comme des demi-dieux ? Son anticolonialisme radical n'en fut que renforcé lorsqu'il tomba amoureux d'une infirmière française, trotskiste, qui le persuada de s'engager au parti communiste français, le seul qui proposât une réponse convenable à la question indochinoise. Pour ses beaux yeux, il avait bu le thé noir de l'exil. En fin de compte, ils avaient eu une fille et Man, me tendant un bout de papier, m'expliqua qu'elle était toujours en vie – sa tante. Sur le bout de papier figuraient son nom et son adresse, dans le 13e arrondissement de Paris, compagne de route qui n'avait jamais adhéré au Parti et était donc peu susceptible d'être surveillée. Comme je pense que tu ne pourras pas envoyer de lettres ici, me dit-il, elle fera l'intermédiaire. C'est une vieille fille qui a trois chats siamois, pas d'enfants et pas d'antécédents suspects. C'est à elle que tu enverras tes lettres.

Au moment d'empocher ce bout de papier, je me rappelai le scénario hollywoodien que j'avais préparé, celui où je refusais de monter dans l'avion de Claude et où le général me suppliait de partir avec lui. Je veux rester, dis-je. C'est presque terminé. Les mains jointes, Man poussa un soupir. C'est presque terminé ? *Que ton règne vienne, que ta volonté soit faite.* Ton général n'est pas le seul qui envisage de continuer le combat. Les vieux soldats n'abandonnent jamais. La guerre a duré trop longtemps pour qu'ils arrêtent du jour au lendemain. On a besoin de quelqu'un qui garde un œil sur eux et s'assure qu'ils ne font pas trop de problèmes. Et si je ne pars pas ? demandai-je. Man leva les yeux vers le Christ verdâtre et estropié, aux traits européens, suspendu à un crucifix loin au-dessus de l'autel, la taille ceinte d'un pagne mensonger alors qu'il avait dû mourir tout nu. Le sourire de Man dévoila ses dents d'un blanc éclatant. Tu seras plus utile là-bas qu'ici, me dit ce fils de dentiste. Et si tu ne le fais pas pour toi, fais-le pour Bon. Il ne partira pas s'il pense qu'on va rester. En tout cas, tu as envie de partir. Reconnais-le !

Osé-je le reconnaître ? Osé-je l'avouer ? L'Amérique, le pays des supermarchés et des super-autoroutes, des avions supersoniques et de Superman, des super-porte-avions et du Super Bowl ! L'Amérique, le pays qui, non content de se donner un nom lié à sa naissance sanglante, s'était attribué, pour la première fois dans l'Histoire, un mystérieux acronyme, USA, une triplette surpassée seulement plus tard par le quadruplé de l'URSS. Même si chaque pays se croyait supérieur à sa manière, en existait-il un seul qui avait forgé tant de mots en « super » dans la banque fédérale de son narcissisme, qui n'était pas seulement super-confiant, mais super-puissant, et qui ne serait pas satisfait tant qu'il n'aurait pas infligé à toutes les nations du monde une clé de bras pour leur faire crier Oncle Sam ?

Très bien, je le reconnais ! dis-je. J'avoue.

Il gloussa et dit, Estime-toi chanceux. Moi, je n'ai jamais quitté notre merveilleuse mère patrie.

Chanceux, moi ? Au moins, ici, tu te sens chez toi.

Chez soi, ce n'est pas le paradis, dit-il.

Facile à dire pour lui, dont les parents s'entendaient plutôt bien, dont les frères et sœurs le laissaient tranquille avec ses sympathies révolutionnaires, alors que beaucoup de familles se divisaient, les uns se battant pour le Nord, les autres pour le Sud, les uns pour le communisme, les autres pour le nationalisme. Et pourtant, si divisés fussent-ils, tous ces gens se considéraient comme des patriotes se battant pour un pays auquel ils appartenaient. Lorsque je lui rappelai que je n'appartenais pas à ce pays, il me dit, Tu n'appartiens pas à l'Amérique non plus. Peut-être, répondis-je. Mais je ne suis pas né là-bas. Je suis né ici.

Devant la basilique, nous nous dîmes au revoir. Ce furent là nos vrais adieux, pas ceux que nous mettrions en scène plus tard pour Bon. Je te laisse mes disques et mes livres, dis-je. Je sais que tu as toujours voulu les avoir. Merci, me dit-il en me serrant fort la main. Et bonne chance. Quand est-ce que je pourrai rentrer ? demandai-je. Avec un regard plein de compassion, il me dit, Mon ami, je suis un révolutionnaire, pas un devin. La date de ton retour dépendra des projets de ton général. Maintenant que le général longeait la basilique, j'étais incapable de savoir quels étaient ses projets, sinon fuir le pays. Il envisageait sans doute autre chose que les vaines paroles inscrites sur les banderoles alignées le long du boulevard menant au palais présidentiel, qu'un pilote dissident avait mitraillées au début du mois. AUCUN TERRITOIRE AUX COMMUNISTES ! PAS DE COMMUNISTES AU SUD ! PAS DE GOUVERNEMENT DE COALITION ! PAS DE NÉGOCIATIONS ! Je vis un planton impassible au garde-à-vous sous sa petite guérite, mais avant d'arriver au palais le général finit heureusement par se diriger vers l'aéroport en prenant la rue Pasteur à droite. Dans le lointain, une mitraillette lourde tira quelques salves irrégulières, en staccato. Lorsqu'un tir sourd de mortier retentit, Duc gémit dans les bras de sa mère. Chut, mon chéri, dit-elle. On part en voyage. Bon caressa les petits cheveux de son fils et demanda, Est-ce qu'on reverra un jour ces rues ? Je répondis, On est bien obligés de croire qu'on les reverra, non ?

Il passa son bras autour de mes épaules et nous nous étreignîmes sur les marches du bus, la tête penchée à l'extérieur, les mains serrées, pendant que les appartements tristes défilaient, que des yeux et des lumières apparaissaient derrière les rideaux et les volets. Le nez au vent, nous respirions un pot-pourri d'odeurs : charbon et jasmin, fruits pourris et eucalyptus, essence et ammoniac, le rot tourbillonnant lâché par les entrailles mal irriguées de la ville. Non loin de l'aéroport, l'ombre cruciforme d'un avion vrombit au-dessus de nos têtes, toutes lumières éteintes. À l'entrée, des rouleaux de fil barbelé s'affaissaient, comme déçus à force d'attendre là. Derrière, il y avait un peloton de policiers militaires renfrognés et leur jeune lieutenant, fusil dans les mains, matraque à la taille. Mon cœur s'emballa lorsque le lieutenant s'approcha de la Citroën du général, se pencha vers la portière conducteur pour échanger quelques mots, puis jeta un coup d'œil dans ma direction, à la porte du bus. Grâce aux renseignements de l'adjudant louche, j'avais retrouvé sa trace dans le bidonville, près du canal, où il vivait avec sa femme, ses trois enfants, ses parents et sa belle-famille. Ils vivaient tous sur un salaire qui ne suffisait pas à nourrir la moitié d'entre eux. C'était le lot ordinaire des jeunes officiers, mais ma mission, lors de ma visite la semaine précédente, un après-midi, consistait à voir quel homme avait été façonné à partir de cette pauvre glaise. En caleçon, assis sur le rebord d'un lit en bois qu'il partageait avec femme et enfants, le lieutenant à moitié nu avait l'air acculé d'un prisonnier politique qu'on venait de lâcher dans la cage du tigre : méfiant, un peu effaré, mais pas encore physiquement brisé. Vous voulez que je poignarde le pays dans le dos, dit-il d'une voix blanche, tenant la cigarette que je lui avais offerte. Vous voulez me payer pour que je permette à des lâches et à des traîtres de s'enfuir. Vous voulez que j'encourage mes hommes à faire la même chose.

Je ne vais pas insulter votre intelligence en prétendant le contraire, dis-je. Je m'adressais surtout au jury – sa femme, ses parents et sa belle-famille, tous assis, accroupis ou debout dans ce taudis exigu et étouffant de chaleur, avec son toit en tôle. La faim leur avait creusé les joues, comme je l'avais déjà vu chez ma mère, qui avait tant souffert pour moi. Je vous admire, lieutenant, dis-je, ce qui était vrai. Vous êtes un homme honnête, et c'est rare de voir des hommes honnêtes quand ils ont une famille à nourrir. Le moins que je puisse faire pour vous récompenser, c'est vous donner trois mille dollars. C'était l'équivalent du salaire mensuel de toute son escouade. Sa femme fit son devoir ; elle en demanda dix mille. Finalement, nous nous mîmes d'accord sur cinq mille, dont la moitié tout de suite et l'autre moitié à l'aéroport. Pendant que mon bus avançait, il m'arracha des mains l'enveloppe remplie de billets, et dans ses yeux je vis le même regard que celui que m'avait lancé l'agente communiste quand j'avais extrait de sa bouche la liste de noms. Il aurait pu me tirer dessus ou nous dénoncer, mais il fit ce que tout homme honorable contraint d'accepter un pot-de-vin aurait fait. Il nous laissa passer en tenant sa parole comme si c'était la dernière feuille de vigne de sa dignité. Face à son humiliation, je détournai le regard. Si – laissez-moi utiliser le conditionnel quelques instants –, si l'armée du Sud n'avait compté que des hommes comme lui, elle aurait gagné. J'avoue que, bien qu'il fût mon ennemi, je l'admirais. Il vaut toujours mieux admirer les meilleurs parmi nos adversaires que les pires parmi nos amis. Vous n'êtes pas de mon avis, commandant ?

Il était près de 21 heures lorsque nous traversâmes cette métropole qu'était l'aéroport, sur des rues bien goudronnées. Après avoir longé des préfabriqués, des baraquements, des bureaux sans intérêt et des entrepôts tubulaires, nous nous enfonçâmes au cœur d'une ville miniature située dans Saigon, et pourtant hors de Saigon. Ce territoire semi-autonome avait été autrefois un des aéroports les plus fréquentés du monde, la base de toutes sortes de sorties et de missions, mortelles ou non mortelles, y compris celles effectuées par Air America, la compagnie aérienne de la CIA. Nos généraux planquaient ici leurs familles, tandis que leurs confrères américains y élaboraient leurs stratagèmes dans des bureaux remplis de meubles en acier importés. Nous devions rejoindre le siège du Defense Attaché Office. Avec leur espièglerie caractéristique, les Américains avaient surnommé cet endroit Dodge City, là où régnaient les revolvers à six coups et où les filles des saloons dansaient le french cancan, comme c'était le cas à Saigon. Mais alors que, dans la vraie Dodge City, des shérifs maintenaient l'ordre, ce centre d'évacuation était gardé par des marines américains. Je n'en avais pas revu autant depuis 1973, quand ils avaient quitté ce même aéroport, en lambeaux, battus. Ces jeunes marines-là n'avaient jamais connu le feu et n'étaient ici que depuis quelques semaines. Enthousiastes, rasés de frais, sans la moindre trace de piqûre dans le creux des bras ni le moindre gramme de marijuana dans leurs uniformes repassés qui n'avaient jamais vu la jungle, ils regardèrent, impassibles, nos passagers descendre sur un parking déjà rempli par des centaines d'évacués angoissés. Je retrouvai le général et Claude devant la Citroën. Le général lui tendait ses clés. Je les renverrai en Amérique, monsieur, dit Claude. Non, laissez-les sur le contact, répondit le général. Je n'ai pas envie que quelqu'un abîme la voiture en essayant de la voler, puisque de toute façon elle sera volée. Profitez-en tant qu'il est encore temps, Claude.

Après que le général se fut éloigné pour retrouver madame et leurs enfants, je dis, Mais qu'est-ce qui se passe ? Quel désordre. Claude soupira. Tout va bien, c'est le foutoir. Tout le monde essaie de faire partir sa famille, son cuisinier, sa petite amie. Estime-toi chanceux. Je sais, dis-je. On se revoit en Amérique ? Il me donna une tape amicale sur l'épaule. Comme en 1954, quand les communistes ont pris le pouvoir, dit-il. Qui aurait pu croire qu'on serait encore là ? Mais à l'époque je t'ai sorti du Nord, et aujourd'hui je te sors du Sud. Tout ira bien.

Après le départ de Claude, je retournai voir les évacués. Un marine équipé d'un porte-voix leur commanda de se mettre en rang. Mais faire la queue, pour nos compatriotes, n'allait pas de soi. Dans les situations où la demande était forte et l'offre limitée, notre mode de fonctionnement normal consistait à jouer des coudes, à pousser, à nous tasser, à bousculer, et, si cela ne suffisait pas, à corrompre, à flatter, à exagérer, à mentir. J'ignorais si ces traits étaient génétiques, profondément culturels, ou simplement le fruit d'un développement évolutionnaire rapide. Nous avions été forcés de nous adapter à dix années de vie dans une bulle économique maintenue par les seules importations américaines ; à trois décennies de guerre intermittente, y compris le découpage en deux du pays, en 1954, par des magiciens étrangers, et le bref interrègne japonais pendant la Seconde Guerre mondiale ; enfin à un siècle d'agressions avunculaires par les Français. Mais les marines se moquaient éperdument de ces excuses, et leur présence intimidante finit par contraindre les réfugiés à se mettre en rang. Lorsqu'ils nous inspectèrent, nous autres, officiers, leur rendîmes sagement, tristement, nos armes. La mienne n'était qu'un revolver de .38 à canon court, parfait pour les missions clandestines, la roulette russe et le suicide. Bon avait le plus viril Colt .45 semi-automatique, censé terrasser les guerriers Moro des Philippines avec un seul tir, dis-je à Duc. J'avais appris cela de la bouche de Claude ; c'était le genre d'arcanes qu'il connaissait.

Papiers ! dit le bureaucrate de l'ambassade, assis à son bureau, après l'inspection des armes. C'était un jeune homme affublé de rouflaquettes style XIXᵉ siècle, d'une tenue saharienne beige et de lunettes teintées de rose. Tous les chefs de famille virent les laissez-passer du ministère de l'Intérieur que j'avais achetés à prix cassé, ainsi que le sésame présidentiel remis par Claude, dûment tamponnés par l'employé. Ce sésame, alors que nous faisions sagement la queue, nous garantissait l'essentiel : nous avions été placés en tête de la cohorte des immigrants, devant les millions d'individus venus du monde entier, entassés et pleins d'espoir, qui rêvaient de respirer à l'air libre. Nous emportâmes cette maigre consolation jusqu'à la zone de transit des courts de tennis, dont les tribunes étaient déjà entièrement occupées par d'autres évacués. Nous rejoignîmes les retardataires qui essayaient de piquer un somme sur le ciment vert des courts. Des lampes rouges projetaient une lueur surnaturelle sur la foule, au milieu de laquelle se trouvaient des Américains. À voir comme tous étaient assiégés par une famille vietnamienne ou comment des Vietnamiennes s'étaient presque menottées à leur bras, il s'agissait vraisemblablement des maris desdites Vietnamiennes. Je m'installai avec Bon, Linh et Duc dans un coin disponible entre, d'un côté, une troupe de call-girls, emballées sous vide dans des microjupes et des bas résille, et, de l'autre, un Américain, sa femme et leurs enfants, un garçon et une fille qui devaient avoir cinq et six ans. Le mari était couché sur le dos, son robuste avant-bras sur les yeux, et les seules parties visibles de son visage étaient les deux masses touffues de sa moustache de morse, ses lèvres roses et ses dents légèrement de travers. Sa femme, assise avec les têtes de ses deux enfants sur les genoux, caressait leurs cheveux bruns. Vous êtes là depuis quand ? demanda Linh, tenant dans ses bras un Duc ensommeillé. Toute la journée, répondit la femme. C'est horrible, il fait tellement chaud. Il n'y a rien à manger ni à boire. Ils appellent tout le temps des numéros d'avion, mais jamais le nôtre. Linh émit quelques sons compatissants. Bon et moi attaquâmes la deuxième partie du « Dépêchez-vous et attendez », cette tradition pénible de toutes les armées du monde.

Nous allumâmes des cigarettes et scrutâmes le ciel noir, illuminé de temps en temps par une fusée à parachute qui éclatait, son ogive brillante traînant derrière elle un long serpent de fumée pendant sa descente, à la manière d'un spermatozoïde. Prêt pour un aveu ? dit Bon. Il se servait des mots comme il se servait des balles, par des coups brefs et maîtrisés. Je savais que tout ça finirait par arriver. Simplement je ne l'avais jamais dit à voix haute. C'est du déni, non ? J'acquiesçai. Tu n'es pas plus coupable que le reste de Saigon. On savait tous et on ne pouvait rien y faire. Du moins c'est ce qu'on se disait. Mais tout peut toujours arriver. C'est ça, l'espoir. Il haussa les épaules et contempla le bout de sa cigarette presque consumée. L'espoir est mince, dit-il. Le désespoir, lui, est épais. Comme le sang. Il me montra la cicatrice sur la paume de sa main qui tenait la cigarette ; elle suivait sa ligne de vie. Tu te souviens ?

Je levai à mon tour ma main droite, avec sa cicatrice jumelle, la même que celle de Man. Nous la voyions chaque fois que nous ouvrions nos mains pour une bouteille, une cigarette, un pistolet, une femme. Pareils aux guerriers des légendes, nous avions juré de mourir l'un pour l'autre, piégés par le fantasme des amitiés d'enfance, unis par les choses éternelles que nous voyions les uns chez les autres : fidélité, honnêteté, certitude, envie de défendre nos amis et de faire respecter nos convictions. Mais de quoi étions-nous convaincus à quatorze ans ? De notre amitié, de notre fraternité, de notre pays et de notre indépendance. De pouvoir, si on nous le demandait, nous sacrifier pour nos frères de sang et notre patrie, sans trop savoir comment on nous le demanderait ni ce qu'il adviendrait de nous. Je ne pouvais pas deviner qu'un jour Bon intégrerait le Programme Phoenix pour venger son père assassiné et qu'on lui demanderait de tuer les gens que Man et moi considérions comme nos camarades. Et Bon, le gentil et sincère Bon, ignorait que Man et moi, secrètement, finirions par être persuadés que le seul moyen de sauver notre pays était de devenir des révolutionnaires. Nous suivions tous trois nos convictions politiques, mais pour les mêmes raisons qui nous avaient d'abord poussés à nous jurer fidélité. Si les circonstances devaient un jour nous mettre dans une situation où la mort serait le prix de notre fraternité, je n'avais aucun doute sur le fait que Man ou moi paierions. Notre engagement était gravé dans nos paumes. Sous la lumière vacillante diffusée par une lointaine fusée au magnésium, je levai ma main balafrée et passai mon doigt sur la cicatrice. Ton sang est le mien, et mon sang est le tien, dis-je. Tel était le serment adolescent que nous avions prononcé. Tu sais quoi ? répondit Bon. Le désespoir est peut-être épais, mais l'amitié l'est encore plus. Il n'y avait rien d'autre à ajouter ; notre camaraderie suffisait. Nous écoutâmes le chant des roquettes *katioucha* qui sifflaient au loin comme des bibliothécaires exigeant le silence absolu.

3

Merci, cher commandant, pour les commentaires que le commissaire politique et vous m'avez transmis au sujet de ma confession. Vous m'avez demandé ce que j'entends précisément par « nous », par exemple quand je m'identifie aux soldats et aux évacués du Sud qu'on m'avait chargé d'espionner. Ne devrais-je pas parler de ces gens-là, mes ennemis, en disant « eux » ? J'avoue qu'après avoir passé presque toute ma vie à leurs côtés je ne peux m'empêcher de compatir avec eux, comme je le fais avec beaucoup d'autres. Cette mienne faiblesse a beaucoup à voir avec mon statut de bâtard. Ce qui ne veut pas dire que la bâtardise prédispose naturellement à la compassion. Beaucoup de bâtards se comportent comme des bâtards, et je sais gré à ma gentille mère de m'avoir enseigné que brouiller les frontières entre eux et nous peut se révéler fort utile. Après tout, si elle n'avait pas brouillé les frontières entre jeune fille et prêtre, ou ne les avait pas laissées se brouiller, je n'existerais pas.

Ayant ainsi été conçu hors du mariage, j'avoue me sentir très gêné à l'idée de me marier moi-même. Le célibat est un des avantages insoupçonnés de la bâtardise, puisque la plupart des familles ne voyaient pas en moi un parti intéressant. Même les parents de jeunes filles au sang mêlé me dédaignaient, car généralement ces dernières avaient hâte de s'engouffrer dans l'ascenseur social en épousant un homme au pedigree sans tache. Alors qu'amis et inconnus regardent avec tristesse mon célibat comme un aspect du drame de la bâtardise, je considère que le célibat non seulement est synonyme de liberté, mais convient à ma vie souterraine de taupe – elle creuse d'autant mieux qu'elle est seule. Être célibataire voulait aussi dire, ce soir-là, que je pouvais bavarder sans crainte avec les call-girls, qui exhibaient fièrement leurs belles guibolles au milieu des évacués tout en se servant du journal de la veille pour rafraîchir les sillons transpirants de leurs décolletés, artificiellement soulignés par des soutiens-gorge vintage. Elles s'appelaient Mimi, Phi Phi et Ti Ti, noms courants dans le demi-monde, mais suffisamment évocateurs en triumvirat pour mettre de la joie dans mon cœur. Peut-être les inventèrent-elles sur le coup, aussi facilement qu'elles changeaient de clients. Si c'était le cas, leur petit numéro n'était qu'un réflexe professionnel, obtenu après des années d'étude minutieuse et de pratique assidue. J'avais un respect absolu pour le professionnalisme des prostituées ; elles affichaient leur malhonnêteté avec plus de franchise que les avocats, qui eux aussi facturent à l'heure. Mais l'aspect pécuniaire n'est pas l'essentiel. La meilleure manière d'approcher une prostituée consiste à adopter l'attitude d'un amateur de théâtre : rester assis et accepter l'invraisemblable pour toute la durée du spectacle. La mauvaise manière consiste à répéter bêtement, au motif qu'on a payé son billet, que la pièce se résume à une troupe de gens racontant des sornettes, ou, inversement, à croire sur parole ce que l'on voit, donc à succomber à un mirage. Par exemple, les mêmes hommes qui ricanent à l'idée que les licornes puissent exister croiront dur comme fer, les larmes aux yeux, dans l'existence d'une espèce encore plus rare, plus mythique, qu'on ne trouve que dans les ports les plus reculés ou dans les recoins sombres et cachés des tavernes les plus sordides : je veux parler de la fameuse prostituée au cœur d'or. Je puis vous assurer que si les prostituées ont quelque chose en or, ce n'est pas leur cœur. Que certains puissent ne pas le croire est un hommage aux grandes comédiennes.

De ce point de vue-là, les trois call-girls étaient des professionnelles, ce qui n'était pas le cas de 70 % ou 80 % des prostituées de la capitale et des villes alentour, dont l'existence par dizaines, par centaines de milliers était attestée par des études sérieuses, des témoignages et des échantillons aléatoires. La plupart se trouvaient être des filles de la campagne pauvres, illettrées, qui n'avaient d'autre moyen de gagner leur pain que de vivre comme des tiques sur le pelage du GI américain de dix-neuf ans. À sa grande surprise et à son grand ravissement, ce même GI, le pantalon bombé par une liasse de dollars inflationniste et son cerveau adolescent retourné par la fièvre jaune qui frappe tant de mâles occidentaux en Asie, découvrait que dans ce monde idyllique il n'était plus Clark Kent mais Superman, du moins eu égard à la gent féminine. Aidé (ou envahi ?) par Superman, notre petit pays fécond ne produisait plus beaucoup de riz, d'hévéa et d'étain, faisant à la place chaque année une récolte exceptionnelle de prostituées, de filles qui n'avaient jamais ne fût-ce que dansé un rock avant que les maquereaux qu'on appelait cow-boys collent des cache-tétons sur leurs seins tremblants de campagnardes et les poussent sur l'estrade d'un bar de la rue Tu Do. Osé-je accuser les grands stratèges américains d'avoir délibérément anéanti les villages pour en chasser les filles qui n'avaient d'autre choix que de satisfaire sexuellement les mêmes bonshommes qui bombardaient, canonnaient, mitraillaient, brûlaient, pillaient ou tout bonnement évacuaient de force lesdits villages ? Je note simplement que l'apparition de prostituées indigènes au service des soldats étrangers est une conséquence inévitable de toute guerre d'occupation, un de ces vilains petits effets collatéraux de la défense de la liberté, que les femmes, sœurs, fiancées, mères, pasteurs et politiciens du fin fond de l'Amérique font tous mine d'ignorer, derrière leurs murs de sourires lustrés, en accueillant leurs soldats de retour au pays, prêts à soigner n'importe quelle maladie honteuse avec la pénicilline de la bonté américaine.

Ces trois stars talentueuses promettaient un tout autre genre de bonté – le mauvais genre. Elles flirtaient éhontément avec moi et taquinaient autant Bon que le mari américain à moustache de morse, à présent réveillé. Sentant le silence renfrogné de leurs femmes, ils se contentaient de grimacer et de se faire aussi petits, aussi immobiles que possible. Quant à moi, j'étais tout heureux de flirter aussi, bien conscient que chacune de ces demi-mondaines traînait derrière elle une histoire susceptible de ravager mon cœur et, sans doute, mon compte en banque. Ne traînais-je pas, moi aussi, une histoire du même acabit ? Mais les comédiens font de la comédie, au moins en partie, pour oublier leur malheur, et c'est une chose que je connais bien. Dans ces situations, mieux vaut flirter et jouer, donner aux gens la possibilité de feindre le bonheur jusqu'à ce qu'ils puissent éventuellement l'entrevoir. Et le simple fait de les regarder était un régal ! Mimi était grande, elle avait de longs cheveux raides et du vernis rose au bout de ses vingt doigts aux ongles aussi brillants que des bonbons. Sa voix rauque, qui parlait le mystérieux dialecte de Hué, obligea tous mes vaisseaux sanguins à se resserrer, m'étourdissant un peu. Ti Ti était fragile, menue, et rendue plus grande par une incroyable choucroute. Sa peau pâle faisait penser à des coquilles d'œuf, ses cils tremblotants étaient perlés d'un soupçon de rosée. J'aurais voulu la prendre dans mes bras et lui caresser les cils avec les miens, en un baiser papillon. Phi Phi était la meneuse. Les courbes de son corps me rappelaient les dunes de Phan Thiet, où ma mère m'avait emmené à l'occasion des seules et uniques vacances de sa vie. Pendant que maman se couvrait des pieds à la tête pour ne pas bronzer davantage, je m'étais vautré avec extase sur le sable brûlant. Ce souvenir béni de la chaleur et du bonheur d'un garçon de dix ans fut d'ailleurs ravivé par l'odeur de Phi Phi, presque la même, du moins je l'imaginais, que celle du parfum de ma mère, un flacon couleur de miel offert par mon père et dont elle s'aspergeait une fois l'an. Ainsi tombai-je amoureux de Phi Phi, ce qui ne présentait guère de danger. Moi qui avais l'habitude de tomber amoureux deux ou trois fois par an, il était grand temps.

Si elles avaient réussi à s'infiltrer dans cette base aérienne, alors que les évacuations étaient réservées aux riches, aux puissants et/ou à ceux qui avaient de l'entregent, c'était, me dirent-elles, grâce à Sarge, le sergent. J'imaginai aussitôt une armoire à glace sur deux pattes avec une casquette blanche de marin au-dessus. Sarge travaille comme garde à l'ambassade et il nous adore, m'expliqua Phi Phi. C'est un amour, un trésor, il ne nous a pas oubliées, comme promis. Les deux autres hochèrent vigoureusement la tête. Mimi fit claquer son chewing-gum et Ti Ti fit craquer ses doigts. Sarge a pris un bus et a fait l'aller-retour dans la rue Tu Do pour sauver toutes les filles qui voulaient partir. Il a réussi à nous faire entrer dans la base aérienne en racontant aux flics qu'il nous amenait à une fête avec les pauvres garçons restés là. La pêche dure de mon cœur mûrit soudain et s'attendrit quand je pensai à leur Sarge, ce chic Américain qui tenait parole, lui, prénom Ed et nom de famille quelque chose qu'aucune de ces filles ne pouvait prononcer. Je leur demandai pourquoi elles voulaient partir. Mimi répondit que c'était parce que les communistes allaient forcément les emprisonner comme collaboratrices. Ils nous appellent les putes, dit-elle. Et ils appellent Saigon la pute, non ? Alors pas besoin de me faire un dessin, chéri. En plus, ajouta Ti Ti, même si on ne finit pas en prison, on ne pourra plus travailler. Dans un pays communiste, on ne peut rien acheter et rien vendre, pas vrai ? Pas pour faire de l'argent, en tout cas. Et communisme ou pas, laisse-moi te dire, chéri, que je ne laisserai personne manger de cette mangue gratis. Les trois filles gloussèrent et applaudirent. Elles étaient aussi obscènes que des marins russes en goguette, mais elles montraient aussi une solide connaissance de la théorie de la valeur de l'échange. En effet qu'adviendrait-il des filles comme elles une fois que la révolution aurait triomphé ? J'avoue que je n'avais pas beaucoup réfléchi à la question.

Leur entrain faisait passer le temps à la même vitesse que les C-130 qui clignotaient dans le ciel, mais même elles et moi finîmes par nous lasser à mesure que les heures passaient et que nos numéros n'étaient pas appelés. Le marine au porte-voix marmonnait quelque chose, à la manière d'une victime d'un cancer de la gorge affublée d'un larynx mécanique, et une cohorte d'évacués hagards rassemblaient leurs pauvres affaires et marchaient vers les bus qui les conduiraient jusqu'au tarmac. 22 heures passèrent, puis 23 heures. Je restais allongé sans pouvoir dormir, même si je me trouvais dans ce que les soldats, avec leur verve coutumière, appelaient un hôtel mille étoiles. Je n'avais qu'à lever les yeux vers la Voie lactée pour me rappeler que j'étais chanceux. Je m'accroupis et fumai une cigarette avec Bon. Je me rallongeai, toujours sans pouvoir dormir, gêné par la chaleur. À minuit, je fis le tour des bâtiments et jetai un coup d'œil dans les toilettes. Mauvaise idée. Elles avaient été construites pour pouvoir drainer le flux normal de quelques dizaines d'employés et de soldats de l'arrière, et non les déjections de milliers d'évacués. À la piscine, le tableau n'était guère plus reluisant. Pendant toutes ses années d'existence, elle avait été réservée exclusivement aux Américains, avec des autorisations pour les Blancs des autres pays, ainsi que pour les Indonésiens, les Iraniens, les Hongrois et les Polonais du Comité international de contrôle et de supervision. Notre pays croulait sous les acronymes. Le CICS, rebaptisé Comité incapable de contrôler la situation, avait été chargé de surveiller le cessez-le-feu entre le Nord et le Sud après le redéploiement stratégique des troupes américaines. Cessez-le-feu d'une efficacité redoutable : au cours des deux dernières années, en effet, seuls cent cinquante mille soldats étaient morts, sans compter le nombre indispensable de civils. Imaginez un peu combien de morts supplémentaires sans cette trêve ! Peut-être les évacués se vengeaient-ils de l'exclusion des indigènes de cette piscine, mais il était plus probable que c'était par désespoir qu'ils l'avaient transformée en urinoir géant. Je rejoignis la rangée des pisseurs au bord de l'eau, puis regagnai les courts de tennis. Bon et Linh somnolaient, menton entre les mains, et Duc était le seul à dormir, sur les genoux de sa mère. Je m'accroupis, je m'allongeai, je fumai une cigarette, et rebelote jusqu'à ce que, un peu avant 4 heures du matin, notre numéro soit appelé. Je dis au revoir aux filles ; elles firent la moue et promirent que nous nous reverrions à Guam.

Nous quittâmes le court de tennis pour le parking, où deux bus attendaient d'emmener davantage que notre seul groupe de quatre-vingt-douze évacués. Il devait bien y avoir là deux cents personnes. Quand le général me demanda qui étaient ces gens, j'interrogeai le premier marine venu. Il haussa les épaules. Vu que vous êtes tous pas bien grands, on vous embarque à deux pour chaque Américain. Une partie de moi était encore agacée lorsque je montai dans le bus à la suite de mon général malheureux, mais une autre partie de moi se disait que nous étions coutumiers de ce genre de traitement. Après tout, nous ne nous traitions nous-mêmes pas autrement, chargeant de cargaisons humaines suicidaires nos motos, nos bus, nos camions, nos ascenseurs et nos hélicoptères, au mépris de toutes les règles et des recommandations des fabricants. Fallait-il donc s'étonner si les autres peuples nous croyaient heureux de vivre dans des conditions auxquelles nous nous étions simplement habitués ? Jamais ils ne traiteraient un général américain comme ça, se plaignit le général, collé à moi dans l'espace exigu. Non, monsieur, ils ne feraient pas ça, répondis-je, ce qui était probablement vrai. Parce que les passagers avaient macéré dehors jour et nuit, il régna tout de suite dans notre bus une odeur fétide et une chaleur de bête. Mais le trajet jusqu'à notre Hercule C-130 fut bref. L'avion était en réalité un camion-poubelle auquel on avait ajouté deux ailes. Comme dans un camion-poubelle, le chargement se faisait par l'arrière, où la grosse rampe toute plate s'abaissa pour nous recevoir. Cette gueule béante donnait sur un généreux canal alimentaire dont la membrane était éclairée par une lumière d'un vert spectral. Descendu du bus, le général se posta d'un côté de la rampe, où je le retrouvai pour regarder sa famille, son personnel, leurs proches et une centaine de gens que nous ne connaissions pas monter à bord, invités par un chef de soute planté debout sur la rampe, la tête enfermée sous un casque qui avait la taille et la forme d'un ballon de basket. Allez, ne soyez pas timide, dit-il à madame. À touche-fesses, ma petite dame. À touche-fesses.

Madame fut trop décontenancée pour s'offusquer. Son front se plissa lorsqu'elle s'avança avec ses enfants, essayant de traduire la consigne imbécile du chef de soute. À ce moment-là, je repérai un homme qui s'approchait de la rampe en faisant tout pour éviter de croiser les regards, un sac de voyage Pan Am bleu accroché à son torse courbé. Je l'avais vu quelques jours plus tôt, chez lui, dans le Troisième District. C'était un apparatchik du ministère de l'Intérieur, de moyen rang, ni trop grand ni trop petit, ni trop mince ni trop gros, ni trop pâle ni trop mat, ni trop intelligent ni trop bête. Sorte de sous-sous-secrétaire, il n'avait sans doute ni rêves ni cauchemars, était aussi vide à l'intérieur que son bureau. J'avais repensé à lui depuis notre rencontre, sans pouvoir me rappeler son visage fuyant. Pourtant cette fois je le reconnus, alors qu'il montait sur la rampe. Lorsque je posai ma main sur son épaule, il tressaillit et finit par tourner ses yeux de chihuahua vers moi en faisant mine de ne pas m'avoir vu. Quelle coïncidence ! dis-je. Je ne m'attendais pas à vous voir dans cet avion. Général, nous n'aurions pas pu avoir ces places sans l'aide de ce gentil monsieur. Le général acquiesça raidement, dévoilant juste assez ses dents pour faire comprendre qu'il ne fallait pas s'attendre à ce qu'il renvoie un jour l'ascenseur. Avec plaisir, murmura le sous-sous-secrétaire, tandis que sa silhouette élancée tremblait et que sa femme le tirait par le bras. Si le regard avait le pouvoir d'émasculer, cette femme serait repartie avec mon scrotum dans son sac à main. Après que le couple eut été poussé vers l'avant, le général me jeta un coup d'œil et dit, Avec plaisir, vraiment ? Plus ou moins, répondis-je.

Une fois tous les passagers embarqués, le général me fit signe d'y aller avant lui. Il fut le dernier à monter jusqu'à la soute dépourvue de sièges. Les adultes étaient accroupis ou assis à même des sacs, les enfants juchés sur leurs genoux. Les plus chanceux disposaient d'une couchette près de la cloison, où ils pouvaient s'accrocher à une sangle de soute. Les contours des peaux et des chairs qui distinguaient les individus se brouillaient ; tout le monde devait partager la promiscuité obligatoire exigée des gens pas assez humains pour quitter le pays avec un siège réservé. Bon, Linh et Duc se trouvaient quelque part au milieu de l'appareil, de même que madame et ses enfants. La rampe se releva lentement puis se referma, nous emprisonnant comme des vers dans notre boîte. Avec le chef de soute, le général et moi nous adossâmes à la rampe. Nos genoux touchaient le nez des passagers devant nous. Le quatuor des turbopropulseurs se mit en branle dans un vacarme assourdissant qui fit trembler la rampe. Pendant que l'appareil avançait sur le tarmac en grondant, la population était secouée d'avant en arrière par le moindre mouvement, telle une assemblée de fidèles se balançant au rythme de prières inaudibles. L'accélération me projeta soudain vers l'arrière, cependant que la femme devant moi calait son bras contre mes genoux, la mâchoire posée sur mon sac à dos. À mesure que la chaleur dans l'avion dépassait les 40 °C, l'intensité de notre odeur faisait de même. On puait la sueur, les vêtements sales et l'angoisse, avec pour seul réconfort un petit courant d'air qui s'infiltrait par la porte ouverte, où un homme d'équipage se tenait debout, jambes écartées, comme un guitariste de rock. En guise de guitare électrique à six cordes, il tenait en bandoulière un M16 avec un chargeur de vingt coups. Pendant que nous roulions sur la piste, j'aperçus des bouts de revêtement en ciment, des barils géants découpés en deux sur leur longueur et un triste alignement de vieux appareils calcinés. Ces avions de ligne avaient explosé plus tôt dans la soirée, après un mitraillage ; leurs ailes avaient été arrachées et dispersées comme celles de mouches qu'on torture. Les passagers étaient silencieux, hypnotisés par la peur et l'expectative. Ils pensaient, à coup sûr, la même chose que moi. Adieu, le Viêtnam. *Au revoir*, Saigon…

L'explosion fut assourdissante, si puissante qu'elle projeta l'homme d'équipage sur les passagers. Ce fut la dernière chose que je vis pendant quelques secondes, tant l'éclair lumineux à travers la porte ouverte satura mon champ de vision. Le général me bouscula et je tombai sur la cloison, puis sur des corps hurlants, des civils hystériques qui m'aspergèrent le visage de leur salive âcre. Les pneus de l'avion crissèrent sur la piste en tournant à droite ; lorsque je recouvrai la vue, un incendie faisait rage derrière la porte. Je ne craignais rien tant que de mourir brûlé, rien tant que d'être réduit en bouillie par une hélice, rien tant que d'être déchiqueté par une katioucha, dont le nom m'évoquait toujours un savant fou sibérien ayant perdu son nez et quelques orteils à cause du gel. J'avais déjà vu des restes de corps carbonisés, dans un champ désolé près de Hué, des cadavres qui avaient fondu dans le métal d'un Chinook abattu. Les réservoirs d'essence avaient brûlé la quarantaine de passagers. Avec leurs dents exposées qui dessinaient un rictus permanent, simiesque, la chair de leurs lèvres et de leurs visages détruite, leur peau devenue une obsidienne joliment braisée, lisse et surnaturelle, et tous les poils réduits en cendres, je n'avais pu reconnaître en eux ni des compatriotes ni même des êtres humains. Je ne voulais pas mourir de cette manière. Je ne voulais mourir d'aucune manière, et surtout pas dans un bombardier de longue portée, tué par les obus que mes camarades communistes lançaient depuis les banlieues conquises autour de Saigon. Une main serra mon torse et me rappela que j'étais en vie. Une autre attrapa mon oreille pendant que, sous moi, les gens criaient et essayaient de me soulever. Poussant à mon tour pour me redresser, je sentis ma main toucher une tête huileuse et je me retrouvai collé contre le général. Une autre explosion, quelque part sur la piste, ne fit que redoubler la frénésie générale. Hommes, femmes et enfants se mirent à pousser des miaulements encore plus aigus. Tout à coup, l'avion cessa ses girations et s'arrêta à un angle tel que la porte ne donnait plus sur des flammes, mais sur l'obscurité, et un homme cria, On va tous mourir ! Le chef de soute, entre deux jurons inventifs, commença à abaisser la rampe. En se ruant vers l'ouverture, les réfugiés me firent reculer avec eux. La seule façon pour moi de ne pas mourir piétiné fut de protéger ma tête avec mon sac à dos et de me laisser rouler jusqu'au bas de la rampe, non sans faire tomber d'autres gens au passage. Une autre roquette explosa sur la piste à quelques centaines de mètres derrière nous. Elle éclaira un demi-hectare de tarmac et nous montra que le refuge le plus proche était, à cinquante mètres de la piste, une barrière en béton abîmée. Même après l'explosion, la nuit troublée n'était plus noire.

Les moteurs gauches de l'avion étaient en flammes. C'étaient deux torches crachant des rafales d'étincelles et de fumée.

J'étais à quatre pattes. Bon me prit par le coude et nous traîna, moi d'une main, Linh de l'autre. Elle-même tenait dans son bras Duc, qui pleurait. Une pluie d'obus et de roquettes s'abattait sur les pistes, un son et lumière apocalyptique qui montrait les évacués en train de se précipiter vers la barrière en béton, trébuchant et tombant, leurs valises laissées en plan, tandis que le souffle tonitruant des deux moteurs restants soulevait les petits enfants et faisait chanceler les adultes. Ceux qui avaient atteint la barrière maintenaient leurs têtes pleurnichardes au-dessus du béton, et lorsque quelque chose siffla au-dessus de ma tête – un éclat ou une balle – je me jetai à terre et commençai à ramper. Bon fit de même avec Linh, dont le visage était crispé, mais déterminé. Le temps que nous trouvions péniblement une place libre derrière la barrière, l'équipage avait coupé les moteurs. Avec l'arrêt du bruit, le fait qu'on nous tirait dessus n'en fut que plus audible. Les balles filaient au-dessus de nous ou ricochaient sur le béton. Les tireurs visaient le feu de joie qu'était devenu notre avion en flammes. Ça vient de nos gars, dit Bon. Il avait replié les genoux contre son torse et passé un bras autour de Duc, blotti entre Linh et lui. Ils sont dégoûtés. Eux aussi, ils veulent se tirer de là. Impossible, répondis-je. Ça, c'est l'ANV. Ils occupent le périmètre – même si je pensais que c'étaient sans doute nos hommes épanchant leur frustration. Sur ce, les réservoirs d'essence de l'avion explosèrent. La boule de feu illumina une grande partie de l'aérodrome, et en détournant la tête de l'incendie je m'aperçus que je me trouvais à côté du sous-sous-secrétaire. Il avait sa tête presque collée à mon dos, et le message dans ses yeux de chihuahua était aussi clair que le titre d'un film sur la devanture d'un cinéma. Comme l'agente communiste et le lieutenant au portail, il aurait été content de me voir mort.

Je méritais sa haine. Après tout, je l'avais empêché d'empocher une fortune considérable en me présentant chez lui sans prévenir, après m'être procuré son adresse grâce à l'adjudant louche. C'est vrai que j'ai quelques visas, m'avait dit le sous-sous-secrétaire, assis dans son salon. Avec des collègues, on les distribue au nom des intérêts de la justice. C'est tout de même injuste que seuls les plus privilégiés ou les plus riches puissent s'enfuir, non ? J'émis quelques sons compatissants. S'il y avait une vraie justice, reprit-il, tous ceux qui auraient besoin de partir pourraient le faire. Ce n'est clairement pas le cas. Mais ça met quelqu'un comme moi dans une situation assez compliquée. Pourquoi devrais-je décider de qui peut partir et de qui ne le peut pas ? Après tout, je ne suis qu'un simple secrétaire. Si vous étiez à ma place, capitaine, que feriez-vous ?

Je peux comprendre votre situation, monsieur. À force de sourire, mes fossettes me faisaient mal, et j'avais hâte d'en arriver à la dernière et inévitable manche. Mais je devais encore disputer la deuxième, histoire de profiter de la même couverture morale bouffée aux mites que celle qu'il avait déjà remontée sur son menton. Vous êtes de toute évidence quelqu'un de respectable, un homme de goût et de valeurs. Tournant la tête à droite et à gauche, je montrai la maison proprette qu'il lui fallait payer.

Sur les murs en plâtre, il y avait, outre deux ou trois geckos, quelques objets décoratifs : une horloge, un calendrier, un manuscrit chinois et une photo colorisée de Ngo Dinh Diem à une époque plus fastueuse, quand il n'avait pas encore été assassiné pour s'être considéré comme un président et non une marionnette américaine. Aujourd'hui, les catholiques vietnamiens vénéraient le petit homme au costume blanc comme un saint, mort évidemment en martyr, les mains ligotées, le visage maculé de sang, un Rorschach de sa cervelle tapissant l'intérieur d'un véhicule blindé américain. Son humiliation, saisie par une photo qui avait fait le tour du monde, comportait un sous-texte aussi subtil qu'Al Capone : *On ne déconne pas avec les États-Unis d'Amérique.*

La véritable injustice, dis-je, de plus en plus bouillant, c'est qu'un honnête homme soit obligé de vivre une vie de misère dans notre pays. Par conséquent, permettez-moi de vous remettre un petit témoignage de reconnaissance de mon patron pour le service qu'il demande. Vous avez assez de visas pour quatre-vingt-douze personnes, n'est-ce pas ? Je n'en étais pas aussi sûr. Dans le cas contraire, mon plan consistait à lui laisser un acompte et promettre de revenir avec le reste dû. Mais lorsque le sous-sous-secrétaire me répondit par l'affirmative, je sortis l'enveloppe qui contenait le reste, quatre mille dollars, soit assez pour deux visas s'il se sentait l'âme généreuse. Il décacheta l'enveloppe et fit glisser son pouce, rendu calleux par l'expérience, sur la liasse de billets. Il sut immédiatement quelle somme se trouvait dans l'enveloppe – pas assez ! Il souffleta la joue de la table basse avec le gant blanc de l'enveloppe et, comme si cela ne suffisait pas à marquer sa colère, la gifla une deuxième fois. Comment osez-vous essayer de me corrompre, monsieur !

Je lui fis signe de s'asseoir. Comme lui, j'étais un homme pris au piège de circonstances difficiles, forcé de faire ce que je devais faire. Est-ce qu'il vous paraît juste de vendre ces visas alors qu'ils ne vous ont rien coûté et ne vous appartenaient pas ? lui demandai-je. Ne serait-il pas juste que j'appelle le chef de la police locale afin qu'il nous arrête tous les deux ? Ne serait-il pas juste qu'il récupère vos visas et les redistribue comme bon lui semble ? Donc la solution la plus juste, c'est tout simplement que nous en revenions à la situation dans laquelle je vous offre quatre mille dollars pour quatre-vingt-douze visas, puisque de toute façon vous ne devriez avoir ni quatre-vingt-douze visas, ni quatre mille dollars. Vous pouvez toujours retourner à votre bureau demain et vous procurer sans problème quatre-vingt-douze autres visas. Ce n'est que du papier, n'est-ce pas ?

Or, pour un bureaucrate, le papier n'était jamais uniquement du papier. Le papier, c'était la vie ! Il m'avait détesté ce jour-là parce que je lui avais pris son papier, et il me détestait toujours, mais ça ne me dérangeait aucunement. Ce qui me dérangeait, recroquevillé que j'étais derrière la barrière en béton, c'était d'attendre encore, lamentablement, cette fois sans entrevoir le dénouement. La lueur du soleil levant apporta un peu de réconfort, mais la douce lumière bleutée révéla un tarmac dans un état épouvantable, déchiqueté, troué par les explosions d'obus et de roquettes. Au milieu de ce chaos se dressait le crassier embrasé de notre C-130, dégageant l'odeur âcre du carburant qui brûle. Entre nous et le brasier de l'avion, de petits tas sombres prenaient lentement forme et devenaient des bagages, des valises, abandonnés dans la folle précipitation. Certains étaient ouverts et déversaient leurs entrailles çà et là. Le soleil continua de gravir un par un les échelons de son chevalet, la lumière se fit de plus en plus crue, et vive, jusqu'à avoir la qualité aveuglante d'une lampe de tortionnaire, effaçant le moindre vestige d'obscurité. Cloués du côté est de la barrière, les gens commençaient à dépérir et à se flétrir, au premier chef les vieillards et les enfants. De l'eau, maman, disait Duc. Linh pouvait seulement lui répondre, Non, mon chéri, on n'en a pas, mais on en aura bientôt.

À point nommé, un autre avion Hercule apparut dans le ciel. Il s'approchait avec une telle vitesse et un tel angle qu'il aurait pu être piloté par un kamikaze. Lorsqu'il atterrit en faisant crisser ses trains sur une piste un peu éloignée, un murmure s'éleva parmi les évacués. Ce n'est qu'au moment où l'appareil se tourna vers nous pour avancer tant bien que mal sur les pistes que le murmure se mua en cri de joie. Puis j'entendis autre chose. Passant prudemment ma tête par-dessus la barrière, je les vis qui surgissaient de la pénombre des hangars et des barricades où ils avaient dû se cacher : des dizaines, peut-être des centaines de marines, de soldats, de membres de la police militaire, de pilotes de chasse, d'hommes d'équipage et de mécaniciens, tout le ban et l'arrière-ban de la base, refusant d'être des héros ou des boucs émissaires. Face à la concurrence, les évacués foncèrent vers le C-130, lequel avait pivoté sur la piste à cinquante mètres de là et était en train d'abaisser sa rampe, en un geste d'invitation assez clair. Le général et sa famille coururent devant moi, Bon et la sienne derrière moi. Ensemble, nous fermions la marche des masses en fuite.

Le premier évacué remontait à peine la rampe en courant que j'entendis le sifflement des katiouchas, suivi juste après par une explosion – les premières roquettes tombaient sur une piste éloignée. Des balles sifflèrent, et cette fois nous entendîmes l'aboiement distinct de l'AK-47 en plus du M16. Ils sont arrivés près de l'enceinte ! cria Bon. Il était évident, aux yeux des évacués, que cet Hercule C-130 serait le dernier avion à quitter l'aéroport, si tant est qu'il parvînt à décoller, puisque les unités communistes se rapprochaient. Ils se remirent à hurler, effrayés. Pendant qu'ils remontaient la rampe aussi vite que possible, de l'autre côté de la barrière un joli petit avion, un chasseur Tiger avec son nez en aiguille, décolla bruyamment, suivi par un hélicoptère Huey qui vrombissait toutes portes ouvertes, révélant la présence d'une bonne douzaine de soldats entassés à l'intérieur. Ce qui restait des forces armées à l'aéroport évacuait les lieux dans tous les véhicules aériens disponibles. Tandis que le général poussait les évacués devant lui pour les amener en haut de la rampe, et que je poussais moi-même le général, un appareil Shadow bipoutre s'éleva du tarmac à ma gauche. Je le regardai du coin de l'œil. C'était un drôle d'avion, avec son gros fuselage suspendu entre deux longerons. En revanche, la traînée du missile à guidage thermique qui griffonna le ciel jusqu'à ce que son ogive enflammée embrasse l'avion à moins de trois cents mètres n'avait rien de drôle. Lorsque les deux moitiés de l'appareil, et les fragments de son équipage, retombèrent au sol comme les morceaux d'un pigeon d'argile fracassé, les évacués gémirent et poussèrent de plus belle pour arriver au sommet de la rampe.

Dès que le général eut posé le pied dessus, je m'arrêtai pour laisser Linh et Duc passer. Ne les voyant pas, je me retournai et m'aperçus qu'ils n'étaient plus derrière moi. Montez ! cria le chef de soute à mes côtés, la bouche si grande ouverte que je jure avoir vu vibrer ses amygdales. Vos amis sont partis, mon vieux ! À vingt mètres de là, Bon était agenouillé sur le tarmac et serrait Linh contre lui, Linh sur le chemisier blanc de laquelle un cœur rouge grossissait lentement. Un nuage de poussière de béton se forma lorsqu'une balle ricocha sur la piste, entre nous, et soudain la moindre trace d'humidité dans ma bouche s'évapora. Je jetai mon sac à dos au chef de soute et courus droit vers eux en enjambant les valises abandonnées. Je glissai sur les deux derniers mètres, pieds en avant, écorchant au passage la peau de ma main et de mon coude gauches. Bon émettait des bruits que je ne lui avais encore jamais entendus, des cris de douleur gutturaux. Entre lui et Linh se trouvait Duc, les yeux retournés, et quand j'écartai ses parents je vis son petit torse mouillé et ensanglanté : quelque chose l'avait transpercé, puis avait transpercé sa mère. Le général et le chef de soute hurlaient, mais je ne pouvais pas les entendre à cause du gémissement de plus en plus fort des hélices. Allons-y ! criai-je. Ils partent ! Je tirai Bon par la manche, mais il ne bougeait pas, cloué par le chagrin. Je n'eus d'autre choix que de lui donner un coup dans la mâchoire, assez puissant pour le faire taire et desserrer son étreinte. Puis, d'un coup sec, je lui arrachai Linh des bras, ce qui fit chuter Duc sur le tarmac, la tête toute molle. Bon poussa un cri inarticulé et je courus vers l'avion avec Linh sur mon épaule ; elle ne faisait aucun bruit pendant que son corps rebondissait contre le mien et que je sentais couler son sang chaud sur mon épaule, sur mon cou.

Sur la rampe, le général et le chef de soute me faisaient des signes, et l'avion avançait, en quête du moindre bout de piste libre, cependant que les katiouchas pleuvaient sans discontinuer, une par une ou par salves. Je courus de toutes mes forces, les poumons aux abois. Une fois la rampe atteinte, je déposai Linh dans les bras du général. Bon se retrouva à courir à côté de moi. Il tendit Duc au chef de soute, qui le prit aussi délicatement que possible, même si cela ne servait plus à rien, vu la manière dont la tête de l'enfant se balançait de droite à gauche. Maintenant que son fils était en bonnes mains, Bon commença à ralentir sa course. La tête basse, défait, il sanglotait encore. Je l'attrapai par le creux de son bras et le poussai une dernière fois, tête la première. Le chef de soute le saisit par le col et le traîna jusqu'en haut. Bondissant à mon tour sur la rampe, bras en avant, j'atterris sur le flanc. Alors que mes jambes s'agitaient en l'air, je sentis la terre et la poussière sous ma joue. À présent l'avion prenait de la vitesse, et le général me souleva sur mes genoux avant de me tirer jusqu'à la soute. Pendant ce temps, la rampe se relevait derrière moi. J'étais coincé entre le général, d'un côté, et, de l'autre, les corps prostrés de Duc et de Linh ; devant, un mur d'évacués nous pressait. Au moment où l'avion décolla abruptement, un bruit épouvantable se fit entendre, couvrant les tremblements du métal martyrisé, couvrant le vacarme de la porte latérale ouverte, où l'homme d'équipage, son M16 à la hanche, tirait des rafales de trois coups. Derrière lui, le paysage en damier des champs et des immeubles pencha et tournoya de plus en plus à mesure que le pilote nous faisait remonter en spirale, et je m'aperçus que le bruit épouvantable provenait non seulement des moteurs, mais de Bon, aussi. Il se tapait la tête contre la rampe relevée et hurlait, non pas comme si le monde s'était arrêté, mais comme si quelqu'un lui avait arraché les yeux.

4

Peu après notre atterrissage à Guam, une ambulance verte vint emporter les corps. Je déposai Duc sur une civière. Même si son petit corps devenait à chaque minute plus lourd dans mes bras, je ne pouvais pas le laisser sur le tarmac crasseux. Les infirmiers le recouvrirent d'un drap blanc, puis prirent Linh des bras de Bon et enveloppèrent son corps aussi, avant de charger la mère et le fils dans l'ambulance. Je pleurais, mais ce n'était rien par rapport à Bon, qui avait une vie entière de larmes contenues à déverser. Nous pleurions encore lorsqu'on nous emmena en camion à Camp Asan, où, grâce au général, nous eûmes droit à un baraquement luxueux par rapport aux tentes qui attendaient les autres arrivants tardifs. Catatonique sur sa couchette, Bon ne se rappelait plus rien de l'évacuation, retransmise à la télévision cet après-midi-là et toute la journée du lendemain. Il ne se souvenait pas non plus que, dans les baraquements et les tentes de notre ville provisoire, des milliers de réfugiés gémissaient comme à un enterrement, l'enterrement de leur pays, mort trop jeune, comme tant d'autres, à l'âge tendre de vingt et un ans.

Dans notre baraquement, aux côtés de la famille du général et d'une centaine d'autres personnes, je vis les images peu glorieuses des hélicoptères qui atterrissaient sur les toits de Saigon et évacuaient les réfugiés vers les porte-avions. Le lendemain, après que leurs chars eurent défoncé les portes du palais présidentiel, les troupes communistes hissaient le drapeau du Front de libération nationale sur le toit. Au fur et à mesure de la débâcle, la chaux et le calcium du souvenir des derniers jours de la république condamnée s'incrustèrent dans les tuyaux de mon cerveau. Une petite couche supplémentaire se déposerait plus tard, le soir même, après un dîner de poulet cuit et de haricots verts que beaucoup de réfugiés trouvèrent aussi exotique qu'immangeable, les enfants étant les seuls dans la cafétéria à avoir le moindre appétit. Devoir faire la queue pour rendre nos plateaux aux plongeurs fut le coup de grâce ; nous n'étions plus les citoyens adultes d'un pays souverain, mais des réfugiés apatrides, provisoirement protégés par l'armée américaine. Après avoir jeté à la poubelle ses haricots auxquels il n'avait pas touché, le général me regarda et dit, Capitaine, ces gens ont besoin de moi. Je vais aller les voir et leur remonter le moral. Allons-y. Oui, monsieur, répondis-je. Je n'étais guère optimiste quant à ses chances de succès, mais je n'imaginais pas non plus d'éventuelles complications. S'il était relativement facile de répandre l'engrais de l'encouragement chez des soldats entraînés à accepter toutes sortes de mauvais traitements, nous avions oublié que la plupart des réfugiés étaient des civils.

Avec le recul, je fus chanceux de ne pas porter mon uniforme maculé du sang de Linh, que j'avais troqué contre la chemise en soie et le chino contenus dans mon sac à dos. En revanche, le général, qui avait perdu son bagage à l'aéroport, arborait toujours ses étoiles au col. Hors de notre baraquement, dans la ville des tentes, rares étaient ceux qui connaissaient son visage. Les gens ne voyaient que son uniforme et son rang, si bien que lorsqu'il salua les civils et leur demanda comment ils allaient, il fut accueilli par un silence renfrogné. La fine ride entre ses yeux et son petit rire hésitant trahirent son trouble. Mon malaise s'accrut à chaque pas que nous faisions sur le chemin de terre entre les tentes, dans ce silence total et sous les regards des civils. À peine avions-nous parcouru cent mètres dans la ville des tentes que le premier assaut survint, sous la forme d'une petite pantoufle qui vola et heurta la tempe du général. Il s'arrêta. Je m'arrêtai. Une vieille femme coassa, Regardez-moi un peu le héros ! Nous pivotâmes sur notre gauche et vîmes le seul agresseur face auquel nous étions sans défense : une vieillarde furieuse que nous ne pouvions ni frapper ni esquiver. Où est mon mari ? hurla-t-elle, pieds nus, tenant son autre pantoufle. Pourquoi vous êtes là et pas lui ? Vous n'étiez pas censé défendre notre pays jusqu'à la mort comme lui ?

Elle gifla le menton du général avec sa pantoufle, et, derrière elle, en face, derrière nous, les femmes, jeunes comme vieilles, bien portantes comme infirmes, s'approchèrent avec leurs chaussures, leurs pantoufles, leurs parapluies, leurs cannes, leurs chapeaux mous, leurs chapeaux pointus. Où est mon fils ? Où est mon père ? Où est mon frère ? Le général se baissa et se protégea la tête avec ses bras tandis que les furies le tapaient, tiraient sur son uniforme, sur sa peau. Moi-même je n'y échappai pas, recevant plusieurs chaussures volantes et parant une série de coups de canne ou de parapluie. Les dames se pressaient autour de moi pour mieux atteindre le général, qui était tombé à genoux sous leurs assauts. On pouvait difficilement leur reprocher leur rancœur, puisque, la veille, notre illustre Premier ministre était allé à la radio pour demander à tous les soldats et à tous les habitants de se battre jusqu'au dernier. Il eût été vain de préciser que le Premier ministre, également général de l'armée de l'air, et qui ne devait pas être confondu avec le président, sinon pour sa vénalité et sa vanité, avait lui-même fui en hélicoptère après avoir diffusé son message héroïque. Il aurait été tout aussi inutile d'expliquer que ce général ici présent n'était pas le patron de l'armée, mais de la police secrète, ce qui ne lui aurait certainement pas gagné la sympathie des civils. De toute façon, les femmes n'écoutaient pas. Elles préféraient lui hurler dessus et l'insulter. Je me frayai un chemin parmi celles qui s'étaient interposées entre le général et moi, en le protégeant avec mon corps, et je reçus encore plus de coups et de crachats jusqu'à ce que je parvienne à le sortir de là. Partez ! lui criai-je à l'oreille en le poussant dans la bonne direction. Comme la veille, c'était le sauve-qui-peut. Mais au moins le reste des habitants de la ville des tentes nous laissa tranquilles. Ils ne nous accablèrent que de regards méprisants et de huées. Bons à rien ! Escrocs ! Lâches ! Bâtards !

Si j'étais habitué à ce genre d'épreuves, le général, lui, ne l'était pas. Lorsque nous finîmes par nous arrêter devant notre baraquement, son visage exprimait un sentiment d'horreur. Il était ébouriffé, ses étoiles lui avaient été arrachées du col, ses manches déchiquetées, la moitié de ses boutons enlevés, et il avait des égratignures sanguinolentes au cou, sur la joue. Je ne peux pas entrer là-dedans comme ça, murmura-t-il. Attendez dans les douches, monsieur, dis-je. Je vous trouverai des vêtements. À des officiers, je réquisitionnai une chemise et un pantalon en expliquant mon propre état dépenaillé et contusionné comme le résultat d'une bagarre avec nos irritables rivaux de la Sécurité militaire. Dans les douches, je retrouvai le général debout devant un lavabo, le visage lavé de tout, sauf de la honte.

Général…

Taisez-vous ! Il ne regardait qu'une chose, son propre reflet dans le miroir. On n'en reparlera plus jamais.

Et nous n'en reparlâmes plus jamais.

Le lendemain, nous enterrâmes Linh et Duc. Leurs corps froids avaient passé la nuit dans une morgue de la marine. La cause de leur décès était maintenant officielle : une seule balle, de type inconnu. Cette balle tournerait indéfiniment dans le cerveau de Bon, autour d'un axe perpétuel, le taraudant et le hantant avec la probabilité égale d'avoir été tirée par un ennemi ou un ami. Il portait autour de la tête un foulard de deuil blanc découpé dans son drap. Après que nous eûmes déposé le petit cercueil de Duc sur celui de sa mère, voués tous deux à partager le même séjour éternel, Bon se jeta dans leur tombe ouverte. Pourquoi ? hurla-t-il, la joue sur la caisse en bois. Pourquoi eux ? Pourquoi pas moi ? Pourquoi, mon Dieu ? Pleurant moi-même, je le rejoignis dans la tombe pour le calmer et finis par l'en faire sortir. Après cela, sous le regard muet du général, de madame et du prêtre épuisé, nous jetâmes la terre sur les cercueils. C'étaient deux innocents, surtout mon filleul, sans doute l'être le plus proche que j'aurais jamais d'un vrai fils. À chaque retombée de la pelle en acier sur la terre grasse qui attendait de retrouver la cavité d'où elle avait été retirée, j'essayais de croire que ces deux corps n'étaient pas vraiment des morts, mais de simples chiffons, abandonnés par des émigrants partis pour une contrée située hors des cartes humaines, une contrée peuplée d'anges. Ainsi croyait mon curé de père ; mais pour moi c'était impossible.

Nous passâmes les quelques jours suivants à pleurer et à attendre, et parfois, pour changer, à attendre et à pleurer. Au moment où l'autoflagellation commençait à m'épuiser, on nous recueillit et on nous emmena à Camp Pendleton, à San Diego, en Californie, cette fois dans un avion de ligne, avec un vrai siège et un vrai hublot. Nous débarquâmes dans un autre camp de réfugiés, dont la meilleure qualité des installations prouvait que nous profitions déjà de la mobilité ascendante du Rêve américain. Alors qu'à Guam la plupart des réfugiés vivaient sous les tentes dressées à la hâte par les marines, à Camp Pendleton nous avions tous droit à des baraquements, comme un camp d'entraînement pour nous préparer aux rigueurs de la vie américaine. C'est là, au cours de l'été 1975, que j'écrivis la première de mes lettres à la tante parisienne de Man. Bien entendu, c'était en réalité à Man que je m'adressais. Si je commençais une lettre par quelques clichés dont nous étions convenus – le climat, ma santé, celle de la tante, la politique française –, il saurait qu'entre les lignes figurait un autre message, rédigé à l'encre invisible. En l'absence de clichés, il n'y avait alors rien d'autre à lire que ce qui était écrit. Toutefois, au cours de cette première année en Amérique, je n'eus pas besoin de crypter grand-chose, tant les soldats exilés n'étaient pas en état de fomenter la moindre contre-offensive. C'était du renseignement utile, mais qui n'exigeait pas le secret.

Chère tante, écrivis-je, comme si c'était la mienne, *pour les premiers mots que je t'adresse depuis longtemps, je suis au regret de t'annoncer une horrible nouvelle.* Bon allait mal. La nuit, pendant que je restais couché sur mon lit de camp sans dormir, il bougeait et se retournait sur le sien, au-dessus de moi, brûlé vif par ses souvenirs. Je voyais quelle lueur éclairait l'intérieur de son crâne, le visage de Man, notre frère de sang dont il était persuadé que nous l'avions abandonné, et les visages de Linh et de Duc, leur sang sur ses mains, sur mes mains, au sens propre. Bon se serait laissé mourir de faim si je ne l'avais traîné chaque jour depuis sa couchette jusqu'aux tables communes du mess, où nous avalions une nourriture insipide. Comme des milliers d'autres cet été-là, nous nous lavions aussi dans des douches sans cabines et vivions avec des inconnus dans des baraquements. Le général n'était pas épargné. Je passais beaucoup de temps avec lui dans le logement qu'il partageait avec madame, leurs quatre enfants et trois autres familles. Des officiers subalternes et des morveux, me dit-il en grommelant, un jour. Voilà à quoi je suis réduit ! Des draps suspendus à des cordes à linge divisaient le baraquement en plusieurs chambrées familiales, mais ils ne pouvaient pas grand-chose pour ménager les oreilles de madame et des enfants. Ces animaux font l'amour jour et nuit, maugréa-t-il en s'asseyant avec moi sur le perron en ciment. Nous fumions une cigarette et buvions du thé, car nous ne pouvions même pas obtenir de mauvais alcool. Ils n'ont pas honte ! Devant leurs propres enfants et les miens. Vous savez ce que m'a demandé la plus grande, l'autre jour ? Papa, c'est quoi, une prostituée ? Elle avait vu une femme vendre son corps près des latrines !

En face, dans un autre baraquement, une querelle entre un mari et sa femme, qui avait commencé par les habituels noms d'oiseaux, se transforma soudain en véritable bagarre. Sans rien voir, nous entendîmes le bruit caractéristique de la chair que l'on tape, suivi par les cris de la femme. Un petit attroupement se forma rapidement devant la porte du baraquement. Le général soupira. Des animaux ! Mais, au milieu de tout ça, quelques bonnes nouvelles. Il sortit alors de sa poche une coupure de journal et me la tendit. Vous vous souvenez de lui ? Il s'est tiré une balle. Et c'est une bonne nouvelle ? demandai-je en prenant l'article. C'était un héros, dit le général. C'est du moins ce que j'écrivis à ma tante. L'article était ancien, il avait été publié quelques jours après la chute de Saigon et envoyé au général par un ami installé dans un autre enclos à réfugiés, au fin fond de l'Arkansas. Au centre figurait la photo d'un homme mort, gisant sur le dos au pied du monument que le général avait salué comme il se devait. Il aurait pu se reposer là par une journée chaude, contempler le ciel d'un bleu étincelant, sauf que, à en croire la légende, il s'était suicidé. Pendant que nous volions vers Guam, et face à l'arrivée des chars dans la ville, le lieutenant-colonel s'était rendu devant le mémorial, avait dégainé son pistolet de service et fait un trou dans son crâne dégarni.

Un vrai héros, dis-je. Il avait une femme et un certain nombre d'enfants, je ne me rappelais plus combien. Il ne m'avait inspiré ni affection ni haine ; j'avais envisagé son nom pour l'évacuation, puis je l'avais oublié. Une plume de culpabilité me chatouilla la nuque. Je ne le pensais pas capable de faire ça, repris-je. Si j'avais su…

Si quiconque parmi nous avait pu savoir. Mais qui ? Ne vous sentez pas fautif. J'ai connu beaucoup d'hommes qui sont morts sous ma surveillance. Je m'en suis voulu pour chacun d'entre eux, mais la mort fait partie de notre travail. Ça pourrait très bien être notre tour, un jour. Souvenons-nous simplement de lui comme d'un martyr.

Avec notre thé, nous trinquâmes à la mémoire du lieutenant-colonel. Hormis ce geste-là, il n'avait rien eu d'un héros, à ma connaissance. Peut-être le général partageait-il cette impression, car il dit ensuite, Il nous aurait été bien utile, vivant.

Utile comment ?

En gardant un œil sur ce que fabriquent les communistes. De même qu'ils gardent sans doute un œil sur ce que nous fabriquons. Vous avez un peu réfléchi là-dessus ?

Sur la manière dont ils gardent un œil sur nous ?

Exactement. Des sympathisants. Des espions parmi nous. Des agents dormants.

C'est possible, dis-je, les mains moites. Ils sont suffisamment retors et intelligents pour ça.

Et qui est-ce que ça pourrait être ? Le général me scruta avec attention, ou peut-être avec suspicion.

Pendant que je le regardais, il tenait son mug, qui restait dans un coin de mon champ de vision. S'il voulait me le fracasser sur la tête, j'avais une demi-seconde pour réagir. Le Vietcong avait des agents partout, continua-t-il. Ce serait logique qu'il y en ait un parmi nous.

Vous croyez vraiment qu'un de nos hommes pourrait être un espion ? Mes globes oculaires étaient maintenant la seule partie de mon corps qui ne transpirât pas. Et le renseignement militaire ? Ou l'état-major ?

Vous n'avez pas quelqu'un en tête ? Il ne lâchait pas mes yeux impassibles, et sa main serrait toujours le mug. Il me restait un fond de thé froid ; je le bus. Si l'on avait soumis mon crâne aux rayons X, on aurait vu un hamster en train de tourner furieusement dans sa roue, essayant de produire des idées. Si je répondais que je ne soupçonnais personne, contrairement à lui de toute évidence, cela sentirait le roussi pour moi. Dans une imagination paranoïaque, seuls les espions nient l'existence d'espions. Il fallait donc que je nomme un suspect, quelqu'un qui ferait diversion sans être un véritable espion. La première personne qui me vint à l'esprit fut l'adjudant glouton. Son nom produisit l'effet recherché.

Lui ? Le général fronça les sourcils et cessa enfin de me regarder. Il examina ses doigts, troublé par cette piste improbable. Il est tellement gros qu'il a besoin d'un miroir pour voir son propre nombril. Je crois que pour une fois votre intuition n'est pas la bonne, capitaine.

Peut-être bien, dis-je, feignant l'embarras. Je lui tendis mon paquet de cigarettes, pour le distraire, puis je retournai à mon baraquement afin de relater l'essentiel de notre discussion à ma tante, en omettant les parties inintéressantes au sujet de ma peur, de mes tremblements, de mes sudations, etc. Par bonheur, nous ne restâmes pas longtemps au camp, où peu de choses étaient capables d'apaiser la colère du général. Juste après notre arrivée à San Diego, j'avais écrit à mon ancien professeur, Avery Wright Hammer, pour lui demander de m'aider à quitter cet endroit. Il avait été le camarade de chambrée de Claude à l'université, et l'homme auquel celui-ci avait un jour parlé d'un jeune étudiant vietnamien prometteur ayant besoin d'une bourse pour se rendre aux États-Unis. Non seulement le Pr Hammer m'avait dégoté cette bourse, mais il était devenu aussi mon plus grand maître, après Claude et Man. C'était lui qui avait accompagné mes études américaines et accepté de s'aventurer hors de son domaine de prédilection pour diriger mon mémoire, *Mythe et symbole dans la littérature de Graham Greene*. Cet homme généreux se démena pour moi une fois de plus et se proposa d'être mon parrain. Avant le milieu de l'été, il m'avait trouvé un travail administratif au sein du département des études orientales. Il se chargea même de faire une collecte auprès de mes anciens professeurs, et ce geste magnifique m'alla droit au cœur. Cette somme, comme je l'écrivis à ma tante à la fin de l'été, me permit de payer mon billet de car pour Los Angeles, quelques nuits dans un motel, la caution pour un appartement proche de Chinatown et une Ford 1964 d'occasion. Une fois installé, j'écumai toutes les églises de mon quartier en quête d'un parrain pour Bon, les organisations caritatives et religieuses s'étant montrées sensibles aux malheurs des réfugiés. Je tombai ainsi sur l'Église des prophètes éternels, qui, malgré son nom impressionnant, exerçait ses talents spirituels derrière une modeste devanture, entre un carrossier escroc et un terrain vague prisé des héroïnomanes. Avec un minimum de persuasion et une modique contribution en argent liquide, le rondelet révérend Ramon, ou R-r-r-amon, tel qu'il se présenta, accepta de parrainer Bon et d'être son employeur théorique. En septembre, juste à temps pour le début de l'année universitaire, Bon et moi fûmes donc réunis, désargentés, dans un appartement. Ensuite, avec ce qui me restait de l'argent de mon parrain, je me rendis chez un prêteur sur gages et achetai tout ce qui manquait à mon confort, à savoir une radio et une télévision.

Quant au général et à madame, eux aussi se retrouvèrent à Los Angeles, parrainés par la belle-sœur d'un colonel américain qui avait jadis été le conseiller du général. Au lieu d'une villa, ils louaient un pavillon près de Hollywood, dans un quartier un peu moins huppé de Los Angeles, le ventre mou de la ville. Au cours des mois suivants, comme je l'expliquai à ma tante, chaque fois que je passais le voir, je le trouvais profondément déprimé. Il n'avait pas de travail et n'était plus général, même si tous ses anciens officiers le saluaient comme un général. Il consommait un assortiment embarrassant de bières bon marché et de vins médiocres, oscillant entre la fureur et la mélancolie, comme on pouvait imaginer Richard Nixon le faire non loin de là. Parfois, ses émotions l'étouffaient tellement que je craignais de devoir lui appliquer la manœuvre de Heimlich. Non pas qu'il n'eût rien à faire pour occuper son temps. Mais c'était madame qui trouvait les écoles pour les enfants, remplissait le chèque du loyer, faisait les courses, la cuisine, la vaisselle, lavait les toilettes, trouvait une église – bref, se chargeait de toutes les tâches domestiques, de toutes les corvées que, pendant son existence choyée, d'autres avaient toujours accomplies pour elle. Elle s'y appliquait avec une grâce sévère, devenant vite la dictatrice du foyer, et le général n'était plus qu'un homme de paille qui rugissait de temps en temps sur ses enfants comme ces lions grisonnants, au zoo, en pleine crise de la cinquantaine. Ils vécurent ainsi presque un an, jusqu'à ce que la patience de madame atteigne enfin ses limites. Je ne connaissais pas la teneur de leurs conversations, mais un jour, au début du mois d'avril, je reçus une invitation à l'inauguration du nouveau magasin du général, sur Hollywood Boulevard, un magasin d'alcools dont l'existence, au cœur de l'œil cyclopéen du fisc, signifiait qu'il avait finalement consenti à un principe de base du Rêve américain. Non seulement il devait gagner sa vie, mais il devait aussi payer pour ça, comme je le faisais moi-même déjà en tant que visage austère du département des études orientales.

Mon travail consistait à servir de première ligne défensive face aux étudiants qui souhaitaient être reçus par le secrétaire du directeur du département. Certains d'entre eux m'appelaient par mon nom alors que nous ne nous étions jamais rencontrés. Je jouissais en effet d'une petite célébrité sur le campus depuis un article que la revue étudiante avait écrit à mon sujet : diplômé de l'université, figurant au tableau d'honneur, unique étudiant vietnamien dans toute l'histoire de mon établissement, et désormais réfugié secouru. L'article rappelait aussi mon expérience militaire, quoique de manière inexacte. Qu'est-ce que vous faisiez ? m'avait demandé le journaliste en herbe, un étudiant de deuxième année nerveux, avec des bagues aux dents et des marques de morsure sur son crayon jaune n° 2. J'étais intendant militaire, avais-je répondu. Un travail ennuyeux. On suit les fournitures et les rations, on s'assure que les troupes ont des uniformes et des chaussures. Donc vous n'avez jamais tué personne ? Jamais. Et c'était la vérité, même si le reste de mon interview relevait du mensonge. Un campus universitaire n'était pas le meilleur endroit pour faire part de mes états de service. D'abord, j'avais été officier d'infanterie dans l'armée de la république du Viêtnam, où j'avais commencé à servir le général quand il n'était que colonel. Ensuite, une fois qu'il fut devenu général et qu'il eut pris la tête de la police nationale, qui avait besoin d'un peu de discipline militaire, je l'y avais suivi. Dire qu'on avait vu le feu, et surtout qu'on avait été mêlé à la police spéciale, était un sujet sensible dans la plupart des universités, encore à l'époque. Celle-là n'avait pas échappé à la ferveur antimilitariste qui avait enflammé comme un renouveau religieux la vie des campus quand j'étais étudiant. Dans beaucoup de facs, dont la mienne, *Hô, Hô, Hô* n'était pas le cri du père Noël, mais le début d'un chant célèbre : *Hô, Hô, Hô, Chi Minh, le FLN vaincra !* J'enviais aux étudiants leur ardeur politique pure, moi qui devais noyer la mienne pour jouer les bons citoyens de la république du Viêtnam. À mon retour, cependant, les étudiants appartenaient à une autre espèce. Ils étaient moins intéressés que la génération précédente par la politique ou le reste du monde. Leurs yeux tendres n'étaient plus exposés à longueur de journée à des histoires et à des images d'atrocités ou de terreur dont ils auraient pu se sentir responsables, citoyens d'une démocratie qui détruisait un autre pays pour le sauver. Surtout, leurs vies n'étaient plus menacées par la conscription. Par conséquent, le campus avait retrouvé sa nature paisible, son optimisme inné qu'altérait seulement la pluie de printemps qui, parfois, martelait la fenêtre de mon bureau. Mon méli-mélo de tâches, pour lequel je touchais le salaire minimal, exigeait que je réponde au téléphone, que je tape des manuscrits pour les professeurs, que je classe des documents, que j'aille chercher des livres, enfin que j'aide la secrétaire, Mme Sofia Mori aux lunettes en écaille constellées de strass. À mes yeux toutes ces choses, qui convenaient parfaitement à un étudiant, équivalaient à une mort par mille coupures de papier. Pour couronner le tout, Mme Mori n'avait pas l'air de m'apprécier.

C'est bien de savoir que vous n'avez jamais tué personne, me dit-elle un jour, peu de temps après notre rencontre. Ses sympathies ne faisaient aucun doute – un symbole de paix pendait à son porte-clés. Ce n'était pas la première fois que j'avais envie de dire à quelqu'un que j'étais de son camp, un sympathisant de la gauche, un révolutionnaire qui se battait pour la paix, l'égalité, la démocratie, la liberté et l'indépendance, toutes ces nobles causes au nom desquelles mon peuple s'était battu jusqu'à la mort et que j'avais fuies. En même temps, reprit-elle, si vous aviez tué quelqu'un, vous n'en parleriez à personne, si ?

Et vous, madame Mori ?

Je ne sais pas. D'un mouvement de ses hanches féminines, elle fit pivoter son siège et me tourna le dos. Mon petit bureau était niché dans un coin, et je remuai papiers et notes pour faire mine de travailler, alors que ces corvées ne suffisaient pas à remplir mes journées de huit heures. Comme convenu, j'avais obligeamment souri derrière mon bureau quand l'étudiant journaliste m'avait photographié, conscient que je figurerais en une et que mes dents jaunes deviendraient blanches grâce au noir et blanc. J'avais fait ma meilleure imitation d'un enfant du tiers-monde, comme sur les cartons de lait qu'on distribuait dans toutes les écoles primaires afin que les petits Américains déposent leurs piécettes et aident les malheureux Alejandro, Abdullah et Ah Sing à bénéficier d'un repas chaud et d'un vaccin. Et j'étais reconnaissant, vraiment ! Mais j'étais aussi un de ces cas malheureux qui ne pouvaient s'empêcher de se demander si leur besoin de charité américaine n'était pas dû au fait qu'ils avaient d'abord bénéficié de l'aide américaine. Craignant de passer pour un ingrat, je m'échinais à faire suffisamment de petits bruits pour satisfaire Mme Mori aux pantalons en polyester vert avocat, mais sans la déranger, mon pseudo-travail étant parfois interrompu par le besoin d'aller faire des courses ou de gagner le bureau adjacent du directeur.

Comme personne, dans l'université, n'avait la moindre connaissance de notre pays, le directeur du département aimait s'entretenir longuement avec moi de notre culture et de notre langue. Il devait avoir entre soixante-dix et quatre-vingts ans, et nichait dans un bureau tapissé de livres, de papiers, de notes et de bibelots accumulés tout au long d'une carrière consacrée à l'étude de l'Orient. Il avait cloué un beau tapis oriental au mur, à défaut, je suppose, d'un Oriental tout court. Sur son bureau, faisant face à quiconque entrait dans la pièce, il y avait une photo encadrée d'or de sa famille, un chérubin brun et une dame asiatique qui devait avoir entre un tiers et deux tiers de son âge. Elle n'était pas tout à fait belle, mais pouvait difficilement passer pour autre chose que belle à côté du directeur et de son nœud papillon, le col étroit de sa *qipao* écarlate serrant la bulle d'un sourire sur ses lèvres maquillées.

Elle s'appelle Ling Ling, dit le directeur en voyant mes yeux s'attarder sur la photo. À force de se voûter pendant des décennies au-dessus d'un bureau, le dos du grand orientaliste avait pris la forme d'un fer à cheval. Il projetait sa tête en avant à la manière inquisitrice d'un dragon. J'ai rencontré ma femme à Taiwan, où sa famille avait fui Macao. Notre fils est aujourd'hui beaucoup plus grand que sur cette photo. Comme vous pouvez le voir, les gènes de sa mère sont plus résistants, ce qui n'a rien de surprenant. Les cheveux blonds disparaissent quand ils sont mélangés à du noir. Tout cela, il me le dit lors de notre cinquième ou sixième conversation, une fois qu'un certain degré d'intimité se fut installé entre nous. Comme d'habitude, il était calé au fond d'un fauteuil club en cuir trop rembourré qui l'enveloppait tel le sein généreux d'une nounou noire. J'étais moi-même enveloppé dans le fauteuil jumeau du sien, happé par l'inclinaison et la douceur du cuir, et mes bras reposaient sur les accoudoirs, comme Lincoln sur le trône de son mémorial. Pour expliquer ça, poursuivit-il, il existe une métaphore dans notre propre paysage californien, où les herbes étrangères étouffent une grande partie de la végétation indigène. Mélanger flore locale et plantes étrangères peut avoir des conséquences tragiques, comme votre propre expérience vous l'a peut-être appris.

Oui, en effet, dis-je, me rappelant que j'avais besoin de mon salaire minimal.

Ah, l'Amérasien… Toujours écartelé entre deux mondes et ne sachant jamais auquel il appartient ! Imaginez un peu si vous ne souffriez pas de cette confusion qui doit être votre lot quotidien, si vous ne ressentiez pas ce tiraillement permanent en vous et autour de vous, entre l'Orient et l'Occident. Comme le disait si justement Kipling : « L'Est est l'Est, et l'Ouest est l'Ouest, et jamais ils ne se rencontreront. » C'était un de ses thèmes favoris, au point qu'il avait même conclu une de nos discussions en me donnant un travail à faire sur la théorie de Kipling. Je devais prendre une feuille de papier et la plier en deux verticalement. En haut, je devais écrire *Orient* à gauche et *Occident* à droite, puis noter mes qualités orientales et occidentales. Considérez cet exercice comme un classement de vous-même, m'avait-il dit. Mes étudiants d'origine orientale trouvent toujours cela profitable.

Je crus d'abord à une blague, puisqu'il me donna ce devoir le 1er avril, le jour de cette étrange coutume occidentale qu'on appelle le poisson d'avril. Mais il me regardait d'un air très sérieux et je me rappelai qu'il n'avait pas le sens de l'humour. Rentré chez moi, et après avoir un peu réfléchi, je produisis donc ceci :

ORIENT	OCCIDENT
effacé	parfois entêté
respectueux de l'autorité	quelquefois autonome
soucieux de l'opinion des autres	de temps en temps insouciant
généralement discret	bavard (avec un ou deux verres)
essaie toujours de plaire	une fois ou deux n'en ai rien eu à faire
le verre est à moitié vide	le verre est à moitié plein
dis oui quand je pense non	dis ce que je pense, fais ce que je dis
regarde presque toujours vers le passé	m'arrive de regarder vers l'avenir
préfère suivre à l'aise dans la foule	mais aimerais mener mais disposé à attirer toute l'attention
déférent avec les vieux	valorise ma jeunesse
prêt à me sacrifier	prêt à continuer le combat
suis les pas de mes ancêtres	oublie mes ancêtres !
cheveux noirs raides	yeux marron clair
petit (pour un Occidental)	grand (pour un Oriental)
un peu blanc-jaune	un peu jaune pâle

Lorsque je lui montrai le résultat le lendemain, il dit, Superbe ! Excellent début. Vous êtes un bon élève, ce qui est la règle chez tous les Orientaux. Je ressentis malgré moi une certaine fierté. Comme tous les bons élèves, je ne cherchais rien tant que d'être apprécié, même des imbéciles. Mais il y a un petit bémol, ajouta-t-il. Voyez comme tant des qualités orientales s'opposent diamétralement aux qualités occidentales ? En Occident, malheureusement, beaucoup de qualités orientales prennent un tour négatif. Ce qui crée de graves problèmes d'identité chez les Américains d'origine orientale, du moins ceux qui sont nés ou ont grandi ici. Ils ne se sentent pas à leur place. Ils ne sont pas si différents de vous, également coupés en deux. Quel est le remède, alors ? Est-ce que l'Oriental en Occident, peu importe le nombre de générations qui auront vécu sur une terre de culture judéo-chrétienne, est condamné à se sentir éternellement comme un vagabond, un inconnu, un étranger, jamais débarrassé du résidu confucianiste de sa noble et ancienne culture ? C'est là que vous, en tant qu'Amérasien, représentez un espoir.

Je savais qu'il voulait être gentil. Je fis donc de mon mieux pour garder mon sérieux.

Moi ?

Oui, vous ! Vous incarnez la symbiose entre l'Orient et l'Occident, la possibilité que de la dualité naisse l'unité. On ne peut pas davantage séparer l'Oriental physique de vous qu'on ne peut en séparer l'Occidental physique. Pareil pour vos composantes psychiques. Mais si aujourd'hui vous n'êtes pas à votre place, dans l'avenir vous serez la norme ! Regardez mon enfant amérasien. Il y a cent ans, il aurait été perçu comme une monstruosité, que ce soit en Chine ou en Amérique. Aujourd'hui, les Chinois le percevraient toujours comme une anomalie, mais ici nous avons fait de grands progrès, peut-être pas aussi vite que vous et moi le voudrions, néanmoins assez pour espérer que, quand il aura votre âge, rien ne lui sera interdit. Né sur ce territoire, il pourrait même devenir président ! Des comme vous et lui, il y en a plus que vous ne l'imaginez. Sauf que la plupart ont honte et cherchent à se fondre dans la végétation de la vie américaine. Or vous êtes de plus en plus nombreux, et la démocratie est votre meilleure chance de trouver votre voie. Ici vous pouvez apprendre comment ne pas être déchiré entre vos deux parties contraires, comment les équilibrer et profiter des deux. Réconciliez vos fidélités divisées et vous serez le passeur idéal entre les deux camps, un ambassadeur de bonne volonté qui ramènera la paix entre des nations en conflit !

Moi ?

Oui, vous ! Afin de contrebalancer vos instincts orientaux, vous devez cultiver assidûment ces réflexes que les Américains connaissent de façon innée.

Je ne pus me retenir. Comme le yin et le yang ?

Exactement !

Je m'éclaircis la gorge pour évacuer un relent désagréable, le reflux gastrique de mes entrailles orientales et occidentales en plein désarroi. Professeur ?

Hmm ?

Est-ce que cela changerait quelque chose si je vous disais que je suis en réalité eurasien, et non amérasien ?

Le directeur du département me regarda avec tendresse et sortit sa pipe.

Non, mon garçon, absolument rien.

Avant de rentrer chez moi, je m'arrêtai à la supérette pour acheter du pain, du salami, un litre de vodka dans une bouteille en plastique, de l'amidon de maïs et de la teinture d'iode. J'aurais préféré de l'amidon de riz, pour des raisons sentimentales, mais l'amidon de maïs était plus facile à trouver. Une fois à la maison, je rangeai les courses et collai la feuille de papier avec ma double personnalité sur le réfrigérateur. En Amérique, même les pauvres possédaient des réfrigérateurs, sans même parler de l'eau courante, des chasses d'eau et de l'électricité vingt-quatre heures sur vingt-quatre, autant de choses auxquelles, dans mon pays, certains membres de la classe moyenne n'avaient pas droit. Pourquoi, alors, me sentais-je pauvre ? Peut-être était-ce dû à mon quotidien. Je vivais au rez-de-chaussée, dans un deux pièces triste dont l'élément le plus notable était qu'il sentait la crasse de nombril – c'est en tout cas ce que j'écrivis à ma tante. Ce jour-là comme tous les autres, je trouvai Bon, rendu inerte par le malheur, allongé sur la longue langue qu'était notre canapé en faux velours rouge. Il ne quittait l'appartement que pour aller travailler comme concierge de nuit à l'église du révérend R-r-r-amon, qui cherchait à sauver son budget en même temps que les âmes. À cette fin, et démontrant qu'on pouvait à la fois servir Dieu et Mammon, l'église payait Bon en liquide. Sans revenus déclarés, il bénéficiait des aides sociales, qu'il recevait avec un léger sentiment de honte, mais surtout l'impression très nette que c'était un dû. Après avoir servi son pays pour une misère, dans une guerre voulue par les Américains, il en concluait non sans raison que les aides sociales valaient mieux que les médailles. Il n'avait d'autre choix que d'accepter son sort, car personne n'avait besoin d'un homme sachant sauter d'un avion, marcher cinquante kilomètres avec trente-cinq kilos sur le dos, tirer dans le mille avec un pistolet ou un fusil, encaisser plus de coups qu'un de ces catcheurs professionnels masqués et huilés qu'on voyait à la télévision.

Quand il allait chercher ses allocations, comme ce jour-là, il dépensait tout son argent en bière et ses coupons alimentaires en plats surgelés pour une semaine. J'ouvris le réfrigérateur pour prendre ma ration de bière et retrouvai Bon dans le salon ; il s'était déjà mitraillé la tête avec une demi-douzaine de canettes, et les douilles vides jonchaient la moquette. Couché sur le canapé, il tenait une autre canette froide près de son front. Je m'affalai sur notre plus beau meuble, un fauteuil inclinable rapiécé mais fort pratique, et allumai la télévision. Cette bière avait la couleur et le goût du pipi de bébé, mais nous respectâmes notre petit rituel quotidien et bûmes avec une détermination sans joie, jusqu'à comater tous les deux. Je me réveillai dans le périnée du temps, entre les toutes dernières heures de la nuit et les toutes premières du matin, avec une éponge immonde dans la bouche, effaré soudain par la tête coupée d'un insecte géant ouvrant grand sa gueule. Je m'aperçus que c'était simplement le meuble de télévision en bois dont les antennes jumelles s'affaissaient. L'hymne national retentissait, la bannière étoilée s'agitait et se fondait dans des plans panoramiques de majestueuses montagnes violettes et d'avions de chasse en vol. Lorsque le rideau de neige finit par tomber sur l'écran, je me traînai jusqu'à la cuvette moussue des toilettes, puis jusqu'au plus bas des deux lits superposés, dans notre petite chambre. Bon s'était déjà hissé sur le lit d'en haut. Je m'allongeai et m'imaginai que nous roupillions comme des soldats, alors que le seul endroit proche de Chinatown où l'on pouvait acheter des lits superposés était le département enfants de ces horribles magasins de meubles tenus par des Mexicains, ou des gens qui avaient des têtes de Mexicains. J'étais incapable de voir les différences entre les gens originaires d'Amérique du Sud, mais ils n'avaient pas l'air de le prendre trop mal dans la mesure où eux-mêmes me traitaient de chinetoque.

Au bout d'une heure, n'arrivant toujours pas à trouver le sommeil, je me rendis dans la cuisine et mangeai un sandwich au salami tout en relisant la lettre que j'avais reçue de ma tante la veille. *Cher neveu*, disait-elle, *merci infiniment pour ta dernière lettre. Il fait un temps épouvantable ces derniers temps, très froid et venteux.* Elle racontait ensuite en détail ses problèmes avec les roses, les clients de son magasin, les bons résultats de sa visite chez le médecin. Mais rien n'était aussi important que ses considérations météorologiques, me signifiant qu'entre les lignes était caché un message de Man rédigé avec une encre invisible à base d'amidon de riz. Le lendemain, une fois Bon parti effectuer ses quelques heures de travail dans l'église du révérend, je préparerais une solution d'iode dans de l'eau, que je passerais sur la lettre pour faire apparaître une série de chiffres tracés à l'encre violette. Ils renvoyaient à une page, une ligne, un mot du livre de Richard Hedd, *Le Communisme asiatique et le mode de destruction oriental*. C'était le code secret que Man avait si astucieusement choisi, et c'était maintenant le livre le plus important de ma vie. Par les messages invisibles de Man, j'avais appris que le moral de la population était bon, que la reconstruction du pays avançait lentement mais sûrement, et que ses supérieurs étaient satisfaits de mes rapports. Pourquoi ne le seraient-ils pas ? Il ne se passait rien chez les exilés, sinon des grincements de dents et des arrachages de cheveux. J'avais à peine besoin d'écrire tout ça avec mon encre invisible faite d'eau et d'amidon de maïs.

Mi-gueule de bois, mi-nostalgie, puisqu'on fêtait ce mois-ci le premier anniversaire de la chute de Saigon, ou de sa libération, ou les deux, j'écrivis à ma tante pour célébrer cette année de tribulations. Même si j'étais parti autant par choix qu'au gré des circonstances, j'avoue que je ne pouvais m'empêcher d'éprouver de la pitié pour mes malheureux compatriotes, qui m'avaient refilé le microbe de la nostalgie jusqu'à ce que je me mette à errer moi aussi, hébété, dans le brouillard de la mémoire. *Ma chère tante, il s'est passé tellement de choses.* Ma lettre était l'histoire décousue des exilés depuis leur départ du camp, racontée de leur point de vue larmoyant, ce qui finit par me mettre, à mon tour, les larmes aux yeux. Je lui expliquai que nous avions tous été relâchés dans la nature grâce à la main secourable d'un parrain, dont la mission était de s'assurer que nous ne deviendrions pas des assistés. Ceux qui n'avaient pas de bienfaiteur à portée de main envoyaient des suppliques aux entreprises qui nous avaient jadis employés, aux soldats qui nous avaient jadis conseillés, aux maîtresses qui avaient jadis couché avec nous, aux églises susceptibles de nous prendre en pitié, voire aux simples connaissances, et ce dans l'espoir d'un parrainage. Les uns étaient partis seuls, les autres en famille, certaines familles étaient éclatées puis éparpillées, quelques-uns se retrouvaient sous des climats occidentaux chauds qui leur rappelaient le pays, mais la plupart étaient envoyés loin, dans des États dont nous n'arrivions même pas à prononcer les noms : l'Alabama, l'Arkansas, la Géorgie, le Kentucky, le Missouri, le Montana, la Caroline du Sud, et ainsi de suite. Nous parlions de cette nouvelle géographie dans notre propre version de la langue anglaise, où chaque syllabe était accentuée, où Chicago devenait *Chik-a-go*, où New York ressemblait plus à *New-ark*, où le Texas était découpé en *Tex-ass* et où la Californie était réduite à *Ca-li*. Avant de quitter le camp, nous avions échangé les numéros de téléphone et les adresses de nos nouvelles destinations, conscients que nous aurions besoin du système télégraphique des réfugiés pour savoir quelle ville offrait les meilleurs boulots, dans quel État on payait le moins d'impôts, où étaient versées les meilleures prestations sociales, où le racisme était le plus faible, où vivaient la plupart des gens qui avaient la même tête et la même nourriture que nous.

Si nous avions eu la permission de rester ensemble, dis-je à ma tante, nous aurions pu former une colonie de taille respectable, autonome, un bouton sur les fesses du corps politique américain, avec nos politiciens, nos policiers et nos soldats déjà tout prêts, avec nos propres banquiers, vendeurs et ingénieurs, avec des médecins, des avocats, des comptables, avec des cuisiniers, des femmes de ménage et des servantes, avec des patrons d'usine, des garagistes et des employés, avec des voleurs, des prostituées et des assassins, avec des écrivains, des chanteurs et des acteurs, avec des génies, des professeurs et des fous, avec des prêtres, des nonnes et des moines, avec des bouddhistes, des catholiques et des caodaïstes, avec des gens du Nord, du Centre et du Sud, avec des doués, des médiocres et des imbéciles, avec des patriotes, des traîtres et des neutres, avec des honnêtes, des corrompus et des indifférents, assez unis pour élire notre propre représentant au Congrès et avoir notre mot à dire dans notre Amérique, un Little Saigon aussi charmant, délirant et dysfonctionnel que l'original, ce qui était précisément la raison pour laquelle nous n'eûmes pas la permission de rester ensemble, mais fûmes dispersés, par décret bureaucratique, aux quatre coins de notre nouveau monde. Partout, nous nous retrouvions, petits clans réunis dans les caves, les églises, les jardins pendant les week-ends, à la plage, où nous apportions nos plats et nos boissons maison dans des sacs en plastique plutôt que de les acheter dans les coûteux magasins. Nous faisions de notre mieux pour entretenir les grands piliers culinaires de notre culture, mais comme nous dépendions des marchés chinois, notre nourriture, comble de l'humiliation, avait une saveur insupportablement chinoise qui nous laissait sur la langue la saveur douce-amère des souvenirs flous, juste assez vrais pour évoquer le passé, juste assez faux pour nous rappeler que le passé était à jamais disparu, autant que la diversité, la subtilité et la complexité de notre dissolvant universel, le nuoc-mâm. Oh, le nuoc-mâm ! Comme il nous manquait, chère tante, comme plus rien n'avait de goût sans lui, comme nous regrettions ce *grand cru* de l'île Phu Quoc, avec ses cuves remplies des meilleurs anchois pressés ! Les étrangers aimaient dénigrer ce condiment liquide et âcre, à la couleur sépia très foncée, pour son odeur supposément atroce, ce qui donnait un autre sens à l'expression : « Ça ne sent pas bon ici », car c'était nous qui ne sentions pas bon. De même que les paysans de Transylvanie arboraient des gousses d'ail pour repousser les vampires, nous nous servions du nuoc-mâm pour tracer une frontière avec ces Occidentaux incapables de comprendre que ce qui ne sentait vraiment pas bon, c'était l'odeur nauséabonde du fromage. Qu'était le poisson fermenté comparé au lait caillé ?

Mais, par respect pour nos hôtes, nous gardions nos sentiments pour nous. Serrés les uns contre les autres sur des canapés durs et des moquettes déchirées, avec nos genoux qui se touchaient sous des tables de cuisine surchargées où des cendriers crénelés mesuraient le passage du temps par l'accumulation des cendres, nous ruminions autant les calmars séchés que les souvenirs, jusqu'à en avoir mal à la mâchoire, et nous échangions des nouvelles plus ou moins fraîches de nos compatriotes disséminés partout. C'est ainsi que nous apprîmes l'histoire de cette famille réduite en esclavage par un paysan de Modesto ; ou de cette fille naïve qui avait pris l'avion jusqu'à Spokane pour y épouser son GI de fiancé mais s'était retrouvée dans un bordel ; ou encore celle du veuf aux neuf enfants, dans le Minnesota, qui par une froide journée d'hiver était allé se coucher sur la neige, la bouche ouverte, jusqu'à être enseveli, congelé ; ou l'ancien ranger qui avait acheté un pistolet à Cleveland et supprimé sa femme et ses deux enfants avant de se tuer ; et ces réfugiés de Guam, pleins de regrets, qui avaient demandé à retourner au pays natal et dont on n'avait plus jamais entendu parler ; et la fille à papa qui avait succombé aux charmes de l'héroïne et disparu dans les rues de Baltimore ; et la femme de ce politicien, obligée de nettoyer des bassins hygiéniques dans une maison de vieillards, qui un jour avait pété un plomb en attaquant son mari avec un couteau de cuisine et qu'on avait enfermée à l'asile ; et les quatre adolescents, arrivés sans leurs familles, qui s'étaient retrouvés dans le Queens, avaient braqué deux magasins d'alcool et tué un vendeur avant de prendre vingt ans de prison ; et le bouddhiste pieux qui avait été arrêté à Boston pour maltraitance sur enfant après avoir donné la fessée à son jeune fils ; et le propriétaire de San Jose qui avait écopé d'une amende pour avoir accepté des coupons alimentaires en échange de baguettes chinoises ; et le mari qui avait cogné sa femme et fait de la prison pour violences conjugales, à Raleigh ; et les hommes qui s'étaient enfuis en laissant leurs femmes dans le chaos, et les femmes qui s'étaient enfuies en abandonnant leurs maris, et les enfants qui s'étaient enfuis sans leurs parents, sans leurs grands-parents, et les familles où il manquait un, deux, trois enfants ou plus, et la demi-douzaine de personnes, à Terre Haute, qui étaient allées se coucher dans une chambre surpeuplée et glaciale, en se chauffant avec un brasero au charbon, mais ne s'étaient jamais réveillées, expédiées dans les ténèbres éternelles par un invisible nuage de monoxyde de carbone. Tamisant la boue, nous cherchions la pépite, l'histoire du bébé orphelin adopté par un milliardaire du Kansas, ou le garagiste qui achetait un ticket de loterie à Arlington et devenait multimillionnaire, ou la gamine élue déléguée de sa classe dans un collège de Baton Rouge, ou le garçon admis à Harvard alors qu'il venait de Fond du Lac et avait encore de la terre du Camp

Pendleton qui lui collait aux semelles, ou cette star de cinéma que tu aimes tant, chère tante, qui avait été ballottée d'aéroport en aéroport sans qu'aucun pays daigne l'accepter sur son sol après la chute de Saigon, sans qu'aucun de ses merveilleux amis du cinéma américain réponde à ses coups de fil désespérés, jusqu'à ce que, avec son dernier sou en poche, elle joigne Tippi Hedren, qui l'avait enfin fait venir à Hollywood. Ainsi donc, après nous être passé le corps au savon de la tristesse, nous nous rincions avec des flots d'espoir. Nous avions beau croire presque toutes les rumeurs qui circulaient, nous refusions presque tous de croire que notre pays était mort.

5

Moi qui ai lu aussi beaucoup de confessions, et si je garde en tête vos remarques sur ce que j'ai confessé jusqu'à présent, j'imagine, mon cher commandant, que ces aveux ne sont pas ce que vous avez coutume de lire. Pour l'aspect inhabituel de ma confession, je ne peux pas vous en vouloir – je ne peux m'en prendre qu'à moi. Je suis coupable d'honnêteté, ce qui aura été rarement le cas dans ma vie d'adulte. Pourquoi commencer maintenant, dans ces circonstances, dans cette pièce solitaire de trois mètres sur cinq ? Peut-être parce que je ne comprends pas ce que je fais ici. Quand j'étais un agent dormant, au moins, je comprenais pourquoi je devais vivre dissimulé. Mais aujourd'hui, non. Si je dois être condamné – si je suis déjà condamné, comme je le soupçonne –, alors je ne manquerai pas de m'expliquer, dans le style de mon choix, peu importe ce que vous penserez de mes actes.

Il me semble que je devrais être loué pour les vrais dangers et les petits tracas que j'ai affrontés. Je vivais comme un serf, un réfugié dont la seule gratification professionnelle était la possibilité de bénéficier de prestations sociales. J'avais à peine l'occasion de dormir, car un agent dormant est presque toujours victime d'insomnie. Peut-être James Bond arrivait-il à dormir tranquillement sur ce lit de clous qu'est la vie d'espion – pas moi. Ironie du sort, c'était ma tâche la plus « espionne » qui finissait toujours par me faire dormir : le décodage des messages de Man et le codage des miens à l'encre invisible. Comme chaque missive était laborieusement codée mot par mot, il incombait à l'envoyeur et au receveur de rédiger des messages aussi brefs que possible, et celui de Man que je décodai le lendemain soir disait simplement : *Bon travail*, *Détourne l'attention de toi*, et *Tous les subversifs en prison*.

Avant de rédiger ma réponse, je décidai d'attendre l'inauguration du magasin d'alcools du général. Ce dernier m'avait dit que Claude y assisterait. Nous nous étions parlé plusieurs fois au téléphone, mais je ne l'avais pas revu depuis Saigon. Il y avait cependant une autre raison pour laquelle le général souhaitait me voir en personne, en tout cas c'est ce que me rapporta Bon quelques jours plus tard en rentrant du magasin. Il venait en effet d'y être embauché comme employé, tâche dont il pouvait s'acquitter tout en continuant de faire le ménage à mi-temps dans l'église du révérend. J'avais demandé au général de l'engager, et j'étais content de savoir qu'il passerait désormais plus de temps debout qu'allongé. Pourquoi est-ce qu'il veut me voir ? demandai-je. Bon ouvrit la mâchoire arthritique du réfrigérateur et sortit le plus bel objet décoratif en notre possession, une canette de Schlitz argentée et ruisselante. Il y a une balance parmi nous. Une bière ?

Deux, s'il te plaît.

L'inauguration était prévue à la fin du mois d'avril, pour la faire coïncider avec l'anniversaire de la chute de Saigon, ou de sa libération, ou les deux. Cela tombait un vendredi, et je dus demander à Mme Mori aux grosses chaussures si je pouvais quitter le travail un peu plus tôt. Jamais je ne lui aurais demandé une telle faveur en septembre ; au mois d'avril, cependant, notre relation avait pris une tournure inattendue. Dans les mois qui avaient suivi mon embauche, nous avions peu à peu commencé à nous jauger l'un l'autre pendant les pauses cigarette, au cours des petites discussions inévitables entre collègues de bureau, puis après le travail lors d'apéros loin du campus. Mme Mori ne m'était pas si hostile que je le croyais. Nous étions même devenus relativement amis, si c'est le terme qui convient pour décrire les rapports fiévreux et sans préservatif auxquels nous nous livrions une ou deux fois par semaine dans son appartement du quartier de Crenshaw, les coïts furtifs exécutés une ou deux fois par semaine dans le bureau du directeur du département, et les fornications nocturnes accomplies sur la banquette grinçante de ma Ford.

Comme elle me l'expliqua après notre premier interlude amoureux, c'étaient mes manières posées, douces et bienveillantes qui avaient fini par la convaincre de m'inviter à boire un verre « un de ces quatre ». J'avais accepté l'invitation quelques jours plus tard, dans un bar hawaïen de Silver Lake fréquenté par de gros types en chemise à fleurs et des femmes dont les jupes en jean couvraient à peine leurs fessiers généreux. L'entrée était flanquée par des torches tiki, tandis qu'à l'intérieur étaient cloués au mur en planches des masques inquiétants venus de quelque archipel du Pacifique et dont les lèvres semblaient proférer un cri menaçant. Sur les tables, les lampes en forme de danseuses hawaïennes, seins nus, peau mate et jupe végétale, diffusaient une lumière douce. La serveuse portait elle aussi une jupe végétale dont la couleur paille délavée était assortie à celle de ses cheveux, ainsi qu'un haut de bikini fait avec deux noix de coco polies. Au bout de notre troisième tournée, Mme Mori, coude posé sur le bar et menton dans la main droite, me laissa allumer sa cigarette, ce que je considérais comme un des préliminaires les plus érotiques qu'un homme puisse faire à une femme. Elle buvait et fumait comme une starlette sortie d'une comédie burlesque des années 1930, une de ces dames portant épaulettes et soutien-gorge rembourré qui s'exprimaient tout en sous-entendus et en allusions. Me regardant droit dans les yeux, elle dit, Je dois vous faire une confidence. Je souris et espérai que mes fossettes l'impressionneraient. J'aime bien les confidences, répondis-je. Vous avez quelque chose de mystérieux, dit-elle. Que les choses soient claires : vous n'êtes pas grand, bronzé et beau. Vous êtes simplement bronzé et du genre mignon. D'abord, quand j'ai entendu parler de vous et que je vous ai vu pour la première fois, je me suis dit : *Formidable, voilà un Oncle Tom jaune, un vrai vendu, un imposteur complet. Ce n'est pas un Blanc, mais presque : c'est un riz blanc.* Votre manière de frayer avec les *gaijins* ! Les Blancs vous adorent, n'est-ce pas ? Alors que moi, ils m'aiment *bien*. Ils pensent que je suis une jolie petite porcelaine aux pieds bandés, une geisha prête à donner du plaisir. Mais je ne parle pas assez pour qu'ils m'aiment, ou en tout cas je ne parle pas comme il faut. Je suis incapable de leur faire le petit numéro du *sukiyaki* et du *sayonara* qu'ils aiment tant, le coup des baguettes dans les cheveux, toutes ces conneries à la Suzie Wong, comme si tous les Blancs qui débarquaient étaient William Holden ou Marlon Brando, alors qu'ils ressemblent à Mickey Rooney. Vous, par contre, vous savez parler, et ça joue beaucoup. Mais il n'y a pas que ça. Vous écoutez très bien. Vous maîtrisez l'insondable sourire oriental, vous restez assis à hocher la tête et à plisser le front avec un air de compassion et vous laissez les gens continuer, penser que vous êtes entièrement d'accord avec tout ce qu'ils disent, et tout ça sans prononcer le moindre mot. Qu'est-ce que vous en pensez ?

Madame Mori, je suis choqué par ce que j'entends. J'imagine bien, dit-elle. Appelez-moi Sofia, nom d'un chien. Je ne suis pas la vieille mère de votre petite amie. Servez-moi un autre verre et allumez-moi une autre cigarette. J'ai quarante-six ans et je me fous de savoir qui est au courant. Mais ce que je peux vous dire, c'est que quand une femme a quarante-six ans et qu'elle a vécu sa vie comme elle l'a voulu, elle sait tout ce qu'il y a à savoir en matière de galipettes. Ça n'a rien à voir avec le *Kāma Sūtra*, ou avec *La Chair comme tapis de prière*, ou avec n'importe quelle autre fumisterie orientale si chère à notre bien-aimé directeur du département. Ça fait six ans que vous travaillez pour lui, dis-je. Je suis bien placée pour le savoir, répondit-elle. C'est moi, ou est-ce que chaque fois qu'il ouvre la porte de son bureau, un gong se déclenche quelque part ? Est-ce qu'il fume du tabac dans son bureau ou est-ce que c'est de l'encens dans son bol ? Je ne peux pas m'empêcher de penser qu'il est un peu déçu par moi parce que je ne me plie pas en deux dès que je le vois. Pendant mon entretien d'embauche, il a voulu savoir si je parlais le japonais. Je lui ai expliqué que j'étais née à Gardena, Californie. Il m'a répondu, Oh, vous êtes donc une *nisei*, comme si le fait de connaître ce mot-là voulait dire qu'il me connaissait. Vous avez oublié votre culture, madame Mori, même si vous n'êtes que de la deuxième génération. Vos parents *issei* restent fidèles à leur culture, eux. Vous ne voulez pas apprendre le japonais ? Vous ne voulez pas visiter le Japon ? Pendant longtemps, je m'en suis voulu, je me suis demandé pourquoi je ne voulais pas apprendre le japonais, pourquoi je ne le parlais pas déjà, pourquoi j'aurais préféré aller à Paris, à Istanbul ou à Barcelone plutôt qu'à Tokyo. Et puis je me suis dit, Qu'est-ce que ça peut faire ? Est-ce qu'on demandait à Kennedy s'il parlait le gaélique, s'il avait visité Dublin, s'il mangeait des patates tous les soirs ou s'il collectionnait des portraits de farfadets ? Alors pourquoi sommes-*nous* censés ne pas oublier *notre* culture ? Est-ce que ma culture n'est pas ici, puisque je suis née ici ? Je ne lui ai pas dit tout ça, bien sûr. J'ai simplement souri et j'ai répondu, Vous avez parfaitement raison, monsieur. Elle soupira. C'est un métier, vous savez. Mais je vais vous dire encore autre chose. Depuis le jour où je me suis mis dans le crâne que je n'avais rien oublié du tout, que je connaissais bien ma culture, qui est américaine, et ma langue, qui est l'anglais, je me sens comme une espionne dans le bureau de cet homme. En apparence, je suis la vieille Mme Mori, pauvre créature qui a perdu ses racines. Mais derrière, je suis Sofia et vous n'avez pas intérêt à m'emmerder.

Je me raclai la gorge. Madame Mori ?

Mmh ?

Je crois que je suis en train de tomber amoureux de vous.

Sofia, dit-elle. Et on va être très clairs sur un point, joli cœur. Si on commence quelque chose, et rien n'est moins sûr, c'est sans engagement. Tu ne tombes pas amoureux de moi et je ne tombe pas amoureuse de toi. Elle exhala deux filets de fumée jumeaux. Pour ton information personnelle, je ne crois pas au mariage, mais je crois à l'amour libre.

Quelle coïncidence, fis-je. Moi aussi.

Selon Benjamin Franklin, et comme me l'avait enseigné le Pr Hammer dix ans auparavant, une femme plus âgée était une chose merveilleuse – c'est du moins ce que le Père fondateur avait conseillé à un jeune homme de sa connaissance. Je ne me rappelle plus toute la teneur de la lettre du sage américain, mais seulement deux arguments. Le premier : les femmes plus âgées étaient « des plus reconnaissantes !! ». Peut-être était-ce vrai de beaucoup d'entre elles ; pas de Mme Mori. Elle s'attendait même à ce que moi je lui sois reconnaissant, ce qui était le cas. Je m'étais résigné aux consolations du meilleur ami de l'homme, l'onanisme, et je n'avais assurément pas les moyens de fréquenter les prostituées. À présent j'avais l'amour libre, dont l'existence défiait un capitalisme auquel ses justifications protestantes imposaient un corset, ou peut-être une ceinture de chasteté, tout en étant étrangère aussi à un communisme de type confucéen. C'est là un des problèmes du communisme que j'espère voir disparaître un jour : l'idée que chaque camarade est censé se comporter comme un noble paysan dont la binette serait vouée uniquement au travail de la terre. Dans le communisme asiatique, tout est libre sauf le sexe, puisque la révolution sexuelle n'a pas encore eu lieu en Orient. Le raisonnement veut que si l'on fait suffisamment l'amour pour produire six, huit ou douze rejetons, comme c'est en général le cas pour les familles asiatiques (d'après Richard Hedd), pas besoin d'une révolution pour faire davantage l'amour. En attendant, les Américains, vaccinés contre une révolution et donc résistants aux autres, ne sont intéressés que par le frisson tropical de l'amour libre, pas par sa charge politique. Néanmoins, sous la direction patiente de Mme Mori, je commençais à comprendre que la vraie révolution passait aussi par la libération sexuelle.

Cette idée n'était pas si éloignée des conceptions de M. Franklin. Ce vieux sybarite madré savait pertinemment l'importance de l'érotisme dans la politique, lui qui courtisait aussi bien les dames que les hommes politiques pour obtenir le soutien des Français à la Révolution américaine. Aussi le fond de la lettre du Premier Américain à son jeune ami était-il vrai : nous devrions tous avoir des maîtresses plus âgées. Propos moins sexiste qu'il n'y paraît, car il sous-entendait également que les femmes mûres devaient coucher avec des étalons plus jeunes. Et si la subtilité n'était pas toujours de mise dans la missive du Vieux Satyre, la vérité lubrique l'était. D'où le deuxième point de notre cher homme, à savoir qu'avec les années la gravité de l'âge partait du haut vers le bas. Cela commençait avec les traits du visage, puis descendait vers le cou, les seins, le ventre, etc., si bien que la femme âgée était dodue et voluptueuse là où ça comptait, longtemps après que son visage fut devenu sec et fatigué, auquel cas on pouvait simplement lui mettre un panier sur la tête.

Mais rien de cela n'était nécessaire dans le cas de Mme Mori, dont les traits gardaient toute leur jeunesse. La seule chose qui aurait pu me rendre plus heureux eût été une compagne pour Bon, qui, à ma connaissance, pratiquait aussi le cinq contre un en solo. D'un naturel timide, il avalait la pilule du catholicisme avec beaucoup de sérieux. Il était davantage gêné par le sexe – et discret sur la question – que par des choses qui à moi me paraissaient plus difficiles, par exemple tuer des gens, ce qui caractérisait assez bien l'histoire du catholicisme, où les galipettes homosexuelles, hétérosexuelles ou pédérastiques étaient censées ne pas exister, dissimulées sous les soutanes du Vatican. Des papes, des cardinaux, des évêques, des prêtres et des moines qui fricotaient avec des femmes, ou des filles, ou des garçons, ou entre eux ? On n'en parlait jamais ! Non pas qu'il y ait quoi que ce soit de mal à fricoter – c'est l'hypocrisie qui sent mauvais, pas le sexe. Mais l'Église qui, de l'Arabie aux Amériques, torturait, assassinait, partait en croisade ou contaminait des millions de gens au nom de notre Seigneur, de notre Sauveur ? On l'admettait avec des regrets aussi pieux qu'inutiles, et encore.

Pour moi, c'était tout l'inverse. Dès mon adolescence fiévreuse, je m'étais donné du plaisir avec une application toute sportive, me servant de la même main que celle que j'employais pour me signer pendant mes fausses prières. Ce germe de révolte sexuelle finit un jour par devenir ma révolution politique, au mépris de tous les sermons paternels à propos de l'onanisme, qui menait inexorablement à la cécité, aux poils sur les paumes et à l'impuissance (il oubliait de mentionner la subversion). Si je devais aller en enfer, eh bien soit ! Puisque je m'étais réconcilié avec la question du péché contre moi-même, m'y adonnant parfois toutes les heures, il ne me fallut pas longtemps avant de pécher avec d'autres. Ainsi commis-je mon premier acte contre nature à l'âge de treize ans, avec un calmar éviscéré, chapardé dans la cuisine de ma mère, où l'attendait le même destin que celui de ses compagnons. Ô pauvre calmar muet et innocent ! Tu avais la taille de ma main et, une fois débarrassé de ta tête, de tes tentacules et de tes viscères, tu avais la forme bien commode d'un préservatif, objet dont je ne soupçonnais alors même pas l'existence. À l'intérieur, tu présentais la consistance lisse et visqueuse de ce que j'imaginais être un vagin, cette chose merveilleuse que je n'avais évidemment encore jamais vue, sauf chez les bébés et les nourrissons qui se promenaient tout nus, ou à moitié nus, dans les allées et les jardins de ma ville. Soit dit en passant, ce spectacle choquait nos maîtres français. Ils voyaient dans cette nudité enfantine la preuve de notre barbarie, qui elle-même justifiait leurs viols, leurs saccages et leurs pillages, au nom d'un principe supérieur : habiller nos enfants afin que les bons chrétiens dont l'esprit et la chair étaient soumis à rude épreuve soient moins tentés. Mais je m'égare ! Revenons à toi, calmar sur le point d'être outragé : lorsque je plongeai mon index, puis mon majeur, dans ton étroit orifice, par simple curiosité, la succion fut telle que mon imagination tourmentée ne put s'empêcher de faire le lien avec l'organe féminin tabou qui m'obsédait depuis plusieurs mois. Sans le vouloir, et hors de tout contrôle, ma virilité furieuse se mit au garde-à-vous, m'attirant vers toi, calmar séduisant et envoûtant qui m'appelait ! Même si ma mère allait incessamment rentrer de ses courses, et si à tout instant un voisin pouvait entrer dans la cuisine par l'appentis et me surprendre avec ma fiancée céphalopode, je baissai mon pantalon. Hypnotisé par l'appel du calmar et la réponse de mon sexe en érection, j'introduisis celui-ci dans celui-là, qui malheureusement lui allait comme un gant. Malheureusement, car désormais aucun calmar n'était à l'abri, sans dire pour autant que cette forme diluée de bestialité – après tout, triste calmar, tu étais mort, même si je comprends maintenant en quoi cela soulève d'autres questions morales –, que cette transgression se reproduisît souvent, le calmar étant un mets rare dans notre ville enclavée. C'était mon père, lui-même gros mangeur, qui en avait fait cadeau à ma mère. Les prêtres ont toujours fait l'objet de toutes les attentions de la part de leurs admirateurs béats ; ménagères dévotes et fidèles fortunés les considéraient comme s'ils étaient les gardiens à l'entrée de cette boîte de nuit ultra-sélecte qui s'appelle le Paradis. Ces dames les invitaient à dîner, nettoyaient leurs chambres, leur faisaient la cuisine et les corrompaient avec des cadeaux de toutes sortes, notamment de délicieux et coûteux fruits de mer qui n'étaient pas du tout destinés à une pauvresse comme ma mère. Les tressaillements de mon éjaculation ne suscitèrent en moi aucune honte. Je me sentis en revanche écrasé par la culpabilité dès que j'eus recouvré mes sens, non à cause d'une quelconque infraction morale, mais parce que je ne supportais pas de priver ma mère ne fût-ce que d'un morceau de calmar. Nous n'en avions qu'une petite douzaine, et elle aurait remarqué la disparition de l'un d'entre eux. Que faire ? Que faire ? Pendant que je tenais dans ma main le calmar stupéfait, défloré, de la vulve maltraitée duquel s'écoulait mon sacrilège, mon cerveau retors conçut aussitôt un plan. D'abord, nettoyer les traces du crime sur le corps inerte et violenté de l'animal. Ensuite, découper de petites entailles sur sa peau pour bien l'identifier. Enfin, attendre le dîner. Mon innocente mère rentra dans notre hutte misérable, farcit le calmar avec du hachis de porc, des nouilles de haricot, des champignons en dés et du gingembre émincé, puis elle le fit frire et le servit avec une sauce au gingembre et au citron vert. Ma chère odalisque était allongée sur l'assiette, seule, marquée par ma main. Lorsque ma mère me dit de me servir, j'attrapai immédiatement le calmar à l'aide de mes baguettes pour empêcher tout risque qu'elle le prenne. Sous son regard aimant et curieux, je m'arrêtai, puis trempai la bête dans la sauce au gingembre et croquai ma première bouchée. Alors ? dit-elle. Dé-dé-délicieux, bredouillai-je. Bien. Mais tu ferais mieux de le mâcher au lieu de l'avaler d'un coup. Prends ton temps. Ce sera encore meilleur. Oui, maman, dis-je. Et, avec un sourire brave, le fils obéissant mâcha lentement et dégusta le reste de son calmar souillé, dont le goût salé se mêlait à l'amour tendre de sa mère.

D'aucuns, à n'en pas douter, trouveront cet épisode obscène. Pas moi ! Les massacres sont obscènes. La torture est obscène. Trois millions de morts sont obscènes. Mais la masturbation, même avec un calmar non consentant ? Pas tant que ça. Je fais partie des gens qui pensent que le monde serait meilleur si le mot « meurtre » nous faisait autant grincer les dents que le mot « masturbation ». Et pourtant, si j'étais plus enclin à l'amour qu'à la guerre, mes choix politiques et mon travail au sein de la police finirent par m'obliger à cultiver une part de moi-même, la part violente, que je n'avais exploitée que dans mon enfance. Mais même dans la police secrète, j'ai surtout laissé les autres avoir recours à la violence devant moi. Je ne l'employais moi-même que lorsque je me retrouvais dans des situations dont mon intelligence ne pouvait me sortir. Situations si désagréables que les souvenirs de ceux que j'avais vus interrogés continuaient de me prendre en otage avec une obstination fanatique : le montagnard tout sec avec un fil autour du cou et sa figure tordue par une grimace ; le terroriste têtu, dans sa pièce toute blanche, et son visage violet, insensible à tout sauf à la chose ; l'agente communiste avec la preuve en papier mâché de son espionnage enfoncée dans sa bouche et nos noms au goût amer littéralement sur le bout de sa langue. Une fois capturés, ces subversifs avaient une seule destination, mais nombreux étaient les chemins désagréables pour y parvenir. En arrivant au magasin d'alcools pour l'inauguration, je partageais avec ces prisonniers la même certitude, terrible, qui ricanait sous les tables basses des maisons de retraite. Quelqu'un allait mourir. Peut-être moi.

Le magasin était situé tout à l'est de Hollywood Boulevard, loin du glamour télévisé des cinémas égyptien et chinois où avaient lieu les avant-premières des derniers films. Ce quartier particulièrement défavorisé était un peu louche, et l'autre fonction de Bon, en plus de faire le vendeur, consistait à décourager toute tentative de vol ou de braquage. À la caisse, il hocha la tête vers moi, impassible, devant un mur dont les étagères proposaient les meilleures marques, des demi-bouteilles qui incitaient au vol, et, dans un coin discret, des magazines masculins montrant des lolitas retouchées. Claude est dans la réserve avec le général, me dit Bon. La réserve était tout au fond. Pleine de néons au plafond, la pièce sentait le désinfectant et le vieux carton. Claude se leva de son siège en vinyle et nous nous embrassâmes. Malgré quelques kilos en plus, il n'avait pas changé. Il avait même une veste légère froissée qu'il aimait parfois porter à Saigon.

Asseyez-vous, dit le général derrière son bureau. Les sièges en vinyle émettaient un couinement obscène dès que l'on bougeait. Les cartons et les caisses nous cernaient sur trois côtés. Sur le bureau du général il y avait un téléphone à cadran assez lourd pour être une arme de défense, un encreur à tampon qui saignait de l'encre rouge, un carnet de reçus avec un papier carbone bleu calé entre ses pages, enfin une lampe de bureau au col cassé et dont la tête refusait de rester droite. Lorsque le général ouvrit son tiroir, mon cœur cessa de battre. On y était ! Le moment où le mouchard allait recevoir un coup de marteau sur la tête, un coup de couteau dans le cou, une balle dans la tempe, ou peut-être les trois en même temps, histoire de rire. Au moins ce serait relativement rapide. Au début du Moyen Âge, en Europe, à en croire les cours d'interrogatoire que Claude avait dispensés aux membres de la police secrète à Saigon, j'aurais été traîné et écartelé par quatre chevaux et ma tête aurait fini sur un piquet, exposée à tous les regards. Un roi plein d'humour avait même dépecé son ennemi vivant, rempli l'enveloppe de peau avec de la paille, l'avait ensuite mise sur un cheval et l'avait fait parader à travers la ville. Quelle rigolade ! Je cessai de respirer et attendis que le général sorte le pistolet avec lequel il me retirerait la cervelle d'une manière non chirurgicale. Mais il sortit seulement une bouteille de whisky et un paquet de cigarettes.

Bien, messieurs, dit Claude, j'aurais préféré que l'on se retrouve dans des circonstances plus agréables. J'ai entendu dire que votre départ de Dodge City n'a pas été une partie de plaisir. C'est un euphémisme, rétorqua le général. Et toi ? demandai-je. Je suis sûr que tu es parti avec le dernier hélicoptère.

N'exagérons rien, dit Claude. Il accepta la cigarette et le verre de whisky que lui proposait le général. Je suis parti quelques heures avant l'hélicoptère de l'ambassadeur. Il soupira. Je n'oublierai jamais cette journée. On a attendu trop longtemps pour faire les choses comme il fallait. Vous avez été les derniers à partir en avion. Les marines sont venus en hélicoptère pour récupérer le reste des gens à l'aéroport et à l'ambassade. Air America aussi a envoyé les hélicos, sauf que toute la ville était au courant de nos pistes prétendument secrètes. Il s'est avéré qu'on avait engagé des petites dames vietnamiennes pour qu'elles peignent les numéros des pistes sur les toits. Intelligent, n'est-ce pas ? Si bien qu'à l'heure H tous ces immeubles étaient cernés, et ceux qui étaient censés rejoindre les hélicoptères ne pouvaient plus le faire. Même scénario à l'aéroport. Impossible d'entrer. Les quais ? Absolument infranchissables. Même les cars qui se dirigeaient vers l'ambassade n'ont pas pu entrer parce qu'il y avait des milliers de gens autour. Ils brandissaient toutes sortes de papiers, des certificats de mariage, des contrats d'embauche, des lettres, voire des passeports américains. Ils hurlaient. Je connais Untel et Untel, Untel peut se porter garant de moi, je suis mariée à un ressortissant américain. Mais il n'y avait rien à faire. Les marines étaient postés sur le mur et frappaient tous ceux qui essayaient d'escalader. Il fallait réussir à s'approcher d'un marine et lui filer mille dollars pour qu'il vous hisse. On allait de temps en temps sur le mur ou devant le portail pour repérer les gens qui travaillaient à notre service et on les signalait. S'ils s'approchaient, les marines les soulevaient ou entrouvraient le portail juste assez pour les laisser passer. Mais on voyait parfois des gens qu'on connaissait au milieu de la foule, ou en marge, on leur faisait signe d'aller jusqu'au mur et ils n'y arrivaient pas. Les Vietnamiens qui étaient massés devant refusaient de laisser s'avancer les autres Vietnamiens qui étaient derrière. Alors on les regardait en leur faisant des signes, et eux nous regardaient en faisant des signes, et au bout d'un moment on regardait ailleurs et on s'en allait. Dieu merci, avec tout ce vacarme, je n'entendais pas leurs cris. Je retournais à l'intérieur et je buvais un verre, mais ça n'arrangeait rien. Il fallait entendre les communications radio... Au secours, je suis interprète, on a soixante-dix interprètes à cette adresse, sortez-nous de là ! Au secours, on a cinq cents personnes dans cet immeuble, sortez-nous de là ! Au secours, on est deux cents à la logistique, sortez-nous de là ! Au secours, il y a cent personnes à l'hôtel de la CIA, sortez-nous de là ! Mais vous savez quoi ? Aucune de ces personnes n'a pu s'enfuir. On leur avait dit de se regrouper dans ces endroits et de nous attendre. On avait des représentants là-bas et on les appelait pour leur dire, Personne ne part. Tirez-vous de là et rejoignez l'ambassade. Abandonnez ces gens. Ensuite il y avait tous ceux qui se trouvaient en dehors de la ville. De toute la campagne, des agents nous appelaient. À l'aide, je suis à Can Tho, les vietcongs se rapprochent ! À l'aide, vous m'avez laissé dans la forêt de U Minh ! Comment je vais faire ? Et ma famille ? Aidez-moi à sortir de là ! Ils n'avaient aucune chance. Même certains qui se trouvaient à l'ambassade n'avaient aucune chance. On en a évacué des milliers, mais quand le dernier hélicoptère a décollé, il y avait encore quatre cents personnes dans la cour, toutes en rang, qui attendaient les hélicos qu'on leur avait promis. Aucune n'a pu partir.

Bordel, il me faut un autre verre ne serait-ce que pour en parler. Merci, général. Il se frotta les yeux. Tout ce que je peux dire, c'est que c'est devenu personnel. Après vous avoir laissés à l'aéroport, je suis retourné à la villa, histoire de dormir un peu. J'avais demandé à Kim de me retrouver aux aurores. Elle devait aller chercher sa famille. 6 heures, 6 h 15, 6 h 30, 7 heures. Le chef me téléphone et veut savoir où je suis. Je lui dis de patienter. 7 h 15, 7 h 30, 8 heures. Le chef me rappelle et dit, Magne-toi le cul et pointe-toi à l'ambassade, tout le monde sur le pont. Il pouvait aller se faire foutre, ce bâtard de Hongrois. Je prends mes flingues et je traverse toute la ville pour retrouver Kim. Couvre-feu ou pas, les gens étaient dehors, en train de courir dans tous les sens pour trouver une échappatoire. En revanche, les banlieues étaient plus calmes. La vie y était normale. J'ai même vu les voisins de Kim sortir le drapeau des cocos. Une semaine avant, c'étaient les mêmes qui agitaient votre drapeau. Je leur ai demandé où elle était. Ils m'ont répondu qu'ils ne savaient pas où était la pute des Yankees. J'aurais voulu les flinguer sur place, mais tout le monde me regardait. Je ne pouvais évidemment pas attendre que les vietcongs locaux viennent me kidnapper. Alors je suis retourné à la villa. 10 heures. Elle n'était toujours pas là. Je ne pouvais plus attendre. Je suis resté assis dans la voiture et j'ai pleuré. Je n'avais jamais pleuré pour une fille en trente ans, mais là je n'ai pas pu me retenir. Ensuite, je suis allé à l'ambassade et j'ai constaté qu'il n'y avait aucun moyen d'entrer. Encore une fois, des milliers de gens. J'ai laissé les clés sur le contact, exactement comme vous, général, et j'espère qu'aujourd'hui un de ces enfoirés de communistes s'éclate bien avec ma Bel Air. Je me suis frayé un chemin parmi la foule. Les mêmes Vietnamiens qui ne voulaient pas que leurs compatriotes avancent m'ont ouvert le passage. Bien sûr, j'ai joué des coudes, j'ai poussé, j'ai hurlé, et beaucoup d'entre eux ont aussi joué des coudes, poussé et hurlé en retour, mais j'ai fini par y arriver. Plus j'étais proche, plus c'était dur. J'avais croisé le regard des marines sur leur mur, et je savais que si je m'approchais suffisamment d'eux je serais sauvé. Je suais comme un porc, ma chemise était déchirée, je sentais tous ces corps qui me pressaient. Les gens, devant, ne voyaient pas que j'étais américain, et ils ne se retournaient pas quand je leur tapais sur l'épaule. Alors je les tirais par les cheveux, ou par les oreilles, ou par le col de chemise, pour les faire dégager. Je n'avais jamais fait une chose pareille. Au début j'étais trop fier pour hurler, mais il n'a pas fallu longtemps avant que je me mette à crier, moi aussi. Laissez-moi passer, je suis américain, bordel ! J'ai fini par atteindre le mur et quand les marines se sont baissés pour me prendre par la main et me soulever, j'ai bien failli pleurer encore. Claude vida le fond de son verre et le posa bruyamment sur le bureau. Je n'ai jamais eu aussi honte de ma vie. En même temps, je n'ai jamais été aussi heureux d'être américain.

Pendant que le général nous servait à chacun un autre double whisky, nous restâmes assis sans rien dire.

À la tienne, Claude, dis-je en levant mon verre. Félicitations.

Pour quoi donc ? répondit-il en levant le sien.

Maintenant tu sais ce que ça fait d'être un des nôtres.

Son rire fut bref et amer.

J'étais en train de me dire exactement la même chose. Pour la dernière phase de l'évacuation, le signal était « White Christmas », diffusé par l'American Radio Service. Mais même ça n'a pas fonctionné comme prévu. D'abord, la chanson étant une information top secret, destinée aux seuls Américains et à leurs alliés, tout Saigon savait ce qu'il fallait écouter. Et que croyez-vous qu'il arriva ? dit Claude. Le disc-jockey est infoutu de retrouver la chanson. Celle de Bing Crosby. Il met sa cabine sens dessus dessous pour retrouver la cassette, mais évidemment elle a disparu. Et ensuite ? voulut savoir le général. Ensuite, il met la main sur une version chantée par Tennessee Ernie Ford et la diffuse. Qui est-ce ? demandai-je. Qu'est-ce que j'en sais ? Au moins, la mélodie et les paroles étaient les mêmes. Donc, dis-je, tout va bien. Claude acquiesça. Le foutoir, répondit-il. Espérons simplement que l'Histoire oubliera ces foutoirs.

Telle était la prière que nombre de généraux et de politiciens prononçaient avant d'aller au lit. Mais certains foutoirs étaient plus justifiables que d'autres. Prenez le nom de l'opération : Vent fréquent. Un foutoir annonciateur d'un autre foutoir. J'avais médité là-dessus toute l'année, me demandant si je ne pouvais pas poursuivre le gouvernement américain pour faute professionnelle ou, au moins, pour manque criminel d'imagination littéraire. Quel était le génie militaire qui avait lâché ce Vent fréquent entre ses fesses bien serrées ? N'était-il venu à l'esprit de personne que Vent fréquent ferait penser au Vent divin qui inspirait les kamikazes, ou, plus probablement chez les plus jeunes dépourvus de culture historique, au phénomène du pet, qui, c'est bien connu, peut entraîner une réaction en chaîne, d'où sa fréquence ? Ou devais-je reconnaître chez ce même génie militaire un pince-sans-rire qui avait choisi « White Christmas » pour narguer tous mes compatriotes ne fêtant pas Noël et n'en ayant jamais vu de blanc ? Ne pouvait-il pas prévoir, cet ironiste inconnu, que tout l'air brassé par les hélicoptères américains était l'équivalent d'une gigantesque flatulence lancée à la face de tous ceux qu'on abandonnait sur place ? Entre la bêtise et l'ironie, je choisis l'ironie, qui laissait aux Américains une once de dignité. C'était la seule chose à sauver dans la tragédie qui nous avait frappés, ou que nous avions nous-mêmes provoquée, selon le point de vue. Le problème, avec cette tragédie, c'est qu'elle ne s'était pas joliment terminée, contrairement à une comédie. Elle nous préoccupait toujours, au premier chef le général, qui décida de parler affaires.

Je suis content que vous soyez là, Claude. Le timing n'aurait pas pu être meilleur.

Claude haussa les épaules. J'ai toujours été doué pour le timing, général.

On a un problème, comme vous me l'aviez signalé avant notre départ.

Quel problème ? Il n'y en avait pas qu'un, si je me souviens bien.

On a un informateur parmi nous. Un espion.

Ils me regardèrent, comme s'ils attendaient confirmation de ma part. Je gardai un visage impassible, alors que mon estomac commençait à tourner dans le sens contraire des aiguilles d'une montre. Lorsque le général cita un nom, ce fut celui de l'adjudant glouton. Mon ventre se mit à tourner dans l'autre sens. Je ne connais pas ce type, dit Claude.

Il ne gagne pas à être connu. Ce n'est pas un très bon officier. C'est notre jeune ami, ici présent, qui a décidé d'amener l'adjudant avec nous.

Si vous vous souvenez bien, monsieur, l'adjudant…

Peu importe. L'important, c'est que j'étais fatigué et que j'ai fait une erreur en vous confiant cette mission. Je ne vous le reproche pas. C'est ma faute. Maintenant, l'heure est venue de réparer cette erreur.

Pourquoi pensez-vous que c'est ce type ?

D'abord, il est chinois. Ensuite, mes contacts à Saigon me disent que sa famille se porte très, très bien. Enfin, il est gros. Et je n'aime pas les gros.

Ce n'est pas parce qu'il est chinois que c'est un espion, général.

Je ne suis pas raciste, Claude. Je traite tous mes hommes de la même manière, quelles que soient leurs origines, comme notre jeune ami ici présent. Mais cet adjudant, le fait que sa famille se porte bien à Saigon est suspect. Pourquoi ces gens se portent-ils bien ? Qui leur permet de prospérer ? Les communistes connaissent tous nos officiers et leurs familles. Aucune autre famille d'officier ne se porte bien au pays. Alors pourquoi la sienne ?

Simples déductions, général.

Ce n'est pourtant pas ça qui vous arrêtait, Claude.

Ici, c'est différent. Il faut accepter de nouvelles règles du jeu.

Mais je peux leur faire entorse, non ?

Vous pouvez même les enfreindre, si vous savez vous y prendre.

Je fis le compte de tout ce que je venais d'apprendre. Premièrement, j'avais frappé un grand coup, à mon grand désarroi et par un pur hasard, en rejetant l'accusation sur un innocent. Deuxièmement, le général avait des contacts à Saigon, ce qui signifiait qu'une forme de résistance existait. Troisièmement, le général pouvait joindre ses proches, alors qu'aucune communication directe n'était possible. Quatrièmement, le général était redevenu ce qu'il avait toujours été, un éternel comploteur, avec au moins un plan dans chaque poche et un autre dans sa chaussette. Agitant les bras pour montrer le décor, il dit, Messieurs, est-ce que j'ai une tête de petit patron ? Est-ce que j'ai une tête à aimer vendre de l'alcool à des ivrognes, à des Noirs, à des Mexicains, à des clochards et à des drogués ? Laissez-moi vous dire une chose. J'attends mon heure. Cette guerre n'est pas finie. Ces bâtards de communistes... C'est vrai, je le concède, ils nous ont fait très mal. Mais je connais mon peuple. Je connais mes soldats, mes hommes. Ils n'ont pas capitulé. Ils sont prêts à se battre et à mourir, s'ils en ont l'occasion. C'est tout ce qu'il nous faut, Claude. Une occasion.

Bravo, général, dit Claude. Je savais que vous ne resteriez pas longtemps les bras croisés.

Je suis avec vous, monsieur, dis-je. Jusqu'au bout.

Bien. Parce que c'est vous qui avez choisi l'adjudant. Vous acceptez de réparer votre erreur ? J'en étais sûr. Vous n'êtes pas obligé de le faire seul. J'ai déjà abordé le problème de l'adjudant avec Bon. Vous règlerez ce problème ensemble. Je fais confiance à votre imagination et à vos talents inépuisables pour trouver une solution. Vous ne m'avez jamais déçu jusqu'à présent, sauf en choisissant l'adjudant. Vous avez une occasion de vous racheter. Compris ? Parfait. Maintenant, laissez-nous. Claude et moi devons discuter.

Le magasin était désert, à l'exception de Bon, qui regardait l'image hypnotisante et phosphorescente d'un match de base-ball sur une minuscule télévision noir et blanc à côté de la caisse. J'encaissai le chèque qui était dans ma poche, le remboursement adressé par le fisc. Ce n'était pas une grosse somme, mais elle avait une importance symbolique, car jamais, dans mon pays, l'État mesquin n'aurait rendu à ses contribuables lésés une somme qu'il leur avait déjà prélevée. L'idée eût paru incongrue. Notre société était une kleptocratie de tout premier ordre, où l'État faisait de son mieux pour voler les Américains, où le citoyen lambda faisait de son mieux pour voler l'État, et où les pires d'entre nous faisaient de leur mieux pour se voler les uns les autres. Malgré ma solidarité avec mes compatriotes en exil, je ne pouvais pas m'empêcher de penser aussi que notre pays renaissait, maintenant que les diverses couches de corruption étrangère étaient détruites par les flammes de la révolution. Au lieu de rembourser des impôts, la révolution redistribuerait les richesses mal acquises, en vertu de la philosophie du plus pour les pauvres. Ce que les pauvres feraient de la charité socialiste les regardait. Pour ma part, je me servis de ce remboursement capitaliste pour nous acheter, à Bon et à moi, de quoi macérer dans l'amnésie jusqu'à la semaine suivante. Ce n'était pas très prévoyant, mais enfin c'était mon choix, et le choix était mon droit américain sacré.

L'adjudant ? dis-je pendant que Bon empaquetait les bouteilles. Tu crois vraiment que c'est un espion ?

Qu'est-ce que j'en sais ? Je suis un simple troufion. Tu fais ce qu'on te demande de faire.

Toi aussi, gros malin. Et puisque tu es si malin, tu n'as qu'à planifier l'opération. Tu connais mieux le coin que moi. En revanche, les sales besognes, laisse-les-moi. Viens voir. Derrière le comptoir, il y avait un fusil à double canon scié posé sur un casier, sous la caisse. Il te plaît ?

Où est-ce que tu as trouvé ça ?

Dans ce pays, c'est plus facile de trouver un flingue que de voter ou de conduire. Même pas besoin de savoir parler l'anglais. Le plus drôle, c'est que c'est l'adjudant qui nous a indiqué l'intermédiaire. Il parle le chinois. Tout Chinatown est aux mains des gangs chinois.

Ça va être moche, avec un fusil.

On ne se servira pas d'un fusil, petit génie. Il ouvrit une boîte à cigares qui trônait sur une étagère, sous le comptoir. Elle contenait un .38 Special, un revolver à canon court identique à celui que j'avais comme arme de service. C'est assez délicat pour toi ?

Une fois de plus, j'étais piégé par les circonstances, et une fois de plus je verrais bientôt un autre homme piégé par les circonstances. La seule chose qui adoucit ma tristesse fut l'expression sur le visage de Bon. C'était la première fois depuis un an qu'il avait l'air heureux.

6

L'inauguration commença un peu plus tard dans l'après-midi. Le général serrait des mains amicales, bavardait gaiement et souriait tout le temps. Tel le requin obligé de nager pour survivre, un politicien – ce qu'était devenu le général – doit remuer constamment les lèvres. Ses électeurs, en l'occurrence, étaient de vieux collègues, partisans, soldats et amis, escouade d'une trentaine d'hommes d'âge mûr que j'avais rarement croisés sans leurs uniformes avant notre séjour au camp de réfugiés de Guam. Les revoir en civil, un an après, confirmait le verdict de la défaite et les montrait dorénavant coupables d'une série de crimes vestimentaires. Vêtus de pantalons de toile premier prix froissés ou de costumes mal ajustés, refourgués deux pour le prix d'un par des grossistes, ils arpentaient le magasin en faisant couiner leurs vilains mocassins. Cravates, mouchoirs et chaussettes étaient de la fête, mais il manquait surtout de l'eau de Cologne, même celle prisée des gigolos, n'importe quoi pour masquer la preuve olfactive que ces hommes avaient été joyeusement battus à plate couture par l'Histoire. Quant à moi, bien que moins gradé qu'eux, j'étais mieux habillé, grâce aux vêtements prêtés par le Pr Hammer. Avec quelques petites retouches, son blazer bleu à boutons dorés et son pantalon de flanelle gris m'allaient à merveille.

Ainsi élégamment habillé, je me promenais parmi ces hommes que je connaissais tous par mes anciennes fonctions d'aide de camp du général. Beaucoup avaient commandé des batteries d'artillerie ou des bataillons d'infanterie, mais ils n'avaient aujourd'hui rien de plus dangereux à offrir que leur fierté, leur mauvaise haleine et leurs clés de voiture, si tant est qu'ils aient une voiture. J'avais transmis à Paris tous les ragots concernant ces soldats vaincus et je savais ce qu'ils faisaient (ou, bien souvent, ne faisaient pas) pour gagner leur vie. Le plus prospère était un général tristement célèbre pour avoir employé ses meilleures troupes à la récolte de la cannelle, dont il avait le monopole de la commercialisation ; aujourd'hui ce marchand d'épices régnait sur une pizzeria. Un colonel, intendant asthmatique qui commençait à s'enflammer de manière déraisonnable en parlant des rations déshydratées, était devenu appariteur. Un fringant adjudant qui pilotait des avions d'attaque, garagiste. Un capitaine grisonnant, doué pour la chasse aux guérilleros, cuisinier dans un fast-food. Un lieutenant insensible, seul survivant d'une compagnie qui avait été prise en embuscade, livreur. Et ainsi de suite. Une bonne partie de ces hommes prenaient la poussière en attendant les aides sociales et moisissaient dans l'atmosphère confinée de leurs HLM, tandis que jour après jour leurs testicules se ratatinaient, consumés par ce cancer à métastases qu'on appelle l'assimilation et victimes de l'hypocondrie de l'exil. Dans cet état psychosomatique, les problèmes sociaux ou familiaux classiques devenaient les symptômes d'une maladie mortelle, et leurs vulnérables femmes et enfants les vecteurs de la contamination occidentale. Leurs gamins malades leur répondaient, non pas dans leur langue natale, mais dans une langue étrangère qu'ils apprenaient plus vite que leurs pères. Quant aux femmes, la plupart avaient été contraintes de trouver des boulots et, ce faisant, n'étaient plus ces charmants lotus que leurs maris avaient connus. Comme me le dit l'adjudant glouton, Dans ce pays, capitaine, un homme n'a pas besoin d'avoir de couilles. Toutes les femmes en ont déjà.

En effet, répondis-je, même si je soupçonnais l'adjudant, et d'autres, d'avoir eu le cerveau lavé par la nostalgie. Leurs souvenirs avaient été si bien blanchis qu'ils n'avaient plus la même couleur que les miens : jamais, au Viêtnam, ils n'avaient parlé de leurs épouses avec une telle tendresse. Est-ce que vous avez songé à partir ? lui demandai-je. Peut-être qu'avec votre femme vous devriez recommencer de zéro et ranimer votre amour ? Fuir loin des vestiges du passé.

Mais comment est-ce que je ferais pour manger ? répondit-il le plus sérieusement du monde. Là où nous vivons, on trouve la meilleure nourriture chinoise. Je tendis la main pour rajuster sa cravate, de traviole comme ses dents. Très bien, dis-je. Alors permettez-moi de vous inviter quelque part. Vous pourrez me montrer où se trouve la bonne nourriture chinoise.

Tout le plaisir est pour moi ! L'adjudant glouton était radieux. C'était un bon vivant qui adorait la bonne chère et les amis, un homme qui n'avait aucun ennemi dans ce nouveau monde, hormis le général. Pourquoi lui avais-je glissé le nom de l'adjudant glouton ? Pourquoi pas le nom d'un homme dont les péchés étaient plus gros que le ventre, plutôt que le nom de cet homme dont le ventre était plus gros que les péchés ? Après avoir laissé l'adjudant, je fendis la foule jusqu'au général. Je m'apprêtais à assister à un grand numéro de surenchère politique, même sous sa forme la plus calculée. Il était avec madame, à côté du chardonnay et du cabernet, en train d'être interrogé par un homme qui agitait entre eux un micro comme un compteur Geiger. Mon regard croisa celui de madame. Lorsqu'elle amplifia le wattage de son sourire, l'homme se retourna. Il avait un appareil photo autour du cou et un stylo quatre couleurs dépassant de sa poche de chemise.

Il me fallut un petit moment avant de le reconnaître. La dernière fois que j'avais vu Son Do, ou Sonny, comme on le surnommait, c'était en 1969, lors de ma dernière année en Amérique. Il était comme moi étudiant et boursier, mais dans une université d'Orange County, à une heure de là en voiture. C'était là qu'était né le criminel de guerre Richard Nixon, et là que résidait John Wayne, un coin si férocement patriote que je pensais que l'agent orange avait été fabriqué ici, ou en tout cas baptisé en son honneur. Sonny étudiait alors le journalisme, ce qui aurait été utile à notre pays si le genre de journalisme qui lui tenait à cœur n'avait pas été aussi subversif. Il se trimballait partout avec la batte de base-ball de l'intégrité sur l'épaule, prêt à fracasser les grosses balles remplies d'incohérences que lui envoyaient ses adversaires. À l'époque il était sûr de lui, ou arrogant, selon le point de vue, héritage de ses origines aristocratiques. Son grand-père, il le rappelait à tout bout de champ, était un mandarin. Cet homme s'était opposé aux Français avec une telle ardeur et une telle acrimonie qu'ils l'avaient expédié en bateau à Tahiti, sans billet de retour, où, après avoir prétendument fait amitié avec un Gauguin syphilitique, il avait succombé soit à la dengue, soit à un accès incurable de mal du pays. Sonny partageait le même sens des convictions absolues avec cet honorable grand-père qui, j'en suis sûr, devait être insupportable, comme la plupart des hommes de conviction absolue. Au même titre qu'un conservateur pur et dur, Sonny avait raison sur tout, ou pensait avoir raison sur tout, la différence fondamentale étant qu'il était un gauchiste endurci. Il dirigeait la faction d'étudiants vietnamiens hostiles à la guerre, dont certains se réunissaient tous les mois dans une pauvre chambre du foyer des étudiants ou chez quelqu'un – où les passions s'enflammaient à mesure que la nourriture refroidissait. J'assistais moi aussi à ces réunions, ainsi qu'à celles organisées par le groupe tout aussi compact des partisans de la guerre ; les uns comme les autres, s'ils différaient par leur couleur politique, étaient parfaitement interchangeables en matière de nourriture consommée, de chansons chantées, de blagues échangées et de sujets abordés. Peu importent les coteries politiques, ces étudiants buvaient au même verre trop rempli de la solitude et se serraient les coudes pour trouver du réconfort, comme les anciens officiers au magasin d'alcools, cherchant la chaleur de leurs compagnons de misère dans un exil si froid que même le soleil californien ne pouvait pas réchauffer leurs pieds gelés.

J'ai appris que tu étais ici aussi, dit Sonny en me prenant la main et en m'adressant un sourire sincère. Cette assurance dont je me souvenais si bien irradiait de ses yeux et embellissait son visage d'ascète aux lèvres aseptisées. Je suis content de te revoir, mon vieux. Mon vieux ? Ce n'était pas comme ça que je me rappelais notre relation. Son, intervint madame, était en train de nous interviewer pour son journal. C'est moi le rédacteur en chef, dit-il avant de me tendre sa carte. L'interview figurera dans notre premier numéro. Le général, rosi par la bonne chère, sortit une bouteille de chardonnay de l'étagère. Mon jeune ami, voici un petit hommage à vos efforts pour ranimer le noble exercice du quatrième pouvoir dans notre nouvelle patrie. Naturellement, cela me fit repenser à ces journalistes auxquels nous avions offert le gîte et le couvert, bien que dans une prison, pour s'être exprimés un peu trop franchement face au pouvoir. Peut-être Sonny pensait-il à la même chose, car il voulut décliner le cadeau ; s'il finit par capituler, c'est que le général insista longuement. J'immortalisai l'événement avec l'énorme Nikon de Sonny : sur la photo, il apparaissait flanqué par le général et madame, sa main soutenant la bouteille que le général saisissait par le goulot. Collez-moi ça en première page, dit le général en guise d'au revoir.

Désormais seuls, Sonny et moi échangeâmes un bref résumé de nos vies récentes. Après son diplôme, il avait choisi de rester, conscient que s'il retournait au pays il recevrait sans doute un billet d'avion gratuit pour Poulo Condor, ses plages paisibles, ses belles prisons pour hôtes de marque, construites par les Français avec leur enthousiasme caractéristique. Avant que nous autres réfugiés n'arrivions l'année précédente, Sonny travaillait pour un journal d'Orange County et habitait une ville que je ne connaissais pas, Westminster, ou plutôt, selon la prononciation de nos compatriotes, *Wet-*

min-ter. Ému par notre détresse, il lançait donc le tout premier journal en langue vietnamienne afin de resserrer nos liens par l'intermédiaire de l'actualité. Mais on en reparlera plus tard, mon vieux, dit-il en me prenant par l'épaule. J'ai rendez-vous. On prend un café un jour ? Je suis content de te revoir. Intrigué, j'acceptai et lui donnai mon numéro. Il disparut dans la foule de plus en plus clairsemée. Je cherchai du regard l'adjudant glouton. Il n'était plus là. À part lui, tous nos compagnons d'exil avaient été rapetissés par les épreuves, soit dans l'absolu, du fait des maladies de la migration évoquées plus haut, soit de manière relative, entourés d'Américains tellement grands qu'ils posaient sur ces nouveaux venus un regard qui n'était ni hautain ni inquisiteur : ils ne les voyaient tout simplement pas. Avec Sonny, c'était le contraire. Il ne pouvait pas passer inaperçu, mais pour des raisons qui n'étaient pas les mêmes que par le passé, à l'époque de nos études. Je n'arrivais pas à me souvenir de lui aussi gentil ou généreux, quand il tapait du poing sur les tables et s'enflammait comme avaient dû le faire les étudiants vietnamiens dans le Paris des années 1920 et 1930, la première génération de communistes à diriger notre révolution. Moi aussi, mon comportement avait changé. En quoi ? Cela dépendait des caprices de ma mémoire. Les archives historiques avaient été détruites. Certes, j'avais tenu un journal pendant mes études, mais je l'avais entièrement brûlé avant de repartir au pays, craignant d'emporter avec moi la trace compromettante de mes pensées profondes.

Une semaine plus tard, je pris un petit déjeuner avec l'adjudant glouton. Une scène simple, quotidienne, de celles qu'un Walt Whitman aurait adoré décrire, un croquis de la nouvelle Amérique pris sur le vif : un porridge de riz chaud et des beignets frits dans un restaurant de nouilles de Monterey Park rempli de Chinois et d'autres Asiatiques crânement inassimilés. La table en formica orange était nappée de gras et le thé de chrysanthème attendait d'être versé dans des tasses ébréchées dont la couleur et la texture étaient celles de l'émail dentaire. Je mangeai raisonnablement, mais l'adjudant se bâfra avec l'enthousiasme débridé d'un homme tombé amoureux de la nourriture. Il parlait la bouche pleine et ouverte, envoyait de temps en temps un bout de riz sur ma joue, sur mes cils, ou dans mon propre bol, et mangeait avec un tel bonheur que je ne pus m'empêcher d'éprouver tendresse et pitié devant tant d'innocence.

Lui, un mouchard ? Difficile à croire. Mais il pouvait aussi être rusé au point d'incarner l'espion parfait. Plus vraisemblablement, il fallait en conclure que le général avait renforcé la tendance vietnamienne au complot par une touche de paranoïa américaine, certes avec mon aide. Jamais l'adjudant glouton n'avait montré de talent particulier en matière de tromperie, de dissimulation ou de politicaillerie. À Saigon, sa fonction au sein de la police spéciale consistait à analyser les communications en langue chinoise et à observer les manœuvres souterraines de Cholon, où le FLN avait établi un réseau clandestin d'agitation politique, de terrorisme et de marché noir. Surtout, il était celui qui me renseignait sur la meilleure nourriture chinoise à Cholon, depuis les palaces majestueux, avec banquets de mariage spectaculaires, jusqu'aux chariots branlants qui arpentaient les rues non pavées, en passant par les dames insaisissables qui transportaient leur vaisselle accrochée à un joug sur les épaules et s'installaient à même le trottoir. Ici, en Californie, il m'avait promis le meilleur porridge de riz de tout Los Angeles, et c'est autour d'un potage blanc et soyeux que je m'apitoyai sur son sort. Il travaillait maintenant comme pompiste dans une station-service de Monterey Park, payé en liquide pour pouvoir bénéficier des prestations sociales. Sa femme, couturière dans un atelier clandestin, était déjà devenue myope à force de regarder d'aussi près les mystères de la confection bon marché. Nom de Dieu, qu'est-ce qu'elle parle, se lamenta-t-il, penché au-dessus de son bol vide, en train de reluquer mon beignet intact avec l'air chargé de reproches d'un chien affamé. Avec elle, tout est ma faute. Et pourquoi n'est-on pas restés au pays ? Et qu'est-ce qu'on fait ici alors qu'on est plus pauvres qu'avant ? Et quel intérêt d'avoir des enfants qu'on n'a pas de quoi nourrir ? Oui, j'ai oublié de vous dire, capitaine, que ma femme est tombée enceinte au camp. Des jumeaux ! Vous vous rendez compte ?

Le cœur maussade mais la voix claire, je le félicitai. Il apprécia que je lui offre mon beignet. Au moins ils sont citoyens américains, dit-il en mâchant le mets pâteux. Spinach et Brocoli. Ce sont leurs prénoms américains. Pour vous dire la vérité, on n'avait même pas pensé leur donner des prénoms américains, jusqu'à ce que l'infirmière nous pose la question. Je me suis affolé. Évidemment qu'il leur fallait des prénoms américains ! La première chose qui m'est venue à l'esprit, c'est Spinach. Je rigolais toujours quand je voyais les dessins animés où Popeye avalait ses épinards et devenait soudain costaud. Un gamin qui s'appelle Spinach, personne n'ira l'embêter. Pour Brocoli, c'est venu logiquement. Une dame de la télé disait, Mangez toujours vos brocolis, et je m'en suis souvenu. Une nourriture saine, contrairement à ce que je mange. Forts et sains, voilà ce que deviendront ces enfants. Il faudra bien qu'ils le soient. Ce pays n'est pas fait pour les faibles ou les gros. Il faut que je commence un régime. Non, vraiment ! Vous êtes trop gentil. Je sais que je suis gros. Le seul avantage à être gros, hormis manger, c'est que tout le monde aime les gros. Oui ? Oui ! Les gens aiment rire des gros, mais en même temps ils ont pitié d'eux. Quand j'ai postulé à la station-service, je suais, alors que je n'avais marché que deux cents mètres. Le jour où les gens voient un gros en train de suer, ils sont tristes pour lui, même s'ils le méprisent un peu, aussi. Donc j'ai souri, j'ai secoué mon ventre et j'ai rigolé en expliquant au patron à quel point j'avais besoin de travailler ; il m'a donné le boulot sur-le-champ. Tout ce dont il avait besoin, c'était une bonne raison de m'embaucher. Provoquer le rire et la pitié chez les gens, ça marche à tous les coups. Vous voyez ? Vous êtes en train de sourire et en même temps vous êtes triste pour moi. Ne le soyez pas trop, parce que j'ai de bons horaires. Je commence à 10 heures du matin et je termine à 20 heures, sept jours sur sept, et je peux y aller de chez moi à pied. Je ne fais rien, à part appuyer sur les boutons de la caisse. C'est parfait. Passez me voir et je vous offrirai des bidons d'essence. Si, j'insiste ! C'est la moindre des choses. Vous nous avez aidés à fuir. Je ne vous ai pas encore remercié comme il le fallait. En plus, c'est un pays dur, ici. Nous, les Vietnamiens, on doit se serrer les coudes.

Oh, pauvre adjudant glouton ! Ce soir-là, à la maison, je regardai Bon nettoyer et huiler le .38 Special sur la table basse, puis le charger avec six balles de cuivre et le poser sur un petit coussin assorti au canapé, un coussin en similivelours rouge, taché et kitsch, qui soutenait l'arme comme une offrande à un roi déchu. Je lui tirerai une balle à travers le coussin, expliqua Bon en ouvrant une bière. Le bruit sera étouffé. Parfait, dis-je. À la télévision, Richard Hedd était interviewé sur la situation au Cambodge et son accent britannique jurait sévèrement avec celui du journaliste bostonien. Après l'avoir écouté pendant une minute, je dis, Et s'il n'était pas espion ? On tuerait la mauvaise personne. Ce serait un meurtre. Bon était en train de boire sa bière. D'abord, répondit-il, le général sait des choses qu'on ne sait pas. Ensuite, on ne tue pas. Il s'agit d'un assassinat. Tes gars l'ont fait mille fois. Et enfin, on est en guerre. Des innocents se font tuer. Il y a meurtre uniquement si tu sais qu'ils sont innocents. Et même là, c'est une tragédie, mais pas un crime.

Tu étais content quand le général t'a demandé de faire ça, pas vrai ?

Et alors, c'est mal ? Il posa sa bière et soupesa le .38. Certains hommes sont nés pour manier le pinceau ou la plume ; lui l'était pour tenir un pistolet. Dans sa main, l'arme paraissait à sa place, un outil dont on pouvait être fier, comme une clé à molette. Tout homme a besoin d'un but, dit-il en contemplant le pistolet. Avant de rencontrer Linh, j'en avais un. Je voulais venger mon père. Et puis je suis tombé amoureux, et Linh est devenue plus importante que mon père ou que ma vengeance. Je n'avais jamais pleuré depuis sa mort, mais après mon mariage j'ai pleuré devant sa tombe parce que je l'avais trahi là où ça comptait le plus, dans mon cœur. Je ne m'en suis jamais remis jusqu'à la naissance de Duc. Au début, il n'était qu'une petite chose bizarre et moche. Je me suis demandé ce qui n'allait pas chez moi, pourquoi je n'aimais pas mon propre fils. Et peu à peu il a grandi, grandi, si bien qu'un soir j'ai remarqué combien ses doigts, ses orteils, ses mains, ses pieds étaient parfaitement dessinés, comme des versions miniatures des miens. Pour la première fois de ma vie, je savais ce que c'est que d'être frappé d'émerveillement. Même tomber amoureux n'avait rien à voir. J'ai alors compris que mon père avait dû me regarder comme ça. Il m'avait créé, et j'avais créé Duc. C'était la nature, l'univers, Dieu qui passaient à travers nous. C'est là que je suis tombé amoureux de mon fils, que j'ai compris à quel point j'étais insignifiant, et à quel point il était merveilleux, et qu'un jour il ressentirait exactement la même chose. Et c'est à ce moment-là que j'ai compris que je n'avais pas trahi mon père. J'ai encore pleuré, en tenant mon garçon, parce que j'étais enfin devenu un homme. Ce que je veux dire par là... Si je te raconte tout ça, c'est que ma vie avait un sens, avant. Elle avait un but. Maintenant, elle n'en a plus aucun. J'étais un fils, un mari, un père et un soldat, et aujourd'hui je ne suis plus rien de tout ça. Je ne suis pas un homme, et quand un homme n'est pas un homme, il n'est personne. Et la seule manière de ne pas être personne, c'est de faire quelque chose. Donc soit je me tue, soit je tue quelqu'un d'autre. Tu vois ?

Non seulement je voyais, mais j'étais stupéfait. C'était la première fois que j'entendais Bon parler aussi longtemps. Sa peine, sa colère et son désespoir avaient fait mieux qu'ouvrir son cœur : ils avaient réveillé ses cordes vocales. Ces mots réussirent même à le rendre sinon beau, en tout cas moins laid qu'il ne l'était objectivement. L'émotion adoucissait les traits durs de son visage. Jamais, avant lui, je n'avais rencontré un homme qui semblait ému, profondément ému, non seulement par l'amour, mais par la perspective de tuer. S'il était un expert par nécessité, j'étais un novice par choix, même si j'avais eu des occasions. Dans notre pays, tuer un homme – ou une femme, ou un enfant – était aussi simple que tourner la page de son journal le matin. Il suffisait d'avoir une excuse et une arme, deux choses que trop de gens, dans les deux camps, possédaient. Ce que je n'avais pas, c'était le désir de le faire, ou les diverses justifications qu'un homme endosse en guise de camouflage – le besoin de défendre Dieu, son pays, son honneur, son idéologie, ses camarades –, même si, au bout du compte, la seule chose qu'il protège est la part la plus fragile de lui-même, la bourse cachée et ridée que tout homme trimballe avec lui. Ces excuses prêtes à porter vont bien à certaines personnes. Pas à moi.

J'aurais voulu persuader le général que l'adjudant glouton n'était pas un espion, mais rien n'aurait pu le guérir de l'idée que je lui avais moi-même inoculée. De surcroît, je savais que je devais lui prouver que je pouvais réparer mon apparente erreur et me montrer homme d'action. Ne rien faire était inenvisageable, comme il me le fit clairement comprendre lorsque nous nous revîmes une semaine plus tard. Il le mérite, me dit-il, désagréablement obsédé par la tache indélébile de culpabilité qu'il voyait au front de l'adjudant, cette minuscule empreinte que j'y avais laissée et qui le condamnait à mort. Mais prenez votre temps. Je ne suis pas pressé. Les opérations doivent toujours être menées avec patience et méticulosité. Il me dit tout cela dans la réserve, où régnait l'atmosphère dépassionnée d'un poste de commandement ; les murs étaient fraîchement décorés de cartes qui montraient notre pays sinueux à la taille de guêpe, dans toute sa splendeur ou dans toutes ses parties, toutes suffoquant sous un film plastique, à côté de feutres rouges suspendus à des ficelles. Mieux vaut le faire bien et lentement que vite et mal, dit-il. Oui, monsieur, répondis-je. Ce que je pensais faire...

Pas besoin d'entrer dans les détails. Tenez-moi au courant une fois que ce sera fait.

Ainsi la mort de l'adjudant était-elle écrite. Il ne me restait plus qu'à inventer une histoire crédible grâce à laquelle sa mort ne serait ni ma faute ni celle du général. Je n'eus pas besoin de réfléchir longtemps avant de trouver l'histoire la plus évidente. Ce à quoi nous avions affaire ici, c'était une bonne vieille tragédie américaine, sauf que cette fois la vedette en était un malheureux réfugié.

Le samedi soir suivant, le Pr Hammer m'invita à dîner chez lui, au motif que Claude devait retourner incessamment sous peu à Washington. Le seul autre invité était le petit ami du professeur, Stan, étudiant à UCLA qui avait mon âge et préparait une thèse sur les expatriés littéraires américains à Paris. Il avait les dents blanches et la chevelure blonde d'un acteur de publicités pour dentifrice, le rôle du jeune père de délicieux chérubins. L'homosexualité du professeur m'avait été révélée par Claude avant que je m'inscrive à l'université, en 1963. Je ne veux pas que tu sois surpris, m'avait-il dit. N'ayant jamais connu d'homosexuel, j'avais été curieux d'en voir un évoluer dans son environnement naturel, c'est-à-dire l'Occident, puisque l'Orient, apparemment, n'avait pas d'homosexuels. À ma grande déception, le Pr Hammer ressemblait à tout le monde, à l'exception de son intelligence aiguë et de son goût impeccable en toutes choses, y compris Stan et la gastronomie.

Les trois plats du dîner furent préparés par le professeur en personne : une salade de crudités, un confit de canard avec des pommes de terre au romarin et une tarte Tatin, le tout précédé par des martinis, accompagné de pinot noir et suivi d'un *single malt scotch*. Nous étions à Pasadena, dans la salle à manger joliment restaurée de sa maison de style Arts and Crafts, où tous les objets, les fenêtres à guillotine, le lustre Art déco, le laiton des placards encastrés, étaient soit des originaux, soit des reproductions fidèles. De temps en temps, le professeur quittait la table et remettait un disque choisi dans sa vaste collection de jazz. Nous parlâmes du be-bop, des romans du XIXᵉ siècle, des Dodgers et du prochain bicentenaire de l'Amérique. Puis, verre de whisky en main, nous regagnâmes le salon, sa cheminée massive en pierre apparente, son mobilier Mission, ses cadres en bois anguleux et ses canapés de cuir.

En un étalage démocratique d'individualisme, des livres de toutes tailles, largeurs et couleurs tapissaient les murs, sans aucun ordre, comme dans le bureau du professeur à l'université. Ainsi cernés par les lettres, les mots, les phrases, les paragraphes, les pages, les chapitres et les volumes, nous passâmes une soirée agréable, mémorable pour la discussion qui survint après que nous nous fûmes rassis. Le professeur, dont la nostalgie était peut-être ravivée par la littérature qui l'entourait, dit, Je me rappelle encore votre mémoire sur *Un Américain bien tranquille*. C'est un des meilleurs qu'il m'ait été donné de lire. Je souris timidement et le remerciai. Claude, assis à côté de moi sur le canapé, ricana. Il ne m'a jamais trop intéressé, ce livre. La Vietnamienne... Elle passe son temps à préparer de l'opium, à feuilleter des livres d'images et à gazouiller comme un pinson. Vous avez déjà croisé une Vietnamienne comme ça ? Si oui, présentez-la-moi tout de suite. Toutes celles que je rencontre sont incapables de la boucler, au lit et en dehors du lit.

Oh, Claude, fit le professeur.

Oh, Claude, rien du tout. Ne le prenez pas mal, Avery, mais il se trouve que dans ce livre notre ami américain ressemble diablement à un homosexuel refoulé.

Il était bien placé pour en parler, dit Stan.

Qui vous l'a soufflée, celle-là ? Noël Coward ? Bon sang, il s'appelle Pyle ! Combien de blagues est-ce qu'on peut faire avec ce nom-là ? Et c'est un livre procommuniste, aussi. Ou du moins antiaméricain. Ce qui revient au même, en fin de compte. Claude agita ses mains vers les livres, le mobilier, le salon, l'ensemble de cette maison richement équipée. Difficile de croire qu'il a été communiste, n'est-ce pas ?

Stan ? demandai-je.

Non, pas Stan. Vous avez été communiste, Stan ? Je ne pensais pas.

Ne restait donc que le professeur, qui haussa les épaules lorsque je le regardai. J'avais ton âge, dit-il en passant un bras autour des épaules de Stan. J'étais impressionnable, j'étais passionné, je voulais changer le monde. Le communisme m'a séduit, comme tant d'autres.

Maintenant c'est lui qui séduit, dit Stan en serrant la main du professeur, ce qui me fit légèrement tressaillir. Pour moi le professeur était un pur esprit, et le voir en tant que corps, ou ayant un corps, me troubla.

Est-ce qu'il vous arrive de regretter d'avoir été communiste, professeur ?

Non, pas du tout. C'est grâce à cette erreur que j'ai pu devenir ce que je suis aujourd'hui.

C'est-à-dire ?

Il sourit. Je suppose qu'on pourrait dire de moi que je suis un Américain *born again*. C'est paradoxal, mais si l'histoire sanglante des dernières décennies m'a appris une chose, c'est bien que la défense de la liberté exige des muscles que seule l'Amérique possède. Même ce que l'on fait à l'université sert un objectif. On vous enseigne le meilleur de la pensée universelle non seulement pour expliquer l'Amérique au reste du monde, comme je vous ai toujours encouragés à le faire, mais pour la défendre.

Je bus une gorgée de whisky. Il était fumé, onctueux, avec un goût de tourbe et de vieux chêne souligné par la réglisse et l'odeur indéfinissable de la masculinité écossaise. J'aimais le whisky sec, non édulcoré – comme la vérité. Malheureusement, la vérité non édulcorée était à peu près aussi abordable qu'un scotch *single malt* dix-huit ans d'âge. Et ceux qui n'ont pas appris le meilleur de la pensée universelle ? demandai-je. Si on ne peut pas le leur enseigner ? Ou s'ils refusent de l'apprendre ?

Le professeur sonda les profondeurs cuivrées de son verre. J'imagine que des gens comme ça, Claude et vous en avez vu plus souvent qu'à votre tour dans votre domaine. Il n'y a pas de réponse facile à cette question, sauf à dire qu'il en a toujours été ainsi. Depuis que le premier homme préhistorique a découvert le feu et décrété que ceux qui vivaient encore dans l'obscurité étaient des ignorants, c'est la civilisation contre la barbarie... chaque époque ayant ses barbares.

Rien n'était plus évident que l'opposition entre la civilisation et la barbarie. Mais le meurtre de l'adjudant glouton ? Qu'était-ce ? Un simple acte de barbarie ou un acte complexe qui faisait avancer la civilisation révolutionnaire ? C'était forcément ça : un acte contradictoire qui correspondait bien à notre époque. Nous autres marxistes pensons que le capitalisme engendre des contradictions qui finiront par le mener à sa perte, mais à condition que l'humanité agisse. Or il n'y avait pas que le capitalisme qui fût contradictoire. Comme le disait Hegel, la tragédie n'était pas le conflit entre le bien et le mal, mais entre le bien et le bien, un dilemme auquel aucun d'entre nous, qui voulions participer à l'Histoire, ne pouvait échapper. L'adjudant avait le droit de vivre, mais j'avais raison de le tuer. N'est-ce pas ? Lorsque Claude et moi repartîmes, aux alentours de minuit, je voulus lui faire part de mon cas de conscience sans trop en dire. Pendant que nous fumions une dernière cigarette sur le trottoir, je lui posai la question que j'imaginais ma mère me poser, Et s'il est innocent ?

Il fit un rond de fumée, uniquement pour m'épater. Personne n'est innocent. Surtout dans ce secteur. Tu ne crois pas qu'il a un peu de sang sur les mains ? Il a identifié des sympathisants vietcongs. Il a pu se tromper. Ça s'est déjà vu avant. Ou alors, s'il est lui-même un sympathisant, il a forcément identifié les mauvaises personnes. Exprès.

Je n'ai aucune certitude à ce sujet.

Innocence et culpabilité. Ce sont des problèmes cosmiques. Nous sommes tous innocents sur un certain plan et coupables sur un autre plan. Ce n'est pas ça, le péché originel ?

Pas faux, dis-je. Nous nous séparâmes avec une poignée de main. Évoquer ses doutes moraux était aussi ennuyeux qu'évoquer ses chamailleries conjugales : personne ne s'y intéressait vraiment, sauf les premiers concernés. Ici, j'étais de toute évidence le seul concerné, hormis l'adjudant glouton, mais personne ne se souciait de connaître son avis. En attendant, Claude m'avait donné l'absolution, ou au moins une excuse, mais je n'eus pas la force de lui dire que je ne pouvais rien en faire. Le péché originel était simplement trop galvaudé pour quelqu'un comme moi, né d'un père qui en parlait à chaque messe.

Le lendemain soir, je commençai à repérer les lieux autour de l'adjudant. Ce dimanche-là, et les cinq suivants, entre mai et la fin juin, je garais ma voiture à une centaine de mètres de la station-service et j'attendais que l'adjudant sorte à 20 heures et rentre chez lui à pas lents, *lunch-box* à la main. Dès que je le voyais tourner au coin, je démarrais la voiture et j'avançais jusqu'au carrefour, où je le regardais marcher vers le carrefour suivant. Il vivait à trois rues de là, distance qu'un homme mince et en bonne santé pouvait parcourir d'un bon pas en cinq minutes. Lui mettait environ onze minutes, et j'étais à au moins une rue derrière lui. Au cours de ces six dimanches, aussi fidèle qu'un canard migrateur, il ne dérogea jamais à cet itinéraire qui lui faisait traverser un quartier résidentiel où les immeubles semblaient mourir d'ennui. Celui de l'adjudant, un petit bâtiment de quatre étages, comportait en façade un auvent avec quatre emplacements ; l'un était libre, les trois autres occupés par des voitures aux derrières aussi cabossés et affaissés que celui d'un vieux chauffeur de bus. Le premier étage, dont les fenêtres donnaient sur la rue, surplombait les voitures. Vers 20 h 11, les yeux moroses de ces fenêtres de chambre, dont un seul était éclairé, étaient ouverts mais masqués par des rideaux. Les deux premiers dimanches, je me garai au coin de la rue et regardai l'adjudant entrer sous l'auvent puis disparaître. Les troisième et quatrième dimanches, au lieu de le suivre depuis la station-service, je l'attendis à quelques dizaines de mètres de chez lui. Dans mon rétroviseur, je le vis emprunter la lisière sombre de l'auvent, une allée qui menait aux appartements du rez-de-chaussée. Ces quatre fois-là, dès qu'il disparaissait, je repartais chez moi. En revanche, les deux dimanches suivants, j'attendis. La voiture à laquelle était dévolue la place libre n'arriva qu'à 22 heures, aussi vieille et abîmée que les autres, conduite par un Chinois à l'air fatigué. Portant une veste de cuisinier couverte de taches, il tenait un sac en papier graisseux.

Le samedi qui précéda notre rendez-vous avec l'adjudant glouton, Bon et moi nous rendîmes à Chinatown. Dans une petite rue proche de Broadway, pleine de vendeurs qui posaient leurs marchandises sur des tables pliantes, nous achetâmes des sweat-shirts UCLA et des casquettes de base-ball à des prix tels qu'il ne pouvait s'agir que de contrefaçons. Après un déjeuner de porc grillé et de nouilles, nous entrâmes dans une des boutiques de curiosités où toutes sortes de bibelots orientaux étaient proposés, principalement aux non-Orientaux. Échiquiers chinois, baguettes en bois, lanternes en papier, bouddhas de stéatite, fontaines miniatures, ivoires délicatement gravés de scènes pastorales, reproductions de vases Ming, sous-verres à l'effigie de la Cité interdite, nunchakus en caoutchouc entourés par des posters de Bruce Lee, rouleaux d'aquarelles montrant des montagnes boisées noyées dans les nuages, tasses à thé, ginseng et, *last but not least*, pétards rouges. J'en achetai deux paquets. Puis, avant de rentrer à la maison, je trouvai au marché du coin un filet d'oranges aux nombrils protubérants, indécents.

Plus tard, à la nuit tombée, nous ressortîmes, équipés chacun d'un tournevis. Nous fîmes le tour du quartier jusqu'à arriver devant un immeuble équipé d'un auvent identique à celui de l'adjudant, d'où les voitures n'étaient pas visibles depuis les fenêtres des voisins. Il nous fallut moins de trente secondes pour dévisser les deux plaques d'une voiture, Bon celle de devant, moi celle de derrière. Puis nous rentrâmes, regardâmes la télévision et allâmes nous coucher. Bon s'endormit tout de suite, contrairement à moi. Notre petite virée à Chinatown me faisait en effet repenser à un épisode vécu avec l'adjudant, des années auparavant, à Cholon, à l'occasion de l'arrestation d'un suspect vietcong qui avait été promu du haut de notre liste grise au bas de notre liste noire. Suffisamment de gens avaient dénoncé en lui un vietcong pour que sa neutralisation s'imposât ; c'est en tout cas ce que me dit l'adjudant en me montrant l'épais dossier qu'il avait constitué à son sujet. Profession officielle : marchand d'alcool de riz. Profession officieuse : patron de salle de jeu. Passe-temps : percepteur vietcong. Nous sécurisâmes le quartier en installant des barrages sur toutes les grandes artères et des patrouilles dans les ruelles. Pendant que des unités procédaient à des contrôles d'identité afin de mettre la main sur des réfractaires, les hommes de l'adjudant firent irruption dans le magasin du marchand d'alcool de riz, bousculèrent sa femme pour rejoindre la réserve et trouvèrent le levier d'une porte dissimulée. Derrière, des types jouaient au craps et aux cartes, servis en alcool de riz et en soupe gratis par des demoiselles très court vêtues. En voyant nos policiers débarquer, tous les joueurs et les employés se ruèrent vers l'issue de secours, cueillis à la sortie par une autre équipe de renfort. On eut droit au remue-ménage et à l'hilarité habituels, avec force hurlements, cris, coups de matraque et menottes. Finalement, il ne resta plus que l'adjudant glouton, moi-même et notre suspect, que j'étais surpris de trouver là. J'avais informé Man de notre descente imminente et m'attendais à ce que notre percepteur fût absent.

Vietcong ? s'écria-t-il en agitant les mains en l'air. Jamais de la vie ! Je suis un homme d'affaires !

Et un excellent, dit l'adjudant en soulevant un sac-poubelle rempli de l'argent du jeu.

D'accord, vous m'avez eu, fit l'homme, penaud. Il avait les dents du haut trop en avant et, sur sa joue, trois longs poils qui jaillissaient d'un grain de beauté gros comme une bille. Allez, prenez l'argent, il est à vous. Je suis heureux de contribuer au financement de la police.

C'est insultant, dit l'adjudant en lui chatouillant le ventre avec sa matraque. Cet argent va aller à l'État pour rembourser tes amendes et tes arriérés d'impôts. Pas vrai, capitaine ?

C'est vrai, dis-je, jouant les faire-valoir dans ce petit numéro.

Mais pour ce qui est des impôts à venir, c'est une autre affaire. Pas vrai, capitaine ?

C'est vrai. Je ne pouvais rien pour le percepteur. Il passa une semaine au centre d'interrogatoire et fut tabassé dans tous les sens. À la fin, nos hommes furent convaincus qu'il n'était pas un agent vietcong. La preuve était irréfutable ; elle arriva sous la forme d'un joli pot-de-vin que sa femme apporta à l'adjudant glouton. J'ai dû me tromper, dit-il gaiement en me tendant l'enveloppe qui contenait ma part. Il y avait là l'équivalent d'un an de salaire, ce qui, pour remettre les choses en perspective, ne suffisait pas à vivre pendant un an. Refuser cet argent aurait éveillé les soupçons. Aussi l'acceptai-je. Je fus tenté de le consacrer à une œuvre charitable, à savoir l'entretien de très belles jeunes femmes guettées par la misère. Mais je repensai à ce que mon père disait, plutôt qu'à ce qu'il faisait, et aux préceptes de Hô Chi

Minh. Jésus et l'Oncle Hô étaient en effet formels : l'argent corrompait, depuis les marchands du temple jusqu'aux capitalistes qui exploitaient les colonies, sans même parler de Judas et de ses trente deniers. Je payai donc pour le péché de l'adjudant en donnant l'argent à la révolution, c'est-à-dire à Man, dans la basilique. Tu vois contre quoi on se bat ? me dit-il. Sainte Marie, mère de Dieu, priez pour nous, ânonnaient les douairières. Voilà pourquoi on va gagner, reprit Man. Nos ennemis sont corrompus. Pas nous. Si je raconte tout cela, c'est pour montrer que l'adjudant glouton était aussi pécheur que l'avait pensé Claude. Peut-être avait-il fait bien pire que d'extorquer de l'argent. Dans ce cas, cela ne l'aurait cependant pas placé au-dessus de la moyenne en matière de corruption. Cela l'aurait rendu simplement ordinaire.

Le lendemain soir, à 19 h 30, nous étions garés au bout de la rue de la station-service, avec nos casquettes et nos sweat-shirts UCLA. Si quelqu'un remarquait notre présence, il verrait, normalement, deux étudiants d'UCLA. Les deux plaques volées étaient montées sur ma voiture ; les vraies se trouvaient dans la boîte à gants. Toute distraction était utile. Néanmoins, les plus importantes étaient celles que nous ne maîtrisions pas mais que j'avais anticipées. Comme ma vitre était baissée, nous entendions les explosions lointaines du feu d'artifice municipal et, parfois, le pop-pop d'une petite arme, celle de quelqu'un qui fêtait l'Indépendance. D'autres petits feux d'artifice se firent entendre un peu plus près. C'étaient des gens du quartier qui, en toute illégalité, allumaient des « bombes cerises », lançaient de temps en temps un feu de Bengale dans le ciel bas ou faisaient brûler des cartouchières de pétards chinois. En attendant l'adjudant, Bon était tendu. Mâchoires serrées, épaules rentrées, il refusa que j'allume l'autoradio. Des mauvais souvenirs ? demandai-je. Oui. Il ne dit plus rien pendant un long moment, et nous regardâmes la station-service. Deux voitures arrivèrent, firent le plein, s'en allèrent. La fois où, près de Sa Dec, l'éclaireur a marché sur une mine. Un petit bruit quand ça décolle, et ensuite un gros boum. Il y avait deux autres types entre lui et moi, et je n'ai pas eu une seule égratignure. Mais lui a perdu ses couilles. Le pire, c'est que ce pauvre enfoiré a survécu.

Je bredouillai une phrase d'excuse, mais sans avoir rien d'autre à lui proposer, la castration étant une chose indicible. Nous vîmes deux autres voitures faire le plein. Je ne pouvais faire qu'une chose pour l'adjudant glouton. Je ne veux pas qu'il sente quoi que ce soit, dis-je à Bon.

Il ne verra rien venir.

À 20 heures, l'adjudant glouton quitta la station-service. J'attendis qu'il ait tourné au coin pour démarrer. Nous roulâmes jusqu'à son immeuble en empruntant une autre route pour être certains qu'il ne nous voie pas le dépasser. Le quatrième emplacement du parking était libre. Je m'y garai. Je regardai ma montre : trois minutes. Plus que huit avant l'arrivée de l'adjudant. Bon sortit le pistolet de la boîte à gants et ouvrit encore une fois le chargeur pour vérifier les balles. Puis il le referma et posa l'arme sur le coussin en similivelours rouge, sur ses cuisses. Je regardai le pistolet et le coussin. Je dis, Et si une partie du rembourrage explose sur lui ?

Ou des bouts de tissu ? Les flics verront ça et se demanderont ce que c'est.

Il haussa les épaules. Donc pas de coussin. Ça veut dire qu'il va y avoir du bruit.

Dans la rue, quelqu'un fit claquer une autre série de pétards chinois, du même genre que ceux que j'adorais tant, enfant, au Nouvel An. Sur le bout de jardin à côté de notre hutte, ma mère allumait un bout de la longue ficelle rouge, je me bouchais les oreilles et je criais avec elle pendant que le serpent dansait, se consumant de la tête à la queue, ou peut-être en sens inverse, dans un délire de flammes.

Une seule balle, dis-je après que les pétards eurent cessé. Avec tout ce bruit, personne ne sortira pour voir ce qui se passe.

Il consulta sa montre. Très bien.

Il enfila une paire de gants en latex et ôta ses tennis. J'ouvris ma portière, descendis, la refermai doucement et me positionnai à l'autre extrémité de l'auvent, près de l'allée qui reliait le trottoir aux boîtes à lettres de l'immeuble. L'allée continuait jusqu'aux deux appartements du rez-de-chaussée, dont l'entrée du premier se trouvait trois mètres plus loin. En passant ma tête au coin, je distinguai les lumières de l'appartement derrière les rideaux tirés du salon. Une haute barrière en bois courait de l'autre côté de l'allée et, au-dessus, se dressait le mur extérieur d'un immeuble identique ; la moitié des fenêtres étaient des fenêtres de salles de bains, l'autre moitié des fenêtres de chambres. Une personne passant devant les fenêtres du premier étage pouvait donc voir l'allée, mais pas ce qui se passait sous l'auvent.

Bon, en chaussettes, marcha jusqu'à son poste, entre les deux voitures les plus proches de l'allée, s'agenouilla et maintint sa tête sous les fenêtres. Je jetai un coup d'œil à ma montre : 20 h 07. Je tenais un sac en plastique sur lequel étaient imprimés un smiley jaune et le mot MERCI ! Il contenait les pétards et les oranges. Tu es sûr de vouloir faire ça, mon fils ? demanda ma mère. C'est trop tard, maman. Je ne vois pas d'autre issue.

J'avais fumé la moitié de ma cigarette lorsque l'adjudant pénétra sous l'auvent pour la dernière fois de sa vie. Bonjour. Son visage se fendit d'un sourire intrigué. Il tenait sa *lunch-box*. Qu'est-ce que vous faites là ? À mon tour, je me forçai à sourire. Brandissant mon sac en plastique, je répondis, J'étais dans le quartier et je me suis dit que je passerais vous donner ça.

Qu'est-ce que c'est ? Il s'avança vers moi.

Un cadeau pour le 4-Juillet. Bon sortit de derrière la voiture à côté de laquelle l'adjudant marchait, mais je ne lâchai pas ce dernier du regard. Il était à soixante centimètres de moi lorsqu'il dit, On fait des cadeaux pour le 4-Juillet ?

Il avait toujours l'air intrigué. Je lui tendis, des deux mains, le sac ; il se pencha pour en inspecter le contenu. Derrière lui, Bon s'approcha, l'arme au poing, rendu silencieux par ses chaussettes. Il ne fallait pas, me dit l'adjudant. Au moment où il poserait la main sur le sac, Bon devait tirer. Mais, au lieu d'appuyer sur la détente, il dit, Bonjour, mon adjudant.

Ce dernier se retourna, son cadeau dans une main, sa *lunch-box* dans l'autre. Je fis un pas de côté et l'entendis commencer à prononcer un mot tandis qu'il découvrait soudain Bon, qui lui tira dessus.

Le bruit résonna dans tout le parking, ce qui me fit mal aux oreilles. Le crâne de l'adjudant se fêla lorsqu'il tomba tête la première sur le bitume. Si la balle ne l'avait pas encore tué, peut-être la chute s'en chargea-t-elle. Il gisait sur le dos, et la balle dans son front lui faisait un troisième œil, un œil qui pleurait du sang. Allez, murmura Bon en remettant le pistolet sous l'élastique de son pantalon. Tandis qu'il s'agenouillait et faisait rouler le corps sur le côté, je me penchai par-dessus et ramassai le sac en plastique, dont le smiley jaune était moucheté de sang. La bouche ouverte de l'adjudant enveloppait encore la forme de sa dernière parole. Bon sortit le portefeuille de la poche revolver de l'adjudant et me poussa vers la voiture. Je regardai l'heure : 20 h 13.

Je mis le contact et quittai l'auvent. Je me sentis peu à peu engourdi, d'abord le cerveau et les yeux, puis mes orteils et mes doigts. Je croyais qu'il ne devait rien voir venir, dis-je. Je ne pouvais pas lui tirer dans le dos, rétorqua Bon. Ne t'inquiète pas. Il n'a rien senti. Ce n'était pas de savoir si l'adjudant avait senti quelque chose qui m'inquiétait, c'était de savoir si *je* sentais quelque chose. Nous n'échangeâmes plus un mot et, avant de rentrer, je me garai dans une ruelle, où nous remplaçâmes les plaques d'immatriculation. Puis direction l'appartement. Au moment de retirer mes tennis blanches, je vis des taches de sang sur leur bout. Je les emportai dans la cuisine, effaçai le sang avec une serviette en papier mouillée et composai le numéro du général sur le téléphone accroché au mur, près du réfrigérateur dont la porte affichait les colonnes jumelles de ma personnalité divisée. Le général répondit à la deuxième sonnerie. Allô ? C'est fait, dis-je. Il y eut un silence. Bien. Je raccrochai.

En retournant dans le salon avec deux verres et une bouteille de *rye whisky*, je m'aperçus que Bon avait vidé le portefeuille de l'adjudant sur la table basse. Qu'est-ce qu'on en fait ? demanda-t-il. Il y avait sa carte de Sécurité sociale, sa carte d'identité (mais pas de permis de conduire, car il n'avait pas de voiture), des reçus, vingt-deux dollars, des pièces de monnaie, et quelques photos. L'une, en noir et blanc, le montrait avec sa femme le jour de leur mariage, tous deux très jeunes et habillés à l'occidentale. Déjà, à l'époque, il était gros. Il y avait aussi une photo en couleur de ses jumeaux âgés de quelques semaines, fripés et asexués. Brûle-les, dis-je. Je comptais m'occuper du portefeuille le lendemain, ainsi que des plaques d'immatriculation, du sac en plastique et des cendres.

Lorsque je lui tendis un verre, je vis la cicatrice rouge sur la main de Bon. À l'adjudant, dit-il. Le goût médicamenteux du *rye whisky* était tellement épouvantable que nous bûmes un deuxième verre pour le rincer, puis un troisième, tout en regardant à la télévision les émissions spéciales consacrées à l'anniversaire du pays. Ce n'était pas n'importe quel anniversaire, mais le bicentenaire d'une grande et robuste nation, un peu sonnée par ses récentes sorties à l'étranger, mais qui s'était relevée, prête à cogner – c'est en tout cas ce que disaient les grands experts. Nous mangeâmes trois oranges et allâmes nous coucher. Je m'allongeai sur ma couchette, fermai les yeux, me cognai les genoux contre le mobilier réagencé de mes pensées et tressaillis face au spectacle qui m'était offert. Je rouvris les yeux – aucune différence. Que mes yeux fussent ouverts ou fermés, je le voyais encore, le troisième œil de l'adjudant glouton, pleurant à cause de ce qu'il voyait de moi.

7

J'avoue que la mort de l'adjudant me troubla beaucoup, commandant, même si elle ne vous trouble pas. C'était un homme relativement innocent, c'est-à-dire ce qu'on pouvait espérer de mieux en ce bas monde. À Saigon, je pouvais compter sur mes rendez-vous hebdomadaires à la basilique avec Man pour faire part de mes doutes ; ici, j'étais seul avec moi-même, mes actes, mes convictions. Je savais ce que Man me dirait, mais j'avais besoin qu'il me le dise encore, comme il l'avait fait à d'autres occasions, par exemple le jour où je lui avais passé un rouleau de film où figuraient les plans d'attaque par hélicoptère d'un bataillon de rangers. Des hommes innocents allaient mourir à cause de mes actes, n'est-ce pas ? Bien sûr que des hommes mourront, avait dit Man, cachant sa bouche avec ses mains croisées pendant que nous priions à genoux. Mais ils ne sont pas innocents. Et nous non plus, mon ami. Nous sommes des révolutionnaires, et les révolutionnaires ne peuvent jamais être innocents. Nous en savons trop et nous en avons trop fait.

Dans l'atmosphère humide de la basilique où les douairières priaient, j'avais frémi. *Comme il était au commencement est maintenant et sera toujours un monde sans fin. Amen.* Contrairement à ce qu'on pourrait penser, l'idéologie révolutionnaire, même dans un pays tropical, n'a rien de torride. Elle est froide, artificielle. Rien de surprenant, donc, à ce que les révolutionnaires aient besoin, parfois, d'un peu de chaleur naturelle. Aussi, lorsque je reçus, peu de temps après la mort de l'adjudant glouton, une invitation à un mariage, l'acceptai-je avec enthousiasme. Sofia Mori m'accompagna à cette réception donnée en l'honneur d'un couple dont je fus obligé de relire le nom sur le carton avant de le saluer. Le père de la mariée était un colonel des marines, personnage mythique dont le bataillon avait repoussé tout un régiment de l'APVN lors de la bataille de Hué, et ce sans aucune aide américaine. Le père du marié, lui, était le vice-président de l'agence saïgonnaise de la Bank of America. Sa famille avait fui la ville à bord d'un avion affrété par la banque, ce qui lui avait épargné le déshonneur des camps de réfugiés. Le trait le plus remarquable de ce vice-président, hormis sa distinction naturelle, était cette moustache à la Clark Gable qui faisait la morte sur sa lèvre supérieure, une coquetterie très prisée des hommes du Sud qui se prenaient pour des play-boys fringants. J'étais invité parce que je l'avais rencontré plusieurs fois à Saigon en tant qu'aide de camp du général. Mon statut pouvait d'ailleurs se deviner à la distance qui séparait ma table de l'estrade, c'est-à-dire très grande. Nous étions installés près des toilettes, protégés de l'odeur de désinfectant par la seule présence des tables réservées aux enfants et à l'orchestre. Nous avions pour commensaux deux officiers subalternes, deux cadres supérieurs qui avaient obtenu des postes inférieurs dans des agences de la Bank of America, un membre de la belle-famille qui avait l'air consanguin, et leurs femmes. En des temps plus rudes, je n'aurais pas mérité cette invitation, mais notre exil américain durait depuis plus d'un an et, pour certains, les heures fastes étaient revenues. Le restaurant chinois se trouvait à Westminster, où l'homme à la moustache de Clark Gable avait installé sa famille dans une maison de banlieue, style ranch. C'était certes moins bien que la villa de Saigon, mais nettement au-dessus de ce qu'avait la quasi-totalité des autres convives. Westminster était aussi la ville de Sonny. Je le repérai à une table située plus près du centre du pouvoir. Clark Gable cherchait à s'assurer une couverture médiatique favorable.

Malgré le bruit et le fourmillement du restaurant, où les serveurs chinois engoncés dans des vestes rouges cavalaient à travers le dédale des tables de banquet, l'immense salle était imprégnée d'un je-ne-sais-quoi de mélancolie. Le père de la mariée brillait par son absence, capturé avec les vestiges de son bataillon en défendant l'accès ouest de Saigon, le tout dernier jour. Le général chanta ses louanges au début du banquet, dans un discours émouvant qui fit pleurer et boire. Tous les anciens combattants trinquèrent au héros avec des élans de fanfaronnade volubile qui dissimulaient d'autant mieux leur propre et gênante absence d'héroïsme. Il faut simplement sourire et boire, à moins de vouloir s'enfoncer jusqu'au cou dans les sables mouvants de la contradiction, me dit l'adjudant glouton, dont la tête coupée faisait office de milieu de table. Alors je souris et fis couler le cognac dans ma gorge. Je préparai ensuite un mélange de Rémy Martin et de soda pour Mme Mori, tout en lui expliquant les traditions, les coutumes, les coiffures et les tenues exotiques de notre peuple toujours désireux de s'amuser. Je devais hurler pour me faire entendre, à cause de l'orchestre bruyant, emmené par un minuscule bonhomme vêtu d'un blazer à paillettes. Il arborait aussi une permanente genre *glam rock*, inspirée d'une perruque Louis XIV, mais sans la poudre, et se pavanait sur des chaussures à plate-forme dorées tout en caressant le micro, dont il collait de manière suggestive la boule sur ses lèvres pendant qu'il chantait. Les banquiers et les soldats, hétérosexuels certifiés, l'adoraient. Un tonnerre d'acclamations s'élevait chaque fois qu'il remuait lascivement le bassin sous son pantalon de satin extraordinairement serré. Lorsqu'il invita des hommes, des vrais, à venir danser sur l'estrade, le général se proposa tout de suite. Il sourit en se déhanchant avec le chanteur sur « Black Is Black », la chanson phare de la décadence et de la dissolution saïgonnaises. Sous les vivats et les applaudissements du public, le chanteur lui adressait des clins d'œil par-dessus son épaule, à la Mae West. Le général était dans son élément, au milieu d'hommes et de femmes qui l'appréciaient, qui ne s'aventuraient pas à exprimer devant lui le moindre désagrément, la moindre gêne. L'exécution – non, la *neutralisation* – du pauvre adjudant glouton avait réinsufflé la vie en lui, à telle enseigne qu'il avait lui-même prononcé son éloge, admirable, à l'enterrement. Il avait salué l'homme humble et discret, prompt au sacrifice, qui avait toujours servi sa patrie et sa famille, sans plaintes ni murmures, avant d'être tragiquement tué lors d'un braquage absurde. J'avais pris des photos de l'enterrement avec mon Kodak, photos que j'avais envoyées plus tard à ma tante parisienne, cependant que Sonny, au premier rang, prenait des notes pour une notice nécrologique. Après la cérémonie, le général avait glissé entre les mains de la veuve une enveloppe, de l'argent liquide pris sur les fonds opérationnels fournis par Claude, puis s'était penché pour regarder Spinach et Brocoli endormis dans leur couffin. Quant à moi, je n'avais pu que marmonner deux ou trois vagues phrases de circonstance à l'intention de la veuve, dont le voile dissimulait un torrent de larmes. Comment ça s'est passé ? m'avait demandé Bon à la maison. À ton avis ? Je m'étais alors dirigé vers le réfrigérateur dont les compartiments étaient, comme toujours, remplis de bouteilles de bière. Hormis ma conscience, mon foie était la partie de mon corps la plus mise à mal.

Les mariages exacerbaient souvent cette souffrance, aggravée par la vue d'un jeune couple heureux et innocent. Leur union sombrerait peut-être dans l'éloignement, l'adultère, le malheur et le divorce, mais elle pouvait tout aussi bien engendrer affection, fidélité, enfants et bonheur. J'avais beau ne pas vouloir me marier, les mariages me rappelaient tout ce qui m'avait été refusé sans que j'aie mon mot à dire. Si bien qu'au début de la cérémonie je ressemblais à un dur à cuire de série Z, entrecoupant mes rires de remarques cyniques, mais qu'à la fin j'étais transformé en une sorte de cocktail coupé à l'eau, un tiers chanteur, un tiers sentimental, un tiers triste. C'est dans cette disposition d'esprit que j'emmenai donc Mme Mori sur la piste de danse, une fois le gâteau découpé, et c'est là, près de l'estrade, que je reconnus une des deux chanteuses qui alternaient au micro avec notre sémillant homosexuel. C'était la fille aînée du général, l'étudiante restée bien au chaud dans la Bay Area quand le pays s'était effondré. Lana n'avait presque plus rien en commun avec la gamine que j'avais vue à la villa du général pendant ses années lycéennes et les vacances d'été. À l'époque, elle s'appelait encore Lan et portait la tenue la plus chaste qui soit, l'*ao dai* blanc des écolières, celui-là même qui avait fait naître chez tant d'écrivains occidentaux des fantasmes quasi pédophiles devant ces corps nubiles dont la moindre courbe était dévoilée sans qu'un centimètre de peau le soit, sauf au-dessus du cou et en deçà des poignets. Les écrivains y voyaient manifestement une métaphore de notre pays, à la fois dévergondé et réservé, sous-entendant tout mais ne révélant rien, éblouissant étalage de modestie, incitation paradoxale à la tentation, spectacle d'une décence incroyablement impudique. Presque aucun écrivain voyageur, aucun journaliste, aucun observateur de notre pays ne pouvait s'empêcher d'écrire sur les jeunes filles qui allaient et revenaient de l'école à bicyclette dans cet *ao dai* blanc virevoltant, papillons que tout Occidental rêvait de clouer et d'ajouter à sa collection.

En réalité, Lan était un garçon manqué à qui tous les matins madame, ou une bonne, avait dû faire enfiler son *ao dai* comme une camisole de force. Chez elle, la forme suprême de la révolte consistait à être une étudiante hors pair qui, comme moi, avait décroché une bourse pour les États-Unis. Dans son cas, il s'agissait de l'université de Californie, à Berkeley, que ses parents considéraient comme une colonie communiste, peuplée de professeurs gauchistes et d'étudiants révolutionnaires venus draguer et trousser des innocentes. Ils avaient voulu l'envoyer dans une université de jeunes filles, où les charmes du lesbianisme constituaient le seul danger, mais Lan n'avait postulé à aucune d'entre elles, insistant pour aller à Berkeley. Ils le lui avaient interdit ; elle avait menacé de se suicider. Ni le général ni madame ne l'avaient prise au sérieux, jusqu'au jour où leur fille avait avalé une poignée de somnifères. Par bonheur, elle avait de petits poings. Après l'avoir remise sur pied, le général avait été prêt à faire des concessions. Pas madame. Lan s'était donc jetée dans le fleuve Saigon un après-midi, mais à une heure où le quai était bondé. Deux passants avaient plongé pour la sauver tandis qu'elle dérivait dans son *ao dai* blanc. Finalement, madame avait cédé à son tour, et Lan, à l'automne 1972, était partie pour Berkeley et des études d'histoire de l'art, choix dont ses parents estimaient qu'il aiguiserait sa sensibilité féminine et la laisserait bonne à marier.

Lors de ses retours au bercail, au cours des étés 1973 et 1974, elle revenait comme une étrangère, avec des jeans pattes d'ef' et un brushing, des chemisiers aussi tendus que des trampolines sur sa poitrine, des sabots qui ajoutaient quelques centimètres à sa petite taille. Madame la faisait asseoir dans son salon et, à en croire les bonnes, la sermonnait sur l'importance qu'il y avait à rester vierge et à cultiver « les Trois Soumissions et les Quatre Vertus » – expression qui me fait toujours penser à un titre de roman porno-intello. La simple évocation de sa virginité menacée ou supposément perdue suffisait à alimenter la chaudière de mon imagination, dont j'attisais les flammes dans l'intimité de ma chambre, au bout du couloir où elle partageait la sienne avec sa petite sœur. Lan avait rendu visite à ses parents plusieurs fois depuis notre arrivée en Californie, mais ils ne m'avaient jamais convié. De même, quelques mois auparavant, je n'avais pas été invité à accompagner le général et madame à sa remise de diplôme. Le jour où j'entendis le plus parler de Lan fut quand le général bredouilla quelque chose à propos de sa fille indigne, qui se faisait désormais appeler Lana et n'avait pas voulu rentrer au pays après son diplôme, préférant vivre seule. J'avais beau essayer de tirer les vers du nez du général pour savoir ce que devenait Lana, il se montrait d'une discrétion inhabituelle.

Maintenant je savais, et je savais pourquoi. Cette Lana sur scène n'avait aucun rapport avec la Lan dont je me souvenais. Dans le dispositif de l'orchestre, l'autre chanteuse était l'ange de la tradition. Portant un *ao dai* vert chartreuse, elle avait les cheveux longs et raides, un maquillage élégant, et chantait des ballades saturées d'œstrogènes, où il était question du Saigon disparu ou de femmes éperdues d'amour hélant leurs soldats partis à la guerre. Dans les chansons de Lana, en revanche, nulle tristesse, nulle nostalgie, aucun regard en arrière sur cette Babylone de la modernité. Même moi, je fus choqué par la minijupe en cuir noir qui menaçait de dévoiler un pan de ce secret qui m'avait si souvent fait saliver. Au-dessus de la minijupe, son débardeur de soie jaune étincelait à chaque rotation de son torse quand elle bombait la poitrine, sa spécialité étant les morceaux rythmés que les groupes de blues et de rock, chez nous, avaient appris afin de distraire les soldats américains et la jeunesse américanisée. Je l'avais entendue chanter « Proud Mary » plus tôt dans la soirée sans savoir que c'était elle ; je dus me forcer à ne pas la regarder fixement pendant qu'elle envoyait une version gutturale de « Twist and Shout » qui fit monter sur l'estrade à peu près toutes les personnes âgées de moins de quarante ans. Avec le simple mais élégant cha-cha-cha, le twist était la danse préférée des gens du Sud, puisqu'il n'exigeait aucune coordination. Même madame aimait le danser, assez innocente pour laisser ses enfants envahir la piste et danser aussi. Or, en jetant un coup d'œil à la table du général, qui occupait la place d'honneur au bord de la piste, je vis que lui et madame restaient assis ; on aurait dit qu'ils étaient en train d'ingurgiter le fruit amer de ce tamarinier qui ombrageait jadis leur villa. Et il y avait de quoi ! Car personne ne twistait plus que Lana en personne. Chacun de ses déhanchements sur la piste de danse actionnait un cliquet invisible qui tirait vers l'avant les têtes masculines, puis les repoussait. J'aurais pu participer si je n'avais pas eu autant conscience de la présence de Mme Mori dansant à mes côtés. Elle se tortillait avec une telle joie enfantine que je ne pus que sourire. Elle faisait très femme, beaucoup plus qu'à l'accoutumée. Elle avait piqué un lis dans sa coiffure ondulée au fer et portait une robe en mousseline de soie qui dévoilait ses genoux. Je l'avais souvent complimentée sur son apparence, et je profitai de cette occasion de voir ses genoux pendant le twist pour faire aussi l'éloge de sa danse. Ça fait longtemps que je n'ai pas dansé comme ça, me dit-elle une fois le morceau terminé.

Moi aussi, madame Mori, dis-je en l'embrassant sur la joue. Sofia, dit-elle.

Avant que je puisse répondre, Clark Gable revint sur l'estrade et annonça la visite surprise d'un *congressman*. Ancien Béret vert dans notre pays entre 1962 et 1964, il représentait le district où nous étions présentement. Il s'était fait une certaine réputation en Californie du Sud, celle d'un jeune politicien prometteur, auquel ses faits d'armes rendaient un fier service, surtout à Orange County. Car ici, ses surnoms de Napalm Ned, ou Ned le Tueur, ou encore Ned l'Atomiseur, selon l'humeur et la crise internationale du moment, étaient affectueux plus que moqueurs. Il était tellement antirouge qu'il en devenait presque vert, raison pour laquelle il faisait partie des rares hommes politiques de Californie du Sud à accueillir les réfugiés à bras ouverts. La plupart des Américains nous regardaient avec ambivalence, sinon avec dégoût, car nous étions le rappel vivant de leur défaite cuisante. Nous menacions la sacro-sainte symétrie d'une Amérique noir et blanc, dont la politique raciale du yin et du yang ne laissait place à aucune autre couleur, notamment ces petits Jaunes pathétiques qui venaient piquer dans la caisse. Nous étions d'étranges étrangers, réputés avoir un petit faible pour le *fido americanus*, le chien domestique qui coûtait, par tête, plus que le revenu annuel d'une famille de crève-la-faim bengalis. (La véritable horreur de cette situation était en fait incompréhensible à l'Américain moyen. Si certains d'entre nous avaient évidemment déjà mangé les congénères de Rintintin et de Lassie, nous ne le faisions pas à la manière néandertalienne qu'imaginait cet Américain moyen, avec une massue, un rôti et une pincée de sel, mais avec l'ingéniosité et la créativité du gourmet, puisque nos chefs étaient capables de cuisiner le canidé de sept façons différentes, toutes censées renforcer la virilité, en extrayant sa moelle ou en le grillant, en le bouillant, en en faisant de la saucisse, en le faisant mijoter, le tout à la poêle ou à la vapeur – miam !) Le *congressman*, lui, avait écrit des éditoriaux pour nous défendre et souhaiter la bienvenue aux émigrés dans son district d'Orange County.

Mon Dieu, voyez-moi ça, dit-il, micro à la main, Clark Gable à ses côtés, flanqué par l'ange et la tentatrice. Il devait avoir dans les quarante-cinq ans, fruit du croisement entre un avocat et un politicien, l'agressivité du premier et l'onctuosité du second, ce que résumait parfaitement sa tête, étincelante, polie, et pointue comme un stylo plume. Les mots s'en écoulaient aussi facilement que la plus belle encre de Chine. Cette tête, c'était ce qui faisait la différence de taille entre lui et le petit Clark Gable. Le *congressman* était tellement plus expansif, à tous points de vue, que deux Vietnamiens de taille et d'épaisseur moyennes auraient pu se serrer à l'intérieur de son corps. Mesdames et messieurs, reprit-il, regardez-vous comme j'aimerais que mes compatriotes vous regardent, c'est-à-dire comme leurs compatriotes. Je vous remercie infiniment de m'avoir invité ce soir et de me donner l'occasion de partager avec vous le bonheur de cet événement, ce mariage entre deux jeunes Vietnamiens charmants dans un restaurant chinois, sur la terre de Californie, sous une lune américaine et dans un univers chrétien. Je vais vous dire une bonne chose, mesdames et messieurs. Pendant deux ans j'ai vécu avec votre peuple, dans les Montagnes centrales, et je me suis battu aux côtés de vos soldats. J'ai partagé vos peurs et j'ai affronté votre ennemi. Je me disais alors, et je me dis encore aujourd'hui, que je ne pourrais rien faire de plus beau de ma vie que de la sacrifier pour vos espoirs, vos rêves et vos aspirations à une vie meilleure. Même si j'ai cru, comme vous, que ces espoirs, ces rêves et ces aspirations seraient exaucés dans votre pays, l'Histoire en a décidé autrement, l'Histoire et la grâce de Dieu, mystérieuse, insondable. Je suis là pour vous dire, mesdames et messieurs, que ce n'est qu'une mauvaise passe, car vos soldats se sont bien battus, et valeureusement, et ils auraient vaincu si le Congrès vous avait soutenus avec la constance promise par le Président. Cette promesse, beaucoup, beaucoup d'Américains la partageaient. Mais pas tous. Vous voyez de qui je veux parler. Les démocrates. Les médias. Le mouvement pacifiste. Les hippies. Les étudiants. Les gauchistes. L'Amérique a été affaiblie par ses propres divisions internes, par les défaitistes, les communistes et les traîtres qui infestent nos universités, nos rédactions, notre Congrès. C'est triste à dire, mais vous ne faites que leur rappeler leur lâcheté et leur trahison. Je suis venu vous dire qu'à moi, en revanche, vous me rappelez la grande promesse américaine ! La promesse de l'immigrant ! La promesse du Rêve américain ! La promesse que tous les gens de ce pays ont chérie et chériront de nouveau un jour, à savoir que l'Amérique est une terre de liberté et d'indépendance, une terre de patriotes qui ont toujours défendu le faible, quel qu'il soit, une terre de héros qui ne renonceront jamais à aider nos amis et à frapper nos ennemis, une terre qui accueille les gens comme vous, les gens qui ont tant sacrifié au nom de notre combat commun, celui pour la démocratie et la liberté ! Un jour, mes amis, l'Amérique relèvera la tête, et ce sera grâce à des gens comme vous. Un jour, mes amis, le pays que vous avez perdu sera de nouveau le vôtre ! Car rien ne peut entraver la marche inexorable de la liberté et de la volonté du peuple ! Maintenant, dites avec moi, dans votre magnifique langue, que nous croyons tous...

L'ensemble de l'assistance l'acclamait et l'applaudissait frénétiquement depuis le début de son discours, et s'il avait fait venir un communiste en cage, les spectateurs lui auraient joyeusement demandé d'arracher le cœur palpitant du rouge avec ses énormes mains. Il n'aurait pas pu les rendre plus hystériques que cela, et pourtant il y arriva. Levant les bras en V, comme Victoire, ou Viêtnam, ou Votez pour moi, ou quelque chose d'encore plus subliminal, il hurla au micro, dans un vietnamien parfait, *Viêtnam Muon Nam ! Viêtnam Muon Nam ! Viêtnam Muon Nam !* Tous ceux qui étaient assis se levèrent soudain, tous ceux qui étaient debout furent un peu plus grands, et tous entonnèrent avec lui le refrain de *Longue vie au Viêtnam*. Clark Gable fit alors un signe à l'orchestre, qui enchaîna avec notre hymne national, repris avec ferveur par l'ange, la tentatrice, Clark Gable, le *congressman* et l'ensemble du public, dont moi. Seuls les serveurs chinois, stoïques, ne chantèrent pas ; ils pouvaient enfin faire une pause.

Une fois l'hymne terminé, le *congressman* fut assailli sur l'estrade par une horde d'admirateurs. Les autres invités s'affaissèrent sur leurs chaises avec une suffisance post-coïtale. Me retournant, je vis Sonny, carnet et stylo à la main, à côté de

Mme Mori. C'est drôle, dit-il, empourpré par un ou deux verres de cognac. C'est le même slogan que celui qu'utilise le Parti communiste. Mme Mori haussa les épaules. Un slogan n'est rien de plus qu'un costume, dit-elle. N'importe qui peut l'enfiler. Belle formule, dit Sonny. Ça vous embête si je la reprends ? Je les présentai l'un à l'autre et demandai à Sonny s'il comptait monter sur l'estrade et prendre une photo. Avec un grand sourire, il répondit, Le journal marche suffisamment bien pour que j'aie pu engager un photographe. En ce qui me concerne, j'ai déjà interviewé notre bon *congressman*. J'aurais dû mettre un gilet pare-balles. Il me tirait presque dessus à balles réelles.

Comportement typique de l'homme blanc, intervint Mme Mori. Vous avez déjà remarqué comme un Blanc est capable d'apprendre deux ou trois mots de n'importe quelle langue asiatique et comme on adore ça ? Il pourrait demander un verre d'eau qu'on le prendrait pour Einstein. Sonny sourit et nota aussi cela. Madame Mori, dit-il, non sans une certaine admiration, vous qui êtes ici depuis plus longtemps que nous, avez-vous remarqué que nous autres, Asiatiques, quand nous parlons en anglais, ç'a intérêt à être parfait, sinon on se moque de notre accent ? Le fait d'être ici depuis plus longtemps ne change rien à l'affaire. Les Blancs nous considéreront toujours comme des étrangers. Mais il y a un avantage à ça, non ? dis-je un peu laborieusement, à cause du cognac dans mon sang. Si on parle un anglais parfait, les Américains nous font confiance. Ça les aide à croire qu'on est comme eux.

Et tu fais partie de ces gens-là, c'est ça ? Les yeux de Sonny étaient aussi opaques que les vitres fumées d'une voiture. Je m'étais trompé en croyant qu'il avait changé. Les quelques fois où nous nous étions vus depuis nos retrouvailles, il avait montré qu'il avait simplement baissé le volume sonore de sa personnalité. Bon, qu'est-ce que tu penses de notre *congressman* ?

Tu vas citer mes propos ?

Tu seras une source anonyme.

Il est ce qui pouvait nous arriver de meilleur, répondis-je. Et ce n'était pas un mensonge. Au contraire, c'était la plus belle forme de vérité, celle qui signifie au moins deux choses.

Le week-end suivant me donna une nouvelle occasion d'affiner ma compréhension du potentiel offert par le *congressman*. Un beau dimanche matin, je fis le chauffeur et emmenai le général et madame de Hollywood à Huntington Beach, où vivait le *congressman*. Il les avait invités à déjeuner. Mon titre de chauffeur était plus impressionnant que mon véhicule, une Chevrolet Nova dont le meilleur argument était d'être relativement neuve. Il n'en demeurait pas moins que le général et madame, blottis sur la banquette arrière, avaient un chauffeur. Ma fonction consistait à être un attribut de leur vie passée et peut-être future. Pendant l'heure que dura le trajet, leur conversation tourna pour l'essentiel autour du *congressman*, jusqu'à ce que je les interroge au sujet de Lana, dont, dis-je, j'avais été frappé de constater qu'elle était devenue une vraie femme. Dans le rétroviseur, je vis le visage de madame se rembrunir, traversé par une fureur à peine contenue.

Elle est complètement folle, dit-elle. On a essayé de maintenir sa folie au sein de la famille, mais maintenant qu'elle se pavane en public en *chanteuse* – elle prononça le mot comme elle aurait dit *communiste* –, on ne peut plus rien faire. Quelqu'un l'a convaincue qu'elle avait du talent en tant que *chanteuse*, et elle a pris le compliment au sérieux. Elle a un certain talent, rétorquai-je. Ah, ne commencez pas ! Ne l'encouragez pas ! Regardez-moi ça... On dirait une *traînée*. C'est comme ça que je l'ai élevée ? Quel homme digne de ce nom voudrait épouser *ça* ? Vous, capitaine ? Nos regards se croisèrent dans le rétroviseur. Non, madame, je ne voudrais pas épouser ça, ce qui était également la vérité au visage double, car le mariage n'était pas la première chose qui me venait à l'esprit quand je la voyais sur scène. Évidemment que non, pesta madame. Ce qu'il y a de pire, en Amérique, c'est la *corruption*. Au pays, on pouvait la cantonner aux bars, aux boîtes de nuit et aux bases militaires. Mais ici on ne pourra pas protéger nos enfants contre l'*obscénité*, et la *superficialité*, et la *vulgarité* dont les Américains raffolent tant. Ils sont trop laxistes. Personne ne réfléchit une seule seconde à ce qu'ils appellent *flirter*. On sait tous que c'est un euphémisme. Qu'est-ce que c'est que ces parents qui non seulement autorisent leurs filles à copuler pendant leur adolescence, mais les y encouragent ? C'est choquant ! C'est un déni de responsabilité morale. Beurk.

Curieusement, au déjeuner, la conversation prit la même direction, ce qui permit à madame de réitérer ses arguments devant le *congressman* et sa femme Rita, une réfugiée de la révolution castriste.

Elle ressemblait un peu à Rita Hayworth, avec dix ou quinze ans et kilos de plus que la star au sommet de son glamour, période *Gilda*. *Castro*, disait-elle, à la manière dont madame disait *chanteuse*, c'est le diable. Le seul avantage qu'il y a à vivre avec le *diable*, mon général et madame, c'est qu'on connaît le mal et qu'on peut l'identifier. Voilà pourquoi je suis heureuse de vous voir ici aujourd'hui. Car les Cubains et les Vietnamiens sont cousins dans la lutte contre le communisme. Ces paroles scellèrent le lien entre le *congressman* et Rita, d'une part, et le général et madame, d'autre part. Pendant que la bonne muette ramassait les plats vides, madame fut tellement à son aise qu'elle finit même par leur parler de Lana. Rita compatit immédiatement. Elle était l'équivalent domestique de son mari, à la fois femme au foyer et guerrière anticommuniste, pour qui rien n'était jamais un incident isolé, mais presque toujours le symptôme grâce auquel la maladie du communisme pouvait être associée à la pauvreté, à la dépravation, à l'athéisme, à mille formes de décadence. Je ne laisserai jamais le rock entrer dans cette maison, dit-elle en prenant la main de madame pour la consoler de l'honneur perdu de sa fille. Aucun de mes enfants n'aura le droit de flirter avant ses dix-huit ans. Tant qu'ils vivront sous mon toit, ce sera couvre-feu à 22 heures. C'est notre talon d'Achille, cette liberté qu'on laisse aux gens de faire tout ce qu'ils veulent, avec leur drogue et leur sexe... Comme si ces choses-là n'étaient pas contagieuses.

Tout système a ses excès qui doivent être combattus de l'intérieur, dit le *congressman*. On a laissé les hippies s'approprier le sens des mots « amour » et « liberté », et on commence tout juste à contre-attaquer. Ce combat commence et s'achève à la maison. Contrairement à son personnage public, en privé le *congressman* parlait sur un ton calme et mesuré, avec une assurance pleine de majesté, assis en bout de table, flanqué par le général et madame. On contrôle ce que nos enfants lisent, écoutent et regardent, mais le combat est ardu puisqu'ils peuvent allumer la télévision ou la radio quand ils le veulent. Il faut que le pouvoir fasse en sorte que Hollywood et les maisons de disques n'aillent pas trop loin.

Ce n'est pas vous, le pouvoir ? demanda le général.

Précisément ! Voilà pourquoi une de mes priorités est de légiférer sur les films et la musique. Il ne s'agit pas de censurer, mais de donner des conseils très appuyés. D'un autre côté, vous pouvez être sûrs que les gens de Hollywood et de la musique me détestent, du moins jusqu'à ce qu'ils me rencontrent et comprennent que je ne suis pas un ogre venu me repaître de leurs œuvres. J'essaie simplement de les aider à raffiner leurs produits. Il se trouve que, grâce à mon travail au sein de la sous-commission, je suis devenu ami avec des gens de Hollywood. Je dois reconnaître que j'avais des préjugés sur eux. Certains sont des types vraiment intelligents et passionnés. Intelligents et passionnés : c'est ça qui m'intéresse. Le reste, ça se négocie. En tout cas, l'un d'eux est en train de tourner un film sur la guerre et m'a demandé conseil. Je vais lui transmettre quelques notes sur son script, histoire de lui dire là où il voit juste et là où il se trompe. Mais si je vous en parle aujourd'hui, général, c'est que ce film parle du Programme Phoenix. Or je sais que vous êtes un expert en la matière. Moi, je suis parti avant même que le programme ait commencé. Vous pourriez peut-être dire ce que vous en pensez. Sinon, qui sait quel genre d'histoire hollywoodienne ils vont encore nous faire ?

C'est pour cela que je suis venu avec mon capitaine, répondit le général en me désignant d'un hochement de tête. C'est mon attaché culturel, en réalité. Il serait plus qu'heureux de lire le script et de donner son avis. Lorsque je demandai au *congressman* quel était le titre du film, je fus déconcerté. *Sanctuaire ?*

Non, *Le Sanctuaire*. Le réalisateur est aussi le scénariste. Il n'a jamais vu une arme de sa vie, mais il a passé son enfance devant les films de John Wayne et d'Audie Murphy. Le personnage principal est un Béret vert qui doit sauver un village. Moi qui ai servi deux ans dans un commando des forces spéciales, je peux vous dire que j'en ai vu, des villages. Mais rien qui ressemble à l'endroit qu'il a inventé.

Je vais voir ce que je peux faire, dis-je. Je n'avais vécu dans un village du Nord que quelques années, quand j'étais tout petit, avant notre fuite vers le Sud en 1954. Mais le manque d'expérience ne m'avait jamais arrêté. Ce fut justement dans cet état d'esprit que j'abordai Lana après sa performance impressionnante ; j'avais l'intention de la féliciter pour sa nouvelle carrière. Nous étions dans le vestibule du restaurant, à côté d'une imposante photo des jeunes mariés installée sur un chevalet. C'est là qu'elle m'étudia avec l'œil objectif, professionnel, d'une amatrice d'art. Tout sourire, elle me dit, Je me demandais pourquoi vous gardiez vos distances avec moi, capitaine. Je protestai, lui expliquai que je ne l'avais tout simplement pas reconnue. Elle voulut savoir si j'appréciais ce que je voyais. Je ne ressemble pas à la fille que vous avez connue, n'est-ce pas, capitaine ?

Certains hommes préféraient les écolières innocentes dans leur *ao dai* blanc – pas moi. Elles appartenaient à une vision pastorale et pure de notre culture, une vision dont j'étais exclu, aussi étrangère à mes yeux que les sommets enneigés du pays de mon père. Non, j'étais impur, et l'impureté était tout ce que je voulais, tout ce que je méritais. Tu ne ressembles pas à la fille que j'ai connue, dis-je. Mais tu ressembles exactement à la femme que j'imaginais que tu deviendrais un jour. Personne ne lui avait encore jamais dit une chose pareille, et le caractère inattendu de ma remarque la fit vaciller un instant. Elle se ressaisit. Je vois que je ne suis pas la seule personne à avoir changé depuis son arrivée ici, capitaine. Vous êtes tellement plus... direct qu'à l'époque où vous viviez avec nous.

Je ne vis plus avec toi, dis-je. Si madame n'avait pas surgi à ce moment-là, qui sait où cette conversation nous aurait menés ? Sans me dire un mot, madame attrapa Lana par le coude et la tira vers les toilettes pour dames avec une irrésistible force. Je n'allais pas revoir Lana avant un bon moment, mais elle revint souvent dans mes fantasmes au cours des semaines qui suivirent. Malgré ce que je désirais ou ce que je méritais, elle m'apparaissait toujours vêtue d'un *ao dai* blanc, et ses longs cheveux noirs tantôt encadraient son visage, tantôt le cachaient.

Dans la ville onirique sans nom où je la rencontrais, ma personnalité obscure hésitait. Même dans mon état somnambule, je savais que le blanc n'était pas seulement la couleur de la pureté et de l'innocence. C'était aussi celle du deuil et de la mort.

8

Le jour nous appartient, mais la nuit appartient aux VIETS. N'oublie jamais ça. Tels sont les mots qu'entend le blond sergent JAY BELLAMY, vingt et un ans, lors de sa première journée passée sous les tropiques torrides du Viêtnam, dans la bouche de son nouveau supérieur, le capitaine WILL SHAMUS. Shamus a été baptisé dans le sang de ses camarades sur les plages de Normandie, a frôlé de nouveau la mort face à une attaque d'infanterie chinoise en Corée, puis s'est hissé dans la hiérarchie grâce à une poulie huilée au Jack Daniel's. Il sait qu'il ne montera pas plus haut en grade, avec ses manières du Bronx et ses énormes mains noueuses qui n'entrent dans aucun gant de velours. C'est une guerre politique, informe-t-il son acolyte, derrière l'écran de fumée lâché par un cigare cubain. Mais moi, je ne connais qu'une guerre : celle qui tue. Sa mission : sauver les montagnards qui habitent depuis la nuit des temps un village bucolique perché à la frontière avec le sauvage Laos. Ils sont menacés par les vietcongs, et pas n'importe quels vietcongs. On parle ici du pire parmi les pires – King Cong. King Cong est prêt à mourir pour son pays, ce qui n'est pas le cas de la plupart des Américains. Surtout, King

Cong est prêt à tuer pour son pays, et rien ne le fait plus se pourlécher les babines que l'odeur ferreuse du sang de l'homme blanc. King Cong a parsemé l'épaisse jungle autour du village de guérilleros chevronnés, des hommes (et des femmes) rompus aux combats, qui ont tué des Français depuis les Montagnes centrales jusqu'à la Rue Sans Joie. Au surplus, King Cong a truffé le village de révolutionnaires et de sympathisants dont les visages amicaux ne font que masquer leurs calculs. Face à eux, les Forces populaires du village, ramassis hétéroclite de paysans et d'adolescents, équivalents vietnamiens des *minutemen*, entraînés par la douzaine de Bérets verts qui forment le commando des forces spéciales américaines. *Ça me suffit*, pense le sergent Bellamy, seul dans sa tour de guet à minuit. Il a abandonné Harvard et a fui loin de sa maison de St. Louis, de son père millionnaire et des manteaux de fourrure de sa mère. *Ça me suffit, cette jungle d'une beauté stupéfiante et ces gens humbles, simples. C'est ici que moi, Jay Bellamy, je livrerai mon premier et peut-être dernier combat – dans* LE SANCTUAIRE.

Telle était en tout cas mon interprétation du scénario que m'envoya l'assistante personnelle du réalisateur, par courrier, dans une épaisse enveloppe en kraft sur laquelle une main, avec une magnifique cursive, avait écorché mon nom. C'était le premier mauvais signe, le deuxième étant que l'assistante personnelle en question, Violet, n'avait même pas pris la peine de me dire bonjour ou au revoir en me téléphonant pour me demander mon adresse et organiser un rendez-vous avec le réalisateur chez lui, à Hollywood Hills. Lorsque Violet m'ouvrit la porte, elle ne se départit pas de sa curieuse manière de s'exprimer. Contente que vous ayez pu venir, beaucoup entendu parler de vous, adoré vos remarques sur *Le Sanctuaire*. Elle parlait vraiment de cette façon, en supprimant les pronoms et les points, comme si avec moi la ponctuation et la grammaire étaient inutiles. Puis, sans daigner croiser mon regard, elle pencha la tête, condescendante et dédaigneuse, pour me faire signe d'entrer.

Peut-être sa brusquerie faisait-elle simplement partie de sa personnalité, car elle avait l'allure de la pire espèce de bureaucrate qui soit, l'aspirant bureaucrate : depuis les cheveux coupés au carré et raides jusqu'aux ongles propres et ronds, en passant par les escarpins neutres et pratiques. Mais c'était peut-être moi, encore moralement désorienté après la mort de l'adjudant glouton et l'apparition de sa tête tranchée au banquet de mariage. Les séquelles émotionnelles de cette soirée agissaient comme une goutte d'arsenic versée dans les eaux paisibles de mon âme : le goût n'avait pas changé, mais tout était contaminé. C'est peut-être pour cela que, à peine franchi le seuil du vestibule en marbre, je soupçonnai immédiatement Violet de se comporter ainsi à cause de ma race. Quand elle me regardait, elle devait voir ma couleur jaune, mes yeux un peu plus petits, et l'ombre jetée par la mauvaise réputation des organes génitaux de l'Oriental, ces parties intimes prétendument minuscules dénigrées par des semi-illettrés dans mille toilettes publiques. J'avais beau être à moitié asiatique, dès qu'il s'agissait de la race, en Amérique, c'était tout ou rien. Soit vous étiez blanc, soit vous ne l'étiez pas. Curieusement, pendant mes études, je ne m'étais jamais senti inférieur à cause de ma race. J'étais par définition étranger, et donc traité en invité. Désormais, même si j'étais un Américain avec permis de conduire, carte de Sécurité sociale et permis de séjour, Violet me considérait toujours comme un étranger, et cette erreur d'interprétation transperça la peau douce de ma confiance. Faisais-je simplement preuve de paranoïa, maladie américaine s'il en est ? Peut-être Violet était-elle atteinte de daltonisme, d'une incapacité délibérée à distinguer le blanc de toute autre couleur, la seule infirmité que les Américains souhaitaient avoir. Pourtant, lorsqu'elle s'avança sur le sol en bambou poli, contournant la femme de ménage basanée qui passait l'aspirateur sur un tapis turc, je compris que ce ne pouvait pas être ça. Mon anglais impeccable n'y changeait rien. Même si elle m'entendait, elle ne me voyait toujours pas, ou peut-être voyait quelqu'un d'autre à ma place, et ses rétines étaient brûlées par les images de tous les castrats imaginés par Hollywood pour piquer la place des vrais Asiatiques. Je veux parler de ces caricatures qui ont pour noms Fu Manchu, Charlie Chan, Number One Son, Hop Sing – Hop Sing ! –, ou de ce Nippon à lunettes et à dents de lapin non pas tant joué que singé par Mickey Rooney dans *Diamants sur canapé*. Prestation tellement insultante qu'elle en avait écorné ma passion pour Audrey Hepburn, coupable à mes yeux d'avoir implicitement souscrit à une telle vilenie.

En m'asseyant face au réalisateur, dans son bureau, je bouillais à cause de toutes ces blessures, mais n'en montrai rien. D'un côté, j'avais rendez-vous avec le fameux Auteur, moi l'ancien amoureux des films qui passais mes samedis après-midi dans le bonheur cinématographique des séances en journée avant de retrouver, clignant des yeux et un peu bouleversé, la lumière du dehors aussi crue que les néons d'une salle d'accouchement. D'un autre côté, j'étais éberlué d'avoir lu un script dont le plus bel effet spécial n'était ni l'explosion de divers objets, ni l'éviscération de divers corps, mais l'exploit de faire un film sur notre pays dans lequel pas un seul de nos compatriotes n'avait le moindre mot intelligible à prononcer. Violet avait certes titillé un peu plus encore ma sensibilité ethnique déjà à vif, mais puisque montrer mon irritation ne changerait rien à l'affaire, je me forçai à sourire et à faire ce que je faisais de mieux, rester aussi indéchiffrable qu'un papier cadeau entouré de ruban.

L'Auteur me scrutait. J'étais le figurant qui s'était glissé au beau milieu de sa mise en scène parfaite. Une statuette en or des oscars trônait à côté de son téléphone, faisant fonction soit de sceptre royal, soit de massue pour assommer les scénaristes impertinents. Une virilité hirsute se déployait sur ses avant-bras et sous le col de sa chemise, me rappelant en creux ma propre peau glabre, mon torse (et mon ventre, et mes fesses) aussi lisse qu'une poupée Ken. Il était le scénariste-réalisateur en vogue depuis le triomphe de ses deux derniers films, à commencer par *Coup dur*, encensé par la critique, sur les malheurs de la jeunesse gréco-américaine dans les rues chaudes de Detroit. Œuvre vaguement autobiographique, puisque l'Auteur était né avec un nom de famille grec, un nom qui sentait bon l'olive verte, mais qu'il avait ensuite blanchi, dans la grande tradition hollywoodienne. Avec *Venice Beach*, il en avait eu marre du blanc cassé et s'était intéressé au blanc cocaïne. C'était un film sur l'échec du Rêve américain, dans lequel un journaliste dipsomane et sa femme dépressive écrivaient chacun une version concurrente du Grand Roman américain. À mesure que le papier ministre n'en finissait pas de s'empiler, leur argent et leurs vies se consumaient, et la dernière image du film montrait leur pavillon délabré, étranglé par les bougainvillées et sublimement éclairé par le soleil couchant sur le Pacifique. C'était du Didion mâtiné de Chandler tel que préfiguré par Faulkner et filmé par Welles. Un excellent film. Même si ça me faisait très mal de le dire, cet homme avait du talent.

Content de vous rencontrer, commença l'Auteur. Adoré vos remarques. Quelque chose à boire, peut-être. Café, thé, eau, soda, whisky. Jamais trop tôt pour un whisky. Violet, du whisky. Glaçons. J'ai dit glaçons. Pas de glaçons, donc. Moi non plus. Toujours sec pour moi. Regardez-moi cette vue. Non, pas le jardinier. José ! José ! Obligé de taper sur la vitre pour qu'il me voie. Il est à moitié sourd. José ! Bougez ! Vous bouchez la vue. Bien. Regardez la vue. Je vous parle du panneau Hollywood là-bas. M'en lasse jamais. Comme si la Parole de Dieu était tombée là, pile sur les collines, et que le Mot était Hollywood. Dieu n'a-t-Il pas dit, Que la lumière soit. Et qu'est-ce qu'un film sinon de la lumière. Pas de film sans lumière. Et puis les mots. Quand je vois ce panneau, ça me rappelle que je dois écrire chaque matin. Quoi. D'accord, il n'y a pas écrit Hollywood. Vous m'avez eu. Bien vu. Ce truc est en ruine. Il y a un O à moitié tombé et l'autre qui est complètement tombé. Le mot s'est cassé la gueule. Et alors. On comprend quand même. Merci, Violet. À la vôtre. Comment on dit dans votre pays. J'ai dit, Comment on dit. Yo, yo, yo, c'est ça. J'aime bien. Facile à se rappeler. Alors yo, yo, yo. Et au *congressman* qui vous envoie. Vous êtes le premier Vietnamien que je rencontre. Vous n'êtes pas nombreux à Hollywood. Qu'est-ce que je dis, aucun Vietnamien à Hollywood. Et l'authenticité est importante. Non pas que l'authenticité soit plus forte que l'imagination. L'histoire passe encore en premier. Il faut qu'il y ait l'universalité de l'histoire. Mais autant ne pas se gourer dans les détails. J'ai demandé à un Béret vert qui a combattu avec les montagnards de relire le script. Il est venu me voir. Il avait un scénario. Tout le monde a un scénario. Il ne sait pas écrire, mais c'est un véritable héros américain. Deux séjours là-bas. Il a tué des vietcongs à mains nues. Une Silver Star et un Purple Heart avec feuilles de chêne. Vous auriez dû voir les Polaroid qu'il m'a montrés. Ça m'a retourné le ventre. Mais en même temps ça m'a donné des idées pour le tournage. Presque aucune correction à faire. Qu'est-ce que vous dites de ça.

Il me fallut un petit moment avant de comprendre qu'il me posait une question. J'étais désorienté, comme un élève en anglais deuxième langue écoutant parler un autre étranger venu d'un autre pays. C'est formidable, dis-je.

Évidemment que c'est formidable. Vous, en revanche, vous m'avez écrit un autre scénario dans la marge. Vous avez déjà lu un scénario avant.

Il me fallut encore un moment pour comprendre qu'il s'agissait d'une autre question. Comme Violet, il avait un problème avec les règles de la ponctuation. Non…

C'est bien ce que je pensais. Du coup pourquoi vous pensez que...

Mais vous vous êtes trompé dans les détails.

Je me suis trompé dans les détails. Tu entends ça, Violet. J'ai fait des recherches sur votre pays, mon vieux. J'ai lu Joseph Buttinger et Frances FitzGerald. Avez-vous lu Joseph Buttinger et Frances FitzGerald. Lui, c'est le meilleur historien de votre petit coin de la planète. Et elle, elle a reçu le Pulitzer. Elle a disséqué votre psychologie. Je pense bien connaître votre peuple.

Son agressivité me troublait, et mon trouble, dont je n'avais pas l'habitude, ne fit que me troubler davantage. C'est la seule explication que je vois à mon comportement ultérieur. Vous vous êtes même trompé dans les cris, dis-je.

Je vous demande pardon.

J'attendis le point d'interrogation, jusqu'à ce que je m'aperçoive qu'il m'interrompait simplement par une question. D'accord, dis-je, commençant à dévider mon fil. Si je me souviens bien, pages 26, 42, 58, 77, 91, 103 et 118, bref à peu près dans tous les passages du scénario où un de mes compatriotes a quelque chose à dire, il ou elle crie. Pas des mots, seulement des cris. Donc vous devriez au moins faire les cris correctement.

Les cris sont universels. Est-ce que j'ai raison, Violet.

Vous avez raison, dit-elle, assise à côté de moi. Les cris ne sont pas universels, répondis-je. Si je prends le fil de ce téléphone, que je le passe autour de votre cou et que je tire fort jusqu'à ce que vos yeux deviennent exorbités et que votre langue devienne noire, le cri de Violet sera très différent du cri que vous essaierez de pousser. Entre l'homme et la femme, vous aurez deux formes de terreur très différentes. L'homme sait qu'il est en train de mourir. La femme sent qu'elle va mourir bientôt. Leurs situations et leurs corps donneront un timbre différent à leurs voix. Il faut bien les écouter pour comprendre que si la souffrance est universelle, elle est aussi profondément intime. On ne peut pas savoir si notre souffrance est pareille à celle des autres tant qu'on n'en parle pas. Une fois qu'on en parle, on le fait et on pense de façon à la fois culturelle et individuelle. Dans ce pays, par exemple, quelqu'un qui essaie de sauver sa peau va penser à appeler la police. C'est une manière sensée de supporter la menace de la souffrance. Mais, dans mon pays, personne n'appelle jamais la police, puisque c'est souvent elle qui fait souffrir. Est-ce que j'ai raison, Violet ?

Violet acquiesça muettement.

Donc je me permets simplement de signaler que dans votre script mes compatriotes crient de la manière suivante : *AIIIEEEE !!!* Par exemple, quand le VILLAGEOIS N° 3 se fait empaler sur un pieu Punji posé par les vietcongs, c'est comme ça qu'il crie. Ou quand la PETITE FILLE sacrifie sa vie pour prévenir les Bérets verts qu'il y a des vietcongs qui s'infiltrent dans le village, voilà comment elle crie avant de se faire égorger. Mais moi qui ai entendu beaucoup de mes compatriotes hurler de douleur, je peux vous assurer que ce n'est pas comme ça qu'ils crient. Vous voulez savoir comment ils crient ?

Lorsqu'il déglutit, sa pomme d'Adam remua. OK.

Je me levai et me penchai au-dessus de son bureau pour le regarder droit dans les yeux. Mais ce n'est pas lui que je vis. Je vis le visage du montagnard, un vieillard tout sec, de la minorité brou, qui habitait pour de vrai un village situé non loin du lieu où se déroulait le film. Le bruit courait qu'il était un agent de liaison vietcong. C'était ma première mission en tant que lieutenant, et je n'avais trouvé aucun moyen de sauver cet homme au moment où mon capitaine lui avait enroulé autour de la gorge un bout de fil barbelé rouillé, tellement serré qu'à chaque déglutition le fil chatouillait sa pomme d'Adam. Mais ce n'est pas ça qui avait fait hurler le vieillard. Ce n'était qu'un hors-d'œuvre. Pourtant, dans mon esprit, pendant que je regardais la scène, je hurlais pour lui.

Voilà à quoi ça ressemble, dis-je en tendant le bras pour saisir le stylo Montblanc de l'Auteur. Sur la page de titre de son script, en grosses lettres noires, j'écrivis : *AIEYAAHHH !!!* Je remis le bouchon, posai le stylo sur le sous-main en cuir et dis, Voilà comment on crie dans mon pays.

Après avoir quitté la maison de l'Auteur pour rejoindre celle du général et de madame à trente rues de là, au pied des collines, dans la plaine de Hollywood, je leur racontai ma première expérience avec l'industrie cinématographique. Ils étaient furieux. Mon rendez-vous avec l'Auteur et Violet s'était prolongé quelque temps, mais sur un ton un peu plus feutré. J'avais souligné que l'absence de rôles parlants pour les Vietnamiens dans un film censé se passer au Viêtnam risquait de passer pour une forme de mépris culturel. C'est vrai, intervint Violet, mais au bout du compte, l'important, c'est de savoir qui achète les tickets et va au cinéma. Franchement, les Vietnamiens n'iront pas voir ce film, si ? J'étais outré, mais je n'en dis rien. Tout de même, répondis-je, vous ne pensez pas que ce serait un peu plus crédible, un peu plus réaliste, un peu plus authentique, si dans un film qui se passe dans un certain pays les gens de ce pays avaient quelque chose à dire, au lieu que votre scénario indique, comme c'est le cas aujourd'hui, *Cut sur les villageois parlant dans leur langue* ? Vous ne croyez pas que ce serait correct de les laisser dire quelque chose, au lieu de signaler simplement qu'une espèce de son sort de leur bouche ? Est-ce que vous ne pourriez pas les faire parler anglais avec un fort accent – de l'anglais tching-tchang-tchong, vous voyez ? Ne serait-ce que pour faire comme s'ils parlaient une langue asiatique que les Américains pouvaient comprendre, bizarrement ? Et vous ne pensez pas que ce serait plus fort si votre Béret vert tombait amoureux ? Est-ce que ces hommes ne font qu'aimer et vivre les uns pour les autres ? C'est le sous-entendu qu'on perçoit, sans femme quelque part.

L'Auteur grimaça et dit, Très intéressant. Génial. J'ai adoré. Mais j'avais une question. C'était quoi, déjà. Ah oui. Combien de films avez-vous tournés. Aucun. C'est bien ça. Aucun, zéro, rien, *nada*, je ne sais pas comment vous dites dans votre langue. Alors merci de m'avoir expliqué comment faire mon boulot. Maintenant vous allez dégager de chez moi et vous reviendrez le jour où vous aurez fait un ou deux films. Peut-être que j'écouterai certaines de vos idées à deux balles.

Pourquoi s'est-il montré aussi grossier ? demanda madame. Il ne vous avait pas demandé de lui soumettre certaines remarques ?

Il cherchait un béni-oui-oui. Il s'attendait à ce que je valide sans discuter.

Il s'attendait à ce que vous lui léchiez les bottes.

Comme ça n'a pas été le cas, il s'est vexé. C'est un artiste, il est fragile.

C'en est fini de votre carrière à Hollywood, observa le général.

Je n'ai pas envie de faire carrière à Hollywood, dis-je, ce qui n'était vrai que dans la mesure où Hollywood n'avait pas envie de moi. J'avoue que j'étais remonté contre l'Auteur. Mais avais-je tort de l'être ? Ç'avait été particulièrement le cas quand il avait reconnu ne même pas savoir que le terme « montagnard » était simplement un mot français désignant les dizaines de minorités qui peuplaient les Montagnes centrales. Et si, lui avais-je dit, j'écrivais un scénario sur le Far West en appelant tous les indigènes des Indiens ? Vous voudriez savoir si la cavalerie se bat contre des Navajos, des Comanches ou des Apaches, non ? De même, j'aimerais savoir si, quand vous dites que ces gens sont des montagnards, on parle des Brou, des Nung ou des Tày.

Je vais vous confier un secret, m'avait répondu l'Auteur. Vous êtes prêt. Voilà. Tout le monde s'en branle.

Ma stupéfaction muette l'avait amusé. Me voir à court de mots, c'était comme voir un de ces chats égyptiens qui n'ont pas de poils : une occasion rare et pas forcément souhaitable. Ce n'est que plus tard, en quittant sa maison, que j'avais ri amèrement de la manière dont il m'avait réduit au silence avec ma propre arme de prédilection. Comment avais-je pu être aussi bête ? M'illusionner à ce point ? Élève ô combien appliqué, j'avais lu le scénario en quelques heures, puis l'avais relu, avant de rédiger des notes pendant encore quelques heures, en pensant à tort que mon travail comptait. J'avais cru, naïvement, pouvoir détourner l'organisme hollywoodien de son objectif, la lobotomisation et le détroussement simultanés des spectateurs du monde entier. Le bénéfice accessoire en était une extraction de l'Histoire à ciel ouvert, qui laissait la vraie Histoire dans les tunnels, avec les morts, lâchant au compte-gouttes de minuscules diamants étincelants afin que les spectateurs se pâment. Hollywood ne se contentait pas de fabriquer des monstres de films d'horreur : il était son propre monstre de film d'horreur, qui me broyait sous son pied. J'avais échoué. L'Auteur ferait *Le Sanctuaire* comme il l'entendait, et mes compatriotes serviraient simplement de matière première à une épopée sur des Blancs sauvant les bons Jaunes des mauvais Jaunes. Les Français me faisaient pitié, avec leur naïveté à penser qu'il fallait visiter un pays pour l'exploiter. Hollywood était beaucoup plus efficace : il imaginait les pays qu'il voulait exploiter. Mon impuissance face à l'imagination et aux machinations de l'Auteur me rendait fou de rage. Son arrogance annonçait une nouvelle ère, car cette guerre était la première dont l'histoire serait racontée par les vaincus et non par les vainqueurs, grâce à la machine de propagande la plus efficace jamais créée (sans vouloir manquer de respect à Joseph Goebbels et aux nazis, qui n'avaient jamais réussi à dominer le monde). Les grands prêtres de Hollywood comprenaient instinctivement la phrase du Satan de Milton, à savoir qu'il vaut mieux régner en enfer que servir au paradis, être un méchant, un perdant, un antihéros, plutôt qu'un figurant vertueux – du moment qu'on occupe le devant de la scène. Dans ce trompe-l'œil hollywoodien, tous les Vietnamiens, quel que fût leur camp, auraient le mauvais rôle, voués à jouer les pauvres, les innocents, les méchants ou les corrompus. Notre destin n'était pas simplement d'être muets ; nous devions être réduits au silence.

Prenez un peu de *pho*, dit madame. Ça vous fera du bien.

Elle avait fait la cuisine. Toute la maison sentait l'émotion, une riche odeur de bouillon de bœuf et d'anis étoilé que je ne peux décrire autrement que comme le bouquet de l'amour et de la tendresse, d'autant plus puissant que madame n'avait jamais cuisiné avant de venir en Amérique. Pour les femmes de sa catégorie, de plus en plus rares, la cuisine faisait partie de ces tâches que l'on délègue à d'autres femmes, au même titre que le ménage, les enfants, l'enseignement, la couture, et ainsi de suite – tout sauf les besoins biologiques essentiels, que je ne pouvais imaginer madame satisfaire, hormis peut-être la respiration. Mais les rudesses de l'exil l'avaient contrainte à faire la cuisine, personne d'autre, à la maison, n'étant capable de faire autre chose que bouillir de l'eau. Dans le cas du général, même cela était hors de sa portée. Il pouvait démonter et remonter un M16 les yeux bandés, mais un fourneau à gaz lui était tout aussi mystérieux qu'une équation mathématique. Du moins, c'est ce qu'il prétendait. Comme la plupart d'entre nous, hommes vietnamiens, il ne voulait même pas entendre parler de tâches domestiques. Les seules tâches qu'il daignait accomplir, c'était dormir et manger, activités où il était bien meilleur que moi. Il termina son *pho* cinq minutes avant moi. Ma lenteur n'était pas due à un manque d'appétit, mais le *pho* de madame m'avait chamboulé et ramené à la maison de ma mère, quand elle préparait son bouillon avec les restes d'os de bœuf donnés par mon père. En général, nous mangions notre *pho* sans les fines tranches de bœuf qui en fournissaient les protéines, car nous étions trop pauvres pour nous offrir ce luxe, sauf aux rares occasions où ma mère amassait à grand-peine la somme nécessaire. Mais, pour pauvre qu'elle fût, elle faisait la soupe la plus merveilleusement parfumée du monde, et je l'aidais en faisant griller le gingembre et les oignons qui seraient parsemés dans la casserole en fer pour lui donner du goût. Il m'incombait aussi d'écumer le bouillon afin de l'éclaircir et de l'enrichir. Tandis que les os mijotaient des heures durant, je me torturais en faisant mes devoirs à côté de la casserole, dont l'odeur me narguait et me tourmentait. Le *pho* de madame me rappelait la chaleur de la cuisine de ma mère, certainement moins chaleureuse que dans ma mémoire, mais qu'importe – je devais m'arrêter de temps en temps pour savourer non seulement ma soupe, mais la moelle de mes souvenirs.

Délicieux, dis-je. Ça fait des années que je n'en ai pas mangé.

Incroyable, non ? Je ne l'avais jamais soupçonnée d'avoir ce talent.

Vous devriez ouvrir un restaurant, dis-je.

Qu'est-ce que vous racontez là ? Madame était ravie.

Vous avez vu ça ? De la pile de journaux posée sur le comptoir de la cuisine, le général tira le dernier numéro du bimensuel de Sonny. Je ne l'avais encore pas vu. Ce qui troublait tant le général était l'article que Sonny avait écrit sur l'enterrement de l'adjudant, quelques semaines plus tôt, et son compte rendu du mariage. Au sujet de la mort de l'adjudant, Sonny écrivait : « La police parle d'un braquage à main armée. Mais est-on sûr qu'un officier de la police secrète n'avait pas d'ennemis qui voulaient le voir mort ? » En ce qui concernait le mariage, Sonny résumait les discours et concluait en observant : « Peut-être serait-il temps d'arrêter de parler de la guerre. Elle n'est pas finie, la guerre ? »

Il fait ce qu'il est censé faire, dis-je, même si je savais qu'il était allé trop loin. Mais je suis d'accord, il est peut-être un peu naïf.

De la naïveté ? C'est une interprétation généreuse. Il est censé être journaliste. Ça veut dire rapporter les faits, et pas inventer des choses, les interpréter ou mettre des idées dans la tête des gens.

Au sujet de l'adjudant, il n'a pas tort, si ?

Dans quel camp êtes-vous ? me lança madame, oubliant complètement son rôle de cuisinière. Les journalistes ont besoin de rédacteurs en chef, et les rédacteurs en chef ont besoin de se prendre des raclées. C'est la meilleure politique pour un journal. Le problème, avec Son, c'est qu'il est son propre rédacteur en chef et que personne ne le contrôle.

Vous avez parfaitement raison, madame. Le coup asséné par l'Auteur m'avait sonné, fait sortir de mon personnage. Une presse trop libre nuit à la démocratie, déclarai-je. Je n'y croyais pas, mais mon personnage, le bon capitaine, y croyait ; en tant qu'acteur incarnant ce rôle, je devais compatir avec cet homme. Mais la plupart des acteurs passaient plus de temps sans leur masque qu'avec. Dans mon cas, c'était tout l'inverse. Rien d'étonnant, donc, à ce qu'il m'arrivât parfois de rêver que j'arrachais mon masque et m'apercevais que c'était mon propre visage. Après avoir rajusté le visage du capitaine, j'ajoutai, Si trop d'opinions circulent, le peuple ne peut pas distinguer ce qui lui est utile et profitable.

Sur n'importe quel sujet, il ne devrait pas y avoir plus de deux opinions ou idées, dit le général. Regardez le système électoral. C'est pareil. On avait des tas de partis et de candidats. Voyez un peu le bazar que c'était. Ici, vous choisissez la main gauche ou la main droite et c'est amplement suffisant. Deux possibilités, et regardez déjà tout le cinéma à chaque élection présidentielle. Même deux options, c'est peut-être une de trop. Une option, c'est suffisant, et aucune option, c'est sans doute encore mieux. Le mieux est l'ennemi du bien, n'est-ce pas ? Vous connaissez Son, capitaine. Il vous écoutera. Rappelez-lui comment on fonctionnait, dans le temps. On a beau être ici, on doit se souvenir des anciennes méthodes.

Au bon vieux temps, Sonny serait déjà en train de croupir au fond d'une cellule. À voix haute, je dis, Au fait, monsieur, en parlant du bon vieux temps, est-ce que les choses avancent dans la reconquête ?

Les choses avancent, répondit le général en se carrant au fond de son siège. Claude et le *congressman* sont nos amis et nos alliés, et ils me disent qu'ils ne sont pas les seuls. Mais c'est une période difficile pour obtenir un soutien public, puisque le peuple américain ne veut pas d'une autre guerre. Nous devons donc nous rassembler lentement.

Il nous faut des réseaux, suggérai-je.

J'ai la liste des officiers pour notre première réunion. Je leur ai tous parlé en personne et ils brûlent d'avoir une occasion de se battre. Ici, il n'y a rien pour eux. Leur seule chance de venger leur honneur et de redevenir des hommes, c'est de reprendre notre pays.

Il nous faudra plus qu'une simple avant-garde.

Une avant-garde ? dit madame. Vous parlez comme les communistes.

Peut-être bien. Mais les communistes ont gagné, madame. Ils n'ont pas eu que de la chance. On devrait peut-être apprendre de certaines de leurs stratégies. Une avant-garde peut emmener le reste du peuple là où il ne sait même pas qu'il doit aller.

Il a raison, dit le général.

L'avant-garde travaille clandestinement mais montre parfois un autre visage au grand public. Les organisations de volontaires et autres deviennent les vitrines de l'avant-garde.

Exactement. Regardez Son. Il faut qu'on fasse de son journal une de ces vitrines. Et il nous faut un mouvement de jeunesse, un mouvement de femmes, et même un mouvement d'intellectuels.

Il nous faut aussi des cellules. Elles doivent être isolées les unes des autres, de sorte que si l'une est perdue, les autres puissent survivre. Ici, nous sommes une cellule. Ensuite, vous avez les cellules auxquelles Claude et le *congressman* participent, et dont je ne sais rien.

Le moment venu, capitaine. Chaque chose en son temps. Le *congressman* est en train de travailler avec certains contacts pour préparer le terrain et nous permettre d'envoyer des hommes en Thaïlande.

Ce sera la base arrière.

Exactement. Un retour par la mer est trop difficile. Nous allons devoir retourner à l'intérieur du pays par la voie terrestre. En attendant, Claude nous trouve de l'argent. Et l'argent peut nous apporter ce qui nous manque. On peut avoir les hommes, mais ils auront besoin d'armes, et d'entraînement, et d'un endroit pour s'entraîner. Ils auront besoin d'être transportés jusqu'en Thaïlande. On doit réfléchir en communistes, comme vous dites. On doit préparer les décennies à venir. On doit vivre et travailler de manière souterraine, comme ils l'ont fait.

Au moins, on est déjà habitués à l'obscurité.

N'est-ce pas ? On n'avait pas le choix. On n'a jamais eu le choix. Pas vraiment. Pas quand ça comptait. Le communisme nous a forcés à faire tout ce qu'on fait pour le combattre. L'histoire nous a déplacés. On n'a d'autre choix que de se battre, de lutter contre le mal et contre l'oubli. Voilà pourquoi – et le général s'empara du journal de Sonny – le simple fait de dire que la guerre est finie est dangereux. On ne doit pas laisser les nôtres devenir complaisants.

Et on ne doit pas non plus leur faire oublier leur rancœur, ajoutai-je. C'est là que les journaux peuvent jouer un rôle, sur le front culturel.

Mais seulement si les journalistes font leur travail correctement. Le général jeta le journal sur la table. « La rancœur. » Voilà un mot qui me plaît. Toujours de la rancœur, jamais de cœur. Ça pourrait être notre devise.

Ça sonne bien, dis-je.

9

La semaine suivante, à ma grande surprise, Violet me téléphona. Je crois qu'on n'a rien à se dire, dis-je. Il a repensé à votre conseil, dit-elle. Je notai qu'elle faisait des phrases complètes, cette fois. Il est colérique, il accepte mal les critiques, et il est le premier à l'admettre. Mais, une fois calmé, il s'est dit qu'il y avait des choses utiles dans vos remarques. Plus que ça, il vous respecte parce que vous lui avez tenu tête. Or il n'y a pas beaucoup de gens qui en sont capables, et ça fait de vous le candidat idéal pour ce que je vous propose. Il nous faut un consultant qui puisse rectifier le tir pour tout ce qui touche au Viêtnam. On a déjà fait des recherches sur l'histoire, les costumes, les armes, les traditions, tout ce qu'on peut trouver dans les livres. Mais on aura besoin de la touche humaine que vous pourrez donner. Il y a des réfugiés vietnamiens aux Philippines. On les prendra comme figurants, et il nous faut quelqu'un pour travailler avec eux.

De très loin me parvint la voix susurrante de ma mère, Rappelle-toi, tu n'es pas une moitié de quoi que ce soit, tu as tout en double ! Malgré les nombreux inconvénients de mon hérédité aussi vile que troublée, les encouragements sans fin de ma mère et sa foi inébranlable en moi faisaient que je ne reculais jamais devant un défi ou une occasion. On m'offrait quatre mois de vacances payées dans un paradis tropical, six mois au cas où le tournage dépasserait les délais prévus, et peut-être moins paradisiaques si les rebelles du coin devenaient un peu trop sûrs d'eux, et peut-être moins des vacances qu'une escapade professionnelle, et peut-être moins payée que sous-payée. Mais j'avais besoin de quitter quelque temps mon refuge américain. Le remords lié à la mort de l'adjudant glouton me rappelait à son bon souvenir plusieurs fois par jour, aussi tenace qu'un inspecteur du fisc. Il y avait toujours également, au fond de mon cerveau et au premier rang du chœur de ma culpabilité catholique, la veuve de l'adjudant. Je ne lui avais donné que cinquante dollars le jour de l'enterrement, soit tout ce que je pouvais me permettre. Même sous-payé, je pourrais mettre un peu d'argent de côté, puisque le gîte et le couvert me seraient offerts, et soulager ainsi un peu la famille de l'adjudant.

C'étaient des innocents, victimes d'une injustice, de même que j'avais été un enfant innocent victime d'une injustice. Et commise non par des inconnus, mais par les miens, par ces tantes qui refusaient que je joue avec mes cousins aux réunions de famille et me chassaient de la cuisine quand il y avait des festins. J'associais mes tantes aux blessures qu'elles m'infligeaient à chaque Nouvel An, cette période à laquelle tous les autres enfants repensent tendrement. Quel était le premier Nouvel An dont je me souvenais ? Peut-être celui de mes cinq ou six ans. Je me blottissais contre les autres enfants, solennel et nerveux, redoutant de devoir m'approcher de chaque adulte et prononcer un petit discours afin de lui souhaiter santé et bonheur. Mais, alors que je n'avais oublié aucun mot, que je n'avais pas bafouillé comme la plupart de mes cousins, et que j'irradiais de sincérité et de charme, tante n° 2 ne me donna pas d'enveloppe rouge. L'ensemble de mon arbre maternel me regardait. Sur ses branches noueuses étaient juchés les parents de ma mère, ses neuf frères et sœurs, ma trentaine de cousins. Je n'en ai pas assez, me dit cette méchante sorcière. Il m'en manque une. Je restai pétrifié, les bras toujours respectueusement croisés, attendant qu'apparaisse une enveloppe magique ou une excuse. Or rien n'arriva, jusqu'à ce que, sans doute quelques minutes après, ma mère pose une main sur mon épaule et dise, Remercie ta tante d'avoir eu la gentillesse de te donner une leçon.

C'est seulement plus tard, à la maison, sur le lit en bois que nous partagions, que ma mère pleura. Peu lui importait que mes autres tantes et oncles m'aient donné des enveloppes rouges, même si, en comparant les miennes avec celles de mes cousins, je m'étais aperçu que je n'avais eu droit qu'à la moitié de leur argent de poche. C'est parce que tu es issu d'un croisement, m'avait dit un cousin calé en zoologie. Tu es un bâtard. Lorsque je demandai à maman ce qu'était un bâtard, son visage s'empourpra. Si je pouvais, répondit-elle, je l'étranglerais de mes propres mains. De toute ma vie, jamais je n'ai autant appris sur moi, le monde et ses habitants que ce jour-là. On doit toujours être reconnaissant de l'éducation qu'on a reçue, quelle qu'ait été sa forme. Aussi étais-je reconnaissant, d'une certaine façon, à ma tante et à mon cousin, dont les leçons restent bien davantage gravées en moi que mille choses plus nobles apprises à l'école. Oh, ils verront un jour ! gémit ma mère en me serrant si fort que j'en eus presque le souffle coupé. La tête blottie contre un de ses seins réconfortants, ma main cramponnée à l'autre, je sentais à travers le coton fin l'odeur musquée, riche et chaude, d'un corps de jeune femme qui avait passé une journée moite principalement debout ou accroupie, à préparer la nourriture et à la servir. Ils verront bien ! Tu travailleras plus dur qu'eux, et tu étudieras plus qu'eux, tu sauras plus de choses qu'eux, tu seras meilleur qu'eux. Promets-le à ta mère ! Et je le lui promis.

Cette histoire, je ne l'ai racontée qu'à deux personnes, Man et Bon, en censurant uniquement la partie sur les seins de ma mère. Cela se passa au lycée, au cours de deux moments d'intimité distincts, au début de l'adolescence. Lorsque Bon l'entendit, nous étions en train de pêcher dans la rivière ; de fureur, il lança sa canne. Si un jour je croise ton cousin, me dit-il, je le tape jusqu'à ce que sa tête perde la moitié de son sang. Man se montra plus mesuré. Déjà à cet âge-là il était calme, analytique, et précocement matérialiste dialectique dans son attitude. Il m'avait offert du jus de canne après l'école, et nous étions assis sur un trottoir avec nos petits sacs en plastique, en train de boire à la paille. Cette enveloppe rouge, dit-il, c'est le symbole de tout ce qui ne va pas. C'est la couleur du sang, et ils t'ont écarté à cause de ton sang. C'est aussi la couleur de la chance et de la bonne fortune. Mais ce sont là des croyances primitives. Ce n'est pas la chance qui nous fait réussir ou échouer. On réussit parce qu'on comprend comment fonctionne le monde et ce qu'il faut faire. On échoue parce que les autres le comprennent mieux que nous. Ils profitent de certaines choses, comme tes cousins, et ils ne les remettent pas en cause. Tant que ces choses fonctionnent pour eux, ils les soutiennent. Mais toi, tu vois le mensonge derrière ces choses parce que tu n'y as jamais droit. Tu vois une autre nuance de rouge qu'eux. Le rouge n'est pas la chance. Le rouge n'est pas la bonne fortune. Le rouge, c'est la révolution. Soudain, moi aussi je vis rouge, et dans cette vision fiévreuse le monde commença à avoir du sens. Je compris qu'une même couleur pouvait revêtir mille significations, si puissante qu'elle devait être appliquée avec parcimonie. Quand on voit un jour quelque chose écrit à l'encre rouge, c'est que des changements et des problèmes se profilent à l'horizon.

Mes lettres à ma tante, du coup, n'étaient pas rédigées dans une tonalité aussi inquiétante, même si le code que j'utilisais pour crypter mes rapports *sub rosa* me troublait. Voici un exemple représentatif du très estimé ouvrage de Richard Hedd, *Le Communisme asiatique et le mode de destruction oriental* :

> Le paysan vietnamien n'objectera pas à l'usage de l'aviation, car il est apolitique et ne cherche qu'à nourrir sa famille et lui-même. Certes, le bombardement de son village l'affectera, mais le prix payé, en fin de compte, sera compensé par le fait qu'il aura la conviction d'être dans le mauvais camp s'il choisit le communisme, qui ne peut le défendre. (p. 126)

Avec ce genre de réflexions, j'indiquais ma décision d'accepter la proposition de l'Auteur, pour un travail que je définis comme consistant à *saper la propagande de l'ennemi*. Je codai également les noms des officiers qui composaient l'avant-garde du général. Au cas où ma lettre serait lue par d'autres yeux que ceux de la tante de Man, je racontai avec entrain ma vie à Los Angeles. Peut-être des censeurs inconnus lisaient-ils le courrier des réfugiés, à la recherche d'exilés déprimés ou énervés ne pouvant ou ne voulant pas rêver le Rêve américain. Je pris donc la peine de me présenter comme un immigré parmi d'autres, heureux de se retrouver dans le pays où la poursuite du bonheur était garantie par écrit, ce qui, quand on y réfléchit un peu, n'est pas grand-chose. En revanche, la garantie du bonheur – ça, c'est quelque chose. Mais la garantie d'avoir droit au jackpot du bonheur ? Simple possibilité d'acheter un ticket de tombola. Quelqu'un gagnerait certainement des millions, mais des millions d'autres en paieraient le prix.

C'était au nom du bonheur, dis-je à ma tante, que j'aidais le général à atteindre la prochaine étape de son plan, la création d'une organisation caritative à but non lucratif en mesure de recevoir des dons déductibles des impôts : l'Amicale de bienfaisance des anciens soldats de l'armée de la république du Viêtnam. Dans une réalité, l'Amicale pourvoyait aux besoins de milliers de vétérans devenus des hommes sans armée, sans pays, sans identité. Elle était là, en somme, pour accroître leur maigre portion de bonheur. Dans une autre réalité, cette Amicale était une vitrine qui permettait au général de recevoir des fonds au nom du Mouvement, de la part de quiconque souhaitait contribuer. Et ce n'était pas au premier chef la communauté vietnamienne en exil, dont les membres étaient entravés par leur fonction même au sein du Rêve américain, à savoir être malheureux au point que les autres Américains s'estiment reconnaissants de leur bonheur. Au lieu de ces réfugiés fauchés et brisés, les principaux donateurs devaient être des individus généreux et des fondations charitables ayant à cœur de remettre en selle les vieux amis de l'Amérique. De sa propre fondation, le *congressman* nous avait parlé, au général et à moi-même, lors d'un rendez-vous à sa permanence, où nous lui avions présenté le concept de l'Amicale et demandé si le Congrès pouvait nous aider d'une manière ou d'une autre. Sa permanence était un modeste bureau installé dans un centre commercial de Huntington Beach, avec des magasins sur deux niveaux, situé à un carrefour important. Noyé dans du crépi café au lait, ce centre commercial était bordé par un exemplaire de ce qui reste la plus belle contribution de l'Amérique à l'architecture mondiale : un parking. D'aucuns déploraient la brutalité de l'architecture socialiste, mais l'insipidité de l'architecture capitaliste valait-elle mieux ? Vous pouviez rouler des kilomètres sur un boulevard sans voir autre chose que des parkings et le kudzu de ces centres commerciaux destinés à satisfaire les moindres besoins, depuis les animaleries jusqu'aux fontaines à eau, en passant par les restaurants ethniques et toutes les catégories possibles et imaginables de petits magasins de quartier, autant de publicités pour la poursuite du bonheur. Histoire de montrer son humilité et sa proximité avec le peuple, le *congressman* avait donc choisi un de ces centres commerciaux pour y établir son QG. Aux fenêtres étaient placardées des affiches de campagne blanches sur lesquelles il était écrit, en rouge, CONGRESSMAN, et, en bleu, son nom et le slogan de sa dernière campagne : TOUJOURS FIDÈLE.

Un drapeau américain ornait un des murs du bureau. Sur un autre, on voyait des photos de lui posant avec diverses gloires de son cher Parti républicain, en smoking : Ronald Reagan, Gerald Ford, Richard Nixon, John Wayne, Bob Hope, et même Richard Hedd, que je reconnus tout de suite grâce à la photo de ses jaquettes. Le *congressman* nous offrit des cigarettes et nous acceptâmes. Les effets secondaires de la fumée furent compensés par la bonne humeur, par cet air sain que nous inhalions, toutes les amabilités échangées à propos des femmes, des enfants, des équipes préférées. Nous discutâmes aussi de mes futures aventures philippines, que madame et le général avaient approuvées. Quelle était la phrase de Marx, déjà ? dit le général en caressant son menton d'un air pensif, sur le point de citer mes propres notes sur Marx. Ah oui... « Ils ne peuvent se représenter eux-mêmes, ils doivent être représentés. » Ce n'est pas un peu ce qui se passe ? Marx parlait des paysans, mais il aurait tout aussi bien pu parler de nous. Nous ne pouvons nous représenter. Hollywood nous représente. Du coup, nous devons faire tout notre possible pour nous assurer que nous sommes bien représentés.

Je vois où vous voulez en venir, répondit le *congressman* avec un grand sourire. Il écrasa sa cigarette, posa ses coudes sur le bureau et ajouta, Donc que puis-je pour vous ? Après que le général lui eut expliqué l'Amicale et ses fonctions, le *congressman* dit, Excellente idée, mais le Congrès ne touche pas à ça. Pour le moment, personne ne veut même prononcer le nom de votre pays.

Compris, dit le général. Nous n'avons pas besoin du soutien officiel du peuple américain, et nous comprenons son manque d'enthousiasme.

Mais son soutien officieux, dis-je, c'est une tout autre affaire.

Je vous écoute.

Même si le Congrès ne nous donne pas un sou, rien n'empêche des individus ou des organisations à l'esprit citoyen, par exemple des fondations caritatives, d'aider la cause de nos anciens combattants traumatisés et nécessiteux. Ils ont défendu la liberté et sont restés aux côtés des soldats américains, y laissant tantôt leur sang, tantôt leurs jambes.

Vous avez discuté avec Claude.

C'est vrai, Claude m'a donné quelques idées. Quand nous étions à Saigon, il m'avait dit que c'était d'usage que la CIA finance diverses activités. Pas en son nom propre, puisque cela pouvait être illégal, ou en tout cas douteux, mais à travers des couvertures gérées par ses agents et sympathisants, très souvent des gens respectables qui exerçaient des métiers variés.

Et les heureux bénéficiaires de cet argent étaient souvent eux-mêmes des couvertures.

En effet. Avec toutes ces couvertures qui prétendent aider les pauvres, ou nourrir les affamés, ou répandre la démocratie, ou secourir les femmes opprimées, ou soutenir les artistes, il peut être parfois difficile de savoir qui fait quoi et pour qui.

Je vais me faire l'avocat du diable. Il y a des tas de bonnes causes pour lesquelles moi, par exemple, je pourrais donner. Mais très franchement, l'argent, le mien, par exemple, n'est pas illimité. Il est inévitable que l'intérêt personnel entre en jeu.

L'intérêt personnel est une bonne chose. C'est un instinct de survie. C'est très patriotique, aussi.

Absolument. Donc : où est mon intérêt personnel dans votre organisation ?

Je regardai le général. Il l'avait sur le bout de la langue – un des deux mots magiques. Si nous possédions les choses que ces mots désignaient, nous serions propulsés au premier rang des citoyens américains et accéderions à tous les trésors étincelants de la société américaine. Malheureusement, nous n'avions qu'une vague compréhension de l'un des deux mots. Celui qui désignait ce que nous ne possédions pas était « argent », dont le général disposait peut-être en quantité suffisante pour son propre usage, mais certainement pas pour financer une contre-révolution. L'autre mot était « votes ». Si bien que, mis bout à bout, ces deux mots formaient le « sésame ouvre-toi » des cavernes les plus profondes du système politique américain. Mais, même lorsqu'une seule moitié de cette formule magique sortit des lèvres de mon Ali Baba en herbe, les sourcils du *congressman* se froncèrent presque imperceptiblement. Vous devez considérer notre communauté comme un investissement, monsieur le *congressman*. Un investissement à long terme. Dites-vous que nous sommes un petit enfant endormi qui ne s'est pas encore réveillé et n'a pas encore grandi. C'est vrai, cet enfant ne peut pas voter. Cet enfant n'est pas un citoyen. Mais un jour il le sera. Un jour, les enfants de cet enfant naîtront citoyens de ce pays et devront voter pour quelqu'un. Et ce quelqu'un pourrait très bien être vous.

Comme vous avez pu le constater quand je suis venu au mariage, général, j'attache déjà une grande valeur à votre communauté.

En paroles, dis-je. Avec tout le respect que je vous dois, monsieur le *congressman*, les paroles sont gratuites. L'argent, non. N'est-il pas drôle de voir que, dans une société qui place la liberté au-dessus de tout, ce qui est gratuit n'intéresse personne ? Alors permettez-moi de ne pas y aller par quatre chemins. Notre communauté apprécie vos paroles, mais en devenant américaine elle a appris l'expression « l'argent est le nerf de la guerre ». Et si voter est le meilleur moyen pour nous de participer à la vie politique américaine, nous devons voter pour ceux qui donnent l'argent. Ce pourrait être vous, du moins je l'espère. Mais, naturellement, ce qui fait le charme de la politique américaine, c'est que nous avons le choix, n'est-ce pas ?

Mais même si moi, par exemple, je donne de l'argent à votre organisation, le paradoxe est que j'ai moi-même besoin d'argent pour me présenter aux élections et payer mes équipes. Autrement dit, l'argent est le nerf de la guerre pour tout le monde.

C'est en effet une situation épineuse. Mais vous êtes en train de parler d'argent officiel, que l'État doit justifier. Nous, nous parlons d'argent officieux, que nous recevons et qui vous revient ensuite, en tout bien tout honneur, sous la forme de votes offerts par le général.

C'est exact, dit le général. Si mon pays m'a bien appris une chose, c'est gérer ce que mon jeune ami appelle, avec beaucoup d'imagination, l'argent officieux.

Notre petit numéro amusait le *congressman* : nous étions les deux petits singes ingénieux et lui, à l'orgue de Barbarie, nous regardait sautiller et quémander au son d'une musique qui n'était pas la nôtre. Nous étions bien rodés grâce à notre fréquentation ancienne des Américains chez nous, où tout tournait autour de l'argent officieux, c'est-à-dire la corruption. Elle était comme l'éléphant dans la fable indienne, et j'étais un des aveugles qui ne pouvaient en toucher et en décrire qu'une seule partie. Ce n'est pas ce que l'on voit ou ce que l'on ressent qui pose problème, mais ce que l'on ne voit pas et ce que l'on ne ressent pas, comme cette partie du stratagème qui échappait à notre contrôle. C'est précisément là que le *congressman* trouva des moyens de nous fournir de l'argent officieux à travers des canaux officiels, c'est-à-dire des fondations qui comptaient dans leur conseil d'administration soit lui-même, soit ses amis, soit les amis de Claude. Pour faire vite, ces fondations étaient elles-mêmes des couvertures de la CIA, et peut-être d'autres organisations plus mystérieuses, gouvernementales ou non gouvernementales, que je ne connaissais pas, de la même manière que l'Amicale était une couverture du Mouvement. Le *congressman* ne le savait que trop bien lorsqu'il nous dit, J'espère simplement que votre organisation ne fait rien d'illégal eu égard à ses activités patriotiques. Bien entendu, il voulait dire par là que nous devrions nous lancer dans des activités illégales, tant que lui n'en avait pas connaissance. L'invisible est presque toujours souligné par l'indicible.

Trois mois plus tard, je m'envolais pour les Philippines. J'avais mon sac à dos dans la cabine bagages et, sur mes genoux, un exemplaire du *Guide Fodor de l'Asie du Sud-Est* aussi volumineux que *Guerre et Paix*. À propos des voyages en Asie, il était écrit ceci :

> Pourquoi partir à l'est ? L'Orient a toujours su envoûter l'Occident. L'Asie est vaste, fourmillante, infiniment complexe, source inépuisable de richesses et d'émerveillement... Dans l'esprit occidental, l'Asie offre toujours les charmes, les défis, la magie et les bienfaits qui ont incité des générations d'Occidentaux à quitter leurs petites vies douillettes pour un monde en tout point différent de ce qu'ils connaissent, pensent et croient. Car l'Asie est la moitié du monde, l'autre moitié... L'Orient est peut-être bien étrange, mais pourquoi serait-il démoralisant ? Une fois que vous aurez posé le pied là-bas, vous le trouverez peut-être toujours mystérieux, mais c'est cela qui le rendra *véritablement* intéressant.

Tout ce que disait le guide était à la fois vrai et absurde. Oui, l'Orient était vaste, fourmillant, infiniment complexe, mais n'était-ce pas le cas aussi de l'Occident ? Souligner que l'Orient était une source inépuisable de richesses et d'émerveillement sous-entendait qu'il n'en allait pas de même pour l'Occident. L'Occidental, bien sûr, considérait ses richesses et son émerveillement comme choses acquises, tout comme je n'avais jamais remarqué l'envoûtement de l'Orient ni son mystère. Pour tout dire, c'était l'Occident qui était souvent mystérieux, démoralisant et *véritablement* intéressant, un monde en tout point différent de ce que j'avais connu avant de commencer mes études. Comme l'Occidental, l'Oriental ne s'ennuyait jamais autant que chez lui.

Sautant les pages pour aller directement aux pays qui me concernaient, je ne fus pas étonné de voir le nôtre décrit comme « la contrée la plus dévastée qui soit ». Moi non plus je ne l'aurais pas conseillé au touriste de passage, comme le faisait le livre, mais je me sentis insulté en apprenant que nos voisins cambodgiens étaient « faciles à vivre, sensuels, amicaux et sentimentaux... Le Cambodge est non seulement un des pays d'Asie les plus charmants, mais aussi l'un des plus fascinants ». On pouvait assurément en dire autant de mon pays, ou de la plupart des pays disposant de conditions atmosphériques dignes d'un spa. Mais qu'en savais-je ? Je n'y avais fait que vivre, et les gens qui vivent dans un endroit donné ont peut-être du mal à en percevoir les attraits autant que les défauts, aisément identifiables aux yeux attentifs du touriste. On pouvait choisir entre l'innocence et l'expérience, mais on ne pouvait avoir les deux. Aux Philippines, au moins, je serais un touriste, et comme les Philippines étaient à l'est de notre pays, peut-être les trouverais-je infiniment complexes. La description de l'archipel par le guide fit saliver un peu plus mon esprit. Il était « ancien et jeune, l'Orient et l'Occident. Il change de jour en jour, mais les traditions subsistent ». Ces mots auraient pu avoir été écrits pour me décrire.

En effet, je me sentis chez moi dès l'instant où, quittant l'air conditionné de l'avion, je posai le pied dans la passerelle saturée d'humidité. La vue des policiers dans le terminal, armes automatiques à l'épaule, me donna aussi le mal du pays et me confirma que je retrouvais une nation dont le cou mal nourri était écrasé par la botte d'un dictateur. Une autre preuve m'en fut donnée par le journal local, dont quelques lignes noyées au milieu des pages centrales évoquaient les récents meurtres non élucidés de dissidents politiques et leurs corps criblés de balles jetés en pleine rue. Dans une situation troublante de ce genre, tous les corps criblés mènent à un cribleur en chef, le dictateur. La loi martiale en vigueur était, une fois de plus, avalisée par l'Oncle Sam, qui soutenait le tyran Marcos dans sa volonté d'écraser non seulement une insurrection communiste, mais une insurrection musulmane. Ce soutien prenait la forme d'avions, de tanks, d'hélicoptères, d'artillerie, de véhicules de transport de troupes, d'armes, de munitions et d'équipements fabriqués aux États-Unis, exactement comme dans notre pays, quoique à une échelle plus réduite. Ajoutez-y un peu de flore et de faune de la jungle, quelques foules grouillantes, et les Philippines faisaient un bel ersatz de Viêtnam. Ce qui explique pourquoi l'Auteur les avait choisies.

Le camp de base était situé dans une ville de province au nord de la Cordillère centrale, qui jouait le rôle de la montagneuse Cordillère annamite séparant le Viêtnam du Laos. Entre autres agréments, ma chambre d'hôtel proposait un filet d'eau qui gouttait plus qu'il ne coulait, une chasse d'eau qui poussait un soupir déprimé dès que je tirais la chaîne, un climatiseur asthmatique et, enfin, une prostituée de service. C'est du moins ce que me dit le groom en me montrant la chambre. Je déclinai, conscient que j'étais un semi-Occidental privilégié dans un pays pauvre. Après lui avoir donné un pourboire, je me couchai sur les draps légèrement humides, qui me rappelèrent encore mon pays, où l'humidité s'insinuait absolument partout. Les collègues de travail que je rencontrai ce soir-là au bar de l'hôtel étaient moins enthousiasmés par le climat ; ils n'avaient jamais été agressés par l'humidité d'un pays tropical. Dès que je vais dehors, j'ai l'impression de me faire lécher de la tête aux couilles par mon chien, se lamenta le chef décorateur malheureux. Il venait du Minnesota. Il s'appelait Harry. Il était très velu.

Alors que l'Auteur et Violet ne devaient arriver qu'une semaine plus tard, cela faisait déjà plusieurs mois que Harry et son équipe exclusivement masculine trimaient aux Philippines, à monter les décors, à préparer les garde-robes, à essayer les salons de massage et à se faire embêter par diverses maladies du ventre et du bas-ventre. Le lendemain matin, Harry me montra le décor principal, reproduction intégrale d'un village des Montagnes centrales, jusqu'aux toilettes sèches juchées sur une plate-forme au-dessus d'un étang à poissons. Une pile de feuilles de bananier et quelques vieux journaux faisaient office de papier toilette. En regardant par le hublot rond de la cuvette, on avait une vue plongeante sur les eaux faussement paisibles de l'étang, qui, comme me le signala fièrement Harry, regorgeait d'une variété de poissons-chats moustachus très proches de ceux du delta du Mékong. Vachement malin, dit-il. En bon fils du Minnesota, issu de générations qu'un simple hiver calamiteux faisait sombrer dans la faim et le cannibalisme, il admirait l'ingéniosité face aux épreuves. Il paraît que c'est un véritable festin chaque fois que quelqu'un pose sa pêche.

Pendant toute mon enfance, je m'étais assis sur ce même genre de toilettes esquilleuses, et je me rappelais très bien les poissons-chats qui, dès que je m'installais, se battaient pour avoir la meilleure place à la table du dîner. La vue de ces authentiques toilettes sèches n'éveilla en moi ni émotion ni admiration pour la conscience écologique de mon peuple. Je préférais les toilettes à chasse d'eau, avec une cuvette en porcelaine lisse et, en guise de lecture, un journal sur les cuisses plutôt qu'entre les jambes. Le papier avec lequel l'Occident se torchait était plus doux que celui dans lequel le reste du monde se mouchait, même si la comparaison n'était que métaphorique. Le reste du monde eût été éberlué à la simple idée de prendre du papier pour se moucher. Le papier, ça servait à écrire des choses comme cette confession, pas à essuyer les déjections. Mais ces étranges et mystérieux Occidentaux avaient des coutumes et des trésors exotiques, incarnés par le kleenex et le papier toilette double épaisseur. Si regretter cette opulence faisait de moi un occidentaliste, alors je l'avoue. Je ne recherchais pas l'authenticité de mon existence villageoise, avec mes cousins méchants et mes tantes ingrates, ni les réalités rustiques d'une piqûre aux fesses administrée par un moustique porteur de malaria à chaque visite aux toilettes, ce qui pouvait être le cas de certains figurants vietnamiens. Harry comptait en effet les leur faire utiliser pour nourrir les poissons-chats, tandis que l'équipe bénéficierait d'une batterie de W-C chimiques sur la terre ferme. Quant à moi, je faisais partie de l'équipe, et lorsque Harry me proposa d'être le premier à honorer les latrines, je déclinai avec regret, édulcorant mon refus par une blague.

Vous savez comment on voit que les poissons-chats vendus au marché viennent d'un étang comme celui-là ?

Dites-moi, répondit Harry, prêt à prendre des notes.

Ils louchent, à force de regarder tout le temps des trous du cul.

Excellent ! Harry éclata de rire et me donna une grande tape sur le bras. Allez, je vais vous montrer le temple. Il est vraiment sublime. Quand les types des effets spéciaux le feront exploser, ça va me faire mal au cœur.

Harry préférait peut-être le temple, mais le chef-d'œuvre, à mon avis, était le cimetière. Je le vis pour la première fois ce soir-là et j'y retournai un autre soir, quelques jours plus tard, après une visite du camp de réfugiés de Bataan où j'avais recruté cent figurants vietnamiens. J'en étais revenu démoralisé. J'y avais rencontré des milliers de mes compatriotes en loques qui avaient fui notre pays. J'avais vu des réfugiés avant, commandant, la guerre ayant transformé des millions d'habitants du Sud en sans-abri. Mais ce chaos d'humanité était tout autre chose, une population si particulière que les médias occidentaux lui avaient donné un nom nouveau, les *boat people*, terme qu'on aurait pu croire dévolu à une tribu amazonienne récemment découverte ou à une mystérieuse population préhistorique qui n'aurait laissé pour seule trace que ses bateaux. Selon le point de vue, ces *boat people* étaient soit des fuyards, soit des orphelins de leur pays. Dans tous les cas, ils avaient l'air en mauvais état et sentaient encore plus mauvais : cheveux sales, peau galeuse, lèvres crevassées, diverses glandes enflées, ils dégageaient collectivement la même odeur qu'un chalutier piloté par des marins d'eau douce à l'appareil digestif fragile. Ils avaient trop faim pour dédaigner le salaire que je venais leur proposer, un dollar par jour, et leur désespoir se mesurait au fait qu'aucun – je dis bien *aucun* – ne marchanda. Jamais je n'avais pensé voir un jour un de mes compatriotes ne pas marchander. Mais ces *boat people* comprenaient bien que la loi de l'offre et de la demande ne penchait pas en leur faveur. Ce qui m'attrista le plus, toutefois, fut lorsque je demandai à une des figurantes, une avocate aux airs d'aristocrate, si les conditions de vie dans notre pays étaient aussi mauvaises qu'on le racontait. On va dire ça comme ça, répondit-elle. Avant la victoire des communistes, les étrangers nous brutalisaient, nous terrorisaient et nous humiliaient. Maintenant, ce sont les nôtres qui nous brutalisent, nous terrorisent et nous humilient. Il faut croire que c'est un progrès.

Ses propos me firent trembler. Depuis quelques jours, ma conscience ronronnait doucement, la mort de l'adjudant glouton était derrière moi, dans le rétroviseur de ma mémoire, une petite tache sur le bitume de mon passé. Et voilà qu'elle se remettait à toussoter. Que se passait-il dans mon pays et qu'est-ce que je fabriquais ici ? Je dus me remémorer les paroles de Mme Mori avant mon départ. Quand je lui avais dit que j'acceptais ce travail, elle m'avait mitonné un dîner d'adieu, au cours duquel j'avais failli céder au soupçon insidieux que je l'aimais bel et bien, même si j'avais aussi des sentiments pour Lana. Pourtant, comme si elle s'attendait à une telle faiblesse de ma part, Mme Mori m'avait préventivement rappelé notre serment d'amour libre. Ne te sens aucune obligation à mon égard, dit-elle devant un sorbet à l'orange. Fais tout ce que tu veux. Bien sûr, répondis-je, un peu attristé. Même si je le voulais, je ne pouvais pas tout avoir, et l'amour libre et l'amour bourgeois. Ou alors si ? Toute société avait son lot de spécialistes du double langage qui disaient et faisaient une chose en public mais en disaient et en faisaient une autre en privé. Néanmoins, Mme Mori n'appartenait pas à cette catégorie et, dans l'obscurité de sa chambre, alors que nous étions accrochés l'un à l'autre après notre démonstration d'amour libre, elle me dit, Tu peux faire quelque chose de formidable avec ce film. J'ai confiance en toi. Tu peux le rendre meilleur. Tu peux aider à faire évoluer l'image des Asiatiques au cinéma. Ce n'est pas rien.

Merci, madame Mori.

Sofia, nom de Dieu.

Pouvais-je vraiment changer quoi que ce soit ? Que penseraient Man ou Mme Mori en voyant que je n'étais guère plus, peut-être, qu'un collaborateur, que je contribuais à l'exploitation de mes compatriotes et des réfugiés ? Le spectacle de leurs visages tristes et perdus avait sapé ma confiance, me rappelant que mes éléments les plus durs, les plus révolutionnaires, étaient maintenus entre eux par des ligaments de sentimentalité et de compassion. Je contractai même la fièvre du mal du pays, si bien qu'en retournant au camp de base je cherchai un réconfort dans le village créé par Harry. Les ruelles poussiéreuses, les toits de chaume, les sols en terre battue des maisons et leur mobilier de bambou rudimentaire, les porcheries où déjà de vrais cochons grognaient doucement dans la nuit, le gazouillis des innocents poulets, l'air moite, les piqûres des moustiques, le bruit de mon pied s'enfonçant, sans se méfier, dans une grosse bouse de buffle – tout cela me plongea dans un vertige de tristesse et de nostalgie. Il ne manquait à ce village qu'une chose, à savoir les gens, au premier chef ma mère. Elle était morte pendant ma troisième année d'université ; elle n'avait que trente-quatre ans. Pour la première et la dernière fois, mon père m'avait écrit une lettre, brève et directe : *Ta pauvre mère a succombé à la tuberculose. Elle est enterrée au cimetière sous une vraie pierre tombale.* Une vraie pierre tombale ! Il avait précisé cela pour me signifier, à sa manière, qu'il l'avait payée, puisque ma mère n'avait pas de quoi s'offrir une chose pareille. Je lus une deuxième fois sa lettre, incrédule, pétrifié, avant d'être frappé par la douleur, avant que le plomb brûlant du chagrin se déverse dans mon corps comme dans un moule. Elle avait déjà été malade, mais pas à ce point, à moins qu'elle ne m'eût caché son véritable état. Nous nous étions très peu vus au cours des dernières années, séparé d'elle que j'étais par des centaines de kilomètres, au lycée de Saigon, puis par des milliers de kilomètres, à l'étranger. La dernière fois, ç'avait été un mois avant mon départ pour les États-Unis, quand j'étais rentré lui dire au revoir pour quatre ans. Je n'aurais pas assez d'argent pour revenir à l'occasion du Têt, ou pendant l'été, voire avant la fin de mes études, car ma bourse me payait un seul aller-retour. Elle sourit courageusement et m'appela son *petit écolier*, en français, du nom du biscuit nappé de chocolat que j'aimais tant, enfant, et que mon père m'offrait une fois l'an, à Noël. D'ailleurs, en guise d'adieu, elle m'offrit un paquet de ces biscuits importés – une petite fortune pour cette femme qui s'était contentée d'en grignoter un, une fois, et gardait tout le reste pour moi à chaque Noël –, ainsi qu'un cahier et un stylo. Elle était à peine alphabétisée, lisait tout haut et écrivait d'une main timide et maladroite. À dix ans, j'écrivais déjà à sa place. Pour ma mère, un cahier et un stylo symbolisaient donc tout ce qu'elle ne pouvait pas faire et tout ce à quoi, par la grâce de Dieu ou de la combinaison hasardeuse de mes gènes, je semblais destiné. J'avais mangé mes biscuits dans l'avion et noirci le cahier pour en faire mon journal intime à l'université. Aujourd'hui, ce n'étaient plus que des cendres. Quant au stylo, l'encre avait fini par manquer et je l'avais égaré.

Que n'aurais-je pas donné pour avoir ces objets inutiles avec moi ce jour-là, à genoux devant la tombe de ma mère, le front posé sur la surface rugueuse. Non pas la tombe dans le village où elle était morte, mais ici, à Luçon, dans le cimetière construit par Harry au nom de l'authenticité. En voyant le résultat, j'avais demandé à avoir la plus grande tombe pour mon usage personnel. Sur la stèle, j'avais collé une reproduction du portrait en noir et blanc de ma mère que je gardais dans mon portefeuille, ma seule image d'elle, hormis celles qui s'estompaient rapidement dans mon cerveau ; la photo ressemblait maintenant à un film muet mal conservé, craquelé par les fractures de fatigue. Sur la pierre grise, j'avais écrit son nom et ses dates à la peinture rouge, les chiffres de sa vie, d'une brièveté absurde pour quiconque sauf pour un écolier, à qui trente-quatre ans semblaient une éternité. Même si la stèle et la tombe avaient été moulées dans la brique et non sculptées dans le marbre, je me rassurai en me disant que personne ne verrait la différence à l'écran. Dans cette vie de cinéma, au moins, ma mère aurait un lieu de repos digne d'une épouse de mandarin, un ersatz de tombe, certes, mais parfait pour une femme qui ne fut jamais plus qu'une figurante aux yeux de tout le monde, sauf de moi.

10

Lorsque l'Auteur arriva, la semaine suivante, une petite fête de bienvenue fut organisée avec force barbecue, bière, hamburgers et ketchup Heinz, et un gâteau tellement énorme qu'on aurait pu dormir dessus. Les accessoiristes fabriquèrent un faux chaudron en contreplaqué et en papier mâché, le remplirent de neige carbonique et y placèrent deux stripteaseuses aux cheveux blonds décolorés venues d'un bar de Subic Bay, dont la mission consistait à incarner des Blanches bouillies vivantes par les indigènes. De jeunes Philippins obligeants, affublés de pagnes et de sagaies tremblantes également fabriquées par le département accessoires, jouaient les indigènes. Comme les figurants vietnamiens n'étaient attendus que le lendemain, j'étais le seul représentant de mon peuple à me promener parmi la grosse centaine d'acteurs et de techniciens, et l'autre centaine d'ouvriers et cuisiniers philippins. Ils trouvaient très amusant de se hisser en haut du chaudron et de découper des carottes dans la soupe de stripteaseuses. Je sentais bien que le tournage du film donnerait lieu à des histoires inénarrables sur les gens de Hollywood, qui se transmettraient de génération en génération pendant des décennies, amplifiées et déformées chaque fois. En revanche, les figurants, les *boat people*, seraient oubliés. Personne ne se souvenait des figurants.

Bien que je ne fusse ni un figurant ni un *boat people*, la vague de la compassion me poussait vers eux. Simultanément, le courant de l'isolement m'éloignait des gens du film, alors même que j'en faisais partie. En un mot comme en cent, j'étais en terrain connu, celui où l'on se sent inconnu, ce à quoi je réagis à ma façon habituelle : en m'armant d'un gin-tonic, mon premier de la soirée. Je savais que je me retrouverais sans défense après mon quatrième ou cinquième verre au cours de cette fête qui se déroulait sous les étoiles et sous un énorme stand en chaume servant de cantine. Après avoir échangé des blagues avec Harry, je regardai les techniciens se masser autour des quelques filles blanches présentes sur le tournage. Pendant ce temps-là, un groupe à perruques blondes venu de Manille proposait une reprise parfaite du « Do You Know Where You're Going To », de Diana Ross, et je me demandai si ce n'était pas un de ces groupes philippins qui jouaient autrefois dans les hôtels de Saigon. Au bord de la piste de danse était installé l'Auteur, en train de bavarder avec le Comédien, cependant que Violet flirtait avec l'Idole à la même table. Le Comédien incarnait le capitaine Will Shamus ; l'Idole campait le sergent Jay Bellamy. Alors que le premier avait commencé sa longue carrière *off Broadway*, le second était un chanteur qui avait connu une gloire soudaine grâce à un tube pop pour adolescents si mielleux que j'avais mal aux dents rien qu'à l'entendre. *Le Sanctuaire* était son tout premier rôle au cinéma. Il avait prouvé sa détermination en tondant sa coiffure évanescente, si prisée des jeunes filles, pour en faire une brosse de GI, puis en se soumettant à l'entraînement militaire qu'exigeait son rôle avec l'enthousiasme d'un pensionnaire sexuellement refoulé. Renversé dans son siège en rotin, portant un tee-shirt blanc et un pantalon de toile, exhibant ses chevilles parfaites parce qu'il portait ses chaussures bateau pieds nus, il était la fraîcheur même, malgré le climat tropical. Voilà pourquoi il était une Idole : la célébrité était son atmosphère naturelle. D'après la rumeur, il ne s'entendait pas bien avec le Comédien, acteur puissance mille, qui non seulement restait tout le temps dans son personnage, mais gardait son uniforme jour et nuit. Son treillis et ses rangers étaient les mêmes que ceux qu'il avait portés trois jours plus tôt, quand il était arrivé et devenu, peut-être, le premier acteur de l'Histoire à exiger une minitente au lieu d'une caravane climatisée. Puisque les soldats du front ne se douchaient et ne se rasaient pas, il avait décidé de les imiter, si bien qu'il commençait à sentir la ricotta un peu rance. À son ceinturon était accroché un Colt 45 dans son étui. Alors que tous les autres pistolets sur le plateau étaient vides ou chargés de balles à blanc, le sien avait des balles réelles, du moins à en croire une autre rumeur certainement lancée par le Comédien. Pendant que l'Auteur et lui parlaient de Fellini, Violet et l'Idole se remémoraient une boîte de nuit de Sunset Strip. Personne ne me prêtait la moindre attention. Aussi me glissai-je vers la table voisine, où avaient pris place les acteurs vietnamiens.

Pour être plus précis : les acteurs qui jouaient les Vietnamiens. Mes notes à l'Auteur avaient en effet modifié notre manière d'être représentés, et pas seulement parce que les cris étaient désormais tous transcrits : *AIEYAAHHH !!!* Le changement le plus notable avait été l'ajout de trois personnages vietnamiens dotés de rôles parlants : un grand frère, une petite sœur et un petit frère, dont les parents avaient été massacrés par King Cong. Le grand frère Binh, surnommé Benny par les Bérets verts, était plein de haine contre King Cong. Il adulait ses sauveurs américains et leur servait d'interprète. Aux côtés du seul Béret vert noir, il connaîtrait une mort atroce, infligée par King Cong. La sœur, Mai, tomberait amoureuse du jeune, beau et idéaliste sergent Jay Bellamy, pour être ensuite enlevée et violée par King Cong, justifiant le fait que les Bérets verts annihileraient la moindre trace de ce dernier. Enfin, le petit garçon se verrait couronné d'une casquette des Yankees lors de la dernière scène et serait aéroporté jusqu'aux cieux, avant d'être adopté par la famille de Jay Bellamy, à St. Louis, où on lui donnerait un golden retriever et le surnom de Danny Boy.

C'était mieux que rien, n'est-ce pas ?

Dans ma naïveté j'avais cru que, une fois les rôles de Vietnamiens créés, on trouverait des acteurs vietnamiens. Or pas du tout. On a cherché, m'avait expliqué Violet, la veille. Nous avions trouvé le temps de boire un thé glacé sur la véranda de l'hôtel. Franchement, aucun acteur vietnamien ne tenait la route. La plupart étaient des amateurs, et les rares professionnels surjouaient tous. C'est sans doute comme ça qu'on leur a appris le métier. Vous verrez. Réservez votre jugement avant d'avoir vu jouer ces acteurs. Malheureusement, réserver mon jugement n'était pas mon fort. Violet était en train de m'expliquer que nous ne pouvions nous représenter nous-mêmes ; nous devions être représentés, en l'occurrence par d'autres Asiatiques. L'enfant qui incarnait Danny Boy était le rejeton d'une vénérable famille d'acteurs philippins, mais s'il avait l'air vietnamien, alors j'étais le pape. Il était tout bonnement trop rond et bien nourri pour jouer un petit villageois, en général élevé sans autre lait que celui de sa mère. Assurément, le jeune acteur était doué. Il avait conquis tout le monde sur le tournage dès le premier jour en chantant une version suraiguë de « Feelings », à la demande de sa mère, qui était à présent assise à côté de lui et l'éventait pendant qu'il buvait son soda. Lors de cette prestation, l'affection maternelle de cette Vénus était si forte que j'avais été attiré dans son orbite, convaincu par elle qu'un jour, écoutez-la bien, son fils jouerait à Broadway. Vous entendez comme il dit *feelings* et non *peelings* ? murmurait-elle. Des cours d'élocution, tout simplement ! Il ne parle pas du tout comme un Philippin. S'inspirant du Comédien, Danny Boy insistait pour habiter son personnage et demandait qu'on l'appelle Danny Boy et non par son prénom, que j'avais de toute façon oublié.

L'acteur qui jouait son grand frère ne pouvait pas le supporter, principalement parce que Danny Boy lui volait la vedette avec une facilité malveillante chaque fois qu'ils paraissaient côte à côte. C'était particulièrement irritant pour James Yoon, l'acteur le plus connu sur le plateau après le Comédien et l'Idole. Yoon, c'était l'Asiatique moyen, un acteur de télévision dont la plupart des gens connaissaient le visage mais ignoraient le nom. Ils disaient, Eh, mais c'est le Chinois qui joue dans le feuilleton policier, ou, C'est le jardinier japonais dans la comédie, ou, L'Asiatique, là, comment il s'appelle, déjà ? En réalité, Yoon était un Américain d'origine coréenne. Il avait dans les trente-cinq ans, mais pouvait faire dix ans de plus ou dix ans de moins et prendre le masque de n'importe quelle ethnie asiatique, tant ses beaux traits ordinaires étaient malléables. Malgré ses nombreux rôles à la télévision, il passerait sans doute à la postérité pour une publicité très célèbre où on le voyait vendre du liquide vaisselle de la marque Propre. Dans chaque spot, une ménagère différente était confrontée à un nouveau défi, sous la forme d'une tache graisseuse. Ce défi ne pouvait être relevé que grâce à l'apparition de son domestique rigolard et astucieux qui lui offrait non pas sa virilité, mais son éternel flacon de Propre. Soulagée autant qu'intriguée, la ménagère lui demandait d'où il tenait une telle sagesse en matière de nettoyage. Il se tournait alors vers la caméra, faisait un clin d'œil, souriait et prononçait le slogan désormais connu dans tout le pays, *Confucius dit : tout propre avec Propre !*

Sans surprise, Yoon était alcoolique. Son visage était un bon thermomètre de son état. Sa rougeur mercurielle indiquait que l'alcool avait remonté depuis ses orteils jusqu'à ses yeux, à sa langue et à son cerveau, car il draguait l'actrice qui incarnait sa sœur alors même que ni lui ni elle n'étaient hétérosexuels. Yoon m'avait fait part de ses penchants au bar de l'hôtel, autour d'une douzaine d'huîtres qui dressaient leurs oreillettes humides et ouvertes pour mieux entendre cette tentative de séduction. Ne le prenez pas mal, dis-je, mais ce n'est pas mon truc.

Yoon haussa les épaules et retira sa main de mon genou. Je pars toujours du principe que tout homme est au moins un homosexuel latent, jusqu'à preuve du contraire. En tout cas vous ne pouvez pas reprocher à un homo d'essayer, dit-il en m'adressant un sourire très différent du mien. Moi qui avais étudié mon propre sourire et son effet sur les autres, je savais qu'il avait la valeur d'une devise internationale de second rang, comme le franc ou le mark. Celui de Yoon, en revanche, c'était l'étalon-or, tellement étincelant qu'on ne pouvait rien voir ni regarder d'autre, tellement dominateur qu'on comprenait comment il avait décroché le rôle pour la publicité Propre. Pour lui montrer que je n'étais pas gêné par ses avances, je fus heureux de lui offrir un verre ; il m'en offrit un autre et nous nous rapprochâmes ce soir-là, comme presque tous les soirs suivants.

Yoon avait essayé avec moi, et moi j'avais essayé avec Asia Soo, l'actrice. Elle aussi était de sang mêlé, quoique d'un pedigree beaucoup plus raffiné, en l'occurrence une mère britannique, dessinatrice de mode, et un père chinois, hôtelier de son état. Son vrai prénom était Asia, ses parents ayant prédit que le rejeton de leur improbable union serait doté d'attributs suffisants pour être à la hauteur de la réputation de tout un continent aux contours flous. Par rapport à tous les hommes du tournage, sauf James Yoon, elle avait trois avantages injustes : elle avait à peine vingt ans, elle était mannequin de luxe et elle était lesbienne. Tous, moi y compris, étaient persuadés de posséder la baguette magique qui la ferait redevenir hétérosexuelle. En cas d'échec, ils se borneraient à la convaincre qu'ils faisaient partie de ces hommes libérés tellement ouverts à l'homosexualité féminine qu'ils n'auraient rien, mais vraiment rien, contre le fait de la regarder faire l'amour avec une autre femme. Certains déclarèrent, sûrs d'eux, que les mannequins de luxe ne faisaient que coucher entre eux. Le raisonnement était le suivant : si nous étions des mannequins de luxe, avec qui préférerions-nous coucher ? Avec des hommes comme nous ou des femmes comme elles ? La question était un peu démoralisante pour l'ego masculin, et ce n'est pas sans une certaine appréhension que je l'approchai près de la piscine de l'hôtel. Salut, dis-je. Peut-être était-ce mon langage corporel, ou quelque chose dans mon regard, mais avant même que j'aie la possibilité d'aller plus loin, elle posa son exemplaire de *Jonathan Livingston le goéland* et me dit, Vous êtes charmant, mais vous n'êtes pas mon style. Ce n'est pas votre faute. Vous êtes un homme. Médusé, je pus seulement répondre, Vous ne pouvez pas reprocher à un homme d'essayer. Elle ne me le reprocha pas, et nous devînmes, nous aussi, amis.

Tels étaient donc les principaux protagonistes du *Sanctuaire*, tous décrits dans la lettre que j'envoyai à ma tante, en plus de Polaroid glacés de moi et des acteurs, et même un de l'Auteur récalcitrant. J'y ajoutai des Polaroid du camp de réfugiés et de ses habitants, ainsi que certaines coupures de presse que m'avait données le général avant mon départ. Noyades ! Pillages ! Viols ! Cannibalisme ? C'étaient les titres. Le général me les avait lus en un crescendo d'horreur et de triomphe alternés. D'après les réfugiés, seul un bateau sur deux survivait à la traversée entre les plages ou criques de notre pays et les rivages moyennement hospitaliers de Hong Kong, d'Indonésie, de Malaisie et des Philippines, les tempêtes et les pirates se chargeant d'envoyer le reste par le fond. Voilà ! s'était écrié le général en agitant le journal devant moi. La preuve que ces bâtards de communistes sont en train de purger le pays ! À la tante de Man, j'écrivis noir sur blanc combien j'étais triste d'entendre ces histoires. À l'encre invisible, j'écrivis, *Est-ce que tout ça est vrai ? Ou est-ce de la propagande ? Quant à vous, commandant, à votre avis, quel rêve poussait ces réfugiés à fuir, à embarquer sur de petits rafiots prenant l'eau qui auraient terrifié Christophe Colomb ? Si notre révolution était au service du peuple, pourquoi une partie de ce peuple votait-elle en s'enfuyant ?* À l'époque, je n'avais pas de réponses à ces questions. C'est seulement aujourd'hui que je commence à comprendre.

Sur le tournage, les choses se passèrent sans encombre jusqu'à Noël. Le temps s'était considérablement rafraîchi, même si d'après les Américains on avait l'impression de prendre une douche chaude permanente. La plupart des scènes tournées avant décembre étaient du genre sans combat : le sergent Bellamy arrive au Viêtnam et se fait prestement arracher des mains son appareil photo par un cow-boy à moto, séquence tournée dans la petite ville d'à côté, dont la place avait été reconstituée pour ressembler au centre de Saigon, y compris les taxis Renault, les panneaux publicitaires en vietnamien et les vendeurs de rue en train de marchander ; le capitaine Shamus est convoqué au QG dans la même ville, où un général le fouette verbalement pour avoir dénoncé un colonel de l'armée sud-vietnamienne corrompu, puis le punit en l'envoyant prendre le commandement du village ; des scènes bucoliques de la vie campagnarde, avec paysans plantant du riz dans des rizières, tandis que les robustes Bérets verts supervisent la construction des fortifications du village ; un Béret vert mécontent écrivant *Je crois en Dieu, mais Dieu croit au napalm* sur son casque ; le capitaine Shamus prononçant un discours pour motiver les miliciens du village, avec leurs vieux fusils rouillés et leurs sandales traînantes ; le sergent Bellamy soumettant les mêmes miliciens à des exercices militaires, notamment adresse au tir, crapahutage sous les grillages barbelés et préparation d'embuscades nocturnes en L ; enfin, les premières escarmouches entre l'invisible King Cong et les défenseurs du village, qui se réduisaient pour l'essentiel à voir les miliciens tirer dans la nuit avec leur seul et unique mortier.

Mes journées consistaient à m'assurer que les figurants savaient où étaient les costumes et quand se diriger vers leurs scènes, que leurs besoins alimentaires étaient satisfaits, qu'ils recevaient chaque semaine leur dollar journalier et que les rôles pour lesquels ils étaient requis étaient bien attribués. La plupart de ces rôles relevaient de la catégorie des civils (c'est-à-dire Peut-être Innocents mais Aussi Peut-être Vietcongs et Donc Peut-être Futurs Tués Parce Que Innocents ou Parce Que Vietcongs). Comme la majorité des figurants connaissaient déjà bien ce rôle, ils n'avaient pas besoin que je les motive pour avoir la psychologie juste de celui qui sera peut-être pulvérisé, démembré ou simplement abattu. La deuxième catégorie la plus nombreuse était celle des soldats de l'armée de la république du Viêtnam (c'est-à-dire les combattants de la liberté). Tous les figurants masculins voulaient en être, même si, du point de vue des soldats américains, c'était la catégorie des Peut-être Amis mais Aussi Peut-être Ennemis et Donc Peut-être Futurs Tués Parce Que Amis ou Parce Que Ennemis. Comme il y avait beaucoup d'anciens combattants de cette armée parmi les figurants, je n'eus aucun mal à distribuer les rôles. La catégorie la plus difficile était celle des guérilleros du Front de libération nationale, connus sous le nom péjoratif de vietcongs (c'est-à-dire Peut-être Nationalistes Épris de Liberté mais Aussi Peut-être Communistes Rouges Haineux mais Qu'est-ce qu'On S'en Fout alors Tuez-Les Tous [ou Toutes]). Personne ne voulait faire les vietcongs (c'est-à-dire les combattants de la liberté), même s'il ne s'agissait que de jeu. Les combattants de la liberté réfugiés détestaient ces autres combattants de la liberté avec une véhémence troublante, quoique prévisible.

Comme toujours, l'argent régla le problème. Sur mes conseils appuyés, Violet accepta de doubler le salaire des figurants qui joueraient des vietcongs, ce qui permit à ces combattants de la liberté d'oublier qu'incarner ces autres combattants de la liberté leur avait tant répugné. Ce qu'ils trouvaient répugnant, entre autres, était que certains d'entre eux allaient devoir torturer Binh et violer Mai. Mes rapports avec l'Auteur commencèrent à se dégrader autour de la question du viol de Mai, même s'il était déjà agacé que je m'institue porte-parole des figurants concernant leurs salaires. Résolu, la veille du tournage de la scène du viol, je m'assis à sa table de déjeuner et lui demandai si un viol était vraiment nécessaire. Je trouve que ça fait un peu beaucoup, dis-je. Un petit traitement de choc, ça ne fait jamais de mal au public, répondit-il en pointant sa fourchette vers moi. Parfois, le spectateur a besoin d'un coup de pied au cul pour qu'il sente quelque chose après être resté assis si longtemps. Une bonne claque sur ses deux fesses. On parle de la guerre, et le viol est une chose qui arrive. J'ai l'obligation de le montrer, même si évidemment ça ne plaît pas à un vendu comme vous.

L'attaque gratuite me laissa pantois, et ce « vendu » vibra dans mon cerveau avec les mêmes couleurs électriques que celles d'un tableau de Warhol. Je ne suis pas un vendu, réussis-je à dire enfin. Il ricana. Ce n'est pas ce mot que votre peuple utiliserait pour parler de quelqu'un qui collabore avec un Blanc comme moi ? Ou est-ce que « perdant » conviendrait mieux ?

Sur ce dernier point, je ne pouvais pas lui donner tort. Tel que je me présentais, j'appartenais en effet au camp des perdants, et rappeler que le camp américain avait lui aussi perdu n'aurait pas arrangé la situation. Très bien, je suis un perdant, dis-je. Je suis un perdant parce que j'ai cru à toutes les promesses que votre Amérique a faites aux gens comme moi. Vous êtes arrivés en disant qu'on était amis, mais ce qu'on ne savait pas, c'est que vous ne pourriez jamais nous faire confiance, et encore moins nous respecter. Seuls des perdants comme nous n'ont pas pu voir ce qui est si évident aujourd'hui : que jamais vous n'avez voulu d'amis qui voulaient vraiment être vos amis. Au fond, vous pensez que seuls les imbéciles et les traîtres pourraient croire à vos promesses.

Mais il ne me laissa pas parler sans m'interrompre. Ce n'était pas son style. Oh, c'est la meilleure ! s'écria-t-il, peu après que je me fus lancé. Un avorton de la morale qui me tète les mamelles. Un monsieur je-sais-tout qui ne sait rien du tout, un savant idiot sans la science. Vous savez qui d'autre a un avis sur tout et que personne n'écoute ? Ma grand-mère gâteuse. Vous pensez peut-être qu'on devrait vous écouter parce que vous avez fait des études ? Dommage que vous ayez seulement un doctorat en connerie.

Peut-être allai-je trop loin en l'invitant à me faire une fellation, mais lui aussi alla trop loin en menaçant de me tuer. Il dit toujours qu'il va tuer quelqu'un, m'expliqua Violet après que je lui eus raconté ce qui s'était passé. C'est une figure de style. Promettre de me sortir les yeux avec une cuillère et de me les faire manger de force n'avait rien de figuratif, pas plus que la description du viol de Mai. Non, le viol était un acte brutal de l'imagination, du moins à en croire le script. Quant au tournage de la scène, seuls l'Auteur, quelques techniciens triés sur le volet, les quatre violeurs et Asia Soo y participèrent. J'allais devoir patienter encore un an avant de voir les images, dans un cinéma très bruyant de Bangkok. En revanche, deux semaines plus tard, j'assistai en personne à la grande scène de James Yoon, pour laquelle il avait été déshabillé au-dessus de la taille et ligoté à une planche. Cette planche était posée sur le corps d'un figurant qui jouait un milicien mort, si bien que James Yoon, l'air un peu inquiet, était allongé tête penchée vers le sol, prêt à subir la torture à l'eau infligée par les quatre vietcongs qui avaient violé Mai. Debout à côté de lui, l'Auteur s'adressait aux figurants par mon truchement, mais sans jamais me regarder, puisque nous ne nous adressions plus la parole.

À cette étape du scénario, expliqua-t-il aux violeurs, vous venez juste de rencontrer votre ennemi. L'Auteur les avait choisis pour la férocité particulière qu'ils avaient démontrée dans plusieurs scènes et pour leurs traits physiques distinctifs : leur peau couleur banane pourrie, leurs yeux fendus comme ceux d'un reptile. Vous avez pris une patrouille en embuscade et c'est le seul survivant. C'est un pantin impérialiste, un laquais, un larbin, un traître. Dans votre esprit, il n'y a rien de pire que quelqu'un qui vend son pays pour une poignée de riz et de dollars. Et vous, votre légendaire bataillon a perdu la moitié de ses hommes. Des centaines de vos frères sont morts et d'autres centaines mourront dans la bataille à venir. Vous êtes décidés à vous sacrifier pour la patrie, mais vous êtes craintifs par nature. Et voilà qu'arrive ce fils de pute pleurnichard, ce faux frère, jaune à l'extérieur et blanc à l'intérieur. Vous le détestez, ce bâtard. Vous allez lui faire avouer tous ses péchés réactionnaires et ensuite les lui faire payer. Mais surtout, retenez bien ceci : amusez-vous, soyez vous-mêmes et soyez naturels !

Ces instructions jetèrent un certain trouble parmi les figurants. Le plus grand, le sous-officier le plus gradé, un sergent, dit, Il veut qu'on torture ce type et qu'on ait l'air de s'amuser, c'est ça ?

Le plus petit des figurants demanda, Mais quel rapport avec être naturel ?

Le grand sergent répondit, Il nous dit ça chaque fois.

Mais ce n'est pas naturel d'être un vietcong, dit le Nabot.

Qu'est-ce qui ne va pas ? voulut savoir l'Auteur.

Oui, qu'est-ce qui ne va pas ? insista James Yoon.

Tout OK, répondit le grand sergent. Nous pas de problème. Nous meilleurs. Puis il reparla en vietnamien et dit aux autres, Allez, on s'en fout de ce qu'il raconte. Il veut qu'on soit naturels, mais il faut qu'on ne soit pas naturels. On est des fils de putes de vietcongs. Compris ?

Ils comprirent, et plutôt deux fois qu'une. C'était la méthode Stanislavski dans toute sa splendeur. Quatre réfugiés pleins de rancœur et anciens combattants de la liberté imaginaient la psychologie haineuse des combattants de la liberté du camp d'en face. Sans que l'Auteur les aiguillonne une fois que les caméras eurent commencé à tourner, les quatre lascars se mirent à hurler, à ramper, à badigeonner l'objet de leur haine. À ce stade du scénario, le personnage joué par James Yoon, Binh, alias Benny, avait été capturé lors d'une reconnaissance effectuée par le seul soldat noir du commando, le sergent Pete Attucks. Comme il était précisé dans une anecdote au début du film, Attucks faisait remonter ses origines à Crispus Attucks, martyrisé par l'armée anglaise deux siècles auparavant à Boston, premier Noir à sacrifier sa vie pour la cause des Blancs. Une fois la généalogie d'Attucks dévoilée, son destin était scellé à la colle forte. Il ne fallut pas longtemps avant qu'il marche sur une chausse-trape, une pince faite avec des pointes de bambou qui lui attrapait le pied gauche. Pendant que le reste de la compagnie des Forces populaires se faisait promptement exterminer, Binh et lui répliquaient, jusqu'à ce qu'Attucks perde conscience et que Binh n'ait plus de munitions. Quand les vietcongs les capturaient, ils commettaient sur Attucks un de ces horribles outrages dont ils avaient le secret : ils l'émasculaient et fourraient ses parties dans sa propre bouche. D'après Claude dans ses cours d'interrogatoire, malgré la distance de milliers de kilomètres et bien que plus d'un siècle séparât les deux peuples, il s'agissait là d'une spécialité de certaines tribus amérindiennes, qui faisaient la même chose aux colons blancs un peu trop intrusifs. Vous voyez ? disait Claude en nous montrant en diapo un vieux dessin en noir et blanc qui dépeignait une de ces scènes. Il enchaînait avec une autre diapo, la photo en noir et blanc du corps d'un GI capturé par les vietcongs et victime du même sort. Qui ose prétendre qu'on ne partage pas la même humanité ? demandait-il en passant à la photo suivante, un GI américain pissant sur le cadavre d'un vietcong.

Le destin de Binh était maintenant entre les mains de ces vietcongs, qui réservaient le peu d'eau dont ils disposaient non pas à la toilette, mais à la torture. Alors que James Yoon (ou sa doublure, dans une autre série de plans) était ligoté à la planche, on enveloppait sa tête dans un chiffon sale. Ensuite, à trente centimètres au-dessus de sa tête, un des vietcongs, se servant dans les gourdes d'Attucks, versait de l'eau sur le tissu. Heureusement pour James Yoon, la torture à l'eau ne se produisait que dans les plans où jouait sa doublure. Sous le chiffon, celle-ci avait les narines bouchées et un tuyau dans la bouche pour respirer, puisqu'on ne peut évidemment pas respirer sous un tel déluge. La victime a l'impression de se noyer, du moins c'est ce que m'ont raconté certains prisonniers ayant survécu à la question, comme disait l'Inquisition espagnole. Inlassablement, la question était posée à James Yoon, et pendant que l'eau coulait sur son visage, les vietcongs rassemblés autour de lui l'insultaient, lui donnaient des coups de pied, des coups de poing – pour de faux, bien sûr. Toutes ces raclées ! Tous ces gargouillis ! Toutes ces palpitations du torse et du ventre ! Au bout d'un moment, sous le soleil aussi torride que Sophia Loren, il n'y avait pas que James Yoon qui commençait à suer, mais aussi les figurants. C'est une chose que peu de gens saisissent – frapper quelqu'un n'est pas une mince affaire. J'ai connu nombre d'interrogateurs qui se sont tordu le dos, froissé un muscle, déchiré un tendon ou un ligament, et même cassé des doigts, des orteils, des mains ou des pieds, sans parler de leur voix enrouée. Car pendant que le prisonnier crie, pleure, suffoque et avoue, ou essaie d'avouer, ou ment, l'interrogateur doit lâcher un flot continu d'injures, d'insultes, de grognements, de questions et de provocations avec toute la concentration et l'inventivité d'une animatrice de téléphone rose. Il faut une belle énergie mentale pour ne pas se répéter quand on conchie verbalement quelqu'un. Et sur ce point, au moins, les figurants faiblirent. On ne pouvait pas leur en vouloir non plus. Ils n'étaient pas professionnels, et le script indiquait simplement, *Les interrogateurs VC insultent et humilient Binh dans leur langue*. Obligés d'improviser, ils se lancèrent dans une monotone leçon de vietnamien populaire que personne, sur le tournage, n'oublierait. Car si l'essentiel de l'équipe n'avait jamais appris à dire « merci » ou « s'il vous plaît » en vietnamien, à la fin du tournage tout le monde savait comment dire « va baiser ta mère » ou « fils de pute », selon la traduction que l'on fait de *du ma*. Je n'avais jamais beaucoup aimé cette insulte, mais je ne pus qu'admirer la manière dont les figurants en pressèrent le citron jusqu'à la dernière goutte, le crachant comme un nom, un verbe, un adjectif, un adverbe, une exclamation, lui donnant des intonations non seulement de haine et de colère, mais même, à certains moments, de compassion. *Du ma ! Du ma ! Du ma !*

Après les coups, les injures et la torture à l'eau, le tissu mouillé était enlevé du visage de Binh et révélait James Yoon, conscient qu'il tenait là sa meilleure chance de décrocher l'oscar du meilleur second rôle. Il avait été très souvent éliminé à l'écran en tant qu'Oriental éphémère, mais aucune de ces morts n'avait eu cette intensité, cette noblesse. Voyons voir, m'avait-il dit un soir au bar de notre hôtel. J'ai été tabassé à mort avec un coup de poing américain par Robert Mitchum, poignardé dans le dos par Ernest Borgnine, tué d'une balle dans la tête par Frank Sinatra, étranglé par James Coburn, pendu par un éternel second rôle que vous ne connaissez pas, jeté du haut d'un gratte-ciel par un autre, poussé à travers la fenêtre d'un dirigeable, mis dans un sac de linge et balancé dans l'Hudson par une bande de Chinois. Ah oui, j'ai aussi été éviscéré par une escouade japonaise. Mais ç'a toujours été des morts rapides. Au mieux, je passais quelques secondes à l'écran, parfois moins que ça. Cette fois, par contre – il me gratifia du sourire étourdi d'une reine de beauté tout juste élue –, pour me tuer, ça va mettre une éternité.

Aussi, chaque fois que le tissu était enlevé, et il l'était souvent pendant la séance d'interrogatoire, James Yoon admirait le décor avec la ferveur vorace d'un homme conscient qu'il ne serait pas éclipsé, pour une fois, par le petit garçon éternellement mignon et imbattable auquel sa mère avait interdit de regarder cette scène. Il grimaçait, il gémissait, il grognait, il sanglotait, il pleurait, il braillait, le tout avec de vraies larmes, remontées par seaux entiers de quelque puits au fond de son corps. Après cela, il hurlait, il criait, il s'époumonait, il se tortillait, il se tordait, il se contorsionnait, il se débattait et il hoquetait, le paroxysme étant atteint quand il vomissait une version grumeleuse de son petit déjeuner salé et vinaigré à base de chorizo et d'œufs. Au terme de cette longue première prise, l'équipe observa un silence religieux, médusée de voir ce qui restait de James Yoon, aussi éreinté et abîmé qu'un fier esclave dans une plantation américaine. L'Auteur en personne arriva avec une serviette humide, s'agenouilla près de l'acteur ligoté et essuya délicatement le vomi sur son visage. C'était incroyable, Jimmy, absolument incroyable.

Merci, haleta James Yoon.

Maintenant on va la refaire une fois, pour être sûr.

En réalité, il fallut six autres prises avant que l'Auteur se déclare satisfait. À midi, après la troisième, l'Auteur avait demandé à James Yoon s'il voulait faire une pause déjeuner. L'acteur avait tressailli et murmuré, Non, ne me détachez pas. On me torture, après tout, non ? Alors que le reste des acteurs et de l'équipe gagnait la fraîcheur soporifique de la cantine, je m'assis à côté de James Yoon et lui proposai l'ombre d'un parasol. Mais il secoua la tête avec l'obstination d'une tortue. Non, bordel, je vais jusqu'au bout. Ce n'est qu'une petite heure au soleil. Les gens comme Binh ont subi des choses mille fois pires, pas vrai ? Mille fois pires, confirmai-je. L'expérience pénible de James Yoon, au moins, allait s'arrêter aujourd'hui, ou du moins l'espérait-il, tandis que l'humiliation d'un vrai prisonnier durait des jours, des semaines, des mois, des années. C'était le cas des hommes capturés par mes camarades communistes, à en croire les rapports de nos services de renseignements, mais il en allait de même pour ceux qu'interrogeaient mes collègues de la police spéciale. Leurs interrogatoires duraient-ils si longtemps parce que les policiers étaient minutieux, sans imagination ou sadiques ? Les trois à la fois, répondait Claude. Pourtant, le manque d'imagination et le sadisme s'opposent à la minutie. Il était en train de faire la leçon à une classe de ces membres de la police secrète au Centre national des interrogatoires, dont les fenêtres aveugles donnaient sur les docks de Saigon. Les vingt élèves de sa spécialité clandestine, y compris moi, étaient tous des anciens de l'armée ou de la police. Mais nous étions encore intimidés par son autorité, par sa capacité à disserter avec l'aura d'un professeur de la Sorbonne, ou de Harvard, ou de Cambridge. La force brute n'est pas la réponse, messieurs, si vous vous demandez comment obtenir renseignements et coopération. La force brute vous vaudra de mauvaises réponses, des mensonges, des fausses pistes ou, pire encore, la réponse que le prisonnier pense que vous voulez entendre. Il dira n'importe quoi pour abréger ses souffrances. Tout ce fatras – ici Claude montrait les accessoires professionnels réunis sur son bureau, pour la plupart fabriqués en France, dont une matraque, un bidon d'essence en plastique rempli d'eau savonneuse, des pinces, un générateur électrique manuel pour téléphone de campagne –, tout ça est inutile. L'interrogatoire n'est pas une punition. L'interrogatoire est une science.

Avec les autres membres de la police secrète, nous recopiions fidèlement tout ça dans nos cahiers. Claude était notre conseiller américain, et nous attendions de lui, comme de tous les conseillers américains, le savoir ultime. Nous ne fûmes pas déçus. L'interrogatoire porte d'abord sur l'esprit, ensuite sur le corps, dit-il. Vous n'êtes même pas obligés de laisser un bleu ou une marque sur le corps. Ça vous paraît surprenant, non ? Pourtant, c'est la vérité. Nous avons dépensé des millions pour le prouver en laboratoire. Les principes sont rudimentaires, mais la pratique peut être créative et adaptée selon l'individu ou l'imagination de l'interrogateur. Désorientation. Privation sensorielle. Autopunition. Ces principes ont été scientifiquement démontrés par les meilleurs savants du monde, les savants américains. Nous avons montré que, dans les bonnes conditions, l'esprit humain se disloque plus vite que le corps humain. Avec tout ce fatras – il montra de nouveau, avec une main méprisante, ce que désormais nous considérions comme de la quincaillerie française, les instruments des barbares de l'Ancien Monde plutôt que ceux des savants du Nouveau Monde, de la torture médiévale plutôt que de l'interrogatoire moderne –, vous mettrez des mois à éreinter le sujet. En revanche, mettez un sac sur sa tête, enroulez ses mains dans de la gaze, bouchez-lui les oreilles et jetez-le dans une cellule entièrement sombre tout seul pendant une semaine, et vous n'avez plus un être humain capable de résistance. Vous avez une flaque d'eau.

De l'eau. De l'eau, dit James Yoon. Je peux avoir un peu d'eau, s'il vous plaît ?

Je partis lui en chercher. Malgré la torture, il n'avait rien bu d'autre que l'eau absorbée à travers le tissu mouillé, juste assez mouillé, dit-il, pour être étouffant. Comme ses bras étaient toujours attachés, je fis lentement couler l'eau dans sa gorge. Merci, lâcha-t-il, comme n'importe quel prisonnier reconnaissant à son bourreau de lui avoir donné une goutte d'eau, ou un quignon de pain, ou une minute de sommeil. Pour une fois, je fus soulagé d'entendre la voix de l'Auteur. Allez, s'écria-t-il, on termine pour que Jimmy puisse retourner à la piscine !

À la dernière prise, deux heures plus tard, James Yoon pleurait vraiment de douleur. Son visage baignait dans la sueur, le mucus, le vomi et les larmes. J'avais déjà vu ça – l'agente communiste. Mais ç'avait été vrai, tellement vrai que je dus m'obliger cette fois à ne plus penser à son visage. Je me concentrai sur l'état fictif de dégradation complète que l'Auteur souhaitait pour la scène suivante, laquelle exigeait elle-même plusieurs prises. Dans cette scène, la dernière du film en ce qui concernait James Yoon, les vietcongs, frustrés par leur incapacité à briser leur victime et à lui faire avouer ses crimes, lui fracassaient la tête à coups de pelle. Mais avant cela, le quatuor, un peu épuisé, décidait de faire une petite pause en fumant les

Marlboro de Pete Attucks. Malheureusement pour eux, ils sous-estimaient la volonté de ce Binh, qui, comme beaucoup de ses compatriotes du Sud, qu'ils fussent combattants de la liberté ou combattants de la liberté, affichait la décontraction d'un surfeur californien face à tous les sujets, sauf la question de l'indépendance. Abandonné avec sa serviette autour de la tête, il parvenait ainsi à découper un bout de sa propre langue et à se noyer sous un jet de son propre faux sang, un produit commercial qui coûtait trente-cinq dollars les trois litres et dont environ deux bidons servirent à maquiller James Yoon et à colorer la terre. Pour la cervelle de Binh, en revanche, Harry avait concocté sa propre matière cérébrale maison, une recette secrète, flocons d'avoine et agar-agar, produisant une masse grise, gélatineuse et compacte dont il barbouilla amoureusement le sol autour de la tête de James Yoon. Le chef opérateur se rapprocha de très près pour saisir le regard dans les yeux de Binh. De là où j'étais, je ne les voyais pas, mais je supposais qu'il devait émaner d'eux, comme chez un saint, un mélange de douleur extatique et d'extase douloureuse. Malgré tous les châtiments subis, il n'avait pas prononcé un seul mot, du moins un mot intelligible.

11

Plus je travaillais sur le Film, plus j'étais convaincu d'être non seulement un consultant technique pour un projet artistique, mais un espion à l'intérieur d'une œuvre de propagande. L'Auteur l'aurait nié, qui considérait son Film comme de l'Art et rien d'autre. Mais de qui se moquait-on ? Le cinéma était l'arme dont se servait l'Amérique pour affaiblir le reste du monde. Hollywood attaquait inlassablement les défenses mentales des spectateurs avec le succès, le carton, le spectacle, le blockbuster, et, oui, même la bombe du box-office. Peu importait l'histoire que les gens regardaient : l'essentiel était qu'ils regardaient et aimaient l'histoire américaine, jusqu'au jour où ils seraient eux-mêmes peut-être bombardés par les avions qu'ils avaient vus dans les films américains.

Man, sans surprise, considérait que Hollywood était la rampe de lancement du missile intercontinental de l'américanisation. Je lui avais écrit une lettre inquiète à propos de la pertinence de mon travail sur le Film ; il m'avait envoyé en retour des messages on ne peut plus détaillés. D'abord, il évoqua mes préoccupations liées aux réfugiés : *Conditions ici exagérées là-bas. Rappelle-toi les principes de notre*

Parti. Les ennemis du Parti doivent être éradiqués. Son deuxième message portait sur ma crainte d'être un collaborateur de l'Auteur : *Rappelle-toi Mao à Yan'an.* Rien de plus. Mais cela suffit à chasser le corbeau du doute posé sur mon épaule. Quel président américain avait pour la dernière fois jugé bon d'écrire un discours sur l'importance de l'art et de la littérature ? Je ne m'en souviens pas. Et pourtant, à Yan'an, Mao expliqua que l'art et la littérature étaient essentiels à la révolution. À l'inverse, prévenait-il, l'art et la littérature pouvaient aussi être des instruments de domination. L'art ne pouvait être séparé de la politique, et la politique avait besoin de l'art pour toucher les gens là où ils vivaient, à travers le divertissement. En m'incitant à me souvenir de Mao, Man m'expliquait que ma mission sur le Film était importante. Peut-être le Film en lui-même ne l'était-il pas, mais ce qu'il représentait, la catégorie du film américain, l'était. Un spectateur pouvait détester ce Film, ou l'adorer, ou n'y voir qu'une histoire – ces émotions n'étaient pas la question. Ce qui comptait, c'était que ce même spectateur, en payant son ticket, était prêt à laisser les idées et les valeurs américaines s'insinuer dans les tissus vulnérables de son cerveau et le terreau absorbant de son cœur.

Quand Man avait abordé pour la première fois ces questions avec moi, dans notre groupe d'étude, j'avais été ébloui par son intelligence et par celle de Mao. J'étais lycéen, je n'avais jamais lu Mao, jamais pensé que l'art et la littérature puissent avoir un rapport avec la politique. Man avait administré cette leçon en nous embarquant, moi et le troisième membre de notre cellule, un jeune homme à lunettes nommé Ngo, dans une vigoureuse discussion sur les propos de Mao. Les arguments du Grand Timonier concernant l'art nous faisaient vibrer. L'art pouvait être populaire, destiné aux masses, et néanmoins à la pointe, élevant son propre niveau esthétique en même temps que le goût des masses. Avec l'assurance péremptoire de l'adolescence, nous en parlions dans le jardin de Ngo, interrompus de temps à autre par sa mère qui nous servait à manger. Le malheureux Ngo finit par mourir dans un centre d'interrogatoire en province, arrêté pour avoir eu en sa possession des tracts antigouvernementaux. Mais à l'époque c'était un garçon éperdument amoureux de la poésie de Baudelaire. Contrairement à Man et à lui, je n'ai jamais été un organisateur ou un agitateur. C'est une des raisons pour lesquelles, me dirait Man un peu plus tard, les comités supérieurs avaient décidé que je serais une taupe.

Il employa le mot anglais, *mole*, que nous avions appris récemment à l'école, grâce à un professeur d'anglais dont le grand plaisir était de faire des arbres syntaxiques. Une taupe ? dis-je. L'animal qui creuse sous la terre ?

L'autre sens de *mole*.

Il y a un autre sens de *mole* ?

Bien sûr. Penser à *mole* comme à ce qui creuse sous la terre, c'est passer complètement à côté de la définition de *mole* comme espion. La mission d'un espion n'est pas de se cacher là où personne ne peut le voir, puisque lui-même ne pourra rien voir non plus. La mission d'un espion est de se cacher là où tout le monde peut le voir et où il peut tout voir. Alors maintenant, pose-toi la question : qu'est-ce que tout le monde peut voir de toi mais que tu ne peux pas voir ?

Arrête les devinettes. Je ne sais pas.

Là – il pointa le doigt vers le centre de ma figure –, visible de tout le monde.

Je m'approchai du miroir pour regarder, et Man m'observait par-dessus mon épaule. En effet le grain de beauté était bel et bien là, il faisait tellement partie de moi que j'avais cessé depuis longtemps de le remarquer. Garde bien en tête que tu ne seras pas n'importe quel espion, dit Man, mais le grain de beauté sur le nez du pouvoir lui-même.

Man avait cette capacité innée à rendre le rôle d'un espion, comme d'autres missions potentiellement périlleuses, attirant. Qui ne voudrait pas être un grain de beauté ? Je gardai cela à l'esprit en consultant un peu après mon dictionnaire d'anglais, où je découvris que *mole* pouvait désigner aussi une sorte de digue, une unité de mesure chimique, une masse anormale de tissu utérin, et, prononcé différemment, une sauce mexicaine très épicée composée de piments et de chocolat, qu'un jour je goûterais et apprécierais beaucoup. Mais ce qui attira mon regard, et qui ne m'a pas quitté depuis, c'était l'illustration, où l'on voyait non pas un grain de beauté mais l'animal, un mammifère souterrain et mangeur de vers, avec de grosses pattes griffues, un groin tubulaire à moustaches et des yeux minuscules. Il était quasiment aveugle, et tout le monde, assurément, le trouvait laid, sauf sa mère.

Écrabouillant les victimes sur son passage, le Film avançait avec la puissance d'une division de panzers vers la bataille suprême, dans la tanière de King Cong, suivie par l'atomisation incendiaire de cette même tanière par l'aviation américaine. Il fallut plusieurs semaines de tournage pour un résultat de quinze minutes à l'écran, quinze minutes pleines d'hélicoptères, de tirs de roquettes, d'échanges de tirs de mitraillettes, jusqu'à la destruction absolue et sublime des beaux décors qui avaient été montés pour être expressément abattus. Grâce à d'énormes quantités de fumigènes, le décor était régulièrement enveloppé d'un brouillard épais. Il y eut tant de balles à blanc tirées, de détonateurs et d'explosifs utilisés, que tous les oiseaux, toutes les bestioles de l'endroit disparurent, effarés, et que les techniciens se promenaient avec des cotons-tiges dans les oreilles. Naturellement, cela ne suffisait pas à détruire le village et la grotte où se cachait King Cong ; pour satisfaire l'envie de l'Auteur de voir un bain de sang réaliste, tous les figurants devaient être aussi massacrés. Comme le scénario prévoyait la mort de plusieurs centaines de vietcongs et de Laotiens, et comme il n'y avait que cent figurants, la plupart d'entre eux mouraient plusieurs fois, jusqu'à quatre ou cinq. Le besoin de renforts ne disparut qu'après le clou de la bataille, une gigantesque attaque au napalm déclenchée par des F-5 de l'aviation philippine volant à basse altitude. La plupart des forces ennemies ayant été ainsi anéanties, les derniers jours du tournage n'exigèrent plus que la présence de vingt figurants, population réduite qui transforma le village en ville fantôme.

C'était ici que les vivants s'endormaient, mais que les morts se réveillaient, car pendant trois jours, à l'aurore, le décor résonna du cri de, *Les Vietnamiens morts, prenez vos places !* Une tribu obéissante de zombies se levait de terre : par vingtaines, des cadavres démembrés sortaient de la tente du maquillage, contusionnés, ensanglantés, leurs vêtements déchiquetés et arrachés. Les uns, épaulés par leurs camarades, marchaient sur une jambe, l'autre étant couverte de bandages jusqu'à la cuisse. D'une main libre, ils tenaient une fausse jambe d'où saillait un os et qu'ils mettaient en place une fois allongés. D'autres, le bras caché sous la chemise et la manche vide, transportaient un faux bras amputé, tandis que certains tenaient la cervelle qui s'échappait de leur tête. Quelques-uns serraient précautionneusement leurs intestins apparents, qui ressemblaient à des guirlandes de saucisses blanches et crues, car c'était bien de ça qu'il s'agissait. L'utilisation de saucisses fut un choix judicieux puisque, au moment opportun, quand la caméra tournait, Harry lâchait un chien errant qui se précipitait, affamé, sur le plateau et commençait à rogner furieusement les boyaux des morts. Ces cadavres étaient tout ce qui restait de l'ennemi dans les ruines fumantes de la tanière de King Cong, éparpillés çà et là dans des poses grotesques après avoir été abattus, poignardés, tabassés ou étouffés lors du corps à corps entre les vietcongs et les Bérets verts aidés par les Forces populaires. Parmi les morts figuraient beaucoup de malheureux soldats anonymes des Forces populaires, et les quatre vietcongs qui avaient torturé Binh et violé Mai, éliminés par les bras vengeurs de Shamus et de Bellamy, maniant leurs couteaux KA-BAR avec une frénésie homérique jusqu'à ce que

> Ils restèrent pantelants sur le champ de bataille, d'où n'émergeait que le crépitement des braises.

SHAMUS
Tu entends ?

BELLAMY
Je n'entends rien du tout.

SHAMUS
Justement. C'est le bruit de la paix.

Si seulement ! Le Film n'était pas tout à fait terminé. Une vieille femme se précipitait de la grotte et s'écroulait, en hurlant, sur le corps de son fils vietcong mort. Sidérés, les Bérets verts reconnaissaient alors la gentille patronne aux dents noires du bordel sinistre où ils avaient si souvent joué à la loterie des maladies vénériennes.

BELLAMY
Merde, Mama San est une vietcong.

SHAMUS
Ils le sont tous, petit.

BELLAMY
Qu'est-ce qu'on fait d'elle ?

SHAMUS
Rien. On rentre à la maison.

Shamus oubliait la règle cardinale du western, du polar et du film de guerre : ne jamais tourner le dos à l'ennemi ou à une femme meurtrie. Aussitôt fait, la Mama San enragée s'emparait de l'AK-47 de son fils et mitraillait Shamus des hanches aux omoplates, avant d'être tuée par Bellamy qui, faisant rapidement volte-face, vidait ses dernières cartouches sur elle. Ainsi mourait-elle au ralenti, le sang giclant de quatorze capsules fournies par Harry – sans compter les deux autres qu'elle devait croquer. Elles ont un goût atroce, dit-elle par la suite, la bouche et le menton couverts de ce faux sang que je nettoyais. J'étais convaincante ? Stupéfiante, dis-je, à sa grande joie. Personne ne meurt comme vous.

Sauf le Comédien, bien entendu. Pour s'assurer que personne ne dirait qu'Asia Soo ou James Yoon avaient été meilleurs que lui, il demanda que sa mort soit filmée dix-huit fois. Toutefois, c'est de l'Idole qu'on exigea le plus gros travail d'acteur. Il devait prendre Will Shamus agonisant dans ses bras, tâche ô combien difficile puisque, après sept mois de tournage, le Comédien ne s'était toujours pas douché, malgré le fait qu'aucun soldat, jamais, ne ratait une occasion de prendre une douche ou un bain, ne serait-ce qu'un savonnage à l'eau froide dans son casque. Je lui en avais parlé un soir, au début du tournage ; il m'avait répondu avec cet air de pitié mêlée d'amusement auquel j'étais tant habitué, le genre qui signifiait non seulement que ma braguette était ouverte, mais qu'en plus il n'y avait rien à y voir. C'est précisément parce que aucun soldat ne l'a jamais fait que je le fais, m'avait-il expliqué. Moyennant quoi, personne ne pouvait se résoudre à manger à sa table ou à rester à moins de quatre ou cinq mètres de lui ; sa puanteur était si épouvantable qu'elle tirait des larmes à l'Idole quand il se penchait à côté de lui à chaque prise, sanglotant et suffoquant, pour entendre Shamus lâcher ses dernières paroles, La salope ! La salope !

Shamus mort, Bellamy pouvait demander une opération Arc Light sur la tanière de King Cong. Dans les cieux, un invisible B-52 Stratofortress devait balancer treize tonnes de bombes sur la tanière, l'objectif étant non pas de tuer les vivants, mais de débarrasser le terrain de ses morts, d'exécuter une danse de la victoire sur le cadavre de King Cong, d'effacer le sourire hippie sur le visage de Dame Nature et de dire au monde, *C'est plus fort que nous – on est des Américains*. La scène fut une production industrielle massive, qui exigeait le creusement de plusieurs tranchées recevant six mille litres d'essence, mille bombes fumigènes, plusieurs centaines de bâtons de phosphore, quelques dizaines de bâtons de dynamite, enfin un nombre indéterminé de roquettes, de fusées éclairantes et de balles traçantes, tout cela pour simuler les explosions en provenance du stock de munitions de King Cong, fournies par les Chinois et les Soviétiques. Toute l'équipe attendait ce moment, la plus grosse explosion de toute l'histoire du cinéma. C'est le moment, proclama l'Auteur à l'équipe réunie au cours de la dernière semaine, où on va montrer que faire ce film, c'était partir à la guerre. Quand vos petits-enfants vous demanderont ce que vous avez fait pendant la guerre, vous pourrez dire, J'ai fait ce film. J'ai fait une grande œuvre d'art. Comment savez-vous que vous avez fait une grande œuvre ? Une grande œuvre, c'est quelque chose d'aussi réel que la réalité elle-même, et parfois même encore plus vrai que la réalité. Longtemps après qu'on aura oublié cette guerre, quand elle ne sera qu'un petit paragraphe dans un livre que les écoliers ne s'embêteront même pas à lire, quand tous les survivants seront morts, leurs corps devenus poussière, leurs souvenirs des atomes, quand leurs émotions auront disparu, cette œuvre d'art brillera encore avec une telle force qu'elle ne sera plus seulement sur la guerre, mais qu'elle sera la guerre.

Et voilà l'absurdité de la chose. Non qu'il n'y eût pas une certaine vérité dans les propos de l'Auteur, car l'absurde recèle souvent un fond de vérité. Oui, l'art survit toujours à la guerre, ses œuvres sont encore debout longtemps après que les rythmes diurnes de la nature ont pulvérisé les corps de millions de combattants. Mais il ne faisait aucun doute pour moi que l'Auteur, dans son imagination mégalomane, pensait que son œuvre d'art était maintenant plus importante que les trois, quatre ou six millions de morts qui donnaient son véritable sens à la guerre. *Ils ne peuvent se représenter eux-mêmes ; ils doivent être représentés.* Marx voulait parler de la classe opprimée, qui n'avait pas assez de conscience politique pour se voir comme une classe. Mais pouvait-on imaginer phrase plus juste aussi à propos des morts, et des figurants ? Leur destin était tellement inepte que chaque soir ils noyaient dans l'alcool leur dollar journalier, et je les accompagnais de bon cœur, sentant une petite part de moi-même mourir avec eux. J'étais de plus en plus convaincu de la médiocrité de mon entreprise, d'avoir eu l'illusion de pouvoir influer sur la manière dont nous étions représentés. J'avais modifié le script, çà et là, et donné naissance à quelques rôles parlants. Mais à quelle fin ? Je n'avais pas fait dérailler, ni dévier de sa route, ce mastodonte ; je n'avais fait que lui faciliter la tâche en tant que consultant technique chargé de l'authenticité, ce fantôme qui hante les mauvais films voulant être bons. Ma tâche consistait à faire en sorte que les gens qui détalaient à l'arrière-plan du film soient de vrais Vietnamiens, disent de vraies choses vietnamiennes et portent de vrais vêtements vietnamiens juste avant de mourir. L'accent du dialecte et la coupe du costume devaient être vrais ; en revanche, les choses les plus importantes, comme les émotions et les idées, pouvaient être fausses. J'étais la petite main qui vérifiait la qualité des coutures sur un costume dessiné, produit et porté par les riches Blancs de la planète. Ils possédaient les moyens de production, donc les moyens de représentation, et notre seul espoir était d'arriver à en placer une avant de mourir dans l'indifférence générale.

Le Film n'était qu'un *sequel* de notre guerre et le *prequel* de la prochaine guerre que l'Amérique était condamnée à faire. Le massacre des figurants était soit une reconstitution de ce qui nous était arrivé, à nous les indigènes, soit une répétition générale du prochain épisode similaire, le Film étant l'anesthésiant local administré à la mentalité américaine, pour la préparer à la moindre irritation bénigne avant ou après. En fin de compte, la technologie employée pour anéantir en vrai les indigènes provenait du complexe militaro-industriel dont Hollywood faisait partie intégrante, jouant consciencieusement son rôle dans l'anéantissement fictif des indigènes. Je m'en rendis compte le jour où devait être tourné le spectacle final. À la toute dernière minute, l'Auteur décida d'improviser avec les énormes quantités d'essence et d'explosifs qui restaient. La veille, à mon insu, les spécialistes des effets spéciaux avaient reçu ses instructions : préparez la destruction du cimetière. Dans le scénario initial, le cimetière était épargné lors de l'attaque du village par King Cong. Désormais, l'Auteur voulait encore une scène qui illustrerait la véritable dépravation des deux camps : un groupe de guérilleros suicidaires devait défiler parmi les tombes et Shamus réclamait qu'un déluge de phosphore blanc s'abatte sur le lieu sacré des ancêtres du village, détruisant les vivants et les morts à coups d'obus de 155. J'appris l'existence de cette nouvelle scène le matin même de son tournage, alors qu'était prévue l'opération des B-52. Négatif, me dit Harry. Les mecs des effets spéciaux ont fini de préparer le cimetière cette nuit.

J'adore ce cimetière. C'est le plus beau décor que tu aies construit.

Tu as une demi-heure pour le prendre en photo avant que ça fasse boum-boum.

Ce n'était qu'un faux cimetière, ce n'était que la fausse tombe de ma mère, mais l'anéantissement de cette création, son aspect gratuit et capricieux, me bouleversa avec une violence inattendue. Je devais absolument rendre un dernier hommage à ma mère et au cimetière, mais j'étais seul avec mes sentiments. Le cimetière était à l'abandon, puisque l'équipe n'avait toujours pas terminé son petit déjeuner. Entre les tombes courait maintenant un dédale de tranchées peu profondes, luisantes d'essence. Des bâtons de dynamite et de phosphore avaient été attachés au dos des stèles, des grappes de fumigènes étaient enfoncées dans la terre, cachées à la vue des caméras par les pierres tombales et les herbes hautes qui chatouillaient mes chevilles et mes mollets nus. Mon appareil photo autour du cou, je passai devant les noms des morts que Harry avait écrits sur les stèles, recopiés de l'annuaire de Los Angeles et appartenant à des gens sans doute encore en vie. Parmi les noms des vivants dans cette petite esplanade des morts, le nom de ma mère était le seul qui fût vraiment à sa place. C'est devant sa stèle que je m'agenouillai pour un dernier adieu. En sept mois, les injures du temps avaient effacé l'essentiel de son visage et la peinture rouge de son nom s'était délavée, comme du sang séché sur un trottoir. La mélancolie glissa sa main sèche et parcheminée dans la mienne, comme toujours dès que je pensais à ma mère, elle dont la vie avait été si courte, les possibilités si rares, les sacrifices si grands, elle qui allait subir un dernier outrage pour les besoins du divertissement.

Maman, dis-je, le front sur sa stèle. Maman, tu me manques tellement.

J'entendis la voix désincarnée de l'adjudant glouton. Il riait sous cape. Était-ce mon imagination ? Tous les bruits de la nature cessèrent. Dans le calme surnaturel de cette séance de spiritisme avec elle, je pensais avoir réussi à communier avec son âme. Mais, au moment où ma mère aurait pu me susurrer quelque chose, un gigantesque éclat sonore me priva de mon ouïe. Au même instant, une gifle me souleva et m'envoya à travers une boule de lumière. J'étais sonné ; pendant qu'une partie de moi volait, l'autre partie regardait. Plus tard, on prétendrait que tout ça était un accident, la faute à un détonateur défectueux qui avait déclenché la première explosion. Mais j'aurais décrété entre-temps qu'il ne s'agissait en rien d'un accident. Il n'y avait qu'un homme responsable de tout ce qui se passait sur le tournage, un homme si soucieux du moindre détail qu'il préparait jusqu'au menu de la semaine : l'Auteur. Mais, au moment de la déflagration, mon moi calme crut que Dieu en personne avait frappé mon âme impie. Par les yeux de ce moi calme, je découvris mon moi hystérique, vociférant, en train d'écarter les bras et de les agiter en tous sens, à la manière d'un oiseau incapable de voler. Tandis qu'un grand rideau de flammes se déployait devant lui, une onde de chaleur l'enveloppa, si puissante que lui et moi perdîmes toute notion de sensation. Comme un python énorme, l'impuissance resserra son étreinte étouffante autour de nous, nous faisant redevenir un avec une telle force que je faillis perdre conscience, jusqu'à ce que mon dos retombe par terre. La viande de mon corps était à présent salée, grillée, et attendrie ; le monde autour de moi était en flammes et puait la sueur d'essence dégagée par les créatures de fumée noire velues qui se ruaient vers moi, qui se jetaient sur moi avec leurs figures perpétuellement changeantes. Lorsque je me remis péniblement debout, un autre bruit retentissant déchira le silence qui bouchait mes oreilles. Des fragments météoritiques de terre et de roche sifflèrent autour de moi ; je passai un bras par-dessus ma tête et me couvris le nez et la bouche avec ma chemise. Je vis un passage étroit à travers les flammes et la fumée. Les yeux aveuglés par les larmes et piqués par la suie, je courus, une fois de plus, pour sauver ma peau. L'onde de choc d'une autre explosion me fouetta le dos, une stèle entière vola au-dessus de ma tête, une grenade fumigène rebondit devant moi et un nuage gris me banda les yeux. Je me frayai un chemin en évitant la chaleur, toussant et respirant bruyamment jusqu'à ce que je retrouve l'air pur. Toujours aveugle, je continuai de courir, d'agiter les mains, de chercher l'oxygène, éprouvant cette sensation que le lâche veut toujours éprouver et ne veut jamais éprouver : être en vie. Sensation qui n'était possible qu'après avoir survécu à une partie de roulette russe avec la joueuse qui ne perd jamais, la Mort. Alors que je m'apprêtais à remercier le Dieu auquel je ne croyais pas, car oui, en fin de compte, j'étais un lâche, un tonnerre de trompettes m'assourdit. Dans le silence, la terre disparut – la glu de la gravité se décolla – et je fus propulsé vers le ciel, cependant que les ruines du cimetière brûlaient devant moi, s'éloignaient à mesure que j'étais soufflé en arrière. Le monde défilait dans un brouillard trouble qui finit par laisser place à une obscurité muette.

Ce brouillard... Ce brouillard, c'était ma vie qui passait devant mes yeux, mais à une telle vitesse que je ne pouvais pas en distinguer grand-chose. Je me voyais, moi, mais le plus étrange était que ma vie défilait en sens inverse, comme dans ces séquences de film où quelqu'un qui tombe du haut d'un immeuble et s'écrase sur le trottoir soudain rebondit et repasse par la fenêtre. Je vivais la même chose : je courais comme un forcené, à reculons, sur un arrière-plan impressionniste de taches de couleur. Je rapetissais peu à peu jusqu'à devenir un adolescent, puis un enfant, enfin un bébé, à quatre pattes, avant d'être inévitablement happé, nu et vagissant, par ce portail que possède la mère de tout homme, dans un trou noir d'où toute lumière avait disparu. Au moment où cette ultime lueur s'évanouit me vint à l'esprit que la lumière au bout du tunnel, celle que voient les gens qui ont connu la mort avant de revivre, n'était pas le paradis. N'était-il pas beaucoup plus probable qu'ils voyaient non pas ce qui les attendait, mais ce qu'ils abandonnaient ? C'était le souvenir universel du premier tunnel par lequel nous passons tous, dont la lumière, tout au bout, transperce notre nuit fœtale, titille nos paupières closes, nous invite à avancer vers la cascade qui nous conduira à l'inévitable rendez-vous avec la mort. J'ouvris la bouche pour crier, puis j'ouvris les yeux...

J'étais sur un lit caché par un rideau blanc, blotti sous un drap blanc. Derrière le rideau, des voix éthérées ; un cliquetis métallique, comme le bruit des glaçons ; la culbute de roues sur le lino ; le grincement exaspérant de semelles en caoutchouc ; les bips sinistres d'appareils électroniques esseulés. J'étais habillé d'une fine blouse d'hôpital, mais malgré sa légèreté, et celle du drap, je me sentais écrasé par une lourdeur soporifique, rêche comme une couverture militaire, oppressante comme un amour dont on ne veut pas. Au pied de mon lit se tenait un homme tout de blanc vêtu, qui lisait un dossier médical sur un clip-board, aussi concentré qu'un dyslexique. Il avait la chevelure ébouriffée et négligée d'un étudiant en astrophysique, son ventre protubérant débordait largement du barrage de sa ceinture, et il marmonnait devant un magnétophone. Patient admis hier souffrant de brûlures au premier degré, d'inhalation de fumée, de contusions, de commotion cérébrale. Il est... Sur ce, il vit que je le regardais. Ah oui, bonjour, dit-il. Vous m'entendez, jeune homme ? Hochez la tête. Très bien. Vous pouvez parler ? Non ? Il n'y a aucun problème avec vos cordes vocales ou votre langue. Encore choqué, je dirais. Vous vous rappelez votre nom ? Je hochai la tête. Bien ! Vous savez où vous êtes ? Je fis signe que non. Un hôpital de Manille. Le meilleur rapport qualité-prix. Ici, les médecins sont non seulement docteurs en médecine, mais en philosophie. Du coup, nous sommes tous des médecins philippinosophes. Ha, je plaisante, mon jeune ami au teint cireux. Ce qui veut dire que je peux analyser ce que je peux voir et ce que je ne peux pas voir. Chez vous, tout ce qui est d'ordre physique est plutôt en bon état, vu la frayeur que vous venez de vous faire. Quelques dégâts, bien sûr, mais vous vous en tirez bien, puisque vous auriez dû être mort ou grièvement blessé. Un bras cassé, au moins, ou une jambe. Bref, vous être incroyablement chanceux. Cela dit, je pense que vous devez avoir un mal de tête dantesque. Alors je vous conseille tout, sauf la psychanalyse. Je vous conseillerais volontiers une infirmière, mais on a exporté les plus jolies en Amérique. Des questions ? Je voulus parler, mais rien ne sortit de ma bouche. Je me contentai donc de faire signe que non. Reposez-vous, dans ce cas. Rappelez-vous que le meilleur traitement médical, c'est la conscience de la relativité des choses. Même si vous vous sentez très mal, rassurez-vous en pensant que quelqu'un d'autre se sent beaucoup plus mal.

Sur ces entrefaites, il disparut derrière le rideau et je me retrouvai seul. Au-dessus de moi, le plafond était blanc. Mes draps, blancs. Ma blouse d'hôpital, blanche. Si tout était uniformément blanc, c'est que je devais aller bien. Or je n'allais pas bien. Je détestais les pièces blanches, et voilà que je me retrouvais seul dans l'une d'elles, sans rien pour me distraire. Je pouvais survivre sans télévision, mais pas sans livres. Ici, rien ne venait rompre ma solitude, pas même un magazine ou un autre patient. À mesure que les secondes, les minutes et les heures s'écoulaient lentement comme la salive de la bouche d'un malade mental, je fus gagné par un malaise profond, l'impression étouffante que le passé commençait à surgir de ces murs nus. Je fus sauvé de ces visitations par l'irruption, plus tard dans l'après-midi, des quatre figurants qui jouaient les tortionnaires vietcongs. Rasés de frais, portant jean et tee-shirt, ils ne ressemblaient ni à des tortionnaires ni à des méchants, mais à des réfugiés inoffensifs, un peu hagards et pas à leur place. Ils avaient apporté, curieusement, un panier de fruits recouvert de cellophane et une bouteille de Johnnie Walker. Comment ça va, chef ? demanda le plus petit. Vous avez une sale gueule.

Ça va, coassai-je. Rien de grave. Il ne fallait pas.

Les cadeaux ne sont pas de nous, répondit le grand sergent. C'est le réalisateur qui les a envoyés.

C'est gentil à lui.

Le grand sergent et Nabot échangèrent un coup d'œil. Si vous le dites, dit ce dernier.

Comment ça ?

Le grand sergent soupira. Je voulais attendre un peu avant d'en parler, capitaine. Écoutez, buvez un coup d'abord. La moindre des choses, c'est de boire son alcool.

Je ne serais pas contre une goutte, dit Nabot.

Servez-en à tout le monde, dis-je. Comment ça, la moindre des choses ?

Le grand sergent insista pour que je boive d'abord. En effet, la douce chaleur de ce blend à prix modique me fit un bien fou, aussi réconfortante qu'une femme au foyer qui comprend tous les besoins de son mari. Il paraît que ce qui s'est passé hier était un accident, dit-il. Mais ça fait quand même une sacrée coïncidence, non ? Vous vous engueulez avec le réalisateur – oui, tout le monde est au courant – et bizarrement vous vous faites exploser. Je n'ai aucune preuve. Je dis seulement que c'est une sacrée coïncidence.

Pendant qu'il me resservait, je restai silencieux. Je regardai Nabot. Qu'en penses-tu ?

De la part des Américains, rien ne me surprend. Après tout, ils n'ont pas eu peur de buter notre président, si ? Qu'est-ce qui vous fait penser qu'ils n'en ont pas après vous ?

Je ris, même si au fond de moi le petit chien de mon âme était à l'affût, la truffe et les oreilles au vent. Les gars, vous êtes paranoïaques, dis-je.

Tout paranoïaque a raison au moins une fois dans sa vie, répondit le grand sergent. Le jour où il meurt.

Croyez-le ou non, dit Nabot. Mais ce n'est pas pour ça qu'on est venus vous voir ici. On voulait vous dire merci, capitaine, pour tout le travail que vous avez effectué pendant ce tournage. Vous avez fait un boulot magnifique, vous vous êtes occupé de nous, vous nous avez fait augmenter, vous avez tenu tête au réalisateur.

Alors buvons la bouteille de ce bâtard en votre honneur, capitaine, enchaîna le grand sergent.

Mes yeux s'embuèrent lorsque je les vis lever leurs verres pour moi, un compatriote vietnamien qui, malgré tout, était comme eux. Ce besoin de reconnaissance et d'appartenance me surprit, mais le traumatisme de l'explosion avait dû m'affaiblir. Man m'avait déjà prévenu que, pour le genre de travail souterrain que nous effectuions, il n'y aurait ni médailles, ni promotions, ni défilés. Comme je m'y étais résigné, les éloges de ces réfugiés me prirent au dépourvu. Après leur départ, je me réconfortai avec leurs paroles, et avec Johnnie Walker, abandonnant mon verre pour boire au goulot. Mais, une fois la bouteille vidée, dans la nuit, il ne me restait rien d'autre que moi et mes pensées, ces taxis louches qui m'emmenaient là où je ne voulais pas aller. Maintenant que ma chambre était plongée dans l'obscurité, je ne voyais que la seule autre pièce toute blanche que j'eusse connue, au Centre national des interrogatoires, à Saigon, où j'avais accompli ma première mission sous les ordres de Claude. En l'occurrence, le patient n'était pas moi. Le patient, que je devrais plutôt appeler le prisonnier, avait un visage dont je me souvenais parfaitement bien, à force de l'avoir observé grâce aux caméras installées aux quatre coins de sa chambre. Tout y était peint en blanc, le lit, le bureau, la chaise et son seau, les seuls autres occupants. Même les plateaux et les assiettes, même son verre à eau et son savon étaient blancs, et il n'avait le droit de porter qu'un tee-shirt et un caleçon blancs. Hormis la porte, la seule ouverture de sa chambre, un petit trou noir dans un coin, servait aux eaux usées.

J'étais là quand les ouvriers avaient construit et peint cet endroit. L'idée d'une chambre entièrement blanche venait de Claude, de même que l'utilisation de climatiseurs pour y maintenir la température à 18 °C, c'est-à-dire fraîche même selon les critères occidentaux, et glaciale pour le prisonnier. C'est une expérience, dit Claude. Il s'agit de voir si un prisonnier s'assouplit dans certaines conditions. Parmi celles-ci, des néons au plafond qui n'étaient jamais éteints. Ils lui fournissaient son seul éclairage, et cette intemporalité allait de pair avec la perte de repères spatiaux provoquée par la blancheur omniprésente. La dernière touche était constituée de haut-parleurs peints en blanc, fixés au mur et capables de fonctionner à toute heure de la journée. Qu'est-ce qu'on va lui faire écouter ? demanda Claude. Il faut quelque chose qu'il ne puisse pas supporter.

Il me regarda avec curiosité, prêt à me noter. Même avec la meilleure volonté du monde, je ne pouvais pas faire grand-chose pour le prisonnier. Claude allait finir par trouver la musique insupportable, et si je ne l'y aidais pas, ma réputation de bon élève perdrait un peu de son lustre. Pour le prisonnier, le seul véritable espoir de se sortir de ce mauvais pas ne reposait pas sur moi, mais sur la libération du Sud. Aussi dis-je, De la country. Le Vietnamien moyen ne peut pas supporter ça. Cet accent du Sud, ce rythme si particulier, ces histoires bizarres – cette musique nous rend un peu dingues.

Parfait, dit Claude. Donc quelle chanson est-ce qu'on met ?

Après quelques recherches, je mis la main sur le disque d'un juke-box dans un des bars de Saigon très prisé des soldats blancs. « Hey, Good Lookin' » était un morceau du célèbre Hank Williams, le roi de la country, dont la voix nasillarde incarnait à elle seule la blancheur absolue de cette musique, du moins à nos oreilles. Même moi, pourtant rompu à la culture américaine, je frémis légèrement en entendant le disque, un peu rayé à force d'avoir été passé. La country était le genre musical le plus ségrégationniste d'Amérique, où même les Blancs jouaient du jazz et les Noirs chantaient l'opéra.

Mais il n'y avait pas de Noirs dans la country, et sans doute que les lyncheurs aimaient écouter de la country pendant qu'ils attachaient leurs victimes noires. La country n'était pas forcément une musique de lyncheurs, mais on ne pouvait penser à aucune autre pour accompagner un lynchage. *La Neuvième* de Beethoven était la musique des nazis, des commandants de camps de concentration et peut-être du président Truman quand il envisageait d'atomiser Hiroshima, la musique classique servant de bande originale raffinée à la noble extermination des hordes barbares. La country était faite pour le tempo plus modeste de l'Amérique profonde au sang chaud et assoiffée de sang. C'était par peur de se faire tabasser au son de cette musique que les soldats noirs évitaient les bars de Saigon où leurs camarades blancs faisaient chauffer les juke-box avec Hank Williams et consorts, panneaux sonores qui disaient, en substance, *Interdit aux nègres*.

J'étais donc sûr de mon coup en choisissant cette chanson qui serait diffusée en boucle dans la chambre du prisonnier, sauf les fois où j'y serais. Claude m'avait nommé interrogateur en chef; faire craquer le prisonnier serait mon diplôme de fin d'études. Nous le gardâmes dans sa chambre encore une semaine avant que je le voie, sans rien qui vienne interrompre la lumière et la musique constantes, sinon l'ouverture d'une fente dans sa porte, trois fois par jour, quand on lui tendait son repas : un bol de riz, cent grammes de légumes bouillis, cinquante grammes de viande bouillie, trente centilitres d'eau. S'il se comportait bien, lui disions-nous, il aurait le droit de choisir sa nourriture. Grâce aux caméras, je le regardais manger, s'accroupir au-dessus de son trou, se laver avec son seau, faire les cent pas dans sa chambre, s'allonger, avant-bras sur les yeux, faire ses abdominaux et ses pompes, se boucher les oreilles avec les doigts. Quand il faisait cela, je montais le volume, bien obligé de faire quelque chose puisque Claude se tenait à côté de moi. Quand le prisonnier retirait ses doigts de ses oreilles et que je baissais le volume, il levait les yeux vers une des caméras et criait en anglais, Allez vous faire foutre, les Américains ! Claude rigolait. Au moins, il parle. Ce sont ceux qui ne disent jamais rien dont il faut se méfier.

Cet homme était le chef de la cellule C-7, qui appartenait à l'unité terroriste Z-99. Basée dans la zone secrète de la province de Binh Duong, la Z-99 était collectivement responsable de centaines d'attaques à la grenade, d'explosions de mines, d'attentats, de tirs au mortier et d'assassinats qui avaient fait quelques milliers de morts et terrorisé Saigon. La marque de fabrique de la Z-99, c'était le double attentat à la bombe, la seconde étant censée tuer les sauveteurs venus secourir les victimes de la première. La spécialité de notre prisonnier était la transformation de montres en détonateurs pour ces bombes artisanales. Les aiguilles des secondes et des heures étaient retirées de la montre, un câble de batterie était introduit par un trou dans le verre, et l'aiguille des minutes était placée sur le délai souhaité. Dès qu'elle touchait le câble, la bombe explosait. Les bombes étaient fabriquées à partir de mines antipersonnel volées dans les stocks américains ou achetées au marché noir. D'autres étaient confectionnées avec de la TNT qui entrait clandestinement dans la ville en petites quantités

– cachée dans des ananas ou des baguettes de pain préalablement évidés, voire dans des soutiens-gorge, source intarissable de plaisanteries au siège de la police spéciale. Nous savions que la Z-99 comptait un fabricant de montres dans ses rangs. Avant même de l'identifier clairement, nous l'avions donc surnommé l'Horloger.

La première fois que j'entrai dans sa chambre, une semaine après le début de son traitement, l'Horloger me regarda avec un air amusé. Je ne m'attendais pas à une telle réaction de sa part. *Hey, good lookin'*, me dit-il en anglais. Je m'assis sur sa chaise, lui sur son lit. C'était un tout petit bonhomme tremblant, avec une tête couverte de cheveux épais dont la noirceur détonnait dans la pièce blanche. Merci pour le cours d'anglais, me dit-il avec un grand sourire. Continuez de mettre la musique ! J'adore ! Il mentait, évidemment. Il y avait une lueur dans ses yeux, un soupçon de mal-être, bien que cela eût peut-être plus à voir avec le fait qu'il était diplômé de philosophie à l'université de Saigon et l'aîné d'une bonne famille catholique qui l'avait déshérité à cause de ses activités révolutionnaires. L'horlogerie en tout bien tout honneur – car telle était sa profession avant qu'il devienne terroriste – ne lui servait qu'à payer ses factures, comme il me l'expliqua lors de notre première conversation. Il s'agissait d'amabilités, histoire de mieux se connaître, mais derrière nos échanges polis il y avait la conscience mutuelle de nos rôles en tant que prisonnier et interrogateur, d'autant plus que je nous savais observés par Claude sur l'écran vidéo. J'étais bien content d'avoir l'air conditionné. Sans quoi j'aurais transpiré, à force d'essayer de voir comment être à la fois l'ennemi et l'ami de l'Horloger.

Je lui exposai les charges retenues contre lui, subversion, complot et meurtre, non sans lui rappeler qu'il était présumé innocent, ce qui le fit rire. Vos marionnettistes américains aiment beaucoup dire ça, mais c'est idiot, dit-il. L'Histoire, l'humanité, la religion et cette guerre nous prouvent exactement le contraire. Nous sommes tous présumés coupables, comme l'ont démontré les Américains eux-mêmes. Sinon pourquoi soupçonneraient-ils tout le monde d'appartenir au Vietcong ? Pourquoi tireraient-ils d'abord et poseraient-ils des questions après ? Parce que, pour eux, tous les Jaunes sont présumés coupables. Les Américains sont un peuple déboussolé parce qu'ils ne peuvent pas admettre cette contradiction. Ils croient en un univers où règne la justice divine, où l'espèce humaine est coupable de péché, mais ils croient aussi en une justice séculière dans laquelle les êtres humains sont présumés innocents. Or on ne peut pas avoir les deux à la fois. Et vous savez comment les Américains se débrouillent avec ça ? Ils font mine d'être éternellement innocents, peu importe le nombre de fois où ils perdent leur innocence. Le problème, c'est que ceux qui protestent de leur innocence pensent que tout ce qu'ils font est juste. Nous, au moins, qui croyons à notre propre culpabilité, nous savons de quels méfaits nous sommes capables.

Sa connaissance de la psychologie et de la culture américaines m'impressionna, mais je ne pouvais pas le lui dire. Au lieu de ça, je demandai, Donc vous préféreriez être présumé coupable ?

Si vous n'avez pas encore compris que vos maîtres me considèrent déjà comme coupable et me traiteront comme tel, alors vous n'êtes pas aussi intelligent que vous croyez l'être. Mais ça n'a rien d'étonnant. Vous êtes un bâtard et, comme tous les hybrides, vous êtes imparfait.

Quand j'y repense, je ne crois pas qu'il ait voulu m'insulter. Comme la plupart des philosophes, il n'avait tout simplement aucune aptitude sociale. Il ne faisait qu'affirmer, à sa façon maladroite, ce que lui et beaucoup d'autres prenaient pour un fait scientifique. Néanmoins, je reconnais que, dans cette pièce toute blanche, je vis rouge. J'aurais pu faire traîner cet interrogatoire pendant des années si j'avais voulu, l'accabler de questions qui ne menaient nulle part, essayer, en apparence, de trouver son point faible, tout en le protégeant secrètement. Or, à cet instant précis, tout ce que je voulais, c'était lui prouver que j'étais aussi intelligent que je croyais l'être, c'est-à-dire plus que lui. Entre nous, il ne pouvait y avoir qu'un maître. L'autre devait être l'esclave.

Comment lui en donnai-je la preuve ? Un soir, dans ma chambre, une fois ma colère refroidie et endurcie, je m'aperçus que moi, le bâtard, je le comprenais, lui le philosophe, avec une clarté absolue. La force d'un individu était toujours sa faiblesse, et vice versa. La faiblesse était visible à qui savait la voir. Dans le cas de l'Horloger, c'était le révolutionnaire prêt à abandonner la chose la plus importante au monde aux yeux d'un Vietnamien et d'un catholique : sa famille, pour qui le seul sacrifice acceptable était le sacrifice à Dieu. La force de cet homme tenait à son sacrifice, et c'était donc cela qu'il fallait détruire. Je m'assis aussitôt à mon bureau et rédigeai ses aveux à sa place. Le lendemain matin, il lut mon scénario, incrédule, puis le relut et me fusilla du regard. Vous êtes en train de dire que j'avoue être une pédale, c'est ça ? Un homosexuel, rectifiai-je. Vous allez raconter des horreurs sur mon compte ? Des mensonges ? Je n'ai jamais été une pédale. Je n'ai jamais rêvé d'être une pédale. Tout ça est... Tout ça est immonde. Sa voix montait dans les tours et son visage devenait tout rouge. Me faire dire que j'ai rejoint la révolution parce que j'étais amoureux d'un homme ? Expliquer que c'est pour ça que j'ai fui ma famille ? Que mon homosexualité explique mon amour de la philosophie ? Que c'est parce que je suis une pédale que je cherche à détruire la société ? Que j'ai trahi la révolution pour pouvoir sauver l'homme que j'aime et que vous avez capturé ? Personne n'en croira un seul mot !

Dans ce cas, personne ne s'en souciera le jour où on publiera vos aveux dans les journaux, avec ceux de votre amant et des photos intimes de vous deux.

Vous ne réussirez jamais à me faire faire une telle photo.

La CIA est très douée en matière d'hypnose et de drogues. Il ne répondit pas. Je poursuivis, Quand les journaux en parleront, vous pensez bien que ce ne seront pas seulement vos camarades révolutionnaires qui vous condamneront. La porte de votre famille vous sera définitivement fermée, aussi. Elle peut encore accepter un révolutionnaire repenti, voire victorieux. Mais un homosexuel... Elle ne l'acceptera jamais, quoi qu'il arrive à notre pays. Vous serez le type qui aura tout sacrifié pour rien. Vous disparaîtrez même de la mémoire de vos camarades, de votre famille. Au moins, si vous me parlez, ces aveux ne seront pas publiés. Votre réputation restera intacte jusqu'au jour où la guerre sera terminée. Là-dessus, je me levai. Pensez-y. Il ne dit rien et se contenta de regarder ses aveux. Je m'arrêtai à la porte. Vous croyez toujours que je suis un bâtard ?

Non, répondit-il d'une voix blanche. Vous n'êtes qu'un connard.

Pourquoi avais-je fait cela ? Dans ma chambre blanche, je n'avais rien d'autre à faire que de ressasser cet épisode que j'avais occulté, l'épisode que je suis en train de confesser. L'Horloger m'avait mis en colère, m'avait poussé, avec ses jugements pseudo-scientifiques, à agir de façon irrationnelle. Mais il n'en aurait pas été capable si je m'étais contenté de jouer mon rôle de taupe. Au lieu de ça, j'avoue que je pris du plaisir à faire ce que j'étais censé faire et ne pas faire : l'interroger jusqu'à ce qu'il craque, comme l'avait demandé Claude. Il me remontra la scène un peu plus tard, dans la salle de contrôle, où je me regardai regardant l'Horloger pendant qu'il lisait ses aveux, conscient qu'il n'avait plus de temps, un personnage d'un film, pour ainsi dire, que Claude avait produit et que j'avais réalisé. L'Horloger ne pouvait se représenter lui-même ; je l'avais représenté.

Beau travail, me dit Claude. Tu l'as vraiment défoncé.

J'étais un bon élève. Je savais ce que voulait mon professeur et, plus que cela, je recevais ses éloges aux dépens du mauvais élève. Car l'Horloger n'était-il pas cela, au fond ? Il avait appris auprès des Américains, mais il avait rejeté en bloc leurs enseignements. J'avais plus de sympathie pour la manière de penser des Américains, et j'avoue que je ne pus m'empêcher de me voir à leur place pendant que je faisais craquer l'Horloger. Il les menaçait, et donc, dans une certaine mesure, me menaçait. Pourtant, ma satisfaction à ses dépens ne dura pas. À la fin, il montrerait au monde entier ce dont était capable un mauvais élève. Il me surpasserait en prouvant qu'il est possible de saboter les moyens de production que vous ne possédez pas, de détruire la représentation qui vous possède. Son baroud d'honneur eut lieu une semaine après que je lui eus montré ses aveux. Un matin, au quartier des officiers, je reçus un appel du gardien dans la salle de contrôle. Lorsque j'arrivai au Centre national des interrogatoires, Claude était également là. L'Horloger était recroquevillé sur son lit blanc, face au mur blanc, vêtu de son caleçon blanc et de son tee-shirt blanc. Nous le retournâmes sur le côté ; son visage était violet et ses yeux, exorbités. Au fond de sa bouche ouverte, de sa gorge, une masse blanchâtre. Je suis simplement allé aux toilettes, bredouilla le gardien. Il prenait son petit déjeuner. Qu'est-ce qu'il pouvait faire en deux minutes ? Ce que l'Horloger avait fait, c'était s'étouffer à en mourir. Comme il s'était bien comporté la semaine précédente, nous l'avions récompensé en lui accordant ce qu'il voulait au petit déjeuner. J'aime les œufs durs, avait-il dit. Il avait donc écalé et mangé les deux premiers œufs, puis gobé le troisième en entier, avec la coquille. *Hey, good lookin'...*

Coupez-moi cette foutue musique, ordonna Claude au gardien.

Pour l'Horloger, le temps s'était arrêté. Ce que je n'avais pas compris avant de me réveiller dans ma propre chambre toute blanche, c'était que le temps s'était arrêté pour moi aussi. Cette autre chambre blanche, je la revoyais avec une clarté absolue depuis la mienne, mon œil en train de regarder par une caméra dans le coin, d'observer Claude et moi-même debout au-dessus de l'Horloger. Ce n'est pas ta faute, me dit Claude. Même moi, je n'y avais pas pensé. Il me donna une tape amicale sur l'épaule, mais je ne répondis pas. L'odeur de soufre évacuait tout hors de mon cerveau, tout sauf l'idée que je n'étais pas un bâtard, je n'étais pas un bâtard, je n'en étais pas un, je n'en étais pas un, je n'en étais pas un, à moins, peut-être, d'en être un.

12

Lorsque je ressortis de l'hôpital, mes services n'étaient plus requis, et je ne fus pas invité à rejoindre le plateau pour l'opération de nettoyage qui eut lieu après la fin du tournage. J'appris même qu'un billet d'avion m'avait été réservé pour un départ immédiat des Philippines. Je passai tout le voyage à ressasser le problème de la représentation. Ne pas posséder les moyens de production peut mener à une mort prématurée, mais ne pas posséder les moyens de représentation est aussi une forme de mort. Car si nous sommes représentés par d'autres, ne risquent-ils pas, un jour, de décaper à grands jets d'eau le sol stratifié de la mémoire pour en effacer notre mort ? Moi qui souffre encore aujourd'hui de mes blessures, je ne peux m'empêcher, au moment où j'écris cette confession, de me demander si je possède ma propre représentation ou si c'est vous, mon confesseur, qui la possédez.

La vue de Bon m'attendant à l'aéroport de Los Angeles me réconforta un peu. Il n'avait pas changé d'un iota. En ouvrant la porte de chez nous, je fus soulagé de voir que, si l'état de l'appartement ne s'était pas amélioré, il n'avait pas non plus empiré. Le Frigidaire restait la principale attraction de notre diorama délabré. Prévenant, Bon l'avait rempli de bière, assez pour me guérir du décalage horaire, mais pas assez pour soigner la tristesse inattendue qui s'infiltrait par mes pores. J'étais encore éveillé lorsqu'il partit se coucher, me laissant seul avec la dernière lettre de ma tante parisienne. Avant d'aller au lit, je lui rédigeai consciencieusement mon rapport. *Le Sanctuaire* était terminé, écrivis-je. Mais, plus important, le Mouvement avait trouvé une source de revenus.

Un restaurant ? avais-je répondu à Bon quand il m'avait appris la nouvelle pendant notre première tournée de bières.

Tu as bien entendu. Madame cuisine bien, en fait.

C'était chez elle que j'avais mangé de la bonne cuisine vietnamienne pour la dernière fois, ce qui justifiait que j'appelle le général dès le lendemain et lui dise tout le bien que je pensais du nouveau projet de madame. Comme prévu, il insista pour fêter mon retour en m'invitant à dîner dans leur restaurant, que je trouvai sur le Broadway de Chinatown, entre un magasin de thés et une herboristerie. Avant, on cernait les Chinois à Cholon, me dit le général derrière sa caisse. Maintenant, ce sont eux qui nous cernent. Il soupira. Il avait les mains sur les touches de la caisse, prêt à faire sortir quelques notes criardes de ce piano improvisé. Vous vous souvenez quand je suis arrivé ici sans rien ? Bien sûr que je m'en souviens, dis-je, même si en réalité il n'était pas arrivé ici sans rien. Madame avait cousu quantité de pièces d'or dans la doublure de ses vêtements et de ceux de ses enfants, et le général avait attaché autour de sa taille une banane remplie de dollars. Mais l'amnésie était une chose aussi américaine que le hamburger, et les Américains préféraient largement être amnésiques plutôt que de faire amende honorable en mangeant les plats douteux d'intrus étrangers. Comme nous, ils se méfiaient des nourritures différentes, qu'ils assimilaient aux inconnus qui les apportaient. Nous savions instinctivement que, pour que les Américains nous considèrent comme des réfugiés acceptables, il fallait d'abord qu'ils trouvent nos plats comestibles (pour ne pas dire abordables et prononçables). Surmonter ce scepticisme alimentaire ou gagner de l'argent avec n'était pas chose facile. Aussi le projet du général et de madame ne manquait-il pas de courage, ce que je lui dis.

Du courage ? Moi, je trouve ça humiliant. Est-ce que vous vous êtes un seul jour imaginé que j'aurais un restaurant ? D'un geste, le général me montra la surface minuscule de ce qui avait été un lieu spécialisé dans le *chop suey*, et dont les murs étaient encore maculés par une rubéole de taches de gras. Non, monsieur, dis-je. Eh bien, moi non plus. Ça aurait pu au moins être un beau restaurant, pas comme celui-là. Il parlait avec une telle résignation pathétique que ma compassion à son endroit en fut redoublée. Rien n'avait été fait pour rénover le lino esquinté, la peinture jaune délavée, l'éclairage au plafond, à la fois terne et cru. Les serveurs, précisa-t-il, étaient d'anciens soldats. Celui-là était dans les forces spéciales, et cet autre dans les parachutistes. Avec leurs casquettes de camionneur et leurs chemises trop grandes, sans doute dénichées dans une friperie ou offertes par un bienfaiteur bodybuildé, ces serveurs ne ressemblaient en rien à des tueurs. Ils ressemblaient aux individus anonymes et mal coiffés qui livraient les plats chinois, aux quidams sans couverture médicale qui attendaient nerveusement aux urgences des hôpitaux, qui fuyaient les accidents de voiture parce qu'ils n'avaient ni permis ni carte grise. Ils vacillaient autant que la table bancale à laquelle le général me conduisit. Madame en personne m'apporta un bol de son fameux pho et se joignit à nous ; les deux me regardèrent manger ce qui reste un des meilleurs exemples de notre soupe nationale que j'aie jamais connus. Il est toujours aussi bon, dis-je après la première cuillère. Madame resta de marbre, aussi maussade que son mari. Vous devriez être fière d'une telle… D'une telle soupe.

On devrait être fiers de vendre de la soupe ? dit madame. Ou d'avoir un boui-boui ? C'est comme ça qu'un client a appelé cet endroit. Il n'est même pas à nous, dit le général. On le loue. Leur morosité était confirmée par leur allure. Les cheveux de madame étaient attachés en un chignon de bibliothécaire, alors que jusque-là elle les coiffait presque toujours en une magnifique choucroute, ou une ruche laquée, qui rappelaient les folles années 1960. Comme le général, elle arborait une tenue standard consistant en un polo d'homme, un pantalon de toile informe et, enfin, le must de la chaussure américaine, une paire de tennis. En un mot, ils portaient ce que portaient presque tous les couples américains un peu âgés que j'avais croisés au supermarché, au bureau de poste ou à la station-service. De sorte que, comme beaucoup d'adultes américains, ils ressemblaient à des enfants trop grands, effet décuplé quand on les voyait boire à la paille des sodas extralarges, ce qui arrivait souvent. Ces restaurateurs petits-bourgeois n'étaient pas les aristocrates patriotes avec qui j'avais vécu pendant cinq ans, et à l'égard desquels je ressentais non seulement un peu de crainte, mais encore une certaine affection. Leur tristesse était la mienne, aussi, et je fis dévier la conversation vers un sujet dont je savais qu'il leur remonterait le moral.

Bon, dis-je, qu'est-ce que c'est que cette histoire de restaurant qui finance la révolution ?

L'idée est excellente, n'est-ce pas ? fit le général, déridé. En voyant madame regarder le plafond, je la soupçonnai d'en être à l'origine. Boui-boui ou non, c'est le tout premier restaurant du genre dans cette ville, dit le général. Peut-être même dans ce pays. Comme vous pouvez le constater, nos compatriotes meurent d'envie de retrouver le goût du pays. Bien qu'il ne fût que 11 h 30, toutes les tables et les banquettes étaient en effet occupées par des gens qui mangeaient leur soupe avec des baguettes dans une main et une cuillère dans l'autre. Ici régnaient les odeurs de notre pays, et ses sonorités, les bavardages dans notre langue natale rivalisant avec les lapements vigoureux. C'est une entreprise à but non lucratif, si l'on peut dire, continua le général. Tous les bénéfices sont reversés au Mouvement.

Lorsque je demandai qui était au courant, madame répondit, Tout le monde et personne. C'est un secret, mais un secret de polichinelle. Les gens viennent ici et leur soupe est épicée par l'idée qu'ils aident la révolution. Pour ce qui est de la révolution, dit le général, tout est presque en place, même les uniformes. C'est madame qui s'en charge. Elle s'occupe aussi des auxiliaires féminines et de la fabrication des drapeaux. Si vous voyiez ce qu'elle est capable de créer ! Vous avez raté la fête du

Têt qu'elle a organisée à Orange County. Vous auriez dû voir ça ! J'ai les photos. Les gens se sont mis à crier et à acclamer quand ils ont vu nos hommes en uniforme et en tenue de camouflage, en train de porter notre drapeau. Nous avons constitué les premières compagnies de volontaires. Tous d'anciens combattants. Ils s'entraînent chaque week-end. Dans ce groupe, nous choisirons les meilleurs en vue de la prochaine étape. Le général se pencha par-dessus la table pour murmurer la suite. Nous allons envoyer une équipe de reconnaissance en Thaïlande. Elle établira le contact avec notre camp de base avancé et trouvera une voie terrestre vers le Viêtnam. D'après Claude, c'est bientôt le moment.

Je me servis une tasse de thé. Et Bon fait partie de cette équipe ?

Bien sûr. Ça me désole de perdre un aussi bon serveur, mais pour ce genre de mission, il est le meilleur. Qu'en pensez-vous ?

J'étais en train de penser que le seul itinéraire terrestre depuis la Thaïlande exigeait de marcher à travers le Laos ou le Cambodge, d'éviter les routes existantes et de choisir un terrain dangereux, des jungles, des forêts et des montagnes infestées de maladies, où les seuls habitants seraient des singes pensifs, des tigres mangeurs d'hommes et des indigènes hostiles, effarés, peu coopératifs. Ces contrées inhospitalières faisaient un décor parfait pour un film, mais atroce pour une mission vouée, presque à coup sûr, à être celle de la dernière chance. Autant de choses que je n'aurais pas besoin d'expliquer à Bon. Mon fol ami s'était porté volontaire non pas en dépit de ses faibles probabilités d'en revenir, mais à cause d'elles. Je regardai ma main, et la cicatrice rouge qui y était gravée. Je pris soudain conscience du contour de mon corps, de la sensation de la chaise sous mes cuisses, de la force fragile qui maintenait ensemble mon corps et ma vie. Il n'en fallait pas beaucoup pour détruire cette force, que la plupart d'entre nous considéraient comme acquise jusqu'au jour où ce n'était plus possible. Ce que j'en pense, répondis-je, m'interdisant de réfléchir plus longtemps, c'est que si Bon y va, je dois y aller aussi.

Le général frappa dans ses mains, ravi, et se tourna vers madame. Qu'est-ce que je te disais ? Je savais qu'il se porterait volontaire. Capitaine, je n'ai jamais eu le moindre doute. Mais vous savez aussi bien que moi qu'il vaut mieux que vous restiez ici, à travailler avec moi sur la préparation et la logistique. Et je ne vous parle même pas des levées de fonds et de la diplomatie. J'ai dit au *congressman* que la communauté se cotisait pour envoyer une équipe de secours aux réfugiés en Thaïlande. En un sens, c'est ce qu'on fait. Mais il va falloir continuer de convaincre nos soutiens du bien-fondé de cette cause.

Ou au moins leur donner une raison de faire semblant de croire que c'est notre cause.

Le général hocha la tête d'un air satisfait. Exactement ! Je sais que vous êtes déçu, mais c'est mieux ainsi. Vous serez plus utile ici que là-bas, et Bon peut se débrouiller tout seul. Écoutez, il est bientôt midi. Je pense que c'est le moment de boire une bière, non ?

Bien visible derrière madame, une pendule était accrochée au mur, entre un drapeau et une affiche.

Celle-ci était une publicité pour une toute nouvelle marque de bière : on y voyait trois jeunes femmes en bikini dont les seins avaient la taille et la forme de ballons de baudruche. Le drapeau était celui de la défunte république du Viêtnam : trois bandes rouges horizontales sur fond jaune vif. Comme me l'avait fait souvent remarquer le général, c'était le drapeau du peuple vietnamien libre. Je l'avais déjà vu un nombre incalculable de fois, et ce genre de publicité très souvent, mais je n'avais encore jamais vu une pendule comme celle-là : sculptée dans le bois dur, elle avait la forme de notre mère patrie. Sur cette pendule qui était un pays, et sur ce pays qui était une pendule, les aiguilles des minutes et des heures pivotaient vers le sud, les chiffres du cadran formant un halo autour de Saigon. Quelque artisan exilé avait compris que c'était exactement la pièce d'horlogerie que désiraient ses compatriotes réfugiés. Nous étions des personnes déplacées, mais c'était le temps, plus que l'espace, qui nous définissait. Si la distance qui nous séparait de notre pays perdu était grande mais finie, le nombre d'années qu'il nous faudrait pour réduire cette distance était, lui, potentiellement infini. Moyennant quoi, pour les déplacés, la grande question était toujours celle du temps, Quand pourrai-je y retourner ?

En parlant de ponctualité, dis-je à madame, votre pendule est réglée sur la mauvaise heure.

Non, répondit-elle en se levant pour aller chercher les bières. Elle est réglée sur l'heure de Saigon.

Évidemment. Comment ne l'avais-je pas vu ? L'horaire de Saigon était décalé de quatorze heures, même si, à en croire cette pendule, c'était nous qui avions quatorze heures de décalage. Réfugiés, exilés, immigrés – quelle que fût la catégorie d'êtres humains à laquelle nous appartenions, nous ne vivions pas simplement dans deux cultures à la fois, comme l'imaginaient les thuriféraires du grand melting-pot américain. Les déplacés vivaient aussi dans deux fuseaux horaires à la fois, l'ici et le là-bas, le présent et le passé, récalcitrants voyageurs dans le temps qu'ils étaient. Mais, alors que la science-fiction imaginait toujours les voyageurs avançant ou reculant dans le temps, cette pendule révélait une chronologie différente. Son secret de polichinelle, visible aux yeux de tous, était que nous ne faisions que tourner en rond.

Après le déjeuner, je racontai au général et à madame mes aventures philippines, ce qui allégea leur morosité tout en aiguisant leur rancœur. La rancœur était un antidote à la morosité, comme à la tristesse, à la mélancolie, au désespoir, etc. Une manière d'oublier une certaine forme de douleur était d'en éprouver une autre forme, comme quand le médecin qui vous examine pour le service militaire (cet examen qu'il est impossible de rater, à moins d'être riche à en crever) vous donne une tape sur une fesse pendant qu'il pique l'autre. La seule chose que je ne dis pas au général et à madame – outre que j'avais failli connaître le destin d'un de ces canards rôtis pendus par le trou de balle dans les vitrines des restaurants chinois du quartier – était que j'avais reçu une indemnité pour mon quasi-assassinat. Le lendemain du jour où les figurants étaient venus me voir avec des cadeaux, j'avais en effet reçu la visite de deux autres personnes, Violet et un Blanc, grand et mince, portant un costume bleu pastel, une cravate à motifs cachemires aussi épaisse qu'Elvis Presley et une chemise couleur de l'urine après un repas d'asperges. Comment vous sentez-vous ? me demanda Violet. Tout blanc, susurrai-je, alors que je pouvais très bien parler. Elle me jeta un regard soupçonneux et dit, On est tous très inquiets pour vous. Il voulait que vous sachiez qu'il serait bien venu, mais il se trouve que le président Marcos rend visite au tournage aujourd'hui.

L'homme qui n'avait pas besoin d'être nommé était, bien entendu, l'Auteur. Je me contentai de hocher la tête avec un air sage et triste et dis, Je comprends, alors que sa seule évocation me faisait enrager. Vous êtes dans le meilleur hôpital de Manille, ajouta l'homme au costume, braquant sur mon visage un sourire comme un projecteur. On veut tous que vous bénéficiiez des meilleurs soins. Comment vous sentez-vous ? Pour vous dire la vérité, répondis-je, m'apprêtant à mentir, je me sens très mal. Vous m'en voyez navré, dit-il. Je me présente. Il sortit alors une carte de visite d'un blanc immaculé, aux bords si tranchants que j'eus peur de me couper. Je suis un représentant du studio. On veut que vous sachiez qu'on règle tous vos frais d'hospitalisation.

Qu'est-ce qui s'est passé ?

Vous ne vous souvenez plus ? demanda Violet.

Une explosion. Plein d'explosions.

C'était un accident. J'ai le rapport avec moi, dit le représentant en soulevant un attaché-case couleur foie, assez haut pour que j'en voie les serrures dorées. Quelle efficacité ! Je parcourus le rapport. Les détails en étaient moins importants que ce que son existence prouvait, à savoir qu'un travail aussi rondement mené, comme dans notre pays, n'était possible que par le graissage de quelques pattes.

J'ai de la chance d'être en vie ?

Énormément de chance, dit-il. Vous avez votre vie, votre santé, et dans mon attaché-case un chèque d'une valeur de cinq mille dollars. D'après les rapports médicaux que j'ai pu consulter, vous avez eu une intoxication par la fumée, quelques contusions et éraflures, deux ou trois brûlures légères, une bosse sur la tête et une commotion cérébrale. Rien de cassé, rien de déchiré, rien de permanent. Mais le studio veut s'assurer que tous vos besoins sont couverts. Le représentant ouvrit son attaché-case et me présenta un document agrafé : plusieurs feuilles blanches et une longue bande de papier vert, le chèque. Naturellement, vous devrez signer un reçu, ainsi que ce document déchargeant le studio de toute obligation ultérieure.

Ma misérable existence valait-elle donc cinq mille dollars ? Certes, c'était une somme considérable, et je n'avais jamais reçu autant d'un seul coup. C'était précisément là-dessus qu'ils comptaient. Pourtant, même dans mon état d'hébétude, je savais que je ne devais pas accepter la première offre. Merci pour cette proposition généreuse, dis-je. C'est gentil de la part du studio de s'inquiéter pour moi et de se préoccuper autant de mon sort. Mais comme vous le savez peut-être, ou peut-être pas, je suis le principal soutien de ma grande famille. Cinq mille dollars, ce serait merveilleux si je ne devais penser qu'à moi. Mais un Asiatique… À cet instant précis, je m'interrompis et me forçai à avoir un regard perdu au loin, pour mieux leur laisser le temps d'imaginer l'immense banian généalogique qui déployait ses branches au-dessus de moi, m'étouffant sous le poids des générations enracinées dans mon crâne. Un Asiatique, repris-je, ne peut pas penser qu'à lui.

C'est ce qu'on m'a dit, répondit le représentant. La famille représente tout. Comme chez nous, les Italiens.

Oui, vous les Italiens ! L'Asiatique doit penser à sa mère, à son père. À ses frères et sœurs, à ses grands-parents. À ses cousins, à son village. Si la nouvelle de ma bonne fortune se répand... ce sera sans fin. Les faveurs. Les demandes, cinquante dollars à gauche, cent dollars à droite. Les mains qui me tirent dans tous les sens. Je ne pourrai pas refuser. Donc vous comprenez un peu ma situation. Mieux vaudrait que je ne reçoive aucune somme. Ça m'épargnerait toutes ces épreuves psychologiques. Ou alors l'autre possibilité. Que j'aie suffisamment d'argent pour m'occuper de toutes ces faveurs et de moi-même.

Le représentant attendit que je poursuive, mais j'attendais qu'il me réponde. Il finit par céder et dit, N'étant pas au fait des complexités de la famille asiatique, je ne le suis pas non plus de la somme appropriée qui pourrait satisfaire à toutes vos obligations familiales, dont je comprends l'importance dans votre culture, et que je respecte énormément.

J'attendis qu'il poursuive, mais il attendait que je lui réponde. Je n'ai pas de certitude, dis-je. Néanmoins, même si je n'ai pas de certitude, je crois que vingt mille dollars feraient l'affaire. Pour pourvoir à tous les besoins de mes proches. Prévus et imprévus.

Vingt mille dollars ? Les sourcils du représentant adoptèrent une élégante posture de yoga, cambrant le dos avec une raideur inquiète et inquiétante. Oh, si seulement vous connaissiez les grilles tarifaires comme je les connais ! Pour vingt mille dollars, vous devez avoir perdu au moins un doigt ou, mieux, un plus gros organe. S'il s'agit de problèmes moins visibles, un organe vital ou un de vos cinq sens feront l'affaire.

Justement, depuis que je m'étais réveillé de l'explosion, une chose me taraudait, une chose que je n'arrivais pas à nommer, une démangeaison qui n'était pas physique. Je comprenais maintenant de quoi il s'agissait – j'avais oublié quelque chose, mais j'ignorais quoi. Des trois formes d'oubli, celle-ci était la pire. Savoir ce qu'on a oublié est banal, par exemple une date historique, une formule mathématique, un nom. Oublier sans savoir qu'on a oublié doit être encore plus banal, ou peut-être moins, mais c'est inoffensif : dans ce cas, on ne peut pas se rendre compte de ce qu'on a perdu. En revanche, savoir qu'on a oublié quelque chose sans savoir ce qu'est ce quelque chose, voilà qui me fit tressaillir. *J'ai perdu* quelque chose, dis-je, emporté par la douleur, qui s'entendait dans ma voix. J'ai perdu une partie de mon esprit.

Violet et le représentant se regardèrent. Je crains de ne pas comprendre, dit-il.

Un bout de ma mémoire, dis-je. Complètement effacé depuis l'explosion.

Malheureusement, vous aurez du mal à le prouver.

Comment prouver à quelqu'un qu'on a oublié quelque chose, ou qu'on a su quelque chose et qu'on ne le sait plus ? Mais je n'en démordis pas devant le représentant. J'avais beau être cloué au lit, mes vieux réflexes étaient là. Au même titre que savoir rouler les cigarettes, ou rouler les R, mentir était un don et une habitude qui ne s'oubliaient pas facilement. Cela valait aussi pour le représentant, en qui je reconnus une âme sœur et espiègle. Dans les négociations, comme dans les interrogatoires, le mensonge était non seulement acceptable, mais attendu. Il existe toutes sortes de situations où l'on ment pour atteindre à une vérité acceptable, et notre conversation se poursuivit de la sorte jusqu'à ce que nous nous accordions sur une somme acceptable des deux côtés : dix mille dollars, soit la moitié de ce que je demandais, mais le double de l'offre initiale. Après que le représentant m'eut fait un nouveau chèque, je signai les documents et nous échangeâmes, en guise d'au revoir, des amabilités qui avaient à peu près autant de valeur que des autocollants de sportifs inconnus. Sur le pas de la porte, Violet s'arrêta, la main sur la poignée, me regarda par-dessus son épaule – y eut-il jamais pose plus romantique, même chez une femme comme elle ? – et dit, Vous savez qu'on n'aurait pas pu faire ce film sans vous.

La croire, c'eût été croire aux femmes fatales, aux politiciens élus, aux petits hommes verts dans l'espace, à la bienveillance de la police, aux hommes saints comme mon père, qui avait non seulement des trous dans ses chaussettes, mais un trou quelque part dans l'âme. Pourtant, j'avais envie de croire. Quel mal y avait-il à croire au pieux mensonge de Violet ? Aucun. Je me retrouvais avec le rythme d'une discothèque minable dans la tête et un chèque tout vert qui prouvait que j'étais quelqu'un, qui valait plus mort que vif. Sauf s'ils m'avaient menti, tout ce qu'il m'en coûtait, c'était une bosse à la tête et un bout de ma mémoire, chose que j'avais déjà en excès. Alors pourquoi soupçonnais-je d'avoir subi, pendant que j'étais inconscient, une opération qui me laissait dans un état d'engourdissement plus dérangeant que la douleur ? Pourquoi avais-je l'impression d'avoir une sorte de mémoire fantôme, un vide sur lequel j'essayais tout le temps de faire reposer mon poids ?

Revenu en Californie avec ces questions sans réponses, j'encaissai mon chèque et laissai la moitié de la somme sur mon compte, jusque-là désespérément vide. Le jour où je me rendis chez le général et madame, l'autre moitié se trouvait dans une enveloppe, au fond de ma poche. Cet après-midi-là, je roulai jusqu'à Monterey Park, où, au milieu de banlieues aussi inodores et sans saveur que du tofu, j'avais rendez-vous avec la veuve de l'adjudant glouton. J'avoue que je comptais lui donner cet argent qui aurait pu, je le reconnais, servir des objectifs plus révolutionnaires. Mais quoi de plus révolutionnaire que d'aider notre ennemi et sa famille ? Quoi de plus radical que le pardon ? Certes, ce n'était pas lui qui demandait pardon ; c'était moi, pour tout ce que je lui avais fait. Il ne restait aucune trace de ce que je lui avais fait sous l'auvent, de même que le microclimat de son immeuble n'était pas altéré par la perturbation atmosphérique de son fantôme. Je ne croyais pas en Dieu, je croyais aux fantômes. Pour la simple et bonne raison que, ne craignant pas Dieu, je craignais les fantômes. Dieu ne m'apparaîtrait jamais, alors que le fantôme de l'adjudant glouton m'était apparu, et lorsque la porte s'ouvrit, je retins mon souffle, redoutant de voir sa main sur la poignée. Mais ce n'était que sa veuve, pauvre femme que le deuil avait épaissie plus qu'affamée.

Capitaine ! Je suis tellement contente de vous voir ! Elle m'invita à m'asseoir sur son canapé à motifs fleuris, recouvert d'un plastique transparent qui couinait dès que je bougeais. M'attendaient déjà sur la table basse une théière de thé chinois et une assiette de boudoirs français. Prenez un boudoir, me dit-elle en me les mettant sous les yeux. Je connaissais ces biscuits, de la même marque que celle qui fabriquait les *petits écoliers* de mon enfance. Les Français n'avaient décidément pas leur pareil pour inventer des plaisirs coupables. Les boudoirs étaient un des péchés mignons de ma mère, que mon père lui donnait jadis comme un appât, bien qu'elle employât le mot « cadeau » quand elle m'en parlait pendant mon adolescence. J'avais alors assez de conscience pour comprendre ce que signifiait un prêtre offrant des boudoirs à une enfant, car à treize ans, l'âge où mon père l'avait séduite, ma mère n'était qu'une enfant. Dans certaines cultures, actuelles ou anciennes, treize ans suffisaient pour le matelas, le mariage et la maternité, ou peut-être deux sur ces trois éléments en certaines occasions. Mais pas dans la France contemporaine ou dans notre pays. Non pas que je ne comprenne pas mon père, qui, au moment de m'engendrer, avait quelques années de plus que moi ce jour-là, avec un boudoir en train de fondre dans ma bouche. Une fille de treize ans – j'avoue avoir eu des pensées, parfois, à propos de certaines filles américaines particulièrement mûres, plus développées à treize ans que les étudiantes chez nous. Mais c'étaient des pensées, pas des actes. Si nous étions condamnés pour nos pensées, nous serions tous en enfer.

Prenez un autre boudoir, me pressa la veuve de l'adjudant glouton. Elle en choisit un et se pencha pour le coller sous mes yeux. Ce doigt succulent, elle me l'aurait introduit entre les lèvres avec un empressement tout maternel si je n'avais intercepté sa main et pris moi-même le boudoir. Ils sont délicieux, absolument délicieux, dis-je. Mais je vais d'abord prendre un peu de thé. La chère femme fondit en larmes. Qu'est-ce qui se passe ? demandai-je. Ce sont exactement les mêmes mots qu'il prononçait, répondit-elle, et j'en conçus une certaine angoisse, comme si l'adjudant glouton me manipulait toujours derrière le rideau qui séparait le théâtre de ma vie des coulisses de l'au-delà.

Il me manque tellement ! gémit-elle. Pendant qu'elle sanglotait, je me rapprochai d'elle, non sans faire couiner le plastique qui nous séparait, et lui donnai plusieurs tapes amicales sur l'épaule. Je ne pus m'empêcher de voir l'adjudant glouton tel que je l'avais rencontré pour la dernière fois en personne, sinon en esprit, sur le dos, son troisième œil au front, ses autres yeux ouverts et vides. Si Dieu n'existait pas, alors le châtiment divin non plus. Mais cela ne signifiait rien pour les fantômes, qui n'avaient pas besoin de Dieu. Je n'avais pas besoin de me confesser à un Dieu auquel je ne croyais pas ; en revanche, j'avais besoin d'apaiser l'âme d'un fantôme dont le visage me scrutait depuis l'autel dressé sur la table : l'adjudant glouton, jeune, en uniforme d'élève de l'école militaire, photographié avant que son premier menton puisse même envisager d'être le grand-père d'un troisième menton. Ses yeux sombres me fixaient alors que je réconfortais sa veuve. Dans l'au-delà, il n'avait pour se nourrir qu'une orange couverte de moisi, une vieille conserve de viande Spam et un paquet de bonbons Life Savers, disposés devant son portrait et éclairés par les illuminations de Noël, incongrues et clignotantes, que sa femme avait suspendues au bord de l'autel. L'inégalité régnait même dans l'au-delà, puisque les descendants des riches leur offraient des assiettes de fruits frais, des bouteilles de champagne et des conserves de pâté. Les descendants sincèrement dévoués, eux, brûlaient des offrandes en papier qui comptaient non seulement les classiques photos découpées de voitures et de maisons, mais aussi des pages centrales de *Playboy*. Le corps excitant d'une femme pliable : voilà ce dont un homme avait envie pour sa longue et froide vie après la mort, et je promis à l'adjudant glouton de lui apporter en offrande la splendide, la poumonée Miss Juin.

À sa veuve, je dis, J'ai promis à votre mari qu'en cas de besoin je ferais tout mon possible pour m'occuper de vous et de vos enfants. Mis à part cela, je lui dis la vérité : mon supposé accident aux Philippines et ma récompense, dont la moitié était contenue dans l'enveloppe que je lui donnai. Elle refusa avec beaucoup de grâce mais quand je dis, Pensez aux enfants, elle céda. Aussi lorsqu'elle me demanda de voir les enfants, je ne pus que capituler. Ils étaient dans la chambre, endormis comme devraient l'être tous les enfants. Ils font mon bonheur, murmura-t-elle tandis que nous regardions les jumeaux. Ils me maintiennent en vie dans ces moments difficiles, capitaine. Quand je pense à eux, je pense moins à moi ou à mon cher et tendre mari. Je dis, Ils sont magnifiques, ce qui était ou n'était pas un mensonge. À mes yeux ils n'étaient pas magnifiques, mais aux siens ils l'étaient. Je reconnais ne pas être un grand amoureux des enfants, l'ayant été et ayant trouvé mes congénères et moi-même généralement détestables. Contrairement à beaucoup de gens, je ne comptais pas me reproduire, ni par choix ni par accident, puisque j'avais déjà bien assez comme ça d'un seul moi. Mais ces enfants, tout juste âgés d'un an, n'avaient pas encore conscience de leur culpabilité. Dans leurs visages endormis et inconnus, je voyais les immigrants nus et farouches qu'ils étaient, si fraîchement exilés dans notre monde.

Mon seul avantage, par rapport à ces jumeaux, était que j'avais eu dans mon enfance un père pour m'enseigner la culpabilité – pas eux. Mon père donnait des leçons aux enfants du diocèse, et ma mère m'obligeait à y assister. Dans son école j'appris la Bible et l'histoire de mon divin Père, celle de mes ancêtres les Gaulois et le catéchisme de l'Église catholique. À cette époque, quand mes années se comptaient sur les doigts des deux mains, j'étais naïf et j'ignorais que ce père en soutane noire, ce saint homme qui s'efforçait, dans sa tenue bizarre, de nous sauver de nos péchés tropicaux, était aussi mon père. Lorsque je finis par le savoir, la nouvelle chamboula tout ce que j'avais appris de lui, à commencer par ce pilier élémentaire de notre foi, qu'il martelait dans les crânes de notre jeune escouade de catholiques, marchant devant la classe et lisant sur nos lèvres pendant que nous entonnions tous la réponse :

Question : Quel est le péché que nous héritons de nos premiers parents ?
Réponse : Le péché que nous héritons de nos premiers parents s'appelle le péché originel.

Pour moi la Question vraiment importante, celle qui m'avait toujours turlupiné, était liée à ce péché originel, car elle touchait à l'identité de mon père. J'avais onze ans lorsque j'appris la Réponse, à la faveur d'un incident survenu après le catéchisme, sur la pelouse poussiéreuse de l'église, territoire où nous autres, enfants, nous infligions mutuellement moult atrocités bibliques. Alors que nous regardions le bouledogue du père, importé de France, en train de posséder une femelle gémissante à l'ombre d'un eucalyptus, la langue pendante, le ballon rose de son énorme scrotum se balançant d'avant en arrière à une cadence hypnotique, un de mes camarades un peu mieux renseigné ajouta deux ou trois compléments d'information à cette leçon d'éducation sexuelle. Un chien et une chienne, c'est normal, dit-il. Mais lui – il braqua alors un doigt et un regard méprisant vers moi –, il ressemble à ce qui arrive quand un chien et un chat font la même chose. Tous les enfants se tournèrent vers moi. Je restai là sans bouger, comme sur un bateau qui dérivait loin du rivage où tout le monde m'attendait, et je me vis à travers les yeux des autres comme une créature qui n'était ni chien, ni chat, ni humaine, ni animale.

Un chien et un chat, me dit ce petit comique. Un chien et un chat...

Lorsque je lui donnai un coup de poing sur le nez, le comique saigna mais ne dit rien, choqué, louchant pendant quelques secondes pour tenter d'évaluer les dégâts. Au deuxième coup de poing sur le nez, le sang gicla, et cette fois il se mit à hurler. Je lui assénai d'autres coups de poing, sur les oreilles, les joues, le plexus solaire, puis sur ses épaules voûtées, avec lesquelles il protégea sa tête lorsqu'il fut tombé par terre et que je me ruai sur lui. Nos camarades se massèrent autour de nous, en criant, en hurlant et en rigolant pendant que je continuais de le pilonner, jusqu'à en avoir mal aux doigts. Aucun de ces témoins ne proposa d'intervenir pour défendre le comique, que je lâchai lorsque ses sanglots commencèrent à ressembler au rire étouffé d'un homme qui aurait entendu la blague la plus drôle de tous les temps. Quand je me relevai, les cris, les hurlements et les rires se poursuivirent, et sur les visages adorables de ces petits monstres je lus sinon du respect, du moins de la peur. Je rentrai chez moi perplexe, me demandant ce que j'avais appris, au juste, et incapable de l'exprimer par des mots. Dans mon esprit il n'y avait de place que pour l'image obscène du chien montant une chatte dont la face animale était remplacée par le visage de ma mère, rien de moins, image tellement choquante que, rentré à la maison, en voyant ma mère, je fondis en larmes et lui racontai tout ce qui était arrivé ce jour-là.

Mon petit, mon petit, tu n'es pas anormal, dit ma mère, me serrant contre elle pendant que je pleurais sur son sein moelleux à l'odeur musquée si distincte. Tu es le cadeau que Dieu m'a fait. Rien ni personne ne pourrait être plus normal. Alors maintenant écoute-moi, mon petit. Levant les yeux vers elle à travers le rideau de mes larmes, je vis qu'elle pleurait aussi. Tu as toujours voulu savoir qui était ton père et je t'avais dit que le jour où tu le saurais, tu serais un homme et tu devrais dire adieu à ton enfance. Tu es sûr de vouloir le savoir ?

Quand une mère demande à son petit garçon s'il est prêt à devenir un homme, peut-il répondre autre chose que oui ? Je hochai la tête et serrai fort ma mère, le menton sur sa poitrine, la joue sur sa clavicule.

Ce que je vais te dire, tu ne dois le répéter à personne. Ton père est...

Elle prononça alors son nom. Voyant mon désarroi, elle ajouta, J'étais très jeune quand j'étais sa bonne. Il était toujours très gentil avec moi et je lui en étais reconnaissante. Il m'a appris à lire et à compter dans sa langue, alors que mes parents n'avaient pas les moyens de m'envoyer à l'école. On passait beaucoup de temps ensemble le soir, il me racontait la France, et son enfance. Je voyais bien qu'il était très seul. Il n'y avait personne d'autre comme lui dans le village, et il me semblait aussi qu'il n'y avait personne d'autre comme moi.

Je m'arrachai aux bras de ma mère en me couvrant les oreilles. Je ne voulais plus rien entendre, mais j'étais muet. Ma mère continua. Je ne voulais plus rien voir, mais j'avais beau fermer les yeux, des images passaient devant moi. Il m'a appris la Parole de Dieu, dit-elle. J'ai appris à lire et à compter en étudiant la Bible et en apprenant par cœur les dix commandements. On lisait côte à côte à sa table, éclairés par sa lampe. Et un soir... Mais tu vois, c'est pour ça que tu n'es pas anormal, mon petit. C'est Dieu en personne qui t'a envoyé, car Dieu n'aurait jamais permis ce qui s'est passé entre ton père et moi s'Il n'avait pas un rôle pour toi dans Son Grand Dessein. Voilà ce que je crois et ce que tu dois croire, toi aussi. Tu as un Destin. Rappelle-toi que Jésus a lavé les pieds de Marie Madeleine, qu'il a recueilli les lépreux, qu'il s'est dressé contre les pharisiens et les puissants. Heureux les doux, car ils recevront la terre en héritage, et tu fais partie des doux.

Si ma mère me voyait maintenant, devant les enfants de l'adjudant glouton, penserait-elle encore que je faisais partie des doux ? Et ces enfants endormis, combien de temps resteraient-ils épargnés par la culpabilité qu'ils portaient déjà en eux, par les péchés et les crimes qu'ils étaient voués à commettre ? Ne se pouvait-il pas qu'au fond de son petit cœur chacun des deux, quand ils se battaient pour le sein de leur mère, ait déjà souhaité, ne fût-ce qu'une seconde, la disparition de l'autre ? Mais à côté de moi la veuve, qui regardait les merveilleux fruits de ses entrailles, n'attendait pas une réponse à ces questions. Elle attendait que j'asperge les petits avec l'eau bénite des compliments creux, baptême obligatoire que j'administrai à contrecœur et qui enchanta leur mère au point qu'elle insista pour me faire à dîner. Il m'en fallait peu pour que j'accepte, étant donné mon régime quotidien de plats surgelés, et je compris vite pourquoi l'adjudant glouton n'avait pas cessé de grossir à ses côtés. Son *bo luc lac* était incomparable, sa poêlée de liserons d'eau me rappela celle de ma mère et sa soupe de pastèque de Chine apaisa ma coupable agitation. Même son riz blanc était plus gonflé que celui que je mangeais d'habitude, comme un duvet d'oie après des années passées à dormir sur des fibres synthétiques. Mangez ! Mangez ! Mangez ! criait-elle, et dans ce commandement il me fut impossible de ne pas entendre ma mère me disant la même chose, quelque maigre que fût notre pitance. Je mangeai donc jusqu'à n'en plus pouvoir et, lorsque j'eus terminé, elle me rappela qu'il restait encore les boudoirs à terminer.

Après cela, je me rendis en voiture à un magasin d'alcools situé non loin de là, avant-poste immigré tenu par un sikh impassible doté d'une impressionnante moustache en guidon que je n'aurais même pas pu avoir en rêve. J'achetai un numéro de *Playboy*, une cartouche de Marlboro et une bouteille de vodka Stolichnaya d'une transparence douloureuse à force d'être belle. Ce nom, qui faisait penser à Lénine, à Staline et à kalachnikov, me rassura quant à mes petits plaisirs capitalistes. La vodka était une des trois choses fabriquées en URSS susceptibles d'être exportées, sans compter les dissidents politiques ; les deux autres étaient les armes et les romans. Pour les armes, j'avais une admiration professionnelle ; mais pour la vodka et les romans, j'avais une passion. Un roman russe du XIXe siècle et une vodka se mariaient à merveille. Lire un roman en sirotant de la vodka légitimait la boisson, tandis que la boisson donnait l'impression que le roman était beaucoup plus court qu'il ne l'était. Je serais bien retourné dans le magasin pour acheter un de ces romans, mais à la place des *Frères Karamazov* il ne vendait que des bandes dessinées.

C'est là, pendant que j'hésitais sur le parking en tenant dans mes bras protecteurs mon sac rempli de trésors, que je repérai une cabine téléphonique. J'avais terriblement envie d'appeler Sofia Mori. Je n'avais cessé de repousser la chose à plus tard, pour quelque raison perverse, jouant les insaisissables alors qu'elle ne savait même pas que j'étais à saisir. Plutôt que de gâcher mon argent à l'appeler, je sautai dans ma voiture et traversai tout Los Angeles. Maintenant que j'avais honoré ma dette de sang vis-à-vis de la veuve de l'adjudant glouton, je me sentais en paix. Filant sur l'autoroute, fluide à cette heure postprandiale, j'entendis le fantôme de l'adjudant glouton pouffer dans mon oreille. Je me garai au bout de la rue peuplée où habitait Mme Mori et emportai mon sac de trésors, à l'exception du *Playboy*, que je laissai sur la banquette arrière pour le fantôme de l'adjudant, ouvert à la page où Miss Juin s'offrait délicieusement sur une botte de foin, simplement vêtue d'un foulard et de bottes de cow-boy.

Le quartier de Mme Mori était tel que je me le rappelais : des maisons beiges entourées de perruques de pelouse fatiguées, et des immeubles gris possédant le charme institutionnel d'une caserne. Son appartement était éclairé, les rideaux écarlates tirés. Lorsqu'elle ouvrit sa porte, la première chose que je remarquai fut ses cheveux. Ils avaient poussé jusqu'aux épaules et n'étaient plus permanentés mais lisses, ce qui la rajeunissait, impression amplifiée par sa tenue toute simple, un tee-shirt noir et un jean. C'est toi ! s'écria-t-elle en ouvrant grand ses bras. Lorsque nous nous étreignîmes, tout me revint, le talc qu'elle utilisait en guise de parfum, sa température corporelle parfaite, ses petits seins moelleux, d'habitude logés dans des soutiens-gorge assez rembourrés pour recevoir des objets fragiles, mais ce soir-là libérés de toute contrainte. Pourquoi tu ne m'as pas appelée ? Entre donc. Elle m'attira dans cet appartement qui m'était familier, décoré au minimum, meublé avec cet esprit d'abnégation révolutionnaire qu'elle admirait chez un Che Guevara ou un Hô Chi Minh, adeptes du voyage léger. Le plus gros meuble qu'elle possédât était un futon pliant, dans le salon, sur lequel trônait généralement son chat, qui avait toujours observé une certaine distance à mon endroit. Non par peur ou par respect, car chaque fois que Mme Mori et moi faisions l'amour, il se juchait sur la table de chevet et étudiait ma performance avec ses yeux verts méprisants, tendant de temps à autre une patte pour lécher l'espace entre ses griffes déployées. Le chat était bien là, mais il ne paressait pas directement sur le futon. Il avait pris place sur les genoux de Sonny, lui-même assis sur le futon, en tailleur, pieds nus. Malgré le grand sourire penaud que Sonny m'adressa, une impression de possession émanait de lui lorsqu'il chassa le chat de ses genoux pour se lever. Je suis tellement content de te revoir, mon vieux, dit-il en tendant la main. Avec Sofia, on parle souvent de toi.

13

À quoi m'attendais-je ? J'avais disparu pendant sept mois, sans passer le moindre coup de téléphone, me contentant de gribouiller quelques cartes postales. De son côté, Mme Mori n'était destinée ni à la monogamie ni aux hommes, et encore moins à un homme en particulier. Ses allégeances, on les trouvait dans l'élément de mobilier le plus visible de son salon, ces bibliothèques aussi courbées que le dos d'un coolie sous le poids de Simone de Beauvoir, d'Anaïs Nin, d'Angela Davis et d'autres femmes qui s'étaient frottées à la Question de la Femme. Depuis Adam jusqu'à Freud, les hommes occidentaux l'avaient également posée, cette question, mais en la formulant ainsi : « Que veut la femme ? » Au moins, ils y avaient réfléchi. Ce n'est qu'à cet instant qu'il me vint à l'esprit que nous, les hommes vietnamiens, ne nous demandions jamais ce que voulait la femme. Que voulait Mme Mori ? Je n'avais même pas le début d'un commencement de réponse. Peut-être aurais-je pu me faire une vague idée si j'avais lu certains de ces livres, mais je n'en connaissais que leurs résumés en quatrième de couverture. Mon intuition me disait que Sonny, lui, en avait lu quelques-uns entièrement. En m'asseyant à côté de lui, je ressentis un choc anaphylactique dû à sa présence, une éruption d'hostilité exacerbée par son sourire avenant.

Qu'est-ce que c'est ? demanda-t-il en me montrant le sac en papier sur mes cuisses. Mme Mori était partie me chercher un verre de vin. Il y en avait déjà deux sur la table basse, ainsi qu'une bouteille ouverte, un tire-bouchon avec un bouchon ensanglanté, et un album photo. Des cigarettes, dis-je en sortant la cartouche. Et de la vodka.

Je n'avais d'autre choix que d'offrir à Sonny la vodka ; il la montra à Mme Mori lorsqu'elle revint de la cuisine. Oh, il ne fallait pas, dit-elle gaiement avant de la poser à côté de la bouteille de vin. La magnifique, la transparente Stolichnaya ne se départit pas d'un stoïcisme typiquement russe pendant que nous la regardions en silence. Chaque bouteille d'alcool pleine contient un message, une surprise qu'on ne peut découvrir qu'en la buvant. J'avais projeté de lire le message de cette bouteille-là avec Mme Mori, et Sonny et elle l'avaient parfaitement compris, si bien que nous aurions pu rester tous les trois assis là, grelottant dans les eaux glacées de l'embarras, n'eût été la grâce de Mme Mori. C'est très gentil à toi, me dit-elle. Surtout qu'on n'a presque plus de cigarettes. Je vais t'en prendre une, si ça ne t'embête pas.

Bon, dit Sonny, comment s'est passé ton séjour aux Philippines ?

Je veux que tu me racontes tout, ajouta Mme Mori avant de me servir un verre de vin et de remplir les leurs. J'ai toujours voulu y aller, depuis que mon oncle m'a parlé de sa guerre là-bas. J'ouvris la cartouche, lui offris une cigarette, en pris une pour moi et commençai mon récit bien rodé. Le chat bâilla avec un mépris royal, se remit sur les genoux de Sonny, s'étira, me regarda avec dédain puis, à force de s'ennuyer, s'endormit. J'avais la très nette impression que Sonny et Mme Mori s'intéressaient à peine plus à ce que je racontais ; ils m'écoutaient, fumaient mes cigarettes et posaient des questions polies. Démoralisé, je n'eus même pas la force de leur narrer mon flirt avec la mort, et mon histoire s'étiola sans rebondissements. Mon regard tomba alors sur l'album photo, ouvert à une page de photos en noir et blanc qui immortalisaient des scènes de la classe moyenne vieilles de quelques décennies : un père et une mère chez eux, dans leurs fauteuils couverts de dentelle, leurs fils et leurs filles qui jouaient du piano, faisaient du crochet, réunis autour de la table à manger, vêtus et coiffés dans le style des années 1930. Qui est-ce ? demandai-je. C'est ma famille, dit Mme Mori. Ta famille ? Sa réponse me stupéfia. Bien sûr, je savais que Mme Mori avait une famille, mais elle en parlait rarement et ne m'avait jamais montré la moindre photo. Je savais seulement que ces gens vivaient loin vers le nord, dans une des petites villes poussiéreuses et brûlantes de la vallée de San Joaquin. Ça, c'est Betsy et ça, c'est Eleanor, dit Sonny en se penchant pour me montrer les visages. Là, c'est George et Abe. Le pauvre Abe.

Je regardai Mme Mori. Elle sirotait son verre de vin. Il est mort à la guerre ?

Non. Il a refusé d'aller à la guerre. Alors il a été envoyé en prison. Il ne l'a toujours pas digéré. Je peux le comprendre, en même temps. Dieu sait que je n'aurais sans doute pas digéré, à sa place. J'aimerais simplement qu'il soit plus heureux. La guerre est terminée depuis trente ans et il vit toujours avec, même s'il n'est pas parti se battre.

Il s'est battu, intervint Sonny. Mais ici. Comment lui en vouloir ? Le gouvernement envoie sa famille dans un camp et lui demande ensuite d'aller se battre pour le pays ? Moi aussi, je serais furieux.

Un nuage de fumée nous séparait les uns des autres. Les vagues tourbillons de nos pensées prenaient une forme matérielle évanescente, flottante, et pendant quelques instants une version fantomatique de moi-même plana au-dessus de la tête de Sonny. Où est Abe, aujourd'hui ? demandai-je.

Au Japon. Il n'est pas plus heureux là-bas qu'ici. Après la fin de la guerre et sa libération, il s'est dit qu'il retournerait auprès de son peuple, comme les Blancs le lui avaient demandé toute sa vie, alors même qu'il était né ici. Donc il y est allé et s'est rendu compte que les Japonais ne le considéraient pas comme un des leurs non plus. Pour eux, il est d'ici, et pour nous, il est de là-bas. Ni l'un ni l'autre.

Peut-être que le directeur du département pourrait l'aider, dis-je.

Tu plaisantes, j'espère, rétorqua Mme Mori. Évidemment que je plaisantais mais, en tant que partenaire forcé de ce ménage à trois compliqué, je n'étais pas dans le rythme. Je me calmai en terminant mon vin. Lorsque je regardai la bouteille, je vis qu'elle était vide. Tu veux un peu de vodka ? me demanda Mme Mori. Son regard était empli de pitié, qui était toujours servie tiède. Le fond de mon cœur fut inondé de désir, et je ne pus qu'acquiescer sans un mot. Elle passa dans la cuisine et trouva des verres propres pour la vodka. Pendant ce temps, Sonny et moi restâmes assis là, plongés dans un silence gêné. Une fois servie, la vodka se révéla aussi forte, aussi sublime que je l'avais imaginé, le diluant qu'il me fallait pour décaper les murs sales et écaillés de mon intérieur.

Peut-être qu'un jour on ira au Japon, dit Sonny. J'aimerais rencontrer Abe.

J'aimerais que toi aussi, tu le rencontres, me dit Mme Mori. C'est un combattant. Exactement comme toi.

La vodka était bonne pour l'honnêteté, surtout avec de la glace, ce qui était le cas de la mienne. La vodka avec glace était si transparente, si limpide, si puissante qu'elle incitait les buveurs à l'être aussi. Je vidai mon verre pour me préparer aux coups qui allaient certainement pleuvoir. Il y a une question que je me suis toujours posée depuis la fac, Sonny. À l'époque, tu expliquais toujours à quel point tu croyais au peuple et à la révolution. Vous auriez dû l'entendre, madame Mori. Il prononçait de très beaux discours.

J'aurais aimé entendre ça, dit Mme Mori. Vraiment.

Mais si vous l'aviez entendu, vous vous seriez demandé pourquoi il ne retournait pas dans son pays pour se battre au nom de cette même révolution. Ou pourquoi il n'y allait pas aujourd'hui pour rejoindre le peuple et la révolution demain. Même votre frère Abe est allé en prison et est retourné au Japon pour ses idées.

Et regarde un peu où ça l'a mené, répondit Mme Mori.

J'aimerais simplement que tu répondes à ma question, Sonny. Est-ce que tu restes ici parce que tu es amoureux de Mme Mori ? Ou parce que tu as peur ?

Il grimaça. Je l'avais touché là où ça faisait mal, dans le plexus solaire de sa conscience, le point faible de tout idéaliste. Désarmer un idéaliste, d'ailleurs, est chose facile : il suffit de lui demander pourquoi il n'est pas en première ligne sur le front du combat qu'il a choisi. La question était celle de l'engagement, et je savais, même si lui ne le savait pas, que j'étais engagé. Tout honteux, il regarda ses pieds nus. Curieusement, cela n'eut aucun effet sur Mme Mori. Elle se contenta de lui jeter un coup d'œil compréhensif, mais lorsqu'elle posa son regard sur moi, j'y vis encore de la pitié, et autre chose – des regrets. Il était temps de m'arrêter et de faire une sortie élégante. Mais la vodka qui n'avait pas eu le temps de s'écouler par le siphon bouché au fond de mon cœur m'incitait à continuer. Tu parlais tout le temps avec admiration du peuple, repris-je. Si tu as tellement envie d'être avec le peuple, rentre chez toi.

Il est ici chez lui, dit Mme Mori. Jamais je ne l'avais autant désirée qu'à cet instant, fumant sa cigarette et ne se laissant pas faire. Il est resté ici parce que le peuple est aussi ici. Il y a des choses à faire avec lui et pour lui. Tu ne le vois pas ? Ce n'est pas aussi chez toi, ici, désormais ?

Sonny posa sa main sur le bras de Mme Mori et dit, Sofia. En la voyant lui prendre la main, je sentis une boule dans ma gorge mais fus incapable de déglutir. Ne me défends pas. Il a raison. J'avais raison ? Moi ? C'était la première fois que je l'entendais dire ça. J'aurais dû me réjouir, mais il était de plus en plus clair que rien de ce que je dirais ne pourrait persuader Mme Mori de détourner son cœur, ou ses pensées, de Sonny. Il but le reste de sa vodka. Ça fait maintenant quatorze ans que je vis dans ce pays, dit-il. D'ici à quelques années, j'aurai vécu autant de temps ici que chez nous. Ça n'a jamais été mon intention. Je suis venu ici, comme toi, pour mes études. Je me rappelle très bien avoir dit au revoir à mes parents, à l'aéroport, en leur promettant que je reviendrais aider notre pays. J'aurais un diplôme américain, la meilleure éducation au monde. Je mettrais à profit mes connaissances et aiderais notre peuple à se libérer des Américains. Du moins je l'espérais.

Il tendit son verre à Mme Mori, qui lui servit une double ration. Après avoir pris une gorgée, il continua, les yeux fixés sur un point, quelque part entre Mme Mori et moi. Ce que j'ai appris, à mon corps défendant, c'est qu'il est impossible de vivre parmi des étrangers sans être changé par eux. Il agita sa vodka et l'avala aussi sec, d'une gorgée punitive. Si bien que, parfois, je me sens un peu comme étranger à moi-même, dit-il. Je reconnais que j'ai peur. Je reconnais ma lâcheté, mon hypocrisie, ma faiblesse, ma honte. Je reconnais que tu es un homme meilleur que moi. Je ne suis pas d'accord avec tes idées politiques – je les déteste –, mais tu es rentré au pays quand le choix s'est présenté à toi et tu as mené le combat auquel tu croyais. Tu as défendu le peuple tel que tu le conçois. Pour ça, je te respecte.

Je n'en revenais pas. Je l'avais poussé à avouer ses échecs et à capituler. J'avais remporté un débat avec Sonny, chose qui ne m'était jamais arrivée pendant nos études. Pourquoi Mme Mori s'accrochait-elle donc à sa main et lui glissait-elle des paroles réconfortantes à l'oreille ? Tout va bien, dit-elle. Je sais exactement ce que tu ressens. Tout va bien ? Il me fallait un autre verre. Regarde-moi, Sonny, continua Mme Mori. Qu'est-ce que je suis ? La secrétaire d'un Blanc qui croit me complimenter quand il m'appelle Mlle Butterfly. Est-ce que je proteste ? Est-ce que je lui dis d'aller se faire voir ? Non. Je souris, je ne dis rien et je continue de taper à la machine. Je ne suis pas plus forte que toi, Sonny. Ils se regardèrent, les yeux dans les yeux, comme si je n'existais pas. Je remplis nos trois verres mais je fus le seul à boire. La part de moi-même qui était moi dit, Je vous aime, madame Mori. Personne ne l'entendit. Ce qu'ils entendirent, ce fut la part de moi qui jouait un rôle et qui disait, Il n'est jamais trop tard pour se battre, si, madame Mori ?

Leur sortilège était rompu. Sonny se tourna de nouveau vers moi. Par quelque prise de judo intellectuel, il m'avait renvoyé mon propre coup. Cependant il ne montra aucun signe de triomphalisme, contrairement à ce qu'il aurait fait à l'époque. Non, il n'est jamais trop tard pour se battre, répondit-il, sobre malgré le vin et la vodka. Tu as tout à fait raison, mon ami. Ouais, dit Mme Mori. Dans sa manière d'exhaler lentement ce mot, dans sa manière de regarder Sonny avec une avidité qu'elle n'avait jamais montrée à mon égard, dans sa manière de préférer ce mot à celui de « oui », je sus que tout était terminé entre nous. J'avais remporté le débat mais Sonny, comme quand nous étions étudiants, avait conquis le public.

Le général pensait lui aussi qu'il n'était jamais trop tard pour se battre, comme je l'indiquai dans la lettre suivante à ma tante parisienne. Pour entraîner et faire manœuvrer son armée naissante, il avait trouvé un bout de terrain perdu, quelque part dans les collines écrasées de soleil tout à l'est de Los Angeles, près d'une réserve indienne isolée. Environ deux cents hommes avaient pris leurs voitures, emprunté les autoroutes et traversé les banlieues, petites et grandes, pour rejoindre cette région broussailleuse où, dans le passé, la pègre avait dû enterrer quelques-unes de ses victimes. Devant cette bande d'étrangers en tenue de camouflage faisant des entraînements militaires et de la gymnastique, un xénophobe aurait pu nous prendre pour l'avant-garde de l'invasion asiatique du territoire américain, le péril jaune s'abattant sur la Californie, le rêve diabolique de Ming devenu réalité. On en était loin. Pour tout dire, en se préparant à envahir notre patrie devenue communiste, les hommes du général étaient en train de se transformer en nouveaux Américains. Car, après tout, rien n'était plus américain que brandir un pistolet et s'engager à mourir pour la liberté et l'indépendance, sauf s'il s'agissait de brandir un pistolet pour priver quelqu'un d'autre de sa liberté et de son indépendance.

Nos deux cents meilleurs, les avait appelés le général dans son restaurant, pendant qu'il me dessinait l'organigramme de son armée compacte sur une serviette en papier. Cette serviette, je l'avais emportée et envoyée à ma tante parisienne. Le schéma montrait une section de commandement, trois sections d'infanterie et une section d'armes lourdes, bien qu'il n'y eût pas encore d'armes lourdes. Pas un problème, me dit le général. L'Asie du Sud-Est regorge d'armements lourds. On les récupérera sur place. Ici, le but, c'est d'installer une discipline, d'endurcir les corps, de préparer les esprits, d'obtenir des volontaires qu'ils se considèrent de nouveau comme une armée, qu'ils imaginent l'avenir. En écrivant les noms des commandants de section et des officiers de son état-major, il m'expliqua leurs parcours : celui-là ancien officier supérieur de telle ou telle division, celui-ci ancien chef de bataillon de tel ou tel régiment, et ainsi de suite. Je transmis également tous ces détails à ma tante parisienne, mais cette fois en langage codé. Je rapportai enfin ce que m'avait confié le général, à savoir qu'il s'agissait là uniquement d'hommes expérimentés, y compris le troufion de base. Ils ont tous connu le feu au pays, m'avait-il dit. Tous sont volontaires. Je n'ai pas lancé la mobilisation générale. J'ai d'abord réuni mes officiers et je leur ai demandé de contacter des hommes de confiance, qui seraient les sous-officiers. Puis j'ai demandé aux sous-officiers de trouver les simples soldats. Il m'a fallu plus d'un an pour constituer ce noyau dur. Maintenant, nous sommes prêts pour la phase suivante. Entraînement physique, exercices, manœuvres. En faire une unité de combat. Vous êtes avec moi, capitaine ?

Toujours, monsieur. Et voilà comment je me retrouvai une fois de plus sous l'uniforme, même si ma mission du jour consistait à jouer les documentaristes plutôt que les fantassins. Les deux cents hommes étaient assis en tailleur par terre, jambes croisées. Le général se tenait devant eux et moi derrière eux, appareil photo en main. Comme eux, le général portait un uniforme et une tenue de camouflage, achetés dans un surplus militaire et ajustés par la grâce des ciseaux de madame. Ainsi vêtu, il n'était plus le propriétaire morose d'un magasin d'alcools et d'un restaurant, un petit-bourgeois comptant ses espoirs comme il comptait sa monnaie dans la caisse. Son uniforme, son béret rouge, ses rangers lustrés, les étoiles sur son col et l'écusson parachutiste cousu à sa manche lui avaient redonné sa noblesse d'antan. Quant à mon uniforme, c'était une armure complète en tissu. Une balle ou un couteau l'auraient transpercé sans difficulté, mais je me sentais moins vulnérable que dans ma tenue civile de tous les jours. Si je n'étais pas blindé, j'étais au moins envoûté, comme tous les autres hommes.

Je les photographiai sous plusieurs angles, ces types humiliés par ce que l'exil avait fait d'eux. Dans leurs tenues de commis, de serveurs, de jardiniers, de saisonniers, de pêcheurs, d'ouvriers, de concierges, ou simplement de chômeurs et de précaires, ces spécimens minables du lumpenprolétariat se fondaient dans le paysage partout où ils se trouvaient, toujours perçus comme une masse, jamais identifiés comme individus. Mais là, avec leurs uniformes et leurs cheveux mal coupés cachés par des bérets et des casquettes, on ne pouvait pas les rater. Leur virilité retrouvée se manifestait dans leur façon de se tenir droits, raides, plutôt qu'affalés comme des réfugiés, et de marcher fièrement au lieu de traîner les pieds, comme ils le faisaient en général, dans de mauvais souliers aux semelles usées. Ils redevenaient des hommes, et le général leur parla comme à des hommes. Messieurs, lança-t-il. Messieurs ! Le peuple a besoin de nous. Même là où j'étais, je l'entendais bien, alors qu'il semblait ne pas se forcer pour se faire entendre. Le peuple a besoin d'espoir et de chefs, dit-il. Et vous êtes ces chefs. Vous montrerez au peuple ce qui peut arriver s'il a le courage de se lever, de prendre les armes et de se sacrifier. Je regardai les soldats pour voir s'ils tiquaient à l'idée de se sacrifier ; ils ne tiquèrent pas. Tel était le pouvoir occulte de l'uniforme, de la masse : ces hommes qui n'auraient jamais rêvé de se sacrifier dans leur vie quotidienne, pendant qu'ils servaient les clients, acceptaient de le faire sous un soleil de plomb. Messieurs, continua-t-il. Messieurs ! Le peuple réclame la liberté ! Les communistes promettent la liberté et l'indépendance, mais ils n'apportent que la pauvreté et la servitude. Ils ont trahi le peuple vietnamien, et les révolutions ne trahissent pas les peuples. Même ici, nous restons avec le peuple, et nous retournerons libérer les gens auxquels on refuse la liberté dont nous jouissons. Les révolutions sont faites pour les peuples, grâce aux peuples et par les peuples. C'est ça, notre révolution !

Rien n'était plus vrai, et pourtant rien n'était plus mystérieux. Car la question de savoir qui était le peuple et ce qu'il souhaitait demeurait sans réponse. L'absence de réponse n'avait pas d'importance ; d'ailleurs, l'absence de réponse faisait partie de la force d'évocation du peuple qui mit les larmes aux yeux des hommes et les fit se lever en criant, *À bas le communisme !* Tels les saumons qui savent d'instinct quand remonter le courant, nous savions tous qui était le peuple et qui ne l'était pas. Quiconque avait besoin qu'on le lui explique n'en faisait assurément pas partie. C'est en tout cas ce que j'écrivis à ma tante parisienne peu de temps après. Je lui envoyai aussi des photos des hommes en uniforme en train d'acclamer, et d'autres les montrant à l'exercice ou à la manœuvre au cours de ce même week-end. Peut-être avaient-ils l'air idiots ou absurdes, à faire des pompes pendant que le capitaine grisonnant leur hurlait dessus, à crapahuter derrière des arbres en brandissant des fusils d'un autre âge sous les ordres du lieutenant insensible, ou à effectuer des parodies de patrouille avec Bon dans les bois où chassaient jadis les Indiens. Mais ne te méprends pas, avertis-je Man dans mes notes codées. Les révolutions commencent toujours comme ça, quand des hommes décident de se battre à tout prix et sont prêts à renoncer à tout parce qu'ils n'ont rien. La description convenait bien au capitaine grisonnant, l'ancien traqueur de guérilleros désormais cuisinier dans un fast-food, et au lieutenant insensible, seul rescapé d'une compagnie prise en embuscade, qui gagnait maintenant sa vie en faisant le livreur. Comme Bon, c'étaient des fous absolus qui s'étaient portés volontaires pour la mission de reconnaissance en Thaïlande. Ils avaient décrété que la mort n'était pas pire que la vie, ce qui leur allait, mais ce qui m'inquiétait si je devais les accompagner.

Et vos femmes, vos enfants ? demandai-je. Nous étions tous les quatre assis sous un chêne, les manches retroussées, en train de manger des rations C de l'armée qui avaient presque la même apparence quand elles entraient dans le corps humain et quand elles en ressortaient. Le capitaine grisonnant agita sa cuillère dans sa boîte de conserve et répondit, On a été séparés quand il y a eu le merdier à Da Nang. Ils n'ont pas réussi à partir. Aux dernières nouvelles, les vietcongs les ont envoyés défricher des marécages parce qu'ils avaient commis le crime d'être mes proches. Soit j'attends qu'ils quittent le pays, soit je vais les chercher moi-même. Il parlait toujours avec les mâchoires serrées, rongeant ses mots comme des os. Quant au lieutenant insensible, ses ressorts émotionnels avaient été cassés. Il avait l'apparence d'un être humain, mais si son corps bougeait, en revanche son visage et sa voix ne bougeaient absolument pas. Aussi, lorsqu'il dit, Ils sont morts, sa phrase atone fut-elle encore plus effrayante que s'il avait gémi ou hurlé. J'avais peur de lui demander ce qui s'était passé. Au lieu de ça, je dis, En fait, vous n'avez pas l'intention de revenir, si ? Le lieutenant insensible fit pivoter de quelques degrés la tourelle de sa tête et braqua ses yeux sur moi. Revenir faire quoi ? Le capitaine grisonnant gloussa. Ne sois pas choqué, petit. J'ai envoyé plus d'un homme à une mort certaine. Alors aujourd'hui c'est peut-être mon tour. Mais je ne veux surtout pas faire pleurer dans les chaumières. Ne sois pas triste pour moi. J'ai hâte. La guerre, c'est peut-être l'enfer, mais tu sais quoi ? Je préfère l'enfer à ce trou à rats. Là-dessus, le lieutenant insensible et le capitaine grisonnant s'en allèrent pisser un coup.

Dans ma lettre à Paris, je n'eus pas besoin d'expliquer que ces hommes n'étaient pas des fous – du moins pas encore. Les *minutemen* n'étaient pas fous quand ils pensaient pouvoir battre les Anglais, pas plus que la première unité de propagande armée de notre révolution quand elle s'exerçait avec un arsenal hétéroclite d'armes rudimentaires : de cette milice avait fini par naître une armée d'un million d'hommes. Qui pouvait prétendre que le même destin n'attendrait pas cette petite troupe ? *Ma chère tante*, écrivis-je à l'encre invisible, *il ne faut pas sous-estimer ces hommes. Napoléon disait que les hommes sont prêts à mourir pour avoir un bout de ruban accroché à leur poitrine, mais le général a compris que les hommes seraient encore plus nombreux à mourir pour un homme qui se souvient de leurs noms, comme il le fait. Quand il les passe en revue, marche parmi eux, mange avec eux, les appelle par leurs noms et leur pose des questions sur leurs femmes, leurs enfants, leurs petites amies, leur ville natale. La seule chose que l'on veut, c'est qu'on se souvienne de nous et qu'on reconnaisse notre valeur. L'un n'est pas possible sans l'autre. Ce désir pousse ces commis, ces serveurs, ces concierges, ces jardiniers, ces garagistes, ces veilleurs de nuit et ces assistés à économiser de quoi s'acheter des uniformes, des chaussures et des armes, de quoi redevenir des hommes. Ils veulent reconquérir leur pays, chère tante, mais ils souhaitent aussi ne pas être oubliés de ce pays qui n'existe plus, de leurs femmes et de leurs enfants, de leur postérité, des hommes qu'ils ont été. S'ils échouent, ils passeront pour des fous. Mais s'ils réussissent, ce seront des héros et des visionnaires, qu'ils soient morts ou vifs. Peut-être retournerai-je dans notre pays avec eux, quoi qu'en pense le général.*

Même si j'envisageais la possibilité d'y retourner, je fis de mon mieux pour dissuader Bon de le faire. Nous étions en train de fumer une cigarette sous le chêne, dernier répit avant d'entamer une marche de quinze kilomètres. Nous regardions les hommes commandés par le capitaine grisonnant et le lieutenant insensible se lever, s'étirer et gratter diverses parties de leur anatomie dodue. Ces types ont des envies de mort, dis-je. Tu n'as toujours pas compris ? Ils n'ont aucune intention de revenir. Ils savent que c'est une mission-suicide.

La vie est une mission-suicide.

Je te trouve soudain très philosophe. Mais ça ne change rien au fait que tu es dingue.

Il rit de bon cœur, chose si rare depuis Saigon que j'en fus déconcerté. Pour la deuxième fois seulement depuis que je le connaissais, il se lança dans un discours qui, pour lui, relevait de l'épopée. Ce qui est dingue, c'est de vivre quand on n'a aucune raison de vivre, dit-il. À quoi bon ? Une vie dans notre appartement ? Ce n'est pas chez moi. C'est une prison sans barreaux. Nous tous – on vit dans des cellules sans barreaux. On n'est plus des hommes. Plus depuis que les Américains nous ont baisés deux fois de suite devant nos femmes et nos enfants. D'abord ils nous ont dit, On va sauver vos fesses de Jaunes. Faites ce qu'on vous dit. Battez-vous comme nous, prenez notre fric, donnez-nous vos femmes, et vous serez libres. Mais les choses ne se sont pas vraiment passées comme ça, si ? Ensuite, après nous avoir baisés, ils nous ont secourus. Simplement, ils ont oublié de préciser qu'au passage ils nous couperaient les couilles et la langue. Mais tu sais quoi ? Si on avait été de vrais hommes, on ne les aurait pas laissés faire.

D'habitude, Bon se servait des mots avec la parcimonie d'un tireur d'élite. Mais sa rafale de mitraillette me cloua le bec pendant un long moment. Je finis par répondre, Tu es un peu injuste avec ces types, ce qu'ils ont fait, ce qu'ils ont affronté. Ils avaient beau être mes ennemis, je comprenais leurs cœurs de soldats, que faisait battre la conviction d'avoir lutté courageusement. Tu es trop sévère avec eux.

Il rit encore, mais pas de bon cœur, cette fois. Je suis sévère avec moi-même. Et ne me dis pas que je suis un homme, ni un soldat. Ceux qui sont restés, oui. Les gars de ma compagnie. Man. Tous morts, ou en prison. Mais au moins ils savent qu'ils sont des hommes. Ils sont tellement dangereux qu'il faut d'autres hommes armés pour les maintenir enfermés. Ici, personne n'a peur de nous. Les seuls à qui on fout les jetons, ce sont nos femmes et nos enfants. Et nous-mêmes. Je les connais, ces types. Je leur vends de l'alcool. J'entends leurs histoires. Ils rentrent du travail chez eux à pied, hurlent sur leurs femmes et leurs gamins, les cognent de temps en temps, histoire de montrer qu'ils sont des hommes. Sauf qu'ils ne le sont pas. Un homme protège sa femme et ses enfants. Un homme n'a pas peur de mourir pour eux, pour son pays, pour ses copains. Il ne vit pas pour les voir tous crever sous ses yeux. Et pourtant, c'est ce que j'ai fait.

Tu as battu en retraite, c'est tout, dis-je en posant une main sur son épaule. D'un mouvement brusque, il la chassa. Je ne l'avais encore jamais entendu parler de sa souffrance avec une telle franchise. Je voulais le réconforter et ça me faisait de la peine de voir qu'il ne me laissait pas le faire. Tu as dû sauver ta famille. Ce n'est pas pour autant que tu n'es pas un homme ni un soldat. Tu es un soldat. Alors réfléchis en soldat. Est-ce qu'il vaut mieux participer à cette mission-suicide et ne jamais revenir, ou attendre la vague suivante qui aura plus de chances de réussir ?

Il cracha, écrasa sa cigarette sous son pied et l'enfouit sous un monceau de terre. Oui, c'est ce que la plupart de ces gars disent. Ce sont des perdants, et les perdants ont toujours de très bonnes excuses. Ils se déguisent, ils font les durs, ils jouent aux soldats. Mais combien d'entre eux repartent vraiment chez eux pour se battre ? Le général a demandé des volontaires. Il en a eu trois. Les autres se planquent derrière leurs femmes et leurs gamins, les mêmes femmes et les mêmes gamins qu'ils cognent parce qu'ils ne supportent pas de se planquer derrière eux. Si tu laisses une deuxième chance à un lâche, il partira toujours en courant. Et c'est comme ça pour la plupart de ces types. Ils bluffent.

Espèce d'enfoiré cynique ! m'écriai-je. Tu meurs pour quoi, alors ?

Je meurs pour quoi ? Je meurs parce que le monde dans lequel je vis ne mérite pas qu'on meure pour lui ! Si une chose mérite qu'on meure pour elle, alors ça donne une raison de vivre.

Et à cela, je n'avais rien à opposer. C'était vrai, même pour cette petite cohorte de héros, ou peut-être de fous. Dans les deux cas, ils avaient maintenant une chose au nom de laquelle sinon mourir, du moins vivre. Ils avaient jeté aux orties, et de bon cœur, la tenue d'enterrement de leur médiocre vie civile, séduits par les treillis tigrés sur mesure, par les foulards jaunes, blancs ou rouges autour du cou, cette splendeur militaire semblable aux costumes des super-héros. Mais comme les super-héros, ils n'allaient pas vouloir rester anonymes très longtemps. Comment être un super-héros si personne ne sait que vous existez ?

Déjà des rumeurs circulaient sur leur compte. Avant même notre assemblée du désert, Sonny, le soir où il avait à la fois reconnu sa faiblesse et triomphé, m'avait posé des questions sur ces mystérieux soldats. Notre conversation s'était ensablée, le chat noir était en train de se réjouir de ma défaite, et au milieu du silence imbibé de vodka Sonny évoqua les bruits selon lesquels une armée secrète se préparait à une invasion secrète. Je lui répondis que je n'avais rien entendu de tel, ce à quoi il rétorqua, Ne fais pas l'innocent. Tu es l'homme de confiance du général.

Si j'étais son homme de confiance, raison de plus pour ne pas en parler à un communiste.

Qui a dit que j'étais communiste ?

Je fis mine d'être surpris. Tu n'es pas communiste ?

Si je l'étais, est-ce que je te le dirais ?

Tel était le dilemme du subversif. Au lieu de nous pavaner dans les tenues sexuellement ambiguës des super-héros, nous nous cachions sous le manteau de l'invisibilité, ici comme à Saigon. Là-bas, quand j'assistais aux réunions clandestines avec d'autres subversifs, dans les caves de nos planques, assis sur des caisses de grenades américaines achetées au marché noir, je portais une cagoule en coton moite qui ne laissait voir que mes yeux. Éclairés à la bougie ou à la lampe à huile, nous ne nous connaissions que par l'originalité de nos pseudonymes, par la forme de nos corps, par le son de nos voix, par le blanc de nos yeux. En regardant Mme Mori s'allonger sous le bras de Sonny, j'étais sûr que mes yeux, toujours absorbants, n'étaient plus blancs, mais rougis par le vin, la vodka et le tabac. Nos poumons avaient atteint un équilibre enfumé avec l'air renfermé, tandis que sur la table basse le cendrier subissait en silence son éternel outrage, la bouche pleine de mégots et de cendres amères.

Je fis tomber ce qui restait de ma cigarette dans la bouteille de vin, où elle se noya avec un petit grésillement chargé de reproches. La guerre est finie, dit Mme Mori. Ils ne sont pas au courant ? Au moment de me lever pour souhaiter bonne nuit, je voulus répondre quelque chose de profond, impressionner Mme Mori avec cet intellect dont elle ne pourrait plus jamais profiter. Les guerres ne meurent jamais, dis-je. Elles vont simplement se coucher.

Ça vaut pour les vieux soldats, aussi ? demanda-t-elle, visiblement guère impressionnée. Bien sûr, dit Sonny. S'ils n'allaient pas se coucher, comment feraient-ils pour rêver ? Je faillis répondre, avant de me rendre compte que c'était une question rhétorique.

Mme Mori tendit sa joue pour que je l'embrasse, et Sonny sa main pour que je la serre. Il m'accompagna à la porte et je rentrai chez moi, dans les draps frais de la nuit, jusqu'à mon propre lit. Bon dormait au-dessus de moi. Je fermai les yeux. Après une brève période d'obscurité, je décollai de mon matelas et embarquai sur un fleuve noir, vers le pays étranger pour lequel nul passeport n'était requis. De ses nombreuses créatures louches et de ses nombreux éléments mystérieux, je ne me souviens à présent que d'un. Mon esprit était totalement nettoyé, à l'exception de cette empreinte digitale fatale : un vieux kapokier, ma dernière demeure, sur l'écorce arthritique duquel je posai ma joue. J'étais presque endormi à l'intérieur de mon sommeil lorsque je compris peu à peu que le nœud de bois rugueux sur lequel reposait mon oreille était en réalité aussi une oreille. Ourlée et rigide, la cire de son histoire auditive était incrustée dans la mousse verte de son canal entortillé. Une moitié du kapokier me dominait de sa hauteur, l'autre moitié, sous moi, était invisible dans la terre éventrée ; levant les yeux, je vis non pas seulement une oreille, mais des tas d'oreilles qui sortaient de l'écorce de son tronc épais, des centaines d'oreilles qui écoutaient et avaient écouté des choses que je ne pouvais entendre, spectacle tellement atroce qu'il me renvoya dans le fleuve noir. Je me réveillai en sueur, haletant, la tête dans les mains. Il fallut que je me débarrasse de mes draps mouillés et que je regarde sous mon oreiller pour pouvoir de nouveau m'allonger, tout tremblant. Mon cœur battait encore avec la force d'un joueur de tambour en transe, mais au moins mon lit n'était pas jonché d'oreilles amputées.

14

Parfois, l'action du subversif est intentionnelle. Mais d'autres fois, je l'avoue, elle relève du hasard. Avec le recul, peut-être que ma remise en cause du courage de Sonny l'incita à écrire l'article que je découvris deux semaines après nos manœuvres militaires, intitulé : « Tournons la page, la guerre est finie ». Je le vis sur le bureau du général, dans son PC du magasin d'alcools, posé sur le calepin et maintenu par le poids d'une agrafeuse. Certains pouvaient se féliciter de ce titre. Pas le général. L'article était accompagné d'une photo d'un rassemblement organisé par la Fraternité dans un parc de Westminster, avec des rangées d'anciens combattants à l'air grave et vêtus d'uniformes paramilitaires, chemises brunes, bérets rouges. Sur une autre photo, des civils pauvrement habillés à la manière des réfugiés brandissaient des panneaux et tenaient des drapeaux où étaient écrits les messages télégraphiques des manifestations politiques. HÔ CHI MINH = HITLER ! LIBERTÉ POUR NOTRE PEUPLE ! MERCI L'AMÉRIQUE ! Dans la mesure où l'article pouvait semer le doute dans les cœurs des exilés quant à l'opportunité d'une poursuite de la guerre et faire naître des divisions chez les factions en exil, je savais que ma provocation à l'égard de Sonny avait eu un effet involontaire, mais bienvenu.

Je photographiai l'article à l'aide du mini-appareil Minox qui trouvait enfin son utilité. Cela faisait quelques semaines que je photographiais les dossiers du général, auxquels j'avais entièrement accès en ma qualité d'aide de camp. Après mon retour des Philippines, j'avais chômé, à l'exception de ce considérable travail gratuit pour le général, la Fraternité, le Mouvement. Même les armées secrètes et les vitrines politiques avaient besoin de ronds-de-cuir. Il fallait rédiger des notes ; classer des documents ; convoquer des réunions ; dessiner, imprimer et distribuer des tracts ; prendre des photos ; caler des interviews ; trouver des donateurs ; et, plus important pour mes activités, faire et poster la correspondance, puis la recevoir et la lire avant de la remettre au général. J'avais photographié l'ordre de bataille du général au grand complet, de la compagnie, ici, au bataillon en Thaïlande, des défilés publics de la Fraternité aux manœuvres secrètes du Mouvement, ainsi que les communiqués échangés entre le général et ses officiers dans les camps de réfugiés thaïlandais, dirigés par un amiral enclavé. En particulier, je photographiai les relevés des comptes bancaires sur lesquels le général transférait les modestes fonds du Mouvement, issus des petites donations faites par la communauté des réfugiés, des bénéfices du restaurant de madame et de quelques respectables organisations caritatives qui avaient donné à la Fraternité pour aider les tristes réfugiés et les encore plus tristes anciens combattants.

Tous ces documents, je les avais cachés dans un colis envoyé à ma tante parisienne. Il contenait une lettre et un petit souvenir kitsch, une boule à neige qui tournait automatiquement sur elle-même, avec le panneau Hollywood à l'intérieur. Ce cadeau exigeait des piles de neuf volts, que j'ajoutai au colis et que j'avais vidées pour introduire dans chacune d'elles une pellicule Minox. La méthode était plus sophistiquée que celle employée par ma messagère à Saigon. Quand Man m'avait parlé d'elle la première fois, j'avais aussitôt imaginé une de ces reines de beauté au corps souple qui faisaient à juste titre la réputation de notre pays, blanche comme du sucre raffiné au-dehors, écarlate comme un lever de soleil au-dedans, une sorte de Mata Hari cochinchinoise. Or se présenta à ma porte tous les matins une vieille femme dont les rides du visage promettaient plus de secrets que les lignes de ses mains, qui recrachait du jus de bétel et vendait sa spécialité, du riz gluant enveloppé dans des feuilles de bananier. Chaque matin, pour le petit déjeuner, je lui en achetais un paquet, susceptible de contenir un message enroulé dans du plastique. En retour, la petite liasse de billets avec laquelle je la rétribuais était susceptible de contenir une pellicule photo ou un message de ma main, invisible, écrit à l'eau de riz sur du papier kraft. Le seul défaut de cette méthode était que le riz gluant de cette vieille femme, piètre cuisinière, faisait comme une boule de colle qu'il me fallait avaler, de crainte que la bonne ne la retrouve dans la poubelle et ne se demande pourquoi j'achetais une chose que je ne mangeais pas. Je m'en plaignis un jour auprès de la vieille ; elle m'insulta si copieusement, et avec une telle inventivité verbale, que je dus consulter autant ma montre que mon dictionnaire. Même les chauffeurs de tuk-tuk qui traînaient autour de la villa du général furent impressionnés. Vous feriez mieux de l'épouser, capitaine, me lança l'un d'eux, auquel il manquait le bras gauche. Elle ne va pas rester célibataire longtemps !

Le souvenir de cette femme me fit grimacer. Je me servis un verre de ce whisky quinze ans d'âge que le général gardait dans son tiroir. Comme je n'étais pas payé, le général entretenait mon bonheur, et il est vrai ma dépendance, en m'offrant de plus ou moins bonnes bouteilles d'alcool puisées dans son large stock. J'en avais bien besoin. Dans la lettre, j'avais noté à l'encre invisible les dates et les détails du périple de Bon, du capitaine grisonnant et du lieutenant insensible, depuis leurs billets d'avion jusqu'à la localisation du camp d'entraînement. En substance, cela n'était pas différent de ce que j'envoyais à l'époque de la vieille femme, ces renseignements logistiques secrets menant inexorablement à des embuscades dévastatrices. Les articles de journaux avaient beau rapporter le nombre de soldats américains ou républicains tués ou blessés, ils étaient aussi abstraits que les morts sans visage dans les livres d'histoire. J'arrivais à rédiger ces dépêches sans difficulté, mais celle concernant Bon m'avait pris toute la nuit, non à cause de la quantité de mots, mais parce que c'était mon ami. *Moi aussi, je rentre*, écrivis-je, même si je ne savais pas du tout par quel moyen je pourrais y parvenir. *Ce sera mieux pour transmettre les mouvements de l'ennemi*, ajoutai-je, alors qu'en réalité je comptais sauver la vie de Bon. Là non plus, je ne savais absolument pas comment accomplir un tel exploit.

Mais l'ignorance ne m'avait jusqu'à présent jamais empêché d'agir.

Ne voyant pas comment trahir Bon et le sauver en même temps, je cherchai l'inspiration au fond d'une bouteille. J'étais en train de siroter mon deuxième verre de whisky lorsque le général entra. Il était un peu plus de 15 heures, l'heure habituelle de son retour du restaurant de madame après le coup de feu de midi. Il était, comme à l'accoutumée, exaspéré par ses longues heures passées derrière la caisse. D'anciens soldats venaient le saluer, marque de respect qui lui rappelait néanmoins les étoiles qu'il n'arborait pas, tandis que les rares civils narquois, toujours des femmes, lui disaient, Vous n'étiez pas général ? Si elles étaient très narquoises, elles lui laissaient un pourboire, en général la somme généreuse d'un dollar, clin d'œil à ce que nous considérions comme une tradition américaine ridicule. Ainsi donc le général arrivait l'après-midi au magasin d'alcools, comme ce jour-là, jetait une poignée de billets d'un dollar froissés sur son bureau et attendait que je lui serve un double whisky. Affalé dans son fauteuil, il buvait les yeux fermés puis lâchait un long soupir. Mais ce jour-là, au lieu de s'affaler, il se pencha en avant, tapota le journal et me dit, Vous avez lu ça ?

Ne voulant pas le priver d'une occasion de fulminer, je répondis que non. Il acquiesça d'un air maussade et commença à en lire des passages à haute voix. « Les rumeurs abondent sur cette Fraternité et sur son véritable but, lut-il, visage impassible et voix monocorde. Le renversement du régime communiste est de toute évidence son objectif. Mais jusqu'où est-elle prête à aller ? Alors que la Fraternité réclame des dons pour venir en aide aux réfugiés, il se peut que cet argent aille en réalité dans les caisses d'un Mouvement de réfugiés armés basé en Thaïlande. On raconte que la Fraternité a investi dans certaines affaires dont elle récupère les profits. L'aspect le plus décevant de cette Fraternité, c'est le faux espoir qu'elle soulève chez nos compatriotes en leur faisant croire qu'un jour nous pourrons reprendre notre pays par la force. Il vaudrait mieux pour nous que nous recherchions une réconciliation pacifique, avec l'espoir qu'un jour nous autres, exilés, puissions retourner dans notre pays afin d'aider à sa reconstruction. » Le général replia le journal et le reposa à l'emplacement exact où il l'avait trouvé. Quelqu'un refile à cet homme des renseignements fiables, capitaine.

Je bus mon whisky pour masquer le fait que je déglutissais la salive accumulée dans ma bouche. Il y a des fuites, monsieur, comme il y en avait au pays. Regardez cette photo. Tous ces hommes sont partiellement au courant de ce qui se passe. Sonny n'a eu qu'à se balader avec un seau pour récupérer une goutte par-ci, une goutte par-là. En un rien de temps, il s'est retrouvé avec un ou deux verres remplis de renseignements.

Vous avez raison, bien sûr, dit le général. On peut toujours garder sa maîtresse, mais on ne peut pas garder un secret. Tout ça – il tapota le journal – paraît merveilleux, n'est-ce pas ? Réconciliation, retour, reconstruction. Qui n'en voudrait pas ? Et qui en profiterait le plus ? Les communistes. Mais en ce qui nous concerne, si on y retourne, le plus probable reste une balle dans la tête ou un long séjour en camp de rééducation. C'est ça que veulent dire les communistes quand ils parlent de réconciliation et de reconstruction : se débarrasser des gens comme nous. Et ce journaliste est en train de vendre sa propagande gauchiste à de pauvres gens qui s'accrochent à n'importe quel espoir. Il devient de plus en plus gênant, vous ne trouvez pas ?

Bien sûr, répondis-je en attrapant la bouteille de whisky. Comme moi, elle était à moitié pleine, à moitié vide. Les journalistes sont toujours gênants quand ils sont indépendants.

Qu'est-ce qui nous dit qu'il est seulement journaliste ? À Saigon, la moitié des journalistes étaient des sympathisants communistes, et pour beaucoup des communistes tout court. Qu'est-ce qui nous dit que les communistes ne l'ont pas envoyé en Californie il y a des années de ça, avec ce plan précis en tête, espionner et détruire tous ceux qui feraient le voyage ? Vous l'avez connu à l'université. Affichait-il ces mêmes sympathies à l'époque ? Si je répondais par la négative et si le général entendait plus tard un autre son de cloche, je risquais de me retrouver dans de beaux draps. La seule réponse possible était donc oui. À quoi le général dit, Pour un officier du renseignement, vous ne me paraissez pas très renseigné, si, capitaine ? Pourquoi ne m'avez-vous pas mis en garde là-dessus quand je l'ai rencontré ? Il secoua la tête avec un air dégoûté. Vous savez quel est votre problème, capitaine ? J'avais à l'esprit une assez longue liste de mes problèmes, mais mieux valait répondre que je n'en avais pas la moindre idée. Vous avez trop de compassion, dit le général. Vous n'avez pas perçu le danger que représentait l'adjudant parce qu'il était gros et que vous avez eu pitié de lui. Tout montre que vous avez refusé de voir que Sonny était non seulement un extrémiste de gauche, mais potentiellement un agent dormant communiste. Il me regardait droit dans les yeux. Mon visage commençait à me démanger, mais je n'osais pas me gratter. Il va peut-être falloir faire quelque chose, capitaine. Vous n'êtes pas d'accord ?

Si, répondis-je, la gorge sèche. Il va peut-être falloir faire quelque chose.

Les jours suivants, j'eus tout le loisir de méditer sur la vague injonction du général. Comment pouvait-on nier qu'il fallût faire quelque chose ? Il fallait toujours que quelqu'un fasse quelque chose. Une publicité dans le journal de Sonny, annonçant que Lana chantait dans un spectacle intitulé *Fantasia*, me donna l'occasion de passer à l'action, mais pas le genre d'action qu'imaginait le général. Ce dont j'avais besoin, c'était un répit, ne fût-ce qu'un jour, loin du travail angoissant et solitaire du subversif. Pour une taupe habituée à l'obscurité, ressortir dans un night-club était l'idéal. Convaincre Bon d'aller voir *Fantasia* afin d'entendre les chansons et les sonorités de notre pays disparu, mais pas oublié, fut moins compliqué que prévu. Car Bon, ayant décidé de mourir, montrait enfin des signes de vie. Il m'autorisa même à lui couper les cheveux, qu'il gomina ensuite jusqu'à les rendre assortis à nos souliers noirs vernis. Avec la brillantine, l'eau de Cologne et les Rolling Stones à l'autoradio, il régnait une atmosphère masculine enivrante dans ma voiture, qui ne se contenta pas de nous emmener à l'ouest, vers Hollywood, mais nous ramena à l'époque dorée de Saigon, aux alentours de 1969, après mon retour d'Amérique. En ce temps-là, avant que Bon et Man deviennent pères, nous brûlions ensemble les week-ends de notre jeunesse dans les bars et les boîtes de Saigon, exactement comme il convient. Une jeunesse qui n'est pas brûlée mérite-t-elle encore le nom de jeunesse ?

C'est peut-être d'ailleurs à ma jeunesse que je pourrais imputer mon amitié pour Bon. Qu'est-ce qui pousse un garçon de quatorze ans à sceller un pacte de sang avec un frère de sang ? Surtout, qu'est-ce qui fait qu'un homme adulte croit encore en ce pacte ? Les choses importantes, comme l'idéologie et les convictions politiques, qui sont le fruit mûr de l'âge adulte, ne devraient-elles pas compter davantage que les idéaux verts et les illusions de la jeunesse ? Je me permets de suggérer que la vérité, ou une partie de la vérité, est à trouver dans ces folies de jeunesse qu'adulte l'on oublie, à nos dépens. Voici le décor qui vit se nouer notre amitié : un terrain de football du lycée. J'étais un nouvel élève entouré par des plus grands, des plus vieux que moi, les rois de l'école. Ils étaient sur le point de rééditer une scène vieille comme le monde, l'épisode où le fort s'en prend au faible, ou à l'excentrique, histoire de rigoler un bon coup. J'étais excentrique, mais je n'étais pas faible, comme je l'avais prouvé face au comique du village qui m'avait traité d'anormal. Je l'avais roué de coups, mais on m'avait déjà roué de coups avant, et je me préparais à un combat perdu d'avance. C'est alors que cet autre nouvel élève, de façon inattendue, prit ma défense ; il s'avança vers le cercle des voyeurs et dit, Ce n'est pas juste. Ne l'excluez pas. Il est des nôtres. Un grand ricana. Tu es qui, toi, pour dire qui est des nôtres ou pas ? Et qu'est-ce qui te fait croire que tu es un des nôtres ? Dégage. Man ne dégagea pas et, en retour, reçut le premier coup, une gifle sur son oreille, qui le fit vaciller. Je me ruai tête baissée dans les côtes du plus grand et l'assommai, avant de me retrouver à califourchon sur lui. Je lui assénai deux coups de poing, et les autres balourds se jetèrent sur moi. Pour moi et mon nouvel ami Man, la cote était de cinq contre un ; j'avais beau me battre avec tout mon cœur et toute ma rage, je savais que nous étions fichus. Les autres élèves qui nous entouraient le savaient également. Pourquoi, dans ces conditions, Bon surgit-il pour nous venir en aide ? Il était nouveau, certes aussi costaud que les plus grands, mais il ne pouvait pas tous les battre. Il en cogna un, donna un coup de coude à un autre, percuta un troisième tête la première, puis fut terrassé par la horde. Ils nous piétinèrent, nous frappèrent, nous démolirent, nous laissèrent contusionnés, ensanglantés et ravis. Oui, ravis ! Car nous avions surmonté une épreuve mystérieuse, une épreuve qui nous distinguait des petites brutes, d'un côté, et des lâches, de l'autre. Le soir même, nous nous échappâmes en douce de notre dortoir et, sous les branches d'un tamarinier, nous entaillâmes nos paumes. Nous mêlâmes nos sangs, une fois de plus, avec des garçons que nous considérions plus comme notre famille que n'importe quelle vraie famille, puis nous prêtâmes serment.

Un pragmatique, un vrai matérialiste, ne verrait dans cette histoire, et mon attachement à elle, qu'un relent de romantisme. Pourtant, elle dit tout de la manière dont nous nous percevions à cet âge-là :

comme des garçons sachant d'instinct que notre cause était de défendre les plus faibles. Cela faisait longtemps que Bon et moi n'en avions pas reparlé, mais je sentais que cet incident coulait dans ses veines comme dans les miennes pendant que nous chantions les chansons de notre jeunesse sur la route du Roosevelt Hotel. L'ancien établissement chic de Hollywood Boulevard, si prisé des vedettes au temps du noir et blanc, était aujourd'hui aussi démodé qu'une star du muet. Les moquettes élimées cachaient un carrelage en piteux état et le mobilier du hall, curieusement, comportait des tables à jouer et des chaises aux pieds maigrichons comme ceux des grues, prêtes pour une partie de poker entre amis ou une réussite. Je m'attendais à trouver quelques vestiges de glamour hollywoodien, avec des producteurs de porno bedonnants, en col pelle à tarte et blazer bleu pastel, tenant dans leurs mains bagousées des femmes à moitié figées. Or, tandis que nous nous dirigions vers le salon où attendait *Fantasia*, les personnes les mieux habillées de l'hôtel se révélèrent être mes compatriotes, pleins de paillettes, de polyester et de morgue. Les autres clients, sans doute les résidents de l'établissement, portaient des chemises à carreaux, des chaussures orthopédiques et des barbes d'un jour, accompagnés de leurs seuls réservoirs à oxygène. Nous arrivions toujours trop tard. Y compris, manifestement, pour les grandes heures de Hollywood.

Dans le confortable salon de l'hôtel, l'atmosphère était cependant animée. Un homme d'affaires avait loué la salle pour y faire jouer *Fantasia*, et le résultat était un refuge sans la moindre trace de réfugiés, peuplé d'hommes élégants dans leurs costumes sur mesure et de femmes ravissantes en robe de bal. Nos bourgeois en herbe, après avoir trouvé des boulots à quarante heures par semaine – sans compter les heures supplémentaires – et suffisamment garni leurs porte-monnaie pour être mieux assis, étaient maintenant en quête de luxe et de volupté. Lorsque Bon et moi nous installâmes à une table du fond, une accorte chanteuse vêtue d'un boléro était en train d'émouvoir l'assistance avec une version déchirante de « Ville de tristesse », la chanson de Pham Duy. Pouvait-on chanter autrement une ville de tristesse, la ville transportable que nous trimballions avec nous dans l'exil ? Après l'amour, la tristesse n'était-elle pas le mot le plus récurrent de notre répertoire lyrique ? Nous faisait-elle saliver, cette tristesse, ou avions-nous simplement appris à aimer ce qu'on nous forçait à manger ? Pour répondre à toutes ces questions, il aurait fallu soit Camus, soit du cognac. Camus n'étant pas disponible, je commandai du cognac.

Je réglai les verres sans le moindre froncement de sourcils de la part de mon indemnité, fermement convaincu que j'étais que l'argent ne vivait qu'à condition d'être dépensé, notamment avec des amis. Lorsque je repérai le capitaine grisonnant et le lieutenant insensible au bar, devant des bières, je leur fis servir des cognacs. Ils vinrent à notre table et trinquèrent à notre camaraderie, alors que je n'avais même pas encore abordé la question de mon retour avec le général. C'était pourtant mon intention, et je fus heureux de nous offrir une nouvelle tournée. Comme le cognac rendait toute chose plus belle, l'équivalent d'un baiser maternel pour l'homme adulte, nous nous fîmes plaisir pendant que chanteurs et chanteuses se trémoussaient sur scène l'un après l'autre. Ils roucoulaient, se lamentaient, soupiraient, braillaient, gémissaient, rugissaient, et peu importe ce qu'ils chantaient et comment ils le chantaient, le public les adorait. Leurs poumons nous propulsèrent tous dans le passé, y compris Bon, par-delà les années et les kilomètres, jusqu'aux boîtes de nuit de Saigon où le goût du champagne, en plus de ses arômes et de ses notes habituels, charriait toujours un petit parfum de larmes. Trop de larmes, et l'on était submergé ; pas de larmes, et l'on n'était pas subjugué. Mais une goutte de cet élixir était tout ce dont la langue avait besoin avant qu'elle puisse prononcer un seul nom : Saigon.

Il revint dans la bouche de presque tous les artistes, et dans celle du maître de cérémonie lui-même. Ce guide au pays de *Fantasia*, un homme à la carrure modeste et à la tenue non moins modeste, un costume de flanelle grise, n'avait de brillant que ses lunettes. Je ne pouvais pas voir ses yeux, mais je reconnus son nom. Le Poète était un écrivain dont les œuvres avaient paru dans divers journaux et revues littéraires, poèmes tendres et nostalgiques évoquant les faits et gestes du quotidien. Je me souvenais d'un texte en particulier, sur le miracle que représentait le lavage du riz, et si je n'arrivais pas à me remémorer le miracle du Poète, je me rappelais l'injonction à trouver un sens aux corvées les plus viles. Parfois, quand je lavais le riz et plongeais mes mains dans les grains trempés, je pensais à lui. J'étais fier de voir que dans notre culture un Poète pouvait jouer les maîtres de cérémonie lors d'une soirée de luxe et de volupté destinée aux gens ordinaires. Nous respections nos poètes et estimions qu'ils avaient des choses importantes à nous enseigner, et ce Poète-là le faisait. Il avait écrit quelques chroniques pour le journal de Sonny, décrivant les bizarreries de la vie américaine ou les malentendus culturels entre les Américains et nous, et c'est dans cette même veine qu'il entrecoupa ses présentations des chanteurs par de petites leçons sur notre culture ou la culture américaine. Quand vint le tour de Lana, il commença par expliquer, Quelques-uns parmi vous ont peut-être entendu dire que le peuple américain est un peuple qui aime rêver. C'est vrai. Et même si certains disent que l'Amérique est un État providence, en réalité c'est un État rêve. Ici, on peut rêver de tout et n'importe quoi, n'est-ce pas, mesdames et messieurs ? Je vais vous dire quel est mon rêve américain, dit-il en tenant le micro avec une délicatesse qu'on réserverait à un bâton de dynamite. Mon rêve américain, c'est de voir une dernière fois, avant de mourir, la terre où je suis né, de goûter une dernière fois les kakis mûrs du jardin de ma famille, à Tay Ninh. Mon rêve américain, c'est de retourner chez moi pour brûler de l'encens sur la tombe de mes grands-parents, de parcourir ce magnifique pays qui est le nôtre quand il sera enfin en paix et quand le bruit des armes ne couvrira plus les cris de joie. Mon rêve américain, c'est de me promener de villes en villages, de villages en fermes, et de voir des garçons et des filles rire et jouer sans qu'ils aient jamais entendu parler de la guerre, de Da Nang à Da Lat, de Ca Mau à Chau Doc, de Sa Dec à Song Cau, de Bien Hoa à Ban Me Thuot...

Le voyage en train à travers nos villes, petites et grandes, se poursuivit, mais j'étais descendu à

Ban Me Thuot, ma ville natale, ville des collines, ville de la glèbe rouge, terre des hauts plateaux et des meilleurs cafés, terre des cascades tonitruantes, des éléphants exaspérés, des Jaraï à moitié affamés sous leurs pagnes, pieds nus et seins nus, terre où étaient morts ma mère et mon père, terre où mon cordon ombilical était enterré dans le petit lopin de ma mère, terre où l'héroïque Armée du Peuple avait frappé le premier coup dans sa libération du Sud, pendant la grande campagne de 1975, terre qui était chez moi.

C'est ça, mon rêve américain, dit le Poète. Qu'importent les vêtements que je porte, ou la nourriture que je mange, ou la langue que je parle : mon cœur restera inchangé. Voilà pourquoi nous sommes réunis ce soir, mesdames et messieurs. Même si nous ne pouvons pas être chez nous, nous pouvons y retourner grâce à *Fantasia*.

Le public applaudit chaleureusement et sincèrement notre barde de la diaspora. Mais c'était un sage, il savait que nous n'étions pas réunis seulement pour l'entendre. Mesdames et messieurs, reprit-il en levant la main pour faire silence, j'aimerais vous présenter un autre rêve américain, notre fantaisie vietnamienne à nous...

Désormais connue sous son seul prénom, comme John, Paul, George, Ringo et Mary, elle s'avança sur la scène vêtue d'un bustier de velours rouge, d'une minijupe léopard, de gants de dentelle noire, de cuissardes et de talons aiguilles. Mon cœur aurait tressailli devant les cuissardes, puis les talons, puis le ventre plat et lisse, nu entre la minijupe et le bustier, sauf que la combinaison des trois l'arrêta sur-le-champ et le passa à tabac avec la vigueur d'une patrouille de flics de Los Angeles. Il fut libéré grâce à l'intervention d'une belle rasade de cognac mais n'en fut que plus facilement caramélisé par la chanson sirupeuse de Lana. Elle fit monter la température avec son premier morceau, l'inattendu « I'd Love You to Want Me », que je ne connaissais que chantée par des hommes. C'était l'hymne des célibataires et des maris malheureux de ma génération, que ce soit dans la version originale anglaise ou dans celles, tout aussi belles, en français et en vietnamien. Ce que cette chanson exprimait à la perfection, dans les paroles et la mélodie, c'était l'amour à sens unique, et nous autres, hommes du Sud, n'aimions rien tant que l'amour à sens unique. Notre grande faiblesse, après les cigarettes, le café et le cognac, c'étaient les cœurs brisés.

En l'écoutant chanter, je n'avais qu'une envie, m'immoler avec elle dans une nuit dont je me souviendrais jusqu'à mon dernier souffle. Tous les hommes présents ce soir-là partageaient mon émotion, alors que Lana se contentait d'onduler devant le micro. Mais sa voix suffisait à nous émouvoir, ou plutôt à nous pétrifier. Personne ne parlait, personne ne bougeait, sauf pour lever une cigarette ou un verre, dans un état de concentration absolue que ne rompit pas son morceau suivant, un peu plus joyeux, « Bang Bang (My Baby Shot Me Down) ». Cher l'avait chantée la première, mais je préférais la reprise de Nancy Sinatra, ne serait-ce que, assez bêtement, parce que je trouvais Nancy Sinatra plus jolie. Je savais néanmoins qu'elle n'était qu'une petite princesse blond platine dont la connaissance de la violence et des armes à feu lui venait uniquement des amis mafieux de son père, Frank. Lana, au contraire, avait grandi dans une ville où les gangsters étaient jadis si puissants que l'armée les combattait dans la rue. Saigon était une métropole où les attaques à la grenade étaient monnaie courante, les attentats à la bombe pas impossibles, et une invasion à grande échelle par le Vietcong une expérience commune. Que savait Nancy Sinatra quand elle chantait *bang bang* ? Pour elle, ce n'étaient que des paroles futiles. *Bang bang* était la bande originale de nos vies.

De surcroît, Nancy Sinatra souffrait, comme l'écrasante majorité des Américains, de monolinguisme. La version de « Bang Bang » par Lana, plus riche, plus nuancée, mêlait le français au vietnamien. *Bang bang, je ne l'oublierai pas*, disait la dernière ligne de la version française, à laquelle faisait écho la vietnamienne, celle de Pham Duy, *Nous n'oublierons jamais*. Dans le panthéon des classiques pop de Saigon, cette version tricolore était une des plus mémorables, qui entrelaçait merveilleusement l'amour et la violence dans l'histoire mystérieuse de deux amants qui, bien qu'ils se connaissent depuis l'enfance, ou parce qu'ils se connaissent depuis l'enfance, finissent par s'entretuer. *Bang bang*, c'était le bruit du pistolet du souvenir qui tirait dans nos têtes, car nous ne pouvions pas oublier l'amour, et la guerre, et les amants, et les ennemis, et notre pays, et Saigon. Nous ne pouvions pas oublier le goût de caramel du café glacé au sucre granulé ; les bols de soupe aux nouilles que l'on mangeait accroupi sur le trottoir ; les notes de guitare pincées par un ami pendant qu'on se balançait sur des hamacs, à l'ombre des cocotiers ; les matchs de football joués pieds et torse nus dans les ruelles, les squares, les parcs et les prés ; les colliers de perles de la brume du matin autour des montagnes ; la moiteur labiale des huîtres ouvertes sur une plage graveleuse ; le murmure d'un amoureux transi prononçant les mots les plus envoûtants de notre langue, *anh oi* ; le crissement du riz que l'on battait ; les travailleurs qui dormaient sur leurs vélotaxis dans la rue, réchauffés par le seul souvenir de leurs familles ; les réfugiés qui dormaient sur tous les trottoirs de toutes les villes ; les patients serpentins à moustiques qui se consumaient lentement ; la suavité et la fermeté d'une mangue à peine cueillie ; les filles qui refusaient de nous parler et dont nous nous languissions d'autant plus ; les hommes qui étaient morts ou qui avaient disparu ; les rues et les maisons éventrées par les bombes ; les ruisseaux où l'on nageait, tout nus et rigolards ; l'endroit secret où on espionnait les nymphes en train de se baigner et de barboter avec l'innocence des oiseaux ; les ombres projetées par la flamme d'une bougie sur les murs des huttes en clayonnage ; le tintement atonal des clochettes des vaches sur les routes boueuses et les chemins de campagne ; l'aboiement d'un chien famélique dans un village abandonné ; la puanteur appétissante du durian frais que l'on mangeait en pleurant ; le spectacle des orphelins hurlant près des cadavres de leurs père et mère ; la moiteur des chemises l'après-midi, la moiteur des amants après l'amour ; les moments difficiles ; les couinements hystériques des cochons essayant de sauver leur peau, poursuivis par les villageois ; les collines embrasées par le crépuscule ; la tête couronnée de l'aurore émergeant des draps de la mer ; la main chaude de notre mère. Bien que cette liste pût s'allonger indéfiniment, l'idée était la suivante : la chose la plus importante qu'on ne pourrait jamais oublier, c'était qu'on ne pouvait jamais oublier.

Lorsque Lana eut terminé, le public applaudit, siffla, tapa du pied. Quant à moi, en la voyant faire une courbette et se retirer avec grâce, je restai silencieux et médusé, tellement désarmé que je ne pus même pas frapper dans mes mains. Pendant que le Poète présentait l'artiste suivant, je n'entendais que *bang bang*, et au moment où Lana regagna la table réservée aux artistes, le siège à ses côtés laissé vide par la chanteuse qui l'avait remplacée, je dis à Bon que je serais de retour d'ici à dix minutes. Je l'entendis me répondre, Ne fais pas ça, espèce de con. Sans y réfléchir à deux fois, je commençai à traverser le salon. Le plus dur, quand il s'agit d'aborder une femme, est de faire le premier pas ; mais le plus important est de ne pas réfléchir. Ne pas réfléchir est plus difficile qu'il n'y paraît, et pourtant, avec les femmes, on ne devrait jamais réfléchir. Jamais. C'est l'échec assuré. Pour mes premières tentatives d'approche des filles, au lycée, je réfléchissais trop, j'hésitais, moyennant quoi je sombrais. Malgré tout, j'avais découvert que toutes les avanies subies dans mon enfance m'avaient endurci, me persuadant qu'être éconduit valait mieux que de ne même pas avoir la possibilité d'être éconduit. Aussi abordais-je les filles, et maintenant les femmes, avec une telle négation zen du doute et de la peur que le Bouddha m'aurait approuvé. M'asseyant à côté de Lana sans penser à rien, je me contentai d'obéir à mes instincts et à mes trois premiers principes en matière d'accostage de femme : ne pas demander la permission ; ne pas dire bonjour ; ne pas la laisser parler en premier.

Quand je t'ai connue, je ne savais pas que tu avais ce talent, dis-je. Elle me regarda avec des yeux qui évoquaient ceux des statues grecques, vides et pourtant expressifs. Normal, non ? J'avais seulement seize ans.

Et moi seulement vingt-cinq. Un gamin. Je me penchai près d'elle pour être entendu malgré la musique et lui offrir une cigarette. Quatrième principe : laisser à la femme la possibilité de refuser quelque chose d'autre que moi. Si elle déclinait la cigarette, comme toute Vietnamienne digne de ce nom se devait de le faire, j'avais une excuse pour m'en allumer une, ce qui me laissait quelques secondes pour dire quelque chose pendant qu'elle se concentrerait sur ma cigarette. Or, contre toute attente, Lana accepta. J'eus donc l'occasion d'allumer sa cigarette avec une flamme suggestive, comme j'avais allumé Mme Mori. Qu'en pensent ton père et ta mère ?

Ils pensent que le chant et la danse sont une perte de temps. J'imagine que vous êtes de leur avis ?

J'allumai ma propre cigarette. Si j'étais de leur avis, est-ce que je serais ici ?

Vous êtes d'accord avec tout ce que dit mon père.

Seulement avec certaines choses que dit ton père. Mais je ne suis en désaccord avec rien.

Donc vous êtes d'accord avec moi quand il s'agit de musique ?

La musique et le chant nous maintiennent en vie, nous donnent espoir. Sentir des choses, c'est savoir qu'on est vivant.

Et savoir qu'on peut aimer. Elle recracha la fumée loin de moi, alors que j'aurais été enchanté qu'elle le fasse dans mes yeux ou sur n'importe quelle partie de mon corps. Mes parents ont peur qu'à cause du chant je ne sois plus bonne à marier, dit-elle. Ce qu'ils veulent, c'est que j'épouse demain quelqu'un de très respectable et de très riche. Vous n'êtes ni l'un ni l'autre, pas vrai, capitaine ?

Tu préférerais que je sois respectable et riche ?

Vous seriez beaucoup moins intéressant.

Tu es peut-être la première femme dans l'histoire du monde qui pense de la sorte, dis-je. Pendant ce temps-là je gardais mon regard accroché au sien, tâche extrêmement difficile étant donné la force gravitationnelle exercée par son décolleté. Si beaucoup de choses ayant trait à la prétendue civilisation occidentale me dérangeaient, le décolleté n'en faisait pas partie. Les Chinois avaient peut-être inventé la poudre et les nouilles, mais l'Occident avait inventé le décolleté, avec des conséquences aussi profondes que sous-estimées. Un homme qui regardait des seins à moitié exposés faisait davantage que se laisser aller à la concupiscence : il méditait, même sans le savoir, sur l'incarnation visuelle du verbe « décolleter ». Le décolleté séparait la femme de l'homme, tout en l'attirant avec la force irrésistible d'une pente savonneuse qu'il dévalerait. Les hommes n'avaient pas l'équivalent, sauf peut-être le seul type de décolleté masculin dont se souciaient vraiment la plupart des femmes, l'ouverture et la fermeture d'un portefeuille bien rempli. Mais, alors que les femmes pouvaient nous regarder autant qu'elles le voulaient, et que cela nous faisait plaisir, malheur à celui qui regardait, et encore plus à celui qui ne regardait pas. Une femme au décolleté extraordinaire se sentait, à juste titre, insultée par un homme dont les yeux pouvaient résister au plongeon. Aussi, et par simple politesse, y jetai-je un regard gourmand pendant que je cherchais une autre cigarette. Entre ces deux merveilleux seins s'agitait un crucifix en or fixé sur une chaîne en or, et pour une fois je regrettai de ne pas être un bon chrétien, histoire d'être cloué à cette croix.

Une autre cigarette ? dis-je. Nos regards se croisèrent encore au moment où je lui tendis mon paquet. Ni elle ni moi n'évoquâmes mon appréciation experte de son décolleté. Au contraire, elle accepta sans un mot mon offre, avança une main délicate, tira une cigarette, l'introduisit entre ses lèvres sucrées, attendit qu'elle soit allumée par une flamme dans ma main, puis fuma jusqu'à ce que la cigarette ne soit plus qu'un tas de cendres facilement soufflées. Si un homme survit le temps de la première cigarette, il aura ses chances sur la tête de pont qu'est le corps d'une femme. Avoir survécu à une deuxième cigarette me gonfla donc d'une confiance incommensurable. Lorsque revint la chanteuse permanentée dont j'occupais le siège, je me levai avec un air assuré et dis à Lana, Allons au bar. Cinquième principe : les affirmations, pas les questions, risquent moins de déboucher sur un non. Lana haussa les épaules et me tendit sa main.

Dans l'heure qui suivit, entre deux chansons avec lesquelles Lana enflammait l'auditoire et enflammait mon cœur, j'appris ceci. Elle adorait le vodka-martini, dont je commandai trois verres pour elle, préparés avec des alcools de qualité supérieure ; sur le liquide clair flottaient deux olives vertes d'où émergeaient, pareils à des tétons, des piments rouges.

Elle travaillait pour une galerie d'art dans le quartier chic de Brentwood. Elle avait eu des petits amis, plusieurs, et quand une femme vous parle de ses ex, elle vous informe qu'elle vous jauge par rapport à ces anciens partenaires, bons ou mauvais. J'avais trop de tact pour l'interroger sur la politique ou la religion, mais j'appris qu'elle était, socialement et économiquement, progressiste. Elle croyait à la contraception, au contrôle des armes à feu, à l'encadrement des loyers ; elle croyait à l'émancipation des homosexuels et aux droits civiques pour tous ; elle croyait à Gandhi, à Martin Luther King, à Thich Nhat Hanh ; elle croyait à la non-violence, à la paix dans le monde, au yoga ; elle croyait au potentiel révolutionnaire du disco et aux Nations unies des boîtes de nuit ; elle croyait à l'autodétermination nationale pour le tiers-monde, à la démocratie libérale et au capitalisme régulé, ce qui, disait-elle, revenait à croire que la main invisible du marché devait enfiler le gant du socialisme. Ses chanteurs préférés étaient Billie Holiday, Dusty Springfield, Elvis Phuong et Khanh Ly, et elle pensait que les Vietnamiens pouvaient aussi chanter le blues. Parmi les villes américaines, elle pensait que New York était celle où elle voudrait vivre si elle ne pouvait plus vivre à Los Angeles. Mais de toutes les choses que j'appris sur son compte, la plus importante était celle-ci : quand la plupart des Vietnamiennes gardaient leurs opinions pour elles jusqu'au mariage, et ensuite ne gardaient plus jamais leurs opinions pour elles, elle n'hésitait pas à dire le fond de sa pensée.

Une fois l'heure écoulée, je fis signe à Bon de venir. Il fallait absolument qu'une autre paire d'oreilles prenne le relais des miennes. Lui aussi était échauffé par le cognac, qui le rendait volubile comme jamais. Lana ne dédaigna pas de faire connaissance avec un homme du peuple. Pendant une heure, ils voyagèrent dans le passé, Saigon, les chansons, tandis que j'éclusais tranquillement mon cognac en admirant les jambes de Lana. Plus longues que la Bible mais mille fois plus amusantes, elles s'étiraient indéfiniment, à la manière d'un yogi indien, ou d'une autoroute américaine à travers les Grandes Plaines et le désert du Sud-Ouest. Ses jambes exigeaient d'être regardées et refusaient qu'on leur réponde non, *nein*, *niet*, *no*, ni même peut-être. J'étais encore prisonnier du spectacle lorsque j'entendis Lana dire, Et ta femme et ton enfant ? Les larmes sur les joues de Bon rompirent le sortilège que Lana m'avait lancé et m'arrachèrent à ma surdité. La conversation s'était éloignée de Saigon et des chansons pour aborder la chute de Saigon, ce qui n'avait rien de surprenant. Les chansons que les exilés écoutaient étant presque toutes marquées au sceau de la perte, mélancolique, amoureuse, ils ne pouvaient pas ne pas repenser à la perte de leur ville. Chez eux, la moindre discussion sur Saigon finissait par devenir une discussion sur la chute de Saigon et le sort de ceux qui y étaient restés. Ils sont morts, répondit enfin Bon. Je fus surpris, car Bon ne parlait de Linh et de Duc à personne d'autre qu'à moi, ce qui était dû au fait que Bon ne parlait quasiment à personne. C'était le problème avec les voyages dans le passé. Ils se faisaient presque toujours dans le brouillard, et on risquait à tout moment de trébucher, de tomber. Mais peut-être cet effondrement valait-il le coup car Lana, ce qui m'étonna encore plus, prit

Bon dans ses bras et pressa sa vilaine tête de mule contre sa joue. Mon pauvre, dit-elle. Mon pauvre. Je ressentis alors un amour immense, douloureux, pour mon meilleur ami et pour cette femme dont la silhouette divine était le symbole de l'infini retourné sur sa base arrondie. Je n'avais qu'une envie, vérifier l'hypothèse de mon désir en examinant empiriquement ses courbes nues avec mes yeux, ses seins avec mes mains, sa peau avec ma langue. À cet instant, alors qu'elle portait toute son attention sur Bon en larmes, tellement accablé de chagrin qu'il semblait ne pas voir la vallée enchantée devant ses yeux, je sus que je la posséderais et qu'elle m'aurait.

15

Une grande partie de ce que j'ai confessé jusqu'à présent doit vous paraître étrangère, à vous, cher commandant, ainsi qu'à votre mystérieux commissaire politique sans visage dont j'ai tant entendu parler. Le rêve américain, la culture hollywoodienne, les règles de la démocratie américaine, et ainsi de suite, peuvent faire de l'Amérique un lieu déroutant pour ceux qui, comme nous, viennent de l'Orient. Sans doute mon statut de semi-Occidental m'a-t-il aidé, peut-être de manière innée, à comprendre la personnalité, la culture et les coutumes américaines, y compris celles ayant trait à l'amour. Ce qu'il faut comprendre est que là où nous faisions la cour, les Américains flirtaient, tradition pragmatique par laquelle un homme et une femme convenaient d'un moment agréable pour se rencontrer, comme s'ils négociaient un projet potentiellement profitable. Les Américains voyaient dans le flirt une histoire d'investissements et de profits, à plus ou moins long terme, tandis qu'à nos yeux l'amour et la cour étaient une affaire de pertes. Après tout, la seule cour digne de ce nom consiste à persuader une femme que rien ne peut persuader, et non pas une femme déjà prête à consulter le calendrier pour voir ses disponibilités.

Lana avait clairement besoin qu'on lui fasse la cour. Je lui écrivais des lettres pour plaider ma cause, en me servant de cette cursive parfaite apprise auprès de bonnes sœurs ptérodactyles ; je lui composais villanelles, sonnets et distiques, d'une prosodie douteuse mais d'une sincérité résolue ; je prenais sa guitare quand elle me laissait m'asseoir sur un coussin marocain dans son salon, et je lui chantais des chansons de Pham Duy, de Trinh Cong Son ou de Duc Huy, la dernière pépite musicale de notre diaspora. Elle me récompensait par les sourires énigmatiques d'une séduisante apsara, par un siège réservé au premier rang pendant ses concerts, enfin par la chance d'avoir un public régulier, auquel je n'avais droit qu'une fois par semaine. J'étais à la fois reconnaissant et tourmenté, comme je le racontais à Bon lors de nombreux après-midi mélancoliques au magasin d'alcools. Il se montrait aussi peu enthousiaste qu'on pourrait l'imaginer. Dis-moi, bourreau des cœurs, me répondit-il un jour, redevenu laconique, alors que son attention était tiraillée entre moi et deux jeunes clients qui se déplaçaient furtivement dans le magasin comme des opossums, adolescents dont les années et le QI se chiffraient autour de la petite dizaine. Qu'est-ce qui se passera le jour où le général découvrira le pot aux roses ? J'étais assis avec lui derrière le comptoir, en attendant l'arrivée du général. Pourquoi est-ce qu'il le découvrirait ? Personne ne lui en parlera. On n'est pas assez romantiques, Lana et moi, pour penser qu'un jour on se mariera et qu'on lui avouera tout. Mais alors, toute cette cour et ce désespoir ? demanda-t-il, en référence au récit que je lui avais fait de notre petit manège. Je dis,

Est-ce que la cour et le désespoir doivent forcément se conclure par un mariage ? Et non par l'amour ? Qu'est-ce que le mariage a à voir avec l'amour ? Il ricana. Dieu a fait en sorte qu'on se marie. L'amour a tout à voir avec le mariage. Je me demandai s'il était sur le point de s'effondrer comme l'autre soir à *Fantasia*, mais cet après-midi-là parler d'amour, de mariage et de mort n'eut aucun effet visible sur lui, peut-être parce qu'il avait les yeux rivés sur le miroir convexe accroché au fond du magasin. L'œil monoculaire du miroir montrait les adolescents en train de reluquer les bières glacées avec admiration, fascinés par le reflet du néon sur le verre ambré. Le mariage, c'est l'esclavage, dis-je. Et quand Dieu – si Dieu existe – nous a faits humains, Il n'avait pas l'intention de faire de nous des esclaves mutuels.

Tu sais ce qui nous rend humains ? Dans le miroir, le plus petit des deux adolescents glissa une bouteille au fond de sa poche. Avec un soupir las, Bon se saisit de la batte de base-ball sous la caisse. Ce qui nous rend humains, c'est que nous sommes les seules créatures sur terre capables de nous branler.

L'argument aurait pu être présenté un peu plus délicatement, mais Bon n'avait jamais été très intéressé par la délicatesse. Ce qui l'intéressa davantage à ce moment précis, ce fut de menacer les deux petits voleurs de graves violences physiques jusqu'à ce qu'ils se mettent à genoux, restituent les articles cachés dans leurs blousons et implorent son pardon. Bon leur apprenait la vie comme lui l'avait apprise. Nos professeurs étaient des partisans convaincus des châtiments corporels, ceux auxquels les Américains avaient renoncé, ce qui expliquait sans doute en partie pourquoi ils ne pouvaient plus gagner de guerres. Pour nous, la violence commençait à la maison et continuait à l'école ; parents et enseignants battaient enfants et élèves comme des tapis persans pour en chasser toute la poussière de la suffisance et de la bêtise, et ainsi les rendre plus beaux. Mon père ne faisait pas exception. Il avait simplement l'âme plus noble que les autres, jouant avec sa règle sur le xylophone de nos doigts jusqu'à ce que nos pauvres jointures deviennent violettes, bleues et noires. Parfois nous méritions ces coups, parfois non, mais mon père n'exprimait jamais le moindre regret si la preuve de notre innocence était faite. Puisque nous étions tous coupables du péché originel, même une punition injuste était, d'une certaine façon, juste.

Ma mère aussi était coupable, mais son péché n'avait rien d'originel, ni d'original. J'étais de ceux que le péché dérange beaucoup moins que l'inoriginalité. Même en faisant la cour à Lana, il me semblait que n'importe quel péché commis avec elle ne serait jamais suffisant, parce qu'il ne serait pas original. Pourtant, je me disais que pécher avec elle pourrait être suffisant, puisque je ne le saurais pas à moins d'essayer. Peut-être pourrais-je avoir un aperçu de l'infini quand je l'allumerais grâce à l'étincelle spasmodique née du frottement de nos deux âmes. Peut-être connaîtrais-je enfin l'éternité sans passer par ceci :

Question : Prononce le Credo.
Réponse : Je crois en Dieu, le Père tout-puissant, créateur du ciel et de la terre...

Même nos deux petits voleurs avaient certainement entendu parler de cette prière, les idées chrétiennes étant si chères aux Américains qu'ils leur avaient fait une place sur le document le plus précieux entre tous, le dollar. IN GOD WE TRUST devait encore figurer sur les sous qu'ils avaient dans leurs porte-monnaie. Bon tapota doucement le front des voleurs avec sa batte de base-ball pendant qu'ils suppliaient, S'il vous plaît, pardon ! Au moins ces crétins connaissaient la peur, un des deux grands moteurs de la croyance. La question que la batte de base-ball ne résoudrait pas était de savoir s'ils connaissaient l'autre moteur, l'amour, qui, curieusement, était beaucoup plus difficile à inculquer.

Le général arriva à son heure habituelle. Nous partîmes aussitôt, moi au volant, lui à l'arrière. Il était moins prolixe qu'à l'accoutumée et ne passait pas son temps à éplucher des documents sortis de son attaché-case. Au contraire, il regardait par la vitre, ce qu'il considérait habituellement comme une perte de temps, et le seul ordre qu'il me donna fut de couper la musique. Dans le silence qui suivit, j'entendis le violoncelle assourdi du mauvais présage, annonçant le thème qui, j'en étais sûr, le taraudait : Sonny. L'article que ce dernier avait écrit sur les opérations présumées de la Fraternité et du Mouvement avait circulé parmi la communauté des exilés avec la rapidité d'un rhume ; ses allégations microbiennes étaient devenues des faits avérés, et ses faits des rumeurs infectieuses. Au moment où celles-ci parvinrent à mes oreilles, on racontait d'un côté que le général n'arrivait pas à financer le Mouvement, de l'autre qu'il se vautrait dans une fortune mal acquise. C'était soit la récompense des autorités américaines pour n'avoir rien dit de leur incapacité à nous aider à la fin de la guerre, soit les profits tirés non seulement d'une chaîne de restaurants, mais du trafic de drogue, de la prostitution et de l'extorsion de fonds sur de petits entrepreneurs. Le Mouvement, d'après certains, n'était qu'une escroquerie, et ses hommes en Thaïlande un ramassis de vils dégénérés vivant aux crochets de la communauté. Pour d'autres, c'était en fait un régiment formé des meilleurs éléments des rangers, assoiffés de sang et de vengeance. À en croire ces ragots qui ne cessaient de proliférer, le général allait soit envoyer ces imbéciles à la mort depuis son fauteuil rembourré, soit retourner au pays, tel MacArthur aux Philippines, afin de diriger en personne la reconquête héroïque. Si ces bruits parvenaient à mes oreilles, alors ils parvenaient aussi à celles de madame, et par conséquent du général, car nous écoutions tous les ondes courtes et grésillantes du ouï-dire. Cela valait aussi pour l'adjudant glouton, dont le corps gras débordait du siège à côté de moi. Je n'osais pas tourner la tête pour regarder, même si, du coin de l'œil, je le voyais qui me faisait face, ses trois yeux grands ouverts. Je n'avais pas creusé ce trou qui lui avait donné son troisième œil, mais j'avais échafaudé le complot qui l'avait conduit à sa perte. Désormais c'était ce troisième œil qui lui permettait de continuer de me regarder alors même qu'il était mort, spectateur et non simple spectre. Il me tarde de voir la fin de cette petite histoire, dit-il. Mais je sais déjà comment elle va se terminer. Pas toi ?

Vous avez parlé ? demanda le général.

Non, monsieur.
Je vous ai entendu parler.
J'ai dû parler tout seul.
Arrêtez de parler tout seul.
Bien, monsieur.

Le seul problème, c'est qu'on est le partenaire de conversation le plus fascinant qu'on puisse imaginer. Personne ne montre plus de patience à s'écouter que soi, et bien que personne ne se connaisse mieux que soi-même, personne ne se trompe sur soi autant que soi-même. Mais si parler tout seul reste la conversation idéale dans la soirée de cocktail de notre imagination, l'adjudant glouton était l'invité pénible qui ne cesse de couper la parole et ne comprend pas qu'il doit partir. Les complots mènent leur propre vie, n'est-ce pas ? dit-il. C'est toi qui as donné le jour à ce complot. Maintenant tu es le seul à pouvoir le tuer. Et il en alla ainsi pendant tout le trajet jusqu'au country club. L'adjudant glouton me susurrait des choses à l'oreille et j'avais mal à force de tenir ma langue gonflée par les mots que je voulais lui dire. Surtout, je voulais ce que j'avais autrefois voulu de mon père : qu'il disparaisse de ma vie. Après avoir reçu, aux États-Unis, sa lettre où il m'annonçait la mort de ma mère, j'avais écrit à Man que si Dieu existait vraiment, ma mère serait en vie et mon père non. *Qu'est-ce que j'aimerais qu'il soit mort !* D'ailleurs, il était mort peu de temps après mon retour, mais sa disparition ne m'avait pas procuré la joie à laquelle je m'attendais.

Ça, c'est un country club ? dit le général lorsque nous arrivâmes. Je vérifiai l'adresse ; c'était bien celle indiquée sur l'invitation du *congressman*. Elle mentionnait en effet un country club, et je m'étais moi-même figuré que nous emprunterions des routes sinueuses, sans voitures, que nous remonterions une allée de gravier, que nous serions accueillis par un voiturier à gilet noir et nœud papillon, avant de pénétrer dans un fumoir silencieux et tapissé de peaux d'ours noir. Aux murs, entre les baies vitrées, seraient suspendus des trophées de cerfs, couronnés de leurs bois, regardant avec une sagesse caustique à travers la fumée des cigares. Dehors s'étendrait un immense green de golf consommant plus d'eau qu'une métropole du tiers-monde, et des quatuors de banquiers virils y pratiqueraient ce sport dont la maîtrise exigeait à la fois la force brutale, et guerrière, requise pour éviscérer les syndicats et toute la finesse nécessaire à une bonne évasion fiscale. Mais, en lieu et place de ce havre de paix où l'on pouvait toujours compter sur un stock inépuisable de balles de golf alvéolées et de bonhomie satisfaite, l'endroit devant lequel nous arrivâmes, à Anaheim, était un *steakhouse* qui avait autant de charme qu'un vendeur d'aspirateurs en porte-à-porte. Le cadre paraissait indigne d'un dîner intime avec Richard Hedd en personne, qui était dans les parages pour une tournée de conférences.

Après avoir garé la voiture sur un parking peuplé exclusivement de véhicules américains et teutons dernier cri, je suivis le général à l'intérieur du *steakhouse*. Le maître d'hôtel avait toutes les affectations d'un ambassadeur d'un tout petit pays, subtil mélange de dédain et de servilité. En entendant le nom du *congressman*, il s'adoucit juste assez pour courber légèrement la tête et nous conduire à travers un dédale de petites salles à manger où de robustes Américains portant gilets à motifs argyle et chemises oxford se repaissaient d'énormes quantités de côtes de bœuf et de côtelettes d'agneau. Notre destination était un salon privé au premier étage, où le *congressman* régalait plusieurs personnes autour d'une table ronde assez grande pour recevoir un homme. Chacun des invités avait déjà un verre à la main, et il me vint à l'esprit que notre retard avait été programmé. Lorsque le *congressman* se leva, je dus calmer l'angoisse qui me nouait le ventre. J'avais devant moi plusieurs spécimens représentatifs de la créature la plus dangereuse de tous les temps : le Blanc en costume-cravate.

Messieurs, nous sommes ravis que vous ayez pu vous joindre à nous, dit le *congressman*. Permettez-moi de vous présenter. Outre le Pr Hedd, il y avait six autres personnes – hommes d'affaires en vue, élus, avocats. Alors que le *congressman* et le Pr Hedd étaient des Personnes Très Importantes, les autres, y compris le général, étaient des Personnes Semi-Importantes (et moi, j'étais une Personne Non Importante). Le Pr Hedd était l'attraction principale du dîner, et le général l'attraction secondaire. Le *congressman* avait organisé ce raout pour le général, l'occasion pour lui d'étendre son réseau de partisans, soutiens et investisseurs potentiels, le gros lot étant le Pr Hedd. Un mot du Pr Hedd, lui avait expliqué le *congressman*, peut vous ouvrir bien des portes et des portefeuilles. Aussi n'était-ce pas un hasard si les places de part et d'autre du Pr Hedd étaient réservées au général et à moi-même. Je m'empressai de lui présenter un exemplaire de son livre afin qu'il me le signe.

Je vois que vous l'avez lu avec attention, dit le Pr Hedd en feuilletant les pages tellement cornées que le livre avait gonflé, comme imbibé d'eau. Ce jeune homme étudie le caractère américain, intervint le *congressman*. D'après ce que me dit le général, et d'après ce que j'ai pu constater, j'ai bien peur qu'il ne nous connaisse mieux que nous ne nous connaissons. Tous les hommes autour de la table s'esclaffèrent à cette idée, et je m'esclaffai aussi. Si vous étudiez le caractère américain, dit le Pr Hedd en signant sur la page de titre, pourquoi lisez-vous ce livre ? Il parle plus des Asiatiques que des Américains. Il me le rendit et, sentant tout son poids dans ma main, je répondis, Il me semble qu'une façon de comprendre le caractère d'un homme est de comprendre ce qu'il pense des autres, notamment de ceux qui sont comme nous. Le Pr Hedd me scruta par-dessus ses lunettes à monture invisible, un genre de regard qui me troublait toujours, surtout de la part d'un homme qui avait écrit ceci :

> Le combattant vietcong moyen n'est pas en conflit avec la véritable Amérique. Il est en conflit avec le tigre de papier créé par ses maîtres, car il n'est rien de plus qu'un jeune idéaliste dupé par le communisme. S'il saisissait la vraie nature de l'Amérique, il comprendrait que celle-ci est son amie, et non son ennemie. (p. 213)

Le Pr Hedd ne parlait pas de moi, pas tout à fait, puisque je n'étais pas le combattant vietcong moyen ; et pourtant il parlait de moi, au sens où il s'intéressait à des types. Avant ce rendez-vous, j'avais encore relu son livre et j'y avais trouvé deux passages où ses catégories concernaient quelqu'un comme moi. Au verso de moi :

> L'intellectuel radical vietnamien est notre adversaire le plus dangereux. Lui qui a vraisemblablement lu Jefferson et Montaigne, Marx et Tolstoï, il se demande à juste titre pourquoi les droits de l'homme tant vantés par la civilisation occidentale ne s'étendent pas à son propre peuple. Nous l'avons perdu. Ayant voué sa vie à la cause révolutionnaire, il n'y aura pour lui aucun retour en arrière. (p. 301)

Sur ce point, le Pr Hedd avait raison. J'étais le pire genre de cause, la cause perdue. Mais il y avait aussi ce passage, écrit au recto de moi :

> Les jeunes Vietnamiens fascinés par l'Amérique détiennent la clé de la liberté du Sud Viêtnam. Ils ont goûté le Coca-Cola, pour ainsi dire, et ont découvert qu'il était sucré. Conscients de nos imperfections américaines, ils gardent néanmoins l'espoir que nous corrigerons ces défauts avec sincérité et bonne volonté. Ce sont ces jeunes gens que nous devons ménager. Ils finiront par remplacer les généraux tyrans qui ont été, après tout, formés par les Français. (p. 381)

Ces catégories existaient comme existent les pages dans un livre, mais la plupart d'entre nous sont faits de nombreuses pages et non pas d'une seule. Toutefois, alors que le Pr Hedd me scrutait, je le soupçonnais de voir que je n'étais pas un livre, mais une feuille de papier, facile à lire, facile à manier. J'allais le détromper.

Messieurs, je vous parie, dit-il en reportant son attention sur le reste de la tablée, que ce jeune homme est le seul parmi vous à avoir lu mon livre du début à la fin. La tablée fut parcourue d'un rire gêné et, curieusement, j'eus le sentiment d'être la cible de la blague. Du début à la fin ? demanda le *congressman*. Allons, Richard. Je serais très surpris si quiconque, ici, avait lu autre chose que la quatrième de couverture et les commentaires. Nouvelle salve de rires. Au lieu de se sentir offensé, le Pr Hedd parut néanmoins amusé. Il était le roi d'un jour, mais il portait sa couronne de papier avec légèreté. À n'en pas douter, il avait l'habitude d'être honoré, étant donné le succès de ses livres, la fréquence de ses apparitions dans les émissions télévisées du dimanche matin et son prestige en tant que chercheur invité dans un groupe de réflexion à Washington. Les généraux de l'armée de l'air, en particulier, l'adoraient, qui l'engageaient comme consultant en stratégie et l'envoyaient régulièrement vanter les mérites du bombardement aérien auprès du Président et de ses conseillers. Les sénateurs aussi adoraient Richard Hedd, et les *congressmen*, dont le nôtre et ceux, comme lui, dont les circonscriptions fabriquaient les avions destinés à ces bombardements. En ce qui concerne mon livre, répondit-il, il me semble qu'un peu moins d'honnêteté et un peu plus de courtoisie seraient requis pour sauver la face.

Seul l'homme d'âge mûr assis à côté de moi ne rit ni ne gloussa. Son costume était d'un bleu neutre, et une inoffensive cravate à rayures entourait son cou. C'était un avocat, un spécialiste des dommages à la personne, un ténor de l'action de groupe. Picorant dans sa salade Waldorf, il dit, C'est drôle que vous disiez « sauver la face », professeur Hedd. Les choses ont changé, n'est-ce pas ? Il y a encore vingt ou trente ans, jamais un Américain n'aurait dit « sauver la face » avec un visage sérieux.

Il y a beaucoup de choses qu'un Américain n'aurait jamais dites avec un visage sérieux il y a vingt ou trente ans et que nous disons aujourd'hui, répondit le Pr Hedd. « Sauver la face » est une expression commode, et c'est un homme qui a combattu les Japonais en Birmanie qui vous le dit.

C'étaient des coriaces, intervint le *congressman*. En tout cas, c'est ce que m'a toujours raconté mon père. Il n'y a rien de mal à respecter ses ennemis. D'ailleurs, c'est une marque de noblesse que de les respecter. Regardez ce qu'ils ont réussi à faire avec un peu d'aide de notre part. Vous ne pouvez plus faire deux pas dans la rue sans voir une voiture japonaise.

Les Japonais ont énormément investi dans mon pays, aussi, dit le général. Ils vendaient des motos et des magnétophones. Moi-même, j'ai eu une chaîne stéréo Sanyo.

Et ça, deux petites décennies après vous avoir occupés, dit le *congressman*. Savez-vous qu'un million de Vietnamiens sont morts de faim sous l'occupation japonaise ? La remarque s'adressait aux autres hommes en costume, qui ne riaient ni ne gloussaient. Sans blague, fit l'avocat spécialiste des dommages à la personne. « Sans blague » était à peu près la seule chose à dire quand un chiffre pareil arrivait entre la salade et l'onglet de bœuf aux pommes de terre. Pendant quelques secondes, chacun regarda son assiette ou son cocktail, aussi grave qu'un patient examinant un tableau de vue chez l'ophtalmologue. Pour ma part, j'essayais de voir comment réparer les dégâts involontairement causés par le *congressman*. Il nous avait compliqué la tâche, celle qui consistait à être des compagnons de dîner agréables, en parlant de famine, chose que les Américains n'avaient jamais connue. Le mot ne pouvait qu'évoquer des paysages surréels de squelettes, et ce n'était pas l'image spectrale que nous voulions donner. Car s'il y avait bien une chose à ne jamais faire, c'était obliger les autres à s'imaginer être exactement comme nous. La téléportation spirituelle dérange la plupart des gens, lesquels, si tant est qu'ils pensent aux autres, préfèrent se dire que les autres sont comme eux, ou qu'ils pourraient être comme eux.

Cette tragédie, c'est de l'histoire ancienne, dis-je. En vérité, la plupart de nos compatriotes ici sont moins intéressés par le passé que par le fait de devenir des Américains.

Et comment font-ils ? demanda le Pr Hedd en me regardant par-dessus ses lunettes. J'avais l'impression d'être scruté non par deux, mais par quatre yeux. Ils… Nous croyons à la vie, à la liberté et à la poursuite du bonheur, dis-je, comme je l'avais déjà expliqué à tant d'Américains. Cela suscita des hochements de tête approbateurs chez tous les invités, sauf le Pr Hedd, dont j'avais oublié qu'il était un immigré anglais. Il gardait son quadruple regard braqué sur moi, et j'étais troublé par cette double paire d'yeux et de verres. Donc, dit-il, vous êtes heureux ? Question intime, presque aussi personnelle que s'il m'avait demandé mon salaire, acceptable dans notre pays, mais pas ici. Le pire est que je ne pus trouver aucune réponse satisfaisante. Si j'étais malheureux, cela aurait fait mauvais effet, car les Américains considéraient le malheur comme un échec moral et un crime de la pensée. Et si j'étais heureux, le dire eût été de mauvais goût, ou une marque d'orgueil, comme si je me vantais ou me gaussais.

À ce moment précis arrivèrent les serveurs, portant les plats sur leurs épaules, aussi solennels que des esclaves égyptiens prêts à être enterrés vivants avec leur pharaon. Si je pensais qu'avoir des tranches de viande sous nos yeux distrairait l'attention du Pr Hedd, je me trompais. Une fois les serveurs repartis, il réitéra sa question, et je répondis que je n'étais pas malheureux. La grosse baudruche de ma double négative resta quelques instants en suspens, ambiguë et vulnérable. Je suppose, dit le Pr Hedd, que vous n'êtes pas malheureux parce que vous poursuivez le bonheur et que vous ne l'avez pas encore capturé. Comme nous tous, n'est-ce pas, messieurs ? Entre deux bouchées de steak et deux gorgées de vin rouge, les hommes marmonnèrent un oui. L'Américain moyen se méfie des intellectuels, mais il est intimidé par le pouvoir et subjugué par la célébrité. Non seulement le Pr Hedd avait le pouvoir et la célébrité, mais il avait un accent anglais, ce qui agissait sur les Américains comme un sifflet sur les chiens. N'ayant pas été colonisé par les Anglais, j'étais immunisé contre cet accent, et j'étais décidé à tenir bon au cours de cette conférence impromptue.

Et vous, professeur Hedd ? demandai-je. Êtes-vous heureux ?

Hedd ne fut pas le moins du monde perturbé par ma question. Il analysa ses petits pois avec son couteau avant de jeter son dévolu sur une tranche de steak. Comme vous n'aurez pas manqué de le constater, dit-il, il n'y a pas de bonne réponse à cette question.

Ce n'est pas oui, la bonne réponse ? tenta le *district attorney* adjoint.

Non, monsieur, parce que le bonheur à l'américaine est un jeu à somme nulle. Pendant qu'il parlait, le Pr Hedd fit lentement pivoter sa tête, histoire de bien regarder tous les hommes présents. Pour qu'un homme soit heureux, il doit mesurer son bonheur à l'aune du malheur d'un autre, procédé qui fonctionne aussi, bien sûr, en sens inverse. Si je dis que je suis heureux, quelqu'un d'autre doit être malheureux, très probablement l'un d'entre vous. En revanche, si je dis que je suis malheureux, cela rendra peut-être certains d'entre vous plus heureux, mais cela vous mettra mal à l'aise, également, puisque personne n'est censé être malheureux en Amérique. Je crois que notre brillant jeune homme a compris que, si seule la poursuite du bonheur est promise à tous les Américains, le malheur, lui, est garanti à beaucoup d'entre eux.

Un sentiment de tristesse s'abattit sur notre tablée. L'indicible avait été dit, que des gens comme le général et moi-même n'auraient jamais pu énoncer devant une assistance blanche et polie sans franchir la ligne jaune. Les réfugiés comme nous ne pouvaient pas remettre en cause l'idéologie à la Disneyland qu'épousaient la plupart des Américains, à savoir que leur pays est le plus heureux du monde. Mais le Pr Hedd était inattaquable, car immigré *anglais*. Sa simple existence confirmait la légitimité des anciennes colonies, tandis que son pedigree et son accent ravivaient l'anglophilie latente et le complexe d'infériorité qu'on trouvait chez beaucoup d'Américains. À l'évidence conscient de son statut privilégié, il s'amusait de l'embarras qu'il suscitait chez ses hôtes américains. C'est dans ce climat qu'intervint le général. Je suis sûr que le cher professeur a raison, dit-il. Mais si le bonheur n'est pas garanti, la liberté l'est, et cela, messieurs, est plus important.

Entendu, entendu, général, dit le *congressman* en levant son verre. N'est-ce pas cela que l'immigré a toujours compris ? Les autres invités levèrent aussi leurs verres, même le Pr Hedd, qui souriait de manière énigmatique devant le changement de direction dans la discussion imposé par le général. Le procédé était d'ailleurs typique de lui. Il savait déchiffrer les gens, ce qui est un talent essentiel quand on veut collecter de l'argent. Comme je l'avais signalé à Man par le truchement de ma tante parisienne, le général avait déjà récolté des fonds auprès de certaines organisations auxquelles Claude l'avait présenté, ainsi que par ses propres contacts chez des Américains ayant visité notre pays ou combattu là-bas. C'étaient des hommes qui avaient de l'entregent, comme les membres des conseils d'administration de ces organisations. À leur échelle, les sommes qu'ils donnaient à la Fraternité étaient modiques. Rien qui fût susceptible d'attirer l'attention des commissaires aux comptes ou des journalistes. Mais, une fois que leur dollar était envoyé en Thaïlande, un extraordinaire tour de passe-passe se produisait, qui avait pour nom taux de change. Si le dollar permettait en Amérique de s'offrir un sandwich au jambon, dans un camp de réfugiés en Thaïlande le modeste billet vert se transformait en un chamarré baht, capable de nourrir un combattant pendant plusieurs jours. Pour quelques bahts de plus, ce même combattant avait droit au treillis dernier cri. Ainsi, au nom de l'aide aux réfugiés, ces donations pourvoyaient aux nécessités de base – alimentaires et vestimentaires – de l'armée secrète, qui était composée, après tout, de réfugiés. Quant aux armes et aux munitions, elles étaient fournies par les forces de sécurité thaïlandaises, qui elles-mêmes obtenaient leur argent de poche de l'Oncle Sam, en toute transparence et avec le plein aval du Congrès.

Il revenait au *congressman*, bien sûr, de nous signaler le bon moment pour dévoiler la vraie raison de notre présence. Il le fit devant l'omelette norvégienne, et après plusieurs tournées de cocktails. Messieurs, dit-il, si nous sommes réunis aujourd'hui, et si nous réaffirmons notre amitié, c'est pour une raison très sérieuse. Le général est venu nous parler des épreuves que subit notre vieil allié le soldat sud-vietnamien, sans qui le monde serait en bien plus mauvais état qu'il ne l'est aujourd'hui. L'Indochine est bel et bien tombée dans l'escarcelle communiste, mais voyez tout ce que nous avons pu sauver : la Thaïlande, Taïwan, Hong Kong, Singapour, la Corée et le Japon. Ces pays sont notre digue face au raz-de-marée communiste.

N'oublions pas les Philippines, dit le Pr Hedd. Et l'Indonésie.

Absolument. Marcos et Suharto ont eu le temps d'écraser leurs communistes parce que le soldat sud-vietnamien a été leur pare-feu, dit le *congressman*. Je crois donc qu'on lui doit, à ce soldat, autre chose que de la simple gratitude. Et c'est pour cette raison que je vous ai demandé de venir ici aujourd'hui. Je passe maintenant la parole à l'un des meilleurs gardiens de la liberté que l'Indochine ait jamais connus. Général ?

Le général écarta son verre vide et se pencha en avant, coudes sur la table, mains croisées. Merci, monsieur le *congressman*. C'est pour moi un grand honneur de vous rencontrer tous ici. Ce sont des hommes comme vous qui ont fabriqué l'arme la plus puissante du monde, l'arsenal de la démocratie. Sans vos soldats, sans vos fusils, nous n'aurions jamais pu nous battre aussi longtemps contre des forces bien supérieures. Vous devez vous souvenir, messieurs, que face à nous étaient alignés non seulement nos frères égarés, mais l'ensemble du monde communiste. Les Russes, les Chinois, les Coréens du Nord – ils étaient tous là, comme à nos côtés se trouvaient les nombreux Asiatiques qui étaient vos amis. Comment pourrais-je oublier les Coréens du Sud, les Philippins et les Thaïlandais qui ont combattu avec nous ? Et les Australiens, les Néo-Zélandais ? Messieurs, nous n'avons pas fait la guerre du Viêtnam. Nous ne nous sommes pas battus seuls. Nous avons seulement livré la bataille du Viêtnam dans la guerre froide entre la liberté et la tyrannie...

Personne ne nie qu'il y ait encore des problèmes en Asie du Sud-Est, le coupa le Pr Hedd. Je n'avais jusqu'à présent vu que notre président oser interrompre le général, une fois. Mais s'il était offensé – ce qu'il était à coup sûr –, il n'en montra rien. Il se contenta de sourire très légèrement pour signifier sa joie d'entendre la contribution du Pr Hedd. Néanmoins, continua celui-ci, et quel que soit le passé troublé, la région est plus calme aujourd'hui, Cambodge excepté. Pendant ce temps-là, d'autres problèmes, plus urgents, doivent nous préoccuper. Les Palestiniens, les Brigades rouges, les Soviétiques.

Les menaces ont changé et se sont métastasées. Des commandos terroristes frappent l'Allemagne, l'Italie et Israël. L'Afghanistan est le nouveau Viêtnam. Nous devrions nous en inquiéter, vous ne pensez pas, général ?

Le général plissa le front juste assez pour montrer qu'il était préoccupé et qu'il comprenait. En tant que non-Blanc, il savait, comme moi, qu'il fallait être patient avec les Blancs, lesquels étaient facilement effrayés par les non-Blancs. Même avec des Blancs progressistes, on ne pouvait aller trop loin ; avec des Blancs moyens, on ne pouvait aller à peu près nulle part. Le général connaissait parfaitement la nature, les nuances et les différences internes des Blancs, comme n'importe quel non-Blanc ayant vécu ici un certain nombre d'années. Nous mangions leur nourriture, nous regardions leurs films, nous sondions leurs vies et leurs âmes grâce à la télévision et aux contacts quotidiens, nous apprenions leur langue, nous intégrions leurs codes subtils, nous riions à leurs blagues, même celles à nos dépens, nous acceptions humblement leur condescendance, nous écoutions discrètement leurs conversations au supermarché et chez le dentiste, et nous les ménagions en ne parlant pas notre propre langue devant eux, ce qui les agaçait. Nous étions les meilleurs ethnologues des Américains, ce qu'eux-mêmes n'ont jamais su parce que nos notes de terrain étaient rédigées dans notre propre langue, sous forme de lettres et de cartes postales envoyées à nos pays d'origine, où nos proches nous lisaient, hilares, déroutés et impressionnés. Bien que le *congressman* plaisantât, nous connaissions sans doute mieux les Blancs qu'ils ne se connaissaient eux-mêmes, et certainement mieux qu'ils ne nous ont jamais connus. Parfois cela nous amenait à douter de nous, à nous poser des questions, à vérifier nos reflets dans le miroir et à nous demander s'il s'agissait bien de nous, si c'était ainsi que les Blancs nous voyaient. Malgré toutes ces connaissances, il y avait pourtant certaines choses dont nous savions que nous ne les maîtrisions pas, même après des années d'intimité forcée et volontaire, notamment l'art de faire la sauce aux cranberries, la bonne manière de lancer un ballon de football américain et les rituels secrets des sociétés secrètes, par exemple les fraternités universitaires, qui semblaient recruter uniquement des gens qui auraient pu être admis dans les Jeunesses hitlériennes. Parmi ces choses inconnues de nous, ce sanctuaire-là n'était pas la moindre – c'est en tout cas ce que je racontai à ma tante parisienne –, une chambre cachée dans laquelle très peu, voire aucun d'entre nous n'avait mis les pieds jusqu'à présent. Le général, qui en était aussi conscient que moi, marchait sur la pointe des pieds, veillant bien à ne blesser personne.

C'est drôle que vous parliez des Soviétiques, dit-il. Comme vous l'avez écrit, professeur Hedd, Staline et les peuples de l'Union soviétique ont un caractère plus proche de celui de l'Oriental que de l'Occidental. Votre argument selon lequel la guerre froide est un choc entre civilisations, et pas seulement entre pays, voire entre idéologies, est parfaitement juste. La guerre froide est, en fin de compte, un conflit entre l'Orient et l'Occident, et les Soviétiques sont des Asiatiques qui n'ont jamais appris les coutumes occidentales, contrairement à nous. Naturellement c'était moi, en préparant cette réunion, ou cette audition, qui avais résumé pour le général ces théories formulées par Hedd dans son livre. J'observai de près la réaction de ce dernier. Mais son expression ne changea pas. Pourtant, j'étais persuadé que les remarques du général l'avaient touché. Aucun auteur ne se lassait d'entendre ses propres idées, ses propres mots, cités favorablement devant lui. Au fond, les auteurs, tout affables ou fanfarons qu'ils fussent, étaient des créatures peu sûres d'elles, dotées d'ego sensibles, aussi fragiles que les stars de cinéma, mais beaucoup plus pauvres et moins glamour. Il suffisait de creuser un peu pour trouver le tubercule blanc et charnu de leur personnalité secrète, et pour ce faire leurs propres mots restaient encore les outils les plus affûtés. J'ajoutai ma propre contribution à cet effort et dis, Personne ne nie que nous devrions affronter les Soviétiques, professeur Hedd. Mais la raison à cela est liée à celle que vous avez défendue pour combattre leurs valets dans notre pays et qui justifie que nous continuions de les combattre aujourd'hui.

Et quelle est cette raison ? demanda le Pr Hedd, socratique en diable.

Je vais vous le dire, moi, intervint alors le *congressman*. Et pas avec mes mots, mais avec ceux de John Quincy Adams quand il parlait de notre grand pays. « Partout où l'étendard de la liberté et de l'indépendance a été ou sera déployé, son cœur, ses bénédictions et ses prières seront là… Elle » – l'Amérique – « est celle qui aspire à la liberté et à l'indépendance de tous. »

Le Pr Hedd sourit encore et dit, Très bien, monsieur. Même un Anglais ne peut pas contredire John Quincy Adams.

Ce que je ne comprends toujours pas, c'est comment nous avons perdu, dit le *district attorney* adjoint tout en demandant un autre cocktail, d'un signe, au maître d'hôtel. À mon avis, répondit l'avocat spécialisé dans les dommages corporels, et j'espère, messieurs, que vous comprendrez, nous avons perdu par excès de prudence. Nous avons eu peur de ternir notre réputation. Or, si nous avions simplement accepté qu'aucun coup de canif ne serait irrémédiable, nous aurions pu déployer une force écrasante et montrer à votre peuple quel camp méritait de gagner.

Peut-être que Staline et Mao avaient la bonne réponse, dit le général. Dès lors que quelques millions d'hommes sont morts, quelques millions de plus, quelle différence ? Vous n'avez pas écrit quelque chose dans ce sens, professeur Hedd ?

Vous avez lu mon livre avec plus d'attention que je ne le pensais, général. Vous avez, à n'en pas douter, vu le pire de la guerre, comme moi. Aussi me pardonnerez-vous si j'énonce la désagréable vérité sur les raisons de la défaite américaine au Viêtnam. Il remonta ses lunettes sur l'arête de son nez, jusqu'à ce que ses yeux finissent par voir à travers les verres. Vos généraux américains ont fait la Seconde Guerre mondiale et connaissaient la valeur de vos stratégies japonaises, mais ils n'avaient pas les mains libres pour diriger la guerre. Au lieu de mener une guerre d'anéantissement, le seul type de guerre que l'Oriental comprend et respecte – je vous renvoie à Tokyo, Hiroshima et Nagasaki –, ils ont dû mener, ou ont choisi de mener, une guerre d'usure. L'Oriental y voit, non sans raison, une faiblesse. Ai-je tort, général ?

Si l'Orient dispose d'une ressource inépuisable, répondit le général, c'est bien sa population.

C'est exact. Et je vais vous dire autre chose, général. Cela m'attriste d'en arriver à cette conclusion. Or j'en ai vu la preuve de mes propres yeux, non seulement dans les livres et les archives, mais sur les champs de bataille de Birmanie. Il faut le dire. En Orient, la vie est abondante, la vie ne vaut pas grand-chose. Et comme le professe la philosophie orientale... Il s'interrompit un instant. La vie n'a pas d'importance. C'est peut-être faire montre d'insensibilité, mais l'Oriental n'accorde pas le même prix à la vie que l'Occidental.

J'écrivis à ma tante parisienne qu'un silence s'était abattu sur notre tablée pendant que nous absorbions cette idée et que les serveurs revenaient avec nos cocktails. Le *congressman* agita son verre et dit, Qu'en pensez-vous, général ? Celui-ci prit une gorgée de son cognac-soda, sourit et répondit, Bien sûr que le Pr Hedd a raison, monsieur le *congressman*. La vérité est très souvent dérangeante. Qu'en pensez-vous, capitaine ?

Tous les hommes me regardèrent. Je tenais mon verre de martini à mi-chemin de mes lèvres. Je dus le poser, à contrecœur. Après trois verres de ce breuvage et deux de vin rouge, je me sentais d'une perspicacité folle, comme si l'air de la vérité, ayant gonflé mon esprit, avait besoin d'en ressortir. Eh bien, dis-je, si vous me le permettez, je ne partage pas l'avis du Pr Hedd. La vie *a* un prix pour l'Oriental. Le général fronça les sourcils ; je m'interrompis. Les autres ne changèrent pas d'expression, mais je sentais s'accumuler l'électricité statique de la tension. Donc vous dites que le Pr Hedd se trompe, dit le *congressman*, aussi courtois que devait l'être le Dr Mengele en bonne compagnie. Oh non, m'empressai-je de répondre. Je transpirais, mon maillot de corps était trempé. Mais voyez-vous, messieurs, alors que pour nous la vie a seulement *un prix*... Je m'interrompis de nouveau, et mon public se pencha d'un millimètre ou deux vers moi. Pour l'Occidental, la vie *n'a pas de prix*.

L'attention des autres se reporta sur le Pr Hedd. Il leva son cocktail vers moi et dit, Je n'aurais pu trouver meilleure formule, jeune homme. Là-dessus, la conversation s'épuisa enfin. Nous n'avions plus qu'à serrer nos cocktails contre nous, avec la tendresse que l'on réserve d'habitude aux chiots. Je croisai le regard du général et il hocha la tête, approbateur. Maintenant que nos hôtes étaient satisfaits des pourparlers, je pouvais poser une question. C'est peut-être naïf de ma part, dis-je, mais nous pensions nous rendre à un country club.

Ils éclatèrent de rire comme si j'avais raconté la meilleure blague de l'année. Même le Pr Hedd semblait dans le coup, qui gloussait devant son Manhattan. Le général et moi sourîmes en attendant l'explication. Le *congressman* jeta un coup d'œil au maître d'hôtel, qui hocha la tête, et dit, Messieurs, le moment est venu de vous présenter le country club. N'oubliez pas vos verres. Emmenés par le maître d'hôtel, nous sortîmes de la salle à manger à la queue leu leu, cocktails en main. Au fond du couloir il y avait une autre porte. En l'ouvrant, le maître d'hôtel annonça, Ces messieurs sont là. La porte donnait sur la pièce à laquelle je m'attendais, avec des murs lambrissés et un trophée de daim, dont les bois comportaient assez de pointes pour que nous puissions tous y suspendre nos vestes. L'atmosphère était enfumée et l'éclairage tamisé, ce qui mettait bien en valeur les avenantes jeunes femmes, en robe moulante, disposées sur les canapés de cuir.

Messieurs, dit le *congressman*, bienvenue au country club.

Je ne comprends pas, murmura le général.

Je vous expliquerai plus tard, marmonnai-je. Pendant que je vidais mon cocktail et tendais mon verre au maître d'hôtel, le *congressman* nous montra deux des jeunes femmes. Général, capitaine, laissez-moi vous présenter. Nos compagnes se levèrent. Surélevées par des hauts talons, elles mesuraient au moins cinq ou sept centimètres de plus que le général et moi. La mienne était une gigantesque blonde aux seins gonflés, dont les dents blanches émaillées étaient moins dures et moins brillantes que ses yeux bleus de Nordique. D'une main elle tenait une coupe de champagne, de l'autre un long fume-cigarette contenant une cigarette à moitié consumée. C'était une professionnelle. Des comme moi, elle en avait vu des milliers, ce dont je pouvais difficilement me plaindre, puisque des comme elle, j'en avais moi aussi vu un certain nombre. J'eus beau forcer mes joues et mes lèvres à exécuter un sourire factice, je ne trouvai pas en moi mon enthousiasme habituel lorsque le *congressman* nous présenta. Peut-être était-ce dû à la manière dont cette fille faisait tomber, l'air de rien, la cendre de sa cigarette sur la moquette, mais au lieu d'être magnétisé par sa beauté d'acier, j'étais fasciné par une striation au-dessous de sa mâchoire, la bordure entre la peau brute de son cou et le fond de teint blanc qui tapissait sa figure. Vous vous appelez comment, déjà ?

dit-elle en rigolant sans raison. Je me penchai pour lui répondre et faillis tomber dans le puits de son décolleté, soudain pris d'un vertige dû au chloroforme de son lourd parfum.

J'aime bien votre accent, dis-je en me reculant. Vous devez venir du Sud.

De Géorgie, chéri, fit-elle en riant encore. Vous parlez vachement bien anglais pour un Oriental.

Je ris, elle rit, et en me tournant vers le général et sa compagne rousse, je vis qu'eux aussi riaient. Tout le monde dans la pièce riait, et lorsque les serveurs arrivèrent avec une nouvelle tournée de champagne, il devint évident que nous allions tous passer un moment délicieux, y compris le Pr Hedd. Après avoir tendu un verre à sa pulpeuse compagne, puis un autre à moi, il dit, J'espère que vous ne m'en voudrez pas, jeune homme, si je reprends votre remarquable formule dans mon prochain livre. Nos compagnes me regardèrent sans intérêt, attendant ma réponse. Rien ne pourrait me rendre plus heureux, dis-je, alors que, pour des raisons que je ne pouvais dévoiler devant ces gens, j'étais assez malheureux.

16

Ce soir-là, un peu après minuit, lorsque nous nous garâmes devant sa résidence plongée dans le noir, le général me réserva une surprise. J'ai repensé à votre demande de retour au pays, dit-il, assis à l'arrière, ses yeux visibles dans mon rétroviseur. J'ai besoin de vous ici, mais je respecte votre courage. Sauf que, contrairement à Bon et aux autres, vous n'avez jamais connu l'épreuve du feu. Il décrivit le capitaine grisonnant et le lieutenant insensible comme des héros de guerre, des hommes auxquels il confierait sa vie sur un champ de bataille. Or vous allez devoir prouver que vous pouvez faire autant qu'eux. Vous allez devoir faire ce qu'il faut. Vous en êtes capable ? Bien sûr, monsieur. J'hésitai avant de lui poser l'inévitable question, Mais que faut-il faire ? Vous le savez très bien, répondit-il. Je restai assis avec mes mains sur le volant, à 10 heures et 14 heures, en espérant me tromper. Je veux simplement être certain de ne pas faire n'importe quoi, monsieur, lui dis-je dans le rétroviseur. Qu'est-ce qu'il faut faire, au juste ?

Le général s'agita sur la banquette arrière. Il fouillait dans ses poches. Je dégainai mon briquet. Merci, capitaine. Pendant un bref instant, la flamme éclaira le palimpseste de son visage. Puis le clair-obscur disparut et sa figure devint indéchiffrable. Je ne vous ai encore jamais raconté comment j'ai passé deux ans dans une prison communiste ? Eh bien, pas besoin de détails sordides. Je me contenterai de dire que l'ennemi nous avait cernés à Diên Biên Phu. Pas seulement les Français, les Marocains, les Algériens et les Allemands, mais nos hommes, aussi, par milliers. Je me suis porté volontaire pour sauter sur Diên Biên Phu, même si je savais qu'en faisant ça je me condamnais. Mais je ne pouvais pas laisser mourir mes frères d'armes sans broncher. Quand Diên Biên Phu est tombé, j'ai été capturé, comme tous les autres. Même si j'ai perdu deux années de ma vie en prison, je n'ai jamais regretté mon saut. Si je suis devenu l'homme que je suis aujourd'hui, c'est parce que j'ai sauté et que j'ai survécu à ce camp. Mais personne ne m'avait demandé d'être volontaire. Personne ne m'avait dit ce qu'il fallait faire. Personne n'avait évoqué les conséquences. L'affaire était entendue. Vous comprenez, capitaine ?

Oui, monsieur.

Très bien. Si ce qui doit être fait est fait, alors vous pourrez retourner dans notre pays. Vous êtes un garçon très intelligent, capitaine. Je vous fais confiance pour les détails. Pas besoin de me consulter. Je vous obtiendrai un billet. Vous l'aurez une fois que j'aurai appris que la mission a été accomplie. Le général s'interrompit ; sa portière était à moitié ouverte. Un country club, hein ? Il s'esclaffa. Il faudra que je m'en souvienne. Je le regardai remonter l'allée jusqu'à sa maison obscure, où madame devait sans doute lire au lit en attendant son retour, comme elle l'avait si souvent fait à la villa. Elle savait que les obligations militaires d'un général ne s'arrêtaient pas à minuit. Mais connaissait-elle la nature exacte de ces obligations ? Savait-elle que nous aussi nous avions des country clubs ? Parfois, après l'avoir ramené à la villa, je restais en chaussettes dans le couloir et guettais les éclats de voix provenant de leur chambre. Je n'en avais jamais entendu aucun, mais elle était trop intelligente pour ne pas savoir.

Quant à ce que moi je savais, c'était ceci : ma tante parisienne m'avait répondu et les mots invisibles qui devenaient peu à peu visibles étaient lapidaires. *Ne reviens pas*, avait écrit Man. *On a besoin de toi en Amérique, pas ici. C'est un ordre*. Je brûlai la lettre dans une corbeille à papier, comme toutes les autres, ce qui n'était jusqu'alors qu'une façon de me débarrasser d'éléments compromettants. Mais cette fois j'avoue que brûler la lettre, c'était aussi l'envoyer en enfer, ou peut-être faire une offrande à une divinité, et non à Dieu, capable de nous protéger, Bon et moi. Je n'en dis pas un mot à Bon, bien entendu, mais je lui parlai de la proposition du général et lui demandai conseil. Il fit preuve de son habituelle franchise. Tu es débile, dit-il. Mais je ne peux pas t'empêcher de partir. Pour ce qui est de Sonny, aucun scrupule à avoir avec ce type. Il a la langue trop pendue. Ces paroles de réconfort, il me les prodigua de la seule manière qu'il connût, dans une salle de billard où il m'offrit plusieurs verres et plusieurs parties. L'atmosphère fraternelle des billards avait quelque chose de rassurant pour l'âme. Le cercle de lumière isolé au-dessus d'une table de feutre vert était une zone hors-sol, fermée, où poussait la tige épineuse de l'émotion masculine, trop sensible à la lumière du jour et à l'air frais. Après le café, mais avant la boîte de nuit ou la maison, la salle de billard était le lieu où l'on avait le plus de chances de rencontrer le Vietnamien du Sud. Il y découvrait qu'il en allait du billard comme du sexe : la capacité à viser juste et droit était proportionnelle à la quantité d'alcool ingérée. Si bien qu'au fil de la nuit nos parties commencèrent à durer de plus en plus longtemps. Il faut toutefois reconnaître à Bon que sa proposition survint au cours de notre première partie, bien avant que la nuit noire s'efface et que nous quittions la salle, hagards, aux premières lueurs du jour, dans une rue déserte où le seul signe de vie était un boulanger couvert de farine trimant derrière la vitrine d'un magasin de donuts. Je le ferai, dit Bon en me regardant ranger les billes dans le triangle. Tu diras au général que c'est toi qui l'as fait, mais je le buterai pour toi.

Sa proposition ne me surprit pas le moins du monde. Je le remerciai, mais je savais que je ne pouvais pas accepter. Je m'aventurais dans une contrée sauvage que beaucoup d'autres avaient explorée avant moi, je franchissais la ligne qui séparait ceux qui avaient tué de ceux qui n'avaient pas tué. Le général avait raison : seul un homme ayant accompli ce rite avait le droit de rentrer chez lui. J'avais besoin d'un sacrement, mais il n'en existait aucun pour ce genre de chose. Pourquoi cela ? De qui se moquait-on en croyant que Dieu, s'Il existait, ne voudrait pas que l'on admette le caractère sacré du meurtre ? Revenons à une autre question importante du catéchisme de mon père :

Q : Qu'est-ce que l'homme ?
R : L'homme est une créature constituée d'un corps et d'une âme, et faite à l'image et à la ressemblance de Dieu.
Q : Cette ressemblance est-elle dans son corps ou dans son âme ?
R : Cette ressemblance est principalement dans son âme.

Je n'avais pas besoin de regarder le miroir ou les visages de mes frères humains pour trouver une ressemblance avec Dieu. Il me suffisait de voir leurs âmes, et de sonder la mienne, pour comprendre que nous ne serions pas des tueurs si Dieu Lui-Même n'en était pas un.

Bien sûr je ne parle pas seulement du fait de tuer, mais de la sous-catégorie du meurtre. Devant mon hésitation, Bon haussa les épaules et se pencha par-dessus la table. Sa queue de billard reposait sur sa paume ouverte. Tu veux toujours apprendre, dit-il. Eh bien, figure-toi qu'il n'y a pas de plus grande connaissance que celle acquise quand on tue un homme. Il mit de l'effet à la bille blanche ; lorsqu'elle choqua sa cible, elle roula doucement en arrière, s'alignant pour le coup suivant. Et l'amour, la création ? demandai-je. Se marier, avoir des enfants ? Tu es quand même bien placé pour croire en ce genre de connaissance. Il posa une fesse sur le bord de la table. Ses deux mains serraient la queue calée contre son épaule. Tu me testes, c'est ça ? Très bien. On peut parler de l'amour et de la création de mille manières. Mais, quand des types comme moi tuent, tout le monde est bien content et personne n'a envie d'en parler. Ce serait mieux si tous les dimanches, avant que le prêtre parle, un guerrier se levait pour dire à tout le monde qui il avait tué en leur nom. Ce serait bien la moindre des choses que de l'écouter. Il haussa les épaules. Mais on peut toujours rêver. Alors laisse-moi te donner un conseil pratique. Les gens aiment faire le mort. Et tu sais comment savoir si quelqu'un est vraiment mort ? Tu appuies sur son œil avec un doigt. S'il est vivant, il bougera. S'il est mort, il ne bougera pas.

Je pouvais m'imaginer en train d'abattre Sonny, puisque j'avais vu ce genre de chose très souvent dans les films. Mais je ne pouvais pas imaginer mon doigt en train de tâter son œil glissant de poisson. Pourquoi ne pas lui tirer une deuxième balle ? demandai-je. Parce que ça fait du bruit, gros malin. Ça fait boum. Et qui t'a parlé de lui tirer dessus, même une fois ? Il nous est arrivé de tuer des vietcongs autrement qu'avec des armes à feu. Si ça peut te soulager, ce n'est pas un meurtre. Ce n'est même pas un crime. C'est un assassinat. Demande à ton Claude, si tu ne lui as pas déjà posé la question. Il débarquait et disait, Voilà la liste des courses. Partez m'en chercher quelques-uns. Alors on allait dans les villages, la nuit, avec notre liste de courses. Terroriste vietcong, sympathisant vietcong, collaborateur vietcong, éventuel vietcong, probable vietcong. Celle-là a un vietcong dans son ventre. Celui-ci envisage de devenir vietcong. Lui, tout le monde pense qu'il est vietcong. Le père ou la mère de celui-là est vietcong, donc c'est un vietcong en puissance. On n'a pas eu le temps de tous les attraper. On aurait dû les éradiquer tant qu'on pouvait. Ne fais pas la même erreur. Bute ce vietcong avant qu'il prenne trop d'importance, avant qu'il en convertisse d'autres. C'est comme ça. Pas de quoi s'en vouloir. Pas de quoi pleurnicher.

Si seulement c'était aussi simple. Le problème, en tuant tous les vietcongs, c'était qu'il y en aurait toujours plus, grouillant dans les murs de nos esprits, respirant bruyamment sous les parquets de nos âmes, se reproduisant comme des bêtes, loin des regards. L'autre problème, c'était que Sonny n'était pas un vietcong : par définition, un subversif ne pouvait pas avoir la langue bien pendue. Mais je pouvais me tromper. Un agent provocateur était un subversif, et sa mission consistait à ouvrir sa gueule, à entraîner les autres dans l'essoreuse de la radicalisation. En l'occurrence, l'agent provocateur, ici, ne serait pas un communiste incitant les anticommunistes à se liguer contre lui, mais un anticommuniste encourageant les gens du même bord à aller trop loin, étourdis de ferveur idéologique, rancis par la haine. De ce point de vue-là, l'agent provocateur le plus vraisemblable était le général. Ou madame. Pourquoi pas ? Man m'assurait que nous avions des amis très haut placés. Tu seras surpris de voir qui recevra les médailles après la libération, m'avait-il dit. Le serais-je encore ? La blague se retournerait à coup sûr contre moi si le général et madame se révélaient eux aussi des sympathisants. Une blague qui nous ferait tous bien rigoler le jour où nous serions fêtés comme les héros du Peuple.

Les conseils de Bon gardés pour une prochaine fois, je cherchai du réconfort auprès de la seule autre personne à laquelle je pouvais parler, Lana. La semaine suivante, j'allai chez elle avec une bouteille de vin. Dans son appartement, elle ressemblait à une étudiante, avec son sweat-shirt UC Berkeley, son jean usé et son visage à peine maquillé. Elle cuisinait comme une étudiante, aussi, mais peu importe. Nous dînâmes dans le salon en regardant *The Jeffersons*, une série comique sur les descendants noirs et non reconnus de Thomas Jefferson, troisième président des États-Unis et père de la Déclaration d'indépendance. Nous bûmes ensuite une deuxième bouteille de vin, qui aida à alléger les grosses boules d'amidon dans nos estomacs. Pointant le doigt vers les chefs-d'œuvre architecturaux qui surplombaient une colline au loin, illuminés et visibles par sa fenêtre, je lui expliquai que l'un d'eux appartenait à l'Auteur, dont le film allait bientôt sortir. Je lui avais déjà raconté mes mésaventures philippines et fait part de mes soupçons, peut-être paranoïaques, quant à la tentative de meurtre par l'Auteur. Je reconnais, dis-je, qu'une ou deux fois j'ai rêvé de le tuer. Elle haussa les épaules et écrasa sa cigarette. On rêve tous de tuer des gens, répondit-elle. Une idée comme ça, en passant, du genre, Oh, et si j'écrabouillais cette personne avec ma voiture. Ou en tout cas on imagine ce que ça ferait si telle personne était morte. Ma mère, par exemple. Pas pour de vrai, bien sûr. Mais sait-on jamais... Non ? Ne va pas me prendre pour une folle. J'avais sa guitare sur mes genoux. Je jouai un accord espagnol plein d'intensité. Puisqu'on en est aux aveux, dis-je, j'ai songé à tuer mon père. Pas pour de vrai, bien sûr. Mais sait-on jamais... Je t'avais dit qu'il était prêtre ? Elle ouvrit de grands yeux. Un prêtre ? Mon Dieu !

Sa stupeur sincère me la rendit attendrissante. Sous le maquillage de boîte de nuit et le masque artificiel de la diva, elle était encore innocente, si immaculée que je n'avais qu'une envie, frotter la pulpe émolliente et crémeuse de mon âme extatique sur sa peau douce et blanche. Je voulais rééditer avec elle la plus ancienne des dialectiques, la thèse d'Adam et l'antithèse d'Ève qui engendraient notre synthèse, la pomme pourrie de l'humanité, tombée tellement loin de l'arbre de Dieu. Pourtant nous étions loin d'être aussi purs que nos premiers parents. Si Adam et Ève avaient avili la connaissance de Dieu, nous avions à notre tour avili Adam et Ève, si bien que ce dont j'avais vraiment envie, c'était une autre dialectique, torride, brûlante, la dialectique de la jungle : « Moi Tarzan, toi Jane. » Est-ce qu'un de ces couples valait mieux que celui formé par une fille vietnamienne et un prêtre français ? Ma mère m'expliquait toujours qu'il n'y avait rien de mal à être l'enfant naturel d'un tel couple, dis-je à Lana. Maman disait qu'on est tous nés de l'accouplement d'un dragon et d'une fée. Dans le genre bizarre… Mais ça n'empêchait pas les gens de me regarder de haut, et j'en voulais à mon père. En grandissant, je rêvais qu'un jour il se place devant l'assistance et dise, Voici mon fils. Qu'il vienne devant vous pour que vous le reconnaissiez et l'aimiez autant que je l'aime. Ou quelque chose comme ça. J'aurais été heureux de le voir nous rendre visite, manger avec nous et m'appeler fils en secret. Mais il ne l'a jamais fait. Alors je rêvais d'un coup de foudre, d'un éléphant fou, d'une maladie mortelle, d'un ange qui descendrait derrière lui, à l'autel, et ferait sonner une trompette dans son oreille pour le rappeler à son Créateur.

Ce n'est pas rêver de le tuer, ça.

Oh, mais j'en ai rêvé aussi. Avec un pistolet.

Mais est-ce que tu lui as pardonné ?

Parfois, je me dis que oui. Parfois, non, surtout dès que je repense à ma mère. Ce qui signifie, j'imagine, que je ne lui ai pas vraiment pardonné.

Lana se pencha et posa une main sur mon genou. Peut-être que le pardon est une chose surcotée, dit-elle. Son visage était proche du mien comme jamais, et je n'avais plus qu'à me pencher à mon tour. C'est à cet instant que je commis le geste le plus pervers de toute mon existence. Je déclinai, ou plutôt je reculai, instaurant une distance entre ce magnifique visage et moi, ces lèvres à peine entrouvertes, tentantes comme l'abîme. Je dois y aller, dis-je.

Tu dois y aller ? Vu sa tête, il était clair qu'elle n'avait encore jamais entendu un homme lui tenir ce langage. Elle n'aurait pas eu l'air plus stupéfaite si je lui avais demandé de commettre les plus abominables crimes de Sodome. Je me levai avant de pouvoir changer d'avis et lui rendis sa guitare. J'ai quelque chose à faire. Avant de pouvoir faire ce qu'il faut ici. Cette fois, ce fut elle qui recula, amusée, et joua un accord intense. Ça m'a l'air sérieux, dit-elle. Mais tu sais quoi ? J'aime les hommes sérieux.

Si elle avait su seulement à quel point je pouvais être sérieux. Pendant l'heure de trajet entre son immeuble et celui de Sonny, je conduisis avec mes mains sur le volant à 10 heures et 14 heures, respirant profondément, méthodiquement, pour étouffer et mon regret d'avoir quitté Lana, et mon angoisse à l'idée de retrouver Sonny. C'était Claude qui m'avait appris à bien respirer. Lui-même l'avait appris auprès de nos bonzes. Tout était question de souffle. En inspirant et en expirant lentement, on chassait le bruit blanc de sa vie, on laissait son esprit serein et libre de faire un avec l'objet de sa contemplation. Quand le sujet et l'objet ne forment qu'un, disait Claude, tu ne trembles pas au moment d'appuyer sur la détente. Lorsque je me garai au coin de l'immeuble de Sonny, mon esprit était pareil à une mouette planant au-dessus d'une plage, portée non par sa propre volonté ou son propre mouvement, mais par le vent. Je troquai mon polo bleu contre un tee-shirt blanc. J'enlevai mes mocassins marron et mon pantalon de toile, enfilai un jean bleu et des chaussures de toile beiges. Pour terminer, je mis un coupe-vent réversible, doublure exposée, et un chapeau de feutre. Je sortis de la voiture avec un cabas gracieusement offert en échange de mon abonnement à *Time* ; il contenait un petit sac à dos, les vêtements dont je venais de me débarrasser, une casquette de base-ball, une perruque blonde, une paire de lunettes fumées et un Walther P22 noir muni d'un silencieux. Le général avait donné à Bon une enveloppe d'argent liquide, avec lequel ce dernier avait acheté le pistolet et le silencieux au même gang chinois que celui qui lui avait fourni le .38. Puis il m'avait fait répéter le plan, avec lui, jusqu'à ce que je le connaisse par cœur.

Entre la voiture et l'immeuble, le trottoir était désert. Marcher dans la rue n'était pas une coutume américaine, ce que m'avait confirmé l'observation du quartier à plusieurs reprises. Il était 21 heures passées lorsque je consultai ma montre à l'entrée de l'immeuble, un bâtiment de deux étages qui fabriquait des centaines de répliques fatiguées du

Rêve américain. Tous les habitants s'imaginaient que leurs rêves étaient uniques, mais ce n'étaient que les reproductions d'un original perdu. J'appuyai sur la sonnette de l'interphone. Allô ? dit-il. Lorsque j'annonçai ma présence, il y eut un petit silence, puis il dit, Je t'ouvre. Je pris l'escalier plutôt que l'ascenseur, afin de ne croiser personne. Au premier étage, je jetai un coup d'œil dans le couloir pour m'assurer qu'il n'y avait aucun voisin. Je toquai à sa porte ; il ouvrit dans la seconde.

Son appartement sentait comme au pays : odeurs de poisson frit, de riz à la vapeur et de cigarette. Je sais pourquoi tu es là, dit-il pendant que je m'asseyais sur son canapé. Je serrai mon cabas contre moi. Pourquoi je suis là ? dis-je. Sofia, répondit-il, aussi sérieux que moi, même s'il avait aux pieds des chaussons en fourrure rose. Il portait un survêtement et un cardigan gris. Sur la table à manger, derrière lui, calée contre des piles de documents, il y avait une machine à écrire dont le rouleau laissait passer une feuille de papier. Sous le lustre de la table à manger, au-dessus d'un cendrier, flottait un nuage de fumée qui se dissipait lentement, gaz d'échappement du cerveau actif de Sonny. Et au mur au-dessus de la table, derrière ce rideau, était accrochée la même pendule que celle du restaurant du général et de madame, elle aussi réglée sur l'heure de Saigon.

On n'a jamais eu la discussion qu'on aurait dû avoir à propos d'elle, dit-il. Il y avait un malaise pendant notre dernière conversation. Je m'en excuse. Si on avait bien fait les choses, on t'aurait envoyé une lettre aux Philippines. Sa sollicitude, aussi inattendue qu'apparemment sincère, me désarçonna. C'est ma faute, répondis-je. D'abord, je ne lui ai jamais écrit non plus. Nous nous regardâmes pendant quelques instants, puis il sourit et dit, Je suis au-dessous de tout. Je ne t'ai même pas offert à boire. Qu'est-ce que tu dis d'un verre ? Malgré mes protestations, il se leva d'un bond et passa dans la cuisine, exactement comme l'avait prévu Bon. Je posai la main sur le Walther P22, dans le sac, mais je ne trouvai pas le courage de me lever, de le suivre jusqu'à la cuisine et de lui loger rapidement une balle derrière l'oreille, selon les conseils de Bon. C'est ce que tu peux faire de plus généreux, m'avait-il dit. Oui, certes, mais la boule d'amidon dans mon ventre me collait au canapé, capitonné d'un de ces tissus rêches et résistants aux taches qu'on réserve aux rendez-vous galants dans les motels. Des piles de livres posées sur la moquette industrielle consolidaient les murs et, sur la télévision d'un autre âge, une chaîne hi-fi argentée marmonnait. Au-dessus du fauteuil, un tableau tacheté et amateur, peint à la manière d'un Monet fou, illustrait un principe intéressant, à savoir que la beauté n'est pas nécessaire pour rendre un décor plus joli. Un objet très laid peut aussi rendre une chambre laide moins laide, par comparaison. Une autre façon abordable d'ajouter une touche de beauté au monde n'était pas de le changer, mais de changer notre manière de le percevoir. C'était un des objectifs de la bouteille de bourbon remplie au tiers avec laquelle Sonny revint.

Tu entends ça ? demanda-t-il en montrant la chaîne hi-fi. Nous posâmes chacun notre verre de bourbon sur nos cuisses. Après toutes les attaques cambodgiennes contre nos villes frontalières, on vient juste de bombarder le Cambodge. On aurait pu penser qu'on en avait eu assez d'une guerre pour ne pas en vouloir une autre. Je me suis dit que l'incident de frontière avec les Khmers rouges était un coup de chance incroyable pour le général, une distraction pour que tout le monde se désintéresse de notre frontière avec le Laos. Le problème, avec la victoire, répondis-je, c'est que les gens sont tellement gonflés à bloc qu'ils sont prêts à se battre encore. Il acquiesça et avala une gorgée de bourbon. Ce qui est bien avec la défaite, c'est qu'elle t'empêche de faire une nouvelle guerre, au moins pendant un temps. Mais ça ne vaut pas pour ton général. J'allais protester lorsqu'il leva la main et dit, Pardonne-moi. Je te reparle encore de politique. Je jure de ne pas parler de politique ce soir, mon frère. Tu sais à quel point c'est difficile pour quelqu'un qui pense que tout est politique.

Même le bourbon ? dis-je. Il afficha un grand sourire. Bon, d'accord, le bourbon n'est peut-être pas politique. Mais, à part la politique, je ne sais pas de quoi parler. C'est une faiblesse. La plupart des gens ne le supportent pas. Sofia, elle, peut le supporter. Je lui parle comme à personne d'autre. C'est l'amour.

Donc tu es amoureux d'elle ?

Tu ne l'étais pas, toi, si ? Elle m'a dit que non.

Si elle te l'a dit, alors il faut croire que je ne l'étais pas.

Je comprends. Même si tu ne l'aimais pas, la perdre est une souffrance. C'est la nature humaine. Tu veux la récupérer. Tu ne veux pas la perdre au profit d'un type comme moi. Mais je te demande de te mettre à ma place. On n'a rien manigancé. Il se trouve simplement que, une fois qu'on a commencé à discuter, le soir du mariage, on n'a pas pu s'arrêter. L'amour, c'est être capable de parler à l'autre sans effort, sans se cacher, et en même temps ne voir absolument aucun inconvénient à ne pas prononcer le moindre mot. En tout cas, c'est une définition de l'amour que j'ai trouvée. C'est la première fois que je suis amoureux. Je me retrouve avec un besoin curieux de trouver la bonne métaphore pour décrire l'état amoureux. Comme si j'étais un moulin, et elle le vent. C'est idiot, non ?

Non, pas du tout, bredouillai-je, m'apercevant que nous avions abordé un sujet plus épineux que la politique. Je baissai les yeux vers le verre presque vide que je couvais entre mes mains et, à travers l'écume de bourbon, tout au fond, je vis la cicatrice rouge. Ce n'est pas sa faute, dit Sonny. Je lui ai donné mon numéro à la fête du mariage et je lui ai demandé le sien, parce que je lui ai dit que ce serait fabuleux pour moi d'écrire un article sur la manière dont une Japonaise nous perçoit, nous les Vietnamiens. Japonaise américaine, elle a rectifié. Pas Japonaise. Et Vietnamiens américains, pas Vietnamiens. Elle m'a expliqué que l'Amérique, je devais la revendiquer, que l'Amérique ne se donnerait pas à moi. Si tu ne revendiques pas l'Amérique, si l'Amérique n'est pas dans ton cœur, l'Amérique te balance dans un camp de concentration, ou une réserve, ou une plantation. Et puis si tu ne revendiques pas l'Amérique, où iras-tu ? On peut aller n'importe où, j'ai répondu. Elle m'a dit, Tu penses comme ça parce que tu n'es pas né ici. Moi oui, et je n'ai nulle part d'autre où aller. Si j'avais des enfants, eux non plus n'auraient aucun autre endroit. Ils seraient citoyens américains. C'est leur pays. Et à ce moment-là, en entendant ses mots, j'ai été pris d'un désir comme je n'en avais jamais connu. J'ai voulu avoir un enfant avec elle. Moi qui n'avais jamais voulu me marier ! Moi qui étais incapable de m'imaginer père !

Je peux avoir un autre verre ?

Bien sûr ! Il me resservit. Espèce de bâtard, entendis-je Bon me dire dans ma tête. Tu es en train de te compliquer la tâche. Finis-en. Maintenant, continua Sonny, je me rends compte que pour ce qui est des enfants et de la paternité, c'est plus un rêve qu'une éventualité. Sofia a passé l'âge d'avoir des enfants. Il reste toujours l'adoption. Je crois qu'il est temps que j'arrête de ne penser qu'à moi. Avant, je voulais uniquement changer le monde. J'en ai encore envie, mais paradoxalement je n'ai jamais voulu me changer, moi. Pourtant, c'est bien là que les révolutions commencent ! Et c'est la seule façon dont elles peuvent se poursuivre, si on continue de regarder à l'intérieur de nous, de regarder comment les autres peuvent nous voir. C'est ce qui est arrivé quand j'ai rencontré Sofia. Je me suis vu comme elle me voyait.

Là-dessus, il se tut. Ma détermination était tellement émoussée que je ne pus même pas lever mon bras droit pour attraper le pistolet dans le sac. Écoute, dis-je. Il faut que je t'avoue quelque chose.

Donc tu aimes vraiment Sofia. Il avait l'air profondément triste. Je suis navré.

Je ne suis pas venu à cause de Mme Mori. Est-ce qu'on pourrait parler politique, plutôt ?

Comme tu veux.

Je t'ai déjà demandé si tu étais communiste. Tu m'as répondu que si tu l'étais, tu ne me le dirais pas. Mais moi, si je te disais que j'étais communiste ? Il sourit et secoua la tête. Je ne crois pas aux hypothèses, répondit-il. Quel intérêt de jouer à deviner qui où ce que tu es ? Ce n'est pas un jeu, dis-je. Je suis communiste. Je suis ton allié. Ça fait des années que je suis un agent de l'opposition et de la révolution. Qu'est-ce que tu penses de ça ?

Ce que j'en pense ? Il hésita, incrédule. Puis son visage devint rouge de colère. Je n'en crois pas un mot : voilà ce que j'en pense. J'en pense que tu es venu ici pour me piéger. Tu veux me faire dire que je suis communiste, moi aussi, pour pouvoir me tuer ou me dénoncer, c'est ça ?

J'essaie de t'aider.

En quoi est-ce que tu essaies de m'aider, au juste ?

Je ne savais pas quoi répondre. Je reconnais que j'ignore ce qui me poussa à tout lui avouer. Ou plutôt, je l'ignorais à l'époque, mais peut-être aujourd'hui le sais-je. J'avais porté mon masque pendant si longtemps, et voilà que j'avais une occasion de l'enlever, en toute sécurité. J'avais agi par instinct, mû par un sentiment qui ne m'était pas propre. Je ne pouvais pas être le seul à croire que si les autres voyaient qui j'étais vraiment, je serais compris et, qui sait, aimé. Mais que se passerait-il si j'ôtais mon masque et que les autres me regardent non pas avec amour, mais avec horreur, dégoût et colère ? Si la personnalité que je révélais était aussi détestable aux yeux des autres que le masque, sinon pire ?

C'est le général qui t'a embarqué là-dedans ? dit Sonny. Je vous imagine très bien comploter ensemble. Évidemment, si je disparaissais, ça vous arrangerait tous les deux.

Écoute-moi…

Tu es jaloux parce que j'ai Sofia, alors que tu ne l'aimes même pas. Je savais que tu serais en colère, mais je ne pensais pas que tu tomberais si bas et que tu me tendrais un piège. Tu me crois bête à ce point ? Tu t'es dit que tu retrouverais les faveurs de Sofia en te proclamant communiste ? Tu ne penses pas qu'elle sentirait ton désespoir et te rirait au nez ? Mon Dieu, je n'ose pas imaginer ce qu'elle dira quand je vais lui raconter...

Bien qu'il paraisse impossible de manquer sa cible à une distance d'un mètre cinquante, c'est parfaitement possible, surtout après trop de vin et un ou deux verres de bourbon mélangé à la tourbe amère du passé. La balle perça la radio, l'étouffant mais sans la faire taire. Sonny me regarda avec une sidération totale, les yeux fixés sur le pistolet dans ma main, allongé de quelques centimètres par le silencieux. J'avais cessé de respirer, et mon cœur de battre. Le pistolet sursauta et Sonny hurla, blessé à la main qu'il avait brusquement levée. Réveillé par sa mort imminente, il se redressa et se retourna pour fuir. La troisième balle le toucha entre l'omoplate et la colonne ; il chancela mais ne s'arrêta pas. Je sautai par-dessus la table basse et le rattrapai juste avant qu'il atteigne la porte. Je me retrouvais dans la position idéale, du moins d'après les dires de Bon, à trente centimètres derrière ma cible, dans son angle mort, d'où on ne pouvait décemment pas rater son coup. Le pistolet fit clic, clac, une balle derrière l'oreille, une autre dans le crâne, et Sonny s'effondra face contre terre, assez lourdement pour se casser le nez.

Je me plaçai au-dessus de son corps étendu. Il avait la joue contre la moquette et une grande quantité de sang giclait par les trous creusés dans sa tête. Sous l'angle qui était le mien, derrière lui, je ne pouvais pas voir ses yeux, seulement sa main retournée, le trou sanglant dans sa paume et son bras bizarrement tordu. La boule d'amidon s'était dissoute, mais à présent sa forme liquide clapotait dans mes tripes et menaçait de déborder. Je pris une grande bouffée d'air et expirai lentement. Je pensai à Mme Mori, vraisemblablement chez elle, avec son chat sur les genoux, en train de lire un pamphlet féministe, attendant l'appel de Sonny, l'appel qui ne viendrait jamais, l'appel qui caractérisait notre rapport à Dieu, que nous autres amants délaissés invoquions toujours. Sonny avait désormais franchi le plus grand des fossés, ne laissant derrière lui que son ombre froide et noire. Sa lampe était définitivement éteinte. Au dos de son cardigan, une tache rouge s'élargit, tandis qu'une auréole de sang se dessinait autour de sa tête. Je fus pris de nausée et de tremblements, et ma mère dit, Tu seras meilleur que tous les autres, n'est-ce pas, mon fils ?

Je pris une bouffée d'air et expirai lentement, une fois, deux fois, une troisième fois. Mes tremblements devinrent des frémissements. Rappelle-toi, me dit Bon, tu es en train de faire ce qui doit être fait. La liste des autres choses qui devaient être faites me revint à l'esprit. J'ôtai mon coupe-vent, mon tee-shirt, et je remis mon polo bleu. Jean et chaussures en toile furent remplacés par le pantalon en toile et les mocassins. Je retournai le coupe-vent côté blanc uni, troquai le feutre contre la perruque, dont les cheveux blonds touchaient le bas de ma nuque, et mis la casquette de base-ball. Pour finir, je chaussai les lunettes fumées, et ma transformation fut achevée lorsque le cabas et le pistolet se retrouvèrent dans le sac à dos. La perruque, la casquette et les lunettes étaient une idée de Bon. Il me les avait fait essayer devant la glace de la salle de bains, voilée par une année entière de taches de dentifrice. Tu vois ? avait-il dit. Maintenant tu es un Blanc. Je trouvais que j'étais toujours moi, dissimulé par un déguisement beaucoup trop normal pour un bal masqué ou une fête de Halloween. Mais c'était précisément le but. Si quelqu'un ne savait pas à quoi je ressemblais, je n'aurais pas l'air déguisé.

À l'aide de mon mouchoir, j'essuyai les traces de doigt sur le verre, et c'est en enroulant ce même mouchoir autour de la poignée de porte que je crus entendre Sonny gémir. Je regardai l'arrière de son crâne fracassé. Je n'entendais rien d'autre que les battements du sang dans mes oreilles. Tu sais ce que tu dois faire, avait dit Bon. Je me mis à genoux et baissai ma tête pour inspecter l'œil apparent de Sonny. Sentant les restes liquides de mon dîner remonter dans ma gorge, je plaquai ma main contre ma bouche. Je déglutis péniblement et sentis le goût de l'abomination. L'œil était terne et inexpressif. Sonny était assurément mort mais, comme me l'avait dit Bon, parfois les morts ne savent pas encore qu'ils sont morts. Aussi tendis-je mon index, lentement, toujours plus près de cet œil, qui ne bougeait pas. Mon doigt s'approcha de quelques centimètres, puis de quelques millimètres. Aucun mouvement. Mon doigt entra alors en contact avec cet œil mou et caoutchouteux, qui avait la texture d'un œuf de caille écalé, et Sonny cligna des paupières. Je fis un bond en arrière. Son corps tressaillit, très légèrement, et je lui tirai une autre balle dans la tempe, à trente centimètres. Maintenant, me dit Bon, il est mort.

Je pris une grande bouffée d'air, expirai lentement et faillis vomir. Un peu plus de trois minutes s'étaient écoulées depuis mon premier coup de feu. Je pris une autre grande bouffée d'air, expirai lentement, et mon dîner liquéfié trouva un équilibre fragile. Une fois le calme revenu, j'ouvris la porte de l'appartement de Sonny et ressortis avec une assurance toute présidentielle, ainsi que me l'avait recommandé Bon. Respire, disait toujours Claude. Je respirai donc en dévalant l'escalier où mes pas résonnaient, et je respirai encore au moment de retrouver le hall de l'immeuble, où la porte d'entrée était en train d'être ouverte.

C'était un Blanc. La tondeuse de la quarantaine avait dessiné une large bande chauve sur son crâne. Le costume bien coupé, bon marché, chevillé à son corps massif, laissait penser qu'il exerçait un de ces métiers mal payés où l'apparence compte et où l'on est rémunéré à la commission. Ses chaussures *wingtips* brillaient avec tout l'éclat d'un poisson congelé. Je m'en rendis compte parce que je le regardai, ce que Bon m'avait dit de ne pas faire. Ne croise pas le regard. Ne donne pas aux gens une raison de se retourner sur toi. Or l'homme ne me jeta même pas un coup d'œil. Regardant droit devant lui, il passa à côté de moi comme si j'étais invisible, un fantôme ou, plus probablement, un simple Blanc des plus ordinaires. Je traversai la traînée de phéromone artificielle qu'il laissait dans son sillage, la mauvaise eau de Cologne du macho, et rattrapai la porte avant qu'elle se referme. Je me retrouvai alors dans la rue, humant l'air de la Californie du Sud rempli de fines particules de smog, grisé de constater que je pouvais aller partout où je le voulais. Je n'allai pas plus loin que ma voiture. Là, agenouillé à côté de l'aile, je vomis jusqu'à ce qu'il ne reste plus rien, souillant le caniveau avec les feuilles de thé de mes boyaux.

17

C'est normal, me dit Bon le lendemain matin. Il soignait l'hématome qui gonflait dans ma tête avec l'aide d'une bonne bouteille de whisky fournie par le général. Il fallait que ce soit fait, et c'est nous qui allons devoir vivre avec. Maintenant, tu as compris. Finis ton verre. Nous finîmes nos verres. Tu sais quel est le meilleur remède ? J'avais pensé que le meilleur remède consistait à retourner voir Lana, ce que j'avais fait après avoir quitté l'appartement de Sonny, mais même une soirée inoubliable en sa compagnie ne m'avait pas permis d'oublier ce que j'avais fait à Sonny. Je fis signe que non, lentement, en prenant garde de ne pas secouer mon cerveau endolori. Retourner sur le champ de bataille. Tu te sentiras mieux en Thaïlande. Si c'était vrai, par bonheur je n'aurais pas à attendre longtemps. Nous devions partir le lendemain. Ce délai était censé me permettre d'éviter tout risque de démêlés avec les autorités et d'éviter le point faible évident de mon plan : Mme Mori. Lorsqu'elle apprendrait la mort de Sonny, ses premières pensées seraient sans doute confuses, mais ses secondes pensées se porteraient sur moi, son amoureux éconduit. Convaincu que j'accomplirais ma mission le jour promis, le général m'avait donné mon billet la semaine précédente. Nous étions dans son bureau, ce jour-là. Le journal était posé sur la table et, lorsque j'ouvris la bouche, il leva la main et m'interrompit, Cela va sans dire, capitaine. Je refermai la bouche. J'examinai le billet et, le soir même, j'écrivis à ma tante parisienne. En langage codé, j'annonçai à Man que j'assumais l'entière responsabilité de ma désobéissance à ses ordres, mais que je repartais avec Bon pour lui sauver la vie. Je ne dis pas à Man en quoi consistait mon plan, car je n'en avais toujours pas. Simplement, j'avais mis Bon dans cette situation, et c'était à moi de l'en faire sortir si je le pouvais.

Moyennant quoi, deux jours après avoir fait ce qu'il fallait faire, et alors que personne n'avait encore remarqué la disparition de Sonny, sauf peut-être Mme Mori, nous partîmes sans autre fanfare que celle constituée du général et de madame à la porte d'embarquement de l'aéroport. Nous étions quatre à embarquer pour ce voyage improbable – Bon, moi, le capitaine grisonnant et le lieutenant insensible – au-dessus du Pacifique à bord d'un appareil Boeing tubulaire et subsonique. Adieu l'Amérique, dit le capitaine grisonnant pendant notre ascension. Il contemplait par le hublot un paysage que je ne pouvais pas voir depuis mon siège couloir. J'en ai marre de toi, continua-t-il. Le lieutenant insensible, assis au milieu, acquiesça. Pourquoi l'appelle-t-on le beau pays ? demanda-t-il. Je ne savais pas quoi répondre. J'étais hébété et terriblement mal à l'aise, partageant mon siège d'une part avec l'adjudant glouton, d'autre part avec Sonny. C'était seulement mon septième voyage en avion. J'avais fait l'aller-retour en Amérique pour l'université, et avec Bon le voyage de Saigon à Guam, puis de Guam en Californie, suivi de l'aller-retour aux Philippines, et maintenant celui-là. J'avais peu de chances de retourner en Amérique, et je pensais avec regret à toutes les choses qui me manqueraient : le dîner devant la télé ; l'air conditionné ; une circulation bien régulée que les automobilistes respectaient vraiment ; le taux de mortalité par balles relativement faible, en tout cas par rapport à celui de notre pays ; le roman moderniste ; la liberté d'expression, qui, quoique moins absolue que n'aimaient à le croire les Américains, était plus grande que dans notre pays ; la libération sexuelle ; et peut-être plus que tout, cette drogue américaine omniprésente, l'optimisme, dont le flot intarissable se déversait sans arrêt sur l'esprit américain, effaçant à grande eau les graffitis de désespoir, de colère, de haine et de nihilisme griffonnés nuitamment par les invisibles voyous de l'inconscient. Il y avait aussi beaucoup d'aspects de l'Amérique qui m'enchantaient moins, mais pourquoi être négatif ? La négativité et le pessimisme antiaméricains, je les laisserais à Bon, qui ne s'était jamais assimilé et qui se trouvait soulagé de partir. J'ai l'impression d'être resté caché dans la maison d'un autre, me dit-il quelque part au-dessus du Pacifique. Il était assis de l'autre côté du couloir. Les hôtesses japonaises nous servaient des tempuras et du tonkatsu, qui avaient meilleur goût que le dernier mot que le général m'avait fourré dans la bouche, à la porte d'embarquement. Enfermé entre quatre murs, continua Bon, à écouter les autres vivre, à ne sortir que la nuit. Maintenant, je peux respirer. On retourne là où tout le monde nous ressemble. *Te* ressemble, objectai-je. Moi, je ne ressemble pas à tout le monde, là-bas. Bon soupira. Arrête de médire et de gémir, me dit-il en remplissant ma tasse de thé avec le whisky offert par le général à la porte d'embarquement. Ton problème, c'est que tu réfléchis trop. Ton problème, c'est que tu montres à tout le monde que tu réfléchis. Alors je ferme ma gueule, dis-je. Oui, c'est ça, ferme ta gueule, dit-il. D'accord, alors je ferme ma gueule, dis-je. Oh, putain, dit-il.

Après un périple de vingt heures sans sommeil, avec changement d'avion à Tokyo, nous arrivâmes à Bangkok. Comme je n'avais pas pu dormir, j'étais épuisé. Dès que je fermais les yeux, je voyais soit le visage de l'adjudant glouton, soit celui de Sonny, que je ne pouvais supporter de regarder trop longtemps. Rien d'étonnant, donc, à ce que, récupérant mon sac à dos sur le tapis des bagages, je le trouve plus lourd que dans mon souvenir, lesté qu'il était désormais par la culpabilité, la peur, l'angoisse. Ce sac bourré à craquer était mon seul bagage. Avant de quitter l'appartement, nous avions en effet rendu la clé au révérend R-r-r-r-amon en lui disant de vendre nos affaires et de garder l'argent pour son Église des Prophètes éternels. Tous mes effets étaient contenus dans ce sac à dos, et mon exemplaire du *Communisme asiatique et le mode de destruction oriental* se trouvait dans son double fond, tellement usé qu'il était presque coupé en deux le long de son dos cassé. D'après le général, tout ce dont nous aurions besoin serait fourni en Thaïlande. L'intendance serait confiée à l'amiral commandant le camp de base et à Claude, qui serait là dans un rôle qu'il connaissait bien, celui d'employé d'une ONG qui aidait les réfugiés. Il nous accueillit au terminal international, vêtu d'une chemise hawaïenne et d'un pantalon de lin, exactement comme je l'avais quitté chez le Pr Hammer, mais beaucoup plus bronzé. Content de vous revoir, les gars, dit-il en me serrant la main, puis celle des autres. Bienvenue à Bangkok. Vous êtes déjà venus ? C'est bien ce que je pensais. On a toute la nuit pour s'éclater. C'est moi qui régale. Il passa son bras autour de mes épaules et les serra avec une affection sincère, me guidant vers la sortie à travers la foule grouillante. Peut-être était-ce simplement dû à mon état d'esprit, dont la consistance était proche de celle du porridge, mais tous les indigènes que nous croisions semblaient nous regarder. Je me demandai si, parmi eux, ne figurait pas un des agents de Man. Tu m'as l'air en forme, dit Claude. Prêt à passer à l'action ?

Bien sûr, dis-je, alors que toute ma peur et toute mon angoisse bouillonnaient quelque part derrière mes tripes. J'éprouvais ce vertige qui nous gagne devant l'abîme d'un plan inabouti, car je nous avais amenés, Bon et moi, au bord du désastre sans savoir comment nous sauver. Mais n'est-ce pas ainsi que fonctionnent tous les plans, inconnus de leur concepteur jusqu'à ce qu'il se fabrique un parachute ou, au contraire, s'évapore dans le ciel ? Je pouvais difficilement poser la question à Claude, lui qui avait toujours paru maître de son destin, en tout cas jusqu'à la chute de Saigon. Il me serra encore l'épaule. Je suis fier de toi, mon pote. Je voulais que tu le saches. Nous marchâmes quelques instants en silence, pour laisser ce sentiment circuler, puis il me serra une troisième fois l'épaule et dit, Je vais te faire passer le plus beau jour de ta vie. Je souris, il sourit, le non-dit étant qu'il s'agirait peut-être du dernier beau jour de ma vie. Son enthousiasme et son attention me touchèrent, sa manière de me dire qu'il m'aimait, ou peut-être de m'offrir l'équivalent du dernier repas d'un condamné. Il nous fit sortir de l'aéroport. Nous retrouvâmes le climat de la fin décembre, la meilleure période de l'année pour visiter la région, et montâmes à bord d'une camionnette. Claude dit, On ne combat pas le décalage horaire en allant dormir à l'hôtel. Je vais vous maintenir éveillés jusqu'à la nuit et demain on partira pour le camp.

Le chauffeur nous emmena sur une route encombrée de camionnettes, de camions, de motos. Autour de nous, les klaxons, les bips-bips et le tohu-bohu d'une métropole congestionnée par le métal roulant, les chairs humaines et les émotions inexprimées. Ça vous rappelle le pays ? dit Claude. Vous n'en avez jamais été aussi proches depuis des années. Même chose que Saigon, dit le capitaine grisonnant. Même chose mais différent, répondit Claude. Pas de guerre et pas de réfugiés. Tout ça, c'est à la frontière, où vous allez, les gars. Il distribua des cigarettes et nous en allumâmes tous. D'abord, il y a les Laotiens qui ont fui à travers la frontière. Maintenant on a des tas de Hmong. Tout ça est très triste, mais aider les réfugiés nous donne un accès à la campagne. Le lieutenant insensible secoua la tête et dit, Laos. Communistes très méchants là-bas. Claude dit, Parce que des communistes pas méchants, ça existe ? Mais le Laos est ce qui ressemble le plus au paradis en Indochine. J'y ai passé du temps, pendant la guerre. C'était incroyable. J'adore ce peuple. Les gens les plus gentils, les plus accueillants du monde, sauf peut-être quand ils veulent vous tuer.

Il recracha la fumée de sa cigarette, que le minuscule ventilateur fixé au tableau de bord souffla aussitôt vers nous. Est-ce que Claude et d'autres étrangers nous avaient considérés un jour comme les gens les plus gentils et les plus accueillants du monde ? Ou avions-nous toujours été un peuple agressif et guerrier ? Je penchais pour cette dernière hypothèse.

Alors que le chauffeur quittait l'autoroute, Claude me poussa du coude et dit, J'ai entendu parler de ce que tu as fait. Ce que j'ai fait ? Qu'est-ce que j'ai fait ? Claude ne répondant pas et me regardant fixement, je me rappelai la seule chose que j'avais faite et qui devait être passée sous silence. Ah oui, bredouillai-je. Ne te fais pas de bile, dit Claude. D'après ce que m'a raconté le général, ce type l'a bien cherché. Je peux t'assurer qu'il ne l'a pas cherché, répondis-je. Ce n'est pas ce que je voulais dire, fit Claude. Simplement, des comme lui, j'en ai connu un paquet. Des insatisfaits professionnels. Des masochistes vertueux. Tellement mécontents de tout qu'ils ne seront jamais contents, jusqu'au jour où ils seront ligotés à un poteau d'exécution. Et tu sais ce qu'ils diront devant le peloton ? Je vous l'avais bien dit ! La seule différence, dans ton cas, c'est que ce pauvre con n'a pas eu le temps d'y penser. Si tu le dis, Claude. Ce n'est pas moi qui le dis, répondit-il. C'est dans le livre. C'est le personnage rongé par la culpabilité.

Je voyais bien les pages du livre auquel Claude faisait allusion, le manuel d'interrogatoire que nous avions étudié pendant son cours et que l'on appelait KUBARK. Il définissait les divers types de personnages que l'interrogateur avait toutes les chances de rencontrer, et spontanément le paragraphe sur le personnage rongé par la culpabilité se déroula devant moi.

> Cet individu est doté d'une conscience forte, cruelle et irréaliste. Toute sa vie semble vouée à la réactivation de ses sentiments de culpabilité. Tantôt il paraît décidé à expier ; tantôt il explique que tout ce qui n'a pas marché est la faute des autres. Dans les deux cas, il cherche constamment la preuve, ou un indice extérieur, que la responsabilité des autres est plus grande que la sienne. Il se retrouve souvent complètement submergé par la volonté de prouver qu'il a été injustement traité. D'ailleurs, il est capable d'infliger un traitement injuste à seule fin de soulager sa conscience par le châtiment. Les individus pris de profonds sentiments de culpabilité peuvent abandonner toute résistance et coopérer s'ils sont châtiés d'une manière ou d'une autre, à cause de la gratification engendrée par le châtiment.

Peut-être était-ce en effet le cas de Sonny. Mais je ne le saurais jamais avec certitude, puisque je n'aurais plus l'occasion de l'interroger.

On est arrivés, dit Claude. Nous nous trouvions dans une ruelle au-dessus de laquelle était suspendu un arc-en-ciel de néons artificiels. Les trottoirs étaient peuplés de primates à visage pâle, de tous âges et de toutes tailles, certains avec la coupe militaire, d'autres avec des tignasses de hippies, tous en état d'ébriété ou sur le point de l'être, beaucoup en train de hurler et de rigoler, extrêmement agités. Toute la ruelle était bordée de bars et de clubs à la porte desquels se tenaient des filles aux bras et aux jambes dénudés et aux visages délicatement maquillés. Notre camionnette s'arrêta devant un établissement dont la porte supportait une gigantesque enseigne verticale sur laquelle il était écrit, en lettres jaune vif, GOLDEN COCK. La porte était maintenue ouverte par deux filles qui avaient l'air d'avoir une vingtaine d'années, ce qui voulait dire qu'elles avaient sans doute entre quinze et dix-huit ans. Elles étaient juchées sur des talons de quinze centimètres et portaient ce que l'on pourrait appeler, par euphémisme, des vêtements – des débardeurs et des bas de bikini moins visibles que leurs sourires, tendres et doux comme ceux des maîtresses de maternelle. Oh là là, lâcha le capitaine grisonnant, dont le large sourire me permit de voir ses molaires gâtées. Même le lieutenant insensible dit, Bien, mais sans sourire. Content que ça vous plaise, dit Claude. Tout ça, c'est pour vous. Le lieutenant insensible et le capitaine grisonnant étaient déjà entrés lorsque Bon dit, Non. Je vais faire un tour. Quoi ? Un tour ? s'écria Claude. Tu veux de l'intimité ? Tu l'auras, fais-moi confiance. Ces filles sont des expertes. Elles savent s'occuper des gars timides. Bon fit non de la tête ; dans ses yeux, il y avait presque de la peur. Très bien, dis-je. Je vais faire un tour avec toi. Mais non ! dit Claude en attrapant Bon par le coude. J'ai compris. Tout le monde n'est pas partant pour ce genre de choses. Mais si tu fais un tour, tu prives ton copain ici présent de la plus belle nuit de sa vie. Alors entre, assieds-toi et bois quelques verres. Tu n'es pas obligé de toucher. Tu n'es même pas obligé de regarder, si tu n'as pas envie. Assieds-toi et ferme les yeux. Mais tu le fais pour ton pote, pas pour toi. Ça vous va, comme ça ? Je posai la main sur le bras de Claude et dis, C'est bon. Laisse-le tranquille. Oh non, pas toi, fit Claude.

Si, moi. Apparemment, Bon m'avait contaminé avec sa moralité, une maladie sans doute mortelle. Après que Claude eut renoncé à nous convaincre et eut disparu à l'intérieur, je lui offris une cigarette et nous restâmes tous les deux plantés là, à fumer, indifférents aux revendeurs qui nous tiraient par la chemise mais incapables d'être indifférents aux hordes de touristes qui nous bousculaient et nous poussaient. Putain, vieux, s'exclama quelqu'un derrière moi avec un fort accent australien, t'as vu un peu ce qu'elle a fait avec la balle de ping-pong ? Ping-pong ching-chong, répondit un autre. J'y mettrais bien mon rouleau de printemps. Bordel de merde, je crois qu'elle m'a piqué mon portefeuille, la salope. Bon jeta sa cigarette et dit, Tirons-nous d'ici avant que je tue quelqu'un. Je haussai les épaules. Où ça ? Il désigna un point situé derrière moi. En me retournant, je vis l'affiche de cinéma qui lui avait tapé dans l'œil.

Nous vîmes *Le Sanctuaire* dans une salle remplie de Thaïlandais qui n'avaient pas encore appris que le cinéma était une forme artistique sacrée, qu'on ne pouvait pas, pendant la séance, se moucher sans mouchoir ; apporter à manger, à boire, pique-niquer ; frapper son enfant ou, à l'inverse, chanter une berceuse à un bébé en pleurs ; interpeller vivement ses amis assis quelques rangées plus loin ; discuter de l'intrigue passée, présente ou future avec son voisin ; ou s'étaler dans son fauteuil au point d'avoir sa cuisse collée à celle du voisin pendant tout le film. Mais comment leur donner tort ? Comment savoir qu'un film marchait bien ou mal, si la salle ne réagissait pas ? À en croire les applaudissements et les vivats, les spectateurs avaient l'air d'adorer, et je mentirais en disant que je ne fus pas, moi aussi, embarqué par l'histoire et le pur spectacle. La scène qui fit le plus vibrer le public fut celle de la bataille finale, pendant laquelle mon propre cœur en plein décalage horaire se mit à battre plus vite. Peut-être était-ce la musique inquiétante, à la Beethoven, avec sa répétition infernale de notes forgées dans l'antre du diable, *doum-DA-doum-DA-doum-DA-DA-DAAA* ; peut-être le grondement des pales d'hélicoptère au ralenti ; ou alors le montage alterné entre les regards de Bellamy et de Shamus chevauchant leurs étalons aériens et ceux des filles vietcongs, l'œil rivé sur les viseurs de leurs canons antiaériens ; ou encore les bombes qui éclataient en l'air ; ou le spectacle des sauvages vietcongs mourant dans un bain de sang, le seul genre de bain auquel ils avaient sans doute droit – peut-être étaient-ce toutes ces choses qui me donnèrent envie d'avoir un pistolet entre les mains afin que je puisse, moi aussi, participer au massacre biblique des vietcongs qui, sans être identiques à moi, me ressemblaient assez. En tout cas ils étaient identiques aux autres spectateurs, qui acclamaient et riaient pendant que diverses armes de fabrication américaine vaporisaient, pulvérisaient, lacéraient et éclaboussaient leurs pas si lointains voisins. Je me tortillais sur mon siège, totalement arraché à ma torpeur. Je voulus fermer les yeux mais n'y parvins pas, incapable de faire autre chose que de les cligner rapidement depuis la scène précédente, la seule qui eût réduit le public au silence absolu.

C'était aussi la seule scène dont je n'avais pas vu le tournage. L'Auteur n'y avait ajouté aucune musique. La souffrance était exprimée par les seuls cris et protestations de Mai, décuplée par les rires, les insultes et les railleries des vietcongs. Cette absence de musique ne rendit que plus audible le soudain silence de la salle, et les mères qui n'avaient pas pris la peine de détourner leur progéniture des images où l'on s'éventrait, s'entretuait, se découpait et se décapitait, ces mères plaquaient maintenant leurs mains contre les yeux de leurs petits. Des plans larges filmés depuis les recoins sombres de la grotte montraient, en son centre, une pieuvre humaine en train de se tordre, Mai, se débattant sous les dos et les bras de ses violeurs à moitié dénudés. Si l'on entrevoyait parfois son corps nu, l'essentiel en était caché par les jambes, les bras et les fesses stratégiquement placés des vietcongs. La peau, le sang écarlate et leurs guenilles noir et marron étaient filmés dans un clair-obscur Renaissance qui me rappela un de mes vieux cours sur l'histoire de l'art. Alternant avec ces plans larges, de très gros plans du visage martyrisé de Mai, avec sa bouche ouverte, son nez en sang et son œil poché au point d'être complètement clos. Le plan le plus long du film était consacré à ce visage qui emplissait tout l'écran ; l'œil ouvert tournait dans son orbite, le sang coulait sur ses lèvres, cependant qu'elle criait,
Maman-maman-maman-maman-maman-maman !
Je tressaillis. Lorsqu'on passa enfin au contrechamp et que nous vîmes ces démons à la peau mate tels que les voyait Mai, leurs faces rougies par le vin de riz artisanal, leurs dents incrustées de lichen, leurs petits yeux fermés par l'extase, la seule

chose que l'on pouvait souhaiter, au fond de ses tripes, était leur extinction totale. C'était précisément ce que l'Auteur nous offrait par la suite, lors de cette atroce conclusion du combat à mains nues, qui pouvait aussi faire office de film pédagogique sur la dissection anatomique pour étudiants en médecine.

En voyant le dernier plan du film, dans lequel l'innocent Danny Boy pleurait en contemplant sa patrie ravagée par la guerre, assis devant la porte ouverte d'un hélicoptère Huey qui s'élevait lentement dans le ciel bleu, en partance pour un pays où les seins des femmes ne donnaient pas que du lait, mais des milk-shakes – c'est du moins ce que les GI lui racontaient –, je dus bien reconnaître le talent de l'Auteur, comme on admirerait le génie technique d'un maître armurier. Il avait construit à partir de rien un objet de beauté et d'horreur, trépidant pour les uns, terrible pour les autres, une création dont le but était la destruction. Lorsque le générique de fin commença à défiler, je me sentis un peu honteux d'avoir contribué à cette œuvre sombre, mais fier, aussi, de la contribution de mes figurants. Confrontés à des rôles disgracieux, ils s'étaient comportés avec autant de grâce que possible. Il y avait les quatre anciens combattants incarnant VIOLEUR VC 1, VIOLEUR VC 2, VIOLEUR VC 3 et VIOLEUR VC 4, et ceux qui avaient débuté au cinéma en tant que VILLAGEOIS DÉSESPÉRÉ, FILLE MORTE, GARÇON BOITEUX, OFFICIER CORROMPU, JOLIE INFIRMIÈRE, MENDIANT AVEUGLE, RÉFUGIÉ TRISTE, EMPLOYÉ ÉNERVÉ, VEUVE ÉPLORÉE, ÉTUDIANT IDÉALISTE, GENTILLE PROSTITUÉE et FOU DANS LE BORDEL. Mais je n'étais pas seulement fier des miens. Il y avait aussi tous ces collègues qui s'étaient démenés dans les coulisses, comme Harry. Celui-ci était assuré de décrocher une nomination aux oscars pour ses décors d'une minutie fanatique, et dont l'admirable travail n'était même pas terni par le fait, somme toute anodin, qu'il avait demandé à un intermédiaire local de lui fournir, pour la scène finale, des cadavres exhumés dans un cimetière des environs. Aux policiers venus l'arrêter, il avait dit, sincèrement contrit, Je ne savais pas que c'était illégal, messieurs les agents. Tout avait été réglé par le retour précipité des cadavres dans leurs tombes et un don substantiel de l'Auteur aux œuvres de la police, autrement dit le bordel du village. Je tiquai en voyant que Violet était citée comme assistante de production, mais je lui reconnus le droit de passer avant moi dans la hiérarchie du générique. Je repensai avec tendresse aux nourritures sans fin fournies par les artisans cantiniers, aux soins attentionnés de l'équipe médicale, aux transports efficaces mis en place par les chauffeurs, même si, pour être très honnête, mes services étaient plus spécialisés que tous ceux-là. Je veux bien admettre que mes talents biculturels et bilingues n'aient pas été aussi exceptionnels que ceux du dresseur qui apprenait des tours à l'adorable clébard jouant la mascotte des Bérets verts, identifié au générique sous le nom de SMITTY LE CHIEN, ou que ceux du spécialiste des animaux exotiques, qui était arrivé à bord d'un charter DC-3 avec un inquiétant tigre du Bengale en cage – LILY – et s'était assuré de la docilité des deux éléphants, ABBOTT et COSTELLO. Mais si j'admirais le travail joyeux et efficace des blanchisseuses – DELLA, MARYBELLE, CORAZON et toutes les autres –, méritaient-elles pour autant d'apparaître avant moi ? Leurs noms continuèrent de défiler, et ce n'est qu'en découvrant les remerciements au maire, aux conseillers locaux, au directeur du bureau du tourisme, à l'armée philippine, enfin au président Ferdinand Marcos et à la première dame Imelda Marcos que je compris que mon nom n'apparaîtrait jamais.

Une fois passées les œuvres musicales et les marques de pellicule, ma reconnaissance rancunière à l'égard de l'Auteur s'était évaporée, remplacée par une rage meurtrière et incandescente. N'ayant pu me supprimer dans la vraie vie, il avait réussi à m'assassiner en fiction, à m'éliminer, purement et simplement, selon une méthode que je commençais à bien connaître. En quittant la salle, j'étais encore furieux, et mon émotion était plus brûlante que la nuit. Qu'est-ce que tu en as pensé ? demandai-je à Bon, comme toujours silencieux après un film. Il tira sur sa cigarette et héla un taxi. Dis-moi, qu'est-ce que tu en as pensé ? Il finit par me regarder avec un air de pitié mêlée de déception. Tu étais censé t'assurer de notre bonne image, répondit-il. Mais on n'était même pas humains. Un taxi brinquebalant s'approcha du trottoir. Te voilà critique de cinéma, à présent ? rétorquai-je. Je te donne simplement mon avis, monsieur l'intellectuel, dit-il en montant dans le taxi. Qu'est-ce que j'en sais, moi ? Si je n'avais pas été là, fis-je en claquant la portière, il n'y aurait eu aucun rôle pour nous. On n'aurait été que des cibles. Il soupira et baissa sa vitre. Tout ce que tu as fait, c'est leur donner une excuse. Maintenant les Blancs pourront dire, Regardez, on a mis des Jaunes dans ce film. On n'a rien contre eux. On les aime. Il cracha par la vitre ouverte. Tu as essayé de jouer leur jeu, d'accord ? Mais ce sont eux qui dictent les règles. Toi, tu ne dictes rien du tout. Ça veut dire que tu ne peux rien changer. Pas de l'intérieur. Quand on n'a rien, on doit changer les choses de l'extérieur.

Nous n'échangeâmes plus le moindre mot jusqu'à la fin du trajet. Arrivé à l'hôtel, Bon s'endormit presque tout de suite. Couché dans notre chambre obscure, avec un cendrier sur le torse, je fumai et méditai sur mon échec à accomplir la seule mission qui aurait pu mettre Man et le général d'accord, la subversion du Film et de tout ce qu'il représentait, en l'occurrence notre mauvaise représentation. Je n'arrivais pas à m'endormir, maintenu éveillé par le bruit des klaxons et la vision pénible de Sonny et de l'adjudant glouton allongés contre le plafond au-dessus de moi, comme s'ils passaient tout leur temps de cette manière. Je n'étais pas aidé par le grincement monotone des ressorts du lit dans la chambre voisine, si absurdement interminable que j'eus pitié de ce que j'imaginais être la pauvre femme silencieuse qui endurait cette épreuve. Lorsque l'homme poussa enfin son cri de guerre, je fus soulagé : c'était terminé. Or ça ne l'était pas, car dans la foulée son partenaire émit son propre brame viril, profond, prolongé, satisfait. Les surprises ne s'arrêtaient donc jamais depuis que le général et madame nous avaient accompagnés à l'aéroport, lui vêtu d'un costume à chevrons, elle d'un *ao dai* bleu lilas. Avant que ses quatre héros franchissent la porte d'embarquement, il avait offert à chacun une bouteille de whisky, avait posé à nos côtés pour une photo et nous avait tous serré la main. Mon tour arriva en dernier. Il s'arrêta et me dit, Juste un mot, capitaine.

Je fis un pas de côté pour laisser les autres passagers embarquer. Oui, monsieur ? Vous savez que madame et moi vous considérons comme notre fils adoptif, dit le général. Je ne le savais pas, monsieur. Madame et lui avaient l'air sombre, mais mon père me regardait de la même manière. Alors comment avez-vous pu faire ça ? demanda madame. Habitué à la dissimulation, je fis mine d'être surpris. Comment ai-je pu faire quoi ? Essayer de séduire notre fille, répondit le général. Tout le monde en parle, renchérit madame. Tout le monde ? Les rumeurs, dit le général. J'aurais dû m'en rendre compte au moment où vous avez discuté avec elle, au mariage. Mais non. Jamais je n'aurais pensé que vous encourageriez ma fille à suivre ses envies de cabaret. Non seulement ça, ajouta madame, mais vous vous êtes tous les deux donnés en spectacle au night-club. Tout le monde l'a vu. Le général lâcha un soupir. Je n'arrive pas à croire que vous ayez tenté de la déflorer, dit-il. Après avoir vécu dans ma maison et l'avoir connue comme une enfant et une sœur… Une sœur, insista madame. Vous m'avez profondément déçu, dit le général. Je voulais vous avoir ici, à mes côtés. Je ne vous aurais jamais laissé partir s'il n'y avait pas eu ça.

Monsieur…

Vous auriez dû être plus prudent, capitaine. Vous êtes un soldat. Chaque chose et chacun à sa place. Comment avez-vous pu imaginer une seule seconde que nous laisserions notre fille fréquenter quelqu'un de votre genre ?

De mon genre ? fis-je. Qu'est-ce que vous entendez par là ?

Allons, capitaine. Vous êtes un jeune homme intelligent. Mais au cas où vous ne l'auriez pas remarqué, vous êtes aussi un bâtard. Ils attendirent que je réponde quelque chose, mais le général m'avait fourré dans la bouche le seul mot capable de me réduire au silence. Voyant que je n'avais rien à dire, ils secouèrent la tête avec colère, tristesse et réprobation, me laissant seul à la porte d'embarquement avec ma bouteille de whisky. J'aurais voulu l'ouvrir tout de suite, car le whisky aurait pu m'aider à recracher ce mot. Il restait coincé dans ma gorge et il avait le goût d'une chaussette en laine imbibée de la boue épaisse de notre patrie, le genre de nourriture dont j'avais oublié qu'elle était réservée aux misérables parmi les misérables.

Nous nous levâmes avant le soleil. Il faisait nuit. Après un petit déjeuner au cours duquel personne ne prononça autre chose que des grognements, Claude nous conduisit de Bangkok au camp, voyage d'une journée qui s'acheva non loin de la frontière laotienne. Lorsqu'il emprunta une petite route de terre qui s'enfonçait dans une forêt de cajeputiers à l'écorce blanche, évitant les cratères et les creux, derrière nous le soleil avait entamé sa descente. Après un kilomètre en pleine forêt, entre chien et loup, nous atteignîmes un barrage militaire constitué d'une jeep et de deux jeunes soldats en tenue de combat vert olive, chacun portant une amulette du Bouddha autour du cou et un M16 sur les cuisses. Je sentis l'odeur, reconnaissable entre toutes, de la marijuana. Sans prendre la peine de sortir de leur jeep ni de lever leurs yeux mi-clos, les soldats nous firent signe de passer. Nous poursuivîmes notre chemin sur la route défoncée, plongeant toujours plus profondément dans une jungle où se dessinaient au-dessus de nous les mains squelettiques des grands arbres avec leurs branches fines, et finîmes par déboucher sur une clairière de petites huttes carrées montées sur pilotis. N'était la présence de lumières électriques derrière les fenêtres, la scène eût été d'une rusticité totale. Des perruques en feuilles de palmier recouvraient les toits, des planches reliaient le sol aux portes surélevées. Des chiens, en aboyant, avaient fait venir des ombres au seuil des portes et, le temps que nous nous extrayions de la voiture, un groupe de ces ombres approchait. Les voilà, dit Claude. Les derniers soldats des forces armées de la république du Viêtnam.

Peut-être les photos d'eux que j'avais vues dans le bureau du général avaient-elles été prises à une époque plus faste, mais entre les sévères combattants de la liberté et ces supplétifs hâves, la ressemblance était mince. Sur les photos, les hommes bien rasés, portant foulard rouge noué autour du cou, tenues de camouflage jungle, bottes de combat et bérets, se tenaient au garde-à-vous sous le soleil filtré par la forêt. À la place des bottes et du camouflage, ceux-là avaient des sandales en caoutchouc, des blouses et des pantalons noirs. À la place du foulard rouge, emblème mythique des rangers, ils portaient le foulard à carreaux des paysans. À la place des bérets, les chapeaux à large bord des guérilleros. Au lieu d'être rasées, leurs joues étaient barbues. Leurs cheveux étaient emmêlés, hirsutes. Leurs yeux, autrefois pleins d'ardeur et de vivacité, étaient ternes comme du charbon. Tous étaient armés d'un AK-47, avec son chargeur banane caractéristique, et la présence de cet objet-culte, ajoutée à tout le reste, produisait un curieux effet visuel.

Pourquoi ressemblent-ils à des vietcongs ? demanda le capitaine grisonnant.

Les guérilleros n'étaient pas les seuls à ressembler à leurs anciens ennemis, comme nous le découvrîmes lorsqu'une dizaine d'entre eux nous emmenèrent jusqu'à la hutte de leur chef. Sur l'étroit perron se tenait un homme à la silhouette mince, éclairé à contre-jour par une ampoule nue. Tiens, mais ce n'est pas... ? fit Bon, s'interrompant juste avant de demander l'absurde. C'est ce que tout le monde dit, répondit Claude. L'amiral leva la main pour nous saluer et se fendit d'un sourire familier, paternel. Il avait un visage anguleux, émacié, presque beau, le visage noble et classique d'un érudit ou d'un mandarin. Ses cheveux étaient gris, mais pas blancs, un peu dégarnis en haut, et coupés court. Il se distinguait surtout par un bouc, celui, soigneusement sculpté, de l'homme mûr, plutôt que le poil follet de l'adolescent ou la longue barbiche verticale du vieillard. Bienvenue, soldats, lança l'amiral, et même dans sa douce intonation j'entendis des échos des actualités filmées qui enregistraient la voix calme et cultivée de Hô Chi Minh. Vous avez fait un long voyage et vous devez être fatigués. Je vous en prie, entrez.

Comme Hô Chi Minh, l'amiral se faisait appeler « Oncle ». Comme Hô Chi Minh, il s'habillait simplement d'une blouse et d'un pantalon noirs assortis à l'uniforme de ses guérilleros. Enfin, comme Hô Chi Minh, il avait meublé son logis avec sobriété et élégance. Nous nous assîmes pieds nus sur des nattes rouges dans l'unique pièce de la hutte, mal à l'aise en présence de ce sosie surnaturel. Notre fantôme devait avoir dormi à même le sol en planches, car il n'y avait nulle part trace d'un lit. Des étagères en bambou occupaient tout un mur ; contre un autre, il n'y avait qu'une chaise et une table en bambou. Pendant le dîner, arrosé par le whisky du général, l'amiral nous interrogea sur nos années américaines. En retour, nous l'interrogeâmes sur les raisons de son naufrage en pleine jungle. Il sourit et fit tomber ses cendres dans un cendrier constitué de la moitié d'une noix de coco. Le dernier jour de la guerre, je commandais un navire de transport rempli de marines, de soldats, de policiers et de civils récupérés sur les quais. J'aurais pu naviguer jusqu'à la Septième Flotte, comme beaucoup de mes collègues. Mais les Américains nous avaient déjà trahis avant et, si je m'enfuyais chez eux, je n'avais plus aucun espoir de continuer à me battre. Les Américains étaient finis. Maintenant que leur race blanche avait échoué, ils laissaient l'Asie à la race jaune. Alors j'ai rejoint la Thaïlande par la mer. J'avais des amis là-bas et je savais que les Thaïs nous accorderaient l'asile. Contrairement aux Américains, ils n'avaient nulle part où aller. Les Thaïs combattraient le communisme parce qu'il les menaçait du côté de la frontière cambodgienne. Le Laos, aussi, allait bientôt tomber. Voyez-vous, à la différence de tant de nos compatriotes, être sauvé ne m'intéressait pas. Sur ce, il s'interrompit et sourit de nouveau ; aucun d'entre nous n'avait besoin qu'on lui rappelle que nous faisions partie de ces compatriotes. Dieu m'avait déjà sauvé, reprit l'amiral. Je n'avais pas besoin d'être sauvé par les Américains. Sur le bateau, devant mes hommes, j'ai juré que nous continuerions de nous battre pendant des mois, des années, des décennies, s'il le fallait. Si nous regardions notre lutte du point de vue de Dieu, ça ne représentait rien.

Donc, intervint Bon, vous croyez vraiment que nous avons une chance, Oncle ? L'amiral caressa longuement son bouc. Mon enfant, répondit-il, toujours en caressant son bouc, rappelez-vous Jésus et les débuts du christianisme : il n'y avait que lui, ses apôtres, leur foi et la Parole de Dieu. Nous ressemblons à ces vrais croyants. Dans ce camp, nous avons deux cents apôtres, une station-radio qui répand la parole de la liberté dans notre patrie asservie, et des armes. Nous avons des choses que Jésus et ses apôtres n'ont jamais eues, mais nous avons aussi leur foi. Enfin, et surtout, Dieu est avec nous.

Bon alluma une autre cigarette. Jésus est mort, dit-il. Comme les apôtres.

Alors on va mourir, dit le lieutenant insensible. Malgré le poids de ses paroles, ou à cause d'elles, son attitude et sa voix étaient glaciales. Ce n'est pas plus mal, ajouta-t-il.

Je ne suis pas en train de vous dire que vous allez mourir au cours de cette mission, répondit l'amiral. Seulement au bout du compte. Mais si vous mourez au cours de cette mission, sachez que ceux que vous aurez sauvés vous seront reconnaissants, comme ceux que les apôtres ont sauvés leur ont été reconnaissants.

Beaucoup des gens qu'ils sont allés sauver ne voulaient pas l'être, Oncle, dit Bon. C'est pour ça qu'ils ont fini par mourir.

Mon fils, dit l'amiral, qui ne souriait plus. J'ai l'impression que vous n'êtes pas croyant.

Si vous entendez par là quelqu'un qui croit dans la religion, ou dans l'anticommunisme, ou dans la liberté, ou dans un grand mot du même genre, en effet je ne le suis pas. J'ai cru, mais c'est fini. Je me fous de sauver quiconque, y compris moi-même. Je veux seulement tuer des communistes. C'est pour ça que je suis votre homme.

Ça me va, répondit l'amiral.

18

Nous passâmes deux semaines à nous acclimater à la météo et à nos nouveaux camarades, parmi lesquels figuraient trois personnages que je n'aurais jamais pensé revoir un jour. Les lieutenants marines avaient la barbe et le cheveu plus longs que le soir où Bon, Man et moi les avions rencontrés, dans la fameuse ruelle de Saigon, en train de chanter *Saigon la belle ! Ô Saigon ! Ô Saigon !*, mais ils étaient toujours d'une bêtise sans nom. Le jour où Saigon était tombé, ils avaient réussi à rejoindre les quais et à sauter sur le bateau de l'amiral. Depuis, on est en Thaïlande, m'expliqua celui qui était leur chef. Il avait macéré toute sa vie dans le delta du Mékong, comme ses camarades, et tous étaient marqués par la vie au soleil, bien qu'avec des nuances différentes. Lui avait la peau mate, mais un des deux autres l'était encore plus, et le dernier était très mat, le plus mat des trois, noir comme une tasse de thé noir. Nous nous serrâmes la main à contrecœur. On va traverser la frontière avec vous, dit le mat. Donc on a intérêt à bien s'entendre. C'était celui sur lequel j'avais braqué mon pistolet ; comme il décida de ne pas reparler de cet incident, je ne le fis pas non plus.

En tout, nous étions douze à composer l'équipe de reconnaissance qui se mit en marche un soir, de bonne heure, emmenée par un paysan laotien et un éclaireur hmong. Le paysan laotien n'avait pas le choix. Il avait été enlevé par les hommes de l'amiral lors d'une mission antérieure et servait désormais de guide, étant donné sa connaissance du terrain sur lequel nous progressions. Il ne parlait pas le vietnamien, mais l'éclaireur hmong, lui, le maîtrisait et faisait office d'interprète. Même de loin, on voyait que les yeux de l'éclaireur étaient en mauvais état, sombres et brisés comme les fenêtres d'un palace désaffecté. Il était habillé de noir, comme nous tous, mais il se distinguait par le port d'un béret vert délavé, trop grand pour sa tête, qui lui tombait sur les oreilles et les sourcils. Le suivaient deux des marines, le mat, armé d'un AK-47, et le plus mat, armé de notre lance-grenades M79, dont les projectiles trapus ressemblaient à de petits godemichés en métal. Après les marines, le lieutenant insensible et le capitaine grisonnant qui, ne pouvant se résoudre à porter l'AK-47 de l'ennemi, lui préféraient le M16. Derrière eux se trouvait l'opérateur radio maigrichon, son graisseur à la main et sa radio PRC-25 sur le dos. Ensuite venait l'infirmier philosophe. Il avait un kit médical M3 suspendu à une épaule et un M14 à l'autre, puisque aucun homme de cette équipe de reconnaissance ne pouvait se promener sans arme. Nous nous étions tout de suite bien entendus, lui et moi, lors d'une soirée parfumée par le jasmin et la marijuana. Mis à part la tristesse et le chagrin, m'avait-il demandé, qu'est-ce qui est vraiment puissant mais ne change absolument rien ? Voyant que je séchais, il avait répondu, Le nihilisme, qui était, soit dit en passant, sa philosophie. Derrière lui, le mitrailleur costaud, tenant sa M60, suivi de Bon et de moi, lui avec le M16, moi avec un AK-47. Fermant la marche, le marine très mat, armé, lui, d'un lance-roquettes B-40.

Pour nous protéger, à la place des gilets pare-balles et des casques, nous avions tous reçu une petite image plastifiée de la Vierge à porter sur le cœur. L'amiral nous avait distribué ces cadeaux avant notre départ du camp, qui fut, pour la plupart d'entre nous, un soulagement. Nous avions passé toutes nos journées à discuter tactique, à préparer nos rations et à étudier l'itinéraire de notre longue marche à travers la pointe méridionale du Laos. C'était ce même coin qu'avaient exploré les marines lors d'une reconnaissance précédente – la région du paysan laotien, d'après lequel les contrebandiers traversaient tout le temps la frontière. Par intermittence, nous écoutions Radio Free Viêtnam, dont le personnel travaillait dans une case en bambous qui jouxtait la hutte de l'amiral. De là, ils transmettaient ses discours, lisaient des articles de presse traduits et diffusaient des chansons pop aux sentiments réactionnaires, James Taylor et Donna Summer étant les favoris du moment. Les communistes détestent les chansons d'amour, disait l'amiral. Ils ne croient ni en l'amour, ni au romantisme, ni au divertissement. Ils pensent que le peuple ne devrait aimer que la révolution et la patrie. Or le peuple aime les chansons d'amour, et nous, nous sommes au service du peuple. Les ondes transportaient donc ces chansons d'amour chargées d'émotions à travers le Laos, jusqu'à notre mère patrie. J'avais dans ma poche un transistor équipé d'un écouteur, de sorte que j'avais accès à la radio ; je le chérissais plus que mon arme et la Vierge réunies. Au moment du départ, Claude, qui ne croyait ni en la Vierge ni en aucun dieu, nous donna sa bénédiction laïque en topant dans nos mains. Bonne chance, nous dit-il. Un petit aller-retour. Rapide et discret. Plus facile à dire qu'à faire, pensai-je. Je le gardais pour moi, mais je soupçonnais que beaucoup, parmi notre douzaine d'hommes, devaient se dire la même chose. Claude perçut mon inquiétude et me serra l'épaule. Fais attention à toi, mon vieux. Si ça commence à tirer, garde la tête baissée. Laisse les pros se battre. Son appréciation de mes compétences était touchante et très probablement exacte. Il voulait me protéger, lui qui, avec Man, m'avait appris tout ce que je savais des pratiques du renseignement, du secret comme mode de vie. On attendra votre retour, les gars, dit-il. À bientôt, répondis-je. Ce fut tout.

Nous commençâmes notre marche sous un faisceau de lune, animés par l'optimisme que l'on ressent parfois au début d'un effort physique épuisant, une sorte d'hélium qui emplissait nos poumons et nous transportait. Mais au bout d'une heure nous nous traînions, ou du moins je me traînais ; mon hélium s'était volatilisé, remplacé par les premiers signes de fatigue, qui imbibaient lentement le corps comme la goutte d'eau la serviette. Quelques heures plus tard, nous arrivâmes devant une mare, où le capitaine grisonnant décréta une halte. Reposant mes cuisses endolories au bord de l'eau éclairée par la lune, je voyais seulement les aiguilles phosphorescentes et désincarnées de ma montre qui indiquaient 1 heure du matin. Mes mains me semblaient aussi dissociées que ces aiguilles, car ce qu'elles voulaient, c'était tenir et caresser une des cigarettes qui se trouvaient dans ma poche de chemise, et cette envie pressante électrisait tout mon système nerveux. Apparemment imperméable à un quelconque désir du même ordre, Bon était assis à côté de moi et mangeait en silence un bol de riz. Il émanait de la mare une odeur fétide de boue et de végétation décomposée, et à sa surface flottait un oiseau mort, de la taille d'un pinson, entouré de ses anciennes plumes. Cratère de bombe, marmonna Bon. Le cratère de bombe était une signature américaine, la preuve que nous étions au Laos. Nous en vîmes d'autres au fur et à mesure de notre progression vers l'est, parfois isolés, parfois en groupe ; nous devions alors prudemment nous frayer un chemin à travers les restes de cajeputiers déracinés çà et là et réduits en julienne. Une fois, approchant d'un village, nous aperçûmes sur les rebords de ces cratères des filets accrochés à des pieux, prêts à être jetés dans ces mares que les paysans avaient remplies de poissons.

Un peu avant l'aube, le capitaine grisonnant nous fit bivouaquer au sommet d'une colline, à un endroit qui, selon le paysan laotien, était isolé et peu fréquenté par les habitants du coin. Sous les cajeputiers indifférents, nous disposâmes nos ponchos et nous nous couvrîmes de moustiquaires à capuche à l'intérieur desquelles nous avions tressé des feuilles de palmier. Je m'allongeai, tête sur mon sac à dos qui, outre mes rations, contenait *Le Communisme asiatique et le mode de destruction oriental*, planqué dans le double fond, au cas où j'en aurais encore besoin un jour. Deux ou trois d'entre nous restaient éveillés pour des quarts de trois heures, et malheureusement je fus désigné pour un des quarts du milieu. À peine croyais-je m'être endormi, chapeau baissé sur mon visage, que le mitrailleur costaud me secoua par l'épaule et exhala son épouvantable haleine bactérienne sur tout mon visage pour m'informer que c'était mon tour de monter la garde. Le soleil était déjà bien haut dans le ciel, j'avais la gorge brûlée. Grâce à mes jumelles, je voyais le Mékong au loin, comme une ceinture brune qui coupait en deux le torse vert de la terre. Je voyais des points d'interrogation et des points d'exclamation ; c'étaient les fumées qui montaient des fermes et des briqueteries. Je voyais des paysans aux jambes nues avançant dans l'eau, derrière leurs buffles, les pieds profondément enfoncés dans l'eau vaseuse des rizières. Je voyais des routes de campagne et des chemins encombrés de véhicules qui, de loin, progressaient avec la lenteur de tortues arthritiques. Je voyais les ruines croulantes d'un ancien temple en grès, érigé jadis par quelque race déchue, surveillé par la tête couronnée de quelque tyran oublié, dont la perte de cet empire avait crevé les yeux. Je voyais l'étendue de la terre, tel un corps nu exposé au soleil qui ne ressemblait en rien à la créature mystérieuse de la nuit, et soudain je fus pris d'une énorme envie, si puissante que le paysage lui-même se brouilla et vacilla. Je m'aperçus alors, aussi surpris qu'effaré, que malgré tous les produits de base que nous avions emportés, personne n'avait pris la moindre goutte d'alcool.

La deuxième nuit ne se déroula pas tout à fait comme la première. J'avais du mal à savoir si je la passais en marchant ou plutôt en m'accrochant à une bête qui ruait et soufflait sous moi. Je sentais une vague de bile qui montait et redescendait dans ma gorge, mes oreilles gonflaient, je frissonnais comme en plein hiver. Levant les yeux, j'entrevis les étoiles à travers les branches, flocons tourbillonnants piégés dans une boule à neige. Sonny et l'adjudant glouton rigolaient doucement ; ils me regardaient de l'extérieur de cette boule à neige et la secouaient avec leurs mains de géants. La seule chose concrète qui me rattachait au monde matériel était le fusil dans mes mains, car mes pieds ne sentaient plus le sol. Je serrais mon AK-47 comme j'avais serré les bras de Lana le soir où j'avais quitté l'appartement de Sonny. Elle n'avait pas semblé surprise en m'ouvrant la porte, car elle avait toujours su que je reviendrais. Je n'avais pas dit au général ce que Lana et moi avions fait, mais j'aurais dû. C'était une chose qu'il ne pourrait jamais faire et que j'avais faite car, comme je venais de tuer un homme, plus rien ne m'était interdit, pas même ce qui lui appartenait ou était né de sa chair. Même l'odeur de la forêt était l'odeur de Lana, et lorsque je me délestai de mon sac à dos pour m'asseoir entre Bon et le lieutenant insensible, au milieu d'une bambouseraie, l'humidité de la terre me fit repenser à elle. Des milliers de lucioles éclairaient les branches au-dessus de nos têtes et j'avais l'impression que les museaux et les yeux de la forêt étaient braqués sur nous. Certains animaux pouvaient voir dans le noir, mais seuls les humains exploraient obstinément tous les itinéraires possibles et imaginables à travers l'obscurité de leurs mondes intérieurs. En tant qu'espèce, nous n'avons jamais rencontré une grotte, une porte, une quelconque entrée, sans vouloir y pénétrer. Nous ne nous satisfaisons jamais d'un seul accès. Nous essaierons toujours toutes les possibilités, y compris les passages les plus obscurs, les plus inquiétants. C'est en tout cas ce qui m'avait été rappelé pendant ma nuit avec Lana. Il faut que j'aille pisser, dit le lieutenant insensible en se levant une fois de plus. Il disparut dans la forêt sombre, tandis que les lucioles au-dessus de lui s'éteignaient et s'allumaient à l'unisson. Tu sais pourquoi je t'aime bien ? m'avait-elle demandé après coup. Tu es tout ce que ma mère haïrait. Je ne l'avais pas mal pris. J'avais été tellement gavé de haine qu'une bouchée de plus ou de moins ne faisait pas une grande différence pour mon foie engraissé. Si mes ennemis décidaient un jour de découper mon foie et de le manger, comme la rumeur voulait que les Cambodgiens le fassent, ils s'en pourlécheraient les babines, car il n'y avait rien de meilleur, une fois qu'on y avait pris goût, que le foie gras de la haine. J'entendis, dans la direction que le lieutenant avait prise, une branche craquer. Tout va bien ? demanda Bon. Je hochai la tête, concentré sur les lucioles, dont le signal lumineux collectif transformait les silhouettes des bambous en un Noël de la jungle. Les sous-bois bruissèrent et la silhouette indistincte du lieutenant émergea parmi les bambous.

Hé, dit-il. Je…

Un éclair de lumière et de bruit m'aveugla et m'assourdit. Une pluie de terre et de pierres s'abattit sur moi ; je reculai. Mes oreilles bourdonnèrent. Quelqu'un était en train de crier pendant que j'étais recroquevillé par terre, les bras sur la tête. Quelqu'un était en train de crier et ce n'était pas moi. Quelqu'un lâchait des jurons et ce n'était pas moi. Je me débarrassai de la terre qui était retombée sur mon visage ; au-dessus de moi, les arbres étaient tout noirs. Les lucioles avaient cessé de luire et quelqu'un criait. C'était le lieutenant insensible, en train de se tordre de douleur dans les fougères. L'infirmier philosophe se précipita vers lui et, au passage, me rentra dedans. Surgissant de la nuit, le capitaine grisonnant s'écria, Prenez vos positions défensives, nom de Dieu ! À mes côtés, Bon tourna le dos, fit glisser la culasse de son arme – clic-clac – et pointa celle-ci vers les ténèbres. J'entendis autour de moi les bruits d'armes que l'on préparait au tir, et je fis la même chose. Quelqu'un alluma une lampe-torche et, même dos tourné, je pus voir son faisceau. Il a perdu sa jambe, dit l'infirmier philosophe. Le lieutenant ne cessait de hurler. Tenez la lampe pendant que je le ligature. Tout le monde nous entend dans la vallée, intervint le marine mat. Il va s'en sortir ? demanda le capitaine grisonnant. Il peut s'en sortir si on l'amène à l'hôpital, répondit l'infirmier. Maintenez-le au sol. Il faut qu'on le fasse taire, dit le marine mat. C'est sans doute une mine, expliqua le capitaine grisonnant. Ce n'est pas une attaque. Soit vous le faites, soit je m'en charge, dit le marine mat. Quelqu'un colla sa main sur la bouche du lieutenant pour étouffer ses cris. En regardant par-dessus mon épaule, je vis non seulement la lampe-torche du marine mat éclairer l'infirmier philosophe pendant qu'il nouait vainement un garrot autour du moignon du lieutenant, mais un bout d'os dépasser à l'endroit où la jambe avait été déchiquetée, au-dessus du genou. Le capitaine grisonnant avait une main plaquée sur la bouche du lieutenant et l'autre qui lui bouchait les narines. Cramponné aux manches de l'infirmier philosophe et du capitaine grisonnant, le lieutenant se souleva, et le marine mat éteignit la lampe-torche. Peu à peu, les convulsions et les bruits étouffés s'arrêtèrent, et le lieutenant finit par s'immobiliser, mort. Mais s'il n'était vraiment plus là, pourquoi l'entendais-je encore crier ?

Il faut qu'on parte, lança le marine mat. Pour l'instant il n'y a personne, mais ils vont arriver dès qu'il fera jour. Le capitaine grisonnant ne dit rien. Vous m'avez entendu ? Le capitaine grisonnant répondit oui. Alors bougez-vous, dit le marine mat. Il faut qu'on soit le plus loin possible avant le matin. Le capitaine grisonnant demanda qu'on enterre le mort. Lorsque le marine mat lui expliqua que cela prendrait trop de temps, l'autre donna l'ordre d'emporter le corps avec nous. Les munitions du lieutenant furent partagées entre nous, son sac à dos fut confié au paysan laotien, et le marine mat récupéra son M16. Le mitrailleur costaud donna son M60 au marine plus mat et souleva le corps du lieutenant. Nous étions sur le point de décoller lorsqu'il dit, Où est sa jambe ? Le marine mat ralluma sa lampe-torche. La jambe gisait là, servie sur un lit de fougères déchirées, avec des bouts de tissu noir encore accrochés à la viande en lambeaux et l'os blanc massacré qui dépassait d'un trou dans la peau. Où est le pied ? demanda le marine mat. Je crois qu'il a été détruit, répondit l'infirmier philosophe. Des morceaux de chair rose, de peau et de tissu, déjà envahis par les fourmis, pendaient aux fougères. Le marine mat prit la jambe et, levant les yeux, me regarda. Tiens, cadeau, dit-il en me la tendant. Je voulus refuser, mais un autre allait devoir la porter.

Rappelle-toi, tu n'es pas une moitié de quoi que ce soit, tu as tout en double. Si un autre devait le faire, pourquoi pas moi ? Ce n'était plus qu'un paquet de viande et d'os, avec une chair gluante de sang et incrustée de terre. Après l'avoir acceptée et avoir chassé les fourmis, je m'aperçus qu'elle était à peine plus lourde que mon AK-47, puisqu'elle avait appartenu à un homme de petite taille. Le capitaine grisonnant donna l'ordre de marcher et j'emboîtai le pas au mitrailleur costaud, qui portait le corps du lieutenant sur son épaule. La chemise du mort était remontée sur son dos et, sous le clair de lune, la masse de chair ainsi exposée était bleue.

Je tenais dans une main sa jambe, et dans l'autre la lanière de l'AK-47 que j'avais à l'épaule. Devoir porter la jambe d'un homme me semblait un fardeau beaucoup plus lourd que celui de porter son corps. J'avais beau la maintenir aussi éloignée de moi que possible, elle me pesait de plus en plus, comme la Bible que mon père m'avait fait tenir un jour devant la classe, en punition de quelque transgression, bras tendu et livre posé sur ma main. Ce souvenir était encore vif, de même que celui de mon père dans son cercueil, aussi blanc que l'os saillant du lieutenant insensible. Les chants des fidèles dans l'église revinrent à mes oreilles. J'avais appris la mort de mon père au siège de la police, par un coup de téléphone du diacre. Comment avez-vous eu ce numéro ? lui demandai-je. C'était dans les papiers du père, sur son bureau. Je regardai le document qui figurait sur mon propre bureau : une enquête confidentielle sur un incident banal survenu l'année précédente, en 1968, quand une escouade américaine avait pacifié un village presque abandonné près de Quang Ngai.

D'après le témoignage d'un troufion bourrelé de remords, après avoir tué les buffles, les cochons et les chiens, après avoir violé en réunion quatre filles, les soldats les avaient rassemblées, ainsi que quinze vieillards, femmes et enfants, sur la place du village et avaient tiré dans le tas jusqu'à ce qu'il n'y ait plus un seul survivant. Dans son rapport, le commandant de l'escouade jurait que ses hommes avaient tué dix-neuf vietcongs, même s'ils n'avaient récupéré aucune arme hormis quelques pelles, des houes, une arbalète et un mousquet. Je n'ai pas le temps, avais-je dit. Il serait important que vous y alliez, m'avait répondu le diacre. Pourquoi donc ? Après un long silence, le diacre avait dit, Vous étiez important pour lui et il était important pour vous. J'avais alors compris, sans qu'il y ait besoin de mots, que le diacre savait qui était mon père.

Notre marche forcée se termina au bout de deux heures, soit le temps que j'avais consacré à la messe d'enterrement de mon père. Un ruisseau gargouillait au fond du ravin où nous nous étions arrêtés et où mon visage fut éraflé par un bougainvillée. Je posai la jambe par terre et les marines commencèrent à creuser une tombe. Ma main était poisseuse de sang. Je m'agenouillai au bord du ruisseau pour la laver dans l'eau froide. Le temps que les marines finissent de creuser, ma main avait séché et un fin rai de lumière rose était apparu à l'horizon. Le capitaine grisonnant déroula la cape de palmes du lieutenant insensible et le mitrailleur costaud y déposa son corps. À cet instant seulement, je compris que j'allais devoir, une fois encore, me salir les mains. Je ramassai la jambe et la remis à sa place. Dans la lumière rosée, je voyais les yeux ouverts et la bouche molle du lieutenant, et je l'entendais encore crier. Le capitaine grisonnant lui ferma les yeux et la bouche, puis enveloppa son corps dans la cape. Mais, lorsque le mitrailleur costaud et lui soulevèrent le cadavre, la jambe glissa hors de la cape. J'étais déjà en train d'essuyer ma main collante sur mon pantalon, mais je n'eus d'autre choix que de ramasser, encore, la jambe. Une fois le corps déposé dans la tombe, je me baissai et posai la jambe sous la cape, juste au-dessous du genou. Pendant que j'aidais à combler la fosse, des asticots luisants sortirent en se tortillant de la terre, juste assez profonde pour pouvoir dissimuler nos traces un jour ou deux, avant que les animaux déterrent le cadavre et le mangent. Ce que je voudrais savoir, dit Sonny, accroupi à mes côtés devant la tombe, c'est si le lieutenant errera dans les parages avec une jambe ou deux jambes, et aussi s'il aura des vers qui lui sortiront des yeux. Franchement, intervint l'adjudant glouton, dont la tête dépassait de la tombe, la forme que prendra un fantôme est toujours un mystère. Pourquoi suis-je ici en entier, à part ce trou dans ma tête, et pas sous la forme d'un immonde tas d'os et de viande ? Expliquez-moi ça, voulez-vous, capitaine ? Vous savez tout sur tout, n'est-ce pas ? J'aurais répondu si j'avais pu, mais il m'était difficile de le faire alors que j'avais, moi aussi, l'impression d'avoir un trou dans la tête.

Nous passâmes toute la journée sans être vus. En fin de soirée, après une courte marche, nous atteignîmes les rives du Mékong, qui miroitait sous la lune. Vous étiez en train de m'attendre quelque part sur l'autre rive, commandant, avec l'homme sans visage qu'est le commissaire. Certes, je l'ignorais encore, mais impossible de ne pas avoir un mauvais pressentiment lorsque nous décollâmes les sangsues qui s'accrochaient à nous avec l'acharnement des mauvais souvenirs. Elles nous avaient accompagnés à notre insu, jusqu'à ce que le paysan laotien détache de sa cheville un doigt noir et animé. Je ne pus m'empêcher, en décollant un petit monstre noir qui me suçait la jambe, d'espérer y voir une métaphore de l'attachement de Lana à mon égard. L'opérateur radio maigrichon contacta le camp de base. Pendant que le capitaine grisonnant transmettait son rapport à l'amiral, les marines firent de nouveau la preuve de leur utilité en construisant un radeau avec des troncs de bambou réunis par des lianes. Quatre hommes pouvaient traverser le fleuve à l'aide de pagaies de fortune en bambou, la première équipe tirant une corde tenue par le marine plus mat. Cette corde, attachée à un arbre sur une des deux rives du fleuve, guiderait ce dernier quand il reviendrait avec le radeau. Quatre voyages seraient donc nécessaires pour nous transporter tous, et le premier groupe s'élança avant minuit : le marine plus mat, l'éclaireur hmong, le mitrailleur costaud et le marine mat. Nous étions disséminés sur la berge exposée, blottis sous nos capes de feuilles, dos au fleuve, pointant nos armes vers la vaste forêt accroupie.

Une demi-heure plus tard, le marine plus mat revint avec le radeau. Trois autres hommes repartirent avec lui : le paysan laotien, le marine très mat et l'infirmier philosophe, qui, devant la tombe du lieutenant insensible, avait dit en guise de bénédiction, Nous qui vivons, nous sommes en train de mourir. Les seuls qui ne meurent pas sont les morts. Mais qu'est-ce que ça veut dire ? avait demandé le marine mat. Moi, je savais ce que ça voulait dire. Ma mère n'était pas en train de mourir parce qu'elle était morte. Mon père non plus. Moi, en revanche, j'étais sur cette berge en train de mourir parce que je n'étais pas encore mort. Et *nous*, alors ? avaient demandé Sonny et l'adjudant glouton. On est morts ou on est en train de mourir ? Je frémis. En scrutant les ténèbres de la forêt, en regardant au bout de mon arme, je vis les silhouettes d'autres fantômes au milieu des arbres hantés. Fantômes humains et animaux, fantômes de plantes et d'insectes, esprits des tigres morts, et des chauves-souris, et des cycadophytes, et des lutins, monde végétal et monde animal réclamant à grands cris, eux aussi, une vie après la mort. Toute la forêt vibrait des bouffonneries de la mort, l'acteur comique, et de la vie, l'acteur sérieux, ce duo qui jamais ne se séparerait. Vivre, c'était être hanté par l'inexorabilité de sa propre déchéance, et être mort, c'était être hanté par le souvenir d'avoir vécu.

Hé, murmura le capitaine grisonnant, c'est votre tour. Il avait dû s'écouler encore une demi-heure. Le radeau raclait de nouveau contre la berge, tiré par le marine plus mat au moyen de sa corde. Bon et moi nous levâmes avec Sonny et l'adjudant glouton, prêts à me suivre sur l'autre rive. Je me rappelle le bruit blanc du fleuve, mes genoux endoloris, le poids de mon arme dans mes bras. Je me rappelle l'injustice qui voulait que ma mère ne soit jamais venue me rendre visite depuis sa mort, alors que je l'avais appelée mille fois, contrairement à Sonny et à l'adjudant glouton, que je me coltinerais jusqu'à la fin des temps. Je me rappelle qu'aucun d'entre nous ne paraissait humain sur la berge du fleuve, alors que nous étions enveloppés dans nos capes de feuilles, nos visages grimés en noir, agrippés à des armes extraites du monde minéral. Je me rappelle que le capitaine grisonnant dit, Prenez la rame, et me la lança, juste avant qu'un fouet claque près de mon oreille et que sa tête se casse en deux comme un œuf, faisant couler son jaune. Quelque chose d'humide et de mou atterrit sur ma joue. Un vacarme de tous les diables s'éleva des deux côtés du fleuve. Des lueurs de départ se propagèrent au loin et des explosions de grenades déchirèrent l'atmosphère. Le marine plus mat venait de faire un pas hors du radeau lorsqu'une RPG siffla à côté de moi, fracassa le radeau en une grêle de feu et d'étincelles, et envoya le marine dans les eaux peu profondes qui clapotaient contre la rive. Il n'était pas encore mort. Il hurlait.

Baisse-toi, ducon ! Bon me plaqua au sol. L'opérateur radio maigrichon ripostait déjà et tirait vers notre côté de la forêt. Le bruit de sa mitraillette martelait mes tympans, je sentais toute la puissance des armes et la rapidité des balles qui passaient au-dessus de ma tête. La peur gonfla la baudruche de mon cœur et je collai ma joue par terre. Le fait d'être sur la pente descendante de la rive nous sauva de l'embuscade, puisque nous nous trouvions sous le champ de vision des fantômes vengeurs de la forêt. Tire, bordel ! me dit Bon. Par dizaines, des lucioles démentes et meurtrières clignotaient dans la forêt, sauf que c'étaient des lueurs de départ. Pour tirer, j'allais devoir lever la tête et viser. Mais les armes retentissaient et je sentais leurs balles heurter la terre.

Tire, bordel ! Je soulevai mon arme et la braquai vers la forêt. Lorsque j'appuyai sur la détente, la mitraillette me percuta l'épaule. La lueur de départ fut si vive dans la nuit que tous ceux qui essayaient de nous tuer savaient désormais exactement où me trouver. La seule chose à faire était de continuer d'appuyer sur la détente. Mon épaule souffrait le martyre à cause du recul de l'arme, et en m'arrêtant pour éjecter le chargeur et en introduire un autre je sentis mes oreilles souffrir aussi, soumises à l'effet stéréo de nos tirs sur cette rive du fleuve et des combats sur l'autre. À tout moment, je craignais de voir Bon se lever et m'ordonner de charger avec lui vers le feu ennemi, chose dont je me savais incapable. Je craignais la mort et j'aimais la vie. Je voulais vivre assez longtemps pour fumer encore une cigarette, boire encore un verre, connaître encore sept secondes d'extase lubrique. Après ça, peut-être, mais sans doute pas, je pourrais mourir.

Tout à coup, ils cessèrent de nous tirer dessus, et il n'y eut plus que Bon et moi en train de mitrailler la nuit. C'est seulement à cet instant que je m'aperçus que l'opérateur radio maigrichon n'était plus de la partie. Je m'arrêtai de tirer et vis, éclairée par la lune, sa tête penchée par-dessus sa mitraillette muette. Bon était le seul à tirer encore. Une fois vidé son dernier chargeur, lui aussi s'arrêta. L'échange de coups de feu de part et d'autre du fleuve avait également cessé. J'entendis des hommes crier de l'autre côté dans une langue étrangère. Puis, des recoins de la forêt sombre de notre côté, quelqu'un nous interpella dans notre langue. Rendez-vous ! Ne mourez pas pour rien ! Il avait un accent du Nord.

Hormis le murmure guttural du fleuve, tout était silencieux sur la rive. Personne n'appelait sa mère en hurlant, et je compris alors que le marine plus mat avait lui aussi été tué. Me tournant vers Bon, je vis dans la lumière lunaire le blanc de ses yeux qui me regardaient, perlés de larmes. Si tu n'étais pas là, espèce de bâtard, me dit-il, je mourrais ici. Depuis que je le connaissais, c'était seulement la troisième fois que je le voyais pleurer. Il ne pleurait pas avec une rage apocalyptique, comme à la mort de sa femme et de son fils, ni avec cette tristesse qu'il avait partagée un soir avec Lana, mais silencieusement, abattu. La mission était terminée, il était vivant, et mon plan avait fonctionné, malgré toutes les maladresses et les négligences. J'avais réussi à le sauver, mais seulement, comme il s'avéra, de la mort.

19

Seulement de la mort ? Le commandant semblait profondément blessé. Il gardait son doigt posé sur les derniers mots de ma confession. Dans son autre main, il tenait un stylo bleu, parce que Staline se servait aussi d'un stylo bleu – c'est du moins ce qu'il me raconta. Comme Staline, le commandant était un relecteur appliqué, toujours prêt à relever mes nombreuses erreurs et digressions, me pressant toujours de supprimer, de raccourcir, de reformuler, de compléter. Sous-entendre que la vie dans mon camp est pire que la mort, c'est un peu exagéré, vous ne trouvez pas ? Assis sur son siège en bambou, le commandant avait l'air éminemment raisonnable, et pendant un instant, assis sur mon siège en bambou, je le trouvai moi aussi éminemment raisonnable. Mais je me souvins qu'une heure avant j'étais encore assis dans la cellule d'isolement en brique, et sans fenêtre, où j'avais passé l'année écoulée depuis l'embuscade, à récrire les nombreuses versions de ma confession, dont la toute dernière était à présent entre les mains du commandant. Peut-être que nos perspectives divergent, camarade commandant, dis-je, essayant de me réhabituer au son de ma propre voix. Cela faisait une semaine que je n'avais parlé à personne. Je suis un prisonnier, repris-je, et vous êtes le chef. Vous avez peut-être du mal à compatir avec moi, et vice versa.

Le commandant soupira et posa la dernière page de ma confession sur les quatre cent trente-deux autres qui la précédaient, empilées sur une table à côté de son siège. Combien de fois est-ce que je dois vous le dire ? Vous n'êtes pas un prisonnier ! Eux sont des prisonniers, dit-il en me montrant par la fenêtre les baraquements qui hébergeaient un millier de détenus, dont mes compagnons ayant survécu : le paysan laotien, l'éclaireur hmong, l'infirmier philosophe, le marine très mat, le marine mat et Bon. Vous êtes un cas spécial. Il alluma une cigarette. Vous êtes invité par le commissaire et par moi-même.

Les invités ont la possibilité de s'en aller, camarade commandant. Je pris le temps d'observer sa réaction. Je voulais une de ses cigarettes, que je n'aurais pas si je le fâchais. Mais il était ce jour-là d'une bonne humeur rare et il ne plissa pas le front. Il avait les pommettes hautes et les traits délicats d'un chanteur d'opéra, et dix années d'une guerre menée au fond d'une grotte laotienne n'avaient pas abîmé sa beauté classique. Ce qui le rendait rebutant, parfois, c'était sa morosité, un mal constant et poisseux qu'il partageait avec tous les hommes du camp, y compris moi. C'était la tristesse des soldats et des prisonniers frappés par le mal du pays, une transpiration qui ne s'arrêtait jamais, absorbée par des vêtements perpétuellement humides qui ne pouvaient jamais sécher, de la même manière que, assis sur mon siège de bambou, je n'étais pas sec. Le commandant, au moins, avait droit à un ventilateur électrique qui lui soufflait de l'air, un des deux seuls du camp. D'après mon gardien au visage poupon, l'autre se trouvait dans le logement du commissaire.

Peut-être que « patient » est un meilleur terme qu'« invité », dit le commandant, éternel relecteur. Vous avez voyagé dans des contrées bizarres et été exposé à des idées dangereuses. Ce ne serait pas bon d'importer des idées toxiques dans un pays qui ne les connaît pas. Pensez au peuple, isolé des idées étrangères depuis si longtemps. Une telle exposition pourrait engendrer une véritable catastrophe pour des esprits qui n'y sont pas prêts. Si vous regardiez la situation de notre point de vue, vous constateriez qu'il était nécessaire de vous mettre en quarantaine jusqu'à pouvoir vous guérir, même si ça nous fait mal de voir un révolutionnaire comme vous détenu dans de telles conditions.

Je pouvais entendre son point de vue, encore que cela me fût un peu difficile. Il y avait des raisons de se méfier d'un personnage comme moi, qui toute sa vie avait suscité de la méfiance. Néanmoins, j'avais du mal à ne pas considérer qu'une année entière en cellule d'isolement – d'où je n'avais le droit de sortir qu'une heure par jour, pâle et ébloui, pour faire de l'exercice – était injustifiée, ce que je lui avais répété à chacune de ces séances hebdomadaires où il critiquait ma confession et où, à mon tour, je me critiquais moi-même. Ces rappels constants devaient également le travailler car, lorsque j'ouvris la bouche pour répondre, il me dit, Je sais ce que vous allez dire. Mais encore une fois : quand votre confession aura trouvé une forme satisfaisante, fondée sur notre interprétation et sur mes rapports au commissaire concernant ces séances d'autocritique, vous passerez à la prochaine et, j'espère, dernière étape de votre rééducation. Bref, le commissaire vous juge prêt à être guéri.

Ah oui ? Je n'avais toujours pas rencontré l'homme sans visage, autrement connu sous le nom de commissaire. Aucun des prisonniers ne l'avait rencontré. Ils ne le voyaient que pendant ses sermons hebdomadaires, installé derrière une table, sur l'estrade de la grande salle où tous les détenus se réunissaient pour les leçons politiques. Je ne l'avais même jamais vu là-bas, car ces leçons, à en croire le commandant, relevaient d'une instruction scolaire élémentaire destinée aux purs réactionnaires, ces pantins au cerveau lavé par des décennies de saturation idéologique. L'homme sans visage avait décrété que je serais dispensé de ces cours rudimentaires. J'étais même privilégié : je n'avais d'autre obligation que d'écrire et de réfléchir. Je n'avais aperçu le commissaire que les rares fois où, levant les yeux de ma cage d'exercice, je l'avais vu au balcon de son logement en bambou, au sommet de la plus haute des deux collines qui dominaient le camp. Au pied de ces collines étaient regroupés la cuisine, le réfectoire, l'armurerie, les latrines et les magasins des gardiens, ainsi que les pièces confinées, réservées aux cas spéciaux comme moi. Une clôture de barbelés séparait ce camp intérieur, celui des gardiens, du camp extérieur, où les détenus se consumaient à petit feu, ex-soldats, officiers de sécurité ou bureaucrates de l'ancien régime. Près d'un des portails de cette clôture, côté intérieur, il y avait une maisonnette réservée aux visites familiales. Pour survivre, les prisonniers s'étaient transformés en cactus sentimentaux, mais leurs femmes et leurs enfants pleuraient toujours en retrouvant leurs maris et pères, qu'ils voyaient, au mieux, deux fois par an, le trajet depuis la petite ville la plus proche étant pour le moins compliqué – train, bus puis moto. Derrière la maisonnette, le camp extérieur lui-même était séparé des plaines arides environnantes par une clôture, jalonnée de tours de guet d'où des gardiens casqués pouvaient observer à la jumelle les visiteuses et, d'après les prisonniers, passer un bon moment. Du patio du commandant, situé tout en hauteur, on voyait non seulement ces voyeurs, mais aussi les plaines criblées de cratères et les arbres nus qui cernaient le camp, une forêt de cure-dents que survolaient des rafales de corbeaux et des torrents de chauves-souris en formations noires et sinistres. Je m'arrêtais toujours sur ce patio avant d'entrer dans son logis, histoire de savourer une seconde la vue qui m'était interdite dans ma cellule d'isolement où, si je n'avais pas encore été guéri, j'avais en tout cas été cuit par le soleil tropical.

Vous vous êtes souvent plaint de la durée de votre séjour, dit le commandant. Mais votre confession est le préalable nécessaire à votre guérison. Ce n'est pas ma faute s'il vous a fallu un an pour la rédiger, cette confession qui n'est même pas très bonne, à mon avis. Tout le monde, sauf vous, a avoué être un soldat fantoche, un laquais de l'impérialisme, une marionnette au cerveau lavé, un *comprador* colonisé ou un sbire déloyal. Quoi que vous pensiez de mes capacités intellectuelles, je sais que les autres me disent seulement ce que j'ai envie d'entendre. Vous, en revanche, vous refusez de me dire ce que j'ai envie d'entendre. Est-ce que ça fait de vous un homme très intelligent ou très bête ?

J'étais encore un peu ahuri, et le sol en bambou branlait sous mon siège en bambou. Après l'obscurité étroite de ma cellule, il me fallait toujours au moins une heure pour me réadapter à la lumière et à l'espace. Eh bien, répondis-je en rassemblant les loques de mon cerveau, je crois qu'une vie sans examen n'est pas digne d'être vécue. Aussi je vous remercie, camarade commandant, de me donner l'occasion d'examiner ma vie. Il hocha la tête d'un air approbateur. Personne d'autre, repris-je, n'a comme moi le luxe de pouvoir simplement écrire et vivre la vie de l'esprit. Ma voix orpheline, qui s'était détachée dans ma cellule pour me parler depuis un recoin truffé de toiles d'araignée, m'était revenue. Je suis intelligent par certains aspects, bête par d'autres. Par exemple, je suis assez intelligent pour prendre au sérieux vos critiques et vos conseils d'écriture. Mais je suis trop bête pour comprendre en quoi ma confession ne satisfait pas vos exigences, malgré mes nombreux manuscrits.

Le commandant me regardait à travers des lunettes qui lui faisaient des yeux deux fois plus gros, conséquence des dix années qu'il avait vécues dans sa grotte obscure. Si votre confession était ne serait-ce qu'acceptable, répondit-il, le commissaire vous laisserait passer ce qu'il appelle votre examen oral. Mais, en ce qui concerne ce qu'il appelle votre examen écrit, je suis d'avis que votre confession n'est pas sincère.

J'ai pourtant confessé beaucoup de choses, non, commandant ?

Sur le fond, peut-être, mais pas sur la forme. Les confessions sont autant une question de forme que de fond, comme nous l'ont prouvé les Gardes rouges. Tout ce qu'on demande, c'est une certaine manière de présenter les mots. Une cigarette ?

Je dissimulai mon soulagement et me contentai de faire oui de la tête, l'air de rien. Le commandant introduisit le bout d'une cigarette entre mes lèvres gercées, puis l'alluma avec mon propre briquet, qu'il s'était approprié. J'inhalai l'oxygène de la fumée, dont l'infusion dans les replis de mes poumons calma mes mains tremblantes. Même dans votre dernière version, vous ne citez qu'une fois l'Oncle Hô. C'est la preuve, parmi tant d'autres, que vous préférez la culture et les intellectuels étrangers à nos traditions nationales. Pourquoi cela ?

Je suis contaminé par l'Occident ?

Parfaitement. Ce n'était pas si difficile à admettre, si ? C'est quand même drôle que vous soyez infichu de le dire par écrit. Bien sûr, je peux comprendre pourquoi vous n'avez pas cité *Et l'acier fut trempé*... ou *Traces dans la forêt enneigée*. Vous n'y avez pas eu accès, alors que toute ma génération, dans le Nord, les a lus. Mais ne pas évoquer To Huu, notre plus grand poète révolutionnaire ? Et citer, à sa place, la musique jaune de Pham Duy et des Beatles ? Le commissaire possède toute une collection de disques de musique jaune, qu'il réserve à ce qu'il appelle des fins de recherche. Il m'a proposé de les écouter, mais non merci. Pourquoi voudrais-je être contaminé par cette décadence ? Comparez les chansons dont vous parlez à « Depuis ce temps-là » de To Huu, que je lisais au lycée. Il raconte comment « le soleil de la vérité éclairait mon cœur », ce qui était exactement la manière dont je sentais l'effet de la révolution sur moi. J'avais emporté un de ses recueils en Chine, pour ma formation dans l'infanterie, et ça m'a aidé à tenir le coup. Mon espoir est que le soleil de la vérité vous éclaire aussi. Mais je pense encore à un autre de ses poèmes, sur l'enfant riche et l'enfant domestique. Fermant les yeux, le commandant en récita une strophe :

> Un enfant vit une vie d'abondance
> Avec mille jouets fabriqués à l'Ouest
> Tandis que l'autre enfant est spectateur
> Qui regarde en silence, de très loin.

Il rouvrit les yeux. Ça mériterait d'être cité, vous ne pensez pas ?

Si vous voulez bien me prêter ce livre, je le lirai, dis-je, moi qui n'avais rien lu depuis un an à part mes propres phrases. Le commandant fit non de la tête. Vous n'aurez pas le temps de lire quoi que ce soit pendant la prochaine phase. Et sous-entendre que vous n'aviez besoin que d'un livre pour être mieux compris, voilà une piètre défense. Ne pas citer l'Oncle Hô ou la poésie révolutionnaire est une chose. Mais pas même un dicton ou un proverbe populaire ? Vous êtes peut-être du Sud...

Je suis né dans le Nord et j'y ai vécu neuf ans, monsieur.

Vous avez choisi le camp du Sud. Qu'importe, vous partagez une culture commune avec moi, qui viens du Nord. Pourtant, vous ne citez rien de cette culture, pas même ceci :

> Les mérites du Père sont aussi élevés que le mont
> [Thai Son
> La vertu de la Mère est aussi généreuse que l'eau qui
> [jaillit de sa source
> De tout cœur, la Mère doit être vénérée et le Père
> [respecté
> Afin que l'enfant puisse suivre sa voie.

Vous n'avez donc pas appris un texte aussi élémentaire à l'école ?

Si, ma mère me l'a enseigné, dis-je. Mais ma confession montre bien ma vénération pour ma mère et pourquoi mon père ne mérite pas d'être respecté.

Les relations entre votre mère et votre père sont en effet regrettables. Vous me croyez peut-être sans cœur, mais je ne le suis pas. Je vois votre situation et j'ai beaucoup de compassion pour vous, étant donné la malédiction qui vous frappe. Comment un enfant peut-il suivre sa voie si sa source est polluée ? Cependant, je ne peux m'empêcher de penser que notre culture, et non la culture occidentale, a quelque chose à dire sur votre situation difficile. « Le talent et le destin sont balancés dans une lutte amère. » Vous ne trouvez pas que la phrase de Nguyen Du s'applique à vous ? Votre destin est d'être un bâtard, mais votre talent consiste, comme vous dites, à voir les choses des deux côtés. Vous seriez plus heureux si vous ne les voyiez que d'un côté. Le seul remède à la bâtardise est de choisir son camp.

Vous avez raison, camarade commandant, dis-je, et peut-être avait-il raison. Mais il n'y a qu'une chose plus difficile que de savoir ce qu'il faut faire, ajoutai-je. Faire ce qu'il faut faire.

Je suis d'accord avec vous. Ce qui m'intrigue, c'est que vous êtes un individu parfaitement raisonnable en chair et en os tandis que, dans votre texte, vous êtes récalcitrant. Il se servit un verre de vin de riz non filtré contenu dans une bouteille de soda recyclée. Des envies quelconques ? Je fis signe que non, alors que mon désir priapique de boire un verre d'alcool me martelait le fond de la gorge. Du thé, s'il vous plaît, répondis-je d'une voix tremblante. Le commandant versa une eau tiède et colorée dans une tasse. Vous faisiez assez peine à voir, les premières semaines. On aurait cru un fou furieux. L'isolement vous a fait du bien. Maintenant vous êtes purifié, du moins physiquement.

Si l'alcool est si mauvais pour moi, pourquoi buvez-vous, commandant ?

Je ne fais pas d'excès, contrairement à vous. Je me suis discipliné pendant la guerre. Quand vous vivez dans une grotte, vous modifiez toute votre existence. Y compris ce que vous faites de vos déchets, par exemple. Vous y avez déjà réfléchi ?

Rarement.

Je vous sens sarcastique. Vous n'êtes toujours pas satisfait par le confort du camp et par votre chambre ? Ce n'est rien, par rapport à ce que j'ai dû subir au Laos. C'est aussi pour ça que je suis étonné de voir certains de nos invités malheureux. Vous croyez que je fais mine de m'étonner, mais non, je suis sincèrement surpris. On ne les a pas enfermés dans une boîte sous terre. On ne les a pas entravés jusqu'à ce que leurs jambes ne fonctionnent plus. On n'a pas fait couler du jus de citron sur leurs têtes, on ne les a pas battus à mort. Au contraire, on les laisse cultiver leur propre nourriture, construire leurs maisons, respirer au grand air, voir la lumière du jour et contribuer à la transformation de cette campagne. Comparez ça à la manière dont leurs alliés américains ont empoisonné la région. Pas d'arbres. Rien qui pousse. Des mines et des bombes qui n'ont pas explosé, qui tuent et mutilent des innocents. Avant, c'était une campagne magnifique. Aujourd'hui, c'est une friche. J'essaie d'aborder ces comparaisons avec nos invités et je vois dans leurs regards qu'ils ne me croient pas, même s'ils sont d'accord avec moi. Vous, au moins, vous êtes honnête avec moi. Bien que, pour être très franc, ce ne soit peut-être pas la stratégie la plus pertinente.

J'ai passé ma vie sous terre au service de la révolution, commandant. Le moins que la révolution puisse m'accorder, c'est le droit de vivre sur terre et d'être totalement honnête à propos de ce que j'ai fait, en tout cas jusqu'à ce que vous me remettiez sous terre.

Ça y est, ça vous reprend. De la provocation injustifiée. Vous ne voyez donc pas que nous vivons une période sensible ? La révolution mettra des décennies à reconstruire notre pays. Dans des moments comme celui-là, l'honnêteté absolue n'est pas toujours appréciée. Mais c'est pour cette raison que je garde ça ici. Il pointa le doigt vers le bocal posé sur l'armoire en bambou et recouvert d'une toile de jute. Il me l'avait déjà montré plusieurs fois, c'est-à-dire bien assez. Il se pencha quand même et fit glisser le tissu. Je n'eus d'autre choix que de regarder la pièce à conviction qui devrait, s'il y avait une justice en ce bas monde, être exhibée au Louvre et dans d'autres grands musées consacrés aux chefs-d'œuvre de l'Occident. Nageant dans le formol, une monstruosité verte qui semblait venir d'une autre planète, ou des profondeurs les plus enfouies, les plus bizarres, de l'océan. Un défoliant chimique, inventé par un Frankenstein américain, avait engendré ce bébé nu et saumuré, un seul corps mais deux têtes mongoloïdes, quatre yeux fermés, deux bouches béantes figées en un bâillement permanent. Deux visages tournés dans des directions différentes, deux mains recroquevillées contre le torse, enfin deux jambes écartées dévoilant une cacahuète bouillie – un sexe masculin.

Imaginez un peu ce qu'a pu ressentir la mère. Le commandant tapota son doigt sur le verre. Ou le père. Imaginez les cris. Qu'est-ce que c'est que ça ? Il secoua la tête et but son vin de riz, qui avait la couleur du lait écrémé. Je passai ma langue sur mes lèvres. Le raclement de ma langue desséchée sur mes lèvres craquelées me sembla bruyant, mais le commandant ne remarqua rien. On aurait pu simplement fusiller tous ces prisonniers, reprit-il. Votre ami Bon, par exemple. Un assassin du programme Phoenix mérite le peloton. Le défendre et l'excuser comme vous le faites donne une piètre image de votre caractère et de votre jugement. Mais le commissaire est un homme plein de pitié. Il estime que tout individu peut être réhabilité, même si lui et ses maîtres américains ont tué tous les gens qu'ils voulaient. Contrairement aux Américains et à leurs fantoches, notre révolution a fait la preuve de sa générosité en leur offrant cette possibilité de rachat par le travail. Beaucoup de ces soi-disant chefs n'ont jamais travaillé de leur vie dans une ferme. Comment voulez-vous conduire une société rurale vers l'avenir si vous ne savez pas à quoi ressemble la vie d'un paysan ? Sans prendre la peine de remettre le tissu sur le bocal, il se servit un autre verre. Manque de connaissances : c'est la seule façon d'expliquer le fait que certains prisonniers se croient mal nourris. Bien sûr, je sais qu'ils souffrent. Mais nous avons tous souffert. Et nous devons tous encore souffrir. Le pays est en train de se soigner, et cela prend plus de temps que la guerre elle-même. Sauf que ces prisonniers ne pensent qu'à leur propre souffrance. Ils ne s'intéressent pas à ce que notre camp a subi. Je n'arrive pas à leur faire comprendre qu'ils reçoivent plus de calories par jour que les soldats révolutionnaires pendant la guerre, plus que les paysans forcés de fuir dans des camps de réfugiés. Ils se croient maltraités, alors qu'ils sont rééduqués. Un tel entêtement montre à quel point ils ont encore besoin de rééducation. Si récalcitrant que vous soyez, vous êtes très en avance sur eux. D'ailleurs, je suis d'accord avec le commissaire en ce qui concerne votre rééducation. Je parlais justement de vous avec *lui*, l'autre jour. Il fait preuve d'une tolérance remarquable à votre égard. Il ne s'est même pas opposé à ce que vous l'appeliez l'homme sans visage. Non, je comprends, vous ne vous moquez pas de lui, vous ne faites que décrire l'évidence. Mais il est assez sensible à son… état physique. Ne le seriez-vous pas ? Il veut vous voir ce soir. C'est un honneur, vous savez. Aucun prisonnier ne l'a jamais rencontré personnellement, même si vous n'êtes pas un prisonnier. Il veut clarifier quelques points avec vous.

Quels points ? demandai-je. Nous regardâmes tous deux mon manuscrit, dont les feuillets étaient soigneusement empilés sur sa table de bambou et maintenus par une petite pierre, quatre cent trente-trois pages écrites à la lueur d'une mèche flottant dans une tasse d'huile. Le commandant tapota mes pages avec son majeur, auquel il manquait la dernière phalange. Quels points ? dit-il. Par où commencer ? Ah, le dîner. Un gardien se tenait devant la porte avec un plateau de bambou. C'était encore un garçon, à la peau d'un jaune morbide.

Gardiens ou prisonniers, la plupart des hommes du camp avaient le teint de cette nuance-là de jaune, ou alors d'un vert morbide, pourri, ou d'un gris morbide, mortel, une palette de couleurs due aux maladies tropicales et à une alimentation calamiteuse. Qu'est-ce que c'est ? demanda le commandant. Pigeon cendré, soupe de manioc, chou à la poêle et riz, monsieur. Le blanc et les cuisses du pigeon me faisaient saliver, moi dont la pitance quotidienne se résumait à du manioc bouilli. Même affamé, je devais me forcer à faire descendre le manioc au fond de mon gosier, où il se collait aux parois de mon estomac, riant de mes tentatives pour le digérer. Se nourrir de manioc était non seulement désagréable sur le plan culinaire, mais pénible d'un point de vue gastro-entérologique, puisqu'il en résultait soit une brique compacte et douloureuse, soit son contraire liquide et hautement explosif ; moyennant quoi, le piranha enflammé de votre anus vous dévorait en permanence le derrière. J'essayais désespérément d'anticiper les mouvements de mes entrailles, sachant qu'un gardien, à 8 heures, allait chercher la boîte de munitions prévue à cet effet. Mais la lance à incendie de mes boyaux se déclenchait quand bon lui semblait, souvent juste après que le gardien fut revenu avec la conserve vidée. Liquides et solides fermentaient ensuite pendant l'essentiel de la journée et de la nuit, infâme mixture rouillant dans la boîte de munitions. Mais je n'avais pas le droit de me plaindre, comme me l'avait rappelé mon gardien au visage poupon. Moi, personne ne vient ramasser ma merde chaque jour, avait-il dit en me regardant par la fente de la porte métallique. Alors qu'avec toi on est aux petits soins. Il ne manque plus que quelqu'un vienne te torcher le cul. Qu'est-ce que tu dis de ça ?

Merci, monsieur. Je ne pouvais pas donner du « camarade » aux gardiens, car le commandant exigeait que je ne raconte en aucun cas mon histoire, de peur qu'elle ne circule. Le commissaire l'a décidé pour votre propre bien, m'avait-il expliqué. Les détenus vous tueront s'ils apprennent votre secret. Les seuls hommes au courant étaient donc le commissaire et le commandant, à l'égard duquel je nourrissais des sentiments félins de dépendance et de rancœur. Il était celui qui me faisait récrire ma confession avec son stylo bleu, encore et encore. Mais quel crime avouais-je ? Je n'avais rien fait de mal, à part m'occidentaliser. N'empêche, le commandant avait raison. J'étais récalcitrant, car j'aurais pu abréger mon séjour forcé en écrivant ce qu'il voulait que j'écrive. *Longue vie au Parti et à l'État. Suivez l'exemple glorieux de Hô Chi Minh. Construisons une société parfaite et belle !* Ces slogans, j'y croyais, mais je ne pouvais pas me résoudre à les écrire. Je pouvais dire que j'étais contaminé par l'Occident, mais je ne pouvais pas le mettre par écrit. Il me paraissait aussi criminel de coucher un cliché sur le papier que de tuer un homme, chose que j'avais reconnue plus qu'avouée, puisque tuer Sonny et l'adjudant glouton n'était pas un crime aux yeux du commandant. Mais, ayant tout de même reconnu ce que d'aucuns pourraient considérer comme des crimes, je ne pouvais pas ensuite aggraver mon cas en les décrivant.

Ma récalcitrance devant le style confessionnel imposé irritait le commandant, ce qu'il recommença à m'expliquer au cours du dîner. Vous autres, les gens du Sud, dit-il, vous en avez bien profité pendant trop longtemps. Pour vous, le bifteck était une chose normale, alors que nous, au Nord, on mangeait des rations de misère. Nous avons été purgés de nos penchants gourmands et bourgeois, mais vous, peu importe le nombre de fois où vous avez récrit votre confession, vous ne pouvez pas éradiquer ces penchants. Votre confession est pleine de faiblesses morales, d'égoïsme individualiste et de superstitions chrétiennes. Vous ne montrez aucun sens du collectif, aucune foi dans la science de l'histoire. Vous n'exprimez aucun besoin de vous sacrifier pour le salut de la nation et les intérêts du peuple. D'autres vers de To Huu s'imposent ici :

Je suis fils de dizaines de milliers de familles
Petit frère de dizaines de milliers de vies fanées
Grand frère de dizaines de milliers de petits enfants
Qui n'ont plus de toit et vivent constamment dans la
[faim.

Comparé à To Huu, vous n'avez de communiste que le nom. En réalité, vous êtes un intellectuel bourgeois. Ce n'est pas votre faute. Il est difficile d'échapper à sa classe et à sa naissance, et vous êtes corrompu sous ces deux aspects. Vous devez vous reconstruire, comme l'Oncle Hô et le président Mao l'ont conseillé aux intellectuels bourgeois. La bonne nouvelle, c'est que vous montrez quelques lueurs d'une conscience révolutionnaire collective. La mauvaise nouvelle, c'est que votre langue vous trahit. Elle n'est pas claire, pas concise, pas directe, pas simple. C'est la langue de l'élite. Vous devez écrire pour le peuple !

Vous dites vrai, monsieur, répondis-je. Le pigeon cendré et la soupe de manioc se dissolvaient déjà dans mon estomac, et leurs nutriments commençaient à revigorer mon cerveau. Je me demande simplement ce que vous pensez de Karl Marx, camarade commandant. *Le Capital* n'a pas tout à fait été écrit pour le peuple.

Marx n'a pas écrit pour le peuple ? Soudain, à travers les deux iris grossis du commandant, je vis l'obscurité de son ancienne grotte. Sortez ! Vous voyez comme vous êtes bourgeois ? Un révolutionnaire se prosterne devant Marx. Seul un bourgeois ose se comparer à lui. Mais n'ayez crainte, *il* saura vous guérir de votre élitisme et de vos penchants occidentaux. Il a installé une salle d'examen dernier cri où il supervisera en personne la dernière phase de votre rééducation, quand vous repasserez d'Américain à Vietnamien.

Je ne suis pas américain, monsieur, rétorquai-je. Si ma confession montre bien une chose, c'est que je suis antiaméricain, non ? La phrase dut lui paraître follement drôle, car il éclata de rire. Être antiaméricain, cela implique déjà l'Américain, dit-il. Vous ne voyez donc pas que les Américains ont besoin des antiaméricains ? S'il est préférable d'être aimé que détesté, il est mille fois plus préférable d'être détesté qu'ignoré. Votre antiaméricanisme ne fait de vous qu'un réactionnaire. En ce qui nous concerne, comme nous avons battu les Américains, nous ne nous définissons plus comme antiaméricains. Nous sommes simplement des Vietnamiens à cent pour cent. Vous devez essayer de l'être aussi.

Avec tout le respect que je vous dois, monsieur, la plupart de nos compatriotes ne me considèrent pas comme un des leurs.

Raison de plus pour vous efforcer de prouver que vous l'êtes. À l'évidence, vous vous considérez comme un des nôtres, du moins parfois. Donc vous faites des progrès. Je vois que vous avez fini de manger. Qu'avez-vous pensé de ce pigeon cendré ? Je reconnus qu'il était délicieux. Et si je vous disais que « pigeon cendré » n'est qu'un euphémisme ? Il guetta ma réaction pendant que je regardais de nouveau le tas de petits os sur mon assiette, sucés jusqu'au moindre bout de viande ou de tendon. Peu importe ce que c'était, j'avais encore faim. Certains appellent ça du rat, dit-il. Je préfère « mulot ». Mais ça n'a aucune importance, pas vrai ? La viande reste de la viande, et on mange ce qu'il y a. Vous savez qu'un jour j'ai vu un chien manger la cervelle du médecin de notre bataillon ? Beurk. Mais je ne lui en veux pas, à ce chien. Il faisait ça seulement parce que les intestins avaient déjà été dévorés par un autre chien. Voilà le genre de choses qu'on voit sur un champ de bataille. Mais perdre tous ces hommes valait la peine. Au moins, toutes les bombes déversées sur nos têtes par ces pirates des airs ne sont pas tombées sur notre terre. Sans oublier que nous avons libéré les Laotiens. C'est ça, être des révolutionnaires. On se sacrifie pour sauver les autres.

Oui, camarade commandant.

Mais cessons de parler de choses sérieuses. Il remit la toile de jute au-dessus du bébé saumuré. Je voulais vous féliciter en personne pour avoir achevé la phase écrite de votre rééducation, même médiocrement, si vous voulez mon avis. Vous devriez être content de votre parcours, sans perdre de vue non plus les limites criantes de votre confession. Si bon élève que vous soyez, vous deviendrez peut-être le matérialiste dialecticien dont la révolution aura besoin. Allons voir le commissaire, maintenant. Le commandant regarda l'heure sur sa montre, qui se trouvait aussi avoir été ma montre. *Il* nous attend.

Nous descendîmes et longeâmes les baraquements des gardiens jusqu'au terrain plat qui séparait les deux collines. Ma cellule d'isolement se trouvait là, parmi la douzaine de fours en brique dans lesquels nous macérions et où les prisonniers communiquaient en tapant sur les murs avec des tasses en fer-blanc. Pour ce faire, ils utilisaient un code très simple, qu'ils eurent tôt fait de m'apprendre. Ils m'avaient fait ainsi savoir, entre autres, combien ils me tenaient en haute estime. Ma réputation héroïque était due principalement à Bon, qui me saluait souvent par l'intermédiaire de mes voisins. Tous croyaient que j'étais placé à l'isolement à cause de mon républicanisme ardent et de mes états de service au sein de la Branche spéciale. Ils imputaient mon sort au commissaire, car c'était véritablement lui qui dirigeait le camp, comme tout le monde, y compris le commandant, le savait. Mes voisins avaient pu voir le commissaire de près pendant ses leçons hebdomadaires, et il était effrayant à regarder. Certains d'entre eux le maudissaient, se réjouissaient de sa souffrance. Mais son absence de visage forçait le respect des autres, comme la marque de son dévouement et de son sacrifice, même au service d'une cause qu'ils haïssaient. Les gardiens, eux aussi, parlaient du commissaire sans visage avec un mélange d'effroi et de respect, mais jamais avec moquerie. Il ne fallait pas se moquer d'un commissaire, même entre collègues, car on ne savait jamais quand l'un d'eux finirait par dénoncer de telles pensées contre-révolutionnaires.

Je comprenais la nécessité de m'enfermer provisoirement et dans des conditions sévères, car la révolution devait être vigilante. Ce que je ne comprenais pas, en revanche, espérant sur ce point une explication de la part du commissaire, c'était pourquoi les gardiens le craignaient, *lui*, et de manière plus générale pourquoi les révolutionnaires se craignaient les uns les autres. Nous ne sommes pas tous camarades ? avais-je ainsi demandé au commandant lors d'une séance précédente. Si, avait-il répondu, mais les camarades n'ont pas tous le même niveau de conscience idéologique. Bien que je ne sois pas enchanté de devoir demander l'accord du commissaire sur certains points, j'admets aussi qu'*il* connaît la théorie marxiste-léniniste et la Pensée de Hô Chi Minh beaucoup mieux que je ne les connaîtrai jamais. Je ne suis pas un érudit ; lui l'est. Les hommes comme lui nous guident vers une société véritablement sans classes. Mais nous n'avons pas éradiqué tous les éléments de la pensée contre-révolutionnaire et nous ne devons tolérer aucun écart contre-révolutionnaire. Nous devons être vigilants, y compris entre nous, mais surtout vis-à-vis de nous-mêmes. Ce que mon séjour dans la grotte m'a appris, c'est que le combat ultime de la vie et de la mort se livre contre soi. Des envahisseurs étrangers pouvaient bien tuer mon corps, j'étais le seul à pouvoir tuer mon esprit. C'est cette leçon que vous devez connaître par cœur. Et c'est ce qui explique qu'on vous laisse autant de temps pour y parvenir.

En remontant la colline vers le logement du commissaire, j'avais l'impression d'avoir déjà passé trop de temps à l'apprendre. Nous nous arrêtâmes devant les marches de son balcon, où le gardien au visage poupon attendait avec trois autres gardiens. Désormais c'est le commissaire qui s'occupera de vous, dit le commandant en me jaugeant de la tête aux pieds avec un air soucieux. Je vais être très honnête. *Il* voit en vous beaucoup plus de potentiel que je n'en vois. Vous êtes drogué aux fléaux sociaux de l'alcool, de la prostitution et de la musique jaune. Vous écrivez d'une façon inacceptable et contre-révolutionnaire. Vous êtes responsable de la mort de notre camarade brou et de l'Horloger. Vous n'avez même pas réussi à saboter ce film qui nous dénature et nous insulte. Si ça ne tenait qu'à moi, je vous enverrais dans les champs pour vous guérir définitivement. Et si les choses ne se passent pas bien avec le commissaire, je peux toujours le faire. Souvenez-vous-en.

Je m'en souviendrai, répondis-je. Conscient que je n'avais pas encore échappé à son pouvoir, j'ajoutai, Je vous remercie, camarade commandant, de tout ce que vous avez fait pour moi. Je sais qu'à cause de ma confession je passe à vos yeux pour un réactionnaire, mais je vous en supplie, croyez-moi quand je dis que j'ai beaucoup appris de vos remarques et de vos critiques. (Après tout, c'était la vérité.)

Cet étalage de gratitude adoucit le commandant. Laissez-moi vous donner un conseil, dit-il. Les prisonniers me disent ce qu'ils pensent que j'ai envie d'entendre, mais ils ne comprennent pas que ce que j'ai envie d'entendre, c'est de la sincérité. Ce n'est pas ça, le but de l'éducation ? Obtenir de l'élève qu'il dise sincèrement ce que le maître veut entendre ? Gardez ça à l'esprit. Sur ce, cet homme au port de tête admirable fit demi-tour et commença à redescendre la colline.

Le commissaire attend, me dit le gardien au visage poupon. Allons-y.

Je rassemblai ce qui restait de moi. J'étais aux trois quarts de l'homme que j'avais été, à en croire la balance du commandant, fabriquée aux États-Unis et récupérée dans un hôpital du Sud. Le commandant était en effet obsédé par son poids et passionné par la précision statistique de cette balance. Grâce à une rigoureuse étude longitudinale des selles effectuée sur les gardiens et les prisonniers, dont moi, il avait calculé que les boyaux collectifs du camp produisaient environ six cents kilos de déchets par jour. Ces déchets, les prisonniers les ramassaient et les transportaient à la main jusqu'aux champs, où ils servaient d'engrais. La précision fécale était donc nécessaire à une bonne organisation scientifique de la production agricole. En cet instant même, tandis que je montais les marches en précédant les gardiens et avant de frapper à la porte du commissaire, je sentis l'usine de mes tripes transformer le pigeon cendré en une brique compacte qui contribuerait, dès le lendemain, à l'édification de la révolution.

Entrez, fit le commissaire. Cette voix…

Son logement consistait en une grande pièce rectangulaire aussi austère que celle du commandant, avec des murs en bambou, un sol en bambou, des meubles en bambou, enfin des poutres en bambou soutenant un toit de chaume. J'étais entré dans le coin salon, meublé de quelques chaises en bambou surbaissées, d'une table basse en bambou et d'un autel sur lequel trônait le buste doré de Hô Chi Minh. Au-dessus de sa tête était déployée une banderole rouge où figuraient, dorés, ces mots : QU'Y A-T-IL DE PLUS PRÉCIEUX QUE L'INDÉPENDANCE ET LA LIBERTÉ ? RIEN. Au centre de la pièce, une longue table recouverte de livres et de papiers, et des chaises autour. Je vis, posée contre une de ces chaises, une guitare dont les hanches pulpeuses m'étaient familières, et, à un bout de la table, un tourne-disque semblable à celui que j'avais abandonné dans la villa du général... Tout au fond de la pièce il y avait un futon enveloppé dans un nuage de moustiquaire et derrière lequel remuait une silhouette. Le sol en bambou était frais sous mes pieds nus, et le petit vent qui susurrait à travers les fenêtres ouvertes faisait frémir la moustiquaire. Celle-ci fut soudain écartée par une main d'un rouge cramoisi, et *il* émergea des profondeurs du lit. Son visage était d'une asymétrie effrayante. Je détournai les yeux. Viens, me dit le commissaire. Je suis tellement horrible à voir que tu ne me reconnais pas, mon ami ? Je le regardai et vis des lèvres brûlées dévoilant des dents parfaites, des yeux qui sortaient d'orbites flétries, des narines réduites à deux trous sans nez, enfin un crâne sans cheveux et sans oreilles qui n'était qu'une énorme cicatrice chéloïde, si bien que la tête ressemblait à un de ces trophées desséchés et décapités que les chasseurs de têtes fanatiques enfilent sur des ficelles. Il toussa, et une bille grelotta dans sa gorge.

Je ne t'avais pas dit de ne pas revenir ? demanda Man.

20

C'était *lui*, le commissaire ? Avant que je puisse prononcer le moindre mot ou émettre le moindre son, les gardiens m'empoignèrent, me bâillonnèrent et me bandèrent les yeux. *Toi ?* Je voulais crier, hurler dans l'obscurité, mais, tandis qu'on me traînait dehors, en bas de la colline, avec mes bras ligotés et le bandeau qui me grattait, vers une destination située à moins de cent pas de là, je ne pus que grogner et gémir. Ouvrez la porte, dit le gardien au visage poupon. Des gonds grincèrent et je fus poussé dans un espace confiné et résonant. Bras en l'air, m'ordonna le gardien au visage poupon. Je levai les bras. Quelqu'un déboutonna ma chemise et l'enleva. Deux mains dénouèrent la cordelette qui maintenait mon pantalon ; il tomba sur mes chevilles. Regarde un peu ça, dit un autre gardien avec un sifflement admiratif. Il en a une *grosse*, le bâtard. Pas aussi grosse que la mienne, intervint un troisième gardien. Montre-la-moi, alors, dit le quatrième. Tu la verras le jour où je baiserai ta mère.

Peut-être d'autres propos furent-ils échangés mais, après qu'un homme aux doigts rugueux eut enfoncé des bouchons en mousse dans mes oreilles et qu'un autre eut placé une sorte de cache-oreilles par-dessus, je n'entendis plus rien. Ainsi sourd, muet et aveugle, on me jeta sur un matelas. Un matelas ! Cela faisait un an que je dormais sur des planches. À l'aide de cordes passées autour de mon torse, de mes cuisses, de mes poignets et de mes chevilles, les gardiens me sanglèrent jusqu'à ce que je puisse seulement tortiller mon corps écartelé. Une matière mousseuse enveloppa mes mains et mes pieds, une cagoule soyeuse me couvrit la tête – je n'avais pas senti un tissu aussi doux depuis la lingerie de Lana. Je cessai de m'agiter et me calmai pour pouvoir me concentrer sur ma respiration à travers la cagoule. Il y eut ensuite des vibrations de pas sur le ciment fruste du sol, suivies du bruit très lointain d'une porte que l'on fermait, et puis plus rien.

Étais-je seul ou quelqu'un me regardait-il ? À cause de la chaleur, de la colère et de la peur, je commençais à transpirer, et ma sueur s'accumulait sous mon dos à une telle vitesse que le matelas ne pouvait pas l'absorber. Mes pieds et mes mains aussi étaient moites et brûlants. Je fus soudain gagné par une sensation de panique, de noyade. Je voulus me défaire de mes liens et crier, mais mon corps ne bougeait presque pas et aucun son ne sortait, sinon un reniflement. Pourquoi m'infligeait-on cela ? Qu'est-ce que Man voulait de moi ? Jamais il ne me laisserait mourir ici ! Non ! C'était mon examen final. Je devais absolument me calmer. Ce n'était qu'un test. Or je réussissais toujours les tests. L'Oriental est l'élève idéal, m'avait dit plus d'une fois le directeur du département. Et selon le Pr Hammer, j'avais étudié ce que la civilisation occidentale avait pensé et produit de meilleur ; j'en avais reçu le flambeau. J'étais le représentant le plus éminent de mon pays, m'avait assuré Claude. J'étais né pour faire du renseignement. Rappelle-toi, disait ma mère, tu n'es pas une moitié de quoi que ce soit, tu as tout en double ! Oui, je pouvais réussir ce test, quel qu'il fût, inventé par un commissaire qui nous étudiait, Bon et moi, depuis un an. Il avait lu ma confession, même si, contrairement au commandant, il en connaissait déjà presque tout le contenu. Il aurait pu nous laisser partir, nous libérer. Il aurait pu me dire qu'il était le commissaire. Pourquoi me soumettre à une année d'isolement ? La panique revint et je faillis m'étouffer avec mon bâillon. Du calme ! Respire lentement ! Une fois de plus, je parvins à me maîtriser. Et maintenant quoi ? Comment allais-je tuer le temps ? Il avait dû s'écouler au moins une heure depuis qu'on m'avait bandé les yeux, non ? J'avais envie de me pourlécher les lèvres mais, avec mon bâillon dans la bouche, je vomis presque. Ç'eût été signer mon arrêt de mort. Quand viendrait-il me voir ? Combien de temps me laisserait-il là ? Qu'était-il arrivé à son visage ? Les gardiens finiraient par me donner à manger, à coup sûr. Les pensées ne cessaient d'envahir ma tête, les mille cafards du temps marchaient sur tout mon corps jusqu'à ce que j'en tremble d'angoisse et de dégoût.

Je me mis à pleurer tout seul. Sous mon bandeau, les larmes eurent le mérite, imprévu, de dépoussiérer mon imagination, suffisamment pour que je me rende compte qu'elle fonctionnait encore. Mon imagination pouvait voir, et ce que je vis fut l'adjudant glouton et Sonny tournant autour de moi pendant que j'étais couché sur mon matelas. Comment est-ce que tu te retrouves ici, en train de mourir sous les ordres de ton meilleur ami, de ton frère de sang ? demanda l'adjudant glouton. Tu ne crois pas que ta vie aurait suivi un autre chemin si tu ne m'avais pas tué ? Sans parler de la mienne, ajouta Sonny. Tu sais que Sofia me pleure encore ? J'ai essayé de lui rendre visite et de la rassurer, mais elle ne peut pas me voir. Alors que toi, que je préférerais ne pas voir du tout, tu peux me voir tout le temps. Mais je dois reconnaître que te voir dans cet état me procure un certain plaisir. Il y a une justice, après tout ! Je voulus répondre à ces accusations et leur dire d'attendre que le commissaire explique tout, mais même dans ma tête j'étais muet. Je ne pus qu'émettre un gémissement de protestation, ce qui les fit rire. Avec son pied, l'adjudant glouton poussa ma cuisse et dit, Tu vois où tes petites manigances t'ont mené, maintenant ? Il poussa encore plus fort, et je tressaillis. Il n'arrêtait pas de me pousser avec son pied, et moi de tressaillir, jusqu'à ce que je m'aperçoive que ce n'était pas l'adjudant glouton, mais quelqu'un, que je ne pouvais pas voir, en train de presser son talon contre ma jambe. Je sentis la porte claquer encore. Soit quelqu'un était entré à mon insu, soit quelqu'un était là depuis le début et venait de sortir. Combien de temps avait passé ? Je n'aurais su le dire. M'étais-je endormi ? Dans ce cas, plusieurs heures avaient dû s'écouler, peut-être une journée entière. Ce qui expliquait sans doute pourquoi j'avais si faim. Enfin une partie de mon corps, mon ventre, pouvait se faire entendre, grogner. La voix la plus puissante du monde est celle de notre propre ventre martyrisé. Malgré tout, cette voix était calme, par rapport à la créature furieuse qu'elle pouvait devenir. Je ne mourais pas de faim, pas encore. J'avais simplement faim, mon corps ayant digéré le pigeon cendré qui était un rat. Allaient-ils me laisser dépérir ? Pourquoi me faisait-on subir ça ? Qu'est-ce que je lui avais donc fait ?

Cette faim-là, je la connaissais, pour en avoir si souvent fait l'expérience dans ma jeunesse, même quand ma mère me donnait les trois quarts du repas et gardait le reste pour elle. Je n'ai pas faim, disait-elle. Lorsque je fus assez grand pour voir qu'elle se privait, je lui répondis, Moi non plus je n'ai pas faim, maman. Devant nos maigres portions, nous nous regardions droit dans les yeux jusqu'à ce que son amour pour moi surpasse celui que j'avais pour elle, comme toujours. En mangeant sa part, j'avalais non seulement la nourriture, mais le sel et le poivre de l'amour et de la colère, plus forts et plus violents que le sucre de la compassion. Pourquoi avions-nous faim ? criait mon ventre. Même à l'époque, j'avais compris que, si les riches pouvaient juste donner un bol de riz à tous les affamés, ils seraient moins riches mais ne mourraient pas de faim. Si la solution était aussi simple, comment se faisait-il que des gens aient faim ? Était-ce par absence de compassion ? Non, me disait Man. Comme il me l'avait enseigné dans notre groupe d'étude, la Bible comme *Le Capital* fournissaient des réponses. La compassion seule ne persuaderait jamais les riches de partager de bon cœur, et les puissants de renoncer au pouvoir de leur plein gré. Grâce à la révolution, ces choses impossibles se produiraient. La révolution nous libérerait tous, les riches et les pauvres… Mais Man entendait par là la liberté des classes et des collectivités. Il ne voulait pas nécessairement dire que les individus seraient libérés. Non, beaucoup de révolutionnaires étaient morts en prison, et mon destin ressemblait de plus en plus au leur. Malgré cette fatalité, pourtant, malgré ma sueur, ma faim, mon amour, ma rage, le sommeil faillit me submerger. J'étais en train de sombrer lorsque je reçus un autre coup de pied, cette fois dans les côtes. Je secouai la tête et essayai de me retourner sur le côté, mais mes liens m'en empêchèrent. Le pied me cogna de nouveau. Ce pied ! Ce démon m'interdisait tout repos. J'en vins à haïr ses orteils cornus qui raclaient ma peau nue et pressaient ma cuisse, ma hanche, mon épaule, mon front. Le pied savait quand j'étais sur le point de m'endormir, il revenait à cet instant précis pour me priver ne fût-ce que d'un avant-goût de ce qui me manquait tant. La monotonie de l'obscurité était pénible, et la faim était douloureuse, mais cet état de veille permanent était pire encore. Depuis combien de temps étais-je réveillé ? Depuis combien de temps me trouvais-je dans ce qui devait être la salle d'examen ? Quand allait-il venir tout m'expliquer ? Je n'en avais aucune idée. L'écoulement du temps n'était interrompu que par ce pied et, parfois, des mains qui soulevaient ma cagoule, desserraient mon bâillon, me versaient de l'eau au fond de la gorge. Je ne pouvais jamais prononcer plus d'un ou deux mots avant que le bâillon soit de nouveau serré et la cagoule rabaissée. Oh, laissez-moi dormir ! Je touchais à peine les eaux noires du sommeil... et ce foutu pied me poussait encore.

Le pied me maintiendrait éveillé jusqu'à ce que mort s'ensuive. Le pied me tuait à petit feu. Le pied était juge, gardien et bourreau à la fois. Ô pied, aie de la compassion à mon égard. Pied, toi dont toute la vie consiste à supporter le corps, à fouler la terre sale, oublié de tous, tu es le mieux placé parmi toutes les créatures vivantes pour savoir ce que je ressens. Pied, où serions-nous, nous les humains, sans toi ? Tu nous as fait sortir de l'Afrique et menés vers le reste du monde, et pourtant on parle très peu de toi. De toute évidence, tu as été lésé, en comparaison de la main, par exemple. Si tu me laisses vivre, je te consacrerai quelques pages et je ferai saisir toute ton importance à mes lecteurs. Ô pied ! Je t'en supplie, arrête de me pousser. Arrête de frotter tes cals sur ma peau. Ne m'érafle pas avec tes longs ongles tranchants. Non pas que tes cals et tes ongles soient ta faute. C'est la faute de ton propriétaire négligent. J'avoue que je suis tout aussi inattentif dans le soin de mes pieds, tes frères. Mais si tu me laisses dormir, je te promets d'être un autre homme en ce qui concerne mes pieds, en ce qui concerne tous les pieds ! Je te vénérerai, pied, comme Jésus-Christ l'a fait en lavant et en baisant les pieds des pécheurs.

Pied, c'est toi qui devrais être le symbole de la révolution, et non pas la main qui tient la faucille et le marteau. Et pourtant on te cache sous la table, ou engoncé dans une chaussure. On te maltraite, à la manière des Chinois, en te comprimant. Est-ce qu'on ferait subir les mêmes avanies à une main ? Arrête de me pousser, s'il te plaît, je t'en supplie. Je reconnais que l'humanité te représente sous un mauvais jour, sauf quand elle dépense de grosses sommes d'argent pour t'habiller, parce que toi, bien sûr, tu ne peux pas te représenter. Pied, je me demande pourquoi je n'ai jamais pensé à toi jusqu'à présent, ou si peu. La main a le droit de faire ce que bon lui semble. Elle écrit, même ! Pas étonnant que plus de phrases aient été écrites au sujet de la main que du pied. Pied, toi et moi avons quelque chose en commun. Nous sommes les opprimés du monde. Si tu pouvais seulement arrêter de me maintenir éveillé, si seulement...

Cette fois, la main me bouscula. Quelqu'un tira sur ma cagoule, la dénoua et la souleva au-dessus de mes oreilles, mais en la laissant sur ma tête. Puis la main ôta les cache-oreilles et les bouchons ; j'entendis des sandales traîner par terre, une chaise ou un tabouret racler le ciment. Espèce d'imbécile ! dit la voix. J'étais toujours dans l'obscurité, le corps nu et mouillé, les mains et les pieds ligotés, entravés. On fit couler de l'eau dans ma gorge desséchée jusqu'à ce que je suffoque. Je ne t'avais pas dit de ne pas venir ? La voix venait d'en haut, lointaine, quelque part dans le plafond – *sa* voix, j'en étais sûr, malgré mon état de souffrance. Mais comment pouvais-je ne pas revenir ? bredouillai-je. Maman me disait que l'oiseau revient toujours au nid. Je ne suis pas cet oiseau ? Et ici, ce n'est pas mon nid ? Mon origine, mon lieu de naissance, mon pays ? Mon chez-moi ? Ce peuple, ce n'est pas le mien ? Et toi, tu n'es pas mon ami, mon frère de sang, mon fidèle camarade ? Dis-moi pourquoi tu me fais ça. Je ne le ferais même pas à mon pire ennemi.

La voix soupira. Ne sous-estime jamais ce que tu es capable de faire à ton pire ennemi. Mais, en ce qui nous concerne, que disaient toujours les prêtres comme ton père ? Fais aux autres ce que tu voudrais qu'ils te fassent. C'est bien joli, mais les choses ne sont jamais aussi simples. Toute la question, tu comprends, c'est comment savoir ce qu'on voudrait qu'on nous fasse ?

Je ne vois pas de quoi tu parles, dis-je. Pourquoi est-ce que tu me tortures ?

Tu crois que ça me fait plaisir ? Je fais de mon mieux pour être sûr que le pire ne t'arrive pas. Le commandant me trouve déjà trop gentil avec mes méthodes pédagogiques et mon envie d'entendre ta confession. Il est comme ces dentistes qui pensent qu'on peut soigner une rage de dents en les arrachant toutes à la pince. C'est exactement dans ce genre de situation que tu t'es embarqué en faisant ce que je t'avais dit de ne pas faire. Alors, si tu as la moindre envie de quitter ce camp avec toutes tes dents, on va devoir jouer nos rôles jusqu'à ce que le commandant soit content.

Ne te fâche pas, je t'en supplie, sanglotai-je. Je ne pourrais pas le supporter, si toi aussi tu te fâchais ! Il lâcha encore un soupir. Tu te souviens avoir écrit que tu avais oublié quelque chose, mais que tu ne souvenais plus de quoi ? Je lui dis que je ne m'en souvenais pas. Évidemment, dit-il. La mémoire des hommes est courte, et le temps est long. Si tu te retrouves aujourd'hui ici, dans cette salle d'examen, c'est pour que tu te rappelles ce que tu as oublié, ou du moins oublié d'écrire. Mon ami, je suis là pour t'aider à voir ce que tu ne vois pas toi-même. Son pied toucha la base de mon crâne. Là, au fond de ta tête.

Mais pourquoi ne pas me laisser dormir ? demandai-je. Il rit, non pas du rire de l'enfant qui avait aimé Tintin, mais de celui d'un homme peut-être un peu fou. Tu sais aussi bien que moi pourquoi je ne peux pas te laisser dormir, répondit-il. On doit avoir accès à ce coffre où se cachent tes derniers secrets. Plus on te garde éveillé longtemps, plus on a de chances de forcer ce coffre.

Mais j'ai tout avoué.

Non, dit la voix. Je ne t'accuse pas de cacher des choses délibérément, même si je t'ai laissé plein d'occasions d'écrire ta confession de façon à satisfaire le commandant. C'est toi qui t'infliges cette épreuve, et personne d'autre.

Mais qu'est-ce que je suis censé avouer ?

Si je te le disais, ce ne serait plus vraiment une confession, dit la voix. Mais si ça peut te rassurer, sache que ta situation n'est pas aussi inextricable que tu le crois. Tu te souviens de nos examens, quand tu avais bon partout et qu'il me manquait toujours quelques points ? J'avais beau lire et apprendre avec la même ardeur que toi, tu faisais toujours mieux que moi. Je n'arrivais pas à faire sortir les réponses de ma tête. Pourtant, elles y étaient. Le cerveau n'oublie jamais. Et quand je relisais nos manuels, après coup, je me disais, Évidemment ! Je n'avais jamais oublié les réponses. Pour tout te dire, je sais que tu connais la réponse à la question à laquelle tu dois répondre pour terminer ta rééducation. Je vais même te la poser tout de suite, cette question. Si tu me donnes la bonne réponse, je te libère. Tu es prêt ?

Vas-y, dis-je, gonflé d'assurance. Tout ce dont j'avais besoin, c'était un test pour prouver ma valeur. J'entendis un bruissement de papier, comme s'il feuilletait un livre, ou peut-être ma confession. Qu'y a-t-il de plus précieux que l'indépendance et la liberté ?

Une question piège ? La réponse allait de soi. Que cherchait-il ? Mon esprit était enveloppé dans quelque chose de doux et de moite. Derrière, je pouvais sentir la réponse, dure et solide, mais sans savoir de quoi il s'agissait. Peut-être l'évidence était-elle la bonne réponse. Je finis par lui dire ce que je pensais qu'il voulait entendre, Rien.

La voix soupira. C'est presque ça, mais pas tout à fait. C'est presque ça, mais ce n'est pas ça. Comme c'est énervant, n'est-ce pas, quand la réponse est là mais qu'on ne la connaît pas ?

Pourquoi est-ce que tu me fais ça ? Tu es mon ami, mon frère, mon camarade !

Un long silence suivit. Je n'entendais que le bruissement du papier et le raclement de son souffle torturé. Il respirait fort pour permettre le passage ne fût-ce que d'une petite quantité d'air. Puis il répondit, Oui, je serai ton ami, ton frère, ton camarade, toutes ces choses, jusqu'à ma mort. Et en tant qu'ami, frère et camarade, je t'avais prévenu, non ? Je n'aurais pas pu être plus clair. Je n'étais pas le seul à lire tes messages et je ne pouvais pas t'en envoyer un seul sans que quelqu'un lise par-dessus mon épaule. Il y a toujours quelqu'un pour lire par-dessus ton épaule, ici. Et malgré ça, espèce d'idiot, tu as insisté pour rentrer.

Bon allait se faire tuer. Il fallait que je rentre pour le protéger.

Et toi aussi, tu allais te faire tuer, dit la voix. Qu'est-ce que c'est que ce projet ? Où est-ce que vous seriez, tous les deux, si je n'étais pas ici ? On est les Trois Mousquetaires, non ? Ou plutôt les Trois Imbéciles, maintenant. Personne ne se porte volontaire pour être dans ce camp, mais quand je me suis rendu compte que tu reviendrais, j'ai demandé à être nommé commissaire et à ce que vous soyez tous les deux envoyés ici. Tu sais qui on enferme dans ce camp ? Ceux qui ont choisi de faire un baroud d'honneur, ceux qui ont continué la guérilla, ceux qui n'abjurent ou n'avouent pas avec assez de contrition. Bon a déjà demandé deux fois à être fusillé par un peloton. Sans moi, le commandant se serait fait un plaisir de s'en charger lui-même. Quant à toi, sans ma protection, tes chances de survie seraient maigres.

Tu appelles ça une protection ?

Si je n'avais pas été là, tu serais sans doute déjà mort. Je suis commissaire, mais au-dessus de moi il y a d'autres commissaires, qui lisent tes messages, qui suivent tes progrès. Ce sont eux qui dictent ta rééducation. Tout ce que je peux faire, c'est m'en charger et persuader le commandant que ma méthode fonctionnera. Si ça ne tenait qu'à lui, il t'enverrait dans une équipe de déminage et tu ne serais plus de ce monde. Mais je t'ai obtenu le privilège de pouvoir passer un an à écrire dans une cellule d'isolement. Les autres prisonniers seraient prêts à tuer pour un tel luxe. Littéralement. Je t'ai rendu un grand service en persuadant le commandant de t'enfermer. Pour lui, tu es le plus dangereux de tous les subversifs. Mais je lui ai fait comprendre que la révolution gagnerait à te soigner plutôt qu'à te tuer.

Moi ? Je n'ai donc pas prouvé que j'étais un vrai révolutionnaire ? Sacrifié des dizaines d'années de ma vie pour la libération de notre pays ? Tu es quand même bien placé pour le savoir, non ?

Ce n'est pas moi qu'il faut convaincre. C'est le commandant. Un homme comme lui ne peut pas comprendre ta manière d'écrire. Tu prétends être un révolutionnaire, mais ton histoire te trahit, ou plutôt tu te trahis toi-même. Pourquoi, espèce de tête de mule, pourquoi est-ce que tu continues d'écrire de cette manière alors que tu dois bien savoir que les gens comme toi menacent tous les commandants du monde... Le pied me réveilla. Je m'étais endormi pendant une seconde, une délicieuse seconde, comme si après avoir rampé dans le désert j'avais goûté une larme. Reste éveillé, dit la voix. C'est une question de vie ou de mort.

Tu vas me tuer si tu ne me laisses pas dormir.

Je vais te maintenir éveillé jusqu'à ce que tu comprennes.

Je ne comprends rien !

Alors tu as presque tout compris. Il gloussa. Je crus presque entendre mon ancien camarade de classe. C'est quand même drôle qu'on se retrouve tous ici, tu ne trouves pas ? Tu es venu sauver la vie de Bon et moi, je suis venu vous sauver la vie. Espérons que mon plan fonctionnera mieux que le tien. Mais, pour être honnête, ce n'est pas seulement par amitié que j'ai demandé à être nommé commissaire ici. Tu as vu mon visage, ou plutôt mon absence de visage. Tu imagines un peu ma femme et mes enfants voyant ça ? La voix se fêla. Tu imagines leur effroi ? Tu imagines le mien dès que je me regarde dans le miroir ? Même si, entre nous, ça fait des années que je ne me suis pas regardé dans un miroir.

Je pleurai en pensant à lui, exilé de sa propre famille. Sa femme était une révolutionnaire, elle aussi, une fille qui était dans l'école voisine de la nôtre, et d'une telle intégrité, d'une beauté si simple que j'en serais tombé amoureux si Man n'en était pas tombé amoureux le premier. Son fils et sa fille devaient maintenant avoir au moins sept et huit ans, petits anges dont le seul crime était de se chamailler parfois. Ils n'auront jamais peur en regardant ton... ton physique, dis-je. Tu ne fais qu'imaginer ce qu'ils voient à travers ce que tu vois.

Tu ne sais rien ! cria-t-il. Il y eut de nouveau un silence, interrompu seulement par son souffle rauque. Je pouvais imaginer les cicatrices de ses lèvres, les cicatrices dans sa gorge, mais tout ce que je voulais, c'était dormir... Son pied me poussa. Pardonne-moi d'avoir perdu mon sang-froid, dit doucement la voix. Mon ami, tu ne peux pas savoir ce que je ressens. Tu penses en être capable. Mais comment peux-tu savoir ce que c'est d'être tellement effrayant que tes propres enfants pleurent en te voyant, que ta femme sursaute chaque fois qu'elle te touche, que ton propre ami ne te reconnaît pas ? Depuis un an, Bon me croise sans me reconnaître. Certes, il est assis au fond de la salle de rassemblement et ne me voit que de loin. Je ne l'ai pas convoqué pour lui faire comprendre qui j'étais. Ça ne lui causerait sans doute que des ennuis. Néanmoins – néanmoins je rêve qu'il me reconnaisse malgré moi, même si, ce jour-là, il n'aura envie que de me tuer. Tu imagines la douleur que c'est de perdre son amitié ? Peut-être que tu peux l'imaginer. Mais est-ce que tu peux savoir la douleur du napalm qui te brûle la peau du visage et du corps ? Comment le pourrais-tu ?

Dis-moi, alors ! m'écriai-je. Je veux savoir ce qui t'est arrivé !

Il y eut encore un silence, je ne sais pas combien de temps, jusqu'à ce que le pied me pousse à nouveau et que je m'aperçoive que j'avais manqué le début de son histoire. Je portais encore mon uniforme, disait la voix. Dans mon unité, ça sentait la fin, on voyait la panique dans les yeux des officiers et des hommes. Avec la libération qui n'était plus qu'une question d'heures, j'arrivais à cacher ma joie et mon excitation, mais pas mon inquiétude pour ma famille, même si elle était sans doute à l'abri. Ma femme était à la maison avec les enfants, et une de nos estafettes n'était pas loin pour assurer leur sécurité. Quand les chars de l'armée de libération se sont approchés de notre pont et que mon commandant nous a ordonné de tenir coûte que coûte, j'ai commencé à m'inquiéter aussi pour moi. Je ne voulais pas que nos libérateurs me tuent au dernier jour de la guerre, et j'étais encore en train de voir comment échapper à un tel destin lorsque quelqu'un a dit, Ah, enfin les avions. Un de nos avions volait au-dessus de nous, assez haut pour éviter la DCA, mais trop haut pour pouvoir bombarder. Mais rapproche-toi ! a hurlé un type. Comment est-ce qu'il peut viser quoi que ce soit en volant aussi haut ? La voix rigola. En effet, comment ? Quand le pilote a lâché ses bombes, j'ai été gagné par le même mauvais pressentiment que celui qu'éprouvaient les autres officiers. Je voyais que les bombes, au lieu de tomber sur les chars, tombaient sur nous, au ralenti. En fait elles tombaient plus vite qu'il n'y paraissait, et on a eu beau courir, on n'est pas allés bien loin. Le nuage de napalm nous a submergés et je crois que j'ai eu de la chance. Comme j'ai couru plus vite que les autres, le napalm m'a seulement effleuré. Ça faisait mal. Oh, qu'est-ce que ça faisait mal ! Mais qu'est-ce que tu veux que je te dise, sinon qu'être en feu, ça brûle ? Qu'est-ce que tu veux que je te dise à propos de la douleur, sinon que ç'a été la douleur la plus atroce que j'aie jamais connue ? La seule façon de te montrer à quel point ça m'a fait mal, mon ami, c'est te brûler moi-même. Et ça, je ne le ferai jamais.

Moi aussi, j'avais frôlé la mort sur le tarmac de l'aéroport de Saigon, puis sur le tournage du Film. Mais ça n'avait rien à voir avec l'impression de brûlure. Au pire, j'avais été légèrement roussi. J'essayai d'imaginer cette sensation multipliée par dix mille, provoquée par ce napalm qui était la lumière suprême de la civilisation occidentale, puisque, à en croire les cours de Claude, il avait été inventé à Harvard. Mais j'en fus incapable. Tout ce que je ressentais, c'était mon envie de dormir, tandis que mon âme se dissolvait, ne laissant derrière elle que mon cerveau en fusion. Même ramolli, celui-ci comprenait que ce n'était pas le moment de parler de moi. Je ne peux pas l'imaginer. Impossible.

C'est un miracle si j'ai survécu. Je suis un miracle vivant ! Un être humain retourné de l'intérieur. Je serais mort sans ma chère femme. En voyant que je ne rentrais pas à la maison, elle a commencé à me chercher partout. Elle m'a retrouvé agonisant dans un hôpital militaire, un cas non prioritaire. Quand elle a alerté les autorités, elles ont ordonné aux meilleurs chirurgiens restés à Saigon de m'opérer. J'étais sauvé ! Mais sauvé de quoi ? La douleur d'être brûlé était à peine moins grande que celle de n'avoir plus ni peau ni visage. Pendant plusieurs mois, j'étais en feu tous les jours, et encore aujourd'hui, quand l'effet de mon médicament s'estompe, ça me brûle. Le mot qui convient est supplice, mais il ne peut pas exprimer la sensation qu'il décrit.

Je crois savoir à quoi ressemble un supplice.

Tu commences tout juste à comprendre.

Tu n'es pas obligé de faire ça !

Dans ce cas, tu n'as pas compris. Certaines choses ne peuvent s'apprendre qu'à travers cette sensation de supplice. Je veux que tu saches ce que j'ai vécu et ce que je vis encore. Je t'aurais épargné cette expérience si tu n'étais pas revenu. Mais tu es revenu, et le commandant nous surveille. Livré à toi-même, tu ne survivrais pas sous sa botte. Tu lui fais peur. Pour lui, tu n'es qu'une ombre qui se tient à l'entrée de sa grotte, une créature bizarre qui voit les choses des deux côtés. Les gens comme toi doivent être purgés, parce que vous portez le germe qui peut détruire la pureté de la révolution. Ma mission est de prouver que tu n'as pas besoin d'être purgé, que tu peux être libéré. J'ai construit cette salle d'examen précisément à cette fin.

Tu n'es pas obligé de faire ça, marmonnai-je.

Mais si ! C'est pour ton bien que tu subis tout ça. Le commandant te briserait de la seule manière qu'il connaisse : à travers ton corps. Pour te sauver, il a fallu que je lui promette de tester de nouvelles méthodes qui ne laissent aucune trace. Voilà pourquoi tu n'as pas reçu le moindre coup.

Je devrais te remercier ?

Oui, tu devrais. Mais maintenant c'est l'heure de la dernière révision. Le commandant n'acceptera pas moins. Tu dois lui donner plus que ce que tu as donné jusqu'à présent.

Je n'ai plus rien à avouer !

Il y a toujours quelque chose. C'est la nature même d'une confession. On ne peut jamais cesser d'avouer, parce qu'on est imparfaits. Même le commandant et moi devons nous critiquer mutuellement, comme l'exige le Parti. Le commandant militaire et le commissaire politique sont l'incarnation vivante du matérialisme dialectique. Nous sommes la thèse et l'antithèse dont sort la synthèse, toujours plus forte – la vraie conscience révolutionnaire.

Si tu sais déjà ce que j'ai oublié d'avouer, dis-le-moi !

La voix rit de nouveau. J'entendis des papiers qu'on déplaçait. Permets-moi de citer ton manuscrit, dit la voix. « L'agente communiste avec la preuve en papier mâché de son espionnage enfoncée dans sa bouche et nos noms au goût amer littéralement sur le bout de sa langue. » Tu fais quatre fois référence à elle dans ta confession. On y apprend que tu as sorti cette liste de sa bouche et qu'elle t'a regardé avec une haine absolue, mais on ne sait pas ce qu'elle est devenue. Tu dois nous dire ce que tu lui as fait. Nous exigeons de le savoir !

Je revis le visage de l'agente, sa peau sombre de paysanne et son large nez plat, si semblable aux larges nez plats des médecins qui l'entouraient dans la salle de cinéma. Mais je ne lui ai rien fait, répondis-je.

Rien ! Tu penses que son sort est cette chose que tu as oublié d'avoir oubliée ? Mais comment peut-on oublier sa tragédie ? Son sort est d'une telle évidence. Est-ce qu'elle a pu connaître un sort autre que celui que pourrait imaginer le lecteur en la découvrant dans ta confession ?

Mais je ne lui ai rien fait !

Exactement ! Tu ne vois donc pas que tout ce qui a besoin d'être avoué est déjà connu ? En effet, tu n'as rien fait. C'est ça, le crime que tu dois reconnaître et que tu dois maintenant avouer. Tu es d'accord ?

Peut-être. Ma voix était lointaine. Son pied me poussa encore. Me laisserait-il dormir si je disais oui ?

Il faut que je me repose, mon ami. Je sens la douleur qui revient. Elle ne disparaît jamais. Et tu sais comment je la supporte ? Avec de la morphine. La voix ricana. Mais ce médicament magique ne fait qu'engourdir le corps et le cerveau. Et mon esprit, dans tout ça ? J'ai découvert que la seule manière de faire avec la douleur est d'imaginer qu'un autre souffre encore plus. Sa souffrance atténue la nôtre. Alors tu te rappelles ce qu'on avait appris au lycée, la phrase de Phan Boi Chau ? « Pour un être humain, la plus grande souffrance est de perdre son pays. » Et quand cet être humain a perdu son visage, sa peau et sa famille, cet être humain a pensé à toi, mon ami. Tu avais perdu ton pays et c'était moi qui t'avais exilé. J'étais profondément triste pour toi, pour cette perte terrible qui n'était qu'esquissée dans tes messages codés. Mais maintenant que tu es revenu, je ne peux plus imaginer que ta souffrance est plus grande que la mienne.

Je suis en train de souffrir, dis-je. S'il te plaît, laisse-moi aller dormir.

Nous sommes des révolutionnaires, mon ami. La souffrance nous a forgés. La souffrance *pour* le peuple, nous l'avons choisie parce que nous compatissions entièrement avec *sa* souffrance.

Je sais tout ça.

Dans ce cas, écoute-moi. La chaise racla le sol et sa voix, déjà loin au-dessus de moi, s'éloigna encore. Comprends-moi bien. Je te fais subir ça parce que je suis ton ami et ton frère. Il n'y a qu'en te privant de sommeil que tu comprendras pleinement les horreurs de l'Histoire. Celui qui te dit ça a très peu dormi depuis tout ce qui lui est arrivé. Crois-moi quand je t'explique que je sais ce que tu ressens et qu'il faut en passer par là.

J'avais déjà peur, mais l'annonce de mon traitement redoubla ma peur. Quelqu'un avait dû lui faire quelque chose ! Était-ce moi, ce quelqu'un ? Non ! Ça ne peut pas être vrai, voulus-je lui dire, mais ma langue refusa de m'obéir. On pensait à tort que j'étais ce quelqu'un, parce que j'étais, lui dis-je, ou pensai-je lui dire, un moins que rien. Je suis un menteur, un gardien, un maniaque. Non ! Je suis un senteur, un Martien, un niak. Non ! Je suis... Je suis... Je suis...

La chaise racla de nouveau le sol. Je sentis alors l'odeur reconnaissable et musquée du gardien au visage poupon. Un pied me poussa. Je tremblai. S'il te plaît, camarade, dis-je. Laisse-moi dormir. Le gardien au visage poupon ricana, me poussa encore avec son pied calleux et me dit, Je ne suis pas ton camarade.

21

Le prisonnier n'avait jamais su qu'il avait besoin d'un répit de l'Histoire, lui qui avait voué toute sa vie d'adulte à la talonner de près. Son ami Man l'avait initié à la science historique dans le cadre du groupe d'étude, dont les livres de choix étaient écrits à l'encre rouge. Qui comprenait les lois de l'Histoire pouvait alors en maîtriser la chronologie et l'arracher au capitalisme, déjà bien décidé à s'approprier le temps. Nous vivons, travaillons, mangeons et dormons en fonction de ce que décident le propriétaire, le patron, le banquier, le politicien et le professeur, avait dit Man. Nous acceptons que notre temps leur appartienne, alors qu'en vérité il nous appartient. Réveillez-vous, les paysans, les travailleurs, les colonisés ! Réveillez-vous, les invisibles ! Sortez de vos zones d'instabilité occulte et volez-leur la montre en or du temps, à ces tigres de papier, à ces chiens serviles et à ces cochons de l'impérialisme, du colonialisme et du capitalisme ! Si vous savez comment la voler, vous aurez alors le temps avec vous, et le nombre. *Vous* êtes des millions et *eux*, les colonisateurs, les *compradores* et les capitalistes qui ont mis dans la tête des damnés de la terre que l'histoire capitaliste était inexorable – eux ne sont que des milliers. Nous, l'avant-garde, devons convaincre les peuples de couleur et les classes inférieures que l'histoire communiste, elle, est inexorable ! L'épuisement des exploités les conduira inéluctablement à la révolte, mais c'est notre avant-garde qui précipitera ce soulèvement, qui remettra à l'heure la montre de l'Histoire et fera sonner l'alarme de la révolution. Tic-tac – tic-tac – tic-tac...

Sanglé à son matelas, le prisonnier – non, l'élève – comprit qu'il s'agissait de la dernière séance du groupe d'étude. Pour être un sujet révolutionnaire, il lui fallait être un sujet historique qui se souvenait de tout, ce qu'il ne pouvait faire qu'en étant parfaitement éveillé, même si cela finirait par le tuer. S'il pouvait dormir, pourtant, il comprendrait mieux ! Il se tortillait, s'agitait, se débattait dans ses vaines tentatives pour trouver le sommeil, et cela dura peut-être des heures, ou des minutes, ou des secondes. Tout à coup, on lui retira sa cagoule, puis son bâillon, ce qui lui permit d'expirer et d'inspirer de l'air. Les mains rugueuses de son geôlier lui retirèrent son cache-oreilles et ses bouchons avant de défaire le bandeau qui lui brûlait la peau. La lumière ! Il put voir, mais dut aussitôt fermer les yeux. Suspendues au-dessus de lui, des dizaines, non, des centaines d'ampoules fixées au plafond l'aveuglaient de toute leur puissance et irradiaient à travers le filtre rouge de ses paupières. Un pied lui pressa la tempe et le gardien au visage poupon dit, Interdit de dormir, toi. Il ouvrit les yeux et revit la masse brûlante et irradiante des ampoules disposées en un bloc ordonné. Leur lumière intense éclairait une salle d'examen dont les murs et le plafond étaient entièrement blancs. Le sol était du ciment peint en blanc, et même la porte en fer était peinte en blanc, le tout dans une chambre d'environ trois mètres sur cinq. Le gardien au visage poupon, en uniforme jaune, se tenait au garde-à-vous dans un coin, mais les trois autres hommes présents étaient debout près de son matelas, un à droite, un à gauche, le troisième au bout. Les mains derrière le dos, ils portaient des blouses blanches de laboratoire et des blouses médicales bleu-vert. Des masques de chirurgien et des binocles en inox dissimulaient leurs visages : les six télescopes orbitaux étaient braqués sur lui. Désormais, il n'était plus seulement un prisonnier et un élève, mais un patient.

Q : Qui êtes-vous ?

La question fut posée par l'homme à sa gauche. Ils ne savaient toujours pas qui il était ? Il était l'homme aux idées précises, l'espion au regard affûté, la taupe dans son trou, mais sa langue avait gonflé au point d'emplir toute sa bouche. S'il vous plaît, voulut-il dire, laissez-moi fermer les yeux. Et je vous dirai ensuite qui je suis. La réponse, je l'ai sur le bout de la langue – je suis le niak qu'on est en train de cuisiner. Et si vous me dites que je ne suis qu'un *demi*-niak ? Eh bien, pour citer cet adjudant blond à qui on demandait un jour de compter les communistes morts après la bataille de Ben Tre, confronté au problème mathématique d'un cadavre qui n'avait plus que la tête, le torse et les bras : un demi-niak, ça reste un niak. Et puisqu'un bon niakoué est un niakoué mort, comme aimaient à dire les soldats américains, ce patient devait forcément être un mauvais niakoué.

Q : Qu'est-ce que vous êtes ?

Celle-ci fut posée par l'homme à sa droite, avec la voix du commandant. En l'entendant, le patient tira sur ses liens jusqu'à ce qu'ils lui brûlent la chair ; la question déclencha une flambée de rage muette. Je sais ce que vous pensez ! Vous pensez que je suis un traître ! Un contre-révolutionnaire ! Un bâtard qui n'a sa place nulle part et à qui personne ne doit faire confiance ! La rage se mua tout aussi soudainement en désespoir, et il se mit à pleurer. Ses sacrifices ne seraient-ils donc jamais honorés ? Serait-il donc éternellement incompris ? Serait-il toujours seul ? Pourquoi devait-il être celui à qui on inflige des choses ?

Q : Quel est votre nom ?

C'était l'homme au bout du matelas, qui parlait avec la voix du commissaire. Question facile. Du moins c'est ce que se dit le patient. Il ouvrit la bouche mais, sa langue ne pouvant pas remuer, il prit peur. Avait-il oublié son nom ? Non, impossible ! Il s'était donné son nom américain. Quant à son nom indigène, c'était sa mère, la seule qui le comprît, qui le lui avait donné, son père n'étant d'aucun secours, lui qui ne l'avait jamais appelé fils, ou par son nom, lui disant simplement *tu* même en classe. Non, il ne pourrait jamais oublier son nom, et lorsque celui-ci finit par lui revenir, il délivra sa langue de son lit gluant et le prononça à haute voix.

Le commissaire dit, Il n'arrive même pas à dire son prénom. Docteur, je pense qu'il a besoin du sérum. Ce à quoi l'homme à la gauche du patient répondit, Très bien, dans ce cas. Le médecin présenta ses mains ; elles étaient gantées de latex blanc jusqu'aux avant-bras. L'une tenait une ampoule de la taille d'une cartouche de fusil, l'autre une seringue. Tout en douceur, le médecin fit passer le liquide clair de l'ampoule dans la seringue, puis s'accroupit à côté du patient. Lorsque ce dernier tressaillit et se crispa, le médecin dit, Je finirai de toute façon par vous l'injecter, mais si vous bougez, ce sera encore pire. Le patient cessa de se débattre et la piqûre dans le creux de son coude fut presque un soulagement bienvenu, un autre genre de sensation que le besoin halluciné de sommeil. Presque, mais pas tout à fait. S'il vous plaît, dit-il, éteignez la lumière.

Le commissaire répondit, Ça, on ne peut pas. Vous ne voyez pas que vous devez voir ? Le commandant émit un grognement méprisant. Même avec toute la lumière du monde, il ne verra jamais rien. Il est resté trop longtemps sous terre. Il est fondamentalement aveugle ! Bon, fit le médecin en tapotant le bras du patient. L'homme de science ne doit jamais perdre espoir, surtout quand il agit sur l'esprit. Comme on ne peut ni voir ni toucher son esprit, tout ce que l'on peut faire, c'est aider le patient à voir son propre esprit en le maintenant éveillé, jusqu'à ce qu'il se perçoive comme une autre personne. C'est absolument crucial, car nous sommes toujours à la fois les mieux placés pour nous connaître et les moins bien placés. Comme si nous avions le nez collé sur les pages d'un livre, avec les mots sous nos yeux, mais sans pouvoir les lire. De même qu'une distance est nécessaire pour la lecture, si nous pouvions nous diviser en deux et prendre de la distance vis-à-vis de nous-mêmes, nous pourrions nous voir mieux que quiconque. C'est tout l'objet de notre expérience, pour laquelle nous avons besoin d'un autre instrument. Le médecin pointa alors le doigt par terre, vers une sacoche de cuir marron que le patient n'avait pas remarquée mais qu'il reconnut tout de suite : un téléphone de campagne, dont la vue le fit encore frémir. Les Soviétiques ont fourni le sérum qui obligera notre patient à dire la vérité, reprit le médecin. Cet autre composant est américain. Voyez le regard de notre patient ? Il se rappelle ce qu'il a vu dans les salles d'interrogatoire. Mais nous n'allons pas relier ses tétons et son scrotum aux bornes de batterie du générateur téléphonique. Au lieu de ça – le médecin fouilla dans la sacoche et en sortit un câble noir –, nous fixons ce câble à un de ses orteils. Quant à la manivelle, elle génère trop d'électricité. Or l'idée n'est pas de faire mal. Nous ne torturons pas. Tout ce que nous voulons, c'est un stimulus qui suffise à le maintenir éveillé. J'ai donc modifié la puissance de sortie et j'ai relié le téléphone à ceci. Le médecin brandit une montre. Dès que l'aiguille des secondes touche midi, une brève décharge atteint l'orteil du patient.

Le médecin dénoua le sac en toile de jute rempli d'ouate qui entourait le pied du patient. Celui-ci eut beau tendre le cou pour avoir un aperçu du dispositif, il ne put se hisser assez haut pour en voir les détails. Il ne distingua qu'un câble noir reliant son orteil à la sacoche, à l'intérieur de laquelle le médecin avait placé la montre. Soixante secondes, messieurs, dit-il. Tic-tac... Le patient trembla en attendant la décharge. Il avait déjà vu comment un sujet soumis à un tel traitement réagissait en hurlant et en gigotant. Au bout de la dixième ou vingtième fois, ses yeux prenaient l'aspect vitreux d'un spécimen empaillé dans un diorama, vivant mais mort, ou l'inverse, cependant qu'il attendait le prochain tour de manivelle. Claude, qui avait emmené sa classe assister à un interrogatoire de ce genre, disait, Si j'en vois un qui rigole ou qui a la trique, je le dégage. C'est du sérieux. Le patient se rappela son soulagement quand on ne lui avait pas demandé de tourner la manivelle. En voyant le sujet pris de spasmes, il avait grimacé et s'était demandé à quoi pouvait ressembler cette décharge. Et voilà qu'il se retrouvait là, transpirant et frémissant à mesure que les secondes passaient, jusqu'à ce qu'une décharge d'électricité statique le fasse bondir, non de douleur, mais de surprise. Voyez ? Parfaitement indolore, dit le médecin. Simplement, pensez bien à changer d'orteil pour éviter qu'il ne finisse brûlé par la pince du câble.

Merci, docteur, répondit le commissaire. Si vous n'y voyez pas d'inconvénient, j'aimerais être seul à seul avec notre patient. Prenez tout votre temps, dit le commandant en se dirigeant vers la porte. Le cerveau de ce patient est contaminé. Il a besoin d'un lavage en profondeur. Une fois sortis le commandant, le médecin et le gardien au visage poupon – mais pas Sonny et l'adjudant glouton, qui dans un coin observaient le patient avec beaucoup de patience –, le commissaire s'assit sur une chaise en bois, le seul meuble de la pièce avec le matelas du patient. S'il te plaît, dit ce dernier, laisse-moi me reposer. Le commissaire ne dit rien jusqu'à la prochaine décharge d'électricité statique. Il se pencha en avant et montra au patient un mince ouvrage jusqu'à présent dissimulé à sa vue. On a trouvé ça dans ton logement, à la villa du général.

  Q. Quel est le titre ?
  R. KUBARK *Interrogatoire de contre-espionnage*, 1963.
  Q. Qu'est-ce que KUBARK ?
  R. Un nom de code pour la CIA.
  Q. Qu'est-ce que la CIA ?
  R. L'agence de renseignements des USA.
  Q. Qu'est-ce que les USA ?
  R. Les États-Unis d'Amérique.

Tu vois que je ne te cache rien, dit le commissaire en se redressant sur sa chaise. J'ai lu tes notes dans la marge, j'ai tenu compte des passages que tu as soulignés. Tout ce que tu subis provient de ce livre. Autrement dit, ton examen est à livre ouvert. Il n'y a pas de surprises.
Dormir...
Non. Je t'observe pour voir si ce sérum fonctionne. Un cadeau du KGB. Même si tu sais aussi bien que moi ce que les grands de ce monde attendent en échange de leurs cadeaux. Ils ont testé leurs techniques, leurs armes et leurs idées sur notre petit pays. Nous avons été les sujets de cette expérience qu'ils appellent, sans rire, la guerre froide. Quelle blague ! Quand on sait à quel point la guerre a été chaude pour nous ! C'est à la fois drôle et pas très drôle, parce que toi et moi sommes les victimes de cette blague. (Je croyais que c'était *nous*, les victimes de la blague, dit Sonny. Chut, dit l'adjudant glouton. Je veux entendre. Ça va être amusant !) Comme d'habitude, continua le commissaire, on a récupéré leurs techniques et leur technologie. Ces ampoules électriques ? Fabriquées aux États-Unis.

Idem pour le générateur qui les fait marcher, bien que le carburant soit d'importation soviétique.

S'il te plaît, éteins la lumière, dit le patient, que la chaleur engendrée par le bloc d'ampoules faisait suer. N'obtenant aucune réponse, il réitéra sa demande. N'entendant toujours rien, il s'aperçut que le commissaire était parti. Il ferma les yeux et, l'espace d'un instant, pensa être endormi, jusqu'à ce que l'électricité lui morde l'orteil. Moi aussi, j'ai été soumis à ces techniques à la Ferme, avait expliqué Claude à la classe. Elles fonctionnent même si vous savez ce qu'on est en train de vous infliger. Il faisait référence aux techniques qui figuraient dans le manuel ronéotypé *KUBARK*, à présent dans les mains du commissaire, lecture obligatoire pour le cours d'interrogatoire. Le patient, avant d'être un patient, quand il n'était qu'un élève, avait lu ce livre plusieurs fois. Il en avait appris l'intrigue, les personnages et les figures de style ; il savait l'importance de l'isolement, de la privation sensorielle, du binôme d'interrogateurs et des agents d'infiltration. Il maîtrisait la technique dite Ivan Est Un Imbécile, celle du Loup Déguisé En Brebis, celle d'Alice Au Pays Des Merveilles, celle de L'Œil Qui Voit Tout, celle du Personne Ne T'Aime. En un mot, il connaissait ce livre par cœur, y compris l'importance qu'on y accordait à une routine quotidienne imprévisible. Aussi ne fut-il pas surpris lorsque le gardien au visage poupon entra et rattacha le câble à l'un de ses doigts de pied. Pendant que le gardien au visage poupon lui enveloppait de nouveau le pied, le patient marmonna quelque chose que lui-même ne comprit pas, et le gardien au visage poupon ne répondit pas. Ce gardien au visage poupon était le même que celui qui avait montré un jour au patient son tatouage, NÉ DANS LE NORD POUR MOURIR DANS LE SUD, gravé à l'encre bleue sur son biceps. Mais, s'étant retrouvé dans la toute dernière division à marcher sur Saigon, la guerre était déjà terminée quand il avait libéré la ville. Son tatouage n'en demeurait peut-être pas moins prophétique : il avait failli mourir d'une syphilis transmise par la femme d'un prisonnier venue lui rendre visite, qui l'avait soudoyé avec le seul bien qu'elle possédât. S'il vous plaît, éteignez la lumière, dit le patient. Cependant, le gardien au visage poupon ne s'occupait plus de lui. Un jeune gardien, un adolescent, était en train de lui donner sa nourriture. Ne venait-il pourtant pas de manger ? Il n'avait pas faim, mais le gardien adolescent le força à ingurgiter le gruau de riz au moyen d'une cuillère en métal. La satisfaction de ses besoins de base devait être déstructurée, ses repas devaient être irréguliers et inopinés, exactement comme le prescrivait le livre. Pareil au médecin étudiant une maladie mortelle qui le frappe soudain, il savait tout de ce qui lui était arrivé et de ce qui lui arriverait. Pourtant, cela ne changeait rien à l'affaire. Il voulut en parler au gardien adolescent ; ce dernier lui dit de la fermer, lui donna un coup de pied dans les côtes et s'en alla. Le câble électrique le mordit de nouveau, sauf que cette fois il n'était pas relié à son orteil, mais à son oreille. Le patient eut beau agiter la tête, le câble ne desserra pas ses mâchoires, l'obligeant à rester éveillé. Son cerveau était à vif et gercé, comme avaient dû l'être les tétons de sa mère après qu'il les eut tétés. Mon petit bébé affamé, disait-elle. Tu avais à peine quelques heures, tu ne pouvais même pas ouvrir les yeux et déjà tu savais exactement où trouver mon lait. Et une fois accroché, tu ne lâchais plus ! Tu réclamais le sein toutes les heures. Cette première goutte de lait maternel avait dû être la perfection même, mais il ne s'en rappelait plus le goût. Tout ce qu'il savait, c'était ce dont ce lait n'avait *pas* le goût : la peur, l'âcreté métallique d'une pile de neuf volts frottée sur sa langue.

Q. Comment te sens-tu ?

Le commissaire était revenu. Vêtu de sa blouse blanche de laboratoire, de son masque de chirurgien, de ses lunettes en inox, il se tenait au-dessus du patient. Dans ses mains gantées de latex blanc, il avait un carnet et un stylo.

Q. J'ai dit : comment te sens-tu ?
R. Je ne sens plus mon corps.
Q. Mais est-ce que tu sens ton esprit ?
R. Mon esprit sent tout.
Q. Tu te souviens, maintenant ?
R. Quoi ?
Q. Est-ce que tu te souviens de ce que tu as oublié ?

Il vint alors à l'esprit du patient qu'il se souvenait, en effet, de ce qu'il avait oublié, et que s'il pouvait simplement l'énoncer, le câble serait détaché du bout de son nez, le goût de la pile dans sa bouche disparaîtrait, les lumières seraient éteintes, et il pourrait enfin dormir. Il pleura. Ses larmes tombèrent dans la vaste mer de son oubli, et cette légère modification saline apportée à la nature liquide de son amnésie fit remonter le passé, noir d'obsidienne. Un obélisque émergea lentement de son océan oublieux, marquant la résurrection de quelque chose dont il ignorait même la mort puisqu'il avait été enseveli dans la

mer. Des hiéroglyphes étaient gravés sur l'obélisque
– des images mystérieuses de trois souris, une série
de rectangles, des courbes sinueuses, quelques
kanjis... et un projecteur de cinéma, car ce qui avait
été oublié, à présent il s'en souvenait, s'était produit
dans la salle qu'ils appelaient le cinéma.

   Q. Qui appelait ça le cinéma ?
   R. Les policiers.
   Q. Et pourquoi le cinéma ?
   R. Quand les étrangers viennent, la salle est un cinéma.
   Q. Et quand les étrangers ne sont pas là ?
   R. ...
   Q. Et quand les étrangers ne sont pas là ?
   R. Les interrogatoires se passent là-bas.
   Q. Comment se déroulent les interrogatoires ?
   R. Il y a des tas de façons.
   Q. Un exemple ?

Un exemple ! Il avait l'embarras du choix. Le coup de
téléphone, bien sûr, et le tour en avion, et la bassine
d'eau, et cette méthode ingénieuse, sans traces, avec
des épingles, du papier et un ventilateur électrique, et
le massage, et les lézards, et les brûlures, et l'anguille.
Aucun ne figurait dans le livre. Même Claude ne
savait pas d'où ils venaient, seulement qu'ils étaient
pratiqués bien avant son entrée dans la guilde. (Ça
commence à bien faire, dit l'adjudant glouton. Il en
a marre. Non, fit Sonny. Il transpire pour de bon,
maintenant. On approche de quelque chose !)

   Q. Qui se trouvait dans le cinéma ?
   R. Les trois policiers. L'adjudant. Claude.
   Q. Qui d'autre se trouvait dans le cinéma ?
   R. Moi.

Q. Qui d'autre se trouvait dans le cinéma ?
R. …
Q. Qui d'autre…
R. L'agente communiste.
Q. Que lui est-il arrivé ?

Comment avait-il pu oublier l'agente avec la preuve en papier mâché dans sa bouche ? Son propre nom, à lui, figurait sur la liste de policiers qu'elle avait essayé d'avaler lors de son arrestation. Pendant qu'il l'observait dans la salle de cinéma, il était persuadé qu'elle ne connaissait pas sa véritable identité, alors que c'était lui-même qui avait transmis la liste à Man. Mais l'agente, étant la messagère de Man, savait qui était Man. Elle était allongée au centre de la grande salle, sur une table recouverte d'un drap en caoutchouc noir, nue, les pieds et les mains liés aux quatre pieds de la table. Comme les épais rideaux étaient tirés, le cinéma n'était éclairé que par des néons au plafond. Des chaises métalliques pliantes avaient été poussées contre les murs, à la diable, tandis qu'au fond de la salle trônait un projecteur Sony. Sur le mur opposé, l'écran de cinéma servait de toile de fond à l'interrogatoire de l'agente, d'où Claude observait, près du projecteur. L'adjudant glouton était chargé de l'opération mais, ayant abdiqué son pouvoir aux trois policiers présents dans la salle, il assistait à la scène assis sur une des chaises pliantes, en nage, l'air malheureux.

Q. Où étais-tu ?
R. À côté de Claude.
Q. Que faisais-tu ?
R. Je regardais.
Q. Qu'est-ce que tu as vu ?

Plus tard, un beau jour, alors que le patient n'aurait aucun souvenir de la présence d'un enregistreur, le commissaire lui ferait écouter sa réponse, enregistrée sur une cassette. Beaucoup de gens, entendant leur voix sur cassette, avaient l'impression que ce n'étaient pas eux qui parlaient et trouvaient cela dérangeant ; il ne fit pas exception. Il entendrait cette voix inconnue dire, J'ai tout vu. Claude m'a expliqué que c'était une sale histoire mais que je devais voir ça. J'ai demandé, C'est vraiment nécessaire ? Claude a dit, Vois avec l'adjudant. C'est lui le chef. Je ne suis qu'un conseiller. Alors je suis allé voir l'adjudant, qui m'a répondu, Je ne peux rien y faire. Rien ! Le général veut savoir comment elle a obtenu les noms et il veut le savoir tout de suite. Mais c'est mal, j'ai dit. Vous ne voyez donc pas ? Il n'y a pas besoin de faire ça. L'adjudant est resté assis sans rien dire et Claude, debout près du projecteur, ne disait rien non plus. Laissez-moi un moment seul avec elle, j'ai dit aux trois policiers. Même si les Américains surnommaient nos policiers les souris blanches, à cause de leur uniforme et de leur casque blancs, ces trois-là n'avaient rien de petites souris. C'étaient des spécimens moyens de notre virilité nationale, minces et émaciés, la peau très bronzée à force de circuler en jeep et à moto. Au lieu d'être en blanc des pieds à la tête, ils portaient des uniformes de campagne, chemise blanche et pantalon bleu ciel, et avaient ôté leurs casquettes bleu clair. Laissez-moi deux petites heures avec elle, j'ai dit. Le plus jeune des policiers a ricané, Il veut être le preum's. Je suis devenu rouge de colère et de honte, et le plus vieux des policiers a répondu, L'Américain n'en a rien à foutre. Toi non plus tu ne devrais pas. Tiens, bois un Coca. Dans le coin il y avait un Frigidaire rempli de boissons gazeuses, et ce vieux policier, qui avait déjà une bouteille ouverte à la main, me l'a donnée avant de m'accompagner jusqu'à la chaise à côté de l'adjudant. Je me suis assis et j'ai senti s'engourdir peu à peu les doigts de ma main qui tenait la bouteille glacée.

S'il vous plaît, messieurs ! a pleuré l'agente. Je suis innocente ! Je le jure ! C'est pour ça que tu as une liste avec tous ces noms de policiers dessus ? dit le plus jeune. Tu l'as trouvée quelque part et tu avais faim, alors tu as essayé de la manger ? Non, non, sanglota l'agente. Elle avait besoin de donner une explication solide pour se défendre, mais curieusement elle en fut incapable – non pas que la moindre explication eût pu faire dévier les policiers. D'accord, dit celui d'âge moyen en défaisant sa ceinture et en se débraguettant. Il bandait déjà ; son onzième doigt tendait son caleçon. L'agente gémit et tourna les yeux vers l'autre côté de la table, où se tenait le plus jeune des policiers. Il avait déjà baissé son pantalon et se paluchait furieusement. Assis derrière lui, je ne voyais que ses fesses nues et creuses, ainsi que l'horreur dans les yeux de l'agente. Elle comprenait que ce n'était pas un interrogatoire mais un verdict, rédigé par les policiers au moyen des instruments qu'ils avaient entre leurs mains. Le plus vieux, sans doute père de famille, était en train de caresser la masse trapue de la partie la plus laide de la majorité des corps masculins adultes. J'en avais la preuve sous les yeux, maintenant que le plus jeune policier s'était tourné de profil et rapproché du visage de l'agente. Allez, jette un coup d'œil, dit-il. Il t'aime bien, tu sais ! Les trois membres turgescents n'avaient pas la même longueur, l'un pointé vers le haut, l'autre vers le bas, le troisième recourbé vers le côté. Non, ne faites pas ça ! pleura l'agente, les yeux fermés et agitant la tête. Je vous en supplie ! Le plus vieux policier rigola. Regardez-moi ce nez tout plat et cette peau mate. Elle doit avoir un peu de sang cambodgien ou cham. Elles sont chaudes, celles-là.

On va commencer tranquillement, dit celui d'âge moyen en grimpant péniblement sur la table, entre les jambes de l'agente. Comment tu t'appelles ? Elle ne dit rien. Il répéta sa question, et quelque chose de primitif s'éveilla en elle : elle ouvrit les yeux pour le regarder et dit, Mon nom de famille est Viet, et mon prénom est Nam. Pendant quelques instants, les trois flics restèrent interdits. Puis ils éclatèrent de rire. C'est qu'elle en a envie, cette salope, dit le plus jeune. L'autre, toujours en riant, s'abaissa lourdement sur l'agente, qui n'arrêtait pas de crier. À voir le policier en train de grogner et de besogner, et les deux autres qui faisaient le tour de la table, pantalon aux chevilles, exhibant leurs horribles genoux, je me fis la réflexion qu'après tout c'étaient bel et bien des souris, agglutinées autour d'un morceau de fromage. Mes compatriotes ne comprenaient pas l'intérêt qu'il y avait à faire la queue, car personne ne voulait être le dernier de la file. Alors que ces trois souris se bousculaient les unes les autres et me bouchaient la vue, je ne voyais que leurs parties intimes en sueur et les jambes de l'agente qui s'agitaient en tous sens. Elle ne criait plus, parce qu'elle ne pouvait plus crier : le jeune policier l'avait fait taire. Dépêche, dit-il. Pourquoi tu mets autant de temps ? Je mets le temps que je veux, lui répondit celui d'âge moyen. De toute façon tu t'amuses bien avec elle, non ? (Arrêtez de parler de ça ! s'écria l'adjudant glouton en se couvrant les yeux. Je ne peux pas voir ça !) Mais nous ne pouvions rien faire d'autre que de voir le policier d'âge moyen secoué, enfin, par un formidable spasme. Un plaisir d'une telle puissance devrait toujours resté privé, à moins que tout le monde n'y participe, comme dans un carnaval ou une orgie. Ici, le plaisir était hideux pour ceux qui ne faisaient que voir. À mon tour, dit le plus jeune. Il se détacha de l'agente, qui put crier de nouveau jusqu'à ce que le plus vieux prenne sa place et la fasse de nouveau taire. Quel bordel, fit le plus jeune en remontant sa chemise. En rien refroidi par ledit bordel, il se mit en position sur la table. Pendant que son collègue d'âge moyen remontait sa braguette sur la toison frisée couronnant son sexe dégonflé, il répéta les gestes de son prédécesseur avant d'atteindre, au bout de quelques minutes, la même conclusion obscène. Vint ensuite le tour du plus âgé. Lorsqu'il escalada la table, j'eus droit à une vue dégagée sur le visage de l'agente. Bien qu'elle eût tout le loisir de crier, elle ne le faisait plus, ou ne le pouvait plus. Elle me regardait fixement mais, avec les écrous de la douleur qui se resserraient toujours un peu plus sur ses mâchoires et ses yeux, j'avais l'impression qu'elle ne me voyait pas.

Après que le plus vieux eut terminé, il y eut un long silence, uniquement interrompu par les sanglots de l'agente et le chuintement des cigarettes sur lesquelles tiraient les autres policiers. Le plus vieux me surprit en train de le regarder remettre sa chemise sous son pantalon ; il haussa les épaules. D'autres que nous l'auraient fait. Alors pourquoi pas nous ? Le plus jeune dit, Ne t'emmerde pas à lui parler. Il serait infoutu d'avoir le gourdin, de toute façon. Regarde, il n'a même pas touché à son Coca. C'était vrai. J'avais oublié la bouteille dans ma main. Elle n'était même plus froide. Si tu ne la bois pas, intervint son collègue d'âge moyen, donne-la-moi. Comme je ne réagissais pas, le policier exaspéré fit trois pas vers moi et prit ma bouteille. Il but une gorgée et grimaça. Je déteste le Coca tiède. Il dit cela sur un ton méchant et me rendit la bouteille, mais je ne pus que la regarder bêtement, la tête aussi engourdie que l'avaient été mes doigts. Attends une seconde, dit le plus vieux. Pas besoin de lui faire boire du Coca tiède alors que celle-là a besoin d'une bonne douche. Il caressa le genou de l'agente. En sentant sa main, en entendant ces mots, elle revint à la vie, redressa la tête et nous fusilla tous d'un regard chargé d'une telle haine que tous les hommes présents dans la salle auraient dû être réduits en cendres et en fumée. Il n'en fut rien. Nous étions bien vivants, et elle aussi, cependant que le policier d'âge moyen rigolait en bouchant le goulot de la bouteille avec son pouce avant de la secouer vigoureusement. Bonne idée, dit-il. Mais ça va coller partout !

Oui, la mémoire était collante. Je dus forcément marcher dans le Coca, même après que les policiers eurent déversé des seaux d'eau sur l'agente et sur la table, puis lavé le sol carrelé. (C'est moi qui leur ai ordonné de faire ça, dit l'adjudant glouton. Et je peux vous assurer qu'ils n'étaient pas contents de devoir nettoyer après leur passage.) Quant à l'agente, toujours nue sur la table, elle ne criait plus, ne sanglotait même pas. Les yeux à nouveau fermés, la tête en arrière, le dos cambré, elle était muette comme une tombe. Après s'être nettoyés, les policiers laissèrent la bouteille vide dans son vagin, enfoncée jusqu'au col. Je peux tout voir à l'intérieur, dit le policier d'âge moyen, qui, mû par un intérêt gynécologique, s'était penché pour regarder à travers le fond de la bouteille. Laisse-moi regarder, dit le plus jeune en le poussant de l'épaule. J'y vois rien, se plaignit-il. C'était une blague, espèce de con ! s'écria le plus vieux. Une blague ! Oui, une très mauvaise blague, une bouffonnerie burlesque qui peut se comprendre dans toutes les langues. Claude ne dérogea pas à la règle. Pendant que les policiers jouaient au docteur avec leur spéculum improvisé, il vint à côté de moi et dit, Pour ta propre gouverne, ce n'est pas moi qui leur ai appris ça. La bouteille, je veux dire. Ils ont trouvé ça tout seuls.

C'étaient de bons élèves, comme moi. Ils avaient bien appris leur leçon, et moi aussi, alors si tu pouvais éteindre les lumières, si tu pouvais couper le téléphone, si tu pouvais arrêter de m'appeler, si tu pouvais te souvenir que toi et moi nous avons été et sommes peut-être encore les meilleurs amis du monde, si tu pouvais voir que je n'ai plus rien à avouer, si le navire de l'Histoire avait suivi une autre route, si j'étais devenu comptable, si j'étais tombé amoureux d'une autre femme, si j'avais été un amant plus vertueux, si ma mère avait été moins mère, si mon père était parti sauver des âmes en Algérie plutôt qu'ici, si le commandant n'avait pas besoin de me transformer, si mon propre peuple ne me soupçonnait pas, s'il me voyait comme un des siens, si on oubliait toutes nos rancœurs, si on oubliait la vengeance, si on admettait que nous sommes tous des pantins manipulés par d'autres, si on n'avait pas fait la guerre entre nous, si certains d'entre nous ne s'étaient pas appelés nationalistes ou communistes ou capitalistes ou réalistes, si nos bonzes ne s'étaient pas immolés, si les Américains n'étaient pas venus nous sauver de nous-mêmes, si nous n'avions pas acheté ce qu'ils nous vendaient, si les Soviétiques ne nous avaient jamais appelés camarades, si Mao n'avait pas cherché à les imiter, si les Japonais ne nous avaient pas appris la supériorité de la race jaune, si les Français n'avaient jamais cherché à nous civiliser, si Hô Chi Minh n'avait pas été dialectique et Karl Marx analytique, si la main invisible du marché ne nous tenait pas par la peau du cou, si les Anglais avaient battu les insurgés du Nouveau Monde, si en voyant l'homme blanc les indigènes avaient simplement dit, Certainement pas, si nos empereurs et nos mandarins ne s'étaient pas battus entre eux, si les Chinois n'avaient pas régné sur nous pendant mille ans, s'ils s'étaient servis de la poudre autrement que pour faire des feux d'artifice, si le Bouddha n'avait jamais existé, si la Bible n'avait jamais été écrite et Jésus-Christ jamais sacrifié, si Adam et Ève folâtraient encore dans le jardin d'Éden, si nous n'étions pas les descendants du dragon et de la fée, si leurs chemins ne s'étaient pas séparés, si cinquante de leurs enfants n'avaient pas suivi leur mère dans les montagnes, si cinquante autres n'avaient pas suivi leur dragon de père dans la mer, si le phénix de la légende était vraiment né une nouvelle fois de ses cendres au lieu de s'écraser et de brûler dans nos campagnes, s'il n'y avait ni Lumière ni Verbe, si le Paradis et la Terre ne s'étaient jamais séparés, si l'Histoire n'avait jamais existé, ni comme farce ni comme tragédie, si le serpent du langage ne m'avait pas mordu, si je n'avais jamais vu le jour, si ma mère n'avait jamais été pénétrée, si tu n'avais plus besoin de corrections, et si je ne voyais plus ces visions, s'il te plaît, pourrais-tu me laisser dormir ?

22

Bien sûr vous ne pouvez pas dormir. Les révolutionnaires sont des insomniaques, trop effrayés par le cauchemar de l'Histoire pour pouvoir dormir, trop troublés par les maux du monde pour ne pas rester éveillés – c'est en tout cas ce que me dit le commandant. J'étais allongé sur mon matelas, spécimen sur la lame du microscope, et, entrouvrant l'œil tel un obturateur, je m'aperçus que l'expérience du médecin avait réussi. J'étais séparé en deux, corps tourmenté au-dessous, conscience sereine flottant très au-dessus, au-delà du plafond éclairé, éloignée de mon supplice grâce à un invisible mécanisme gyroscopique. Vue de cette hauteur, la vivisection que l'on pratiquait sur moi était très intéressante, qui faisait étinceler le jaune de mon corps flageolant sous le blanc visqueux de mon esprit. Ainsi donc à la fois assujetti et surélevé, j'étais incompréhensible même aux yeux de Sonny et de l'adjudant glouton, restés au niveau de mon manque de sommeil chronique. Ils regardaient par-dessus les épaules du médecin, du commandant et du commissaire réunis autour de moi, qui, pistolets à la hanche rangés dans leurs étuis, avaient abandonné leurs blouses de laboratoire et de médecin et leurs lunettes en inox pour des uniformes jaunes à insignes rouges. Alors que ceux d'en bas étaient les humains et les fantômes, j'étais le Saint-Esprit surnaturel, capable de tout voir, de tout entendre. Ainsi détaché, je vis le commandant s'agenouiller, approcher sa main de mon enveloppe sous-humaine et tendre lentement l'index jusqu'à appuyer sur mon œil ouvert, ce à quoi mon pauvre corps réagit en tressaillant.

MOI
S'il vous plaît, laissez-moi dormir.

LE COMMANDANT
Vous pourrez dormir quand je serai satisfait de votre confession.

MOI
Mais je n'ai rien fait !

LE COMMANDANT
Justement.

MOI
La lumière est trop forte. Si vous pouviez...

LE COMMANDANT
Tout le monde a vu ce qui arrivait à notre pays et presque personne n'a rien fait. Non seulement ça, mais ils y ont pris beaucoup de plaisir. Vous ne faites pas exception.

MOI
J'ai protesté, non ? Est-ce ma faute si personne ne m'a écouté ?

LE COMMANDANT
Ne cherchez pas d'excuses ! Nous ne nous sommes pas plaints. Nous étions tous prêts à être des martyrs. Si le médecin, le commissaire et moi-même sommes

vivants, c'est un vrai coup de chance. Vous, vous n'avez tout simplement pas été prêt à vous sacrifier pour sauver l'agente, alors qu'elle était prête à sacrifier sa vie pour celle du commissaire.

MOI

Non, je...

LE COMMANDANT, LE COMMISSAIRE
et LE MÉDECIN (en chœur)

Admettez-le !

Je me vis l'admettre à ce moment-là. Je m'entendis reconnaître que je n'étais pas en train d'être puni ou rééduqué pour les choses que j'avais faites, mais pour celle que je n'avais pas faite. Je pleurais et sanglotais sans avoir honte de ma honte. J'étais coupable du crime de n'avoir rien fait. J'étais l'homme auquel on faisait des choses parce qu'il n'avait rien fait ! Et non seulement je pleurais et sanglotais : je hurlais, une tornade d'émotions faisait trembler et claquer les fenêtres de mon âme. Voir et entendre mon abjection était si gênant que tout le monde détournait le regard du piteux personnage que j'étais devenu, sauf le commandant, le commissaire, et moi-même.

LE COMMISSAIRE

Content ?

LE COMMANDANT

Donc il admet n'avoir rien fait. Mais le camarade brou et l'Horloger ?

LE COMMISSAIRE

Il n'aurait rien pu faire pour sauver le camarade brou et l'Horloger. Quant à l'agente, elle a survécu.

LE COMMANDANT
Quand on l'a libérée, elle n'arrivait même plus à marcher.

LE COMMISSAIRE
Son corps était peut-être brisé, mais pas son esprit.

LE MÉDECIN
Et ces policiers, que sont-ils devenus ?

LE COMMISSAIRE
Je les ai retrouvés.

LE COMMANDANT
Ils ont payé pour leur crime. Il ne devrait pas en faire autant, lui aussi ?

LE COMMISSAIRE
Si, mais il devrait aussi être récompensé pour les vies qu'il a supprimées.

LE COMMANDANT
Sonny et l'adjudant ? Leurs misérables vies n'arrivent pas à la cheville des blessures de l'agente.

LE COMMISSAIRE
Et la vie de son père ?

Mon père ? Comment ça ? Même Sonny et l'adjudant glouton, consternés par le jugement sévère sur leur vie et leur mort, cessèrent de s'agiter pour écouter.

LE COMMANDANT
Qu'est-ce qu'il a fait à son père ?

LE COMMISSAIRE
Demandez-le-lui vous-même.

LE COMMANDANT
Vous ! Regardez-moi ! Qu'est-ce que vous avez fait à votre père ?

MOI
Je n'ai rien fait à mon père !

LE COMMANDANT, LE COMMISSAIRE
et LE MÉDECIN (en chœur)
Admettez-le !

Contemplant la partie de moi domptée et sanglotante, je ne savais plus si je devais rire ou pleurer de compassion. Ne me souvenais-je donc pas de ce que j'avais écrit à Man à propos de mon père ? *J'aimerais qu'il soit mort.*

MOI
Mais ce n'est pas ce que je voulais !

LE COMMISSAIRE
Soyez honnête avec vous-même.

MOI
Je ne voulais pas que vous le fassiez !

LE COMMISSAIRE
Bien sûr que si ! Vous avez oublié à qui vous écriviez ?

J'écrivais au révolutionnaire qui était membre d'un comité puissant et qui savait, même à l'époque, qu'il deviendrait peut-être un jour commissaire ; j'écrivais à un cadre politique déjà rompu à l'art plastique de la reconstruction des âmes et des esprits ; j'écrivais à un ami qui aurait fait tout ce que je lui demandais ; j'écrivais à un écrivain qui savait la puissance des phrases et le poids des mots ; j'écrivais à un frère qui savait encore mieux que moi ce que je voulais.

> LE COMMANDANT, LE COMMISSAIRE
> et LE MÉDECIN (en chœur)
> Qu'est-ce que vous avez fait ?

> MOI
> J'ai souhaité sa mort !

Le commandant se caressa le menton et jeta un regard sceptique au médecin, qui haussa les épaules. Lui se contentait d'ouvrir les corps et les esprits ; il n'était pas responsable de ce qu'on trouvait à l'intérieur.

> LE MÉDECIN
> Comment est mort son père ?

> LE COMMISSAIRE
> Une balle dans la tête, pendant qu'il écoutait la confession de son assassin.

> LE COMMANDANT
> Ça ne m'étonnerait pas de vous que vous ayez inventé cette histoire pour le sauver.

> LE COMMISSAIRE
> Demandez à mon agente. C'est elle qui a organisé la mort du père.

Le commandant me regarda. Si je pouvais être coupable de n'avoir rien fait, ne devais-je pas être aussi récompensé pour avoir voulu quelque chose, en l'occurrence la mort de mon père ? Dans l'esprit athée du commandant, ce père était un colon, un marchand d'opium pour les masses, le porte-parole d'un Dieu au nom duquel des millions d'indigènes avaient été sacrifiés, prétendument pour leur propre salut, éclairés par une croix enflammée sur le chemin ardu du paradis. Sa mort n'était pas un meurtre, mais une juste punition – je n'avais jamais voulu écrire autre chose.

LE COMMANDANT
Je vais y réfléchir.

Le commandant se retourna et s'en alla, suivi docilement par le médecin. Il ne restait donc que Sonny et l'adjudant glouton pour voir le commissaire s'asseoir lentement sur la chaise en grimaçant.

LE COMMISSAIRE
On fait une fine équipe, toi et moi.

MOI
Éteins les lumières. Je ne vois rien.

LE COMMISSAIRE
Qu'y a-t-il de plus précieux que l'indépendance et la liberté ?

MOI
Le bonheur ?

LE COMMISSAIRE
Qu'y a-t-il de plus précieux que l'indépendance et la liberté ?

MOI
L'amour ?

LE COMMISSAIRE
Qu'y a-t-il de plus précieux que l'indépendance et la liberté ?

MOI
Je ne sais pas !

LE COMMISSAIRE
Qu'y a-t-il de plus précieux que l'indépendance et la liberté ?

MOI
J'aimerais être mort !

Ça y est, je l'avais dit, en sanglotant, en hurlant. Enfin je savais ce que je voulais qu'il m'arrive, ce que tant de gens voulaient qu'il m'arrive. Sonny et l'adjudant glouton applaudirent, cependant que le commissaire dégainait son pistolet. Enfin ! La mort ne ferait souffrir qu'un instant, ce qui n'était pas grand-chose quand on savait à quel point, et pendant combien de temps, la vie faisait souffrir. Le bruit de la balle chargée dans la chambre fut aussi limpide que celui de la cloche de l'église de mon père, que nous entendions chaque dimanche matin, ma mère et moi, dans notre taudis. En me regardant d'en haut, je voyais encore l'enfant dans l'homme et l'homme dans l'enfant. J'étais à jamais divisé, bien que ce ne fût pas entièrement ma faute. Certes, j'avais choisi de vivre deux vies et d'être un homme à l'esprit double, mais le contraire eût été difficile, puisque les gens m'avaient toujours appelé du nom de bâtard. Notre pays lui-même était profané, abâtardi, démembré entre Nord et Sud, et si l'on pouvait dire que nous avions choisi la division et la mort pendant notre guerre incivile, là encore ce n'était qu'à moitié vrai. Nous n'avions pas choisi d'être humiliés par les Français, d'être divisés par eux en une trinité impie du Nord, du Centre et du Sud, d'être livrés aux grandes puissances du capitalisme et du communisme pour être encore un peu plus disséqués, puis de devoir jouer les combattants d'une partie d'échecs, la guerre froide, jouée dans des salles climatisées par des Blancs aussi bien habillés que menteurs. Non, de même que ma génération maltraitée avait été divisée avant de naître, j'avais été divisé à ma naissance, accouché dans un monde post-partum où presque personne ne m'acceptait tel que j'étais, mais où on me forçait toujours à choisir entre mes deux côtés. Ce n'était pas seulement difficile – non, c'était proprement impossible, car comment choisir entre moi et moi-même ? À présent, mon ami me délivrerait de ce monde étroit, de ses habitants à l'esprit tout aussi étroit, ces foules qui traitaient un homme aux deux esprits et aux deux visages comme un monstre, qui ne voulaient, à toute question, entendre qu'une réponse.

Mais attendez… Que faisait-il ? Il avait posé le pistolet par terre et s'était agenouillé à côté de moi. Il était en train de dénouer le sac qui enveloppait ma main droite, puis la corde qui la ligotait. Je me vis lever ma main devant mes yeux, entaillée par la marque rouge de notre fraternité. À travers ces yeux sous-humains et à travers mon regard surnaturel au-dessus, je vis mon ami placer le pistolet, un Tokarev, dans ma main. Pour concevoir le Tokarev, les Soviétiques s'étaient inspirés du Colt américain, et si son poids ne m'était pas inconnu, en revanche je fus incapable de le tenir droit tout seul, obligeant mon ami à serrer mes doigts autour de la crosse.

LE COMMISSAIRE
Tu es le seul à pouvoir faire ça pour moi. Tu le feras ?

Il se pencha en avant et colla le canon du pistolet entre ses deux yeux. Ses mains serraient les miennes.

MOI
Pourquoi est-ce que tu fais ça ?

Tout en parlant, je me mis à pleurer. Lui aussi pleura, et ses larmes coulèrent sur son hideuse absence de visage, visage que je n'avais pas vu d'aussi près depuis des années. Où était le frère de ma jeunesse, disparu de partout sauf de ma mémoire ? Là, et seulement là, survivait son visage grave, sérieux et idéaliste, avec ses hautes pommettes prononcées, les lèvres minces et fines, le nez aristocratique et étroit, enfin le grand front, synonyme d'une intelligence puissante dont la force, tel l'océan, avait fait reculer la ligne des cheveux. Seuls ses yeux étaient encore reconnaissables, maintenus en vie par les larmes, ainsi que le timbre de sa voix.

LE COMMISSAIRE
Je pleure parce que je trouve insupportable de te voir si affaibli. Mais je ne peux pas te sauver autrement qu'en t'affaiblissant. Le commandant n'accepterait pas d'autre possibilité.

Cela me fit rire, même si le corps sur le matelas ne faisait que trembler.

MOI
En quoi est-ce que ça va me sauver ?

Il sourit malgré ses larmes. Je reconnus ce sourire-là, aussi, le plus éclatant sourire que j'aie jamais vu chez un de mes compatriotes, normal pour un fils de dentiste. Ce qui avait changé, ce n'était pas le sourire, mais le visage, ou l'absence de visage, si bien que ce sourire blanc flottait dans le néant. C'était le rictus horrible du chat du Cheshire.

LE COMMISSAIRE
On est dans une situation impossible. Le commandant ne te laissera partir que quand tu te seras racheté. Mais Bon ? Et même s'il peut partir, qu'est-ce que vous allez faire, tous les deux ?

MOI
Si Bon ne peut pas partir... moi non plus.

LE COMMISSAIRE
Et donc vous mourrez ici.

Il pressa encore un peu plus le canon de l'arme contre sa tête.

LE COMMISSAIRE
Tue-moi d'abord. Et ce n'est pas à cause de mon visage. Pour lui, je ne mourrais pas. Je m'exilerais simplement ici, histoire que ma famille n'ait plus jamais besoin de voir cette *chose*. Mais je vivrais.

Je n'étais plus ni mon corps ni moi-même. Je n'étais que le pistolet, à travers l'acier duquel me parvenaient les vibrations des mots du commissaire, signalant l'arrivée imminente d'une locomotive qui nous écrabouillerait l'un et l'autre.

LE COMMISSAIRE
Je suis le commissaire, mais quel genre d'école est-ce que je dirige ? Une école dans laquelle toi, tu te fais rééduquer. Ce n'est pas parce que tu n'as rien fait que tu es ici. C'est parce que tu es trop éduqué que tu te fais rééduquer. Mais qu'as-tu appris ?

MOI
J'ai regardé et je n'ai rien fait !

LE COMMISSAIRE
Je vais te dire ce que tu ne trouveras dans aucun livre. Dans chaque ville, dans chaque village, dans chaque quartier, les cadres prononcent les mêmes discours. Ils rassurent les habitants qui ne sont pas en rééducation quant à nos bonnes intentions. Mais les comités et les commissaires se foutent de reconstruire les prisonniers. Tout le monde le sait et personne ne le dira à haute voix. Tout le baratin que rabâchent les cadres ne fait que cacher une horrible vérité...

MOI
J'ai souhaité la mort de mon père !

LE COMMISSAIRE
Maintenant que nous sommes les puissants, les Français ou les Américains n'ont même plus besoin de nous baiser. On peut très bien s'en charger nous-mêmes.

La lumière au-dessus de mon corps était aveuglante. Je ne savais plus si je pouvais tout voir ou ne rien voir, et sous la chaleur des lampes ma paume était moite de sueur. J'avais du mal à serrer le pistolet, mais les mains du commissaire maintenaient le canon bien en place.

LE COMMISSAIRE
Si quelqu'un d'autre que toi apprend que j'ai dit l'indicible, je me ferai rééduquer. Mais ce n'est pas la rééducation que je redoute. C'est mon éducation qui me terrifie. Comment un professeur peut-il accepter d'enseigner une chose à laquelle il ne croit pas ? Comment puis-je accepter de te voir dans cet état ? C'est impossible. Maintenant, appuie sur la détente.

Je crois que je répondis que je préférerais me tuer en premier, mais je ne m'entendis pas, et lorsque je voulus éloigner le pistolet de sa tête pour le braquer sur la mienne, je n'en eus pas la force. Ses yeux implacables me toisèrent, aussi desséchés que des os, et du plus profond de lui s'éleva un grondement. Puis le grondement jaillit hors de lui – il riait. Qu'y avait-il de si drôle ? Cette comédie noire ? Non, c'était trop pesant. Cette chambre illuminée n'autorisait qu'une comédie légère, une comédie blanche où l'on pouvait mourir de rire – mais il ne rit pas longtemps. Il s'arrêta dès qu'il eut lâché ma main ; mon bras retomba le long de mon corps et le pistolet valdingua sur le sol en ciment. Derrière le commissaire, Sonny et l'adjudant glouton lorgnaient le Tokarev avec envie. S'ils avaient pu, ils auraient été ravis de le ramasser et de me tirer dessus. Mais ils n'étaient plus maîtres de leur corps. Quant au commissaire et à moi, nous avions des corps mais nous ne pouvions plus tirer, et c'est peut-être cela qui le fit rire. Le vide qui avait été son visage me toisait toujours, et son hilarité avait disparu avec une telle soudaineté que je n'étais pas sûr d'avoir bien entendu. Dans ce vide je crus déceler de la tristesse, mais rien n'était moins sûr. Seuls les yeux et les dents exprimaient une quelconque émotion. Il ne souriait ni ne pleurait plus.

LE COMMISSAIRE
Excuse-moi. J'ai été faible et égoïste. Si je mourais, tu mourrais, et ensuite Bon. Le commandant n'a qu'une envie : le traîner jusqu'au peloton d'exécution. Au moins, maintenant, sinon moi, tu peux vous sauver, toi et notre ami. Et ça, je peux m'en contenter.

MOI
S'il te plaît, est-ce que je peux dormir avant qu'on reparle de tout ça ?

LE COMMISSAIRE
Réponds d'abord à ma question.

MOI
Mais pourquoi ?

Le commissaire rengaina son pistolet. Il ligota de nouveau ma main libre et se releva. Il me regarda de très haut, et peut-être à cause de cette perspective je vis dans son absence de visage autre chose que l'horreur... Un léger voile de folie. Ou peut-être n'était-ce qu'une illusion d'optique due à la lumière derrière sa tête.

LE COMMISSAIRE
Mon ami, le commandant te laissera peut-être partir parce que tu as souhaité la mort de ton père, mais

moi je ne te laisserai partir que quand tu auras répondu à ma question. Rappelle-toi, mon frère : je fais ça pour ton bien.

Il leva la main vers moi en guise d'au revoir, et sa paume était griffée par la marque rouge de notre serment. Sur ce, il s'en alla. Ce sont les paroles les plus dangereuses que tu puisses entendre, dit Sonny en s'asseyant sur la chaise vide. L'adjudant glouton l'y rejoignit, le poussant pour se faire une place. « Pour ton bien », ça n'augure rien de bon, dit-il. Comme un fait exprès, les haut-parleurs disposés dans les coins, ceux-là mêmes que je n'avais pas remarqués avant que le commissaire me fasse écouter ma propre voix inconnue, cliquetèrent et grésillèrent. La question de mon sort trouva sa réponse lorsque quelqu'un se mit à hurler. Sonny et l'adjudant glouton pouvaient se boucher les oreilles, mais pas moi. Malgré cela, ils ne purent supporter ces cris plus d'une minute, ce hurlement de bébé en souffrance. En un clin d'œil, eux aussi disparurent.

Quelque part un bébé hurlait, partageait sa souffrance avec moi, qui en avais bien assez comme ça. Je me vis fermer les yeux de toutes mes forces, comme si cela pouvait boucher mes oreilles. Il était impossible de réfléchir avec ces cris dans cette salle d'examen, et pour la première fois depuis longtemps je voulus autre chose que le sommeil : le silence. Oh, s'il vous plaît – m'entendis-je crier –, arrêtez ! Il y eut un autre déclic, et les cris cessèrent. Une cassette ! J'étais en train d'écouter une cassette. Aucun bébé n'était torturé dans une pièce voisine. Ce n'était qu'un enregistrement. Pendant encore quelques instants je n'avais qu'à me préoccuper de la lumière incessante, de la chaleur, et du câble électrique sur mon petit orteil, pareil à un claquement d'élastique. Mais j'entendis de nouveau le petit déclic, et mon corps se raidit. Quelqu'un recommençait à crier. Quelqu'un criait si fort que je perdis toute notion non seulement de moi-même, mais du temps. Le temps n'avançait plus en ligne droite, comme une voie ferrée ; le temps ne tournait plus sur un cadran ; le temps ne rampait plus sous mon dos ; le temps était une boucle infinie, une cassette qui se répétait sans fin ; le temps hurlait dans mon oreille, éclatait de rire à l'idée qu'on puisse le contrôler à coups de montres, de réveils, de révolutions, d'Histoire. Tous autant que nous étions, nous manquions de temps, sauf le bébé malveillant. Le bébé qui criait avait tout le temps du monde, et l'ironie de la chose était qu'il ne le savait même pas.

S'il vous plaît – je m'entendis encore –, arrêtez ! Je ferai tout ce que vous voudrez ! Comment se faisait-il que la créature la plus vulnérable au monde fût aussi la plus puissante ? Est-ce que je criais comme ça sur ma mère ? Si oui, alors pardonne-moi, maman ! Si j'ai crié, ce n'était pas à cause de toi. Je suis un mais je suis aussi deux, fabriqué à partir d'un ovule et d'un spermatozoïde, et si j'ai crié, ce devait être à cause des gènes malheureux hérités de mon père. À présent je le voyais, ce moment originel. Le temps, cet acrobate chinois, était replié sur lui-même d'une manière impossible, de sorte que je pouvais voir l'utérus de ma mère envahi par la horde imbécile et masculine de mon père, cette bande braillarde de nomades casqués, intraitables, décidés à transpercer la grande muraille de l'ovule. À partir de cette invasion, le rien que j'étais devint le quelqu'un que je suis. *Quelqu'un criait et ce n'était pas le bébé.* Ma cellule s'était divisée, et divisée, et encore divisée, jusqu'à ce que je sois un million de cellules, sinon plus, jusqu'à ce que je sois innombrable, un pays, une nation à moi tout seul, l'empereur et le dictateur de mon propre peuple, retenant l'attention exclusive de ma mère. *Quelqu'un criait et c'était l'agente.* J'étais recroquevillé dans l'aquarium de ma mère, ne sachant rien de l'indépendance et de la liberté, témoin par tous mes sens, sauf la vue, de l'expérience la plus étrange qui soit, celle qui consiste à se trouver à l'intérieur d'un autre être humain. J'étais une poupée à l'intérieur d'une poupée, hypnotisé par un métronome qui oscillait avec une régularité parfaite, le pouls puissant et constant de ma mère. *Quelqu'un criait et c'était ma mère.* Sa voix fut le premier son que j'entendis en sortant tête la première, projeté dans une pièce humide, aussi chaude que l'utérus, saisi par les mains noueuses d'une doula guère impressionnée qui me raconterait, des années après, comment elle s'était servie de son ongle de pouce acéré pour découper le frein qui retenait ma langue, afin que je puisse parler et téter plus facilement. C'est aussi cette femme qui me raconta joyeusement que ma mère avait poussé si fort qu'elle m'avait non seulement expulsé moi, mais avait évacué les déchets de ses boyaux, me rejetant, dans une effluence maternelle de sang et d'excréments, sur les rivages d'un drôle de nouveau monde. *Quelqu'un criait et je ne savais pas qui c'était.* On avait coupé ma laisse et tourné mon corps nu, violet et souillé vers une lumière palpitante, me révélant un monde d'ombres et de silhouettes indistinctes qui s'exprimaient dans ma langue maternelle, une langue étrangère. *Quelqu'un criait et je savais qui c'était.* C'était moi, en train de hurler *le* mot qui s'agitait devant moi depuis qu'on m'avait posé la question la première fois – rien –, la réponse que je n'avais jusqu'à présent ni vue ni entendue – rien ! –, la réponse que je criais encore et encore et encore – *rien !* – parce que j'avais eu, enfin, une illumination.

23

Avec ce simple mot, ma rééducation était terminée. Il ne me reste plus qu'à raconter comment je me suis recollé morceau par morceau et comment je me suis retrouvé là où je suis maintenant, en train de préparer un départ de mon pays par voie maritime. Comme tous les grands tournants de ma vie, ces deux-là n'ont pas été faciles. Partir, en particulier, n'est pas quelque chose que je veux faire, mais que je dois faire. Que me reste-t-il dans la vie, à moi comme à tous les autres diplômés en rééducation ? Il n'existe aucun lieu pour nous dans cette société révolutionnaire, même pour ceux qui nous considèrent comme des révolutionnaires. Nous ne pouvons être représentés ici, et c'est un constat plus douloureux que tout ce que j'ai enduré pendant mon examen. La souffrance a une fin, mais pas la conscience, en tout cas tant que le cerveau ne se décompose pas – et quand cela m'arrivera-t-il, à moi, l'homme aux deux cerveaux ?

La fin de la souffrance, au moins, commença lorsque je prononçai ce simple mot. Avec le recul, la réponse était évidente. Alors pourquoi ai-je mis autant de temps à comprendre ? Pourquoi aura-t-il fallu qu'on m'éduque et qu'on me rééduque pendant si longtemps, aux frais du contribuable américain comme de la société vietnamienne, sans parler du mal que je me suis fait, pour que je voie enfin ce mot qui était là depuis le début ? La réponse est si absurde qu'aujourd'hui, plusieurs mois après et sous l'abri provisoire que m'offre la maison du navigateur, je ris en relisant la scène de mon illumination, commencée dans les cris et terminée dans les rires. Certes, je criais encore lorsque le commissaire revint pour éteindre la lumière et arrêter le bruit. Je criais encore lorsqu'il dénoua mes liens et me prit dans ses bras, accueillant ma tête contre son torse jusqu'à ce que mes hurlements cessent. Ça y est, ça y est, me dit-il dans la salle d'examen toute noire, enfin silencieuse à l'exception de mes sanglots. Maintenant tu sais ce que je sais, n'est-ce pas ? Oui, dis-je, toujours sanglotant. Je comprends. Je comprends !

Qu'est-ce que j'avais compris ? La *blague*, dont la chute était ce « rien ». Et si une partie de moi était blessée – par rien, excusez du peu ! –, l'autre partie trouvait cela hilarant. Ce qui explique pourquoi, alors que je tremblais et frémissais dans cette salle d'examen sombre, mes gémissements et mes sanglots se transformèrent en grands éclats de rire. Je ris si fort que le gardien au visage poupon et le commandant finirent par s'enquérir de la raison de ce boucan. Qu'est-ce qu'il y a de si drôle ? voulut savoir le commandant. Rien ! m'écriai-je. J'étais, enfin, brisé. J'avais, enfin, parlé. Vous ne comprenez pas ? repris-je. La réponse est rien ! Rien, rien, *rien* !

Seul le commissaire comprenait ce que je voulais dire. Le commandant, énervé par mon comportement bizarre, dit, Regardez ce que vous lui avez fait. Il a perdu la boule. Il s'inquiétait non pas tant pour moi que pour la santé du camp, car un enragé n'arrêtant pas de dire rien risquait de saper le moral des troupes. Enragé, je l'étais surtout de voir que j'avais mis si longtemps à comprendre ce rien, bien que, avec le recul, mon échec fût inévitable. Un bon élève ne peut pas comprendre le rien ; seul le pitre de la classe, l'idiot incompris, le fou dangereux et l'éternel plaisantin en sont capables. Un tel constat, cependant, ne m'empêchait pas de souffrir de n'avoir pas vu l'évidence même, souffrance qui m'amena à pousser le commissaire et à me cogner le front avec mes poings.

Arrêtez ! dit le commandant. Il se tourna vers le gardien au visage poupon. Arrêtez-le !

Le gardien au visage poupon voulut m'empêcher de frapper non seulement mon front, mais ma tête contre le mur. Finalement, le commissaire et le commandant lui-même durent l'aider à me ligoter, une fois de plus. Seul le commissaire comprenait mon envie de me frapper. J'étais tellement bête ! Comment avais-je pu oublier que toute vérité signifiait au moins deux choses, que les slogans étaient des costumes vides posés sur le cadavre d'une idée ? Le costume dépendait de la manière dont on le portait, et celui-là était désormais élimé. J'étais enragé mais pas fou ; néanmoins je n'allais pas détromper le commandant. Le mot « rien » n'avait qu'un sens à ses yeux – le négatif, l'absence, comme dans *il n'y a rien ici*. Le sens *positif* lui échappait, le fait paradoxal que le rien est, en réalité, quelque chose. Notre commandant était un homme qui ne comprenait pas les blagues, et les gens qui ne comprennent pas les blagues sont, en effet, dangereux. Ce sont eux qui disent « rien » avec beaucoup de gravité, qui demandent à tout le monde de mourir pour rien, qui n'ont aucun respect de rien. Un homme comme lui ne pouvait pas tolérer quelqu'un qui riait en entendant « rien ». Vous êtes content ? lança-t-il au commissaire. Les deux me regardaient sangloter, pleurer et rire en même temps. Il va falloir faire revenir le médecin, maintenant.

Alors faites-le revenir, dit le commissaire. Le plus dur est fait.

Le médecin me ramena dans mon ancienne cellule d'isolement. Elle n'était plus fermée à clé et je n'étais plus entravé. J'étais libre d'aller et venir comme bon me semblait, mais je rechignais à le faire, au point que le gardien au visage poupon devait parfois me cajoler pour me faire sortir des recoins de la pièce. Même les rares fois où je sortais de mon propre gré, ce n'était jamais en plein jour, toujours le soir, une conjonctivite ayant rendu mes yeux sensibles au monde solarisé. Le médecin me prescrivit un régime alimentaire amélioré, la lumière du jour et de l'exercice. Mais tout ce que je voulais, c'était dormir, et quand je ne dormais pas j'étais somnambule et silencieux. Sauf quand le commandant venait. Il ne parle toujours pas ? demandait-il chaque fois qu'il passait me voir, ce à quoi je répondais, Rien, rien, rien, idiot souriant blotti dans un coin. Pauvre gars, dit une fois le médecin. Il est un peu, comment dire... tourneboulé, après ses expériences.

Eh bien, faites quelque chose ! hurla le commandant.

Je ferai de mon mieux, mais c'est dans son cerveau, répondit le médecin en montrant mon front contusionné. Il n'avait qu'à moitié raison. En effet c'était dans mon cerveau, mais lequel ? Finalement, le médecin découvrit le traitement qui me mettrait sur le long chemin de la guérison et déboucherait sur la réunification entre moi et moi-même. Peut-être, dit-il un jour, assis sur une chaise à côté de moi, alors que j'étais recroquevillé dans un coin, tête posée sur mes bras croisés, peut-être qu'une activité familière vous ferait du bien. Je le regardai d'un œil. Avant le début de votre examen, vous passiez vos journées à écrire votre confession. Votre état d'esprit actuel est tel que, dans l'immédiat, je ne suis pas sûr que vous puissiez écrire quoi que ce soit. Mais il se peut que faire vos gammes vous aide. Je le regardai des deux yeux. De sa mallette, il sortit une grosse liasse de feuilles. Ça vous rappelle quelque chose ? Prudemment, je décroisai mes bras et pris la liasse. Je jetai un coup d'œil à la première page, puis à la deuxième, la troisième, et ainsi de suite, et feuilletai lentement, jusqu'à la fin des quatre cent trente-trois pages. À votre avis, qu'est-ce que c'est ? demanda le médecin. Ma confession, marmonnai-je. Exactement, cher ami ! Très bien ! Maintenant j'aimerais que vous la recopiiez. Il sortit une autre liasse de sa mallette, ainsi que plusieurs stylos. Mot à mot. Vous pouvez faire ça pour moi ?

Je hochai la tête. Il me laissa seul avec mes deux liasses de feuilles et, pendant un très long moment – des heures, sans doute –, tenant un stylo dans ma main tremblante, je regardai fixement la première page blanche. Et je commençai, tirant la langue entre mes lèvres. Au début, je ne pouvais recopier que quelques mots par heure. Puis quelques pages.

Au cours des mois qu'il me fallut pour recopier ma confession, ma bave constellait les feuilles pendant que je voyais toute ma vie se rejouer. Petit à petit, alors que mon front abîmé guérissait et que je m'imprégnais de mes propres mots, je me pris d'une compassion de plus en plus grande pour l'homme qui figurait dans ces pages, l'agent de renseignements fort mal renseigné. Était-ce un imbécile ou était-il trop intelligent pour son propre bien ? Avait-il choisi le bon ou le mauvais côté de l'Histoire ? Ces questions n'étaient-elles pas celles que nous devrions tous nous poser ? Ou n'y avait-il que moi et moi-même qui devions nous inquiéter ?

Le temps de recopier ma confession, j'avais suffisamment recouvré mes esprits pour comprendre que les réponses ne se trouvaient pas dans ces pages-là. Lorsque le médecin revint m'examiner, je lui demandai une faveur. De quoi s'agit-il, cher ami ? Encore du papier, docteur. Encore du papier ! Je lui expliquai que je souhaitais écrire l'histoire des événements qui s'étaient déroulés après ma confession, pendant mon interminable examen. Il m'apporta donc du papier supplémentaire et j'écrivis de nouvelles pages sur ce que j'avais subi dans la salle d'examen. Naturellement, j'étais très triste pour l'homme aux deux esprits. Il n'avait pas compris qu'un tel personnage convenait mieux à un film à petit budget, à un film de Hollywood ou peut-être à un film japonais sur une expérience scientifico-militaire qui tourne horriblement mal. Comment un homme aux deux esprits osait-il se croire capable de se représenter, et encore plus de représenter les autres, y compris son propre peuple récalcitrant ? Au bout du compte, et quoi qu'en disent ses représentants, ce peuple ne serait jamais représentable. Mais, à mesure que les pages s'accumulaient, je ressentis une autre chose étonnante : de la compassion pour l'homme qui m'avait infligé tout ça. Ne serait-il pas lui aussi, mon ami, torturé par ce qu'il m'avait infligé ? J'étais convaincu qu'il le serait quand j'aurais fini d'écrire, que j'aurais terminé par la scène où je criais ce simple mot horrible face à la lumière vive. Une fois cette certitude acquise, il ne me restait qu'à demander au médecin de me laisser voir le commissaire une dernière fois.

Voilà une excellente idée, répondit-il en posant les mains sur mon manuscrit avec un air satisfait. C'est presque terminé, mon garçon. C'est presque terminé.

Je n'avais pas vu le commissaire depuis la fin de l'examen. Il m'avait laissé seul afin que j'entame ma convalescence. Lui aussi, j'en suis persuadé, avait des doutes concernant ce qu'il m'avait fait, même s'il fallait le faire, car je devais trouver tout seul la réponse. Personne n'aurait pu me donner la clé de son énigme, pas même lui. Tout ce qu'il pouvait faire, c'était accélérer ma rééducation à travers la méthode, ô combien regrettable, de la souffrance. Après avoir eu recours à une telle méthode, il hésitait à me revoir, craignant non sans raison ma haine. Lorsque nous nous retrouvâmes dans son logis la fois suivante, qui fut aussi la dernière, je remarquai son embarras pendant qu'il m'offrait du thé, tapotait ses genoux, étudiait les nouvelles pages que j'avais écrites. Que se disent le tortionnaire et le torturé une fois que le pire est passé ? Je n'en savais rien mais en le regardant, assis sur ma chaise en bambou, encore divisé entre moi-même et un autre, je décelai une division du même ordre chez lui, dans l'horrible néant qui occupait son ancien visage. Il était le commissaire, mais il était aussi Man ; il était mon interrogateur, mais aussi mon seul confident ; il était le monstre qui m'avait torturé, mais aussi mon ami. D'aucuns diront peut-être que j'avais des visions, mais la véritable illusion d'optique consiste à voir les autres et soi-même comme entiers, complets, comme si être net était plus vrai qu'être flou. Nous croyons que notre reflet dans le miroir est ce que nous sommes vraiment, alors que notre regard sur nous-même diffère souvent de celui des autres sur nous. Pareillement, nous nous mentons souvent à nous-même quand nous croyons nous percevoir avec une clarté absolue. Comment savais-je que je ne me leurrais pas en entendant mon ami parler ? Je n'en sais rien. Je pus seulement essayer de savoir s'il m'embobinait lorsque, sans prendre la peine de m'interroger sur ma santé fragile, physique et mentale, il m'annonça tout de go que Bon et moi quitterions et le camp, et le pays. Moi qui m'étais fait à l'idée que je mourrais ici, ce qu'il me dit me laissa songeur. Partir ? dis-je. Mais comment ?

Un camion vous attend tous les deux à la sortie. Quand j'ai appris que tu étais prêt à me voir, je n'ai pas voulu perdre plus de temps. Vous partirez pour Saigon. Bon a un cousin là-bas. Je suis sûr qu'il le contactera. Ce type a déjà essayé de fuir le pays deux fois et il s'est fait rattraper les deux fois. Ce coup-ci, avec Bon et toi, il y arrivera.

Son plan me plongea dans un abîme de perplexité. Comment le sais-tu ? finis-je par dire.

Comment je le sais ? Son néant de visage n'exprimait rien, mais dans sa voix il y avait de l'amusement et, peut-être, de l'amertume. Parce que je vous ai acheté votre fuite. J'ai envoyé de l'argent aux fonctionnaires qu'il faut, et eux feront en sorte que, le moment venu, le policier qu'il faut regarde ailleurs. Tu sais d'où vient l'argent ? Je n'en avais pas la moindre idée. Certaines femmes désespérées sont prêtes à payer n'importe quel prix pour pouvoir rendre visite à leurs maris dans ce camp. Les gardiens prennent leur part et nous laissent le reste, au commandant et moi. J'en envoie une partie à ma femme, je paie mon écot à mes supérieurs, et je me suis servi du reste pour votre fuite. C'est fascinant de voir que dans un pays communiste l'argent permet quand même d'acheter tout ce qu'on veut, tu ne trouves pas ?

Ce n'est pas fascinant, répondis-je. C'est drôle.

Vraiment ? Je ne dirais pas que j'ai ri en prenant l'argent et l'or de ces pauvres femmes. Mais vois-tu, si, étant donné tes antécédents révolutionnaires, une confession suffit à te libérer de ce camp, seul l'argent pourra en faire sortir Bon. Après tout, il faut bien payer le commandant – et pas qu'un peu, vu les crimes de Bon. Seule une grosse somme d'argent vous permettra à tous deux de quitter notre pays. Voilà ce que j'ai fait à ces femmes, mon ami, par amitié pour toi. Suis-je encore l'ami que tu reconnais et que tu aimes ?

Il était l'homme sans visage qui m'avait torturé, pour mon bien, pour que je trouve le rien. Mais j'étais encore en mesure de le reconnaître, car qui mieux qu'un homme aux deux esprits pouvait comprendre un homme sans visage ? Je le pris dans mes bras et pleurai, conscient qu'il me laissait libre mais que lui-même ne le serait jamais, ne pouvant ou ne voulant pas quitter ce camp autrement que par la mort, qui au moins le soulagerait de sa mort vivante. Le seul avantage de son état était qu'il pouvait voir ce que les autres ne voyaient pas, ou ce qu'ils avaient pu voir et niaient, car quand il regardait dans le miroir et voyait le néant, il comprenait le sens du mot « rien ».

Et quel était ce sens ? Qu'avais-je fini par pressentir ? Ceci : si rien n'est plus précieux que l'indépendance et la liberté, *le rien aussi est plus précieux que l'indépendance et la liberté !* Ces deux slogans sont presque identiques, mais pas tout à fait. Le premier, enthousiasmant, était le costume vide de Hô Chi Minh, qu'il ne portait plus. Comment aurait-il pu ? Il était mort. Le second slogan était le plus retors, la grosse blague. C'était le costume vide de l'Oncle Hô, mais retourné, un délire vestimentaire que seul un homme aux deux esprits, ou un homme sans visage, osait porter. Cette tenue étrange m'allait à merveille, car sa coupe était dernier cri. Dans ce costume retourné, avec mes coutures scandaleusement apparentes, je compris enfin comment notre révolution, d'avant-garde du changement politique, s'était transformée en arrière-garde accaparant le pouvoir. De ce point de vue-là, nous n'étions pas les seuls. Les Français et les Américains n'avaient-ils pas fait exactement la même chose ? Jadis révolutionnaires, ils s'étaient mués en impérialistes, avaient colonisé et occupé notre petit pays rebelle, et, au prétexte de nous sauver, nous avaient volé notre liberté. Notre révolution avait été beaucoup plus longue que la leur, beaucoup plus sanglante aussi, mais nous rattrapions le temps perdu. Quand il s'était agi d'apprendre les pires méthodes de nos maîtres français et de leurs successeurs américains, nous étions vite devenus les meilleurs élèves. Nous aussi, nous pouvions violer les nobles idéaux ! Après nous être libérés au nom de l'indépendance et de la liberté – j'en avais tellement marre de prononcer ces mots ! –, nous en avions ensuite privé nos frères vaincus.

Hormis un homme sans visage, seul un homme aux deux esprits pouvait comprendre cette blague, celle d'une révolution menée au nom de l'indépendance et de la liberté faisant en sorte que ces choses-là *valent moins que rien*. J'étais cet homme aux deux esprits, moi et moi-même. Nous avions, moi et moi-même, traversé tant d'épreuves. Tous ceux que nous avions rencontrés voulaient nous séparer l'un de l'autre, nous forcer à choisir l'un ou l'autre – tous, sauf le commissaire. Il nous montra sa paume et nous lui montrâmes la nôtre ; les cicatrices rouges étaient aussi indélébiles que dans notre jeunesse. Malgré tout ce que nous avions subi, c'était la seule marque sur notre corps. Nous nous serrâmes la main et il dit, Avant que tu partes, j'ai quelque chose pour toi. Sous son bureau, il récupéra notre sac à dos cabossé et notre exemplaire du *Communisme asiatique et le mode de destruction oriental*. La dernière fois que nous l'avions vu, il était presque en lambeaux, le dos esquinté. La reliure avait fini par se déchirer et un élastique maintenait les deux moitiés du livre ensemble. Nous voulûmes décliner, mais le commissaire glissa le livre dans le sac à dos et nous mit celui-ci dans les bras. Au cas où un jour tu aurais besoin de m'envoyer un message, dit-il. Ou vice versa. J'ai toujours mon exemplaire.

Nous acceptâmes le sac à dos, à contrecœur. Mon cher ami…

Une dernière chose. Il prit notre manuscrit, l'exemplaire de notre confession et tout ce qui suivait, et nous fit signe d'ouvrir le sac à dos. Ce qui s'est passé dans la salle d'examen reste entre nous. Alors prends ça avec toi, aussi.

Nous voulons juste te faire savoir que…

Pars ! Bon t'attend.

Alors nous partîmes, sac à dos sur les épaules, lâchés pour la dernière fois. Youpi, youpi, l'école est finie. Paroles idiotes, mots d'enfants. Mais si nous avions pensé une seconde à quelque chose de plus sérieux, nous nous serions effondrés sous le poids de l'incrédulité, de notre soulagement absolu.

Le gardien au visage poupon nous escorta jusqu'à la sortie du camp, où le commandant et Bon attendaient près d'un camion Molotova au moteur allumé. Cela faisait un an et quelques mois que nous n'avions pas vu Bon, et les premiers mots qu'il prononça furent, Tu as une sale gueule. Nous ? Et lui, alors ? Nos esprits désincarnés rigolèrent, mais pas nos âmes incarnées. Comment aurions-nous pu ? Devant nous, vêtu de haillons, notre pauvre ami titubait comme une marionnette aux mains d'un alcoolique. Le crâne dégarni et le teint maladif, couleur végétation tropicale en décomposition, il avait un bandeau noir à l'œil. Nous nous gardâmes bien de demander ce qui lui était arrivé. À quelques mètres de là, derrière du fil barbelé, trois autres hommes hagards et accoutrés n'importe comment nous regardaient. Il nous fallut un petit moment pour reconnaître nos camarades, l'éclaireur hmong, l'infirmier philosophe et le marine mat. Vous n'avez pas une sale gueule, dit l'éclaireur hmong. Vous avez une très sale gueule. L'infirmier philosophe réussit à sourire ; il avait perdu la moitié de ses dents. Ne l'écoutez pas, dit-il. Il est jaloux, c'est tout. Quant au marine mat, il dit, Je savais que vous sortiriez les premiers, espèces de bâtards. Bonne chance à vous.

Incapables de répondre, nous nous contentâmes de sourire et de lever la main en signe d'adieu avant de grimper dans le camion avec Bon. Le gardien au visage poupon releva le hayon et le verrouilla. Quoi ? dit le commandant en levant les yeux vers nous. Vous n'avez toujours rien à dire ? En réalité nous avions des tas de choses à dire mais, ne voulant pas inciter le commandant à revenir sur notre libération, nous secouâmes la tête. Débrouillez-vous. Vous avez avoué vos erreurs. Après ça, il n'y a rien d'autre à dire, pas vrai ?

Rien, en effet ! Le rien était véritablement indicible. Lorsque le camion démarra dans un nuage de poussière rouge qui fit tousser le gardien au visage poupon, nous vîmes le commandant s'en aller et l'éclaireur hmong, l'infirmier philosophe et le marine mat se couvrir les yeux. Au premier tournant, le camp disparut de notre champ de vision. Nous demandâmes à Bon ce qu'il était advenu de nos autres camarades. Il nous dit que le paysan laotien avait disparu dans le fleuve en voulant s'enfuir et que le marine le plus mat s'était vidé de son sang après avoir eu les jambes arrachées par une mine. En apprenant cela, nous restâmes d'abord silencieux.

Au service de quelle cause étaient-ils morts ? Pour quelle raison des millions d'autres étaient-ils morts au cours de la grande guerre pour l'unification de notre pays et notre libération, souvent sans qu'ils l'aient choisi ? Comme eux, nous avions tout sacrifié. Mais au moins nous avions encore le sens de l'humour. Tout bien réfléchi, avec ne serait-ce qu'un peu de recul et un minimum d'ironie, nous pouvions rire de cette bonne blague qu'on nous avait faite, nous qui avions été si prompts à sacrifier nos vies et celles des autres. Alors nous ne cessâmes de rire, de rire, de rire, et lorsque Bon nous regarda comme si nous étions fous et demanda quel était le problème, nous essuyâmes nos larmes et répondîmes, Rien.

Après deux jours d'un voyage éreintant sur des routes défoncées, à travers les défilés montagneux, le Molotova nous déposa dans les faubourgs de Saigon. De là, ralentis par le boitillement de Bon, en empruntant des rues sales et peuplées de gens tristes, nous rejoignîmes la maison du navigateur. La ville étouffée vivait dans un silence irréel, peut-être parce que le pays était de nouveau en guerre, comme nous l'expliqua le chauffeur du Molotova. Exaspérés par les attaques des Khmers rouges sur notre frontière occidentale, nous avions envahi et occupé le Cambodge. En représailles, la Chine avait attaqué notre frontière septentrionale un peu plus tôt dans l'année, à l'époque de mon examen. Adieu la paix. Ce qui nous troubla davantage était le fait que nous n'entendîmes pas la moindre chanson romantique, la moindre musique pop, sur le chemin qui nous mena à la maison du navigateur, le cousin de Bon.

Les cafés et les transistors avaient pourtant toujours diffusé ces airs, mais au cours d'un dîner à peine meilleur que le repas du commandant, le navigateur confirma ce que ce dernier avait laissé entendre. La musique jaune était désormais interdite. Seule la musique rouge et révolutionnaire était autorisée.

Pas de musique jaune dans un pays peuplé de gens censés être jaunes ? Nous qui ne nous étions pas battus pour ça, nous ne pûmes nous empêcher de rire. Le navigateur nous jeta un regard étonné. J'ai vu pire, dit-il. Après deux séjours en rééducation, j'ai vu bien pire. Il avait été rééduqué pour avoir essayé de fuir le pays par bateau. Lors de ces précédentes tentatives, il n'avait pas emmené sa famille, espérant braver seul les dangers et rejoindre un pays étranger d'où il pourrait envoyer de l'argent et aider les siens à survivre ou à fuir une fois l'échappatoire assurée. Mais il était convaincu qu'une troisième capture entraînerait sa rééducation dans un camp du Nord, d'où personne, jusqu'à présent, n'était revenu. Cette fois, il emmenait donc sa femme, ses trois fils et leurs familles, ses deux filles et leurs familles, et les familles de trois de ses brus et gendres. La tribu survivrait ou mourrait en pleine mer.

Quelles sont les probabilités ? demanda Bon au navigateur, en qui il avait grande confiance. Une chance sur deux, répondit le navigateur, un marin chevronné de l'ancien régime. Je n'ai eu de nouvelles que de la moitié de ceux qui se sont enfuis. On peut raisonnablement penser que l'autre moitié n'a pas survécu. Bon haussa les épaules. C'est déjà pas mal, dit-il. Qu'est-ce que tu en penses ? Il s'adressait à nous. Nous regardâmes le plafond, où Sonny et l'adjudant glouton étaient allongés sur le dos, en train de faire peur aux geckos. En chœur, comme c'était maintenant leur habitude de parler, ils répondirent, Ce sont d'excellents chiffres, quand on sait que la probabilité de finir par mourir est de cent pour cent. Ainsi rassurés, nous nous retournâmes vers Bon et le navigateur puis, sans plus rire, nous hochâmes la tête pour signifier notre assentiment. Ils y virent un progrès.

En attendant notre départ deux mois plus tard, nous continuâmes de travailler à notre manuscrit. Malgré la pénurie chronique de la quasi-totalité des biens et des services, le papier ne manquait pas, presque tous les habitants du quartier étant tenus de rédiger régulièrement des confessions. Même nous, qui pourtant nous étions confessés en long et en large, devions les écrire et les soumettre aux cadres locaux. C'étaient des exercices d'inventivité, puisque nous devions trouver des choses à avouer alors même que nous n'avions rien fait depuis notre retour à Saigon. De petites choses, par exemple n'avoir pas montré assez d'enthousiasme lors d'une séance d'autocritique, étaient acceptables. Mais les choses plus graves ne passaient pas, et nous veillions toujours à conclure nos confessions en affirmant que rien n'était plus précieux que l'indépendance et la liberté.

Nous sommes aujourd'hui à la veille de notre départ. C'est le soir. Nous avons payé le voyage de Bon et le nôtre avec l'or du commissaire, caché dans le double fond de mon sac à dos. Le code que nous partageons avec le commissaire a pris la place de l'or, et c'est l'objet le plus lourd que nous transporterons, après ce manuscrit – notre témoignage, à défaut de notre testament. Nous n'avons rien à laisser à personne hormis ces mots, notre plus belle tentative pour nous représenter contre tous ceux qui ont voulu nous représenter. Demain, nous rejoindrons les dizaines de milliers de gens qui ont pris la mer, réfugiés d'une révolution. D'après le plan du navigateur, dans tout Saigon, demain après-midi, des familles quitteront leurs maisons comme pour un petit voyage censé durer à peine une journée. Nous prendrons le bus jusqu'à un village situé à trois heures de route, au sud, où un passeur attendra sur la berge d'un fleuve, le visage masqué par un chapeau pointu. Vous pouvez nous emmener à l'enterrement de notre oncle ? À cette question codée, réponse codée, Votre oncle était un grand homme. Avec Bon, le navigateur et sa femme, nous monterons à bord du rafiot, transportant dans le sac à dos notre code entouré d'un élastique et ce manuscrit non relié, enveloppé de plastique étanche. Nous voguerons sur le fleuve vers un village où nous serons rejoints par le reste de la tribu du navigateur. Le vaisseau amiral nous attendra un peu plus loin, sous la forme d'un chalutier pouvant accueillir cent cinquante personnes, qui seront presque toutes cachées dans la cale. Il va faire très chaud, a prévenu le navigateur. Et ça va puer. Une fois que l'équipage aura fermé les écoutilles de la cale, nous aurons du mal à respirer, puisque aucune aération ne viendra alléger la pression représentée par cent cinquante corps entassés dans un espace censé en recevoir cinquante. Plus pénible que l'air raréfié, toutefois, est de savoir que même les astronautes ont de meilleures chances de survie que nous.

Autour de nos épaules et de notre torse, nous sanglerons le sac à dos, code et manuscrit à l'intérieur. Que nous survivions ou que nous mourions, ces mots pèseront sur nous. Il n'en reste plus que quelques-uns à écrire à la lumière de cette lampe à huile. Ayant répondu à la question du commissaire, nous nous retrouvons confrontés à d'autres questions, universelles, intemporelles, qui ne s'épuisent jamais. Que font ceux qui luttent contre le pouvoir une fois qu'ils ont pris le pouvoir ? Que fait le révolutionnaire une fois que la révolution a triomphé ? Pourquoi ceux qui réclament l'indépendance et la liberté prennent-ils l'indépendance et la liberté des autres ? Et est-ce bien ou mal de ne croire, comme apparemment tant d'autres autour de nous, en rien ? À ces questions, nous ne pouvons répondre qu'en notre nom. Notre vie et notre mort nous ont toujours appris à compatir avec les plus indésirables parmi les indésirables. Ainsi aimantée par l'expérience, notre boussole indique constamment ceux qui souffrent. Même aujourd'hui, nous pensons à notre ami qui souffre, notre frère de sang, le commissaire, l'homme sans visage, celui qui a dit l'indicible, endormi dans son rêve sous morphine, rêvant d'un sommeil éternel, ou peut-être ne rêvant de rien. Quant à nous, quel temps il nous aura fallu pour contempler le rien jusqu'à voir quelque chose ! Est-ce cela que notre mère ressentait ? Regardait-elle à l'intérieur d'elle-même et s'émerveillait-elle de voir qu'à la place du rien existait désormais quelque chose, en l'occurrence nous ? À partir de quand a-t-elle commencé à nous désirer plutôt que de ne pas nous désirer, graine d'un père qui n'aurait pas dû être père ? Quand a-t-elle cessé de penser à elle pour penser à nous ?

Demain nous serons au milieu d'inconnus, de marins à contrecœur dont la liste provisoire peut être dressée. Parmi nous il y aura des nourrissons et des enfants, ainsi que des adultes et des parents, mais pas de vieillards, car aucun d'entre eux n'ose entreprendre ce voyage. Parmi nous il y aura des hommes et des femmes, ainsi que des maigres et des minces, mais aucun d'entre nous ne sera gros, tout le pays étant soumis à une diète forcée. Parmi nous il y aura des gens à la peau claire, des gens à la peau mate, et toutes les nuances entre les deux, certains parlant avec des accents raffinés, d'autres avec des accents rugueux. Beaucoup seront des Chinois, persécutés parce que chinois, et beaucoup d'autres auront été diplômés en rééducation. Collectivement, nous serons appelés des *boat people*, un nom que nous avons encore entendu tout à l'heure, en écoutant subrepticement Voice of America sur la radio du navigateur. Maintenant que nous figurons parmi ces *boat people*, leur nom nous dérange. Il sent son mépris anthropologique, fait penser à une branche oubliée de l'espèce humaine, à quelque famille perdue d'amphibiens émergeant de la brume océanique, la tête couronnée d'algues. Mais nous ne sommes pas des primitifs, et nous n'avons pas à être pris en pitié. Si nous arrivons à bon port, il ne faudra pas être surpris si à notre tour nous tournons le dos aux indésirables, comme nous connaissons la nature humaine. Pourtant nous ne sommes pas cyniques. Malgré ça – oui, malgré tout, en dépit du *rien* –, nous nous considérons toujours comme révolutionnaires. Nous demeurons cette créature pleine d'espoir, un révolutionnaire en quête de révolution, même si nous ne refuserons pas d'être traités de rêveurs dopés à l'illusion. Bien assez tôt, nous verrons l'aube écarlate sur cet horizon où l'Orient est toujours rouge. Pour le moment, la vue que nous avons par la fenêtre est une ruelle sombre, un trottoir désert, des rideaux tirés. Il est impossible que nous soyons les seuls réveillés, même si nous sommes les seuls à avoir une lampe allumée. Non, nous ne pouvons pas être seuls ! Des milliers d'autres doivent sonder l'obscurité comme nous, envahis de pensées scandaleuses, d'espoirs délirants et de projets interdits. Nous restons couchés en attendant le bon moment et la cause juste, c'est-à-dire, aujourd'hui, simplement vouloir vivre. Et alors même que nous écrivons cette dernière phrase, la phrase qui ne sera pas relue, nous avouons n'être sûrs et certains que d'une chose – nous jurons de tenir, sous peine de mourir, cette seule promesse :

Nous vivrons !

REMERCIEMENTS

Nombre des événements décrits dans ce roman ont eu lieu, bien que je reconnaisse avoir pris quelques libertés avec les détails et la chronologie. Pour la chute de Saigon et les derniers jours de la république du Viêtnam, j'ai consulté *The Fall of Saigon*, de David Butler, *Tears Before the Rain*, de Larry Engelmann, « The Fall of Saigon », l'article de James Fenton, « White Christmas », celui de Dirck Halstead, *Goodnight Saigon*, de Charles Henderson, et enfin *La Chute de Saigon*, de Tiziano Terzani. Je dois beaucoup, en particulier, à l'important livre de Frank Snepp, *Sauve qui peut*, dont je me suis inspiré pour la fuite de Claude et l'épisode de l'Horloger. Pour les récits sur les prisons et la police sud-vietnamiennes, ainsi que les activités vietcongs, je me suis tourné vers *The Phoenix Program*, de Douglas Valentine, le pamphlet *Nous accusons – Rescapés des bagnes de Saigon*, écrit par Jean-Pierre Debris et André Menras, *A Vietcong Memoir*, par Truong Nhu Tang, et un article paru dans le *Life* de janvier 1968. L'ouvrage d'Alfred W. McCoy, *A Question of Torture*, m'a été essentiel pour comprendre l'évolution des techniques d'interrogatoire américaines entre les années 1950 et la fin de la guerre du Viêtnam, et leur extension aux guerres américaines en Irak et en Afghanistan. Pour les camps de rééducation, je me suis servi de *To Be Made Over*, par Huynh Sanh Thong, de *South Wind Changing*, par Jade Ngoc Quang Huynh, et de *Lost Years*, par Tran Tri Vu. Pour ce qui concerne les combattants de la résistance vietnamienne qui ont tenté d'envahir le Viêtnam, une petite exposition au musée d'Histoire de l'armée populaire lao, à Vientiane, montre leurs armes et leurs effets personnels saisis après leur capture.

Si ces combattants ont été largement oubliés, ou tout simplement ignorés, la source d'inspiration du Film n'a rien de secret. Le documentaire d'Eleanor Coppola, *Aux cœurs des ténèbres : L'Apocalypse d'un metteur en scène*, et son *Apocalypse Now : Journal* m'ont fourni beaucoup d'éléments, de même que les commentaires de Francis Ford Coppola dans le DVD d'*Apocalypse Now*. Les ouvrages suivants m'ont également aidé : *Francis Ford Coppola : Close Up*, par Ronald Bergan ; *Francis Ford Coppola*, par Jean-Paul Chaillet et Elizabeth Vincent ; *Hollywood Auteur : Francis Coppola*, par Jeffrey Chown ; *Le Petit Livre d'Apocalypse Now* et *Coppola : A Biography*, par Peter Cowie ; *On the Edge : The Life and Times of Francis Coppola*, par Michael Goodwin et Naomi Wise ; *Francis Ford Coppola : Interviews*, par Gene D. Phillips et Rodney Hill ; et *Francis Ford Coppola : A Filmmaker's Life*, par Michael Schumacher. J'ai aussi puisé dans des articles : « Apocalypse Finally », de Dirck Halstead ; « Return to *Apocalypse Now* », de Christa Larwood ; « Apocalypse Yesterday Already ! Ifugao Extras and the Making of *Apocalypse Now* », de Deirdre McKay et Padmapani

L. Perez ; « The Maddest Movie Ever », de Tony Rennell ; et « The Strained Making of *Apocalypse Now* », de Robert Sellers.

Les mots écrits par d'autres ont eu leur importance, en particulier ceux de : To Huu, dont les poèmes figurent dans un article du *Viet Nam News* intitulé « To Huu : The People's Poet » ; Nguyên Van Ky, qui a traduit le proverbe « Les mérites du Père sont aussi élevés que le mont Thai Son », qu'on trouve dans le livre *Viêt Nam Exposé* ; l'édition de 1975 des *Guides Fodor Asie du Sud-Est* ; et le général William Westmoreland, dont les vues sur la conception de la vie orientale et de sa valeur apparaissent dans le documentaire *Le Cœur et l'Esprit*, du réalisateur Peter Davis. Ces idées s'expriment ici par la bouche de Richard Hedd.

Pour finir, je suis reconnaissant à l'égard de plusieurs organisations et personnes sans lesquelles ce roman ne serait pas ce qu'il est. Le Asian Cultural Council, la Bread Loaf Writers Conference, le Center for Cultural Innovation, le programme de résidences d'artistes Djerassi, le Fine Arts Work Center et l'université de Californie du Sud m'ont accordé des bourses, des résidences ou des périodes sabbatiques qui m'ont facilité la tâche dans mes recherches ou mon écriture. Mes agents, Nat Sobel et Julie Stevenson, m'ont fait profiter de leurs encouragements patients et de leur perspicacité, de même que mon éditeur, Peter Blackstock. Morgan Entrekin et Judy Hottensen ont été des soutiens enthousiastes, tandis que Deb Seager, John Mark Boling et toute l'équipe de Grove Atlantic ont travaillé dur sur ce livre. Mon amie Chiori Miyagawa a cru en ce roman dès le début et en a lu, infatigablement, les premières versions. Mais les gens à qui je dois le plus sont, comme toujours, mon père, Joseph Thanh Nguyen, et ma mère, Linda Kim Nguyen. Leur détermination sans faille et leurs sacrifices pendant et après la guerre ont rendu possibles ma vie et celle de mon frère, Tung Thanh Nguyen. Il m'a toujours montré son soutien, comme sa merveilleuse compagne, Huyen Le Cao, et leurs enfants, Minh, Luc et Linh.

Quant aux derniers mots de ce livre, je les réserve aux deux personnes qui passeront toujours avant tout : Lan Duong, qui a lu chaque mot, et notre fils, Ellison, qui est arrivé au bon moment.

10/18, une marque d'Univers Poche,
est un éditeur qui s'engage pour
la préservation de son environnement
et qui utilise du papier fabriqué à partir
de bois provenant de forêts gérées
de manière responsable.

Imprimé en France par CPI

N° d'impression : 3028754
X07294/01